근대 극복의 이정표들

우리시대 한국문학의 안팎

근대 극복의 이정표들

우리 시대 한국문학의 안팎

유희석 평론집

창비

1997년에 『창작과비평』을 통해 등단이라는 것을 하고 꼭 10년 만에 내는 첫 평론집이다. 그동안 발표한 평문을 개고하면서, 또 새로 쓴 글들을 마무리하면서 새삼 느낀 것은, 대학에서 영문학 선생으로서 학생을 가르치고 연구를 하는 일과 한국문학의 '현장'에 평론가로서 개입하는 작업 중 어느 한쪽에도 충실하지 못했다는 사실이다. 근대의 적응과 극복을 위한 역량을 나 자신 얼마나 축적했는가를 자문하면 자괴감이 앞선다. 이 책에 실린 서양문학과 관련된 논문 여러 편도 한국문학 공부와 알게모르게 주고받는 관계에 있다고 믿고는 있지만, 우리의 창작현장에 참여한 평문이 열 편이 채 못되는데도 근대 극복을 제목으로 내걸고 '우리 시대 한국문학의 안팎'이라는 거창한 부제까지 붙인 것은 앞으로의 공부다운 공부를 기약하고 싶은 마음이 앞섰기 때문이다.

이 책의 상당수 글은 해방 이후 본격적으로 전개되기 시작한 민족문학의 문제의식을 공유하고 있다. 까놓고 말해서 나는 내심 스스로를 민족문학 2세대로 규정하고 있기도 하다. 하지만 책의 제목은 물론 부제에서도 민족문학이라는 말은 쓰지 않았다. 지구화시대에 민족이라는 개념이 시쳇말로 '얼어 죽은 송장' 같은 것으로 전락했다고 생각해서가 아니다. 그렇기는커녕 지금이야말로 자칫 이념적인 내부폭발을 일으킬 수 있는 '민족주의'를 제압하면서 남녘과 북녘의 민족적 동력을 지혜롭게 통합할 호기가 아닌가. 그런데도 민족, 민족문학을 내걸지 않은 것은, 지난 30년간 때로는 소모적인 논란과 반목을 낳은 그 말을 푯대로 내세울 필요가 없을 정도의 '단단한 여유'가 우리 사회에 생겼다고 판단하기 때문이다.

아직 초보적인 수준이기는 하지만 이 평론집은 20세기 후반에 우리의 민족문학이 축적한 창의적인 발상과 유산의 현재성을 새로운 문제의식으로 계승하고자 노력한 결과물이라고 말할 수 있겠다. 과거의 기념비적 유산이 없이는 분단된 20세기 한국문학을 21세기로 이월하여 창조적으로 통합하는 새로운 문학의 꿈도 요원하다는 점에서 계승의 노력은 배가되어야 마땅하다고 본다. 다만 아무리 기념비적인 유산이라고 해도 '모시기'만 해서는 그런 꿈이 실현될 리 없다. 배우는 사람은 언제나 '후학'으로 남을 수밖에 없는 것이 아닌가 하는 생각을 때때로 하지만, 그런 후학일수록 도전의 정신을——'비판적 역사의식'을——잃지 말아야 하는 것이다. 민족문학의 종요로운 유산을 까먹고 살지 않겠다는 다짐만은 앞으로도 잊을 수 없겠거니와, 근대의 '극복'을 내세운 주된 취지도 여기에 있다.

이미 발표한 원고의 경우 개고를 했으며 평론집의 모양새를 위해 미발표된 평문들을 추리고 새 원고도 썼지만, 막상 책으로 내려니 아쉬움만 남는다. 1부(20세기 한국시의 전통과 혁신)에서는 만해론도 하나 넣고 싶었으나 글이 미진한 탓에 훗날로 미루었다. 기왕에 발표된 소설평론 중 특히 치기를 숨기기 어려운 「작품, 진영, 문학운동」은 교정지 상태에서도 손을 적지 않게 댔다. 「'영미연' 10년과 학풍」은 이 땅에서 영문학을 업으로 삼는 한 학술단체의 시시콜콜한 '집안 이야기'이다. 욕심 때문에 버리지 못하고 부록으로 실었다. 최소한 기록으로서의 가치는 있기를 바란다. 책 뒤에 원문의 출처와 개고, 개제에 관한 사항을 소개해놓았으니 글에 대한 더이상의 자세한 설명은 피한다.

지난 10년을 갈무리하면서 어머니와 아내 덕분에 부끄러운 글이나마 모아 평론집을 내게 되었다는 생각을 한다. 특히 올 4월로 칠순을 맞는 어머니의 은혜를 필설로 형용할 수는 없다.

2007년 봄
전남대학교 연구실에서
유희석

차 례

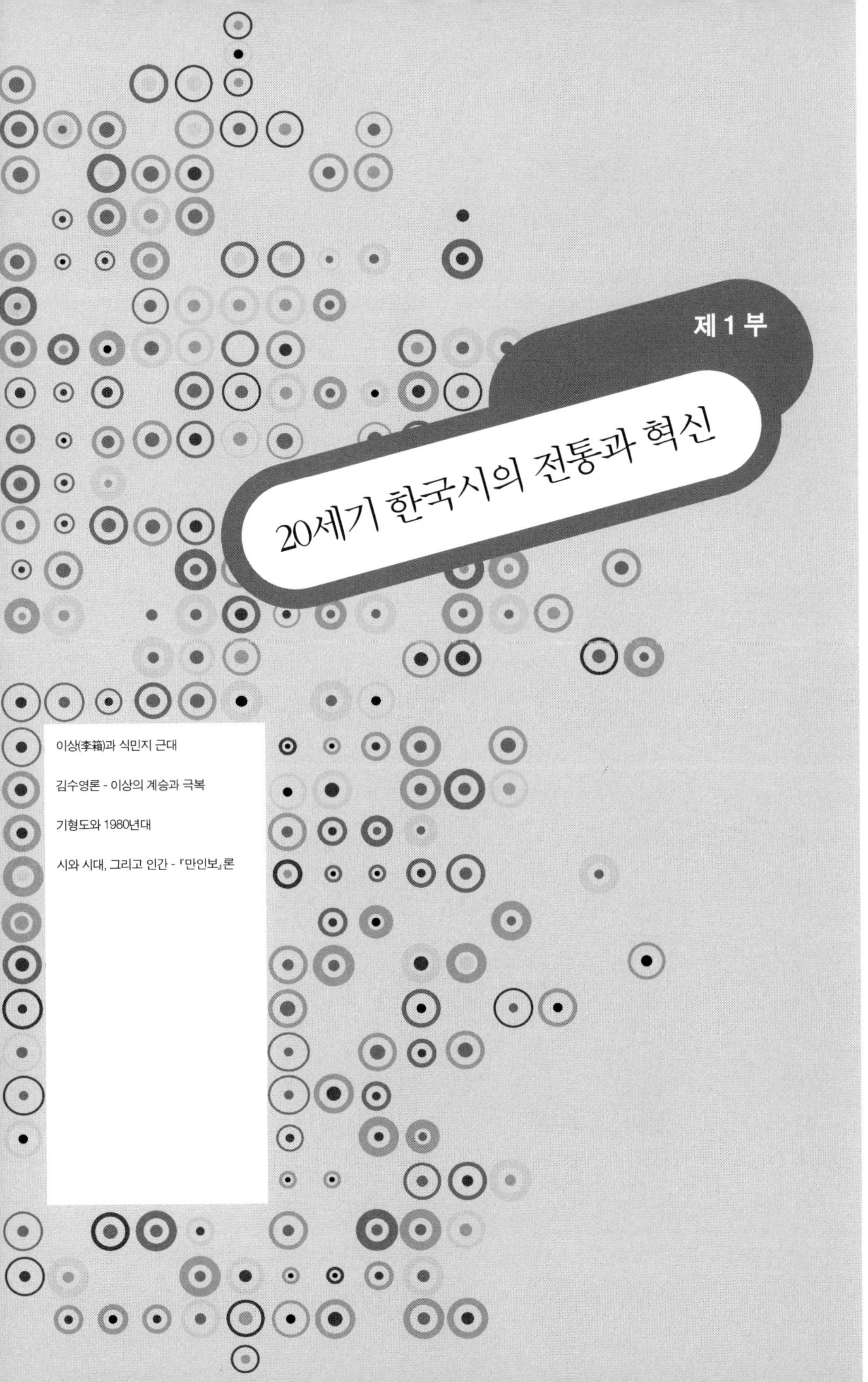

제 1 부
20세기 한국시의 전통과 혁신

이상(李箱)과 식민지 근대

1. 21세기를 맞으며

영어(英語)가 판치는 세월이라 그런지 요즘은 송구영신(送舊迎新)이라는 말도 듣기가 힘들다. 이는 변화에의 순응과 발빠른 변신에 사활을 거는 이 시대의 풍토와도 무관하지 않은 것 같다. 이런 때일수록 온고지신(溫故知新)의 지혜가 아쉽지만, '낡은 것을 보내고 새 것을 맞는다'는 당위의 진정한 실행 또한 절실하다. 문학에서도 그렇다. 새로운 천년을 맞는 평단에서는 리얼리즘이니 모더니즘이니 하면 시대에 뒤떨어졌다고 여기는 풍조가 대세를 이룬 듯하다. 특히 재현(주의)에 본바탕을 둔 리얼리즘(론)은 이제 역사적 시효를 다하고 낡아버린 것이 아닌가 한다. 창작이든 비평이든 선배들이 피땀으로 쌓아놓은 유산을 그토록 쉽게 망각하고 싫증내는 데는 문학 자체에 파괴적인 시류가 극성을 부린 탓도 있지만, 그렇다고 대세에 적절히 대응하지 못한 고루한 리얼리즘론자나 '영신(迎新)'에만 급급한 지식인들의 책임이 면해지는 것은 아니다.

문단의 이런 정황을 염두에 둘 때 이상(李箱, 본명 金海卿, 1910~37)을 간과할 수는 없겠다. 지난 100년 동안의 문학유산에 대한 재평가가 활발한 이 싯점에서 그는 1930년대 모더니즘에——거꾸로 그 모더니즘이 이상에게——걸리는 대표적인 표본인지라 어떤 경우든 리얼리즘·모더니즘 문제를 피해갈 수 없는 작가인데다가, "호기영신(好奇迎新)을 따라 돌아다니는 유행아"라는 김안서(金岸曙)의 비판이 말해주듯이[1] 시대의 최첨단을 달린 상징적 사례라서 우리 근대문학에서의 송구영신을 생각해볼 좋은 기회도 되겠기 때문이다. 게다가 이미 몇년 전에 나온 흥미로운 문제제기, 즉 30년대 모더니즘을 보는 시각의 재조정 및 프로문학 주류성 해체와 더불어 리얼리즘과 모더니즘의 회통(會通)[2]이 공표된 저간의 상황에서 바로 그같은 눈으로 서구 모더니즘을 염두에 두고 이상 문학 전체를 검토하려는 노력은 매우 드물었다고 하겠다.

물론 현재 평단에서 30년대식 '프로문학'은 잔해만 남았으며 리얼리즘·모더니즘의 회통 문제도 어제오늘의 일이 아니다. 하지만 나름대로 리얼리즘을 쇄신하겠다거나 리얼리즘·모더니즘의 이분법을 극복하고 양자를 종합하겠다는 젊은 평자들은 작품을 밝히는 눈이 그리 형형하지 못했으며, 동구권 붕괴에 잇따른 '포스트' 사조의 창궐에도 별다른 창의적 대응을 하지 못했다. 또한 시대의 정신적 위기에 대응한 비판정신으로서 모더니즘을 옹호한 논자는 그 선언적 주장만큼 작품의 실질적 성취와 한계를 정밀하게 규명했다고 말하기 어렵다. 요컨대 "근대를 진정으로 극복하기 위해서는 그 안에 내포된 역설적 가능성을 온몸으로 사는 자세, 극단까지 가는 철저함과 진지함이 요구된다"[3]는 열정적인 신념이 공허한 일반론을 벗어나려면 모더니즘의 역설적 가능성과 극단의 성격

---

1) 김주현 『이상 소설 연구』, 소명출판 1999, 408면에서 재인용.
2) 최원식 「한국문학의 근대성을 다시 생각한다」, 『창작과비평』 1994년 겨울호와 「'리얼리즘'과 '모더니즘'의 회통——작품으로의 귀환」, 『현대 한국문학 100년——20세기 한국문학 어떻게 볼 것인가』, 민음사 1999 및 토론문 참조.
3) 진정석 「모더니즘의 재인식」, 『창작과비평』 1997년 여름호, 171면.

을 작품을 통해 구체적으로 식별·평가해내는 작업이 따라야 하는 것이다. 이 과업을 제대로 인식하고 떠맡기 위해서는 먼저 우리 근대문학의 가난함을 직시해야 한다는 솔직한 자기반성이 있었지만, 가난할수록 풍요에 대한 갈구가 깊어짐 자체를 부정할 일도 아니겠다.

2. 「날개」의 비상과 식민지현실

"미친놈의 잠꼬대냐" "무슨 개수작이냐" "烏瞰圖라고 오자(誤字)를 내는 것부터가 알 수 없는 수작이 아니냐."[4] 이상이 줄곧 비평가와 일반독자 모두의 관심대상이 된 데는 「오감도」(1934)의 충격적인 파문이 시사하는 '망측한' 난해성이 결정적이었음을 부정할 수 없다. 그로 말미암아 이상의 전문연구자들은 각종 첨단 수입이론을 한번씩 시험가동해보는 '호사'도 누렸지만, 그에 비례하여 일반독자와 이상의 거리는 더욱 멀어졌다. 최근 국문학계의 이상 비평에서 '텍스트' '욕망' '해체' '기호' 등이 난무하는 것도 기본적으로 작품에 천형(天刑)처럼 새겨진 난해성에서 비롯한 현상일 것이다. "한국 모더니티의 흑사병"[5]이라는 그 난해

---

4) 林鍾國 편 『李箱全集』 제3권, 泰成社 1956, 317면. 이는 「오감도」를 읽은 당대 독자의 반응이었다고 한다. 필자가 알기로 이상의 작품을 전집 형태로 낸 경우는 임종국의 문성사(文成社)본(개정판, 1972) 말고도 이어령 교주(校註)의 갑인출판사본(1977, 78)과 김윤식·이승훈이 네 권(1권 시, 2권 소설, 3권 수필, 4권 이상에 관한 비평)으로 엮은 문학사상사본(1991)이 있다. 작품 인용은 시중에서 쉽게 구할 수 있는 문학사상사본에 근거하되, 인용할 때 수필의 경우 괄호 안에 전집 권수와 면수만을 병기하며 시·소설의 경우 작품 제목만을 병기하기로 한다. 띄어쓰기는 「지주회시」를 제외하고는 모두 현재의 표기법을 따랐다. (상론할 계제는 못되지만, 각 판본의 문제점에 대한 성실한 고찰로는 김주현, 앞의 책 3부 참조) 이후 두 권으로 묶인 『이상 전집』(1권 소설, 2권 시와 참고서지·어휘풀이 등 기타)(가람기획 2004)과 '정본'이라는 이름을 달고 시, 소설, 수필로 나눠 3권으로 『이상문학전집』(소명출판 2005)이 출간되었다. 특히 후자는 편자들의 학구적 공력이 돋보이는데, 정본에 근접한 것으로 판단된다.

5) 고은 『李箱評傳』, 청하 1992, 13면.

함의 진상은 오히려 그런 최신 언설을 통해 더 용이하게 은폐·왜곡된 느낌마저 있다. 요컨대 일제를 통해 들어온 서구문학의 단순한 모방·답습이 아니라 근대문학 자산, 특히 20년대 문학의 성과가 어느정도 축적된 토양에서 자라난 30년대 특유의 현상으로 이상의 난해성을 파악하려는 발상은 빈약하고, 그같은 역사적 안목을 가지고 특히 4·19 이후 민족문학의 성과를 감안하여 엄밀한 작품평가를 시도한 경우는 전무한 실정이다.

이상뿐 아니라 해방 전후의 여타 모더니즘 작품에 각인된 역사적 문맥을 회복하고 엄정하게 평가하려는 문제의식은 계속 이어져야 마땅하다. 그 가운데서만 이상을 얽어맨 이론의 족쇄가 풀릴 것이기 때문이다. 이는 30년대 문학, 그중에서도 소설 장르의 성취가 그런 족쇄를 용인하지 않을 수준의 주체적 의식에서 달성된 것임을 상기할 때 더욱 그렇다. 앞으로도 우리의 소중한 문학자산으로 남을 『삼대』(1931) 『임꺽정』(1928~39) 『탁류』(1937~38) 등이 모두 30년대의 산물이거니와, 이상 자신이 삽화를 그려넣기도 한 「소설가 구보씨의 일일」(1934)에서 박태원은 조이스(J. Joyce)의 『율리씨즈』에 대해 "그것이 새롭다는, 오직 그 점만을 가지고 과중평가할 까닭이" 없음을 당당히 밝히기도 한 것이다. 반면에 이상의 모더니즘을 모든 근대적인 것의 부정이나 초극으로 규정하는 논자도 있지만, 그것은 근대의 일면적인 부정이나 초극보다 훨씬 복잡한 '현상'이다. 이상은 「오감도」에 대한 당시 몰이해를 두고 "왜 미쳤다고들 그러는지 대체 우리는 남보다 수십년씩 떨어져도 마음놓고 지낼 작정이냐"라고(3권 353면) 개탄했으면서도 정작 그렇게 앞서간 토오꾜오의 "표피적인 서구적 악취"를(3권 234면) 혐오해 마지않은 식민지 지식인의 선구적 자각이 있었던 것이다.

「오감도」가 그러한 자각과도 무관하지 않다면, 우리는 얼치기 개화꾼과는 본질적으로 다른 이상의 이중성과 선진성을 식민지 근대 고유의 역사적 현상으로서 좀더 참구(參究)해볼 필요가 있을 것이다. 근래 사회과학계에서 개발과 수탈 양극단으로 '식민지 근대화' 논쟁이 활발했지만, 그런 사회과학적 논쟁의 허실을 오히려 이상의 문학을 통해 더 깊은 차원에서 규명해볼 수도 있지 않을까 한다. 즉 전근대의 수많은 구습이 일제의 폭압적 근대화기획에 뒤섞여들어가는 복합적인 이행과정에 대한 진정 근대다운 고뇌로서 이상을 읽어보자는 것이다. 그럴 때 비로소 전근대의 종요로운 유산과 후진적 폐해 모두를 온전히 계승·혁파할 수 없게 된 현실, 겉모습은 어지럽게 발전하는 듯하지만 근대정신의 내실은 공허한 식민지사회가 이상 문학의 핵심문맥이 된다. 또 바로 그런 문맥에 20~30년대를 풍미한 진보적 문학이념과 이상의 도저한 실험의식이 놓여 있다.

1919년 만세운동 이후 등장한 여러 유파의 문학 중 '진보성'을 따진다면 역시 카프(KAPF)를 첫손꼽아야 할 것이다. 이상 연구 가운데 이상과 카프의 '동시대성'[6]만큼 오래 망각된 주제는 흔치 않으며, 카프의 와해와 이상의 홀연한 등장이 하나의 시대적 국면에서 파악되지도 않았다. 그것은 골수 모더니스트로서의 이상을 철저하게 운동과 이념으로 일관한 카프와 연계하는 발상 자체가 지난 몇십년간 리얼리즘·모더니즘의 골이 깊어진 (국문)학계에서는 받아들여지기 힘들었기 때문일 게다. 그러나 이미 30년대의 창작지형에서조차 카프가 주도적 실세가 아니었음은 물론, "우리 같은 가난한 계급은 이 몸뚱이 하나가 유일 최종의 자산"임을(3권 221면) 토로한 이상 역시 "작가는, 대체, 초근목피 편이냐 응접

---

6) 박영희의 전향선언 ── "얻은 것은 이데올로기며 상실한 것은 예술이다" ── 은 1933년 10월 7일에 나왔다. 그해 이른바 '신건설사사건'으로 카프는 사실상의 와해에 접어든다(좀더 구체적인 카프 해체과정은 임규찬 「카프 해산 문제에 대하여」, 김학성·최원식 외 『한국근대문학사의 쟁점』, 창작과비평사 1990 참조). 시의 경우 이상의 첫 공식 발표작은 1931년 7월호 『朝鮮과 建築』에 실린 「이상한 가역반응」 외 5편이었다.

실[7] 편이냐"를(3권 250면) 준열하게 물었음도 기억함직하다. 게다가 이상이 남긴 '수필' 가운데 백미로 통하는 「권태」(1937)는 카프의 어느 작품 못지않게 식민지의 질곡을 실감케 한다. 이를테면 이상과 카프의 동시대성을 확인하는 과정에서 통념적인 리얼리즘·모더니즘의 대립구도도 자연스레 해체대상이 된다는 말이다.

작품 차원에서는 그 구도가 더 불투명해진다. 「날개」(1936)의 '모더니즘적' 화자 하나만 해도 당대 진보적 지식인의 다양한 정신적 편린과 비교할 때 그 일탈성이 두드러질지언정 그들보다 덜 '리얼하다'고 말할 수 있는 근거는 희박하기 때문이다. 리얼리즘이냐 모더니즘이냐를 그렇게 갈라 따지기 시작하면 오히려 식민지조선을 구더기가 들끓는 무덤으로 한탄한 『만세전』(1924)의 이인화나 망국의 온갖 신고(辛苦)를 때이른 계몽의 환희로 뒤바꾸어놓은 『흙』(1932)의 허숭처럼 일제와 함께 앞서간 지식인들이야말로 식민지시대를 망각하고 헛것을 본 혐의가 다분하다. 나아가 "남에게 예속된 강아지의 행복을 누리겠느냐? 그렇지 않으면 내 뜻대로 내가 가고 싶은 길을 걸어가겠느냐?…… 하는 기로에" 선 『황혼』(1936)의 단호한 결단마저도 「날개」에 비추어보면 진보를 빙자하여 너무도 손쉽게 현실을 털어버린 것이 아닌가. 이상 당대의 비평으로 말하자면, 바로 이 작품을 겨냥한 김문집(金文輯)의 맥고모자 운운한 "위악적인 허튼말"[8]이 악명높은 예지만, 실상 이상의 재능을 누구보다도 인정하고 그 요절을 안타까워한 최재서(崔載瑞)의 이른바 '리얼리즘 심화론' 역시 주관/객관의 이분법에 이상을 가둔 혐의가 뚜렷하다. 동시에 김남천(金南天)이 "허위의 사실주의"로 질타한, "일상의 속악한 실재에

---

7) 문학사상사본에는 "作家는——大體——草根木皮 편이냐 應接害 편이냐"로 되어 있다. 임종국의 문성사본 개정판(186면)을 보나 전후맥락에 비추어 보나 응접해는 '응접실'의 오식임이 분명하다.

8) 최원식 「서울·東京·New York——이상의 「실화(失花)」를 통해 본 한국 근대문학의 일각」,『문학동네』 1998년 겨울호, 174면; 최원식『문학의 귀환』, 창작과비평사 2001, 172면.

18

만족하고 본질을 빼어놓고 비본질적 쇄사(鎖辭)에만 종사하는 공허한 '리얼리즘'"[9]과는 격이 다른 본질적 현실을 천착한 작품이 바로 「날개」라는 사실을 재확인할 필요도 있다. 「날개」를 읽어보겠다.

"'박제가 되어버린 천재'를 아시오?" 기상(奇想)과 황당한 논리가 일견 뒤섞인 듯한 서사(序詞)는 「날개」에 대한 작가의 교묘한 해석인 동시에 그 특유의 감수성을 드러내보인 것이다. "가증할 상식의 병"인 "위트와 패러독스"로써 "여인의 반"만을 "영수(領受)하는 생활"을 "머릿속"의 "백지"에 깔리는 "바둑 포석처럼" 보여주겠노라는 포부는 전형적인 모더니스트의 태도다. 미망인·여왕벌의 본성을 가진 한 여성과의 삶을 "제일 싫어하는 음식을 탐식하는 것과 같은 아이러니"로써 구현하겠다는 것이다. 그런데 여성의 본질을 그렇게 정의하는 행위가 "여성에 대한 모독"이냐고 반문하는 화자의 "감정은 딱 공급을 정지"했다. "어지간히 인생의 제행(諸行)이 싱거워서 견딜 수가 없게끔 된" 결과 내면이 텅 비어버린 상태다. 좀더 정확히 말하면, 구석진 방의 이불 속에서 "행복이니 불행이니 하는 그런 세속적인 계산을 떠난 가장 편리하고 안일한 말하자면 절대적" 무위무책(無爲無策)을 '실현'하려는 룸펜이다. 이상은 전통적인 계급으로서의 프롤레타리아트와 부르주아지가 제대로 성립하기 힘든 식민지현실에서 "그날그날을 그저 까닭없이 펀둥펀둥 게으르고만 있으면 만사는 그만"인 룸펜, 화류계의 "한 떨기 꽃을 지키고——아니 그 꽃에 매어달려 사는 (⋯) 도무지 형언할 수 없는 거북살스러운 존재", 즉 기생인간으로 자신을 소개하는 것이다.

식민지지식인의 통한이 삶의 의지를 일깨우는 처녀작이자 유일한 장편인 『12월 12일』(1931)을 예외로 치면, 「날개」를 포함한 「지주회시(蜘蛛

---

9) 김남천 「낭만적 정신의 현실적 구조——신창작이론의 정당한 이해를 위하여」(1934), 김재용 엮음 『카프비평의 이해』, 풀빛 1989, 504면.

會豕)」(1936)「동해(童骸)」(1937)「종생기(終生記)」(1937)「환시기(幻視記)」(1938)「실화(失花)」(1939) 등 이상의 거의 모든 작품에 등장하는 룸펜의 존재방식은 한마디로 '권태'다. 이는 상품의 물신화가 전면적인 현실이 되어버린 빠리 거리에서 발생하는 '충격체험'으로서의 보들레르식 권태나, 식민지지배자로서의 정신에 깃들인 삶의 허무에 맞선 까뮈(A. Camus)의 강렬한 부조리의식과도 사뭇 다르다. 이상의 권태는 삶의 모든 의미 부재(不在)를 영혼의 허기로써 극단까지 체험한 식민지지식인의 상황에서 연유한다. 참다운 예술가를 이해하고 북돋워줄 수 있는 교양계층의 빈곤이 외부로부터 강제된 결과 더이상 '삶에의 부름'이 들리지 않게 된 현실에서 역설적으로 지향하게 된——"권태를 인식하는 신경마저도 완전히 허탈해"져버리려는(3권 142면)——삶의 방식이다. 삶의 부름과 소임은 있어야만 하고 또 있을 수밖에 없지만, 그것이 주어지지 않는 현실 자체로의 부름과 부재로서의 소임만이 존재할 뿐인 식민지근대가 낳은 지식인의 극한적 자의식이다. 현실의 진정한 고뇌가 '부정의 정신'으로서의 권태로 나타난 것이다. 그러나 아이러니하게도 그런 부름 아닌 부름, 소임 아닌 소임이 엄연한 현실로 주어졌기에 「날개」의 화자가 룸펜으로 제시되는 과정에는——외부세계에 대한 반응을 문자 그대로 박제인간의 정신상태로 제한하는——엄혹한 예술적 절제와 인내가 따르게 된다.

"도스또예프스끼 정신이란 자칫하면 낭비"라는 아리송한 발언도 바로 그런 맥락에서 이해할 수 있겠다. 스스로 원한에 사무친 인간임을 자학적·피학적으로 고백함으로써 모든 제도화된 삶과 대립하는 도스또예프스끼적 '지하생활자'의 병적 흥분을 「날개」에서 찾아보기는 어렵다. 그러므로 "값싼 행복과 고귀한 고통, 과연 어느 것이 더 나은가"[10]라는 지

10) Fyodor Dostoevsky, *Notes from Underground*, M. Ginsburg, tr., Bantam Books 1974, 151면.

하생활자의 염세적인 물음도 제기되지 않는다. 그것은 '권태' 이전 단계이기 때문이다. 그는 아내의 매매춘을 수수방관할 수밖에 없는 무기력한 룸펜인텔리겐찌아의 '절름발이 삶'을 아무런 대안 없이 제시하면서도 불구의 삶을 휘도는 식민지현실을 완곡하고도 끈질기게 증언한다. 짐짓 어눌한 백치의 자폐적 자의식을 통해 권태의 표면 아래 잠긴 자기모멸·자학·자조·자살충동이 제어되면서 시대의 어둠을 견디는 룸펜 아닌 룸펜의 현실이——아내의 매매춘과 소외의식이——그려지는 것이다.

그런데 정작 30년대 모더니즘을 대표하는 작품으로서의 「날개」 고유의 미덕은, 그 문학의 단골 주제인 도시공간에 대한 매혹과 환멸 및 거기서 벌어지는 자기파괴·소외 등에 탐닉하는 기색이 희박하다는 데 있다. 특히 「날개」에 관한 한, 근대성의 그런 병리적 징후들은 오히려 현실탐구의 동력으로 작용한다고 봐야 옳다. "돈을 쓰는 기능을 완전히 상실한 것 같"은 화자가 벙어리저금통을 변소에 갖다버리는 대목이 말해주듯이 (어떤 면에서는 IMF 현실마저 환기되는) 경제현실 및 인간소외를 통렬하게 고발·거부하는 것이다. 더욱이 그 폭로는 목적의식이 생활을 앞질러가버린 카프의 생경함과 거리가 있다. 자기 내부의 피폐를 응시하는 과정에서 발생하는 반(反)생명에 대한 '백치'의 본능적 거부에 더 가까운 것이다. 하지만 작품의 감동이 그런 유의 고발이나 거부에만 있는 것은 아니다. "눈에 보이지 않는 끈적끈적한 줄"로 얽어매어 헤어나지 못하게 하는 현실을 집요하게 재현하는 과정에서 "닭이나 강아지처럼 말없이 주는 모이를 넓죽넓죽 받아먹"기나 하는 룸펜의 삶도 종국에는 더불어 부정하는 특이한 성취가 이루어지는 것이다.[11] 즐겨 인용되는 마지

---

11) 엠이 지적한 것처럼 이 지점에서 화자는 유아적 백치라는 '서술자의 가면'(narrating persona)을 벗어던진다. 하지만 그럼으로써 서사(序詞)에서 드러난 경쾌하고 아이러니한 이상과도 약간 다른 비상의 갈구 장면을 식민지 지식인의 절망과 침묵으로 해석하는 것은 너무 제한된 읽기가 아닌가 한다. Henry H. Em, "Yi Sang's Wing Read as an Anti-Colonial Allegory," *Muæ*, Kaya Production 1995, 특히 107, 110면.

막 대목이다.

　　이때 뚜우 하고 정오 싸이렌이 울었다. 사람들은 모두 네 활개를 펴고 닭처럼 푸드덕거리는 것 같고 온갖 유리와 강철과 대리석과 지폐와 잉크가 부글부글 끓고 수선을 떨고 하는 것 같은 찰나, 그야말로 현란을 극한 정오다.
　　나는 불현듯이 겨드랑이 가렵다. 아하, 그것은 내 인공의 날개가 돋았던 자국이다. 오늘은 없는 이 날개, 머릿속에서는 희망과 야심의 말소된 페이지가 딕셔너리 넘어가듯 번뜩였다.
　　나는 걷던 걸음을 멈추고 그리고 어디 한번 이렇게 외쳐보고 싶었다.
　　날개야 다시 돋아라.
　　날자. 날자. 날자. 한번만 더 날자꾸나.
　　한번만 더 날아보자꾸나.

　　30년대 경성의 '초현실적 비전'[12]을 통해 이상은 근대화 특유의 휘발적 활력을 포착한다. "온갖 유리와 강철과 대리석과 지폐와 잉크"는 바로 근대화를 수행한 물적 토대에 해당하는 셈이니, 도시의 혼돈스런 팽창을 암시하는 "부글부글 끓고 수선을 떨고 하는 것 같은 찰나"도 근대인의 자기분열적 일상성을 구성하는 시간인 것이다. 그런데 이 마지막 대목이 두고두고 독자의 뇌리에 남는 것은, 근대(성)의 그같은 첨예한

---

12) 하지만 이 대목의 초현실성을 제대로 실감하기 위해서는 김동노의 다음과 같은 발언을 상기할 필요도 있다. "가령, 그 당시에는 공장에 싸이렌이 울렸다고 해요. (…) 아침 8시가 되면 출근시간을 알리는 싸이렌이 울리고 노동자는 도시락을 싸들고 뛰어가는데 이것은 옛날에는 없었던 시간의 개념이거든요. 그리고 12시에 싸이렌이 울리면 배가 고프든 안 고프든 가서 밥먹으라는 신호고, 그 다음에 다시 싸이렌이 울리면 퇴근하라는 것이지요. 이것이 단순히 공장의 노동자뿐만 아니라 싸이렌이 공장 밖으로 넘어가서 일반인들의 생활에도 기준이 되었지요."(좌담 「한국문학에서 식민지근대와 민족문제」, 『민족문학사연구』 13호 1998, 37면 참조)

드러냄보다는 "현란을 극한 정오"로 표현된 식민지근대와 대결하는 이상의 자세에 기인한다. 그것은 「날개」의 화자처럼 미쯔꼬시 옥상이라는 절망의 벼랑에 섰지만 노동운동을 선택했다가 끝내 변절해버린 『인간문제』(1934)의 신철과는 다른 길이다. 그것은 훼절의 현실에서 스스로 박제가 되어버린, '희망과 야심이 말소'된 룸펜의 생활과는 다른 차원의 삶, 지금까지 숱한 해석[13)]이 가해진 비상(飛上)의 꿈이다. "허허벌판에 쓰러져 까마귀 밥이 될지언정 이상(理想)에 살고 싶"어하는(3권 217면) 절절한 희망이다.

그러나 바로 그런 이상의 좌절을 발전동력으로 활용한 일면마저 있는 (식민지)근대에서 우리가 그 희망만을 가지고 과연 또다른 비상을 감행할 수 있을 것인가? 자신을 박제, 아니 '해골〔童骸〕'로밖에 인식할 수는 없는 텅 빈 인간의 비상에 우리는 어떤 염원을 실어주어야 하는가? 그 희구가 아무리 절절했다 해도, 이상 개인을 넘어선 식민지 근대는 엄연하다. "꿈에는 생시를 꿈꾸고 생시에는 꿈을 꿈꾸"어야(「지주회시」) 하는 현실에서 갈망하는 이상의 비상은 만해의 「잠 없는 꿈」「꿈과 근심」「꿈이라면」 등과는 사뭇 다른 국면을 맞는 것이다. 1919년 만세운동의 역사적 메아리마저 남김없이 잠들어버린 30년대가 비단 한반도의 시련만은 아니었건만, 식민지배 종식이 아득해진 전시체제기(1937~45)로 돌입하는 시대의 이상은 문자 그대로 형해만 남는 것이다. '님'의 기억이 전통으로 살아 있는 한 침묵은 희망으로 움틀 수밖에 없던 만해의 20년대가, 산산이 부서진 사랑을 목놓아 찾아헤맬 수 있었던 소월의 20년대가 차라리 행복했다. 심지어 이상은 "내 꿈을 지배하는 자는 내가 아"님을, "내

---

13) 최원식의 경우는 이 대목을 "음습한 골방 생활을 청산하고 거리의 사회성을 향해 날개를 폈던 충일했던 시점의 작가의 의욕을 표상하"는 징표로 읽는다. 필자 역시 공감하는 바인데, 다만 곧이어 내놓은 "이상 모더니즘은 이 지점에 이르러 거의 리얼리즘에 육박하는 것이다"라는 진단은 앞서 필자가 경계한 통념적인 모더니즘·리얼리즘 구도를 반복할 우려가 있다고 본다. 최원식, 앞의 글 184면.

가 지각한 내 꿈에서 나는 극형을 받았"음을(「오감도」 시 제15호) 넋두리처럼 늘어놓는다. '미망인·여왕벌'로서의 아내가 준 수면제에 의해 강요된 악몽이 배태되는 현실은 일제의 파쇼제국주의 외에 달리 설명할 수 있는 문맥이 없다.

「날개」의 '꿈' 해석에서도 식민지의 근대의식이 결정적인 변수인바, 그것은 '반현실'에 대항하는 의지(意志)적 성격을 띤다. 이상 스스로 고백하듯이 비상을 실현하는 "천사는 아무 데도 없"고, "'파라다이스'는 빈터"인(3권 191면) 황량한 현실을 '시적 비상'으로 극복하려는 시도조차도 다분히 의지로서의 삶의 테두리를 벗어나지 못하는 것이다. 따라서 30년대 모더니즘을 대표하는 「날개」를 그런 의지의 산물로 규정하고 비상의 선취(先取)를 강조할수록——동화 「황소와 도깨비」를 제외한다면——거의 모든 이상의 작품에 스민 모더니즘 예술 특유의 '불모성'이 더욱 두드러지는 역설이 발생한다. 김동인(金東仁)이 『춘원연구』(1934)에서 『무정』을 두고 지적한 바와 같은 당대 조선의 생생한 전통과 공동체적 삶의 연속성을 감지하기 힘든 것이다.

하지만 참된 전통을 근본부터 다시 생각해보아야 하는 우리로서는, 오히려 그럴수록 작품 차원의 현재 평가에서 비상이 함축하는 의지의 관념성을 지나치게 의식·비판해서는 안된다. 또한 이룰 수 없는 '예술'을 위한 지조쯤으로 이상의 문학을 단순화해버리는 평범함[14]도 경계해야 할 것이다. 이상 스스로 인정한(3권 242면) 실패작 「동해」를 비롯해 「환시기」 「종생기」 등은 「날개」의 복합적 성취를 돋보이게 하고, 비상의 꿈이 관념적이면 관념적인 대로 「날개」는 박제인간·룸펜의 현실과는 대비되는

----

14) 황현산 「『오감도』 평범하게 읽기」, 『창작과비평』 1998년 가을호 참조. 물론 황현산의 정확한 표현은 "그는(이상은) 예술이 이룰 수 없는 것이라고 생각했다기보다는 차라리 이 폐허에서 이룰 수 없는 어떤 것을 예술이라고 이름 붙이고 그 안에 웅크려 들었다. 이 점에서 그의 자궁 퇴행, 그의 거울 속 본질 자아의 방부처리는 민족의 자기보존이라는 시대의 명령이 지극히 개인적으로, 절망적으로 내면화된 형식이다"(354면)이다.

시대의 절박함을 알려주기 때문이다. 동시에 「날개」의 앞서간 근대의식을 체험하면서 자신의 모더니즘적 기질 및 그 문학의 병폐를 적시한 듯한 이상의 자기반성도 떠올려볼 필요가 있겠다. 즉 "고황(膏肓)을 든, 이 문학병을——이 익애(溺愛)의, 이 도취의…… 이 굴레를 제발 좀 벗고 표연할 수 있는 제법 근량 나가는 인간이 되고 싶"다던(3권 223면), 성숙에 대한 '모던뽀이' 이상의 진지한 갈구도 독자는 「날개」의 비상을 통해 마음으로부터 공감해봄직하다는 것이다. 결국 이상 문학의 난해성도——서구 휴머니즘이나 가부장제의 인간형과도 사뭇 다른 울림을 담은——'인간다움'을 향한 절실한 물음과 떼어 생각할 수 없게 된다.

3. 「꽃나무」——이상 시의 현재성

이상의 난해함이 단순히 기교나 기법만의 문제가 아니고, 식민지현실의 재현 및 그 현실을 살아가는 '인간다움'의 문제와 깊이 연관된다면, 「오감도」의 파격을 1차대전 전후 서구의 다다·초현실주의·미래파 등의 자장 안으로 끌어들이려는 안이한 문제의식도 재고해야 마땅하다. 근대 부르주아 합리주의에 극단적으로 반발함으로써 오히려 그런 합리주의를 '비논리적' 형태로 답습한 혐의에 걸린 유럽의 아방가르드를 이상의 난해성과 곧바로 동일시하기는 힘들다. 또한 타율적으로 맞은 근대에서 모국어마저 빼앗긴 식민지 모더니즘의 성과를 T. S. 엘리어트나 에즈라 파운드로 대변되는 영미의 주류 모더니즘과 동렬에 놓을 수도 없을 듯하다. 그렇다고 빠블로 네루다나 옥따비오 빠스 등이 예시하는 제3세계문학의 시적 성취와 대등한 차원에서 견줄 수도 없을 것이다.

그것은 무엇보다 (파운드라기보다는) 엘리어트가 대변하는 모더니즘적 성취 자체도 오랜 영시(英詩) 전통의 현대적 활용에 크게 빚진 것인

데다가, 파괴를 위한 파괴와 허무주의적 정치행위로 치달은 초현실주의
는 이상의 식민지체험과 거의 무관하다는 점에서 그러하다. 반면에 무자
비한 식민통치의 수탈과 함께 들어온 서구의 문화적 유산 덕을 보면서도
실제 피억압민중의 삶으로 깊숙이 파고든 중남미의 출중한 시인들에 비
한다면 이상의 어떤 한계는 더 뚜렷해진다. 「오감도」를 대하는 당대 대
중정서가 단적으로 말해주듯이 폭넓은 교양계층이 제공하는 문화의 혜
택을 이상이 향유하기에는 30년대 식민지현실은 너무도 초라하고 전통
문화와의 단절도 그만큼 극단적이었던 것이다.

물론 이상이, 특히 시에서, 서구의 어느 전위주의 작가 못지않게 논리
와 경험의 해체 및 언어파괴를 극단적으로 실험한 것은 사실이다. 그중
어떤 시가 그런 전위주의의 치기어린 모방이나 기계적인 반복이고 어떤
것이 원숙한 성취에 해당하는가는 구체적으로 가려내야겠지만, 평가를
위해서도 우선 염두에 두어야 할 점은——모더니즘 시학의 기본원리인
'몰개성'과는 분명히 구분되는——식민지지식인의 개인적 체험 양상이
다. 그 주조음은 각혈과 아내 금홍의 매춘 및 가출이 남긴 절망과 불구적
삶의 긴 신음소리다. "기침이 난다(…) 나는 무너지느라고 기침을 떨어
뜨린다. 웃음소리가 요란하게 나더니 자조하는 표정 위에 독한 잉크가
끼얹힌다. 기침은 사념 위에 그냥 주저앉아서 떠든다. 기가 탁 막힌다"
(「행로」). "무사한 세상이 병원이고 꼭 치료를 기다리는 무병(無病)이 끝
끝내 있다"(「지비(紙碑)」, 1935년 작품). "수명을 헐어서 저당잡히나보다"
(「가정」). "안해는 아침이면 외출한다 그날에 해당한 한 남자를 속이려 가
는 것이다"(「지비(紙碑)」, 1936년 작품). "안해는 외출에서 돌아오면 방에 들
어서기 전에 세수를 한다. 닮아온 여러 벌 표정을 벗어버리는 추행(醜
行)이다."(「추구」)

그런 주조음에는 어김없이 식민지의 어둠이라는 변주음이 따른다. '영
원한 귀양살이의 땅'인(「오감도」 시 제7호) 식민지, "이 손바닥만한 하늘

이편에 방망이로 흰 비둘기의 떼를 때려죽이는 불결한 전쟁이"(「오감도」
시 제12호) 벌어진다. 무덤에 있는 백골(조상)마저 자신의 삶이 떠안고 있
는 빚을——"혈청(血淸)의 원가상환"을(「문벌」)—— 청산하라고 재촉한다.
개인의 절망과 식민지의 어둠이라는 이중주는 때론 해독불가에 가까운
언어적·형식적 실험을 통해 '화음'을 만들어내는바, 그 주조음과 변주음
이 정확히 어느 지점에서 갈라지고 합쳐지는지가 구분되지 않는다. 그
가운데서 근거없는 낙관주의와 상투적인 염세주의와는 전혀 다른 차원
의 삶에 대한 부정과 긍정이 어우러진다. 그 대극의 양상은 「회한의 장
(章)」과 「육친의 장」의 비교에서도 두드러지지만, 그 시적 긴장은 「꽃나
무」에서 더욱 생생하게 복합적으로 확인된다.

> 벌판 한복판에 꽃나무 하나가 있소. 근처에는 꽃나무가 하나도 없
> 소. 꽃나무는 제가 생각하는 꽃나무를 열심으로 생각하는 것처럼 열심
> 으로 꽃을 피워가지고 섰소. 꽃나무는 제가 생각하는 꽃나무에게 갈
> 수 없소. 나는 막 달아났소. 한 꽃나무를 위하여 그러는 것처럼 나는
> 참 그런 이상스러운 흉내를 내었소. (「꽃나무」 전문)[15]

하지만 이 시의 '꽃나무'를 이상적 자아와 현실적 자아로 나누고 개념
화하여 후자가 전자에 도달하지 못하는 근대인의 소외와 고독으로 이 시
를 이해하는 태도에는 동의하기 어렵다. 시를 시로서 정독한 결과라기보
다는 모더니즘의 상투성을 시에 강제한 해석에 가깝기 때문이다. 먼저
꽃나무 자체가 무엇을 뜻하는가, 꽃나무가 과연 무엇을 어떻게 재현하는
가라는 물음을 던져본다.

---

15) 『가톨릭 청년』 1933년 7월호에 처음 발표되었을 당시 「꽃나무」에는 온점이 처음("꽃나
　　무 하나가 있소")과 끝("이상스러운 흉내를 내었소")에만 찍혀 있었다. 필자가 임의로 온
　　점을 찍어 문장을 구분한 것은 어디까지나 해석상의 편의에 따른 것이다.

앞의 세번째 문장까지를 염두에 두면, 재현대상은 명백하다. '꽃나무'다. "근처에는 꽃나무가 하나도 없"는 단독자로서의 꽃나무가 '꽃나무'를 그리는 상황이다. 그것은 "제가 생각하는 꽃나무를 열심으로 생각하는 것처럼 열심으로 꽃을 피"우고 섰다. 여기서 소설의 재현 개념을 적용하려 든다는 것은 애초에 가당찮은 일이지만, '생각하는 꽃나무'라는 심상이 독특한 울림을 퍼뜨리는 현상만은 여러모로 음미해봄직하다. 문제는 다음, 즉 "꽃나무는 제가 생각하는 꽃나무에게 갈 수 없"다는 야릇한 문장이다. 반영주체/모사객체를 상정할 수밖에 없는 재현 개념에 비추면 이 진술은 (「거울」의 상황처럼) 자연적 실체로서의 꽃나무와 그 반영상(反映像)인 꽃나무 사이의 근원적 불일치를 암시한다고 생각해볼 여지마저 생긴다. 「꽃나무」에는 이미 "열심으로" 꽃을 피우고 선 꽃나무와 "제가 생각하는 꽃나무에게 갈 수 없"다고 생각하는 꽃나무가 있다는 뜻이 된다.

그런데 흥미롭게도 아무런 접속사 없이 병렬된 두 꽃나무 사이에는 일종의 역접을 불러일으키는 듯한 충동이 내재한다. '열심으로 꽃을 피워가지고 섰으나 꽃나무는 제가 생각하는 꽃나무에게 갈 수 없소'로 읽힐 소지가 다분한 것이다. 이럴 때 지향점으로서의 반영상인 꽃나무는 도저히 도달할 수 없는 무엇으로 설정되는바, 90년대 문단을 휩쓴 포스트모더니즘의 '재현 불가능'이라는 이데올로기마저 환기된다. 아무튼 이 꽃나무 하나가, 마치 이론과 실천의 괴리처럼, 모종의 분열을 내포하는 듯한 실감을 주는 것은 분명하다. 즉 '꽃피움'을 실제로 성취하기 위해 노력하는 꽃나무와 꽃나무라는 상(像) 내지는 이데아에 다가갈 수 없다고 생각하는 꽃나무의 관계가 불확실해지고, 결과적으로 이상이 꽃나무라는 존재의 어떤 면모에 강조점을 두고 있는지 자체가 불투명해지고 마는 것이다. 이 현상을 끝까지 응시하면, 다섯번째 문장 "나는 막 달아났소"라는, 일견 시의 문맥을 완전히 일탈해버린 것으로 보이는 구절은 바로 그런 분열에서 벗어날 수 없는 작가 '나'의 좌절된 자의식으로 읽힐 근거가 뚜렷해진다. 그러나 다음 대목, "한 꽃나무를 위하여 그러는 것처럼 나는 참 그런 이상스러운 흉내를 내었소"는 더욱 묘하다. 무엇보다도 이 대목에서 '그런'의 의미가 안개에 휩싸여 있기 때문이다.

안개가 「꽃나무」를 그 정도 둘러쌌다고 해서 '꽃나무' 자체가 사라지는 것은 아니다. 그럼에도 이 시는 꽃나무의 어떤 본질적 의미를 시화(詩化)하려는 이상의 시도가 흡족하게 이루어지기보다는 막다른 벽에 부딪힌다는 느낌을 더 강하게 준다. 한 폭의 쓸쓸한 회화를 떠올리게 하는 이 시에서 꽃나무를 되살리려는 행위는——'이상다운'이라는 말장난마저 함축한——"이상스러운 흉내"로 표현된다. 그 '흉내' 또는 재현의지야말로 이상의 작품을 난해하게 만드는 일차적 요인임을 다시 확인할 때, 「꽃나무」의 종잡을 수 없는 어법도 이상이 '꽃나무 됨'을 추구하는 과정에서 시도하는 "참 그런 이상스러운 흉내"의 결과가 된다. 「날개」에서 확인한 비상의 꿈 역시 바로 그런 꽃피움을 향한 재현의지와 무관하지 않다. 그 과정에서 발생하는——결과적으로 당대 다수 민중의 생활체험과도 너무 멀어지게 된 일면이 있는——난해성을 단순한 현학취미 및 무분별한 전위주의와 일단 구별해야 하는 것은, 권태의 근원을 성찰하면서 누구보다도 충격적인 실험을 감내한 그가 '이상'스러운 흉내의 한계마저 자각했기 때문이다. 성숙을 향한 이상의 갈망을 앞서 확인했거니와, "절망이 기교를 낳고 기교 때문에 또 절망한다"는(3권 360면) 탄식도 바로 그런 복합적 자각의 일면이겠다.

그 자각이 실제로 얼마나 작품다운 작품을 낳았는가는 또 별개의 문제다. 이상 개인의 절절함은 있을지언정 소설의 됨됨이로서는 태작인 「동해」나 「환시기」 등이 그러하듯 시 중에도 기교와 절망의 극단을 오락가락하면서 기교에 현혹되고 절망의 눈물이 역력한 작품이 많다. 예컨대 「선에 대한 각서」 시편들은 관념과 기교의 산물이며, 그 유명한 「오감도」시 제1호 '13인의 아해' 역시 13이라는 숫자가 반복적으로 환기하는 온갖 부질없는 연상을 제외하면 '까마귀의 눈', 즉 오감(烏瞰)으로 시대적 불안을 환기하는 정도에 그친 듯하다. 절망의 기교적 수작(手作)일 뿐 그 이상의 시는 아니다. 개인의 아픔과 시대의 어둠 모두 '밤 사이에 찾아온 습관'처럼(「아침」 1936년 작품) 되어버린 결과인 것이다.

하지만 냉정한 평가일수록 살아 있는 작품을 기반으로 해야 함은 비평의 불문율이다. 앞서 분석한 시를 비롯해 간간이 인용한 「오감도」의 몇몇 시편과 「절벽」 「거울」 등은 서구 모더니즘에 비추어도 손색없는 작품으로서, 이상과 여러모로 대조적인 동시대 시인 김기림이나 정지용과도 확연히 구별되는 어법과 발상이 눈에 띈다. 근대를 진정으로 경험한 만큼의 치열한 인식과 현대적 의식——"능금 한 알이 추락하였다. 지구는 부서질 정도만큼 상했다"(「최후」)——의 선취를 보여주기도 하는 것이다. 이런 시는 '이해'와 '해석' 이전의 것이다. 흔히 난해시란 선입견 때문에 대중과의 거리가 미리부터 전제되고, 서구 문학이론을 들이대야 그 난해성이 풀린다고들 하지만, 실제로 안심하고 읽으면 우리 당대의 황량한 내면풍경마저 환기되는 것이다. "거울 속의 나를 근심하고 진찰할 수 없"는(「거울」) 현대인의 일그러진 자기고백으로 읽힐 수 있다는 점에서도 이상의 현재성은 거듭 확인된다. 동시에 개인의 고백 차원으로 한정하는 '독법'만으로는 이상에 다가갈 수 없다는 사실도 빠뜨릴 수 없다. 도저히 헤어날 길 없는 역사의 질곡에 빠져버린 한 룸펜인텔리겐찌아의 몸부림——절망과 기교의 복합적 내면화——은 분단체제에 대한 문학지식인의 싸움이 자기 내부의 적까지를 포함하는 것이라는 암시를 주기 때문이다.

4. 「지주회시」와 카프카의 「변신」

이처럼 이상의 현재성을 확인하는 것도 30년대를 되돌아봄으로써 가능하지만, 식민지라는 역사의 어둠이 당대문학에 어떤 '빛'을 던져주는가는 작품을 두고서만 구체적으로 논할 수 있다. 다만 원론 수준에서 식민지를 직접 경영하는 쪽과 그런 경영을 억압으로 체험하는 쪽이 처지가 사뭇 다르리라는 점은 자명하며, 그 차이를 강조할수록 루카치식 서구 모더니즘 비판을 우리의 30년대 모더니즘에 그대로 대입하기 어려워진다. 서구의 모더니즘이 "사회적 내용을 회피하는 방식이라기보다는 (…) 사회적 내용을 눈에 안 보이게끔 형식 자체 속에 격리함으로써 그러한 사회적 내용을 관리하고 통제하는"[16] 예술이라면, 그같은 형식적 의도 내지는 실험이 실제 내용의 근본적인 도전에 부딪힐 수밖에 없는 현장이 바로 제3세계의 식민지였기 때문이다. 따라서 서구 핵심부의 중산계급 예술에 대한 루카치의 가차없는 (일반적) 비판을 접수한다 하더라도 그 중에서도 우리가 창의적으로 끌어들여 우리 문맥에서 활용할 만한 '모더니즘 작품'은 따로 구별해야 하며, 다른 한편 비서구 식민지의 전위작품이 20세기 서구 모더니즘과 실제로 얼마나 다른 종류의 문학인가 하는 자기비판적 의문도 저절로 따라온다고 하겠다.

이상의 시를 두고도 그런 물음을 던져볼 만하지만 그보다는 역시 소설, 특히 「지주회시」가 더 안성맞춤일 듯하다. 기생적 삶의 양태가 거미〔蜘蛛〕와 돼지〔豕〕로 양분되고 적빈(赤貧)의 아귀인 거미와 사치·방탕의 짐승적 형상인 돼지가 먹고 먹히는 현실의 악순환을 그림으로써 카프의 이념성은 물론 카프카 같은 작가마저도 환기하기 때문이다. 이처럼

---

16) Fredric Jameson, "Reflections on the Brecht-Lukács Debate," *The Ideologies of Theory: essays, 1971~1986*, vol. 2, University of Minnesota Press 1988, 138면.

특정 계급으로 환원될 수 있는 적나라한 알레고리적 형상화 때문인지는
몰라도 평자들은 유독 이 작품을 통해 30년대의 자본주의 현실과 식민지
예속을 집중적으로 거론했다. "거미의 징그러움과 흉측함, 그 흡혈성,
끈적끈적하는 거미줄, 수많은 다리와 촉수들"에서 "수만 명의 감시원이
감시의 눈을 번득이며 민족의 생활을 속속들이 규제하는 공포스런 현
실"을 곧바로 대입하는 식의 재현주의적 태도가 단적인 예다.[17] 하지만
작품에서 과연 어떤 상상이 실제로 가능한가를 따져보기 위해서라도 줄
거리를 먼저 소개하는 것이 순서일 듯하다.

아내를 거미라고 믿는 그는 성탄절 아침에 한때 절친했던 벗 오군(吳
君)을 만나러 길을 나선다. 미술에 뜻을 둔 오였지만 이젠 기름 바른 머
리에 금시계, 보석 박힌 넥타이핀 등을 몸에 두른 양돼지가 되었다. 그는
오의 사무실에서 언젠가 돈 100원을 빌린──그의 아내가 여급으로 일하
는──R까페의 사장 뚱뚱신사를 보고서 얼떨결에 그만 꾸벅 인사를 해버
린다. 아내를 앞세우고 돈 빌릴 때 "유까따(浴衣)를입고내려다보던눈에
서느낀굴욕을오늘이라고잊었을까." 그런데 R까페에서 열린 망년회날
밤 오의 친구인 R까페 전무의 발길질에 그의 아내가 층계 아래로 굴러떨
어진다. "넌왜요롷게빼빼말랐니"라는 전무의 말에 "당신은왜그롷게양
돼지모양으로살이쪘소"라고 응수한 것이다. 다음날 경찰서로 출두한 이
부부는 오와 뚱뚱신사가 무마비 조로 건네준 20원을 받는다. 고소할 수
도 없지만 받지 않고 배겨낼 재간은 더 없다. "썩어들어가는쉬적지근"한
거미 내음새가 풍기는 밤이다. 끓어오르는 복수심과 회한을 어쩌지 못해
그는 그 거금 20원을 손에 들고 다시금 집을 나선다. 절치부심(切齒腐
心)이다. 그런 그는 아내가 당한 만큼 오의 정부 마유미를 옆에 끼고 허
무하도록 한번 놀아재껴보려는 심산이다. 그래서 그 돈이 날아가면? 그

---

17) 윤지관 「모더니즘의 세계관과 정직성의 깊이」, 『문학과사회』 1988년 여름호, 604면 참조.

래도 걱정없다. 그는 이렇게 외친다. "아내야또한번전무귀에다대이고 양돼지 그래라. 걷어차거든두말말고층계에서내리굴러라."

이렇게 줄거리를 정리해봤자 '인간거미〔蜘蛛〕'가 '인간돼지〔豕〕'를 만나게〔會〕 되는 희한한 사연이 그대로 전달될 리 만무하겠지만, 눈여겨볼 점은 그 만남이 단순히 1·3인칭의 주관적 관찰자나 객관적 방관자가 아니라 '의식의 흐름'이 절묘하게 가미된 일종의 '체험된 발화'(die erlebte Rede)로서의 자유간접화법을 통해 기술되는 형식이다. 등장인물 각각이 처한 정황이 해당 시각에서 그려짐과 동시에 그 시각들의 교호(交互)가 이루어지는 과정에서 식민지사회의 전체상이 포착되는 이 작품의 주된 어조는 위트마저 간간이 섞인 신랄한 해학과 풍자 및 자조다. 구어(口語)의 생기가 감도는 다성(多聲)적 내러티브는 각 인물의 서로 다른 속내와 그들이 맺고 있는 기생관계의 성격을 정확히 드러낸다. 가령 그, 그의 아내, 오, 오의 정부 마유미의 독백을 들어본다.

또 거미. 아내는꼭거미. 라고그는믿는다. 저것이어서도로환투[18)]를 하여서거미형상을나타내었으면—그러나거미를총으로쏘아죽였다는 이야기를들은일이없다. 보통 발로밟아죽이는데신발신기커녕일어나기도싫다. (…) 거미내음새다. 이후덥지근한내음새는 아하 거미내음새다. 이방안이거미노릇을하느라고풍기는흉악한내음새임에틀림없다. 그래도그는안해가거미인것을 잘 알고있다.

그러나아내는깜짝놀란다. 덧문을닫는—남편—잠이나자는남편이덧문을닫았더니생각이많다. 오줌이마려운가—가려운가—아니면저인물이왜잠을깨었나. 참신통한일은—어쩌다가저렇게사(生)는

---

18) 이는 환생을 뜻하는 '환퇴(幻退)'의 오식일 것이다.

지 ——사는것이신통한일이라면또생각하여보면자는것은더신통한일이
다. 어떻게저렇게자나? 저렇게도많이자나? 모든일이희한한일이었다.
남편. 어디부터어디까지가부부람 —— 남편 —— 아내가아니라도그만아
내이고마는고야. 그러나남편은아내에게 무엇을 하였느냐 —— 담벼락
이라고외풍이나가려주었더냐.

"이게마유미야이뚱뚱보가 —— 하릴없이양돼진데좋아좋단말이야 ——
金 알낳는게사니이야기알지(알지)즉화수분이야 —— 하룻저녁에3원4원
5원 —— 잡힐물건이없는데돈주는전당국이야 (정말?) 아 ——나의사랑
하는마유미거든" 지금쯤은아내도저짓을하렸다. 아프다. (…) 시계보
석을사주었다가도로빼앗아다가끄리고[19] 또사주었다가또빼앗아다가
끄리고 —— 그러니까사주기는사주었는데그놈이평생가야제것이아니고
내것이거든 —— 쓱얼마를그런다음에는 (…) 보석은또여전히사주니까
남는것은없어도 여러번사준폭이되고내가거미지, 거민줄알면서도 ——
아니야, 나는또제요구를안들어주는것은아니니까

"저이가거짓말쟁인줄제가모르는줄아십니까. 알아요(그래서)미술
가라지요. (…) 이마유미가속는게아니라구요 (…) 선생님은아시지요
(알고말고)으쨌든그따위끄나풀이한마리있어야삽니다.(뭐?뭐?)생각
해보세요 —— 그래하룻밤에3,4원씩벌어서뭐에다쓰느냐 말이에요 ——
화장품을사나요? 옷감을끊나요허긴한두번아니여남은번까지는아주비
싼놈으로골라서그짓도허지요 허지만허지만허구헌날화장품을사나요
옷감을끊나요? (…) 그래두저런끄나풀을한마리가지는게화장품이나
옷감보다는훨씬낫습니다. (…) 그러니까저를빨아먹는거미를제손으로

---

19) 여기서 '끄리다'는 '싸서 묶어두다'의 의미인 '꾸리다'이다.

기르는셈이지요. 그렇지만또이허전한것을저끄나풀이다수굿이채워주
거니하면아까운생각은커녕즈이가되려거민가싶습니다."

　그와 그 아내의 심경은 내면독백에 가까운 3인칭 전지적 시점으로, 오
와 마유미의 속내는 1인칭 대화적 독백으로 처리된다. 이런 다채로운 내
러티브는 얽히고설킨 '거미와 돼지'의 비유적 그물망, 즉 흡혈과 착취가
꼬리를 문 세계로 그 촛점이 모아진다.[20] 이 점은 카프카의 대다수 작품
을 특징짓는 내러티브, 즉 철저하게 주관적 의식으로 매개되는 1인칭 서
술과는 대조적이거니와, 이런 다층적 내러티브를 통해 네 인물에게 적용
되는 비유로서의 거미와 돼지는 끝까지 비유로 남으면서 '거미와 돼지'
가 판치는 세상을 높은 밀도의 알레고리가 가미된 사실적 수준에서 풍자
하는 것이다. 그런데 이처럼 인물들의 심층이 정확히 투시될수록 그의
심리적 가학·자학은—— "아무 자극도 감격도 없는 영점(零點)에 가까운
인간"인 「날개」의 룸펜보다—— 더욱 격해지는 양상을 보인다. 그 함의를
좀더 구체적으로 살피는 재미있는 방법은 여러모로 「지주회시」의 알레
고리를 떠올리게 하는 카프카의 「변신」(Die Verwandlung, 1915)과 대비
해보는 것이다.[21]
　「변신」에 대한 해석은 안팎에서 참으로 분분하다. 그러나 여기서는 그
런 해석[22]들을 세세히 검토하기보다는 「변신」의 충격적 실감을 차분하

---

20) 작품의 이같은 면모는 붙여쓰기를 통해 더욱 강화된다. 인물간의 착잡하게 뒤얽힌 관계
　　가 바로 그런 형식을 통해 '불편하고 낯설게' 재현되는 것이다.
21) 텍스트는 F. Kafka, *Sämtliche Erzählungen*, Franfurt a. M. 1970; 번역본은 이주동 옮
　　김, 단편전집 『변신』, 솔 1997.
22) 부자(父子)간 오이디프스적 갈등의 극화라든가, 산업사회의 비극과 소외라든가 하는 통
　　설은 물론, 그레고르의 죽음을 그 가족이 대변하는 부르주아적 질서와의 궁극적 화해나 정
　　반대로 그로부터의 일탈로 보는 등, 서로 엇갈리는 시각 외에 국내 여러 작가와의 비교문
　　학적 접근도 있는 것으로 안다. *The Metamorphosis*, Stanley Corngold, tr., Norton 1996에
　　실린 비평 및 한국카프카학회 엮음 『카프카 연구』 등에 실린 논문들 참고.

게 되새겨보는 편이 더 합당하겠다.

　누구나 「변신」을 당혹스런 작품으로 느낄 법한 것은, 어떤 알레고리나 상징적 의미를 숨긴 복선이 아니라 문자 그대로 잠자가 인간에서——심지어 어머니조차 외면하는——벌레로 변하고, 그런 변신이 추호의 작가적 회의도 없이 실제현실로 시종 집요하게 묘사되기 때문일 것이다. 그 집요함은 또다른 벌레가 등장하는 초기 미완성작 「시골에서의 결혼준비」(Hochzeitvorbereitung auf dem Lande)보다 훨씬 전면적이다. 악몽 같은 벌레 상태에서 깨어나려는 잠자의 의식이 처절하고 절박할수록 더 깊어만 가는 소외로 인해 독자가 잠자의 변신을 다른 무엇으로 상상하는 것은 거의 불가능하다. 오히려 그럴수록 분명히 '현실'은 아닌 변신의 상황을 통해 그레고르의 사실적 삶의 조건은 더욱 강렬하게 환기될 뿐이다. 아니, 누이를 음악학교에 보내리라는 살가운 꿈을 끝까지 간직한 벌레 잠자를 두고 던지는 그 누이의 절규——"아빠는 그것이 그레고르라는 생각에서 벗어나야만 해요"——가 증언하듯이 그의 변신은 누이를 위한 애틋한 희망보다 더 냉혹한 실재성을 획득한다고 말해야 더 정확할 듯하다. 변신의 '현실'이 너무도 생생한 나머지 독자는 '그것'이 그레고르라는 생각에서 벗어날 수가 없다. '그것'이 결국 굶어죽음으로써 정상적인 삶을 되찾은 가족의——진정제를 맞은 듯 안온한——행복의 예감이 제시되는 작품의 마지막 대목에 가서도 우리는 벌레 잠자의 인간적 고뇌를 도저히 잊을 수 없다.

　그런데 여기서도 일차적으로 염두에 두어야 할 점은, 카프카 자신이 「변신」을 작품으로서 전혀 자랑스러워하지 않은바, 잠자가 벌레로서 버림받은 세계 이면에는 온전한 공동체를 이룰 수 없는 카프카의 가족, 특히 아버지, 그 부권에 대한 강렬한 회한이 억눌려 있다는 사실이다. 「변신」의 비현실적 환상에 끔찍하기 짝이 없는 실재성이 담기는 것은 바로 그런 전기적 비사(秘史)[23]와도 아주 무관하지는 않을 것이다. 또한 그 애증에는 좀더 큰 역사적 테두리, 즉 항구적인 유배와 식민 상태에서 떳떳한 공민(公民)의 지위를 구걸할 수밖에 없었던 유대인 아버지들과 그런 인간적인 희망에 끝까지 양가적(兩價的) 태도를 버릴 수 없는 카프카들이 존재한다는 점도 상기함직하다.

하지만 이상과 카프카 모두가 객혈로 고통받고 여성과의 저주스런 관계마저 공유한 채 그런 불행한 개인사와 겹쳐진 식민체험의 어둠까지를 체험했을지는 몰라도, 「지주회시」를 생각하면서 「변신」을 읽을 때는 차이가 두드러진다. 후자에 촛점을 맞춘다면, 벌레라는 외피를 두른 상태에서 내적으로 잠자의 인간적 고뇌가 전개되는 과정이 극단적인 분열로 치닫는다는 사실을 특히 강조할 만하다. 깨어나니 오싹한 악몽이었다든가 꿈결 같은 현실이 허망한 환상이었다는 식으로 화자의 이야기가 정리됨으로써 그 허무와 희망이 동시에 불러일으켜지기보다는 그런 불러일으킴 자체를 원천적으로 봉쇄하는 듯한 느낌을 주는 것이다. 루카치가 카프카의 한계로 비판한 바로 그 점, 즉 이럴 수도 저럴 수도 없는, 희망과 절망의 다같은 몽환적 유예(猶豫)야말로 카프카 모더니즘의 진수요 특장에 해당하는 것이니, 「지주회시」에서 거미·돼지의 비유 차원을 완전히 떠나지 못하는 인물군상이 주어진 '객관적' 현실에서 일정한 생명력을 얻는다는 점이나 '던져진 존재'──"어떤 거대한 모체(母體)가 나를 여기다 갖다버렸나"──로서의 극단적인 소외의식이 작품 표면으로 노골화하는 점을 볼 때, 역시 이상은 아직 카프카의 경계까지는 이르지 못했다는 생각이다. 다른 한편 자칫 상념에 빠져들기 쉽고, 경우에 따라서 지식인들의 값싼 절망의 안식처 노릇도 해온 카프카적 극한에 비추면 이상 모더니즘의 어떤 면모가 더 분명해지는가 하는 점이 궁금해진다.

23) Franz Kafka, *Brief an den Vater*, Frankfurt a. M. 1981, 72면. 카프카 가족의 내면사, 특히 카프카 부자간의 착잡하게 얽힌 애증관계를 토로한 이 장문의 편지는 부쳐지지 않았다.

　그러면 「변신」과 「지주회시」를 대비함으로써 이상의 모더니즘적 성취를 좀더 구체적으로 가늠해보자는 원래 취지로 돌아가자. 이때 흥미로운 사실은 「지주회시」가 「변신」의 '극단'에는 못 미친다는 (상대적으로 쉽게 합의할 수 있는) 전제를 달면서도 이상이 그런 극단에 빠지지 않음으로써 카프카가 서구 작가로서 처한 역사적 딜레마——카프카가 활동한 오스트리아-헝가리제국의 식민지 체코와 온갖 민중적 체취가 희석되어버린 문어(文語)로서의 독일어[24]——를 환기해주는 면마저 있지 않은가 하는 것이다. 하지만 이 글의 촛점은 모더니스트 카프카의 성취와 한계보다는 님이 잊혀져버린 식민지의 현실에 어쩔 수 없이 가위눌린 이상의 삶에의 의지다.[25] 삶을 향한 인간 잠자의 몸부림이 벌레의 현실에 압사되는 카프카의 그것은, 가령 『소송』(1925) 『성(城)』(1926) 등에 가서 더욱 분명해지듯이, 그 자체가 일종의 불가해한 억압이 됨으로써 '삶 속의 죽음'을 극화하는, 이른바 악무한(惡無限, schlechte Unendlichkeit)으로서의 삶에의 의지에 해당한다. 살아 있는 모든 삶의 역사적 계기가 무대화된 결과 꼭두각시들이 늘어선 무대 위로 어른거리는 불가해한 메씨아의 환영(幻影)만이 남는다.[26] 그러므로 기술·관료주의적 반(反)문명의 본질을 (「유형지에서」처럼!) 의지의 악무한적·기계동력적 순환으로 섬뜩하게 드러낸 카프카의 불길한 매혹과 구도자적 열정이 아무리 현대인을

24) 이에 대해서는 염무웅 「리얼리즘의 눈으로 읽은 카프카의 소설」, 『혼돈의 시대에 구상하는 문학의 논리』, 창작과비평사 1995, 특히 439~42면 참조.

25) "카프의 흥분이나 친일문인들의 비행은 물론, 이태준·정지용 같은 재능있고 사려있는 문인들도 시대의 가장 중대한 사실인 '님의 침묵'을 정말 마음에 두고 있었다고 하겠는가? 오히려 '쓸데없는 눈물'을 너무 많이 흘렸고 '기다림'의 의무를 태만히한 것은 아닌가? 오직 이상(李箱)만이 '님'이 완전히 가버리고 가버렸다는 것조차 잊어버리도록 멀어진 황량한 시대를 정녕 참을 수 없는 시대로, 그런데도 가위에 눌린 것처럼 깨어나려도 깨어날 수 없이 엄연히 우리가 살아야 하는 시대로 파악했다." 백낙청 『민족문학과 세계문학 I』, 창작과비평사 1978, 54면.

26) Walter Benjamin, "Franz Kafka. Zur zehnten Wiederkehr seines Todestages," *Benjamin über Kafka, Texte, Briefzeugnisse Aufzeichnungen*, Frankfurt a. M. 1981, 14면.

사로잡는 '생명력'을 지닌다 하더라도, 어쨌든 그건 이상의 삶에의 의지와는 차이가 있다. "신에 대한 최후의 복수는 부정되려는 생을 줄기차게 살아가는 데 있"음을(『12월 12일』) 천명한 이상, 하지만 "門을암만잡아다녀도안열리는것은안에生活이모자라는까닭"임을(「가정」) 알았던 이상, 그리하여 「날개」의 반생명·반현실적 상황에 대해 명백한 '시적 거부'를 표명하고 삶에의 의지를 생활에서 끝내 구현하려는 이상의 면모[27]와는 다른 것이다.

이처럼 이상의 집요한 삶에의 의지를 강조할 때 "20세기를 생활하는 데 19세기의 도덕성밖에 없"음을 통탄한 그의 '전근대적 근대인'으로서의 자세도 달리 해석될 여지가 많다. 그것은 20세기를 관념적으로 앞질러간 서구 모더니즘의 잣대로 평가할 수 없음은 물론, 근대의 경계를 한참 벗어난 듯한——그토록 심혈로 쓴 작품들이 모두 불태워지기를 원한 만큼은 그 메씨아에게 다가갔을지도 모를——카프카의 구극적(究極的)인 진정성과도 다른 맥락에서 따져보아야 하는 것이다. 오히려 폭압적으로 강요된 20세기에 끝내 휩쓸릴 수도 없었고 그렇다고 사지가 잘리듯 단절되어버린 전근대 19세기로 되돌아갈 수도 없었던 이상이, 그 가혹한 긴장을 짧은 생애에나마 창조적으로 감내함으로써 서구 자연주의와 모더니즘 두 범주의 기계적·정태적 세계관을 탈피할 수 있었던 것이 아닌가 하는 물음을 던져야 하는 것이다. 실제로 벌레 잠자의 '비현실'이 현실세계의 냉혹함을 가차없이 비추어주는 카프카의 그로테스크한 '환상'과, 현실에 잇닿은 「지주회시」의 아슬아슬한 환상적 충동을 비교할 때 그 점은 좀더 분명해진다. 현실세계의 논리를 일거에 뒤흔드는 벌레 잠

---

27) 이같은 이상의 면모를 생각할 때 니체의 『즐거운 지식』(*Die Fröhliche Wissenschaft*, 1882) 제125절에 등장하는 광인(狂人)을 연상하지 않을 수 없는 장편 『12월 12일』은 특히 의미심장하다. 지금까지 이상 연구자들이 간과한 사실, 즉 이상이 이미 초기 습작시절부터 기독교적 연민의 세계와 거리를 두었을 뿐만 아니라 니체의 니힐리즘도 깊이 이해했다는 사실마저 확인되기 때문이다.

자가 일단 제거되면——우리에게는 너무도 낯익은——잠자 가족의 안정
된 일상만이 남는 카프카와는 달리, 발동되기는 하지만 가까스로 억제된
「지주회시」의 변신 충동은 외부의 실제세계를 향해 일종의 원심적 파동
(波動)을 불러일으키는 듯하다. 망측한 '변신'이 강렬하게 재현하는 외
근 쎄일즈사원 잠자의 빠듯한 삶의 사실적 조건과 불안에도 불구하고 결
국 부르주아적 삶을 내면화한 잠자 가족으로 좁혀지는 카프카와는 뭔가
다른 삶의 결단을 예고하는 것이다. 다음과 같은 대목이 그러하다.

밤은안개로하여흐릿하다. 공기는제대로썩어들어가는지쉬적지근하
여. 또——과연거미다. (환투)——그는그의손가락을코밑에가져다가
만히맡아보았다. 거미내음새는——그러나10원을요모조모주무르던그
새큼한지폐내음새가참그윽할뿐이었다. 요 새큼한내음새——요것때문
에세상은가만히있지못하고생사람을더러잡는다——더러가뭐냐. 얼마
나많이축을내나. 가다듬을수없는어지러운심정이었다. 거미——그렇
지——거미는나밖에없다. 보아라. 지금이거미의끈적끈적한촉수가어
디로몰려가고있나——쪽소름이끼치고식은땀이내솟기시작이다.

근대 모더니즘의 '적자' 구보(仇甫)들이 고뇌어린 방황 끝에 결국 회
피해버린 것도 식민지 노예근성에 대한 바로 이같은 고절(孤節)한 자기
고발이 아니었던가! 새큼한 지폐 향기에 "가다듬을수없"이 취해버린 와
중에도 자신의 식민성을 냉엄하게 자인(自認)하는 모습이 「지주회시」에
는 있다. 물론 표면적으로 이상의 그런 처절한 자각도 마유미라는 '양돼
지'에 대한 포한(抱恨) 풀이로 낙착된다. 하지만 "거미는나밖에없다"
"물뿌리처럼 야외들어가는아내를빨아먹은거미가너자신인것을깨달아
라" 식의 통절한 자기인식 및 "부모를배역한이런아들을아내는기어이이
렇게잘뛩겨주는구나" 같은 원념 가득한 반성은 '거미와 양돼지'가 판치

는 식민지현실 전체를 불러일으키는 집약성을 띤다. 조국의 독립은커녕 온전한 가족의 꿈조차 불가능할 정도로 소외되어버린 한 인간의 가련한 근대적 배냇짓을 통해 당대 노예현실이 우리 앞에 펼쳐지는 것이다. 그런만큼 이는 한낱 추상적 인간조건을 한탄하는 태도와도 거리가 먼 것이다. 오, 뚱뚱신사, 순사(巡査) 등에 대고 속으로 내뱉는 항변 "당신들눈에내가구더기만큼이나보이겠소"에서 황국민(皇國民)의 내선일체를 상상하기 힘들거니와, 경찰서로 불려가 "새파랗게질린채쪼그리고앉아있는새앙쥐만한" 아내와 "그저한없이공손히고개를숙여주었을뿐"인 그의 모습은 식민치하의 민중현실이 어떠한가도 여실하게 느끼게 해주는 바 있는 것이다.

그러나 독자의 이 모든 '상상'도 이상 개인의 고뇌와 각성이 벼랑 끝까지 간 결과다. 역설과 아이러니, 자기풍자가 다성적으로 근저에 깔린 모더니스트의 그런 절실함과 고독이 스며 있기에 쓰디쓴 자학과 독기서린 웃음이 뒤섞여버린 마지막 대목까지 읽고 나면 한 근대인의 전형적인 소외의식만이 아니라 식민지민중의 착잡한 분한(憤恨)까지도 작품의 지배적인 어조로서 독자의 뇌리에 곱다시 남는 것이다. 그렇기에 「지주회시」의 분한에서 변소에 처넣어진 「날개」의 벙어리저금통이 연상되는 것도 그만큼 자연스러우며, 「날개」의 의뭉스런 유아적 백치 화자와 식민지의 통한어린 삶을 증언하는 「지주회시」의 화자는 이상다운 감수성의 양면임이 확인된다.[28] 분열적으로 드러나는 거미인간의 현실적 비애와 박제인간의 비상을 향한 갈구가 식민지근대에서 짓밟힌 삶의 진상을 증언하거니와, 우리는 그처럼 분열되어 드러나는 이상의 실험적 감수성을 이

---

28) 또 바로 이런 양면이 살아 있기에 "나는 嚴冬과 같은 天文과 싸워야 한다. 氷河와 雪山 가운데 凍結하지 않으면 안된다. 그리고 나는 달에 對한 일은 모두 잊어버려야 한다——새로운 달을 發見하기 爲하여"라는(3권 194면) 그의 다짐조차도 단순한 근대주의와는 사뭇 다른 싸움을 우리에게 예시하는 것이다.

시대의 정신적 위기를 앞에 두고 적극적으로 통합해볼 필요가 절실한 것이다. 그럴 때에야 비로소 새것이라면 환장들 하는 현재 문단의 경조부박(輕佻浮薄)한 풍토에 휩쓸리지 않고 "'주머니가 가난한 자'의 현실적 절박함과 '마음이 가난한 자'의 가없는 진정성이 결합된 경지"[29]를 실감할 수 있다. 동시에 "정직하게 살겠습니다. 고독과 싸우면서 오직 그것만을 생각하"고(3권 242면) 있겠다는 이상의 이상다움을 복잡다단한 우리 현실에서 제대로 되살릴 때 현실지향의 변혁이념으로 인해 오히려 관념의 나락으로 떨어질 위험에 직면하는 민족문학과 리얼리즘의 숙명을 망각으로부터 일깨울 수 있는 것이다.

5. 송구영신을 위하여

우리의 식민지근대가 서구의 근대와는 전혀 다른 차원의 역사적 가능성과 한계를 동시에 남겨주는 까닭은, 보내드려야 할 전근대와 맞이해야 할 근대 모두를 일제가 식민지 지배전략에 왜곡·활용했다는 데 있다. 그로 인해 가해자 일본은 하나의 업보(業報)로서 전후의 '뒤틀림'이라는 온갖 불행한 정신적 유산을 스스로 짊어지게 되었지만,[30] 한반도에도 쉽사리 치유되지 않는 역사적 상흔을 남긴다. 그중 하나가 이상의 문학인바, 서양 따라잡기에 나선 선진일본의 환상에서 일찌감치 눈뜬 이상이 낙후한 전근대에 발목잡힌 채 근대의 근대다운 세례를 온전히 받지 못한 것은 제3세계문학의 보편적 불행인지도 모른다. 하지만 그것이 식민지근대 특유의 가능성과 희망으로 작용하는 일면도 있다. 즉 식민지근대가

---

29) 졸고 「보들레르와 근대」, 『창작과비평』 1997년 겨울호, 334면. 이 책 249~75면에 수록.
30) 카또오 노리히로 『사죄와 망언 사이에서』, 서은혜 옮김, 창작과비평사 1998 참조.

그토록 궁핍했기에 이상의 악전고투는 전근대와 근대 모두에 대한 처절한 이중적 싸움의 성격을 띠는 것이다. 그 어둠의 유산이 온전히 물러갔다고 말할 수 없는 지금, 그의 싸움이 근대(성)의 성취(또는 적응)와 극복이라는 민족문학의 현단계 이중과제와 직접적으로 연계된다는 점은 우연으로 볼 수 없다.

그리고 이런 이중과제의 완수를 위해서라도 이상과 20~30년대 모더니즘은 20세기 근대문학사에서 온당히 재평가해야 할 것이다. 다만 식민지근대의 문학유산만으로는 그같은 과업을 충분히 감당하기 어렵다고 본다. 해방 이후, 특히 60년대 이후 전개된 민족문학과 리얼리즘의 성과가 가세해야만 하는 것이다. 이렇게 볼 때 전민족적 참화인 6·25가 「요한시집」(1955) 같은 또다른 이상의 흔적을 드리웠지만, 이상의 '극복'을 당당하게 말할 수 있게 된 문학의 일차적 계기는 역시 4·19혁명이라 하겠다. 그 양상은 (서구) 모더니즘에서 배울 것은 철저하게 배우고 이겨낼 것은 끝까지 이겨내는 과정을 통해 작품으로써 혁명의 본질에 육박해 들어간 김수영 등을 떠올릴 때 좀더 분명히 그려진다. 모더니즘과의 참다운 회통도 바로 그같은 배움과 극복과정을 전제해야 하거니와, 이상의 현재성 운운하는 언설 역시 우리 당대문학의 성취가 따라줄 때 비로소 구체적인 내실을 얻을 수 있다. 폭넓고 깊은 시민들의 참여와 깨달음이 힘을 보태줄 수 없었던 식민지근대의 어둠이 이상의 예술적 선취와 좌절을 동시에 낳는다. 그 선취와 좌절은 우리 당대에서도 여전히 민족문학과 세계문학의 꿈을 한데 비추어보는 하나의 역사적 거울이 된다. 이상과 그 30년대 모더니즘은 본질적으로 극복의지를 불러일으키는 계승의 문제로 남아 있는 것이다.

김수영론

■

이상의 계승과 극복

1. 이상과 김수영

문학에서도 전통에 관한 논의는 이른바 법고창신(法古創新)의 정신으로 축적된 작품들이 어느정도는 선행되어야만 실속이 있을 것이다. 그렇다면 그런 작품들을 알아보는 양식있는 독자를 전제하지 않고서는 전통 자체도 무의미해질 위험에 처하겠지만, 다른 한편 이 옛 문자를 자명하게 받아들이면서 전통을 논하는 습성 또한 경계할 일이다. "법고를 주장하는 자는 옛 자취에 빠지는 병폐가 있고 창신을 주장하는 자는 불경스럽게 될 우려가 있"[1]는 것이다. 이 두 난관을 피해간다는 것도 어떤 발본적인 사유를 요구할 터인데, 분야를 막론하고 "옛 자취"의 추종만으로는 미답(未踏)의 길에 들어설 수 없음은 특히 강조함직하다. 적어도 이 맥락에서는 모든 예술적 모험에는 기존의 법을 깨는 새로움의 '불경'이 승할 수밖에 없다는 주장도 해볼 수 있겠다. 아니, 어떤 의미에서는 '창

---

[1] 임형택 『실사구시의 한국학』, 창작과비평사 2000, 454면에서 연암 박지원의 발언 재인용.

신'으로서의 불경이야말로 미답의 경지로 나아가기 위한 예술가의 기본 자산인지 모른다.[2]

　바로 그런 의미의 불경에 관한 한, 독자로부터 "무슨 미친놈의 잠꼬대냐"는 식의 힐난을 예사로 들었던 이상만큼 치열했던 작가가 또 있을까. 그러나 20세기 한국근대시사를 내림차순으로 조망해보면, "모든 살아있는 문화는 불온한 것"이라고 단언한 김수영(金洙暎, 1921~68)을 떠올린다는 점에서 이상의 불경도 전무후무한 것은 아닐 듯하다. 1930년대와 60년대에 누구보다도 발군의 족적을 남긴──그로써 시대의 경계를 초월했다고들 하는──이들의 '친족성'은 여러 평자들이 암시한 바 있다. 실제로 그 점은 시를 사랑하는 일반독자에게도 대번에 감지될 법하다. 실험정신의 치열함과 첨단에 선 시대인식에서 우열을 가리기 힘든 두 시인은 독서대중의 뇌리에 난해시의 대명사로 자리잡은 것이다. 각기 자기가 처한 현실의 후진성을 극도로 의식했다는 공통점 말고도 이상과 김수영이 감행한 시적 모험의 근원에 공히 서구 모더니즘의 세례가──후자가 이상의 일본어 유고시를 번역하고 나름의 비평을 개진한 적이──있음을 기억한다면, 김수영을 읽는 과정에서 부득불 이상을 의식할 수밖에 없다. 그렇다면 이런 읽기는 일반독자에게도 단순한 흥미를 넘어서 20세기 한국시사(詩史)를 조감하는 데도 좋은 기회가 될 수 있겠다.

　「오감도」의 시인을 염두에 두면서 김수영을 읽을 때 자연스럽게 떠오르는 것은, 열한 살 터울에 불과한 두 작가 앞에 거대한 심연처럼 가로놓인 시대적 단절 못지않은 연속성이다. 민족해방이 도저히 다다를 수 없을 것 같은 피안의 꿈으로 남은 조선강점기의 이상은 스스로를 '해골'로 인식하지 않았던가. 김수영도 식민지조선의 역사적 업보를 감내하며 시

---

2) 그럴 때 창조적 모색과 인습적 반복을 분별하고 독서대중과 교감하면서 이들을 선도하는 비평가도 전통의 창조에 또 하나의 결정적인 변수가 된다.

작(詩作)에 몰두한 지식인이다. 두 작가는 전혀 다른 시대를 살다 갔지만, 중요한 것은 비상(飛翔)의 염원을 실현하려는 30년대 식민지지식인의 처절한 사투가 동족상잔을 거쳐 군부독재가 들어선 60년대에 와서는 민주주의의 쟁취를 위한 싸움으로 이어진다는 사실이다. 이상의 계승과 극복이라는 관점에서 김수영을 자리매기는 근거도 후자가 전자에게서 뭔가를 직접적으로 배웠다거나 전수받았다는 데서만 찾을 수 있는 것은 아니다. 20세기 한반도 현실에서는 이상의 비상에 대한 염원과 김수영의 민주주의 쟁취를 위한 분투도 둘이 아닌 '하나'라는 점이 핵심이기 때문이다. 그러므로 식민시대의 질곡을 가리키는 상징으로 이상을 정리한다거나, 해방 이후 시단에 등장한 김수영을 민주주의가 부재한 현실에 온몸으로 맞선 분단시대의 혼불이라는 식으로 정리하는 것도 낡은 반복일 것이다.

2. 1956년까지의 초기시

전집 맨 앞에 실린 「묘정(廟廷)의 노래」를 쓴 싯점이 1945년으로 찍혀 있으니, 김수영의 공식 시력(詩歷)은 민족의 해방과 함께 시작하는 셈이다.[3] 대략 1956년까지의 초기작을 훑어보면, 우연이랄 수 있는 이 사실도 20세기 한반도의 분단과 문학지식인의 착잡한 관계를 직·간접으로 확인해준다. 양여된 해방에 이어 불어닥친 외세의 입김, 그에 휘말린 사

---

3) 민음사에서 1981년과 2003년에 각각 출간된 두 전집 가운데 하나를 인용 텍스트로 정하는 것 자체도 '김수영 읽기'의 어려움에 속할지 모르겠다. 이 글에서는 일부 빠진 작품도 찾아내 싣고 한자를 한글로 거의 바꾼 개정판 『김수영 전집』(민음사 2003, 이하 『전집』) 1(시), 2(산문)를 기준으로 하되, 인용할 때 시의 경우 제목만을 밝히며, 산문의 경우 제목과 함께 면수까지 밝히기로 한다. 참고로 「묘정(廟庭)의 노래」가 실제로 발표된 것은 『예술부락』(1947)이다.

46

회의 혼란과 처참한 동족상잔으로 인한 '피로'가 시의 전경(前景)을 이루면서 생활에 지치고 삶에 치인 흔적들이 초기 시편마다 갈피갈피 묻어 있기 때문이다. 지식인의 소명 부재가 '권태'로 드러나는 캄캄한 식민지 현실에 해방의 서광이 비쳤으나 다시금 외세에 짓밟힌 약소국에서 그 빛은 지식인의 애상과 설움, 모멸감으로 스러진 것이다.[4]

　　그러나 이상의 시나 소설에서조차 그러하듯이, 단말마(斷末魔)처럼 찾아오는 생활의 의지와 갱생의 꿈이 김수영 문학의 초기 국면에도 없는 것은 아니다.

> 무수한 웃음과 벅찬 감격이여 소생하여라
> 거리에 굴러다니는 보잘것없는 설움이여
> 진시왕만큼은 강하지 않아도
> 나는 모든 사람의 고민을 아는 것 같다
> 어두운 도서관 깊은 방에서 육중한 백과사전을 농락하는 학자처럼
> 나는 그네들의 고민에 대하여만은 투철한 자신이 있다 (「거리2」 부분)

시작(詩作) 싯점이 1955년 9월 3일로 기록된 이 시에서 표명된 시인의 자신감은 설움의 감상(感傷)을 딛고 '사물'을 바로 보려는 시도로 이어진다. 「달나라의 장난」의 한 대목처럼 "나는 결코 울어야 할 사람은 아니며／영원히 나 자신을 고쳐가야 할 운명과 사명에 놓여 있는 이 밤에／나는 한사코 방심조차 하여서는" 안되리라는 다짐도 어떤 극복의 몸부림이거니와, "너도 나도 스스로 도는 힘을 위하여／공통된 그 무엇을 위하여 울어서는 아니 된다는 듯이／서서 돌고 있는" 팽이는 전후(戰後)의 정신적·물질적 폐허 위에 위태롭게 선, 의연해서 더 서러운 마음의 한

---

4) 그때까지 쓴 37편의 시 가운데 15편에서 설움이 반복된다.

상징이다.

그러나 중심을 겨우 세워 '스스로 도는 힘'을 유지하려는 안간힘에서 「공자의 생활난」(1945) 같은 요령부득의 난해시도 나온다. 적어도 1955년까지는 「달나라의 장난」(1953) 「애정지둔(愛情遲鈍)」(1953) 「방안에서 익어가는 설움」(1954) 「긍지의 날」(1955) 「휴식」(1955) 정도만이 감상의 옹알이와 과도한 염치를 넘어서서 온전한 작품을 이루었다는 것이다. 태작이 더 많은 초기시들의 주정(主情)은 참혹한 좌우익 학살의 기억을 억누르면서[5] 전후의 남루한 삶을 꾸려가고자 한 가장(家長)의 자기의식이다. "피로도 내가 만드는 것 / 긍지도 내가 만드는 것 / 그러할 때면은 나의 몸은 항상 / 한치를 더 자라는 꽃이 아니더냐"라는(「긍지의 날」) 믿음은 "방 두 칸과 마루 한 칸과 말쑥한 부엌과 애처로운 처를 거느리고 / 외양만이라도 남과 같이 살아간다는 것이 이다지도 쑥스러울 수가 있을까"라는(「구름의 파수병」) 도덕적 염치와 뒤섞여 있다. 초기시의 주조음인 믿음과 염치는, 4·19혁명 이후 좀더 절실하게 표현되는 소시민 근성에 대한 뼈저린 자각의 뿌리다. 염치와 함께 깊어지는——"나는 그네들의 고민에 대하여만은 투철한 자신이 있다"는(「거리2」)——신념은 60년대 시적 실험의 바탕이 된다는 것이다.

김수영의 시력에서 결정적인 분기점은 평자들이 '합의'한 대로 1960년의 4·19혁명이다. 4·19가 한국문학사에 끼친 영향은 지대하지만, 거제도 포로수용소에서 만신창이로 살아 돌아온 한 시인의 시적 사유에서도 그것은 결정적 전환점을 찍은 사건이다.[6] 그러나 주목할 것은, '4·19'가

---

5) 1953~54년에 쓴 것으로 추정되는 김수영의 「미숙한 도적」에 "더러운 침구가 마음을 괴롭히지도 않는데 / 의치(義齒)를 빼어서 물에 담가놓고 드러누우니"라는 구절이 있다. 당시 김수영은 서른을 갓 넘긴 때다. 거제도 포로수용소 시절에 좌우익이 편 갈라 서로를 무차별 도륙하여 변소통에 처박는 만행을 보다 못해 김수영은 생니를 자기 손으로 뽑아버린 것이다.

6) 그러나 4·19 이전의 김수영을 "경계선에 놓인 타자로서의 '주변적 주체'"로 본다든가 4·19

48

1956년을 전후해서 이미 예언적으로 암시된다는 사실이다. 8·15해방과 4·19혁명 사이에 쓴 시들에서 분명하게 단층을 이룬 1956년은 김수영이 서강으로 이사해 양돈·양계에 몰두한 시절이기도 하다. 1945년부터 50년대 초·중반까지 지배한, 조지훈 아류의 복고취향인 회고적·감상적 정서가 그 시절에야 비로소 확실하게 정리되는 것이다.[7]

「영롱한 목표」(1957) 「폭포」(1957) 「봄밤」(1957) 「채소밭 가에서」(1957) 「예지」(1957) 「서시(序詩)」(1957) 「비」(1958) 「파밭 가에서」(1959) 등을 소리내어 읽어보라. 서정(抒情)을 미적 관념으로 승화시키려는 어설픈 몸짓이 없다. 생활현장과 밀착한 정서를 생활언어로 포착하려는 노력이 소박하면서도 함축적인 시편들을 낳는다. 애상과 설움에 탐닉한 유약한 시인에서 단단한 생활인으로 변모하는 징후가 뚜렷이 눈에 들어오는 것이다. 60년대와 70년대가 낳은 걸출한 개성들인 신동엽(1930~69)이나 김지하(1941~)가 각기 대변한 지사적 기개와 반골적 저항의식에는 못 미칠지언정, 혁명이라는 태풍의 눈을 자기단련으로써 예보하는 자의 심경이, "아둔하고 가난한 마음은 서둘지 말라 / 애타도록 마음에 서둘지 말라"라는(「봄밤」) 자기다짐과 절제가 일상의 예사로운 언어로 표현된다. 4·19 이전에 쓴 작품 가운데서도 그같은 다짐과 절제를 '역사현장'에 대한 예감으로 은유화한 시편으로는 단연 「폭포」를 꼽아야 하겠다.

　　폭포는 곧은 절벽을 무서운 기색도 없이 떨어진다

무렵을 탈중심, 탈식민주의로 타자성 벗어나기, 이상적 자아와의 합일 등으로 규정하는 탈식민주의 독법에 대해서 필자는 공감만큼이나 거리를 두는 편이다. 그같은 독법은 김승희, 「김수영의 시와 탈식민주의적 반언술」, 『김수영 다시읽기』, 프레스21 2000 참고.
7) 최하림의 표현대로 하면 이렇다. "닭을 기르며 사는 서강 생활이, 일제 말에서 6·25를 통과하여 온 동안에 피폐해진 김수영의 몸과 마음을 회복시키고 오랜만에 안정을 누리게 했다는 것은 새삼 강조할 필요가 없는 일이다." 최하림 『김수영 평전』, 실천문학사 2001, 248면.

규정할 수 없는 물결이
무엇을 향하여 떨어진다는 의미도 없이
계절과 주야를 가리지 않고
고매한 정신처럼 쉴 사이 없이 떨어진다

금잔화도 인가도 보이지 않는 밤이 되면
폭포는 곧은 소리를 내며 떨어진다

곧은 소리는 곧은 소리이다
곧은 소리는 곧은
소리를 부른다

번개와 같이 떨어지는 물방울은
취할 순간조차 마음에 주지 않고
나태와 안정을 뒤집어놓은 듯이
높이도 폭도 없이
떨어진다 (「폭포」 전문)

서강시대의 가장 김수영다운 작품이라고 해도 좋을 이 시가 이후의 「절
망」(1965)이나 「의자가 많아서 걸린다」(1968) 같은 본격 난해시는 아니다.
그 전언이 나태와 안정을 배격하는 데 있다는 것쯤은 충분히 감지할 수
있는 것이다. 그러나 불필요한 상념을 걸러내면서 고지식한 발성으로 떨
어지지 않는다는 점에서 산문으로의 섣부른 풀이도 '시의 맛'을 떨어뜨
리기 십상이다. 한마디로 「폭포」에는 머뭇거리거나 도사리는 '포즈'가
없다. 폭포 앞에 서서 그 압도적인 낙하(落下)에 홀려본 사람이 썼을 법
한 시이면서도, 물리적 현상에 관한 성찰이 자연스럽게 선비의 (또는 지

50

식인의) 지조나 정신의 우뚝함 등을 연상시킨다.[8] 하지만 독자로서도 중요한 것은, 동어반복처럼 들리는 "곧은 소리는 곧은 소리이다 / 곧은 소리는 곧은 / 소리를 부른다" 같은 대목에서 '곧은 소리'를 '민심의 소리' 같은 것으로 돌려 해석하기보다는 급전직하 폭포수의 힘을 마음으로 느끼며 반응하는 일이다.

「폭포」를 4·19시편들로 들어가는 일종의 관문으로 본다면, 이상의 「꽃나무」(1933)와 비교해 두 시인이 직면했던 시대적 국면의 차이를 실감할 수 있으리라 본다. 그렇다고 '곧은 소리가 곧은 소리를 부르는' 김수영을 부름의 시대로, '제가 생각하는 꽃나무에 다가갈 수 없어 막 달아나는' 이상을 소외의 시대로 각각 설정하여 대비해서는 안될 일이다. 전자가 후자로부터 한걸음 더 나아갔다고 읽는 순간 작품도 싱거워진다. 오히려 「꽃나무」에도 '권태의 시간'을 거역하는 이상의 어떤 절실한 몸짓이 스며 있고 그것이 미완의 꽃피움을 향한 지난한 갈망임을 인식할 때, 초기시의 설움과 관념적 자기감상을 털어버린, 그러면서도 가르침이나 설교의 기색이 전혀 없는 「폭포」가 왜 4·19로 들어가는 관문인가도 좀더 넓은 한국현대시사(詩史)의 맥락에서 확인할 수 있다는 것이다.

---

8) 가령 고은의 「폭포」를 김수영의 「폭포」와 나란히 읽어보면 그런 연상의 풍부함을 더 실감할 수 있다. "폭포 앞에서 / 나는 폭포소리를 잊어먹었다 하"로 시작하는 이 시는 고은의 '시적 기질'을 전형적으로 예시한다는 점에서도 눈에 띈다. '하'라는 감탄사가 시인 특유의 신명을 자아내고 그런 신명이 "폭포소리 복판에서" 폭포를 잊은 자, "열심히 혼자인" 자의 깨달음으로 이어지는데, 시인 특유의 몰아적 열정이 시의 기본적인 동력으로 작동하는 셈이다. 신명나는 자아를 즉흥적으로 분출하는 데 에너지가 집중된다는 말이다. 나태와 안정을 배격한다는 점에서는 같다고 할 수 있을지 모른다. 그러나 '곧은 소리'가 '곧은 소리'를 부르는 김수영의 「폭포」와 그런 소리의 귀기울임이 '몰아'로 귀결하는 고은의 「폭포」가 만나고 갈라지는 지점은 좀더 섬세하게 규명해볼 만한 주제다. 고은 시의 전문은 다음과 같다. "폭포 앞에서 / 나는 폭포소리를 잊어먹었다 하 // 폭포소리 복판에서 / 나는 폭포를 잊어먹었다 하 // 언제 내가 이토록 열심히 / 혼자인 적이 있었더냐 // 오늘 폭포 앞에서 / 몇십년 만에 나 혼자였다 하."(고은 「폭포」, 『독도』, 창작과비평사 1995, 58면)

3. 4·19혁명과 혁명시편

김수영 고유의 감수성이 견고한 지적 논리와 결합하여 시다운 시로 나타나는 시점을 1956년 이후로 잡는다면, 4·19의 어떤 예지적 기대 또는 준비라는 암시가 거듭되는 서강시대와 1960~61년 혁명기에 쓴 시들과의 연속성도 그만큼 뚜렷해진다. 4·19를 전후한 '혁명시편들'의 체제비판적 면모도 어느날 갑자기 생긴 것은 아니겠지만, 모더니즘을 비롯한 외국의 선진적 문학흐름을 적극적으로 받아들이면서 시대의 정신상황에 민감하게 반응한다는 점에서 이상과의 연속성이 다시 확인되기도 한다. 하지만 시적 성숙의 어떤 절정에 아쉬움을 남기고 요절한 이상과 달리 김수영의 시작에는 도약(跳躍)의 계기가 확실하게 주어진다는 점도 동시에 강조할 만하다.[9]

그 계기는 물론 이승만정권의 부패에 항거한 학생운동이다. 4·19혁명시편은 총 14편이다. 열거하자면 4·19 직전인 4월 3일에서 그해 10월 30일까지 쓴 「하……그림자가 없다」「우선 그놈의 사진을 떼어서 밑씻개로 하자」「기도——4·19 순국학도 위령제에 부치는 노래」「육법전서와 혁명」「푸른 하늘을」「만시지탄은 있지만」「나는 아리조나 카우보이야」(동시)「거미잡이」「가다오 나가다오」「중용에 대하여」「허튼소리」「피곤한 하루의 나머지 시간」「그 방을 생각하며」 등이다. 이후로는 「나가타 겐지로」(1960. 12. 9)에서 「'4·19'시」(1961. 4. 14)에 이르는 6편의 4·19 '막간시'(幕間詩)가 있고, 혁명의 여파를 정리하는 9편의 「신귀거래(新歸去來)」가 이어진다.

---

9) 그 점에서 4·19를 즈음하여 김수영의 번역목록에서 미국의 신비평 조류가 사라진다는 사실도 염두에 두어야 할 것이다. 이에 대한 좀더 상세한 논의는 박지영 「번역과 김수영의 문학」, 김명인·임홍배 엮음 『살아있는 김수영』, 창비 2005, 337~62면.

김수영은 20세기 한국시사에서도 드물게 훌륭한 비평들을 거느린 시인이지만, 지금까지 그의 혁명시편들이 단순한 격문시·선동시 등과 품격을 달리하는——거칠 것 없는 시인의 가쁜 숨결이 격문과 선동을 아우르는——성취임을 의식한 논자는 거의 찾아보기 어렵다.[10] 4·19가 일어나던 해에 쓴 시편들은 가장 조명을 덜 받았고, 그나마 가장 부주의한 평가를 받았다고 해야 할 것이다. 대표작이냐 아니냐를 따지자는 것이 아니라 4·19에 '살고 죽었다'는 김현을 위시한 '혁명세대'들이 혁명시편에 보여준 무관심이야말로 김수영비평사에서 특이하고도 흥미로운 아이러니라는 점에서 재고를 요한다는 것이다.[11] 후속세대도 사정은 크게 다르지 않은 듯하다. 그가 "혁명을 거의 무매개적으로 받아들였다"라거나 "시의 외양은 갖추기는 했으나 그 현실인식은 산문적 현실인식이지 시적 현실인식이 아니다"[12]라는 한 비평가의 단정도 그중 하나이고, "4·

10) 1983년에 초판이 나온 『김수영의 문학』을 비롯해 주목할 만한 비평선집이 2000년대 이후에만도 여럿 있지만, 그런 인식을 담은 논문은 찾기 힘들었다. 이와는 별개로 민족문학론자들이 김수영의 시를 잘못 읽어왔음을 질타한 오세영 교수의 장문의 연작 평론 가운데는 경청함직한 대목도 없지 않다. 그러나 아집으로 점철된 주장도 적지 않다. 김수영 자체가 "60년대 한국시의 한 해프닝"이라는 전제부터가 그러하다. 만약 김수영의 문학이 해프닝에 지나지 않는다면, 그의 주장도 우리 시단의 학문적 빈곤을 고스란히 노출하는 소극에 불과할 것이다. 오세영 「우상의 가면——김수영론」, 『현대시』 2005년 1·2·3월호 및 오세영 『우상의 눈물』, 문학동네 2005, 3부 참조.

11) 4·19세대 비평가들을 도거리로 넘길 일은 아니지만, 가령 "그(김수영——인용자)의 진정한 목표는 진정한 모더니즘의 실현이지 모더니즘 자체의 청산은 아니었다. 다시 말하면 그의 모든 문학적 사고는 모더니즘의 한계 내에서 이루어졌다"라는 염무웅의 곡진한 비판적 인식을 그들에게서 찾아보기 힘든 것도 사실이다.(「金洙暎論」, 『民衆時代의 文學』, 창작과비평사 1979, 231면) 하지만 하나 덧붙인다면, "모더니즘의 테두리 안에서 김수영을 보려 했던 것은 무엇보다 1960년대를 지나 그의 동시대인으로서 함께 부대끼며 호흡한 작가들이 김수영과는 다른 물줄기에서 민족문학의 자산을 일구었기 때문일 것이다"라는 염무웅의 결론(같은 글 228면)에서 그 "다른 물줄기"를 김수영과 대립적인 것으로 볼 필요는 없을 듯하다. 염무웅의 「金洙暎論」에 대한 논의는 임홍배 「총체성의 탐구와 치열한 객관정신——염무웅의 비평에 대한 단상」, 최원식·임규찬 엮음 『4월혁명과 한국문학』, 창작과비평사 2002, 223~28면 참조.

12) 김명인 『김수영, 근대를 향한 모험』, 소명출판 2002, 151면. 그에 비하면 혁명시편들에

19 당시에는 지극히 민족주의적 홍분에 휩싸여 민족문제의 실체를 정확하게 파악하지 못하고 있었다는"[13] 한 시인의 주장도 혁명시편에 대한 엄밀한 파악은 아니다.

그같은 해석들은 김수영의 난해시라면 덮어놓고 더 높이 평가한—그 반대 극단도 적지 않은—시 평단의 풍토와도 무관할 수 없을 것이다. 하지만 거기에는 혁명시편에 대한 통념도 적잖이 작용한 것으로 보인다. 세상이 뒤집히는 꼴을 보는 자의 홍분이 '혁명'의 한복판에서 쓴 시에 묻어 있는 것은 당연한 일이다. 그래야 혁명시편일 테니까. 하지만 그것은 혁명의 통념을 근본적으로 다시 생각하게 하는 시들이기도 하다. 일찍이 정지용(鄭芝溶, 1902~50)이 "친일파 민족 반역자의 온상이고 또 그들의 최후까지의 보루이었던 8·15 이전의 그들의 기구—이 기구와 제도를 근본적으로 타도하는 것을 혁명이라 하오"[14]라고 말한 바 있지만, 눈앞에서 일어나는 급격한 정치적 현실을 시의 직접적인 소재로 삼을 때조차 김수영은 혁명의 홍분을 공유하면서도 혁명의 통념에 대해서는 해체적인 접근법을 취한다. 탈고 싯점이 4월 3일로 명기된 「하⋯⋯ 그림자가 없다」만 해도 그렇다. '보이지 않는 적의 편재'를 독재타도가 울려퍼지기 직전에 갈파한 것도 의미심장한데, 김수영의 시 전체에서 끈질기게 지속되는 민주주의와 혁명, 적 등에 대한 규정도 발본적이다. "우리들의 전선은 지도책 속에는 없다" "민주주의의 싸움이니까 싸우는 방법도 민주주의식으로 싸워야 한다"(「하⋯⋯ 그림자가 없다」) "혁명이란／방법부터가 혁명적이어야 할 터인데／이게 도대체 무슨 개수작이냐"(「육법전서와 혁명」) 등의 언명들은 이후 지식계에서 회자된—그 자체가 근

대한 판단은 정남영이 한결 온당했다고 본다. 정남영 「김수영의 시와 시론」, 『창작과비평』 1993년 가을호, 137~38면.

13) 나희덕 「전통, 거대한 뿌리의 발견」, 『보랏빛은 어디에서 오는가』, 창비 2004, 152면.

14) 정지용 「민족반역자 숙청에 대하여」, 『정지용 전집 2: 산문』, 민음사 1988; 개정판 2003, 476면.

대주의의 다른 일면에 지나지 않는——의식혁명이라든가 물질혁명이라는 식의 이분법과는 전혀 다른 차원의 발상이다.

혁명시편의 과격한 어조가 예컨대 신동문(辛東門, 1927~93)의 「아! 神話같이 다비데群들」의 바로 그 흥분과 친화성이 있는 것은 사실이다. 하지만 후자에게는 시의 형식 자체를 혁명하는 발상의 계산된 발화가 없다. 「'아니다'의 酒酊」[15] 같은 직정(直情)은 '민주주의의 싸움이니까 민주주의식으로 싸워야 한다'는 각성과는 다른 것이다. "하늘에 그림자가 없듯이 민주주의의 싸움에도 그림자가 없다/하…… 그림자가 없다"라는 진술로 비약하는 대목에는 선적(禪的)인 울림이 담기거니와,[16] 김수영이 남한 내부의 정치부패 척결이라는 '구질구질한' 일상으로 향하다가 불현듯 외세로 시선을 돌리는 것도 우연이 아니다. 그런데 이조차도 반외세의 드높은 기치를 치켜드는, 80년대 반독재민주화 투쟁의 과정에서 무수하게 쏟아져나온 민중시의 생경함과는 격이 다른 어법이 두드러진다. 예컨대 "이유는 없다——/나가다오 너희들 다 나가다오/너희들 미국인과 소련인은 하루바삐 나가다오"로 시작하는 「가다오 나가다오」의 3연,

지금 참외와 수박을
지나치게 풍년이 들어
오이 호박의 손자며느리 값도 안 되게
헐값으로 넘겨버려 울화가 치받쳐서

---

15) 신동문의 시전집 『내 노동으로』, 솔 2004 참조.
16) 그런 울림이 얼마나 깊고 넓은 자장을 갖는지는 더 논해봄직하다. 가령 "하…… 그림자가 없다"라는 말의——'하'에 이어지는 말줄임표의 긴장이 동반되는——경쾌함을 시의 '완결'에 기여하는 여백으로 풀기에는 주저되는 면도 있다. 의미의 여운 또는 잉여가 시를 풍요롭게 하면서 싸움의 의지를 독자의 것으로 만들지만, 다른 한편 그런 여운 또는 풍요가 좀더 견고한 지적 발화에 의해서만 이루어지리라는 느낌도 든다.

고요해진 명수 할버이의

잿물거리는 눈이

비둘기 울음소리를 듣고 있을 동안에

나쁜 말은 안하니

가다오 가다오

지금 명수 할버이가 멍석 위에 넘어져 자고 있는 동안에

가다오 가다오

같은 대목의 저항의식에도 민중생활의 밑바닥을 치고올라오는 '몸'의 뜨거움이 느껴진다.[17] "고요해진 명수 할버이의 / 잿물거리는 눈이 / 비둘기 울음소리를 듣고 있을 동안에" 같은 평범한 듯한 표현도 아무나 쓸 수 있는 것이 아니다. 신동엽의 「껍데기는 가라」에 드러난 지사(志士)적 결의를 누구보다도 더 감격적으로 인정한 시인이었기에 추레하기조차 한 생활현장 민중들의 육성을 그대로 살려낼 수 있었던 것이다.

그러나 세계사적으로 68혁명의 한 선구적 사례라 할 4·19조차 군부독재의 등장이라는 제3세계의 전형적 정치궤적을 벗어날 수는 없었다. 반면에 당대의 각성한 지식인에게는 실패한 혁명이고 이후 세대에게는 변혁의 꿈으로 남은 4·19는 김수영으로 하여금 새로운 차원의 민중적 '여

---

17) 혁명시편에 대한 적극적인 평가에 필자도 공감한다는 전제를 달면서 한마디 덧붙일 필요를 느낀다. 이 시에 "이름 없는 농사꾼이 계절의 희비에 굴하지 않고 대자연의 이치에 순응하여 묵묵히 씨를 뿌리고 열매를 거두는 농삿일의 지혜를 터득할 때만 비로소 일시적 좌절이 한순간 새로운 시작의 동력으로 살아날 수 있다는 깨달음"이 있다는 주장(임홍배 「자유의 이행을 위한 시적 역정: 4·19와 김수영」, 김명인·임홍배 엮음, 앞의 책 91면)은 조금 깎아서 받아들여야 할 듯하다. 단순히 김수영의 도회정서가 '농삿일'의 지혜와 어딘가 어울리지 않기 때문만은 아니다. 김수영 개인의 깨달음을 그런 차원에서 논하는 것은 가능하지만, 시 자체는 "대자연의 이치에 순응하여 묵묵히 씨를 뿌리고 열매를 거두는 농삿일의 지혜"가 통하지 않는 현실, 그런 '농삿일'의 좌절과 분노를 일부 담으면서, 그런 현실을 미국과 소련으로 대변되는 외세와 연관짓는 것이다.

유'를 찾게 하기도 했다. 혁명시편들을 총결산하는 사유로 손색없는 「그 방을 생각하며」(1960. 10. 30)는 그런 여유의 산물이다.

혁명은 안 되고 나는 방만 바꾸어버렸다
그 방의 벽에는 싸우라 싸우라 싸우라는 말이
헛소리처럼 아직도 어둠을 지키고 있을 것이다

나는 모든 노래를 그 방에 함께 남기고 왔을 게다
그렇듯 이제 나의 가슴은 이유 없이 메말랐다
그 방의 벽은 나의 가슴이고 나의 사지일까
일하라 일하라 일하라는 말이
헛소리처럼 아직도 나의 가슴을 울리고 있지만
나는 그 노래도 그 전의 노래도 함께 다 잊어버리고 말았다

혁명은 안 되고 나는 방만 바꾸어버렸다
나는 인제 녹슬은 펜과 뼈와 광기 ──
실망의 가벼움을 재산으로 삼을 줄 안다
이 가벼움 혹시나 역사일지도 모르는
이 가벼움을 나는 나의 재산으로 삼았다

혁명은 안 되고 나는 방만 바꾸었지만
나의 입속에는 달콤한 의지의 잔재 대신에
다시 쓰디쓴 담뱃진 냄새만 되살아났지만

방을 잃고 낙서를 잃고 기대를 잃고
노래를 잃고 가벼움마저 잃어도

　　이제 나는 무엇인지 모르게 기쁘고

　　나의 가슴은 이유 없이 풍성하다 (「그 방을 생각하며」 전문)

4·19를 미완으로 남겨둔 상황에서 이 시가 자아내는 '풍성함'은 "절망이 기교를 낳고 기교 때문에 또 절망한다"는 이상으로서는 맛볼 수 없었던 것이기도 하다. 그것은 앞서나가다가 좌절한 지식인의 환멸도 아니며 새로운 혁명을 해야 한다고 떠드는 자의 조급함도 아니다. 진정코 이 시의 어렵고도 쉬운 것은, 실망이 결코 가볍지 않음을 알아버린 시인이 그 무거운 실망을 '재산'으로 삼는 지혜를 설파한다거나 환멸 또는 희망의 정서를 낭만적으로 극화하지 않는다는 바로 그 점에 있다.

　그러니 "이제 나는 무엇인지 모르게 기쁘고／나의 가슴은 이유 없이 풍성하다"는 시인의 충만함을 독자가 시 끝부분에 가면 분명히 '나의 것'으로 느낄 수 있으면서도, 도대체 그 풍성함의 실체가 무엇이냐를 설명하려고 할 때는 속수무책이다.[18] 이 '속수무책'의 실감이야말로 김수영의 시가 갖는 난해성의 본질적 성격이자 산문적 의미로 완전히 환원되지 않는 좋은 시의——개별 시에서만 확인될 수 있는——일반적 특성이지 않은가 싶다. 그렇다고 김수영의 난해성은 원래가 알아먹기 힘드니 읽는이가 멋대로 읽어도 무방하다는 논리가 어불성설임은 두말할 것 없

18) 이런 시적 속수무책은 한편으로는 양계 등으로 생계를 꾸리고 다른 한편으로는 서양의 온갖 지적 잡문들의 번역을 호구지책으로 삼은 불안한 지식노동자의 '낙관'과 무관하지 않을 것이다. 하지만 이 시를 기점으로 김수영이 "대문자로 씌어진 큰 역사(History) 대신에 자신의 일상 주변에 벌어지는 자잘한 이야기들(histories)을 수집하고 검토하는 작업에 몰두하게" 되고 그리하여 "수직적 초월 대신 대지에 뿌리박은 수평적 이행의 시가 씌어진다"는 진단은 또 하나의 도식이라는 느낌이다.(남진우 「김수영 시의 시간의식」, 김명인·임홍배 엮음, 앞의 책 218면) 이 시 자체의 '풍성함'이 그런 이분법적 사고방식에 대한 해체를 겸하고 있고 후기에 가면 시인의 해체적 사유가 더 치열하게 이루어진다는 점을 생각하면 그렇다는 말이다.

다. 중요한 것은, 상실과 환멸의 현실에서 "무엇인지 모르게 기쁘고" "이유 없이 풍성"하게 고동치는 시인의 가슴을 일종의 불립문자(不立文字)적 순간으로 받아들이는 일이다.

4·19의 '여진'을 희극적이면서도 익살스럽게 갈무리하는——1961년 6월 3일부터 같은 해 8월 25일까지 쓴 9편의——「신귀거래(新歸去來)」 연작은 그같은 맥박의 기록이다. '이유 없이 풍성한 가슴'이라 하더라도 4·19의 뜻이 짓밟히는 현실에서는 희극과 익살로서의 위안도 필요했으리라. 그런 익살스런 자기위안은——「누이야 장하고나」에서 호언한 것과는 다르게——결국 풍자도 해탈도 아닌 시시콜콜한 삶의 어떤 '지경'에서 끝난다. 혁명 이후 손쉬운 초월도 체념도 선택하지 않은 시인이자 생활인으로서의 김수영의 모습은 이렇게 드러난다.

> 아픈 몸이
> 아프지 않을 때까지 가자
> 온갖 식구와 온갖 친구와
> 온갖 적들과 함께
> 적들의 적들과 함께
> 무한한 연습과 함께 (「아픈 몸이」(1961) 부분)

4. 산문과 시론

시를 포함해 김수영이 남긴 글이 전체적으로 '하나의 작품'을 이룬다는 점은 종종 지적된 바다. 시와 소설, 시와 산문이 구분되지 않는 일체(一體)의 작가로서 이상의 계보를 잇는 시인이 바로 김수영임이 거기서도 확인된다. 그러나 4·19를 거친 김수영에게는 지식인의 사명이 주어지지 않은 시대를 증언한 30년대의 「오감도」 시인이 간직한 (관념의 추를 매단) 비상의 꿈 같은 것은 없다. 다시 강조하지만 이상의 작품세계에는 4·19의 충격이 낳은 각성 같은 것이 부재한 것이다.[19]

〈4월〉 이후에 나는 시에 대해서 여러 가지로 생각해 보았소. 늘 반성하고 있는 일이지만 한층 더 심각하게 반성해 보았소. 〈통일〉이 되어도 시 같은 것이 필요할까 하는 문제요. 거기에 대한 대답은 〈더 필요하다〉는 것이었소. 우리는 좀 더 좋은 시를 쓰기 위해서도 통일이 되어야겠소. 정신상의 자주독립을 이룩한 후에 시가 어떤 시가 될는지 나는 확실히는 예측할 수 없소. 그러나 아마 그것은 세계적인 시가 될 것이고, 세계평화와 인류의 복지를 위해서 이바지하는 시가 될 것이오. 좀 더 가라앉고 좀 더 힘차고 좀 더 신경질적이 아니고 좀 더 인생의 중추에 가깝고 좀 더 생의 희열에 가득 찬 시다운 시가 될 것이오. 그리고 시인 아닌 시인이 훨씬 줄어지고 시인다운 시인이 더 많이 나올 것이오. (「저 하늘 열릴 때—김병욱(金秉旭) 형에게」, 『전집』 2, 164면)

통일 이후에 "시인 아닌 시인이 훨씬 줄어지고 시인다운 시인이 더 많이 나올" 거라는 김수영의 확신에 찬 말은 아직도 미래시제로 남아 있다. 하지만 어제의 이 문장들은 바로 오늘 우리의 현실을 향한 발언이기도 하다. 단순히 통일이 구호가 아니라 생활로서 일반 시민의 일상에 서서히 진입하기 시작한 작금의 상황 때문만이 아니다. 시인의 시대적 소명과 시의 역할은 범한반도 차원에서 사유되고, 나아가 세계평화와 인류의 복지라는 거창한 문제에까지 닿아 있다. 다음과 같은 근대 비판도 그런

---

19) 이 경우에도 전후(戰後)의 폐허에서 자라난 60년대 지식인의 '몸부림'이 사려와 분별을 겸한 교양과 기품이 배어 있는 정지용의 산문 못지않게 이상의 작품에 근접한다는 점을 덧붙여야 할 것이다.

총체적 사유에서 나온다.

> 인간이 사랑이 없이 살 수 없듯이 꽃은 나비와 벌이 없이 무슨 재미로 살겠는가. 나비와 벌이 오지 않는 꽃은 죽은 꽃이다. 마찬가지로 인간을 말살하는 정치 기구가 아무리 방대하고 근대화하고 세련된들 그것이 무슨 소용이 있겠는가. 인간이 없는 정치, 사랑이 없는 정치, 시가 없는 사회는 중심이 없는 원이다. 이런 식의 〈근대화〉는 그 완성이 즉 자멸이다. (「로터리의 꽃의 노이로제」, 『전집』 2, 200~201면)

1인당 국민소득이 100달러도 채 안되던 60년대에 "〈근대화〉는 그 완성이 즉 자멸"이라는 경고는 지식인의 턱없는 만용으로 들릴지 모른다. 그러나 이 경고는 당시보다 오늘날의 지구화시대에 더 크게 들리지 않는가. "인간이 없는 정치, 사랑이 없는 정치, 시가 없는 사회"를 근대화로 정의한 김수영의 발상은 근대극복의 어떤 대승적 경지에 맞닿아 있는 것이다.[20] 「들어라 양키들아」(1961) 「요즈음 느끼는 일」(1963) 「모기와 개미」(1966) 「제정신을 갖고 사는 사람은 없는가」(1966) 「이 거룩한 속물들」(1967) 「로터리의 꽃의 노이로제」(1967) 등은 당대 문화현장에 가라앉은 허위의식이라는 더께를 걷어내려는 싸움이 없었다면 쓰기 힘든 산문들이다. 이는 '그런 의식에 대한 의식에 대한 의식……'을 끊어내려는——근대주의 세계관에 안주할 수 없는——문화노동자의 각성의 기록이다.

그 각성에 주목한다면, 김수영 사후 본격적으로 전개된 민족문학(론)을 그의 시론과 연관짓는 것도 억지랄 수는 없다. 김수영의 작고 싯점이

---

20) 인용문에서 이어지는 문장은 다음과 같다. "6·8파동의 원인은 그만큼 멀고 심각하며 거기에 항거하는 학생들의 외침은, 그 정치적 효과야 어찌되었든 우리 사회에 아직도 시가 건재하고 있다는 증거다." 그 글의 마지막 대목은 이렇게 끝난다. "그들은(학생들은——인용자) 시를 이행하고 있는 것이고 진정한 시는 자기를 죽이고 타자가 되는 사랑의 작업이며 자세인 것이다."

1968년이니 엄밀하게 말한다면 그와 민족문학의 관계는 당대적 연관성이 희박하다. 알다시피 『사상계』(1953. 4~1967) 『한양』(1962. 3~1971) 『청맥』(1964. 8~1967. 6) 같은 잡지들이 저마다의 색깔을 띠면서 민족민주운동의 저변을 꾸준히 넓혀갔지만, 반체제운동의 구심점을 뚜렷이 갖춘 민족문학론은 70년대 들어서야 본격화한다. 시인 자신도 참여시를 주창했을지언정 어떤 특정한 이념적 문학관을 제창한 바는 없다. 그가 민족문학담론의 자장으로 들어와 생명력을 강화한 현상은, 민족정서의 시적 승화를 지향한 60년대의 신동엽이나 유신체제에 대한 저항에서 반골의식이 유달랐던 70년대의 김지하가 민족문학론자의 입에 오르내린 것과는 약간 성격이 다른 것이다.

김수영을 특정한 '진영'으로 끌어들인 논자들의 공과를 논하자는 것은 아니다. 다만 문학에서 '자유' 이외의 일체의 신념을 배격한 김수영이 '창비'와 '문지'로 대변되는 문인들의 구미에 더 맞았다는 사실에서 역으로 계급과 민족을 배타적 지표로 삼기 일쑤였던 80년대 민중시인들과 김수영의 차별성을 유추할 수 있다는 것이다. 70년대 창비와 문지는 강렬한 실험의식과 비판정신을 두루 갖춘 김수영을 자기 진영의 이념적 한계와 폐쇄성에 대한 '예방효과'를 가진 시인으로 판단한 것이다.[21] 따라서 이 두 진영 중에서 김수영이 어느 쪽에 더 가깝고 먼가가 쟁점은 아니다. 그러나 그의 시론(詩論) 및 시평(詩評)이 훗날 구체화된 민족문학론의 기본 맹아를 담고 있음은 짚어둘 필요가 있다. 어떤 면에서는 맹아 정도가 아니라 그 본질적인 문제의식이라고 해야 더 정확할지 모르겠다.

그런 맥락에서도 김수영의 시론을 집약하는 「시여, 침을 뱉어라」(1968)가 민족문학과의 접점을 당대 어느 시인보다 더 확대하여 풍요로

---

21) 김수영은 「껍데기는 가라」에서 '세계적 발언'을 읽어내면서도 신동엽에 대해서는 "50년대에 모더니즘의 해독을 너무 안 받은 사람 중의 한 사람"으로서 "쇼비니즘으로 흐르게 되지 않을까" 하는 견해를 표명한 바 있다.(「참여시의 정리」, 『전집』 2, 396면)

운 영감을 불어넣었다는 사실은 부각할 만하다. 훗날 80년대에 본격화한 민중시의 어떤 본질적 지향점을 예감하면서도 이념적으로 규격화된 시류(詩流)와도 구분되는 어법이 현격한 것이다.

> 말을 바꾸어 하자면, 시작(詩作)은 〈머리〉로 하는 것이 아니고 〈심장〉으로 하는 것도 아니고 〈몸〉으로 하는 것이다. 〈온몸〉으로 밀고 나가는 것이다. 정확하게 말하자면, 온몸으로 동시에 밀고 나가는 것이다.
> 그러면 온몸으로 동시에 무엇을 밀고 나가는가. 그러나—나의 모호성을 용서해 준다면—〈무엇을〉의 대답은 〈동시에〉의 안에 이미 포함되어 있다고 생각된다. 즉, 온몸으로 동시에 온몸을 밀고 나가는 것이 되고, 이 말은 곧 온몸으로 바로 온몸을 밀고 나가는 것이 된다. 그런데 시의 사변에서 볼 때, 이러한 온몸에 의한 온몸의 이행이 사랑이라는 것을 알게 되고, 그것이 바로 시의 형식이라는 것을 알게 된다.
> (「시여, 침을 뱉어라」, 『전집』 2, 398면)

시작(詩作)을 머리와 심장이 아닌 '몸'으로 한다는 말도 단순히 비유만은 아니다. 그가 시작을 "온몸으로 동시에 밀고 나가는 것"으로 규정할 때도 우리는 60년대 김수영이 생활인으로서 처한 물질적 조건을 잊어서는 곤란하다는 것이다. 이 강연 원고의 부제가 '힘으로서의 시의 존재'라는 사실에서 민중으로 표상되는 그 무엇과의 연관성을 떠올리는 것도 전혀 엉뚱하지는 않다. 그러나 정작 심층적인 해명이 필요한 것은, 8·15해방을 거쳐 전후 분단의 참살극을 살아낸, 식민지시대의 유제(遺制)가 온몸에 총알처럼 박혀 있는 지식인의 독특한—서구의 문인, 가령 뽈 발레리나 T. S. 엘리어트의 시론에 비하면 '촌스럽다'고 해야 할—예술적 인식이다. 몇겹의 급격한 시대적 전환과 그에 따른 감수성의 파괴에 대응하여 "온몸으로 바로 온몸을 밀고 나가는" 행위를 시적 창작의 본질로 규정하는 그의 인식은 세계체제 주변부에 속한 4·19혁명 당시 남한사회의 '후진성'과도 분리할 수 없다. 이 후진성도 남한사회만의 것은 물론 아닌데, 김수영은 제3세계의 출중한 시인들과 흥미로운 유비를 이룬다.

식민지시대를 거친 작가들이 외국의 선진적 문화조류에 민감하게 반응한 현상은 가령 브라질 같은 라띤아메리까의 예술가들에만 해당하는 것은 아닐 듯하다. 또한 그렇게 민감하게 외국의 성취를 수용하는 과정에서 루벤 다리오(Ruben Dario, 1867~1916)처럼 서구 모더니즘을 흉내낸 모조품 이상의 예술적 성과를 내는 경우도 아주 희귀한 것도 아니다. 식민지의 유산이 고스란히 남아 있는 비서구지역에서 흉내 이상의 예술적 성과마저도 서구사조의 충실한 모방학습에서 얻어지는 일이 드물지는 않다는 것이다. 그러나 "종속을 극복하는 근본적인 단계는 직접적인 외국의 모델들이 아니라 이전의 민족적 전범(典範)들이 영향을 준 일급 작품을 생산할 수 있는 능력"이라는 깐디도의 발언[22]은 각별히 되새김질할 바가 많다. 이른바 이식(移植)이냐 창조냐 하는 이론적 다툼을 새롭게 정리하는 데도 쓸모가 많기 때문이다.

그는 유럽 선진문물의 소화에 취약할 수밖에 없는 브라질 독서대중의 문화적 후진성을 지적하면서 "다른 문화로부터 빌려오는 것을 더욱 풍요롭게 하는 어떤 내적 인과성(an internal causality)"도 동시에 강조한다. 전자의 후진성이 30년대 브라질에만 나타난 것이 아니듯이 후자, 즉 그런 내적 인과성도 특정 지역에만 존재하는 것은 아닐 것이다. 브라질 문학의 모더니즘만 해도 유럽의 아방가르드에서 유래했지만 이를 잇는 1930, 40년대 자국 모더니스트들 특유의 성취 자체는 자국 선배작가들의

---

22) Antonio Candido, "Literature and Underdevelopment," *On Literature and Society*, Howard S. Becker tr., New Jersey: Princeton UP 1995, 131면. 참고로 영어로 번역된 것이지만 해당 문장을 병기하는 것이 좋겠다. "A fundamental stage in overcoming dependency is the capacity to produce works of the first order, influenced by previous national examples, not by immediate foreign models."

선행 업적에 의해서 가능했다는 것이다.

깐디도의 논의는 식민지와 내전을 거치면서 헐벗었을지언정 문화적 민도(民度)가 결코 낮지 않았던 60년대 김수영의 작품을 성찰하는 데 하나의 참고사항에 불과하다. 그러나 "어떤 내적 인과성"의 논리를 따를 것 같으면, 이상이라는 30년대의 상징적 표지야말로 김수영의 성취를 가능케 했던 선행조건들 중 하나라는 논법도 가능하지 않겠는가. 더 나아가 김수영의 실험정신이라는 것도 외래의 사조를 발빠르게 따라갔으면서도 그것을 그대로 베껴낼 수 없는 그의 '창조적 무능력'[23]에 기인한 것이 아닌가 하는 주장도 제기해봄직하다. "인제는 후진성이란 것이 너무나도 골수에 박혀서 그런지 그리 겁이 나지 않는다"고(「밀물」, 『전집』 2, 42면) 털털하게 고백한 시인의 '무능' 말이다. 실제로 그가 제도권에 안주한 지식인이 아니라 호구지책으로 잡다한 서구작가들을 끊임없이 번역·소개한 날품팔이 지식노동자라는 사실은 그 점에서도 암시적이다. 김수영은 자기문화의 후진성을 서구의 앞서간 작가들의 번역을 통해 확인할 수밖에 없었을 테지만, 바로 그렇게 뒤처졌다는 인식으로 인해 역설적으로 그는 어떤 총체적 지평에서 점점 멀어진 20세기 서구 아방가르드 문화에 갇히지 않게 된 면이 있다. 그 자신도 "변이하는 20세기 사회의 제 현상을 포함 내지 망총(網總)할 수 있는 영혼"을(「독자의 불신임」, 『전집』 2, 160면) 열망한 것이다.

그런 그가 남한시단의 후진성을 현대적 의식의 미달에서 찾은 것은 거의 필연적이다. 시 월평(月評)에서 현대성에 미달하는 시인들의 작품을 통박한 데서 엿볼 수 있듯이, 지적 운산을 최대치까지 수행하지 못하는 시인을 그는 시인으로 인정하지 않은 것이다.

---

23) Robert Schwarz, "A Brazilian Breakthrough," *New Left Review* 36, 2005년 11·12월, 96면에서 재인용.

그런데 여기에서 중요한 것은 시의 예술성이 무의식적이라는 것이다. 시인은 자기가 시인이라는 것을 모른다. 자기가 시의 기교에 정통하고 있다는 것을 모른다. 그리고 그것은 시의 기교라는 것이 그것을 의식할 때는 진정한 기교가 못 되기 때문에 그렇게 되는 것이다. 시인이 자기의 시인성을 깨닫지 못하는 것은, 거울이 아닌 자기의 육안으로 사람이 자신의 전신을 바라볼 수 없는 거나 마찬가지이다. 그가 보는 것은 남들이고, 소재이고, 현실이고, 신문이다. 그것이 그의 의식이다. 현대시에 있어서는 이 의식이 더욱더 정예화(精銳化) —— 때에 따라서는 신경질적으로까지 —— 되어 있다. 이러한 의식이 없거나 혹은 지극히 우발적이거나 수면(睡眠) 중에 있는 시인이 우리들의 주변에는 허다하게 있지만 이런 사람들을 나는 현대적인 시인이라고 부를 수는 없다. (「시여, 침을 뱉어라」, 『전집』 2, 399~400면)

"시인은 자기가 시인이라는 것을 모른다"라는 발언에서는 이른바 감수성의 분열론을 떠올릴 수도 있을 듯하다. 시의 예술성이 무의식적이라고 하면서도 정예화된 의식으로서의 시를 추구하는 김수영의 역설적인 면모는 현대적 시인의 진정한 요건 가운데 하나라고 해도 과언이 아니다.[24] "자기의 육안으로 사람이 자신의 전신을 바라볼 수 없는 거나 마

---

24) 김수영이 그런 의식의 '제거'를 지향했음은 산문 도처에서 확인된다. "시인이라는, 혹은 시를 쓰고 있다는 의식을 가지고 있는 것처럼 큰 부담이 없다. 그런 의식이 적으면 적을수록 사물을 보는 눈은 더 순수하고 명석하고 자유로워진다. 그런데 이 의식을 없애는 노력이란 똥구멍이 빠질 정도로 무척 힘이 드는 노력이다."(『전집』 2, 342면) 흥미로운 것은 그러한 시작의식(詩作意識)에서조차 김수영은 이상을 떠올린다는 사실이다. "나는 嚴冬과 같은 天文과 싸워야 한다. 氷河와 雪山 가운데 凍結하지 않으면 안된다. 그리고 나는 달에 對한 일은 모두 잊어버려야 한다 —— 새로운 달을 發見하기 爲하여"(졸고 「이상과 식민지 근대」, 주28에서 재인용)라는 문장과 "시를 쓴다는 것이 무엇인지를 알면 다음 시를 못 쓰게 된다. 다음 시를 쓰기 위해서는 여태까지의 시에 대한 사변(思辨)을 모조리 파산(破散)을

찬가지"라면서 그 전신에 대한 총체적 인식지평을 꿈꾼 그가 때로는 해독불가의 시를 남긴 것도 이상한 일은 아닌 셈이다.

5. 후기의 난해시와 시적 사유

사고사였으니 김수영 시가 어디서부터 후기인가를 따지는 것도 부질없을지 모르지만 「거대한 뿌리」와 「말」을 쓴 1964년 이후 국면에 방점을 찍을 수는 있겠다. 이전보다 한층 정교한 운산을 선보이는 시편이 두드러지기 때문이다. 그중 「미역국」(1965) 「적(敵)1」(1965) 「적2」(1965) 「절망」(1965) 「풀의 영상」(1966) 「전화 이야기」(1966) 「설사의 알리바이」(1966) 「꽃잎」 연작 세 편(1967) 「의자가 많아서 걸린다」(1968) 등은 본격 난해시의 범주에 속한다. 이 가운데서 좋은 난해시와 나쁜 난해시를 구분하는 일은 누구에게나 어려울 것이다. 실제로 김수영 담론의 가장 취약한 부분도 거기에 있다고 생각된다. 「꽃잎」 연작 세 편은 그런 면에서도 독자에게는 일종의 지적 도전이다. 본격 난해시 범주에 드는 「적」 「절망」 「설사의 알리바이」 「의자가 많아서 걸린다」 등과도 다른 해석의 어려움이 있고 후기 김수영이 감행한 시적 사유의 허와 실을 모두 보여준다는 점에서 지면을 할애할 만하다.

일단 연작형식인 세 편의 「꽃잎」에 어떤 논리적 연속성이 있다고 보기는 힘들지 싶다. 우선 다짐할 것은 난해시 읽기도 시에 대한 '상식적인 실감'을 완전히 벗어날 수는 없다는 사실이다. 그런 의미에서도 꽃잎이

시켜야 한다. 혹시 파산을 시켰다고 생각해야 한다"(「시여, 침을 뱉어라」, 『전집』 2, 398면)라는 대목을 비교해보라. 이렇게 보면, '더욱더 정예화된 의식'을 추구하면서 "시인은 자기가 시인이라는 것을 모른다"라고 말하는 인용 대목은 "나는 거울있는 室內로 몰래 들어간다. 나를 거울에서 解放하려고. 그러나 거울 속의 나는 沈鬱한 얼굴로 同時에 꼭 들어온다"고 말한 「오감도」 시 제15호를 산문으로 풀어쓴 듯한 느낌마저 자아내는 것이다.

라는 말이 불러일으킬 법한 통념적인 연상으로는 '의미'가 포착되지 않는 「꽃잎 1」은 분명히 어려운 시다. 안이한 해석을 용납하지 않는 시적 사유의 위엄을 드러냈다는 점에서 세 편 가운데 상대적으로 가장 성공작이 아닌가 한다. 가령 "누구한테 머리를 숙일까/사람이 아닌 평범한 것에/많이는 아니고 조금/벼를 터는 마당에서 바람도 안 부는데/옥수수잎이 흔들리듯 그렇게 조금"으로 시작되는 진술부터 그러하다. 한 논자는 이 대목을 이렇게 풀었다. 즉 "삶의 준거가 되고 힘이 되는 그 무엇에 대한 존중은 의도적 작위의 개입 없이 자연스럽고 자발적인 것이어야 하며 표나게 해서도 안된다는 것이"다.[25] 여기서도 다르게 볼 독자들이 물론 적지 않을 테지만, 최소한 은유의 차원에서는 가능한 하나의 해석이라는 것을 수긍할 수 있다. 일단 그런 '존중의 마음'을 갖고 2연을 읽어보자.

> 바람의 고개는 자기가 일어서는 줄
> 모르고 자기가 가 닿는 언덕을
> 모르고 거룩한 산에 가 닿기
> 전에는 즐거움을 모르고 조금
> 안 즐거움이 꽃으로 되어도
> 그저 조금 꺼졌다 깨어나고

역시 아리송하다. 아리송하면서도 어딘가 독자의 가슴에 확실하게 가 닿는 것이 있다면 역설적으로 세 번 되풀이되는 '모른다'라는 말이 아닐까 싶다. 그런 '모름'을 독자가 되새기는 과정에서 중요한 것은 역시 그런 바람을 맞는 마음을 활짝 열어두는 연습이다. "바람의 고개는 자기가 일

---

25) 임홍배 「시와 혁명 — 김수영 후기시의 '난해성' 문제」, 『창작과비평』 2003년 겨울호, 284면.

어서는 줄 모르고"에서 바람은——마치 자기가 시인이라는 것을 모르는 시인의 마음처럼——'무위(無爲)'로서의 생명작용과 어디에도 얽매이지 않은 자의 '무심한 마음'을 동시에 가리키는 일종의 환유로 다가오는 것이다.[26] 이 환유는 마지막 두 연에서 의외성이 한층 강해지면서 사뭇 다른 맥락으로 도약한다.

> 언뜻 보기엔 임종의 생명 같고
> 바위를 뭉개고 떨어져내릴
> 한 잎의 꽃잎 같고
> 혁명 같고
> 먼저 떨어져내린 큰 바위 같고
> 나중에 떨어진 작은 꽃잎 같고
>
> 나중에 떨어져내린 작은 꽃잎 같고

"같고"에 따라붙는 "임종의 생명" "한 잎의 꽃잎" "혁명" "큰 바위" "작은 꽃잎" 등이 앞 연의 바람과 정확히 어떤 관계에 있는지는 오리무중이다. 그러나 그것이 어떤 관계든, 무심한 마음이라는 심상이 어떤 아름다운 것의 압도적인——그러면서도 여전히 부서지기 쉬운——'힘'으로서의 꽃잎에서 더 강해지는 듯한 느낌을 불러일으킨다. 2연에서 이미 바람의 생명작용이 꽃이라는 존재를 일깨웠다는 점에서는 나름의 운산을 거친 셈이다. 이렇게 보면 「꽃잎 1」을 요설로 만들지 않는 결정적 요인은 역시 "바위를 뭉개고 떨어져내릴 / 한 잎의 꽃잎 같"다는(인용자 강조) 문장의 힘

---

26) 이를 이시영의 표현대로 하면, "거대 의미에서 벗어나 "자기가 일어서는 줄" 모르는 바람의 무의미, 무의도성에 가 닿기 위한 시인의 지난한 몸짓(포즈가 아니라) 혹은 염원"이 된다. 이시영 「임홍배의 비평에 대한 짧은 반론」, 『창작과비평』 2004년 봄호, 8면.

이다.

「꽃잎 2」의 서두는 「꽃잎 1」의 서두보다 의외성이 더 강하면서도 논리의 구체적 연관성도 싱싱하게 살아 있다.

꽃을 주세요 우리의 고뇌를 위해서
꽃을 주세요 뜻밖의 일을 위해서
꽃을 주세요 아까와는 다른 시간을 위해서

"우리의 고뇌"에서 "뜻밖의 일"을 통해 "아까와는 다른 시간"에 도달하려는 결의(決意)는 이상의 「꽃나무」가 단독자로서 끝내 성취하지 못한 개화를 좀더 분명하게 지향하는 듯한 인상이다. 꽃의 존재가 아닌 '의미'를 묻는 물음을 원천적으로 무화하면서 존재 자체로 시선을 돌리는 시의 움직임이 살아 있는 것이다. 그러나 2연 "금이 간 꽃""하얘져 가는 꽃""넓어져 가는 소란" 등은 무작위적인 운산인 까닭에 1연의 변주이자 대칭이라고 해야 할 3연에서도 반복은 너무 장황하다. "원수를 지우기 위해서""우리가 아닌 것을 위해서""거룩한 우연을 위해서" 노란 꽃을 받으라는 변주는 첫 대목의 싱싱한 의외성을 고양하지는 못한다. 그렇기 때문에 시를 종결짓는 4연의 후렴구 "잊어버리세요"와 마지막 5연의 "믿으세요"에서 시인이 권유하는 잊음과 믿음은 모호하다. 독자는 무엇을 잊고 무엇을 믿어야 하는지 확실한 '감'이 오지 않는다는 것이다.

이런 실감은 「꽃잎 3」에서 시인의 자조적 반문을, 즉 "어떻게 알았느냐 나의 방대한 낭비와 난센스와 / 허위를" 떠올리게 한다. 물론 마지막 대목,

캄캄한 소식의 실낱 같은 완성
실낱 같은 여름날이여

　　너무 간단해서 어처구니없이 웃는

　　너무 어처구니없이 간단한 진리에 웃는

　　너무 진리가 어처구니없이 간단해서 웃는

　　실낱 같은 여름 바람의 아우성이여

　　실낱 같은 여름 풀의 아우성이여

　　너무 쉬운 하얀 풀의 아우성이여

에 가면 우리는 실낱처럼 아슬아슬하게 달성된 궁극의 순간을, 그 어처구니없는 단순함을──「풀」과 같은 '소박하게 난해한' 가락을──여름 바람과 풀의 아우성 속에서 어렴풋이 예감할 수 있지만, 「꽃잎 3」이 그런 예감을 "바위를 뭉개고 떨어져내릴" 것 같은 꽃잎으로서의 시로 만들어냈다고 보기는 어렵다.

　'꽃잎 연작'이 앞으로도 독자들에게 지적 도전으로 남을 것이라는 단서를 단다면, 그 한계는 초기 '생활시', 가령 「거위소리」(1964)나 「식모」(1966) 등을 떠올림으로써 확인할 수도 있다. 이 작은 시편들은 "너무 진리가 어처구니없이 간단해서 웃는"(그 순간에도 치밀한 운산이 작용하는) 경지에서 우러나온다. 정작 본격 난해시로 거론하더라도 가령 80년대 황지우의 표나는 실험시보다 어딘가 모르게 친숙하게 느껴지는 것이 김수영의 난해성이기도 하다. 대담한 발상과 절묘한 행운(行雲)이 결합된 「사랑의 변주곡」(1967)을 비롯하여 「거대한 뿌리」(1964) 「말」(1964) 「현대식 교량」(1964) 「어느 날 고궁을 나오면서」(1965) 「의자가 많아서 걸린다」(1968) 등이 바로 그러한데, 이것들이야말로 '망총하는 영혼'의 시적 발화에 손색없는 명편이다. 그 나름으로는 '시의 무의미성'을 적극적으로 지향했지만 무의미의 상에 대한 낭만적 집착을 충분히 떨치지 못한 김춘수(金春洙, 1922~2004)와 김수영이 구분되는 지점도 거기서 찾을 수 있으리라 본다.

그렇다면 그런 김수영의 현재성을 오늘날 한반도를 살아가는 시민
들의 어떤 상생적 자세를 곰곰이 되새기게 하는 시에서 확인할 수는 없
을까?

현대식 교량을 건널 때마다 나는 갑자기 회고주의자가 된다
이것이 얼마나 죄가 많은 다리인 줄 모르고
식민지의 곤충들이 24시간을
자기의 다리처럼 건너다닌다
나이 어린 사람들은 어째서 이 다리가 부자연스러운지를 모른다
그러니까 이 다리를 건너갈 때마다
나는 나의 심장을 기계처럼 중지시킨다
(이런 연습을 나는 무수히 해왔다)

그러나 문제는 이러한 반항에 있지 않다
저 젊은이들의 나에 대한 사랑에 있다
아니 신용이라고 해도 된다
「선생님 이야기는 20년 전 이야기이지요」
할 때마다 나는 그들의 나이를 찬찬히
소급해가면서 새로운 여유를 느낀다
새로운 역사라고 해도 좋다

이런 경이는 나를 늙게 하는 동시에 젊게 한다
아니 늙게 하지도 젊게 하지도 않는다
이 다리 밑에서 엇갈리는 기차처럼
늙음과 젊음의 분간이 서지 않는다
다리는 이러한 정지의 증인이다

젊음과 늙음이 엇갈리는 순간
그러한 속력과 속력의 정돈(停頓) 속에서
다리는 사랑을 배운다
정말 희한한 일이다
나는 이제 적을 형제로 만드는 실증(實證)을
똑똑하게 천천히 보았으니까! (「현대식 교량」 전문)

난해성도 상대적이고 평가란 비교의 관점을 전제하기 마련이다. 「현대식 교량」(1964. 11. 22)을 「병풍(屛風)」(1956)이나 「미역국」(1965)과 대비해 보면 어떨까? 결론부터 단언한다면, 「병풍」보다는 「미역국」이 한 급 높은 난해시이며, 「현대식 교량」은 그보다도 더 우월한 시다. 생사의 경계를 가르는 병풍이 조문객에게 불러일으키는 상념을 알 듯 모를 듯 불러일으킨다는 점에서 「병풍」은 영락없는 난해시이고 그 상념에서조차 독자 나름으로 의미를 만들어낼 수 있을지는 몰라도, 「현대식 교량」에서 펼쳐지는 시적 사유의 탄력적 전개와는 다른 것이다.

반면에 「미역국」은 영원의 소리, 전투의 소리, 빈궁의 소리, 결혼의 소리 등, 전혀 연관이 없는 세목들을—노란 꽃, 청교도가 대륙 동부에 상륙한 날, 기관포나 뗏목 등을—병치함으로써 의외의 리듬과 발성이 확연하다. 하지만 치밀한 계산과 즉흥성이 어우러진 시적 발화가 시 전체를 관통한다고 보기는 어렵지 않을까 싶다. 시인의 격한 '논리'가 상대적으로 승하여 기계적으로 축적된 세목들이 부분적으로 발하는 효과가 눈에 띌 뿐이다. 한국문화에 어두운 서구독자에게는 '미역국의 환희'라는 말도 그 자체로 난해함이겠지만, "오오 환희여 미역국이여"로 시작하는 4연을 제외하면 어느 대목도 확실하게 치열한 시적 긴장을 유지하고 있다는 판단을 내리기 힘들다.

"현대식 교량을 건널 때마다 나는 갑자기 회고주의자가 된다"로 시작하는 「현대식 교량」도 그 긴장의 맥을 짚는 것은 전혀 쉽지 않다. 현대식 교량이 비유로서 모든 끊어진 관계를 잇는 매개를 뜻한다는 거야 상식이다. 하지만 시인이 회고주의(늙음) 대 현대주의(젊음)라는 이분법을 교량의 비유로써 무력하게 하면서 근대주의에 대한 해체적 성찰로 나아간다는 점을 암시적이지 않은 논법으로 해명하기란 쉬운 일이 아니다. 가령 "식민지의 곤충들"이 건너다니는 다리라는 표현만 해도 그러하다. "나이 어린 사람들은 어째서 이 다리가 부자연스러운지를 모"르는 그 다리에서 국운이 풍전등화였던 1900년(7월 5일)에 한강 최초의 다리인 한강철교가 개통된 것을 떠올리는 독자는 소수겠지만, 식민지라는 단어가 우리의 무의식에서 불러일으키는 상념은 여전히 강력한 것이다.

그런 역사를 연상하든 하지 않든, 다리는 '나이 든 사람'과 젊은이의 대화를 트기도 하고 막기도 하는 은유적 존재이다. "그러니까"로 시작되는 문장이 설혹 논리적 연속성이 희박하더라도 우리도 시인처럼 역사적 현실에서 그런 다리를 사유하는 일이 긴요한 것이다. "이 다리를 건너갈 때마다/나는 나의 심장을 기계처럼 중지시킨다/(이런 연습을 나는 무수히 해왔다)"라는 문장에서도 부자연스럽게 다가오는 근대적 풍물에 대한 '나의 체험'을 독자로서도 진지하게 반추함직하다. 그것은 근대화 내지는 근대주의와도 무관할 수 없다. 그런 풍물의 이질감이 익숙해지면 어느덧 동화와 순응이 찾아오지 않는가. 바로 그같은 동화와 순응이야말로 오직 변화만을 좇는 근대주의 정신의 다른 모습일 것이다. 따라서 "이런 연습을(동화와 순응에 대한 반항으로서의 연습을—인용자) 나는 무수히 해왔다"는 것은 지극히 김수영다운 표현이다. "영원히 나 자신을 고쳐가야 할 운명과 사명에 놓여 있는 이 밤에/나는 한사코 방심조차 하여서는"(「달나라의 장난」) 안되리라고 다짐한 초기의 그 모습이 다시 확인되는 것이다.

그것은 "익살스러울 만치 모든 거리가 단축되고/익살스러울 만치 모든 질문이 없어지"는(「말」) 상황에서의 연습이기도 하다. 난해시로서「현대식 교량」의 묘미는 역시 화자가 근대주의의 상징물인 현대식 교량이 부자연스럽다고 생각하는 자기의 의식을 반추하면서 젊은 세대와 교감을 트는 순간에 있다. "식민지의 곤충들"이 건너다녔던 다리가 비로소 온전한 역사적 은유가 되는 것은 바로 그때다. 식민역사의 오욕이 묻어 있을지언정 적어도 다리 놓는 기술이 만들어내는 공감의 순간만큼은 시인을 "늙게 하는 동시에 젊게 한다 / 아니 늙게 하지도 젊게 하지도 않는다". 이는 '현재'라는 순간에 김수영 사유가 집중되는 특유의 방식이다. 이렇게 본다면, "선생님 이야기는 20년 전 이야기이지요"라는 젊은이들의 반응에서 그들의 나이를 거꾸로 세어보면서 시인이 느끼는 '여유'야말로 4·19의 좌절과 환멸을 제압하고 "나의 가슴은 이유 없이 풍성하다"고(「그 방을 생각하며」) 고백한 시인의 비밀일 것이다.

  "젊음과 늙음이 엇갈리는 순간 / 그러한 속력과 속력의 정돈 속에서 / 다리는 사랑을 배운다"는 진술은 근대주의의 병리적 현실만을 개탄하는 자들과도 다른 삶의 윤리를 증언한다. 단적으로 말해 사랑을 배우고 적을 형제로 만드는 실증을 찾아내는 '기술 아닌 기술'의 연마는 21세기 한반도에 사는 시민들의 과제도 되는 것이다. 그렇다면 형제와 적의 실체가 시에 구체적으로 나타나 있지 않다고 흠만 잡을 일은 아니다. 「현대식 교량」이 절망과 기교의 자폐적 회로를 헤맨 이상의 시대와는 다른 시간을 우리에게 예고하고 있기에 더욱 그렇다. 4·19혁명 당시 김수영이 겪은 좌절과 희망을 「현대식 교량」 같은 작품으로 승화시키는 문제에 관한 한 30년대의 그 천재적 시인도 도리가 없었던바, 그것은 조선병탄의 상황에서는 사실상 불가능한 시적 주제이기도 했다.

6. 마무리

한 나라 또는 공동체의 문화가 꽃피는 데 전통의 축적과 혁신의 모험이 결정적으로 중요하다면, 식민지시대, 분단과 동족상잔을 거친 한반도의 상황이 작가들에게 극도로 불리했음은 더 논할 필요가 없다. 혁신의 모험은 이데올로기의 검열에 질식당했고, 되살려야 할 전통도 근대화의 미명하에 구습으로 치부된 것이 20세기 한국문화의 현실이었다. 그러나 지난 100년간 한국의 현대문학은 몇차례의 역사적인 내적·외적 단절에 맞서, 지키고 보듬어야 할 전통과 혁신에 값하는 현재적 유산으로서의 작품도 낳았다. 20세기 근대가 한반도에서 그토록 참혹하게 진행되었기에 당대 삶의 진상을 증언하면서 21세기로 이월된 작품들은 '모심'의 대상이 될 수밖에 없는 것이다.

그러나 아무리 지성스럽다 하더라도 이월된 작품의 생명력을 모심만으로 되살릴 수는 없다. 불경의 모험과 전통의 계승이 역사를 창조하는 인간의 일체화된 행위일 수밖에 없음을 일깨워주는 김수영의 시와 산문도 마찬가지다. 30년대 이상이 그러하듯이 김수영도 우리 당대의 현장에 비판적으로 자리매기지 않고서는 그에게 새로운 생명을 온전히 부여할 수 없을 것이다. 그런 자리매김을 위해서는 시인 사후 지난 40년 동안 우리문학에 축적된 창조력 역량에 비추어 그의 작품을 상대화할 필요가 있다. '모심과 극복'의 대상으로서 김수영이 앞으로 얼마나 상대화될지는 두고 볼 일이다.

기형도와 1980년대

1. 시대와 작품의 경계

어느 시대든 저변에 꿈틀거리는 뭇사람들의 기세는 어떤 틀에도 딱 맞지 않게 마련이지만, 그런 기세에 힘입어 갈리는 시대의 경계도 10년이나 100년 단위로 정확히 나뉘지는 않을 것이다. 가령 1979년 10월 26일의 총성에서 시작해 1987년 6월 10일 시민들의 함성으로 끝난다고 할 수 있는 1980년대는 함성의 열기로써 5·17내란을 사법적으로 단죄한 싯점에 주목할 경우 1993년 문민정부의 등장으로 비로소 막을 내린다는 말도 가능하다. 1989년 베를린장벽 철폐부터 1990년 10월 3일의 공식 통독, 이듬해 소련 해체까지가 국내에 연쇄적으로 끼친 여파를 고려하면 어떨까? 그 충격이 뒤흔든 남한 지식계의 숱한 환멸과 탈주 그리고 도리 없는 희망까지를 기억한다면, 어떤 면에서 90년대는 80년대와의 단절이기는커녕 그 연장이었다는 판정도 무리는 아닐 듯싶다. 단적으로 신경숙의 『외딴 방』(문학동네 1999)과 황석영의 『오래된 정원』(창작과비평사 2000), 제3회 황순원문학상을 수상한 방현석의 중편 「존재의 형식」(『랍스터를 먹는 시간』, 창비 2003)처럼 80년대의 참모습을 증언한 작품들은 1990년 이후에야 제대로 씌어지지 않았던가.

이런 맥락에서, 모든 작품이 읽히기를 기다리는 텍스트라기보다는 독자의 열성이 따라야만 온전한 향유가 가능한 ‘존재’라고 말할 수 있는 주된 근거도 지난 시간을 현재 삶의 일부로 만드는——그로써 있음직한 미래를 예감케 하는——그 ‘힘’에 있다고 본다. 1960년 3월 13일 경기도 연평리에서 태어나 1989년 3월 7일 새벽에 종로 부근 심야극장에서 뇌졸중으로 사망한 기형도(奇亨度) 시의 현재적 의의도 그런 힘에서 나온다고 필자는 믿는다. 그런데 작가의 여린 속살을 작품을 통해 더듬지 않고서는, 역으로 역사의 냉엄한 진실을 외면하고서는 비평의 객관성이나 사심없음도 말짱 빈말임은 누구나 원칙적으로 인정할 수 있겠지만, 1985년 동아일보 신춘문예에 「안개」로 등단한 기형도는 좀 특별한 면이 있는 것 같다. 그것은 시대와 개인의 삼투(滲透)적 진실이라든가 ‘기형도 현상’이라고 부를 만한, 사후에 쏟아진 요절문인에 대한 뜨거운 각광 때문만이 아니다. 80년대 문학에 관한 논의가 간간이 이어지는 근래에도 기형도는 80년대의 시인으로 화제가 되지 않는 듯하고, 타계한 후 쏟아진 비평들을 읽노라면 다분히 세기말적 수사로 분칠된 인상만 남는 것이다. 그럴수록 대중의 관심을 자상하게 분별해볼 필요가 있겠고 작품보다 대중적 인기를 앞세운 비평가의 평가도 다시 생각해볼 일이지만, 중요한 점은 역시 그의 시가 오늘의 현실 속에 살아 있다는 사실일 것이다.

2. 80년대의 무거움과 비가

80년대를 주름잡은 ‘젊은 시인들’을 헤아릴라치면 고인이 된 해남 출신의 김남주와 노동자시인 박노해가 먼저 떠오른다. 변혁의 전위로서 시를 무기로 삼았으면서도 "나는 어쩔 수 없는 놈인가 구차한 삶을 떠나/ 밤별이 곱다고 노래할 수 없는 놈인가"라고(「가엾은 리얼리스트」, 『저 창살에 햇살이』 2권, 창작과비평사 1992) 나지막이 속내를 실토한 김남주와 프레스에 잘린 손들이 "기쁨의 손짓으로 살아날 때까지 / 묻고 또 묻는"(「손 무덤」, 『노동의 새벽』, 풀빛 1984) 현실을 '노동자의 몸'으로 절규한 박노해의 시는 여전히 우리의 가슴을 서늘하게 한다. 90년대 들어 『인간의 시간』(1996)으로 한층 빛을 발한 백무산이나 『인부수첩』(1986) 『우리들의 사랑가』(1991)로 알려진 노동자시인 김해화 또한 80년대 시인이다. 빠진 이름이 더 많음은 말할 것 없고 필자의 독서 부족도 부끄럽지만, 당시 시단에 첫선을 보인 몇몇 얼굴만 떠올려도 최근에 『무언가 찾아올 적엔』(2003)을 상재한 하종오를 비롯하여 김사인 김정환 김용택 윤재철 황지우 곽재구 최두석과 고(故) 고정희 박영근 등이 있으니, 어느덧 문단의 중진이 되어버린 이들의 면면은 그때가 빈곤하지 않았음을 말해준다.

그런데 풍요라고 딱 부러지게 단정하기도 주저된다. "7, 80년대의 민중시는 실제로 반성할 대목이 많다. 과연 그 시들 가운데서 좋은 시로 우리 문학사에 남아 독자의 사랑을 받을 시가 몇편이나 될까"[1]라는 자책이 격류의 세월을 작품으로 올곧게 버틴 신경림 시인의 입에서 나온 것임을 곱씹어보면 더욱이나 그러하다. 80년대 시단이 (신경림 본인이 같은 글에서 그 역사적·사회적 역할을 과소평가해서는 안된다는 전제를 단) 일제시대 카프 시인들과는 비교할 수 없을 정도로 많은 작품들을 생산한 것도 분명하다. 그런데 그 시절의 어떤 시인이 후대까지 살아남을 수 있을까를 호언하기 힘든 것은, 소위 예술성과 민중성의 변증법적 성취를 규명하는 것이 그만큼 까다롭고 다른 한편 '독자의 사랑'이라는 것이 문학시장에서의 성공과 일치하지 않는 예도 많기 때문이다.

---

1) 신경림 시집 『뿔』(창작과비평사 2002)에 수록된 산문 「시인이란 무엇인가」, 89면 참조.

그 점에서 공식 지면으로 겨우 5년 남짓 활동한 기형도의 사후 대중적 이미지가 그의 시세계[2]에서 가장 눈에 띄는 변주, 즉 절망과 고독, 회한, 사랑과 희망 상실, 죽음의 예감 등에서 형성되고 증폭된다는 것은 짚어 봐야 할 문제다. 그것은 굳이 말하자면 '모더니즘'과 친연성이 강한 특질들이다. 동시에 세기말 담론으로 묶을 수 있는 그것은 그를 다룬 평자들이 한결같이 화두로 내세운 일종의 개념적 지표이기도 하다. 그중 김현은 기형도 시가 퇴폐적이라는 비판이 기형도에 대한 가장 피상적인 이해라고 상정하면서 그의 시세계가 열어놓은 새로운 지평을 "도저한 부정적 세계관"[3]으로 집약하는데, 이러한 김현의 비평적 조사(弔辭)야말로 매너리즘의 진원지라고 해도 틀린 말은 아닐 것이다. 부정적이냐 긍정적이냐 하는 기준 자체가 시를 읽을 때 본질적인 판단기준은 물론 아니고 망자에 대한 절절한 추모의 염을 담고 있기는 하지만, 이후 성행한 (죽음이라는 단어가 감초 역할을 하는) 기형도 비평의 상투성은 사실상 그의 조사가 조장했기 때문이다. 그런데 더 따지고 들어가면 그런 매너리즘은 기형도 자신의 시들에서 시작한다. 좀더 정확히 말하면 '도저한 부정'이라는 언설조차 시시하게 만드는 작품을 기형도 스스로가 꺼져가는 체온으로 품었다고 해야 옳을 듯하다.

내 얼굴이 한 폭 낯선 풍경화로 보이기

<hr>

2) 시 인용은 『기형도 전집』(문학과지성사 1999, 이하 『전집』)에 근거한다. 첫 시집 『입 속의 검은 잎』(문학과지성사 1989)은 그의 사후에 세상에 선보였다. 이후 『기형도 산문집: 짧은 여행의 기록』(살림 1990), 여러 평문과 기형도 관련 글을 모아놓은 기형도 추모문집 『사랑을 잃고 나는 쓰네』(솔 1994)가 연이어 나왔다.

3) 김현 「영원히 닫힌 빈방의 체험——한 젊은 시인을 위한 진혼가」, 『입 속의 검은 잎』 해설, 154면 참조. 기형도 시를 두고 퇴폐적이라는 비판을 상정하는 대목(153~54면)은 당시 문단의 '대세'인 현실주의 문학의 도식성을 겨냥한 것으로 짐작된다. 하지만 지금 와서 보면, 김현이 기형도의 시세계를 도저한 부정적 세계관으로 정의한 것 자체가 역설적이게도 그 같은 현실주의의 기계적 반동(反動)이 아닌가 하는 느낌도 든다.

시작한 이후, 나는 主語를 잃고 헤매이는

가지 잘린 늙은 나무가 되었다.

가끔씩 숨이 턱턱 막히는 어둠에 체해

반토막 영혼을 뒤틀어 눈을 뜨면

잔인하게 죽어간 붉은 세월이 곱게 접혀 있는

단단한 몸통 위에,

사람아, 사람아 단풍든다.

아아, 노랗게 단풍든다. (「병(病)」 전문)

1979년에 기록된 이같은 참경(慘景)이 절절할수록 오히려 우리는 죽음
이네 절망이네 하는 비평적 언사의 무기력함을 새삼 확인한다. 그러기에
필자는 5주기 추모문집의 16수, 미발표시 20수를 포함해 총 97편이 실려
있는『전집』을 관통하는 기형도 특유의 감수성에 주목하면서, 그런 감수
성이 80년대의 시대적 상황과 만나며 빚어낸 작품다운 작품을 우선 논하
고 싶다.

　기형도가 불과 스무살 나이에 「병」 같은 시를 남긴 데는 자전적 맥락
이 강한 듯하다. 아버지의 중풍으로 어린 나이에 체험한 고아원 생활과
가난의 쓰라림은 단편소설 「영하의 바람」(1979)에 짙게 담겨 있는데, 삶
의 바닥 모를 고통을 실존적으로 응시하는 지식인의 고뇌는 단편 「겨울
의 끝」이나 「환상일지」 등에도 여실하다. 하지만 당대현실과 시인 정서
간의 시적인 균형은 역시 그의 내밀한 가정사를 엿볼 수 있는 일곱 편의
「겨울 판화(版畵)」 연작시를 비롯해 「위험한 가계(家系) · 1969」 「폭풍의
언덕」 등에서 제대로 유지된다. 60, 70년대의 일상적 풍경일 뿐 아니라
80년대 들어 계급적 각성으로 타도하자고 한 배고픔과 빈곤의 현실이
'가족시편'에서는 한 개인의 내면적 성숙――그 자신 일기에 "성장이란

외로움을 타개해나가는 속에서 스스로 슬기를 얻어나가는 과정"이라고
(『전집』328면) 적은 대로——의 일부로 다뤄지는 것이다. 되돌아보면 그
변혁의 시대에 인간적 자존심을 짓밟는 불평등을 타파하는 데 무수한 시
들이 복무했고, 그중에는 지금까지 우리의 심금을 울리는 작품도 있다.
그럼에도 신경림 시인이 「시인이란 무엇인가」에서 적시한 대로, 살아가
는 민중의 구체적 애환보다는 이상(理想)적 추상에 빠지면서 현실의 아
픔을 감상(感傷)으로 소비한 작품이 상대적으로 많았고 당장 하루하루
가 힘겨운 독자들의 반응도 그쪽으로 더 쏠렸던 듯하다. 이제 와서 좀더
나은 세계를 꿈꾼 시절의 열망을 폄훼하자는 것은 아니다. 다만 정치적
폭압의 그늘에서 서러운 일상을 견디며 진정으로 생동하는 인간다움을
실감케 하는 작품이 드물었음은 엄연한 사실이고, 세기가 바뀐 이 순간
에도 꿈다운 꿈을 불러일으키는 문학에 대한 목마름을 채워주기 위해서
라도 지난 연대의 문학이 안고 있는 한계를 지나쳐서는 안되겠다는 뜻
이다.

　그 점에서도 기형도의 (가장家長의 병마나 실직과 함께 찾아오게 마
련인) 궁핍 체험이 한 개인의 가정사로만 한정되지 않는, 80년대를 지배
한 '공적 정서'의 일부임은 강조되어야겠다. 빈한하고 찢긴 가계를 시화
(詩化)하는 작가의 자세가 절망과 고독을 통과하면서 극기(克己)적 사
유에 가까워진다는 사실도 내밀한 정서의 공적 성격을 놓치지 않을 때
확실해진다. 아버지가 "유리병 속에서 알약이 쏟아지듯 힘없이 쓰러"진
가정에서 일어날 법한 생존의 몸부림을 여린 심성의 눈으로 포착한 「위
험한 가계·1969」(1986)도 그런 사실을 확인해주는 수작이다. 독자의 마
음을 아릿하게 하는, 일기처럼 써내려간 일상의 절박함은 80년대 여느
노동시나 현장시 못지않거니와, 헐벗은 마음이지만 인간적 자긍심을 지
켜나가고 또 그런 자긍심을 통해 마침내 희망을 배우면서 온전한 가족공
동체, 한 개인의 자기다워지는 길을 모색하고 있다. 당시 성행한 전투적

82

이념시들의 생경함을 벗어버린 가족시편의 감동은 거기서 느껴진다. 일찍이 김관식 시인이 「병상록(病床錄)」 같은 시에서 배고픔의 설움을 견디는 정신의 승리에 대해 선비의 결곡한 음성으로 노래했지만, 기형도도 그 못지않게 가난의 일상을 다른 무엇으로 관념화하지 않으면서 생활의 기억에 충실하다. 「위험한 가계·1969」의 마지막 대목에서 맞는 극적인 반전——"보세요 어머니. 제일 긴 밤 뒤에 비로소 찾아오는 우리들의 환한 家系를. 봐요 용수철처럼 튀어오르는 저 冬至의 불빛 불빛 불빛"——이 독자에게 삶의 불꽃 같은 환희를 안겨주는 것도 그런 까닭이다.

동시에 지적함직한 것은, 상장(賞狀)을 강물에 띄워보내며 설움을 삼킨 한 소년의 그같은 환희가 '공적 정서'만으로는 온전히 설명되지 않는, 시인 개인의 내밀한 체험을 떠나서는 실감하기 힘든 자기성숙의 과정이라는 사실이다. "아주 먼 옛날 / 지금도 내 눈시울을 뜨겁게 하는 / 그 시절, 내 유년"의 살가웠던 기억을 아스라이 되살린 「엄마 걱정」(1985)이나 「귀가(歸家)」(1979) 「도로시를 위하여」(1984) 등은 유년의 지워지지 않는, 감상(感傷)이 배어 있을 수밖에 없는 흔적들이 성인이 된 시인의 마음을 지켜주는 현재임을 말해준다. 그 점에서도 생의 절망과 슬픔을 비의적인 언어의 성(城)으로 쌓아올렸다고 평가받는 기형도의 작품에서 앞으로도 살아남을 것은 "내 눈시울을 뜨겁게 하는 / 그 시절"의 진실에 온몸을 맡기면서 감상과 죽음의 유혹을 뿌리친 노래들임을 상기해야 하겠다. 붉어진 눈시울에는 감상과 연민이 따를 수밖에 없는 것이 차라리 인간적이라 하겠지만, 절절한 비원(悲願)으로써 만인의 마음을 움직이는 노래만이 인간서정의 보편적 지평을 열 수 있을 것이기 때문이다.

사랑을 잃고 나는 쓰네

잘 있거라, 짧았던 밤들아

창밖을 떠돌던 겨울 안개들아
아무것도 모르던 촛불들아, 잘 있거라
공포를 기다리던 흰 종이들아
망설임을 대신하던 눈물들아
잘 있거라, 더이상 내 것이 아닌 열망들아

장님처럼 나 이제 더듬거리며 문을 잠그네
가엾은 내 사랑 빈집에 갇혔네 (「빈집」 전문)

「빈집」(1989)이 단순한 감상과 애상의 산물이 될 수 없는 것은, 한 인간
이 지켜내고자 애쓰는 '아름다운 영혼'이 시에 숨쉬기 때문만은 아닐 것
이다. 시인이 잃었다고 하는 사랑은 특정 대상에 대한 그리움이나 동경
으로 국한되지 않는, 어떤 면에서는 '님'의 상실에 더 가까운 시대적 인
상마저 준다. 어쩌면 6·10민주항쟁으로 기억되는 민주주의의 승리가 혁
혁할수록 그 승리의 뒤안길에서 상처입은 마음을 기록하는 시가 더 절박
했는지도 모른다. 호명되는 짧았던 밤들과 겨울 안개들, 촛불들, 흰 종이
들, 눈물들이 환기하는 것은 문학청년의 열망이다. 그 불면(不眠)의 열
망은 탄식과 절망으로 끝나는 듯한 마지막 두 행에서도 잠들지 않고 독
자의 가슴으로 번진다. 꿈들을 못내 떠나보내면서 "더이상 내 것이 아닌
열망들"을 마침내 읽는이의 것으로 만드는 '애상'의 역설적인 힘이 반복
되는 영탄(詠嘆)에 스며 있는 것이다. 90년대 도시문화의 신세대적 감수
성으로 추앙받은 시인의 작품들, 가령 장정일의 「햄버거에 대한 명상」
(1987), 하재봉의 「비디오 / 천국」(1990) 등과 기형도를 구분케 하는 것도
독자로 하여금 애상을 안고 넘어서게 하는 바로 그런 열망과 사랑의 진
정성이다.[4]

　물론 「바람부는 날이면 압구정동에 가야 한다」 1·3·6이나 「대숲의 떨

84

림처럼」「대숲을 보며」같이 세기말에 유행병처럼 번진 소비문화의 풍조를 내부고발자의 시각으로 신랄하게 풍자하면서도 한가닥 '성숙의 염원'을 독자의 가슴 깊이 묻는 유하의 『바람부는 날이면 압구정동에 가야 한다』(1991)는 지금 읽어도 새롭다. 이후 나온 그의 『세상의 모든 저녁』(1993)이나 『천일馬화』(2000)도 '가벼움'이 풍미하는 시대를 가볍게 떨치는 검객으로서의 자태를 뽐낸다. 다른 한편 이런 점을 흔쾌히 인정해도, "더이상 내 것이 아닌 열망들"을 구현하는 '비개인성의 경지'를 지향하는 기형도의 시적 면모는 그와는 다른 차원에서 평가할 만한 무게를 지닌다. 지금도 기형도는 수많은 독자의 감상을 자극하면서 그런 감상의 극복을 지향하는 개인의 꿈을 비창(悲愴)으로 일깨움으로써 여러 동료작가에게 풍요로운 영감을 선사하고 있는 것이다.

3. '기형도 현상'과 시대의 진실

하지만 기형도 시의 성격을 좀더 엄밀하게 파악하기 위해서는 그의 작품은 물론, 절망과 죽음의 수사적 미학화(美學化)라고 규정할 만한 기형도 담론까지 비평대상에 넣어야 한다. 그의 시를 분석하면서 언어의 성(城)이니 뭐니 하며 온갖 논리를 끌어들이면서 평자들이 지금껏 기형도를 기린 것은 삶의 환멸과 불행의식, 사(死)의 예찬에 불과하다고 해도 지나친 말이 아니다. 격동의 시대와 마주선 고뇌를 담은 작품을 엄밀하게 읽는 대신 생의 패배의식을 이런저런 이론이나 분석으로 포장하는 데

---

4) 그러나 시에서 그런 진정성을 '측정'하는 것만큼 위태로운 비평행위가 또 있을까? 위태롭기 때문에 한마디 더 한다면, 「빈집」에는 가령 최영미의 「선운사에서」와 같은, 잘빠진 연애시의 절제된 서정하고도 사뭇 다르고 그 울림이 딱히 여성적이라고 할 수도 없는 비감의 밀도가 있다.

치우친 것이다.[5] 90년대에 일어난 '기형도 현상'의 상당부분이 거품이라고 말할 수 있는 것도 거대담론이 무너진 90년대의 들뜬 분위기에 편승한 평단의 태만이 명백히 존재하기 때문이다. 리얼리즘으로 포괄되면서 작가에게 알게모르게 창작방향을 '지시한' 노동시, 현장시, 민중시 등이 시단을 장악한 80년대에 기형도가 남긴, 시대의 흐름에 민감하게 반응하면서 어느 범주에도 잘 들지 않는 작품을 평자들은 세기말적 언설로 치장한 것이다.

그런가 하면 탈이념의 썰물이 사회 전반을 휩쓴 90년대의 지적 풍토에서는 '기형도 현상'에 대해 시인 자신에게 책임을 물어야 할 점도 없지 않다. 아니, 전체적으로 기형도 시 자체가 80년대의 빛과 어둠 모두를 행복한 시적 균형으로 아우르지는 못한 것으로 판단된다. 그 징표는 무엇보다 설익은 양식화된 언어와 대상에 스며들어 호흡하지 못하는 수사에서 감지된다. 그런 예들은 어렵지 않게 발견할 수 있다. 비유를 멋지게 조련할수록 생경함이 묻어나는 초기작[6] 「제대병(除隊兵)」(1982)도 그렇지만, "하늘은 딱딱한 널빤지처럼 떠 있다"(「백야(白夜)」, 1985)라든가 "어두운 차창 밖에는 공중에 뜬 생선 가시처럼 / 놀란 듯 새하얗게 서 있는

---

5) 단적인 사례 하나만 들어보자. "기형도에게 죽음은 의미의 종말이 아니라 의미의 시원이었다. 그렇다는 것은 기형도 시의 미학적 장소가 그의 작품들에 있지 않고 그의 시들과 그의 죽음 사이에 가로놓여져 있음을 알려준다. 죽음과 더불어 그의 시가 태어났으니 죽음이 없는 한 그의 시도 없는 것이다. 기형도 시의 핵자 혹은 중심은 그의 시 바깥에 있다. 혹은 그것은 그의 '영원히 닫힌 빈방'에 있는 게 아니라, 그 빈방과 바깥의 '공중' 사이에 있다. 이런 공간이 존재할 수 있는가?"(정과리 「죽음 옆의 삶, 삶 안의 죽음——『기형도 전집』에 부쳐」, 『문학과사회』 1999년 여름호, 781면) 기형도에 대한 비평가적 애정을 가지고 시인 이성복이 그에게 끼친 영향을 구체적으로 적시한다든가(같은 글 787면) 하는 미덕도 있는 글이지만, 이런 진술들의 반복은 말장난이라고 할 수밖에 없다.

6) 실제 시력(詩歷)이 10년에 불과한 기형도의 시를 과연 초·중·후기로 나눌 수 있는가, 그 '발전양상'의 단층이 어떻게 갈라지는가 하는 점은 좀더 검토해봐야 할 과제다. 다만 위에서 인용한 시 대목들의 창작연도가 말해주듯이 기형도는 '발전'의 단계가 뚜렷하지 않은 조숙한 면모를 아울러 가지고 있다고 판단된다.

겨울 나무들"(「조치원(鳥致院)」, 1986) "축축한 안개 속에서 어둠은／망가진 소리 하나하나 다듬으며／이 땅 위로 무수한 이파리를 길어올린다"(「식목제(植木際)」, 1987) "나는／외투 깊숙이 의문 부호 몇 개를 구겨넣고／바람의 철망을 찢으며 걸었다"(「겨울, 우리들의 都市」, 1981) "나의 추상이나 힘겨운 감상의 망토 속에서／폭풍주의보는 삐라처럼 날리고"(「비가 2」, 1982) 등은 멋스러움을 위해 언어를 남용한 예다. 그런 남용 때문에 멋스러움이 문맥에서 자연스럽게 드러나지 못하고, 특이하게 채색된 듯한 이국적 정경(情景)들도 80년대의 현장과 겉돌면서 어딘가 낯익게 양식화된 매너리즘에 가깝다는 느낌을 강하게 남긴다.[7]

환멸의 서정과 멋스러움의 남용, 이국적 정경 등이 80년대에 대한 반발로서의 ── 현실사회주의의 파탄이라는 세계정세가 힘을 실어준 ── 탈이념과 소비주의 풍조와 어울린다는 것은 두말할 것 없는바, 기형도가 누린 대중적 인기도 상당부분 90년대의 (일부) 정서와 맞아떨어지는 시에서 나온다는 판단을 내릴 수 있다. 이렇게 보면 "나는 인생을 증오한다"(「장밋빛 인생」, 1987) "나는 불행하다／이런 것은 아니었다, 나는 일생 몫의 경험을 다 했다"(「진눈깨비」, 1988) "나는 이미 늙은 것이다"(「정거장에서의 충고」, 1988) "個人으로 살기에는 너무도 힘겨운 世上"(「거리에서」, 1981) 등과 같은 탄식과 자조, 자학의 편린 들을 화려한 자기부정의 수사로 부풀린 시들이야말로 '기형도 현상'의 내발적 원인임이 한층 분명해진다.

기형도 시의 그런 문제는 「가을 무덤」「노을」(1981) 「전문가(專門家)」(1985) 「질투는 나의 힘」(1989) 「홀린 사람」(1989) 「가을에」(1980) 등 그 자신의 좀더 잘된 작품과 비교할 때 더 뚜렷하다. 요컨대 전집에서 눈에 두

---

7) 문맥에서 떼어내어 논증하는 것은 가급적 피해야겠지만, "왜 우리는 세상에 이 크나큰 빈 箱子 속에 툭／툭 採集되어야 했을까"(「거리에서」, 1981) "그런데 지금까지 내 생을 스푼질 해온 것은 무엇이었을까"(「雨中의 나이」, 1982) 등이 그러하다.

드러지는 양식화된 표현과 과도한 영탄조, 지적 관념어 및 비유의 남발,[8] 시대적 배경과 따로 노는 이국적 정조 등이 시에 끼치는 영향은 개별 시의 구체적 맥락을 두고 판단해야 할 사안이지만, 불행의식에서 발원하여 시세계에 독특한 낭만성을 부여한 자기부정과 수사적 언어구사만으로는 시대를 넘어서는 수명을 얻기 어렵다고 본다. 슬픔이 힘이 되지 못하는, 관념의 편린을 담은 시편들은 교과서적인 비유와 수사법을 반복하면서 정신주의적 자학의 굴레를 벗지 못한 결과다.

그러나 그같은 반복과 굴레를 떨치면서 드높은 기상(氣像)에 다다른 그의 최상 작품은 태작과는 반드시 구분해야 한다. 또한 대중의 사랑이란 지난 삶의 진실과 힘이 오늘에도 퇴색하지 않았음을 증언하는, 작품이 작품으로서 살아 있기에 이름없는 민중이 주는 선물이며, 그런 선물의 선사는 한 시대의 정신적 유산이 전수되는 특유의 방식이기도 함을 '기형도 현상'과 관련하여 생각해볼 필요도 있다. 보통시민으로 80년대를 살아간 기형도의 인간적인 모습도 좀더 자세히 살펴봄직한데,[9] 그럴 때 툭하면 꼬리표처럼 붙는 소시민의 전망 부재라는——그런 언설 자체가 시대의 한계인 면이 없지 않은——비판도 어떤 면에서는 80년대의 현장에 충실하고자 한 기자(記者)로서의 시인에 대한 왜곡에 해당한다. 그것은 독재나 불의에 항거하는 전위의 용맹함은 아니었지만, 소시민의 비굴함도 아니었다. 80년대의 때가 그의 작품에 너무도 안 묻었다는 사실, 주로 80년대 민족문학진영에서 활발하게 실험한 전통양식들, 가령 마당극, 굿시, 판소리가락, 담시 등의 흔적을 찾아보기 어렵다는 점도 사려깊게 검토해볼 일이다. 그런 그의 작품에 '민중적 체취'가 배어 있다면 정확히 어떤 흥취를 독자에게 전달하는가는 뒤에서 살펴볼 참이다. 먼저

---

8) 이 점은 여러 논자들이 지적한 바 있다. 가령 정과리, 앞의 글 789~91면 참조.
9) 그에 관해서는 이미 많은 동료문인들이 애틋한 추모글을 남겼는데, 최근의 것으로는 하재봉 「죽음을 예감했던 마지막 시 '빈집'」(『시인세계』 2003년 여름호) 등이 있다.

염두에 둘 것은, 현실의 속살을 반성적으로 사유하는 자의 토로에 가까
운 목소리를 시대의 현실을 앞세워 깎아내릴 일은 아니라는 사실이다.
"목련철이 오면 친구들은 감옥과 군대로 흩어졌고 / 시를 쓰던 후배는 자
신이 기관원이라고 털어놓"는(「대학 시절」, 1989) 대학생활을 거친 독자라
면 왜 그런 폄훼가 위험한가를 더 잘 알 것이다.

　1989년에 유작(遺作)으로 발표된 「입 속의 검은 잎」을 대할 때 실감하
는 것도 주어진 시대의 어둠을 끈질기게 반추하는 시인의 자세다. 합당
한 예를 받지 못한 죽음들에 숨죽였던 80년대의 시대 분위기를 강렬하게
환기하는 이 시에는 기형도가 일선 기자로서 틀림없이 첨예하게 인식한
80년대의 사회현실이 표면으로 드러나거나 고발되지는 않는다. 따지고
보면 기형도를 두고 문단의 한쪽에서는 열광적으로 반응한 반면 다른 쪽
에서는 침묵으로 일관한 것[10]도 그런 '드러나지 않음'과도 상관있을 듯
한데, 「입 속의 검은 잎」을 읽으면서 확인하는 것도, 죽음의 미학을 완성
한 모더니스트로 평가하는 ── 열광과 침묵을 오락가락하는 ── 기형도
담론의 맹목이다.[11]

　횡설수설처럼 논리의 가닥이 끊기듯 이어지면서 개인의 내면에 똬리
를 튼 시대의 어둠을 드러내는 「입 속의 검은 잎」은 이렇게 시작한다.

　　택시 운전사는 어두운 창밖으로 고개를 내밀어
　　이따금 고함을 친다, 그때마다 새들이 날아간다

---

10) 완전히 침묵했다는 말은 물론 아니다. 다만 『한국현대대표시선 III』(창작과비평사 1993)
　　에는 「안개」와 「조치원」이 실렸는데, 그에 대한 이러한 이해에서 시대적 편향 같은 것을 느
　　끼게 된다. 예컨대 이 두 편의 시에서 군부독재의 상징적 비유를 읽어내는 것이 그러한데
　　(217면), 시의 선택과 평가가 80년대 시대상황을 앞세운 소재라는 잣대에 좌우된다는 느낌
　　이다.
11) 다 맹목적이라는 말은 아니다. 오생근 「삶의 어둠과 영원한 청춘의 죽음 ── 기형도의 시」
　　(『동서문학』 2001년 여름호)는 일독에 값하는 글이다.

　　　이곳은 처음 지나는 벌판과 황혼,
　　　나는 한번도 만난 적 없는 그를 생각한다

이 첫 네 행은 두번째 연의 "그 일이 터졌을 때 나는 먼 지방에 있었다 /
먼지의 방에서 책을 읽고 있었다"라는 진술로 이어진다. "먼지의 방에서
책을 읽고 있"는 시인에게서 지식인의 무기력을 상기하는 것은 '터진 그
일' 때문이다. 안개가 자욱한 벌판, 검은 잎들로 덮인 땅바닥, 접힌 옷가
지를 펼칠 때마다 튀어나오는 흰 연기 등이 환기하는 묘한 초현실적 분
위기에 80년대의 맥락이 실리는 것이다.

　　　침묵은 하인에게 어울린다고 그는 썼다
　　　나는 그의 얼굴을 한번 본 적이 있다
　　　신문에서였는데 고개를 조금 숙이고 있었다
　　　그리고 그 일이 터졌다, 얼마 후 그가 죽었다

터진 '그 일'은 무엇인가. "침묵은 하인에게 어울린다"는 말은 그 일과
어떤 관계가 있는 것인가? 14~19행까지 묘사되는, '그'의 의문사와 장
례식 행렬 및 침묵으로 암시되는 긴장을 80년대 변혁운동의 좌절과 희망
이라는 자장으로 끌어들이고픈 유혹이 생기지만, 유혹이 강한만큼 시
'바깥의 문맥' 자체를 다시 생각하게 된다. 설혹 80년대라는 맥락에서
'그 일'이 가리키는 것이 1980년 5월 광주의 비극이고 그런 비극에서 초
래된 정신적 외상으로 인해 방황하는 청춘의 미로가 시의 내용이라고 해
도, 광주에서 터진 '그 일' 자체가 문제는 아니다. 내용을 끝까지 정독한
다 하더라도 '광주'는 암시로 그칠 뿐 그 참혹했던 비극을 발설하지는 않
는다. 택시 운전사는 장례식의 행렬을 이끄는 저승사자이고 "나는 저 운
전사를 믿지 못한다"라고 시인은 말한다. "한번도 만난 적 없는" '그'는

'그 일'로 신문에 나고 얼마 후 사망한 인물임이 밝혀지지만, 또 화자인 나는 "어디서/그 일이 터질지 아무도 모른다"며 떨고 있지만, 전체적으로 1980년 광주 및 이후의 어지러운 정치상황을 언표하는 시는 아니다. 오히려 그같은 '언표'에 관한 한 명백한 역사적 사건을 은유적 침묵으로 감싸는 것이 기형도 고유의 화법이라고 해야 할 듯하다.

그러나 그 화법은 난해한 예술언어의 양식적 실험이나 웅변으로서의 침묵 따위로는 온전히 설명되지 않는 것이다. 그 나름의 현실인식 없이는 형식실험의 파격도 공허해지기 십상일 터인데, 관건은 역시 시대의 비극을 입에 담기가 힘들수록 깊고 맑아지는 시인의 시적 양심이다. "내 입 속에 악착같이 매달린 검은 잎이 나는 두렵다"라는, 역사를 증언하는 세치 혀의 무서움에 대한 시인의 정직한 자기고백이야말로 「잎 속의 검은 잎」을 시로서 살아 있게 한 결정적인 요인이다.

> 그해 여름 많은 사람들이 무더기로 없어졌고
> 놀란 자의 침묵 앞에 불쑥불쑥 나타났다
> 망자의 혀가 거리에 흘러넘쳤다

훌륭한 시의 조건에 시대의 정신상황에 대한 증언까지 포함된다면, 그 증언의 가치는 여타의 산문적 필설로는 감당할 수 없는 진실의 정곡을 찌르는 한에서만 유효할 것이다. 그리고 그 증언의 가치가 표현의 기발함이나 시어의 조탁(彫琢)에만 있지 않음은 더 말할 것도 없다. "망자의 혀가 거리에 흘러넘쳤다"——기형도가 드러낸, '현장'의 외곽을 맴도는 과정에서 직설과 구호로는 다 채워지지 않던 당대의 진실은 이 한마디에 담겨 있다.

그런 '망자의 혀'를 통해 시대를 증언하기에 삶의 애상과 절망을 노래하면서도 결코 그에 굴하지 않은 기형도의 면모가 부각된다. 6·10민주항쟁 이후 내면의 암투와 분열로 얼룩진 80년대 종반 지식인 세계와, 원대한 사상들이 그 왜소한 실체를 드러낸 90년대의 무수한 (자기)배반을 의식하면서 기형도를 읽을 때, 우리는 그의 낭만적 서정도 자기를 지키는 힘겨운 노력의 일부임을 알 수 있다. 시대와 정면으로 마주하기 힘들수록 집단주의에 몸을 숨긴 그 시절에 그는 실존적 고독이나 지적 초연함 등과도 다른 '홀로 살아 있음'을 거듭 다짐한 것이다.

> 세상은 온통 크레졸 냄새로 자리잡는다. 누가 떠나든 죽든
> 우리는 모두가 위대한 혼자였다. 살아 있으라, 누구든 살아 있으라.
> 턱턱, 짧은 숨 쉬며 내부의 아득한 시간의 숨 신뢰하면서
> 천국을 믿으면서 혹은 의심하면서 도시, 그 변증의 여름을 벗어나
> 면서. (「비가 2」 부분)

어쩌면 "내부의 아득한 (…) 숨"을 신뢰하는 "위대한 혼자"는 민중들의 치열한 생활현장에서 그 진정한 모습을 드러내는 것인지도 모른다. 생활과 유리된 이념이나 사상만으로는 결코 살아질 수 없는 삶의 좌절과 환희를 노래하는 「비가 2」는 80년대 시인으로서 기형도가 지향한 존재의 지평을 짐작하게 한다. 생활과 겉도는 설익은 사상들이 '남루한 옷으로 떠돈' 그 시절의 아픔과 진실을 기형도가 릴케적 비가(悲歌)에 못지않은 격정과 열정으로 달래고 드러낼 수 있었던 것도 민중을 사칭하는 지식인의 허세를 떨치는 시적 사유의 투쟁에 기인하는 것이다.

4. 시의 기도

"밤 1시. 시는 인간을 구원할 수 있는 것일까." 1982년 9월 25일자

「참회록——일기 초」는 다음과 같이 이어진다. "그것은 우문(愚問)이다. 구원할 수 '있다' 혹은 '없다'의 구분은 이미 시에 기능이나 효용의 틀을 뒤집어씌운다. 따라서 어떠한 예술 장르가 최초에 성립되었을 때 본연적으로 갖는 기능이란 두말할 필요 없이 '있음'에 귀착한다. 따라서 이러한 질문은 그 질문이 던져져야 하는 상황과의 투쟁을 의미한다. 그것은 이미 '시'의 왜소화, 편협화, 무기력화의 원인을 규명하는 일일 것이다." (『전집』 331면) 80년대의 맹목적 집단심리와, 관념을 부리는 지식인의 이기적 허상을 예리하게 풍자한 「홀린 사람」이나 전체주의 통제의 그늘이 얼마나 기만적인 빛으로 가장하고 있는가를 우의적으로 그린 「전문가(專門家)」 및 저항과 실천의 참뜻을 묻는 「소리의 뼈」(1984)도 예술을 변혁운동에 동원하는 시대일수록 잊기 쉬운 참다운 '있음'과 시의 무기력화·왜소화에 대한 성찰의 산물이다. 참신앙이란 무엇보다 생활에 충실해야 함을 보여주는 한편 그런 충실한 삶이 그 충만함만큼이나 세인들의 힐난을 감수해야 하는 가시밭길임을 암시하는 「우리 동네 목사님」(1984) 역시 '질문이 던져져야 하는 상황'과 씨름한 흔적이다.

그가 누구 못지않게 80년대라는 주어진 시대를 철저하게 살았고 또 방황했음은 시작(詩作) 싯점이 1981년 9월 8일로 명시된 「노을」에서도 알 수 있다. "밤이면 그림자를 빼앗겨 누구나 아득한 혼자였다. / 문득 거리를 빠르게 스쳐가는 日常의 恐怖 / 보여다오. 지금까지 무엇을 했는가 살아 있는 그대여"라는 반문만큼 5·18 이후 침묵에 빠져든 지식인사회에서 통절하게 요구되는 것도 없었을 것이다. "勝負를 알 수 없는 하루와의 싸움에서 / 우리는 패배했을까. 오늘도 물어보는 사소한 물음은 / 그러나 우리의 일생을 텅텅 흔"든다는 인식은 역사의 시계가 거꾸로 가는 착각을 때때로 불러일으키는 지금도 확고해야 하리라 본다. 기형도의 이런 시를 문학도(文學徒) 개인의 내밀하고도 절절한 심경고백으로 이해해야 하는 것만큼이나 80년대의 역사적 문맥에 놓고 읽어야 함은 앞서 시사한 바 있지만, 개인과 사회라는 두 개념도 한 뜨거운 개성이 문득 자신의 동시대적 삶에 입문하는 하나의 접점으로 수렴되지 않는 한 독립적 범주로서 온전할 수 없는 것이다.

장강(長江)처럼 도도하게 흐르는 릴케풍의 비가를 떠올리게 하는, 정신적 싸움의 드높은 고양을 삶의 향유로 노래한 「이 겨울의 어두운 창문」(1985)도 시인의 그같은 접점이 어떻게 한데 모아지는가를 실감케 한다. 판에 박힌 민중시나 순수시와는 전혀 다른 가락과 개성을 거침없이 뿜어낸 기형도의 절창 중 하나다.

어느 영혼이기에 아직도 가지 않고 문밖에서 서성이고 있느냐. 네 얼마나 세상을 축복하였길래 밤새 그 외로운 천형을 견디며 매달려 있느냐. 푸른 간유리 같은 대기 속에서 지친 별들 서둘러 제 빛을 끌어모으고 고단한 달도 야윈 낫의 형상으로 공중 빈 밭에 힘없이 걸려 있다.

(「이 겨울의 어두운 창문」 부분)

삶의 등가물로서 제시된 고드름과 시인의 정신 사이에는 어떤 기계적인 유비도 성립하기 힘든 열정적인 조응이 살아숨쉬고 있다. "네 얼마나 세상을 축복하였길래 밤새 그 외로운 천형을 견디며 매달려 있느냐"라고 묻는 고고한 기백은 (시대와의 불화라는) 천형을 짊어진 시인의 운명을 생각나게 한다. 그런 운명의 비감어린 낭만화는 보들레르나 랭보 등의 시에서 탁월한 표현을 획득한, 군중의 시대에서 개인의 자존(自尊)을 표현하는 최상의 발성법에 해당한다고 해도 과언이 아닐 것이다. 바로 그렇기 때문에 축복과 천형을 대립시키는 발상은 더이상 새롭지 않다. 하지만 그 대립과정에서 터져나오는 윤리적 열정만은 기형도 특유의 것이다. 한 개인 고유의 비원이기에 보편적인 비감(悲感)을 획득하는 순간에 도달하는 시인의 사유도 윤리적 열정에서 가지를 치며 자라난다. 창조적 사유와 긴장관계를 이루는 그같은 열정은 낭만성을 포괄하는 서정적 격조의 드높음을 동반하는바, 시인의 방황은 관념의 성좌를 헤매는 지적 유희와 양립할 수 없다. 또한 권태와 무관심이 근대인에게 최대의 형벌이라면, 오직 더 넓고 깊은 삶의 향유만이 그런 형벌에 굴하지 않는 길일 것이다. 그 향유는 역설적으로 최고도의 극기(克己)를 전제하는 것이기도 하다. 떠도는 자의 발걸음을 수직으로 지상을 향하는 고드름과 대비하면서 시인은 재차 묻는다.

> 아느냐, 내 일찍이 나를 떠나보냈던 꿈의 짐들로 하여 모든 응시들을 힘겨워하고 높고 험한 언덕들을 피해 삶을 지나다녔더니, 놀라워라. 가장 무서운 방향을 택하여 제 스스로 힘을 겨누는 그대, 기쁨을 숨긴 공포여, 단단한 확신의 즙액이여. (「이 겨울의 어두운 창문」 부분)

"가장 무서운 방향을 택하여 제 스스로 힘을 겨누는 그대"는 인간 기형도가 숨죽이며 지향한 시인상(詩人像)이기도 하리라는 심증도 우리는 지상의 삶을 축복하는 자의 천형을 극기로써 받아들이려는 싸움에서 사실로 확인한다. "내 생 뒤에도 남아 있을 망가진 꿈들, 환멸의 구름들, 그 불안한 발자국 소리에 괴로워할 나의 죽음들"을 염려하는 섬세한 영혼의 고뇌에서도 삶의 긍정은 치열하게 살아 있다. 물론 그런 긍정과 믿음을 회의하게 하는, 허무와 절망으로 가득 찬 냉엄한 현실은 이 작품에서도 줄곧 배경을 이룬다. 하지만 '나의 죽음들' 이후에도 계속될 '정신의 싸움'을 암시하는 3연은 절망이 빚어낸 피안으로의 회귀와도 다른 고뇌의 흔적들로 채워진다. 이어 마지막 연은 이렇게 끝난다.

> 오오, 모순이여, 오르기 위해 떨어지는 그대. 어느 영혼이기에 이 밤 새이도록 끝없는 기다림의 직립으로 매달린 꿈의 뼈가 되어 있는

가. 곧이어 몹쓸 어둠이 걷히면 떠날 것이냐. 한때 너를 이루었던 검고 투명한 물의 날개로 떠오르려는가. 나 또한 얼마만큼 냉각된 꿈속을 뒤척여야 진실로 즐거운 액체가 되어 내 생을 적실 것인가. 공중에는 빛나는 달의 귀 하나 걸려 고요히 세상을 엿듣고 있다. 오오, 네 어찌 죽음을 비웃을 것이냐 삶을 버려둘 것이냐, 너 사나운 영혼이여! 고드름이여. (「이 겨울의 어두운 창문」 부분)

"구차한 삶을 떠나 / 밤별이 곱다고 노래"하는(김남주 「가엾은 리얼리스트」) 일이 힘들었던 그 시절을 돌이켜보면, 고드름과 같은 예사로운 일상에 이처럼 거침없이 대담한 비유와 상상력을 발휘한 작품도 드물 것이다. 대담무쌍한 기상(奇想)도 우리를 놀라게 하지만, 삶을 내버려둘 수 없다는 정열과 어우러진 시의 기도(祈禱)는 80년대 젊은이들의 고민과 희열에 열렬한 낭만성과 진정성을 부여한다. "몹쓸 어둠이 걷히"기를 기다리는 인내는 "나 또한 얼마만큼 냉각된 꿈속을 뒤척여야 진실로 즐거운 액체가 되어 내 생을 적실 것인가"라는 물음을 낳거니와, 80년대 시단에서 시대의 어두움을 응시하면서 이토록 교교(皎皎)한 힘의 수사학으로 독자의 심금을 울린 시는 결코 흔치 않다. 「이 겨울의 어두운 창문」은 죽음을 비웃는 해탈도 아니며, 그렇다고 생활을 방기하는 풍자도 아닌, 문자 그대로 삶을 갈구하는 사나운 영혼의 시다.

그런 기형도가 노동현장을 담은 시를 남긴 것은 우연이 아니다. 그렇게 쓴 시가 노동시나 현장시의 상투성과 다를 수밖에 없는 것도 당연하다. 진정으로 당대의 시가 되어 후대 독자의 가슴에 살아남을 작품을 딱히 기형도만 쓴 것은 아닐 터인데, 본고에서 「병」(1979)을 맨 앞에 다룬 데 이어 초기작에 속하는 「폐광촌(廢鑛村)」(1981)을 마지막으로 논하는 것도 "더이상 내 것이 아닌 열망들"을 낳은 작품들이야말로 오늘의 현실에 살아 있다고 믿기 때문이다. 이를테면 「병」에서 「폐광촌」으로 옮겨가

는 논리적 수순은 시대적 삶을 의식하는 논술상의 계산이라기보다는 망
자(亡者) 기형도의 때이른 죽음을 기억하는 산 자의 논리인 동시에 그의
생과 작품 자체가 요구하는 비판적 읽기이다.

> 쉽사리 물러설 수는 없었다.
> 그곳에는 아직도 지켜야 할 것이 있음을
> 우리는 젖은 이마 몇 개 불빛으로 분별하였다.
> 밤은 기나긴 정적의 숯으로 우리를 속이려 들었지만
> 탐조등으로 빗발을 쑤시면
> 언제든지 두서너 개 은칼을 찾아낼 수 있었다.
> 그 후에 빗물을 털어버린 시간이
> 허기의 바람을 펄럭이며 다가오고
> 우리는 낄낄거리며
> 쉽사리 틈을 보이지 않는 어둠의 잔등에
> 시뻘건 불의 구멍을 뚫곤 하였다. (「폐광촌」 부분)

그 자체로 하나의 상징성을 띠면서 때론 '민중'으로 등치되기도 한 80년
대 광산촌과 광부들의 노동은 실상과는 무관하게 혁명의 거처로 해석되
기도 했다. 민중을 관념적으로 상정하면서 그 분노를 시화(詩化)하는 경
우도 드물지 않았다. 그런 맥락에서 이 인용대목도 손색이 없달 수는 없
다. 노동현장의 실감은 실감대로 되살려지는 과정에서 그 시적 흥취와
"아직도 지켜야 할 것"에 대한 염원이 시어의 불필요한 추상성과 장식적
수사를 떨치면서 광부 같은 노동자에게까지 전해지는가 하고 묻는다면,
유보를 두어야 할 대목이 ─ 가령 박노해의 「지문을 부른다」와 함께 읽
으면 더욱 ─ 눈에 띄기 때문이다. 앞에서도 기형도의 이국적 정조를 언
급했지만, 비유에 탐닉하는 도시감성의 어떤 '고급한 편향'은 충분히 가

시지 않은 것 같다.

하지만 두번째 연의 첫마디 "누군가 불타는 머리 끝에서 물방울 몇 알을 훅훅 털며 / 낮은 소리로 군가를 불렀다. 후렴처럼 / 누군가 불더미에 무연탄 한 삽을 끼얹었고"로 옮겨가면 그같은 편향도 얼마간 누그러진다. 기형도가 탐닉한 장식적 멋과 수사(修辭)에 대해 비판적 자세를 견지한다고 해도, 삶으로서의 노동을 구현하는 시 자체를 외면해서는 곤란하다. "아아, 고인 채 부릅뜬 몇 개 물의 눈들이 / 빛나며 또 사라져갔다"는 대목에서도 광부들의 절망과 희망은 다같이 아련하지 않은가.

> 우리도 한때는 아름다운 불씨였다.
> 적막이 어둠보다 더욱 짙은 공포임을
> 흰 뼈만 남은 驛舍까지도 알고 있었다.
> 깊은 잠 한가운데 폭풍이 일어 우리가 식은땀을 꺼낼 때마다
> 어둠의 깃 한쪽을 허물고
> 예리하게 잘린 철로의 허리가 하얗게 일어섰다. 그럴 때면
> 밤의 절벽에 이마를 깨뜨리면서
> 우리는 지게의 멜빵을 달았다. 애초부터
> 우리에게 화덕이 없었던 것은 아니었다. (「폐광촌」 부분)

적막, 공포, 식은땀, 철로의 허리, 밤의 절벽 등이 비유적으로 환기하는 것은 노동현장의 팽팽한 기운이다. 지난 연대의 일부 문단에서는 이것이 과연 광부들의 노동에 대한 정확한 사실적 재현인가 하는 논쟁부터 벌어졌겠지만, 그런 정확성 여부도 「폐광촌」이 한편의 시로서 던지는 시적 울림에 따라 판단해야 할 것이다. 따라서 중요한 것은 지식인의 눈에 비친 것임을 부정할 수 없는 이같은 시적 재현이 기여하는 바가 궁극적으로 무엇이냐인데, 화덕의 불씨를 살리는 시적 재현은 광부들의 가쁜 일

상을 환기하는 효과를 낳는다. 노동은 오직 삶의 관점에서 파악된다. "곧 이어 바람으로 불려갈 석탄에 삽날을 꽂으며 이제는/각자의 생을 퍼담아야 할 차례"임이 강조되는 것이다.

> 역사를 걸어나올 때
> 무개화차 위에서 타는 불꽃을
> 잠 깬 등뒤로 얼른 우리는 빼앗았다.
> 아아, 그곳에는
> 아직도 남겨져야 할 것이 있었다.
> 폐광촌 역사에는
> 아직도 쿵쿵 타올라야 할 것이 있었다. (「폐광촌」 부분)

'불씨'에 대한 집념은 미래의 것, '우리의 것'으로 남아 있다. 광부들의 노동을 혁명의지를 담보하는 어떤 추상으로 받아들이는 대신 기형도는 현실적 노동의 "아름다운 불씨"를 되살려놓으면서 폐광촌에 남겨져야 할 것에 대한 다짐의 여운을 남긴다. 산업화 과정에서 주변으로 밀려난 노동자들의 가슴에서 "아직도 쿵쿵 타올라야 할 것이 있"다면 이는 그들만의 불꽃은 아닐 것이며, 그리 되어서도 안될 것이다. 나아가 이 시가 지식인의 관념적 말놀음 대상으로 전락하는 것을 막기 위해서라도 산업 역군들의 현장에서 타올라야 할 것은 무엇인가 하는 물음은 시적 성취의 엄밀한 평가로 깊어져야 마땅하다. 표현을 달리해보면, 기형도의 당대성은 80년대 풀뿌리민중의 체취 및 연대의식을 달라진 시대에 맞게 새로운 활력으로 되살림으로써만 온전히 확인할 수 있는 것이라는 풀이도 가능하다.

5. 80년대를 위하여

한 시대의 시작과 끝을 정의하는 일, 나아가 불의를 바로잡는 민중의 보이지 않는 저력을 인식하는 일이 결코 연표에만 근거할 수 없음은 서두에서도 언급했다. 그런데 생활인에게 정작 중요한 것은, 자칫 숫자놀음에 그칠 수 있는 시대구분 논의 못지않게, 유산의 알맹이를 새롭게 이어받고 갈망하는 슬기가 아닐까 한다. 어떤 면에서는 70년대의 본질적 연속이면서 민중의 자각에서 질적인 도약을 이룩해낸 80년대 문학의 경우도 그런 슬기를 각별히 요구한다. 현싯점에서 많은 사람들이 그 시절을 들먹이면서 현재성을 강조하는 것도 기본적으로 그때 현안으로 제기된 문제가 우리 시대의 첨예한 쟁점으로 형태를 달리한 채 이월된 데 있을 것이다. 분단이 그러하고 외세가 그러하고 자유와 평등이 여전히 그러하지 않은가. 물론 누구에게나 자기만의 시대상이 있는 법이고, 80년대를 거치면서 이룩한 민족민주운동의 진전도 실로 눈부셨다. 눈부신 만큼 민족문학이라는 간판에 맞지 않는 작품은 묵살되거나 왜곡된 경우도 있었다. 80년대 민족문학 또는 민중문학 진영의 평자들이 기형도를 제대로 주목하지 않았을뿐더러 반대편에 선 논자들 역시 그 실제 시적 성취에 밝지 못했다.

이렇게 보면 90년대의 '기형도 현상'도 유산의 알맹이를 찾아 계승하는 것과는 거리가 있었음이 분명해진다. 그것은 80년대의 모든 진지한 변혁의 고투를 부정하고 외면하는 풍조에 더 가까웠고, 기형도의 시적 한계가 그런 이데올로기적 흐름과 무관하지 않다는 점에서 그의 최상 작품에 주목하면서도 비판을 생략할 수는 없는 것이다. 어떤 장르의 예술이든 후대 사람들의 지성스런 되살림을 통해서 연명되는 것임은 말할 나위 없다. 80년대 자체가 기형도의 진가를 가린 데 일말의 책임이 있고,

어둡고도 밝았던 시대의 생채기로 인해 그의 시세계가 한계를 안고 있다면 그리고 기존 비평들이 그 복합적인 공과를 온당하게 규명하고 평가하는 데 미흡했다면, 그의 작품을 당시의 문맥으로 돌려보냄으로써 그 생명을 되살리는 읽기는 독자의 계속되는 과제로 남는다. 비단 기형도를 재평가하는 데 국한되지 않는 그런 시읽기는 우리로 하여금 지난날은 물론, 앞으로의 삶에서도 무엇을 버리고 취할 것인가까지 성찰케 한다.

시와 시대, 그리고 인간

■

1. 머리말

지금까지 나온 고은(高銀)의 『만인보(萬人譜)』(창비 1986~2004)는 20권, 총 2474편이다.[1] 한국근대시사 초유의 분량도 분량이지만 아직 완간되지 않았다고 하니, '『만인보』론'은 섣부른 제목인지도 모르겠다. 말의 경제는 물론 판단의 유보가 어느정도 따르는 것도 불가피하다.

돌이켜보건대 『세계의 문학』(1986년 봄호)에 물경 51편이 처음으로 게재되고 바로 그해 11월에 전작간행 형식으로 첫 세 권이 묶여 나왔을 때, 『만인보』에 대한 평자들의 반응은 무척이나 고무적이었다. 1970년대 이래 민족문학의 전위에서 활동해온 시인이 봇물 터뜨리듯 쏟아낸 뭇사람의 생생한 초상들을 민족문학의 새로운 도약을 기약하는 일종의 '보증'으로 받아들였는가 하면,[2] "이제 우리도 큰 시인을 하나 갖게 되었구나

---

1) 1~3권(303편, 1986), 4~6권(327편, 1988), 7~9권(397편, 1989), 10~12권(345편, 1996), 13~15권(383편, 1997), 16~20권(719편, 2004).
2) 백낙청 「통일운동과 문학」 및 「『만인보』에 관하여」 참조. 각각 『민족문학의 새 단계』, 창

하는 감격"을 평문으로 피력한 것이다.[3] 물론 그때도 (우려 섞인) 비판이 없지 않았지만,[4] 『만인보』가 9권까지 씌어지고 시인의 회갑기념논저인 『고은 문학의 세계』(창작과비평사 1993)가 발간된 싯점에도 시단(詩壇)의 "합의"는 크게 달라지지 않은 것으로 판단된다.

하지만 그로부터 12년이 지나고 열한 권이 더 나온 지금, 그때의 보증과 감격은 어느 정도나 유효하며, 80년대의 『만인보』 그 아홉 권의 시적 성취가 90년대 이후 출간된 작품에서 과연 얼마나 깊고 넓게 이어지고 있는가 하는 물음은 자연스러운 것이다. 격세지감을 안겨주는 오늘의 문화환경에서 그간 평자들의 평가에 공감하면서도 고은의 "만인들"이 박물관의 박제품 신세를 면할 수 있을까 하는 일말의 불안을 떨치지 못한 필자뿐만 아니라 『만인보』를 흥겹게 따라읽은 독자들도, 그런 의문은 한번쯤 품었을 법하다.

2. 『만인보』 개관

거의 20년간 여섯 차례에 걸쳐 발행된 『만인보』 스무 권을 개관해보면, 10권에서 가장 큰 분기를 이루고 16권에 와서 이전과는 좀 다른 흐름을 형성하는 것 같다. 1~9권까지는 30, 40년대를 배경으로 저자의 "기초환경"이 다뤄졌는데, 10권부터는 70년대로 훌쩍 건너뛴다. 그런 10~15권은 민족문학의 구심력이 한창이던 80년대가 지나고 그 위기가 "상식화"된 90년대 후반, 즉 민족문학의 진영은 물론 그 개념까지도 실

작과비평사 1990, 102~106면, 268~73면.
3) 김영무 「고은의 시 II」, 『시의 언어와 삶의 언어』, 창작과비평사 1990, 148면.
4) 김홍규 「個體와 歷史」, 『세계의 문학』 1987년 봄호 346~47면; 임우기 「이야기꾼으로서의 시인」, 『살림의 문학』, 문학과지성사 1990, 255~56면 참조.

질적으로 해체된 상황에서 출간된다.

1950년 한국전쟁의 참상을 주로 다룬 16~20권이 나온 것은 6·15남북공동선언이 발표되고 3년이 지난 다음이다. 알다시피 80, 90년대는 세계사적으로 시대의 맥박이 유달리 가쁘게 뛴 시대이고, 그와 연동한 한반도 정치현실도 급격한 (때로는 아찔한) 국면변화를 거쳤다. 바로 그 20년을 통과하여 우리 당대에 걸쳐 있는 『만인보』는 특정한 주제의식으로 쓴 단일 텍스트이지만 시시각각 변하는 국면에 대응한 작품'들'의 성격도 아울러 띠기 때문에, 해당 시대를 염두에 두고 묶음별로 읽는 것도 적절하지 않을까 싶다.

그런 뜻에서 1~9권과 10~15권을 각각 80년대 『만인보』와 90년대 『만인보』로 분류해볼 수 있겠다. 그럴 경우 2004년의 16~20권은 어디에 더 가까운가, 또는 80년대 및 90년대 모두와 얼마나 창조적으로 결별했는가 하는 물음도 부수적으로 생긴다. 80년대 『만인보』의 성취는 인간의 약분불가한 개별성을 이념적 도상(圖像)으로 흡수한 당대 민족·민중 문학의 허와 실을 비판적으로 따져보게 하는 데 있지 않은가 한다. 90년대 『만인보』는 유신정권의 철권통치에 음양으로 저항한 시대적 인물들을 '만인'의 주인공으로 채택함으로써 세기말 소위 포스트담론들의 부황든 실상을 되짚어보도록 한다. 앞서 언급했다시피 두 『만인보』가 시대의 대세에 대한 '응전'의 성격이 강하다는 말이다. 그런 맥락에서 6·25전쟁을 전면적으로 다룬 16~20권을 남북의 평화공존 가능성이 새롭게 열린—그 점에서 80년대 및 90년대와도 확연히 다른—2000년대의 상황에 비추어보는 동시에 그것으로 완전히 환원될 수 없는 시적 성취도 엄밀하게 가늠해야 할 것이다. 물론 『만인보』 16~20권이 앞의 두 『만인보』와 다른 수준의 시적 지평을 실제로 열었는가도 앞으로 논하겠지만, 이 대목에서 일단 '제3의 『만인보』'라는 화두를 걸어볼 만하다.

'80년대=이념, 90년대=탈이념'을 비판적으로 돌아보게 하는 두 『만인보』의 면모가 작품 차원에서도 조건없이 긍정할 만한 것인지 하는 의문도 바로 그 화두에서 생긴다. 『만인보』 비평에 관한 한, 시대의 대세를 거스르는 시의 비판적 성찰기능이 시적 성취와 어떤 관계가 있는가 하는 물음은 자주 잊힐뿐더러, 그 둘을 혼동하는 논자도 적지 않다. 현재 시단의 편향, 즉 민족·민중을 내세우는 시각 및 그와 대척점에 선 개인과 자유주의를 시적 성취의 명시적·암묵적 판단기준으로 삼는 태도도 그런 물음의 결핍과 무관하지 않을 것이다. 한원균(韓元均)의 학술저작에서 80년대와 90년대 『만인보』가 분별되지 않고 한덩어리로 취급된 것도 그런 기준에 대한 비판적 성찰이 따르지 않기 때문이 아닌가 한다.[5] 알다시피 전자는 80년대의 (이제는 냉정하게 분별해야 할) 대표적인 유산이요, 후자는 그에 대한 반동으로서 90년대 이후 득세한 (지금은 저항해야 마땅한) 관점이다. 특정한 관점이나 이론을 앞세워 입맛대로 요리하는 비평계의 병통이야 어제오늘 일이 아니지만, 고은은 가령 모더니스트로 통하는 기형도(奇亨度)와는 다른 이유로—상찬이든 비난이든—상투적인 평가의 대상이 되는 것 같다. 그 큰 이유 중의 하나가 초기의 탐미주의·허무주의에서 70년대 민족민중운동으로 일대 전환을 이루고 외세와 분단현실에 대해 적극적으로 발언하기를 멈추지 않는 시인의 '확신범'으로서의 행보에 있음을 짐작하기는 어렵지 않다. 또한 『만인보』 곳곳에 숨쉬고 있는 실존 역사인물들의—그 탁발한 자취를 칭송하고 과오를 징치(懲治)함으로써 민족적 자존을 일깨우는—묘사방식에서 단적으로 확인되는 것처럼 민족주의나 자유주의를 들먹이는 비평들의 근거가 전혀 없달 수도 없다.

그러나 (특히 80년대) 『만인보』의 시적 성취나 한계를 민족주의 내지는 자유주의 담론틀로 환원하여 평가하는 것은 결과적으로 80년대 일부

---

5) 한원균 『高銀詩의 美學』, 한길사 2001, 138~52면 참조.

진보진영의 낯익은 구습과 그에 대한 90년대의 세기말적 반동 모두를 되풀이하는 꼴이다. 형사(形似)와 신운(神韻) 모두를 살림으로써 그런 구습과 반동을 반성하게 하는 적지 않은 시들이 『만인보』에 있거니와, 이념의 이름으로 개인을 주눅들게 했던 80년대와 개인의 이름으로 역사를 부정하기 일쑤였던 90년대의 무수한 작품들 가운데 근대적 자유의 비원(悲願)을 품은 비루한 존재들에게 인간적 존엄을 제대로 부여한 경우가 얼마나 될지도 냉철하게 따져볼 일이다.

전쟁이 났다 한다
서울놈들
울며불며 도망치느라고 야단이라 한다
부자놈들 돈자루 메고 이리 갈까 저리 갈까 야단이라 한다

소 풀 뜯기러
버들방천에 나온 장도셉이
그런 전쟁 소식에 벌떡 고추 서서 힘이 났다

배도 고프지 않았다
힘껏
돌멩이 하나 공중에 던졌다

억울하고 또 억울한 신세
지겨운 신세
아무런 가망도 없는 신세
머슴 장도셉이
풀밭에 앉았다가 일어섰다 또 앉았다가 일어섰다

이제 내 세상 온다

풍덩 냇물에 들어가 가라앉은 냇물 잔뜩 휘저어놓았다

물 속에서 고추가 뻣뻣했다 (17권 「머슴 장도쇱이」 전문)

"말하자면 난리가 / 머슴 노릇 종 노릇 면해주고 / 사람 노릇 시켜"준(8권 「머슴 석주」) 현실을 포착하면서도 "억울하고 또 억울한" 밑바닥 인생 나름의 절실한 사연도 시인은 들려주는 것이다. 물론 지금까지 『만인보』가 우리 근현대사에서 '과거'가 되어버린 인물들을 주로 다룬 것은 사실이다. 해방 전후와 50년대, 70년대를 다룬 『만인보』에서는 1987년 6·10민주항쟁 이후 하나의 문화현상으로 대두한, '근대성의 축복과 해악'에 노출된 도시인간들의 면면을 아직 그려내지는 못한 셈인데, 『만인보』에 먼저 주문할 것이 있다면 바로 그것이 아닌가 한다.

앞으로 나올 『만인보』를 기대하면서 그 점을 좀더 엄정하게 검증하는 한가지 방법으로 백낙청(白樂晴)이 환기한 『만인보』의 소설적 면모를 부연해볼 수 있다. 이 글의 4절에서도 논하겠지만 이번에는 각도를 달리하여 비판적으로 접근한다면, 먼저 서사적 재미도 쏠쏠한 천여편의 80년대 시편들만 하더라도 언젠가는 평자들의 정선(精選), 또는 시인의 자선(自選) 『만인보』도 필요하겠다는 것이다.[6] "전체적으로 볼 때(1~9권까지의—인용자) 『만인보』 시편들은 필요 이상으로 사설적인 것이 흠"이라는 지적이 이미 있었다.[7] 이는 이야기시이자 인물시로서 그 서사성이 시적 밀도를 충분히 획득하지 못했다는 비판과 상통한다. 단편소설이나 꽁

---

6) 선집은 국외에서 번역으로 이미 선보였는데, 『만인보』 10권까지는 미국 등지에서 영역본으로 나왔다. Ko Un, *Ten Thousand Lives*, Brother Anthony of Taizé, Young-moo Kim, and Gary Gach, trs., Green Integer: København & Los Angeles 2005.
7) 윤영천 「인물시의 새로운 가능성」, 『고은 문학의 세계』, 창작과비평사 1993, 196면.

뜨처럼 읽히는 서사성이 제아무리 뛰어나도 인물소묘에 집중하는 이야기시가 원칙적으로 모든 장르를 소화할 수 있는 '소설'의 서사구조를 능가할 수는 없는 노릇이다. 단발적 집중도가 상대적으로 높은 것은 사실이지만, 수천편이나 되는 연작시라면 문제는 다르다. '보(譜)'라 함은 계통을 좇아 열기(列記)한다는 뜻이거니와, 그런 집중을 적절히 안배하면서 이야기를 담은 인물시 특유의 극적 긴장을 유장하게 잇는 전술이 필수적이다. 『만인보』를 읽다가 떠올릴 법한 서양의 운문문학 중에는 초서(G. Chaucer)의 『캔터베리 이야기』(*The Canterbury Tales*)가 있는데, 가히 인간희극을 방불케 하는 각계각층 30여명 인물들이 순례여행의 도상에서 주고받는 (때로는 서로 연관되게 짜인) 이야기들과 대비하면 『만인보』 형식의 무정형성이 안고 있는 문제는 더 크게 보이는 것 같다.

그럼에도 여러 평자들이 80년대 『만인보』에 찬사와 경의를 바친 것은, 훌륭한 소설 못지않은 재미와 절로 느껴지는 즐거움과 부담없이 누릴 수 있는 진짜배기 우리말 고유의 차진 맛을 사람살이의 온갖 국면에서 최대한 살려냈기 때문일 것이다. 그런 맥락에서 미당(未堂)의 요술 같은 시도 고은의 이 거대한 '활동시(活動詩)' 앞에서 무색해진다는 평가가 과장만은 아니다.[8] 예컨대 "괜찮아요 머／나 어머니하고 살다 죽을래／시집 안 갈래／그러던 옆집 턱점백이／그 말이 씨가 되어／다음해 맞배 병아리 깐 뒤／중신에미 문턱 낮춰 드나들더라"에 이어지는 대목,

그렇게 되자
턱점백이 어머니가
시집갈 딸 턱점백이에게
이것저것 일러주고 야단이더라

---

8) 김영무, 앞의 글 참조.

시집가서
첫째 요강에 오줌 쌀 때 소리 죽여야 혀
부엌 살강 밑에서
아무도 없다고 주둥이 함부로 놀리지 말어
살강 밑에 살강영감 계시니
애기 둘 낳기 전까지는
서방님 말에 말대꾸하지 말어
아무리 원통한 일 생겨도
친정 생각 하지 말어
친정부모는 저승부모여 저승부모 (3권 「턱점백이」 부분)

같이 우리 바로 코앞에서 들려오는 듯한 걸쌍스런 시골 아낙들의 삶을
담은 구수한 정경도 그러하거니와,

속으로는
어디 너 이년 오늘밤
소리 안 지르고 배기나 보자
하기야 도둑놈이 먼저 다녀간 길이면
소리 지르는 척만 하면 되지
하고 뒤뜽 가마를 출렁댄다
아무리 가마가 앞뒤에서 출렁거려도
가마 안 신부야
멀미 날 지경이지만
가마 안 신부야 입이 달렸나
꿈속같이 목구멍에서 소리가 나오겠나

먼 뒷날 그 신부 헌 각시 되어

아이 낳아 업고 친정 왔을 때

그 쌍놈 서달봉인가 뭔가

아직 안 죽었어! (4권 「상놈 달봉이」 부분)

처럼 여러 개의——가마꾼 '달봉이'와 화자, '헌 각시'의——시선과 목소
리가 복합적으로 동시에 작동하는 날래고 익살스런 시편들을 읽는 재미
도 일품이다. 80년대 인물시들의 '소설적 흥취'는 짤막한 시적 공간에 겹
겹의 목소리와 시선을 운문의 리듬을 살려 풀고 압축하는 과정에서 살아
난다. 비애어린 골계(滑稽), 해학적인 슬픔, 해방적 풍자, 해탈의 역설,
교훈적 반어, 토속적인 비어, 육담 등을 통해 '비루한 것들'을 꾸짖고 어
르고 다스리는 과정에 빠져드는 독자는 자연스럽게 대동세계(大同世界)
를 떠올린다. 그렇다면 90년대 『만인보』가 그려낸 70년대와 그 사람들은
어떤가?

3. 『만인보』 10~15권: 시대와 시

'머리말'에서 고은 자신은 "이 전작시를 문학으로 읽으나 시대로 읽
으나 그것을 내가 개의치 않겠다"라고 했지만(10권 4면), 시대로만 읽히
는 시라면 그 예술적 수명도 제한되게 마련이다. 현재 우리 사회에서 논
란이 분분한——"탄압과 건설이 / 행여 뒤질세라 // 모든 곡선들은 / 거듭
된 5개년계획과 함께 / 새마을 슬레이트지붕 / 고속도로의 직선으로 교
체"된(11권 「박정희」)——70년대를 다룬 시라면 더 말할 나위 없을 것이다.
70년대를 주도한 유신정권의 인사들, 정관계의 인물뿐만 아니라 그와 대
척점에 선 노동계·종교계·법조계·학계 등에 포진한 민주화운동의 숱

한 주역들과 그 사이에 낀 가난한 인간군상들, 문화예술계의 다양한 개성들이 등장하는 90년대 『만인보』가 시대를 증언하는 데 성공했다 하더라도, 그것이 시대를 넘어서는 시로서의 증언인가 하는 문제는 남는다.

그 점에서도 박정희정권에 음양으로 맞선 이들이 '70년대 사람들' 가운데 가장 많이 각광을 받은 것은 다각도로 생각할 거리다. 전태일의 분신자결(1970년 11월 13일)에서 대오각성, 민주화운동에 뛰어든 시인이 누구보다 먼저 '동지들'을 기억하는 것은 당연하달 수 있으며, 어떤 면에서는 대중적 호소력을 비교적 손쉽게 확보하는 길도 된다. "모든 성찰의 시간 떠나간"(13권 「김현옥」) 고속성장의 그늘에서 빛난 인간다움이기에 더욱 그렇다. 반면에 그런 인간다움을 주로 노래할 때 인간본성에 관한 탐구로서 시인이 구사할 수 있는 음역이 단조로워질 위험도 따른다. 그럼에도 90년대 『만인보』에서 70년대 민주인사들의 초상이 집중적으로 그려진 것은, 민족문학진영뿐 아니라 시민사회 대열이 전반적으로 흐트러진 형국이면서도 4·19 이래 고난의 역정인 민주화운동의 결실이 문민정부를 거쳐 김대중정부의 탄생으로 나타나던 90년대 후반의 복잡한 정세에 대한 시인 특유의 인식이 작용한 결과인지도 모른다. 그런 짐작이 터무니없는 게 아닌 것이, 박정권의 야만성에 항거한 무수한 지사와 열사, 고뇌에 찬 지식인들, 처참한 노동현실에 신음하는 노동자들을 그리는 시인의 태도가 잊어진 뜨거운 이름들을 추념하고 되살리려는 자의 그것이기 때문이다.

그의 이름 따위
대통령선거 막바지에 온데간데없다
이런 모래알 사건들이
시대의 격류 밑창에 가라앉아
조약돌로 깔려 있음

　　그런 조약돌 쌓이고 쌓이면

　　끝내 격류의 물길 달라지지 않을 수 없음 (15권 「어떤 조약돌」 부분)

이런 무명씨 '조약돌'들의 존재가 잊히지 않도록 하는 것은 역사가로서의 시인에게 주어진 시대적 사명이기도 할진대, 거기에는 4·19의 좌절 이후 "나의 가슴은 이유 없이 풍성하다"고(「그 방을 생각하며」) 말하면서도 "나는 얼마큼 작으냐"를(「어느 날 고궁을 나오면서」) 되뇔 수밖에 없었던 김수영(金洙暎)의 60년대와는 또다른 성격의 각성이 개입한 것으로 보인다. 70년대의 '대학 마당'에서 "지식 따위 싹 작파해버리고" 나타난 탈춤 같은 민중극을 회고하면서 고은이 일갈한 그런 각성 말이다. "탈이란 뭔가 / 제 낯짝 위에 / 다른 낯짝 덮은 것 아닌가 / 그것을 민중의 전형이라 하건대 / 이 소름끼치는 오류!"(15권 「탈」)

그러나 그런 오류가 번득이는 재기와 감성의 순발력 못지않게 시나브로 천리를 가는 소걸음의 탁마를 통해 오류임이 드러날 때 탈을 방편삼은 민중들의 본모습도 제대로 살아나리라 본다. 충실한 역사공부가 되는 인물시편들도, 불의와 폭정에 맞선 도덕성의 드높음도, 물러서지 않는 불굴의 기상도, 그런 드높음과 기상이 드리운 인간적인 약점, 슬픔, 아픔도 고도로 농축된 하나의 시적 발화가 됨으로써 독자를 일깨워야 한다는 것이다. 궁극적으로 이는 실명시(實名詩)의 성격을 띠는 『만인보』에 따라붙게 마련인 특정 인물에 대한 명예훼손 같은 말썽을 피하는 바람직한 길이기도 하다. 표현을 약간 달리한다면, 「전태일」(10권)처럼 시대에 대한 물음을 '잠재우는' 진실을 고지식하게 노래하는 시도 좋지만, "야 이 새끼들아 / 전태일만 팔아먹는 새끼들아 / 청계천 바닥에서 / 숯덩어리 되어 죽은 / 전태일만 팔아먹는 새끼들아 / (…) / 왜 이 나라는 / 죽는 놈들만 / 죽은 놈 위패만 금이야 옥이야 / 받들어 모시고 지랄들이냐"(15권 「반전태일」)라는, 일상의 안주(安住)를 뒤흔드는 반문을 낳는 시도 읽고 싶다는 말이다.

그런 반문을 제대로 받아 곱씹어보는 것은 엄밀한 시읽기의 요건 가운데 하나일 터, 70년대는 어떤 시대인가라는 물음도 거기서 나온다. 당대의 '현실' 중에는, 이시영(李時英) 시인이 「일만이 형」(『은빛 호각』, 창비 2003) 같은 시에서 애틋하게 노래한 것처럼 훗날 '한강의 기적'으로 불린 경제성장을 이룩한 노동하는 민중의 자부심, 보릿고개를 넘긴 자들의 안도감과 희망 등이 가혹한 노동탄압의 현실 속에서도 분명히 존재했을 것이며, 고향을 등진 인간 특유의 원대한 포부와 지독한 환멸도 어김없이 있었을 법하다. 그런가 하면, 골목 굽이굽이에 서린 달동네의 인간적인 애환은 물론이고, 개발의 거품에 울고 웃는 '경제동물들'의 아귀다툼도 엄연했을 것이다.

시의 성취와 사실적 인식의 문제는 지난 연대 '시와 리얼리즘' 논쟁에서 중요한 논점이었다. 여기서 그런 '정서적 사실들'을 환기하는 취지가 90년대『만인보』를 70년대 현실의 재현 여부를 기준으로 재단하자는 것은 아니다. 시대의 풍속을 다루는 이야기시의 성격을 겸비한 인물시라면, 90년대『만인보』의 성패도 결국은 '만인들'이 시인의 손을 떠나 독자적인 존재로 얼마나 살아 있느냐에서 갈린다는 것이다. 13~15권이 상대적으로 10~12권보다 풍성하고 충실하다고 판단되는 90년대『만인보』의 경우 고은 자신이 기리고자 한 인물들이 상대적으로 많이 등장해서 그런지는 모르겠지만, 전태일의 '소신공양'에서 각성하고 거듭났을지언정 그런 분신의 진실과 때로 상관없이 살았던 그 시대의 무명씨들에게까지 떳떳하고 의연한 목소리를 부여하는 시는 상대적으로 드물다. 인물소묘에서도 시인의 애정이 깊고 그윽할망정 「천승세」(13권)처럼 한 강렬한 개성을 집약적인 은유로써 살려낸 시가 아쉬워진다. 70년대와 최대치로 싸운 지식인들의 이름을 호명하는 목소리가 마치 '인물열전'처럼 90년대 『만인보』를 지배하는데, 그 과정에서 특정한 이념 지향이 강해지면서 시 자체도 시대정신이라는 추상적 지표가 인물의 개성을 주조하는 방향으로 흘러가는 것이 아닌가 싶다.

　물론 80년대 『만인보』에도 '두레의 윤리'라고 부름직한 이념적 지향은 존재한다. 또한 90년대 『만인보』가 전체적으로 '인물열전'의 성격을 띤다고 했지만, 그 초상(肖像)에는 동지들과 뜨겁게 교유한 시인의 숨결이 배어 있는 것이 사실이다. '사(私)'를 통해 공공(公共)의 역사를 이만큼 기록하는 것도 쉽지 않음은 물론인데, 불의의 시대를 묵묵히 살아낸 서민들의 궁핍한 생활을 시리게 기억하는 필자로서는 떨치고 일어난 사람들에게도 나름으로 공감하기에 90년대 『만인보』가 드러낸 70년대의 시대적 진실도 통속적이라고 생각하지는 않는다. 시련의 세월에 "잔정보다 / 묵은 정 / 묵은 정 속의 굵직한 척추"를(13권 「공덕귀」) 저마다의 위치에서 지켜낸 인물들의 진실을 통속적이라 말할 수는 없는 것이다. 하지만 상찬이 주를 이루는 인물열전이 어떤 정형적 틀이나 시각에서 나온다는 점만은 부인할 수 없다. 시인이 뭇 생령들에 스며들어 그들 자신의 모습을 되돌려주는 80년대 『만인보』와는 대조적으로 90년대 『만인보』의 목소리는 기념비의 글귀에 집착하는 자의 것이다.

　그런 집착이 시적 어조의 스펙트럼을 좁히리라는 것은 뻔하다. 90년대 『만인보』를 80년대 『만인보』와 대비해볼 때 전체적으로 언어구사에서 가장 눈에 띄는 점은 아무래도 풍자와 해학, 반어가 약해지는 현상이다. 30, 40년대에서 70년대로 옮겨간만큼 어휘선택은 물론이고, 사십대의 시인이 민주화운동에 투신하면서 만났던 인물들을 그릴 때 어조나 화법이 달라질 수밖에 없을 것이다. 게다가 세월의 흐름에 따라 시대의 감수성 자체가 변한 상황도 감안해야 한다. 그러나 90년대 『만인보』가 그 점을 충분히 숙고했는지는 모르겠지만, 인물 소묘에서 풍자와 해학, 반어 등이 약해진 것이 단순히 시읽기의 재미를 떨어뜨리는 것만은 아니다. 비판적 거리를 두면서도 대상에 스미고 번지며 '나'와 대상의 경계를 흐리는, 각기 다른 방식으로 독자의 가슴에 시취(詩趣)를 지피는 이 세 가지 수사는 시인으로 하여금 행위자와 관객의 역할을 동시에 수행하게 하고 그로써 인물이 자기 삶을 증언할 수 있게 하는 동력이다. 그런 동력에 의탁함으로써 시인은 시에서 있는 듯 없고 없는 듯 있는 것이다. 영탄, 돈호, 청유, 감탄, 야유 등을 자연스럽게 동반하면서 인칭(人稱)을 가로지르는 다성적인 목소리들은 90년대 『만인보』에 와서는 '~이다'체를 반복하는 단성(單聲)으로 모아진다. (윤영천이 언급한) 관극시(觀劇詩)로서의 신축자재한 묘미가 시에서 시대성이 커지는 것에 비례하지 않는 것도 그 때문일 것이다. 그 결과 70년대 사회의 풍경도 세태묘사의 선을 크게 넘지 않는데, 예컨대 「공중변소 낙서꾼」(10권), 「민주화운동의 어떤 영감」(11권), 「복부인 오여사」(13권), 「어떤 아이」(15권) 등에서도 어떤 극적 상황에 놓인 인물의 개성적 목소리보다는 시인의 서술적 육성이 앞선다.

4. 『만인보』 16~20권: 한국전쟁과 인간

50년대 한국전쟁을 주로 다룸으로써 시중(時中)에 정확히 맞았다는 점에서는 『만인보』 16~20권, 이 719편은 90년대 『만인보』의 연장선에 있다. 고은의 북한방문과 2000년 6·15남북공동선언의 감회는 『늦은 노래』(민음사 2002)로 직접 선보였고 기행시 형식의 『남과 북』(창작과비평사 2000)에서는 좀더 풍성하게 결실을 이루었는바, 2000년대 『만인보』가 전쟁의 참화에 집중한 것은 한반도 평화체제의 구축에 대한 시인 나름의 계산된 개입이라는 것이다. 그런 개입에서 눈여겨볼 점은, 유년시절에 만난 인물들을 다성적으로 재현하면서 생기를 불어넣은 80년대 『만인보』나 실명 주인공과 거리를 두면서도 그 내면에 '다른 나'(alter ego)로 스며들어 진실을 대변하는 90년대 『만인보』와는 다르게, 이번에는——특히 6·25전쟁의 격전현장이나 좌우익 학살을 증언할 때——감정을 최대한 절제하면서 그때의 진상을 가감없이 보고하는 중립적 태도를 취하는 작품이 많아진다는 사실이다. 이 태도는 시인이 50년대에 관한 미시사적 사료(史料)를 적극적으로 활용한 것과도 무관하지 않을 듯한데, 시에서 때때로 구체적인 일시나 장소, 신원에 관한 정보들이 거의 무가공 상태로 제시되는 것도 그런 맥락에서 이해할 수 있다.

그런데 김병익(金炳翼)도 해설에서(20권, 351~52면) 언급한 바 있는 「송호식 모자」(19권) 「오라리」(19권) 「9·28수복 직후의 어느 풍경」(19권) 「홍문봉의 집」(20권) 등은 사실의 무가공과도 약간 다른 느낌을 주는 시로서, 소위 인간상실의 극한을 보여준다.

치안대원 열서넛이
생솔가지불 둘레에 서 있다

강대장이 사위를 몽둥이로 쳤다
저년과 붙어봐
장모의 옷도 다 벗겨졌다
저년과 붙어봐 이새끼야
몽둥이로 쳤다
놀라운 일이었다
사위 김백철의 성기가 일어났다
장모를 몽둥이로 쳤다 장모와 사위가 붙어버렸다

장모의 꼬인 두 다리가 풀렸다
몽둥이를 쳤다

116

장모와 사위가 숨가쁘게 진행했다
이윽고
장모와 사위가 절정을 이루었다
멍든 등짝
핏물 튀긴 엉덩이 들썩이며
절정을 이루었다

강대장 담뱃불을 비벼 껐다
이런 짐승은 살려둘 수 없어

그의 총탄이
눈 감은 장모와
눈 감은 사위 김백철에게 박혔다

(19권 「9·28수복 직후의 어느 풍경」 부분)

"사람이 무서울 때 사람이 아름다"운(17권 「어떤 김소희」) 모습을 그린 시가 없는 것은 아니지만, 동족간 이념전쟁의 피비린내와 전율적 패악만큼 평화의 당위를 절감케 하는 게 있을까. "아 이렇게도 보복해야 할 증오더냐/아 그렇게도 복수하고 또 복수해야 할/원한이더냐"(20권 「현재」)는 탄식이 절로 나오지 않는가. 자력으로 민족해방을 쟁취하지 못하고 외세에 휘둘린 역사는 한반도에만 국한된 것은 아니고 그런 인간(성) 말살의 위협이 거의 항구적으로 존재하는 것이 반도국가의 숙명임을 생각해보면, 차라리 시고 뭐고 다 떠나서 그 말살현장에 대한 (일체의 감상을 배제한) 증언부터 젊은 세대에게 들려주어야 하는 게 아닌가 하는 생각도 든다.

그러나 바로 그렇기 때문에, 아니 그럴수록 "〈아아 50년대!〉라고 말하지 않으면 안된다. 모든 논리를 등지고 불치의 감탄사로써 말하지 않으면 안된다"[9]는 6·25의 비극을 평화체제 이행의 동력으로 전환하려는 창작행위도, 「9·28수복 직후의 어느 풍경」이 내뿜는 충격효과[10]도 시의 전제조건이 될 수 있을지언정 시 자체는 아님을 직시해야 한다. 앞서 80년대 『만인보』의 소설적 성격을 환기했지만, '9·28수복 직후의 풍경'에는 극악무도만 있었던 것은 아니다. "서울놈들 / 울며불며 도망치느라고 야단"이었던 당시 서울 상황은 세태소설의 테두리를 벗어나지 못했을망정 염상섭의 『취우(驟雨)』(1952~53)가 사실적으로 차분하게 묘사한 바 있는데, 16~20권을 평가하는 데는 당대 소설문학을 상기해보는 것도 한 방편이 될 수 있을 듯하다. 끊어진 대동강에 가교를 놓아 피난민들을 구하는――『1950년대』의 138~42면에 걸쳐 기술되기도 한――이야기식 「선우휘」(18권)는 박영준의 「도하기(渡河記)」(1956)의 시적 각색이라 해도 과언이 아니거니와, 전쟁 통에 월남했지만 두고 온 북녘 고향을 잊지 못하고 실성하여 돌아가자는 말만 되뇌는 「만수 할머니」(16권)나 「신노인」(17, 18권)[11]은 바로 이범선의 단편 「오발탄」(1959)의 이야기이기도 하

9) 고은 『1950년대』, 청하 1989, 17면.

10) 앞서 인용한 「9·29수복 직후의 어느 풍경」은 이렇게 이어지면서 마무리된다. "강대장은 / 다음 빨갱이 어머니와 / 빨갱이 아들을 불러냈다 / 또 몽둥이찜질이 벌어졌다 / 비명은 차츰 줄어들었다 / 비명이 그쳤다 너무 쉽게 죽어버렸다 / 강대장 화가 났다 / 이 새끼들 / 왜 이렇게 빨리 뒈져 쌍!" 이 시가 폭로하는 강대장의 야수성은 더이상 잔혹할 수 없을 정도로 사실적으로 재현되지만, 그건 기본적으로 르뽀적 평면성을 띤다. 사실의 시적 제시라면 역설이나 반어가 따르면서 독자로 하여금 그런 사실 제시를――충격효과 자체까지도――뒤집어보게끔 하는 효과를 낳을 터인데, 「9·28수복 직후의 어느 풍경」은 그렇지 못하다. 가령 "강대장 담뱃불을 비벼 껐다 / 이런 짐승은 살려둘 수 없어" 같은 문장이 전체적으로 시에서 강도 높게 복합적으로 구사되어야 했다는 것이다. 그랬다면 문맥상으로 '붙어버린 장모와 사위'를 가리키는 이런 **짐승**이 바로 강대장임을 강대장 자신의 입으로 증언하는 수사(修辭)적 발화도 가능했을 것이다.

11) 『1950년대』에 소개된 몇몇 실존인물들은 『만인보』 16~20권에도 거의 그대로 반복되고 엇비슷한 내용을 담은 시편도 적잖이 눈에 띄는데, 「신노인」도 그중 하나다. 앞서 언급한 정선 또는 자선 『만인보』의 필요성은 이 대목에서도 확인된다.

118

다. 그런가 하면 손자와 할아버지를 맞세워 서로 따귀를 때리게 하는 제주도 토벌대원의 만행을 그린 「오라리」(19권)의 상황도 현기영의 「순이 삼촌」(1978)에서 언급된 것이다.

이런 예는 물론 더 많을 것이다. 하지만 80년대와 90년대 『만인보』와는 달리 대다수 시편이 시인이 직접 알거나 교류한 경험에 근거를 두고 쓴 것이 아닌데, 이러한 16~20권의 시적 특성을 당대소설과 대비하는 데서 핵심은 그같은 '소설적 상황'을 얼마나 운문의 맛을 살려 시로 만들어냈느냐일 것이다. 가령 제주도는 『제주가집(濟州歌集)』(인문서점 1967)을 낸 고은에게도 각별한 기억으로 남았을 곳이다. 모두 28편이 수록된 4·3사건 관련 작품들을 보자. 여기서 좌우로 갈려 서로 총부리를 들이댄 비극에는 외세와 식민주의자들이 깊이 개입했음은 물론이고, 그런 비극을 일깨움으로써 한반도 평화체제가 왜 우리에게 사활적인 문제인가를 절절하게 고발하고 일깨우는 역사교육을 해주는 것만으로도 2000년대 『만인보』의 값어치는 결코 작지 않다. 반면에 그 시대적 진실이라는 값어치가 주로 '고발과 교육'에 치중한 데서 생긴다면, 독자는 그것이 다른 무엇이 아닌 시로서의 고발과 교육인가도 물어야 할 것이다. 이때 90년대 『만인보』와는 달리 「기섭이」(17권)처럼 무명씨들을 그린 시편이 상대적으로 강한 인상을 남기는 경우가 많은 것은 사실이지만, 해방공간이나 6·25의 상황을 다룬 80년대 『만인보』, 가령 「김병천」(3권) 「은옥이」(8권) 「대천 박형사 마누라」(8권) 등과 비교하면 4·3사건 관련 시편들은 사료를 산문적으로 재구성한 것처럼 심심하다. 고발과 교육 의도가 강할수록 작가의 이념이 작품보다 앞서는 현상도 왕왕 벌어진다는 말인데, 「한라산」(20권)이나 「좌달육」(20권)처럼 제주도 자체를 민족적으로 각성한 공간으로 상징화하는 무리도 거기서 나온다.

이런 비판에서도 요점은, 아무리 작가의 역사의식이 절박하더라도 사실성에 치중하는 것만으로는 한시적인 충격 또는 고발효과 이상의 어떤 시적 성취를 달성하기 힘들다는 것이다. 사실(성)에 대한 가없는 탐구정신은 진실을 밝히고 종국에는 진리에 이르는 물음을 낳는 문학에서 필수요소지만, 말을 시적으로 부림으로써 고양되는 이야기시의 '재미'가 거기에 따르지 않는다면, 사람의 마음 자체를 움직이는 언어예술 특유의 위력에도 한계가 있을 수밖에 없다. 『취우』의 사실주의를 『만인보』 읽기에서 연상하는 것도 그 점을 깊이 생각해보기 위한 방편에 불과하지만, 그런 방편을 통해서나마 확인되는 것 중 하나는 사실(성) 자체를 시적으로 농축하는 과정이 4·3사건 관련 시에서도 너무 속성으로 처리되었다는 것이다. 엇비슷한 내용이 반복되는 것도 그 때문인 듯싶다. 반면에 2000년대 『만인보』의 '소설적인 재미'는 마치 일지(日誌)처럼 쓴 시들에서 더 느껴진다. 가령 17권에서 연이어지는 「논」「파트너」「임재열」「머슴 장도셉이」「김금덕」 등을 읽는 재미는 단순히 병풍처럼 펼쳐진 사변(事變)의 사회사적 풍경을 관찰하는 것과는 다른 흥취다. 사변 중 농촌의 평화로운 들녘을 정물화처럼 제시하다가(「논」) 느닷없이 첫 포성 당시 남한군대의 해이한──"농익은 파트너의 흰 알몸과 엉겨 널브러"진(「파트너」)──기강으로 시선을 돌리는가 하면, 순박한 "사내의 눈에 살기를 불어넣은" 전쟁의 광기를──"이년아 / 이 오라비 죽으러 가니 / 얼마나 시원하냐 이년아 이년아 // 오빠 / 오빠 / 오빠 미쳤어 왜 이려"(「임재열」)──폭로하다가 바로 그런 전쟁이 한바탕 '살판나는' 세상을 열어젖힌 머슴 장도섭 같은 인물의 인생유전도 소개한다.

이같은 '재미'는 가령 18권에서도 연속되는 「이태랑 중령」「이원섭 대위」「어느 장교」「홍덕영」에서도 느낄 수 있다. 개별 인간의 개성보다는 1950년 6월 25일을 전후한 일촉즉발의 상황을 파노라마로 포착한 시편들인데, 그렇게 잇댐으로써 발생하는 효과 가운데 하나는, 단발적인 상황묘사와는 달리 극도로 건조한 언어에 스냅사진들을 연속으로 넘기는 듯한 생동감이 실림으로써 서사 위주의 이야기시와도 다른 운문의 맛이 살아난다는 것이다. 어차피 한때 피붙이처럼 알고 지낸 고향의 마을 사람이나 동고동락한 동지였던 70년대 인간들과는 전혀 다른 시대적 상황에 던져진 50년대의 인간군상을 다루는 거라면, 2000년대『만인보』에서 이런 식의 연결이 실험적으로 더 집요하게 이루어졌으면 어땠을까 하는 생각도 든다.[12]

5. 맺음말을 대신하여

그런 실험은 80년대와 90년대의『만인보』모두와 결별하는 '제3의 작품'이라는 화두와도 무관하지 않을 것이다. 그러나 새로운 작품에 대한 우리의 바람이 딱히 고은의 이 대작에만 국한될 것인가. 제3의『만인보』의 경우 80년대의 넉넉한 성취를 주밀한 시적 형식으로 정제하면서 50년대나 70년대에는 상상하기 힘든 문제들이 속출하는 우리 당대와 정면으로 대면하는 데서 가능하리라는 점은 짐작할 수 있을 듯한데, 그런 작품이라면 작금의 한반도에 내려앉을 듯 말 듯한 평화의 기운을 하나의 현실로 만드는 싸움도 필경 북돋울 것이다. 민족문학의 이름으로 창작된 『만인보』같은 작품을 제대로 읽고 (재)평가하여, 각성한 대중과의 공감을 넓히는 일도 바로 그런 싸움의 일부다. 다만 그것도 경제나 정치의 영역 사람이 아닌 문학인의 싸움인 동시에 시의 기능인 한, 사람의 닫힌 마음에 길을 트고 이어주는 언어예술 특유의 '시적 감화력'이 앞서야 하며, 비평 역시 그같은 감화력에 허심하게 반응하는 읽기가 되어야 마땅하다.

12) 719편이나 되는 2000년대『만인보』의 시적 밀도가 모두 고른 것은 아니다. 그중 시대적 풍경이 다채롭고 오밀조밀하게 펼쳐지는 17권이 가장 인상적이지 않은가 한다. 그에 비하면 16권은 '사실들'의 가공이 불충분해서 그런지 전체적으로 싱거운데, 18~19권도 일부 시편을 제외하면 크게 다르지 않다. 하지만 20권에서 50년대 문화예술계 인사들의 고난과 사회사적 풍속을 절실하게 그려낸 것은 평가해야 한다고 본다.

따라서 70년대의 잊어진 진실을 일깨우고 남녘은 물론 북녘의 동포에게
까지도 한반도의 평화체제를 구축해야 할 절박한 당위를 느끼게 하는 데
일정부분 성공한 작품을 두고 그 한계에만 집착하는 것도 비평의 본분에
는 어긋나겠지만, 고은 자신은 물론 그를 아끼는 독자들도 『만인보』가
아직 미완임을 냉정하게 인식해야 할 것이다. 부디 그 완성이 21세기 한
반도의 '통일문학'을 여는 길과 행복하게 합치되기를 기원한다.

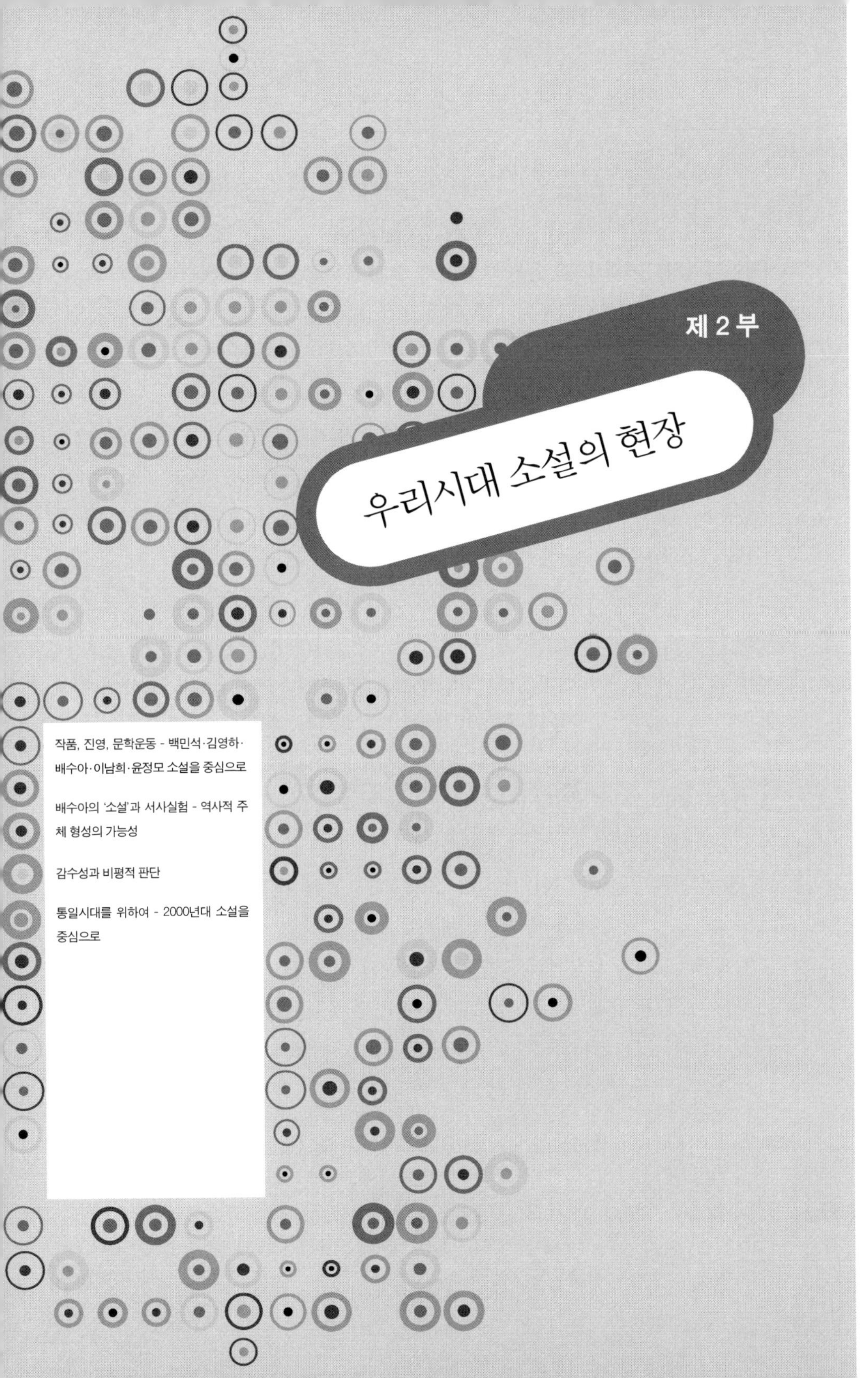

제 2 부

우리시대 소설의 현장

작품, 진영, 문학운동

백민석 · 김영하 · 배수아 · 이남희 · 윤정모 소설을 중심으로

1

때늦은 느낌이 없지 않지만, '창비' 100호를 기념한 학술토론회 'IMF 시대 우리의 과제와 세기말의 문명전환'에서 말문을 열까 한다. 네 편의 발제문과 이어진 종합토론은 모두 귀담아둘 만했는데, 그중에서도 "민족문학론 내부에서 나오는 굉장히 강력한 자기반성의 목소리"라는 평가를 받은 문학부문 발제[1]는 특히 흥미로웠다. 필자가 거기서 주목한 점은 1980년대의 '민족(민중)문학론'이 정리되는 양상이었다. "과거와 같은 '민족문학진영' 개념은 해체되어야 하며 차이를 존중하는 다전선전략에 근거한 다양한 자기실현과 민주주의의 지향을 포용해야 한다"는 다짐과 "인류가 어렵게 획득한 문학 자체의 본성을 사수하는, 근원적 위협에 맞선 근원적 방어가 우선적으로 급무인 단계에 왔"다는(『창작과비평』 1998년

---

1) 임규찬 「세계사적 전환기에 민족문학론은 유효한가」, 『창작과비평』 1998년 여름호, 65~83면.

여름호, 81면) 진단이 특히 시선을 끌었다. 사실 문단에서 일정한 정치의식을 공유한 집단적 실재로서의 진영과 담론으로서의 진영 개념은 모두 공산권의 몰락을 전후하여 진보를 자임했던 비평가들의 숱한 자기반성과 자학 나아가 '투항' 등을 통해 해체된 것이나 다름없었다. 그에 발맞춰 작가는 작가대로 진보이념의 썰물현상을 후일담 형식으로 작품화했다. 이런 상황에서 임규찬의 논의는 뒷북치는 느낌도 아주 없지는 않다. 하지만 창비 내부에서 선언적인 형식으로 표명된다는 사실만은 더 뜯어봄직하다. 문학의 미래를 낙관하기 어렵다고들 하는 신자유주의의 시대에 맞서 문학의 '본성'을 사수하겠다는 다짐이라면 더욱 그렇다. 필자는 악화(惡貨)가 양화(良貨)를 내모는 경제논리가 더욱 거세게 관철되는 지금, 문학·문화계의 대세를 거스르는 그의 비판의식에 주목하고 싶은 것이다.

그러나 다른 한편 진영개념의 해체를 내세운 발제자의 논법에도 80년대의 뭔가 고루하고 상투적인 냄새가 싹 가시지는 않은 듯하다. 논의에 참여한 한 토론자의 논평대로 "기왕의 민족문학론은 유효한가 하며 여러가지 논지를 풀어가면서도 그 논지를 풀어가는 동력이 여전히 기왕의 민족문학론의 사유구조, 사고의 틀 속에 있어서 발본적 반성을 강조하는데도 불구하고 얼마만큼 발본적인가 하는 의구심이"(『창작과비평』 1998년 여름호, 86면) 필자 역시 들기도 한다. 요컨대 있어야 마땅한 분별과 구분마저 흐려버리는 작금의 지적 풍토에서 민족문학진영의 개념 해체라는 것이 대체 무엇을 뜻하는가는 별도의 성찰이 요구되는 문제인 것이다. 그 해체 시도가 요사이 항간을 떠도는 민족문학의 시효말소론——자기동일성과 계몽의 의지, 일방통행적인 소통의 욕망을 드러낸 편협한 몇몇 리얼리즘·모더니즘 옹호론자에게나 해당할 담론——과는 무관함은 물론 오히려 그런 말소론을 깨끗이 쓸어버릴 대안적 문학운동에 대한 희망에서 싹텄다면, 문학의 본성을 묻는 자세에도 과거와는 뭔가 다른 새로움이 있어야 할 것이다.

더욱이 '비동시적인 것의 동시성'이 사라져버릴 조짐이 이미 뚜렷해진 것이 우리시대 고유의 상황이다. 이런 상황에서 제기되는 새로움에 관한 물음 자체가 '전통'을 온당히 지켜내는 노력과 무관할 수 없는 것이다. 삶에서 우러나온 모든 심오한 사유와 분별력이 전일적인 정보 차원의 지식으로 환원되어 하루아침에 한낱 상투어로 남발되고, 그에 따라 사유과정에 상품생산 논리가 스며들어간 것이 엄연한 현실이다. 문학의 문학다움을 구하는 문제에 관한 한 지금은 그야말로 세기말이다. 이곳으로 수입된 서구, 특히 북미의 주류 문학(문화)이론들이 무시 못할 자생력을 획득한 현재 문단에서 작품의 참뜻을 묻고자 하는 시도조차 알게모르게 판매전략과 광고효과라는 상품논리에 따라 이루어지는 경우가 허다한 것이다. 창작자와 비평가의 관계 및 그 사회적 사명을 두고 지난해 벌어진, 때론 직업상의 자존심 경쟁으로 흐르기도 한 열띤 토론도 바로 그런 현상에 대한 반성의 성격을 띠었지만, 문학의 상업주의화·통속화에 대한 심층적인 분석은 작가와 비평가 모두 나름의 방식으로 수행해야 할 과제라고 믿는다. 더불어 패거리나 파당과는 거리가 먼, 지공무사(至公無私)의 경지를 진정으로 집단 차원에서 모색하려는 노력과 작품다운 작품의 분별도 절실하다.

2

민족문학권에서 진영개념의 해체 논의가 공식화된 맥락은 여럿 있겠지만, 그중 근래 벌어진 리얼리즘·모더니즘 논쟁의 부작용도 한몫했지 싶다. 예컨대 지도이념으로서의 민중을 고수하는 과정에서 80년대 일부 민중문학 이론가들의 낡고 편협한 세계관을 제대로 탈피하지 못하여 '비평혐오증'을 자초한 것은 진보진영의 자충수였다. 그러나 다른 한편에서는 현실사회주의의 붕괴와 자본주의의 전지구화라는 대세에 편승해 관성적인 리얼리즘의 해체를 정당하게 요구하면서도 90년대의 '새로운 리얼리티'에 지나치게 현혹됨으로써 '지속되는 역사적 싸움'으로서의 리얼리즘이 안고 있는 과제를 정확하게 파악하지는 못했다.[2] 더구나 리얼리즘과 모더니즘의——그 자체가 읽는이의 창조적 분별이 없이는 안개에 휩싸이기 마련인——극히 미묘한 경계가 작품을 통해 새롭게 그어지는 현상이 엄밀하게 분석·평가되는 경우도 드물었다. 낡은 발상의 해체는 문학의 본성을 사수하는 데 당연히 따라오는 작업일 것이다. 하지만 시대의 변화에 따라 가변적일 수밖에 없는 진영의 경계는 더 미묘하고도 조심스런 문제다. 비평행위의 본질이 무엇이든, 참된 새로움과 틀에 박힌 관념의 반복을 분별하는 것은 비평적 판단의 핵심이랄 수 있다. 정치논리로 비화하기 쉬운 진영 개념에 대한 성찰에서도 바로 그런 판단이 중요할 수밖에 없는 것이다. 이 판단의 문제는 최근의 젊은 작가, 특히 백민석 김영하 배수아의 소설에서 첨예하게 제기된다. 이들의 '새로움'

[2] 그간 진행된 리얼리즘·모더니즘 논쟁은 이미 마감된 상태지만, '논쟁'의 회심적인 결산을 시도한 방민호의 「리얼리즘론의 비판적 재인식」(『창작과비평』 1997년 겨울호)에 대해서 한두 마디의 비판을 섞은 논평을 하는 것은 동학으로서의 예의가 아닐까 한다. 그 글의 진중한 면모로는, 달라진 90년대 현실에 부응해 리얼리즘의 새로운 과업을 제대로 떠맡지 못한 논의들——그의 표현대로 하면 작품을 "정치경제적·이데올로기적 차원으로 환원하는 속류적 경향"(287면)——에 대한 경각심을 일깨우는 역할을 나름대로 성실하게 수행했다는 점을 꼽아야 하겠다. 하지만 리얼리즘론의 최고 경지에서 사유되고 실제로 작품평가에 적용할 때 창의적인 응용과 해석을 가미하기도 한 총체성·반영·당파성 등의 화두와 작품의 실제평가에서는 오히려 한걸음 후퇴한 인상이다. 무엇보다 특정 논자의 반영이나 당파성 개념을 비판하는 과정에서 끌어들인 이론들의 맹점을 그가 얼마나 의식하고 있는가도 문제지만, 장문의 비평문에서 내린 결론을 보면 그 스스로 경계한 "낡은 의식과 부박한 열정"(266면)을 제대로 떨쳤는지——방민호를 비판하는 필자 자신도 물론!——자문해봄직하다. 그는 일종의 지도비평의 폐해를 지적하면서 (작가의) 방법적 자유와 사실 자체의 의의 등을 주장했지만, 역설적으로 작가에게 방법적 자유를 지도하는 듯한 어조 문제를 떠나서도 민족문학에서 진화한 리얼리즘에 관한 한 그 정도 원칙은 공연한 뒷북이다. 그것은 심지어 30년대 카프 내부에서조차 적어도 원론 차원에서는 강조된 '사실'이다.

이 일견 워낙 도발적이고 낯선 까닭에 진영개념 해체와 문학의 본성에 관한 물음이 자연스레 떠오르기 때문이다.

여러 평자들이 다양한 각도에서 지적했다시피 이들의 새로움은 90년대의 문화적 경험과 밀접한 관계가 있다. 그것은 김승옥의 『내가 훔친 여름』(1966)처럼 전원의 삶에 대한 향수가 은연중에 깔리기도 한 자유와 낭만으로서의 도시적 감수성과 다르고, 개발의 시대에 쓴 조세희의 『난장이가 쏘아올린 작은 공』(1978)같이 저개발과 소외가 주조음을 이룬 도시정서와도 차이가 있다. 90년대 중후반에 나타난 (앞서 거명한) 젊은 작가들의 감수성은 전면적인 도시화 이후에 나타난 현상이다. 즉 미디어와 광고에 의해 매개되는 변화무쌍한 외부현실이 인간내면에 신경증적 충격을 되풀이하여 가한 결과 신경자극의 고양 및 자의식의 분열이 일종의 일상성을 획득한 (20세기의 서구 도시체험[3]과 거의 구별되지 않는) 본격 근대경험의 산물인 것이다.

이미 두세 권씩 작품(집)을 거느린 이 세 작가를 한데 묶을 수 있는 공통분모는 바로 그런 대도시에 뿌리내린 상업주의 문화와 정서적 유대의 최소 단위인 가정의 붕괴다. 가령 유년의 동화적 꿈과 결손가정 아이의 늦된 고착심리를 뒤틀린 형태로 이미지화한 배수아(1965년생)가 세기말적 퇴폐와 텅 빈 인물군상에 몰두한다면, 영화의 한장면을 연상시키는 경쾌하고 건조한 내러티브를 구사하는 김영하(1968년생)는 도시생활의 황량한 정서를 깔끔하고도 냉정한 솜씨로 정제한다. 반면 여러 등장인물에게 디즈니 만화영화의 주인공 이름을 달아준 백민석(1971년생)은 현실과 비현실의 간극을 의도적으로 비틀면서 유혈낭자한 도시의 폭력을 날 것 그대로 제시한다.

---

3) G. Simmel, "The Metropolis and Mental Life," *The Sociology of Georg Simmel*, Collier-MacMilan 1950 참조.

　도발성이나 파격을 강조하면 단연 백민석의 작품들이 중심에 놓인다. 그중에서도 첫 장편 『헤이, 우리 소풍 간다』(문학과지성사 2001. 이하 『소풍』) 는 90년대 젊음의 대책없는 무한질주 양상을 집약한다. 각 장 서두마다 변주되는 파괴와 죽음의 알레고리인 딱따구리들의 잔인무도한 살육행위 가 그러하고 자기부정과 일탈에 제동을 걸기는커녕 오히려 가속도만 더 하는 '소풍'의 행태가 그러하다. 백민석의 손끝에서 새리공주, 일곱난쟁 이, 박스바니, 뽀빠이, 집없는소년, 손오공 등 만화영화 주인공들은 정신 이 일그러지고 육체는 망가진, 피와 살을 지닌 만신창이 청춘으로 현실 화한다. 이들의 과거는 결핍으로 채워져 있고 현재는 의미없는 공허로 이루어져 있다. 역설과 아이러니로 범벅된 이들의 꿈과 희망── '퐁텐블 로'(Fontainebleau) ──은 상처 없는 폭력과 아픔 없는 비명으로 가득 찬 정신적 마취제로서의 애니메이션 세계[4]를 거꾸로 뒤집어놓은 전도상(顚 倒像)인 것이다. 기존 소설문법을 가차없이 파괴하는 내러티브가 브라 운관의 만화주인공들처럼 내면이 평면화한 주인공 K와 희(喜)의 일탈을 극화한다. 랩쏭 같은 독백 속에서 살인과 쎅스가 뒤섞이고, 마구잡이로 질주하는 내러티브는 비애와 분노의 가속도로 인해 그 문맥이 비틀리고 어그러진다. 개인의 삶을 갈가리 찢어놓는 근대현실에 대한 적개심── "우리 소풍 간다, 씨발년아, 가면, 네년 엉덩이가 그리워질 거다, 우헤헤 헤……"(『소풍』 297면) ──이 거침없이 드러난다.

　『소풍』의 몇몇 삽화, 예컨대 80년대 개발의 실상을 보여주는 살풍경한 판자촌의 삶과 물댄동산에서 안선생이 지휘하는 연주회는 황석영이나 이문구의 감수성이 결코 대신할 수 없는, 고통어린 과거와 현재에 대한 90년대 젊음 그 나름의 생생하고도 진솔한 표현이다. 또한 "브라운관 안

---

4) 이에 대한 좀더 구체적인 논의는 Ariel Dorfman & Armand Mattelart, *How to Read Donald Duck: Imperialist Ideology in the Disney Comic*, Penguin Books 1975 참조.

의 전자총이 쏘아대는 전자빔이 만들어낸 수많은 휘점(輝點), 즉 빛의 점들에 불과한”(『소풍』 209면) 소비문화의 표상으로서의 대중영웅들을 등장인물에 교묘하게 투사하는 백민석은 그런 문화의 미련이나 가능성에 대한 섣부른 기대도 없다. 그와 비슷한 연배의 작가에게도 그처럼 대담한 전복성을 띠는 즉물적인 현실인식은 흔치 않은 듯하다. “이 젊은 작가가 어떻게 이런 깊은 생각의 심연에까지 이를 수 있었는지 잠시 넋이 나간다”[5]는 감탄도 기본적으로 일탈에 의해 기존관념이 파괴되는 현상을 강조한 것이다.

하지만 그의 그런 파격성·과격성 — 시쳇말로는 ‘탈주의 욕망’ — 을 도덕의식·현실개념의 서슴없는 파괴나 육두문자가 난무하는 외설 또는 전략적 허무주의, 아방가르드적 글쓰기 등으로만 규정할 일은 아니다. 사실 90년대 들어 문학의 새로움을 논하는 데 입버릇처럼 들이댄 잣대가 그런 식의 대책없는 기준이었다. 지금 반(反)상업주의적 상업주의의 혐의점이 뚜렷한 — 물론 작가에 따라 진지한 모색의 성격을 어느정도 띠기도 한 — 그같은 기준 자체를 냉정하게 따져볼 때가 된 것 같다. 또한 백민석을 읽는 데 “발자끄나 똘스또이 독법이 아니라 카프카나 베케트 독법을 필요로 한다”[6]는 발언을 수상쩍게 여기는 필자로서는 — 작품을 읽고 즐기는 데 무슨 ‘독법’이 있어야 한다고 믿지 않고, 카프카와 베케트를 그런 식으로 뭉뚱그릴 수 있다고 생각하지도 않기에 더욱 그러하다 — 이 작가의 일탈 자체에는 별 흥미가 없다. 방황과 일탈로서의 실험은 장정일의 ‘비극’ 하나로 충분하겠고, 서구문학을 뒤져보면 그보다 고급한 일탈도 종종 볼 수 있기 때문이다. 지면제약상 90년대적 감성의 새로운 일면을 집약하는 『16믿거나말거나박물지』(문학과지성사 1997. 이하

5) 정과리 「백민석에 관한 두 장의 하이퍼카드」, 『문학과사회』 1997년 가을호, 1106면.
6) 황종연 「삶의 화음과 소음 사이」, 『창작과비평』 1998년 봄호, 369면.

『박물지』)에 초점을 맞추겠다.

　16편의 연작으로 구성된 『박물지』에서 '박물지(博物誌)'는 현실에서는 찾아볼 수 없는 기기묘묘한 상상적 이벤트를 만들어내는 일종의 벤처회사다. "반동물 반식물 돌연변이 인간"인(『박물지』 63면) 그린맨, 투명인간 생산공장, "생물체인지 아닌지조차 확인할 수 없는"(『박물지』 22면) 캘리포니아 나무개, "232대의 차량과 모빌 하우스 따위를 집어삼키는"(『박물지』 33면) 사막의 괴물 완다, 사멸한 아방가르드 가수들을 3차원 디지털 영상으로 무대에 되살린 록페스티벌 등이 주요 품목이다. 이런 『박물지』의 감수성은 포스트모던의 무국적 상상력이라고 할 수 있지만, 다른 한편 그 무국적성은 우리 당대의 특정 상황에서 발원한 현상이기도 하다. 방금 나열한 가상 소재들이 지구시대의 동시적 체험, 이른바 '리얼 타임'을 가능케 하는 영상매체 상품의 일종의 원자재이기는 한데, 「사랑의 고통」 「요람 속의 고양이 둘」 같은 단편은 우리 사회의 방종한 성문화와 철저하게 와해된 가정풍속 없이는 쓰기가 불가능한 작품이라는 말이다. 사랑의 고통이 "애를 뗄 때는 반드시 더치페이할 것"이라는(『박물지』 163면) 가벼운 경구를 만들어낸다. 안온한 요람에서 지내는 세상물정 모르는 암수 두 마리 고양이는 온전한 가족이란 이젠 이해할 수 없는 신비라고 말한다. 이런 현상은 핵가족의 개인이 소외되고 그것도 부족해서 자기분열을 거듭하기까지 하는 우리 사회에서 다반사로 일어난다. 백민석의 경우 두드러지는 점은 "자기 자신의 언어를 못 가지고 태어난 (…) 언어적 고아들"(『소풍』 316면), 이른바 영상세대 특유의 문화적 감각이다. 『박물지』는 그런 감각을 유감없이 펼쳐보이는바, 그 과정에서 현실재현이라는 당위와 단선적인 직물 짜기식 내러티브 관념에서 벗어난 자유로운 상상력은 근대세계에 대한 예기치 않은 예리한 성찰과 풍자를 선보인다.

　예컨대 다분히 영화적 상상력으로 자본주의의 일상성에 내재한 종말의 정서구조를 드러내는 「Green Green Grass of Home」이나 비만이 상징하는 풍요로운 '위험사회'의 분열적 삶을 풍자한 「믿거나말거나박물지식 달걀 다이어트」, "생산의 속도가 너무 빨라, 의미의 속도를 추월하는"(『박물지』 22면) 근대세계에 깃든 소외와 불안을 캘리포니아 나무개라는 불가해성의 알레고리로써 암시하는 「캘리포니아 나무개」, 무의미의 블랙홀 같은 "그 모든 홀로그램들의 전원 장치를 오프시켰을 때"(『박물지』 88면) 휑뎅그렁하게 남게 되는 현대인의 쓸쓸한 자화상을 그린 「그들은 운명적으로 자질구레함을 타고났다」 등이 그러하다. 백민석의 새로움은, 비현실·가상현실을 방불케 하는 요소들을 뻔뻔스러울 정도로 활용함으로써 빈 껍데기뿐인 근대세계의 삶을 여실히 드러내고 그런 세계에 대해 진지한 성찰의 여지를 아스라이 남기는 순간에 있다. 반사회적인, 때론 극단에 가까운 도발을 자기 삶의 직접적인 체험을 기반으로 게릴라처럼 감행한다는 느낌을 주는 것이다.

그런데 문제는 바로 그런 반사회성과 극단성의 성격이다. '흙'으로부터 너무 멀어진 포스트모던 문화에 몰입한 결과 현실의 불모성에(만) 유독 민감하게 반응하게 된 감수성도 나름의 재능이라면 재능일 것이다. 그러나 그런 재능으로 인해 도발적인 극단성을 성찰할 수 있는 지성이 개입할 여지가 좁혀지는 현상은 약간 다른 문제가 아닌가 싶다. 극단을 달리는 상상력일수록 다각도의 성찰이 개입할 여지는 좁혀질 수밖에 없다. 그렇게 좁혀지는 현상도 근대도시의 단조로운 일상성과 무관할 수 없을 듯한데, 인간의 상상력에 관한 한 도시는 그야말로 야누스적이다. 더 넓은 세계와 타자와의 만남을 가능케 하는 기회를 제공하는 곳이면서도 한 개인의 감수성이 온전히 육성되어 사회와 총체적인 접점을 이루는 데 전혀 우호적이지 않은 공간이 도시인 것이다.

따라서 도시의 아들인 백민석의 극단적 상상력도 한 개인의 한계로만 돌릴 수는 없다. 하지만 분명한 것은 온전치 못하고 '튀는' 감수성일수록 상품가치가 높아지는 것이 현대예술의 반인간적 대세인데, 알게모르게 젊은 작가들의 의식세계를 그런 대세가 장악하고 있다는 것이다. 백민석은 반인간적 대세를 반인간적으로 맞서는, 이를테면 독(毒)을 독으로 맞서는 경우다. "인간이란 이데올로기를 폐기시키고 싶어 안달이 나 있"다(『박물지』242면). "우리 속내에 그런 하수도, 쥐새끼가 존재한다는 걸 인정하려 들지 않는"(『소풍』232면) '인간성'을 무차별적으로 해체해버리는—영화「파고」(Fargo)의 한장면처럼 분쇄기로 인간을 썰어 없애려 하는—폭력이 작품에서 (그에 상응하는 비애와 함께) 무차별적으로 난무하는 것도 그런 까닭이다.

거기에는 장정일의 『아담이 눈뜰 때』(1990)의 아담처럼 도시생활의 환멸적인 통과의례 끝에 다짐하는 성숙과 겸허가 들어설 여지가 거의 없다. 오히려 장정일의 '아담' 이후 주인공들이 스스로를 의도적으로 짓밟고 모욕하는—『내게 거짓말을 해봐』의 한 장면처럼 자기가 '똥'이 아니라는 사실을 똥을 먹어보임으로써 입증해보이려는 식의—역설의 악순환과 유사한 논리가 백민석의 작품에서는 더욱 생경하게 관철된다. 내면의 성숙과 온전한 사회화에 대한 온갖 몸부림은 포기되고 그런 노력을 한낱 이데올로기로 만들어버리려는 시도가 이루어진다. 박물지 세계의 내적 논리는 그것이다. 내면의 '하수도와 쥐새끼'화를 갖은 방법으로 조장하는 일체의 기성사회를 가학적·피학적으로 희화·야유하고 그 실존적 불안을 그리는 일이 작가의 주목적이 된다. 근작「뷰티플 피플」「목화밭」「파산세일」 등에서는 거기서 한걸음 더 나아가 '내면의 하수도' 자체를 아예 인간(성)으로 규정하는 혐의가 뚜렷하지만, 멀리 갈 것 없이『소풍』 가운데「음악인 협동조합」 씨리즈에서 무수히 반복되는 장면 중 한 대목, 가령 "한 나체의 사내가 제 성기를 꽃돼지의 항문에 밀어넣곤 피스톤 운동을 하"는 모습만 환기해보는 것으로 족하다. 그것은 "서로의 훼손되고 결핍된 빈 곳을" 찾아 채워주고 보완해주어 "어떤 하나의 조화로운 체계를"(『소풍』255면) 꿈꾸게 하는 참된 유신(維新)의 발로라기보다는 일회적인 충격효과에 치중하는 통속적인 도발의식에 더 가깝다. 그런 효과만으로는 표피적인 상품문화에 따분함을 느끼는 민중을 사로잡을 수 없다는 사실도 자본주의사회의 일종의 '미덕'이겠거니와, 과감한 해체가 남긴 '폐허' 이면에는 백민석으로서도 복원하고 치유해야 할 것이 너무나 많다. 파괴다운 파괴, 해체다운 해체로 나아가기 위해서 파괴와 해체의 미몽을 제대로 떨치는 일이 아직 남은 것이다.

　　　3

　　80년대 말부터 시작된 동구권의 몰락과 그에 따른 자본주의의 승리가 우리에게 남긴 뜻밖의 의미는 이중적이다. 현실사회주의의 붕괴가 이념과 역사의 (자기 실력이 따르지 않은) 관념적인 신념을 여지없이 깨뜨렸다면, 자본주의의 일방적 승리는 자본에 근본을 둔 삶이 얼마나 공허한가를 사무치게 일러준 것이다. 이런 이중의 '파괴적인 축복'이 예기치 않게 북돋워주는 삶의 참다운 신념을 되새기지 못한 채 무너진 역사 위에 군림하고 있는 소비문화의 공허를 온갖 문화적 거품으로 채우려는 인텔리작가가 90년대 중반 이후 등장하기 시작한다. 낭만에 미련이 없듯이 신파도 없다. 확실히 실패하기 위해서 절망을 유일한 희망으로 삼고 컴퓨터게임에 작품의 줄거리를 짜맞추는 막가는 텍스트도 나타난다. 그중에서 김영하와 배수아는 좀 특이한 편이다. 거짓 신념에 빠지지도 않지만 공허를 채운 그것이 거품이라는 것도 분명히 인식한다. 순간적으로 작렬하는 포말의 허망함 자체를 즐기는, 이른바 미적 자의식을 아무런 비판적 자의식 없이 구현하는 문화적 댄디인 것이다. 세기말 징후에 대한 세련된 영상문화의 감각과 재주를 자랑하는 댄디다. 그같은 재주는 60년대의 이른바 문자세대가 인문학의 전통 및 그 상상력의 시효만료를 고백하는 상황과 첨단과학기술의 총화인 멀티미디어에 쏠리는 일부 지식풍토에서 집중적인 각광을 받고 있다.

그런 댄디의 작품에는, 예컨대 김영하의 「바람이 분다」나 배수아의 「목요일의 점심식사」처럼 존재의 가벼움과 무거움이라는 상반된 세계관이 주종을 이룬다. 하지만 거기에는 예외없이 뭔가 인공적인 냄새──관념과 이미지로 조작된 위악(僞惡)적인 분위기──가 감돈다. 결론을 앞당겨 말한다면, 그건 실제현실과 치열하게 대면하는 과정에서 단련되는 상상력의 내적 규율에서 나왔다고 보기 어렵다. 실제상황을 기교적으로 가공하는 한편, 있음직하고 있어야 마땅한 현실은 냉혹하게 외면함으로써 독자의 호기심을 유발하고 그것에 영합하는 가공품으로서의 통속소설에 더 가깝다. 가령 애프터써비스 요원인 한 남자가 짝사랑하던 여자를 '분해'해서 냉장고에 모셔둔 채──마지막 페이지를 넘기기 전까지 독자는 그런 사실을 알 수 없다──미결수로서 그의 '순결한' 사랑을 독백 편지 형식으로 들려주는 김영하의 「내 사랑 십자드라이버」(『호출』, 1997)와 "나는 1997년 가을에 죽었다"로 시작해서 끄트머리쯤 가서는 "어쩌면 나는, 별로 잘 만들어지지 못한 구형 사이보그 사라였을지도 모른다"라고 되뇌는 배수아의 「1999년, 네덜란드 모텔을 떠나며」(『심야통신』, 1998)를 표본으로 논할 수 있겠다.

전자는 "가끔 사이보그가 되는 꿈을 꾸곤 하는"(『호출』 94면) 토막살인범의 기계적·편집증적인 사랑 이야기이자 결손인생의 고백이다. 후자는 강물에 빠져 죽은 지 2년이 지난 후 "안정감있는 생활에 혼란을 일으킬 정도의 감정들"을 배제하는 유부남 애인 앞에 다시 나타난 삽화가의 초현실적 독백이다. 한편에서는 그 자체가 현대적 정신질환인 '스토킹'(stalking)이라는 구도 속에 물신(物神)으로서의 십자드라이버를 사랑과 기묘하게 포개어 섬뜩한 남성적 편집증을 극화한다면, 다른 한편에서는 가정에 혼란을 일으키지 않을 정도로만 연애를 즐기는 유부남 애인의 인

136

생에 "하나의 거미, 하나의 바퀴벌레가 되고 싶"은 여자의 반생명적 의지를 투영한다. 김영하는 인간복제가 현실로 다가온 세계, 이른바 '육질공간'(meatspace)이라는 기괴한 이름이 붙은 실재세계를 배경으로 김영하는 '인간다움'에 대해 아무런 신념을 가질 수 없고 사랑의 감정조차 잃어버린 현대인들의 내면 아닌 내면을 재현하지만 그런 재현은 기계의 물신화 현상과 쎅스를 적당히 가미한 공포·추리소설의 통속성을 멀리 벗어나지 못한다. 배수아는 올바른 관계맺음이 극도로 어렵게 된 근대의 남녀관계에 대한 처절한 탐구·비판이 될 수 있을 불륜을 「씨에스따」(siesta) 같은 컬트영화류의 반상업적인 상업성으로 포장한다.

두 작품만을 예로 들었지만, 두 작가 중 이야기 구성능력, 냉소적으로 말하자면 포장능력이 훨씬 '쌈박한' 김영하의 경우 좀더 다양한 변주음을 넣기도 한다. 「흡혈귀」(『세계의 문학』 1997년 겨울호)와 「고압선」(『창작과비평』 1998년 여름호)은 원작보다는 영화로 더 잘 알려진 스토커(B. Stoker)의 『드라큘라』(1897)와 웰즈(H.G. Wells)의 SF류 소설 『투명인간』(1897)에서 소재를 각각 따온 것이다. 전자는 내러티브의 교묘한 조절—화자이자 작가인 '내'가 남편이 거세된 흡혈귀라고 주장하는 김희연이라는 여자의 긴 편지를 수정·편집하는 형식—을 통해 시인·평론가인 한 문인의 "삶에 대한 극한의 염증"(「흡혈귀」 148면)을 확대한다. 열개의 '장면'으로 구성된 후자는 사랑을 하면 투명인간이 된다는 점쟁이의 말에 "쎅스는 하되 사랑은 하지"(「고압선」 425면) 않을 심산이었지만 결국 현실에서 모습을 잃어버린—그래서 감원대상이 된—한 은행원의 비극을 다룬다. 한쪽에서는 거세된 흡혈귀를 둘러싼 나와 희연의 해석이 엇갈리고 만나면서 세기말 허무를 '삶의 구극(究極)적 부정'이라는 현상을 통해 묘파하는 데 흡혈귀로서의 작가가 설정된다. 다른 쪽에서는 IMF의 당면현실을 바탕에 깔면서도 그런 현실을 남녀관계를 매개로 좀더 심층적으로 해부해볼 수 있는 계기가 (사랑할수록 사회에서 그 존재가 희미해진다는) '투명인간'이라는 소재로 주어진다.

「흡혈귀」의 '나'는 삶에 대한 부정으로서의 흡혈귀와 결별하여 평범하고 온전한 생활을 희망하는 희연을 통해 그런 삶이 어떻게 가능할 것인가를 절박하게 성찰할 수 있는 기회가 생겼음에도, 그녀에게까지 흡혈귀 혐의를 둠으로써 그런 기회를 단순한 관념의 놀음으로 만들어버린다. 다른 한편 거세된 흡혈귀로서의 작가는 근대의 부정성을 파고드는 데 꽤 맞춤한 상상의 설정이지만『나는 나를 파괴할 권리가 있다』의 김영하는 영화에 등장하는 흡혈귀의 상투적 속성을 반복할 뿐이다.「고압선」은 어떠한가. 감원의 계절에 사랑해서는 안된다는 흥미로운 예언을 들은 한 행원이 아귀다툼이 되어버린 가정생활과 과거에 육체적으로 끌렸던 한 여성과의 만남을 통해 자본주의사회에서 사랑이란 도대체 무엇인가를 물을 법도 한데, 가정은 기계적인 배경으로 전락하면서 사랑도 자기 의지의 차가운 관철인 색정으로서의 쎅스로 협애화한다. 남자는 끝내 지워진다. 그것도 사랑은커녕 단지 몸뚱이를 탐닉했을 뿐인데 말이다. 몸뚱이에 집착하여 몸뚱이가 보이지 않게 된 것은 참다운 사랑을 마음으로부터 배반한 결과인가? 그렇다면 육체가 아니라 싸이버쎅스 같은 정신중심적 쎅스를 한다면 어떻게 될 것인가? 투명인간으로 그렇게 변해가는 과정이 실제 '홈리스'들의 아픔을 환기해줄 정도로 집약적인 상징성을 띠는가? 사랑이란 대체 무엇인가? 김영하는 이런 물음의 길에 들어서지 않는다. 오직 피스톤 운동으로서의 쎅스, "사랑이 없는 쎅스"에 매달린 인간의 뻔한 갈등을 극화하는 데 열중한다.

"그런즉, 그런 소설들은 속된 말로 독자의 몸을 '꼴리게' 하는 데 뛰어나며, 그런 자극을 지속적으로 유지하려 애쓴다. 그러나, 언어와 시청각 매체의 본질적인 차이에 눈멀어 있는 듯한 이 소설들은, 보는 동안은 끌려가는데 보고나면"——필자가 앞 단락에서 요약한 이야기들처럼——"단순하고 허무맹랑한 줄거리로 환원되기 일쑤다."[7) 가상과 진상의 오묘한 경계에 대한 탐구를 '가상에의 의지'라고 부름직한 상상력이 압도한다. 현실의 특정한 구석에 작가의 미적 자의식으로 채색된 확대경을 들이댐으로써 이미 섬뜩하고 선정적인 소재는 기형적으로 과장된다. 각기 상이한 충격성을 내장한 이야기가 종국에는 시시한 일회성·순간성을 띠고 마는 것은, 인공적인 흥미유발과 가벼운 기분전환을 겨냥하여 제작된 일부 대중문화 상품이 그러하듯이, 삶에 대한 진지한 관심과 성찰을 희석하는 '텍스트'의 성격이 강하기 때문이다. 이런 이야기에는 소모품으로서의 텍스트에 대한 비판적 자의식도 희박하다. 그 결과 김영하가 대중문화의 '불법체류자'로서 희구한 것[8]과는 정반대로, 철저하게 도시적 감수성에 예속된 삶이 "이상적 현실도 현실적 이상도 아닌, 그 둘 사이를 진동하는"(「손」, 『호출』 84면) 뒤틀린 관념의 구도에 따라 재단된다. 이들의 텍스트는 소비되는——온갖 억압된 기억과 인간적 상념을 '고통스럽게' 일깨우지 못하고 시간 죽이기에 '즐겁게' 이용되는——순간 버려진다는 점에서 문화상품이 갖는 한시적 유통주기를 넘기기는 힘들 것이다. 따지고 보면 그러한 상품의 일회적 속성이야말로 가치평가가 애초부터 배제되기 일쑤인 비평의 조명을 발빠르게 받아야만 되는 까닭이기도 하다.

자본주의가 본질상 예술에 적대적임은 맑스를 비롯한 여러 논자들이 간파한 바 있다. 지금 영미의 문학계를 장악한 '이론'이 바로 그런 적대성의 표현이라고 한다면 물론 단견이겠지만, 여기서도 온갖 첨단 문화현상에 대해 그토록 사소한 '이론적 언설'을 일삼는 평문들은 쉽게 볼 수 있다. '우상파괴'와 '급진'이라는 꼬리표만 붙으면 옥석을 가리지 않고 받아들이기 바쁜 실정인데, 서양문학을 직수입하는 이들일수록 수입품의 가공은 더 심각하고 교묘하다고 판단된다. 예컨대 문화를 공학 차원

---

7) 이인성 「21세기 문학 또는 식물성의 저항」, 자료집 『2000년을 여는 젊은 작가 포럼』, 20면.
8) 김영하 「한 불법체류자의 변」, 자료집 『2000년을 여는 젊은 작가 포럼』.

에서 접근하기를 주장하는 한 영문학자가 "이제 작품의 가치는 그것이 지닌 힘, 특히 힘의 질에 의해서, 그 힘이 능동적인가 혹은 반동적인가에 따라 평가받아야 한다"는 니체(Nietzsche)식 발상을 아무런 고뇌 없이 수용할 때,[9] 자본주의 사회의 '힘'이 문학에 드리운 불길한 어둠을 보게 되는 것이다. 그렇다고 이 세 작가의 저마다 편차 있는 실험과 상상력을 곧바로 그런 범주에 넣어 비판하기에는 너무 이르다. 실제로 70, 80년대 리얼리즘문학에 대한 고정관념이나 극도로 제한된 외국문학의 영향을 떠나서도 시각중심 매체에 매몰된 이들의 감수성과 표피적인 현실인식을 보건대, 근대현실의 부정성 및 자본주의의 첨단문화 현실에 대한 본격적인 탐사는 변죽만 울리고 있을 뿐 아직 시작도 못했다고 본다. 비선형(非線形) 서사든 판타지 양식이든 영상적 글쓰기든 중요한 것은 기술주의가 극에 달한 싸이버현실을——일회적인 문화소비로 끝날 수 없는——'실재'와 연동하여 좀더 섬세하고 구체적으로 드러내는 일일 것이다. 그러자면 비평가 쪽에서도 그런 의사(擬似) 현실이 불러일으키기 마련인 사람들 사이의 따스한 접촉과 그런 접촉에 깃든 공동체의 꿈을 아예 외면하지는 말라고 충고하는 편이 리얼리즘의 갱신에도 이로우리라 생각한다.

　사실 관성적 리얼리즘의 교착상태에 관한 한 이들만이 기여할 수 있는 문학적 공헌이 더욱 아쉬워지는 것이 요즘 문단의 상황이 아닌가 한다. 현재의 삶이 인간이 갈구하는 이상과 멀어질수록 그 간극을 정확히 인식

---

9) 강내희 「문학의 힘, 문학의 가치: 탈근대 관점에서 본 문학범주 비판과 옹호의 문제들」, 『문화과학』 1997년 겨울호, 77면. 참고로 그가 그런 식의 주장을 펼치는 배경을 간략히 소개할 필요는 있겠다. 1997년에 영미문학연구회가 주최한 제3회 학술대회 '오늘의 영문학 연구와 교육의 과제'에서 제1발제로 강내희가 발표한 「한국 영문학 연구와 교육의 탈바꿈을 위하여」에 대해 현장토론에 이어 영미문학연구회 전용통신방(CUG)에서도 혹독한 비판이 가해졌는데(『안과밖』 3호 1997년 하반기 참조), 니체를 끌어들인 그 논지는 비판에 대한 그 나름의 화답이다.

하면서 그렇게 멀어진 현실을 행복이나 희망의 이름으로 적당히 얼버무리려는 인간적 통념을 가차없이 깨부수는 문학은 누군가가 떠맡아야 할 것이며, 작품이 그러한 파괴와 해체의 모험을 지극으로 수행해주었을 때 그것이 리얼리즘이냐 모더니즘이냐는 비본질적인 사안일 뿐이다. 어쨌든 참된 새로움은 전통의 본원적 유산을 계승하는 동시에 근대와의 과감한 대면을 회피하지 않는 과정에서 오직 스스로의 길을 따라 미래를 향해 열리는 순간에만 가능할진대, 전통의 정신을 파괴하고 일체의 문화유산을 한갓 볼거리로 관리하고 상품화하는 시대에 이 세 작가가 (적어도 지금까지는) 그런 열림의 차원을 예감한다고 말할 수 없다. 오히려 독특한 저돌성이 느껴지는 백민석을 포함한 이들은 파멸로 치닫는 자본주의의 냉혹한 작동원리를 인간의 삶에 '예술적'으로 대입하려고 하지 않는가? 진영개념의 해체와 관련하여 이들의 텍스트에서 확인한 한가지 사실은, 해체와 파괴의 길도——자기파괴와 허무 자체에 존재를 맡기지 않는 한——결국은 반문화적·반생명적 자본주의와의 대면과 대안적 삶의 추구로 이어질 수밖에 없다는 것이다.

4

　반면 개념 해체의 올바른 방향성과는 약간 별개로, 어떤 개념이 해체된다고 했을 때 그것을 떠받치는 현실 및 문학운동도 어느정도 흔들리거나 와해되는 것이 당연한 이치다. 하지만 진영개념의 재고를 동반한 민족문학 개념의 자체 쇄신이 오늘날 지배적 철학이념인 해체(주의)의 논리나 신판 근대주의로서의 모더니즘과 대별될 뿐만 아니라 그것의 극복까지를 지향한다면 그런 현상에 얽매일 까닭이 없다. 오히려 현재 민족문학의 대열이 얼마나 흐트러져 있는가를 재면서, 시의적 동향을 눈치

빠르게 읽어 거기에 자신의 심미안을 맞추기 급급한 우리 평단의 대세 자체를 비판적으로 분석해봄직하다.[10] 또한 신실한 작품구현이 작가 개인의 신념 여부를 떠나서 과연 어떤 차원에 이르렀는가를 사심없이 판단하려는 노력이 그 분석에 따를 것임은 두말할 나위 없겠다. 진영의 본령은 '작품'이다.

어쨌든 민족문학 진영 내부에서 진영개념의 해체가 명시적으로 선언되었고, 적어도 원론 차원에서는 안팎의 상당한 공감을 얻고 있다. 그러면 이쯤 해서 민족문학권의 내부에서 주로 활동한 진보적인 작가들을 생각해본다. 가령 80년대부터 누구 못지않게 '운동과 변혁으로서의 문학'에 심혈을 기울인 윤정모와 여성해방의식의 내면화에서 결코 만만치 않은 이남희를 앞서 논한 작가들의 작품과 대비하여 읽어보는 것도 90년대 문학풍토에서 변혁과 진보의 신념을 냉정하게 평가할 수 있는 계기가 될 것이다. 둘 다 비록 한물간 젊음(?)이라서 앞서 분석한 젊은 작가와는 기우뚱한 균형을 이루기는 하나, 변모된 90년대 정서에 대한 반응이 심

---

10) 예컨대 최근 최영미나 신현림의 시에 대한 논의들이 그렇다. 물론 이들의 시가 다소 편차가 있는 건 사실인데, 가만히 보면 이들의 시집이 베스트쎌러가 되었다거나 그리하여 '유명세'를 탄다는 사실이 논객들에게 불만거리가 되고, 그런 사실 자체를 들어 상업주의 문학이라는 혐의를 거는 일도 다반사이다(가령 김춘식 「기만의 시대를 건너는 반성의 문학을 위하여」, 『무애』 창간호, 특히 124~30면 참조). 하지만 이 경우에도 구체적으로 어떤 시가 상업적인 광고문구나 저열한 대중적 수사인지를 설득력 있게 판별해주는 수고가 아쉽다. 단지 시 한두 편을 턱 던져두고 "정신인가 포즈인가, 반성적 자의식인가 기교인가, 이제야말로 선택의 기로에 놓"였다는(128면) 식으로 나오는데, 생각해볼 일이다. 이런 태도는 1998년 가을호 『창작과비평』 좌담에서 김정란이 한 비판에서도 그대로 반복된다. "저는 최영미 시인은 창비의 최대 실수라고 보는데……"(28면) 등의 극언들을 서슴지 않은 반면, 자신의 시에 대해서는 겸손의 미덕이 무색할 정도의 자부심을 드러낸 '여류'시인의 균형감각 부재나 "내 문학관을 투자한다"는 투의 비유, 대중과 민중을 이분법적으로 나누는 낡은 발상 등의 문제점은 차치하더라도 정확히 어떤 시가 "남성에게 사랑해달라고 애걸하"는(29면) 시인가에 대한 검증은 생략된다. "어느 시대에나 '좋은 물건'은 어차피 드문 거 아닐까요?"(김영하 38면) 같은 반문보다는, 첫 시집과 두 번째 시집의 작품이 모조리 태작이 아니라면 눈에 띄는 각각의 편차를 가차없이 지적하면서도 앞으로 쓸 수 있고 또 써야 할 시에 대한 자상한 논의가 있어야 하는 것이다.

상치 않게 열정적이고, '여성의식'을 공유한 진보진영의 작가치고는 다소 파격적인 '전향'을 선언하는 일면이 있어서 90년대 새로운 젊은 작가들과의 대비가 특히 흥미로울 것이다. 검토대상은 이남희의 소설집 『플라스틱 섹스』(1998)와 윤정모의 장편 『그들의 오후』(1998)이다.

소설집의 표제작인 「플라스틱 섹스」는 이어지는 「여자가 여자일 때」 「어두운 열정」과 함께 세 편의 연작을 이룬다. 그 주된 문제의식은 여성해방과 대항문화의 결합이 지닌 가능성의 탐구로 규정함직하다. 작가의 분신인 듯한 은명과 초록이라는 당찬 십대 소녀 사이의 동성애가 중심축으로 설정되고, 그 축을 따라 곁가지 삽화가 펼쳐지는 이 작품의 미덕은 무엇보다 민감하고도 시사적인 문제를 솔직하게 끄집어내어 진지하게 고민했다는 데서 찾아야 하겠다. 하지만 진솔하고 착잡한 작가의 심경을 그대로 노출하는 미덕도 그런 심경을 다양한 사회적 체험으로 녹여낸 성찰이 함께해야만 빛을 발하지 않을까. 작가의 여성의식이 한편으로는 동성애로, 다른 한편으로는 언더그라운드 문화의 해방적 가능성으로 표면화하기는 했지만 그것은 따지고 보면 『사십세』(1996)를 지배한 여성중심주의와 소비문화의 매혹이 극단적으로 연장된 셈이며, 극단성을 띠는 한 작가는 그에 따른 위험도 감수할 수밖에 없다. 이에 대해서는, 은명이 동경하면서도 이질감을 떨치지 못하는 '헤븐 더스트'의 언더그라운드 세계에 과도한 의미부여를 했다[11]거나 "개별 존재의 삶의 환원불가능한 고유한 차이를 '여자'라는 동일성으로 환원"해버리는 관념성을 보인다[12]는 비판을 받은 바 있다. (후자의 비판은, 가령 「여자가 여자일 때」에서 특히 은명과 은애의 생동감있는 '논쟁'을 상기해보면 꼭 그렇지만은 않은 것 같다.)

---

11) 권명아 「열린 표정들을 위하여」, 『내일을 여는 작가』 1997년 7·8월호, 229면.
12) 권명아 「길목의 시간」, 『내일을 여는 작가』 1997년 9·10월호, 295면.

하지만 작품의 더 근본적인 문제는, 기성세대가 된다는 사실에 대한 과도한 자의식 외에도 소비대중문화가 주는——기존 관념을 소비적 형태로 깰 뿐인——일시적 자유와 해방감 자체가 도대체 무엇인가를 제대로 묻는 차원에 이르지 못했다는 데 있는 듯하다. 그렇기 때문에 "실제로 밑바닥에서는 혁명이 진행중"임을(『플라스틱 섹스』 30면) 드러내려는 작가의 의도에도 불구하고 (애들 기분풀이에 지나지 않는) 지하예술의 소음만 요란하지 혁명의 실체는 오리무중이다. 발랄한 생동감이 있기는 하지만 아직 성숙의 길이 요원한 초록이 같은 십대들의 자유도 다분히 억압적인 기성 가치관으로부터의 일탈과 방황에 그친다. 그런 자유를 가능케 하는 자본의 '자유로운' 흐름에 대한 거시적 통찰이 빠져 있다는 것이다. 작품의 이런 한계를 좀더 분명히 실감하는 한가지 방법은, 초록이 같은 신세대의 속도와 일탈의 인생을 다루면서 그들의 피폐한 삶과 공허한 꿈에 비감어린 '조사'를 바치는 성석제의 「경두」(『아빠 아빠 오, 불쌍한 우리 아빠』)와 대비하여 읽어보는 것이다.

『플라스틱 섹스』의 제대로 된 문제의식을 따지자면 역시 「코리안 드림」 「건망증」 「하오의 햇빛」 등을 거론해야 온당하겠지만 여기서 유독 표제작 씨리즈를 문제삼는 까닭은, 진영문제와도 관련하여 약간 색다른 생각거리를 던져주기 때문이다. '여성문제'에 관한 한 분리주의로 치우친 '또 하나의 문화' 그룹(www.tomoon.org)을 포함한 여타 여성운동 집단에 환경운동이나 노동운동 같은 여타 사회운동과의 연대에 대한 비전이 (필자가 알기로) 거의 없는 우리 실정을 여성작가의 작품에서 확인·반추하게 되는 것이다. 더욱이 성을 조형(造形)적인 것으로 인식하는 「플라스틱 섹스」는 성의 인위적인 조작이 가능해진 기술시대에 남녀의 조화로운 상생(相生)은 무엇이며 성적 자유가 구가될수록 성희롱 같은, 남녀 공히 성을 죽이는 작태가 만연하고 결과적으로 성 자체가 억압되는 자본주의 현실을 어떻게 이해할 것인가 하는 문제까지 떠올리게 한다.

　작가 자신은 짧은 '메모'에서 생식의 성이 놀이의 성으로 변했음을 언급할 뿐 성을 생식과 놀이로 분리하는 발상이나, 성이 놀이가 되었다면 섹스가 상품이 된 현대사회와 그런 놀이는 어떤 관계가 있을까 하는 문제가 작품 차원에서 성찰되지 않는다. 그런 성찰의 부족은 여성성의 우위에 대한 일방적인 고집과 초록이와의 동성애 체험이 야기한 도덕적 혼란의 어쭙잖은 자기정당화 사이에서 어중간한 분열로 나타난다. 그런 식의 분열은 끝내 통합되거나 지양되지는 않는 듯하다. 여성성의 인식이 고질이 되다시피 한 남성과의 적대의식을 통해 이루어지는 것은 원칙적으로 상생의 차원에서 성을 사유하는 자세와는 거리가 있다. (같은 적대의식이라도 예컨대 「어두운 열정」의 최여사보다 「사십세」의 화자가 훨씬 큰 공감을 준다) 감상화의 흔적이 짙은 은명과 초록이의 동성애도 나름의 절실한 사연이 부족한 것이다. 여성간 동성애와 이른바 '자매애' (sisterhood) 사이에 있을 수 있는 미묘하고 아슬아슬한 경계에 대한 탐구가 아쉬워지는 것이다.

　다른 한편 윤정모의 『그들의 오후』는 이남희의 여성주의 의식을 공유하면서 지금껏 사적·공적 삶에서 관철되는 분단이데올로기의 모순에 초점을 맞춘다. 흔히 말하듯 사랑으로써 이념의 굴레를 벗어던지는 식의 발상을 허용하는 작품이 아니다. 바로 그렇기 때문에 보도연맹에 연루되어 고문 후유증으로 생을 마감한 부친의 과거와 그런 과거에 얽매이기를 거부하면서 30년 전 첫사랑을 집요하게 되살리려는 민기환의 절절한 순애보를 어떻게 보아야 하는가가 곤혹스럽다. 또한 기환의 첫사랑 이서연이 걸머진 이념의 굴레도 착잡한 상념을 불러일으키기는 마찬가지다. 그것은 일단 기환의 사랑이 가히 맹목에 가까운 집착과 순결성을 드러내고 있기 때문에 더 그렇다. 서연 쪽은 또 다르다. 한국전쟁 때 인민군장교였고 이제는 북의 인민무력부장이 된 부친의 행적이 남한의 여성부장관 이

서연의 추락에 결정적 동인처럼 줄곧 암시되기는 하는데, 갈라진 남북의 현실이 그처럼 한 인간의 삶에 동시에 작동되는 분단체제에 대한 이서연의 결단은 단순히 '실종'으로 귀결된다.

어쨌든 『에미 이름은 조센삐였다』(1982)부터 윤정모가 줄곧 견지한 여성해방의식이 이 작품에서는 색다르게 강해진 느낌이다. 인민군의 딸이라는(현재까지 지속되는) '과거'로 인해 끝내 실종을 선택하는 서연과 그런 서연이 돌아오기를 희원하는 기환이라는 인물에 남성·여성의 통념적인 성역할이 역전되어 부여되는 것이다. 그러나 성의 역전현상 자체가 여성해방의 올바른 길을 제시하는 것은 아닐 터이며, 그것이 '성'(sex/gender)의 순리에 따른 구분과 부당한 차별을 노골적으로 흐려버리는 90년대 문화의 대세와는 어떤 관계가 있는가도 흥밋거리다. 또 한 가지 주목할 점은 내러티브의 형식 변화다. 분단이데올로기의 엄혹한 현존을 증언하는 두 아버지의 과거와 딸의 얼굴도 모른 채 죽어간 서연 어머니의 애달픈 죽음을 배경으로 민기환과 이서연의 과거와 현재를 교차시키면서 두 남녀의 내면을 번갈아 비추는 방식으로 이야기가 구축된다. 시점과 시제가 계속 교차하면서 분단이데올로기라는 과거의 어둠이 추리기법을 통해 실체를 드러내고 합일되지 못하는 사랑의 괴로움이 시점교차를 통해 부각되는 이야기 방식은 일단의 기법상 실험임이 분명하다. 90년대 소비와 자유의 거대한 물결에도 불구하고 지금껏 치유되지 않은 역사의 상흔이 한 여성 정치인의 몰락에 집중되는 맥락을 짚으면서 그런 상처를 사랑으로써 보듬으려는 의도가 일정한 형식실험을 시도한 내러티브에 담긴다. 서연의 실종으로 이념의 상처를 그대로 드러내고 기환의 사랑이 실현될 가능성도 연기함으로써——『들』(1992)의 끄트머리에서 죽창 든 농민의 선연함이 그러하듯이——90년대에 만연한 탈이념과 자유주의의 정서에 정면으로 맞서려는, 독자로서도 반추함직한 의식적 투쟁이 숨어 있는 것이다.

146

　　그러나 작품의 그런 면모와 작가의 여성해방의식이 곧바로 작품성을
확보해준다고 말할 수는 없다. 기법과 인물의 실감에 촛점을 맞추면, 기
환과 서연의 내면을 비추고 과거와 현재를 대비하는 각광의 각도가 천편
일률이라서 황혼의 두 남녀가 처한 역사적 상황들이 의미있는 접점을 형
성하는 데 성공했다고 보기 힘들다. 작가의 오랜 숙원인 여성해방이 투
사된 서연의 ‘여성주의’는 분단현실로 인해 (구체적으로는 그 현실의 희
생자인 할머니의 가르침으로 인해) 더 외곬으로 빠진 일면이 있는데, 그
런 복합적인 관계가 제대로 파헤쳐지지 않았다. 그런 문제점의 이면으로
서 기환의——엄밀하게 말한다면 체제에의 나른한 안주(安住) 욕구와 크
게 구별되지 않는——사랑 역시 연민의식에 더 가깝다. 사랑의 올바른 의
미를 되찾고 이념의 굴레를 벗기려는 작가의 진정어린 분투에도 불구하
고 분단이데올로기의 떨쳐야 할 과거와 두 ‘황혼’의 기약해야 할 앞날이
현재의 맥락에서 현명하게 가려지지 않은 것이다.

　　서연의 여성주의와 기환의 사랑에는 90년대 특유의 맥락이 스며 있음
이 분명하지만, 이 문제는 약간 각도를 달리하여 생각해볼 필요도 있겠
다. 가령 김인숙의 『칼날과 사랑』(창작과비평사 1993)의 「당신」에서 해직교
사인 남편의 ‘올바른’ 이념으로부터 점차 멀어지는 부인 윤영의 항변을
통해 윤정모나 이남희의 이념적·여성해방적 신념을 반추해봄이 어떨
까? “그게 무슨 뜻이야? 올바르다는 게 뭐야? 사회구조, 이념, 세
상…… 그런 것들이 올바라진다는 게 무슨 뜻이지? 나도 세상이 올바라
져야 한다는 생각쯤은 할 줄 알아. 그런 생각을 하지 않는 사람이 어디
있겠어. 내 말은, 그게 **실제로** 무슨 뜻이냐는 거야.”(「당신」, 『칼날과 사랑』 97
면, 강조는 인용자) 김인숙 자신은 최근 소설집 『유리 구두』에서도 그런 의
문의 긴장을 계속 유지하는 편이지만, 어떤 해답이 선뜻 주어질 리 없는
그 물음이 절박할수록 근대세계의 시원에 육박하는 성찰이 작품에 실릴
것은 분명하다. 또한 그러한 되새김질의 요구가 작가에게 무슨 대안의

세계를 그려내라는 식의 주문과는 무관하다. 오히려 손쉬운 대안에 투철한 고민 없이 빠져드는 것 자체가 어떻게 거짓 대안과 사이비 대세를 조장하는 지식인의 배반행위가 되며, 왜 안이한 대안의식이 분단체제의 온존에 복무해온 체제논리로 흡수될 수밖에 없는가를 우리의 실제 삶을 통해 실감케 해달라는 것이다.

요컨대 진영해체의 방향성과 관련지으면, 윤정모와 이남희가 각기 다른 방식으로 드러내는 공통된 문제점 중 하나를 이렇게 말할 수 있을 것이다. 즉 최근까지 계속된 발전의 환상과 서구자본주의의 승리가 상승작용하여 문화적 도취를 불러온 90년대 현실에서 달라진 자기과업에 따라 스스로 갱신을 이루지 못한 채 '순수한' 성적·이념적 급진성을 고수하려는 노력이 전지구적 자본주의 운동이 행사하는 포섭·흡수의 이데올로기에 노출되는 양상을 드러낸다. 진정성을 담보한 신념과 해방의식이──성적·이데올로기적 모순이 사회 저변에 깊이 깔린──분단체제라는 복잡미묘한 일상에 충분히 뿌리박지 못한 문제가 노정되는 것이다. 물론 이런 작품, 나아가 그것이 안고 있는 한계까지도 앞서 분석한 신예작가들의 표피적인 현실의식보다는 훨씬 신념어린 의식적 투쟁의 산물이기는 하다. 하지만 대항문화의 잠재 가능성과 성적 억압으로부터의 자유의 희구도, 태어나기 전부터 삶을 규정하기까지 하는 분단이데올로기의 상흔을 드러내고 이를 사랑의 힘으로 극복하려는 노력도, 상품의 끊임없는 욕구가 야기하는 무기력하고 권태로운 자본주의 일상 및 극히 미묘한 정치·경제적 기류들이 거의 매일 휴전선을 넘나드는 한반도 현실과 일상적으로 대면하지 않는다면 제 의미가 온전히 드러나기는 힘들 것이다. 변혁의 신념도 이제는 한반도 전체를 시야에 두면서 자본주의 현실의 일상성에 좀더 깊이 뿌리내리는 모험을 요구한다.

5

　작품다운 작품이 진영의 본령이라는 명제에 충실할수록 진영개념을 공감할 수 있는 하나의 엄연한 현실로 존재하게 하는 작품이 뜻있는 문학운동의 성패를 좌우하는 결정적 변수가 된다는 논리가 더욱 설득력을 얻는다. 다가올 21세기의 새로운 진영개념을 예감하고 선취하는 과정에서 낡은 진영의식을 제대로 해체하자면 작품의 신비화를 비판해야 함은 물론, 기존 문자행위로서의 문학이 여타 (첨단) 표현매체와 올바로 결합할 가능성을 탐구하면서, 가치평가에는 애초부터 관심이 없는 최신 텍스트이론과도 지난한 싸움을 벌여야 할 터이다. 최소한 이런 3중의 고투를 유지해야 하는 비평에서도 작품의 진정한 성취에 대한 신실한 물음은 핵심이다. 서사의 빈곤을 개탄하는 목소리는 여전히 높지만 우리의 소설문단에는 실제로 뜻깊은 고뇌와 성취를 이룬 작품이 여럿 있는 것으로 안다. 상면의 구체적인 실감은 다음 기회에 피력해보았으면 한다.

배수아의 '소설'과 서사실험

역사적 주체 형성의 가능성

1. 글머리에

세월의 속절없는 흐름에 따라 이제는 용어와 그 함의도 사뭇 달라졌지만, 지난 20세기의 마지막 20년간, 특히 1980년대 우리의 지식사회에는 저마다 확신을 가지고 내세운 정치적 지표들과 그에 상응하는 실천강령이 있었다. 크게 보면 민족해방(NL)과 민중민주(PD)가 그것인데, 이 급진 변혁논리들은 우리사회가 대내외적으로 처한 위기에 맞서는 일정한 주체들을 상정하는 것이었다. 서로 다른 분석틀과 개념을 이용해 당대현실을 분석한 두 시각은 한반도의 지정학적 상황에 대해 중요한 통찰을 내놓았지만, 애초부터 외눈박이여서 상대편의 시력을 빌려 창의적인 종합을 지향하지 않는 한 관념의 악순환을 되풀이할 수밖에 없는 운명이기도 했다. 2000년대도 중반을 훌쩍 넘어서 어느새 1987년 6월항쟁 20주년을 바라보는 지금 두 변혁 지표의 명칭은 자주파와 수평파로 바뀐 상태이며, 그와 함께 실질적인 의제도 사뭇 달라졌다.

다른 한편 1997년의 IMF사태와 2000년 6·15남북공동선언을 거치면서 20세기 말과 결정적으로 단절한 듯한 오늘날에도 그다지 달라지지 않은 점은 있다. 즉 과거의 약점과 관념성을 상호치유하지 못하고 파행적으로 드러낸 숱한 오류들이 21세기에 들어 새로운 형태로 전이된 문제들을 성찰해야 하는 과제는 여전하다. 군부독재에 사실상 종지부를 찍은 남한의 1987년체제가 20년 가까이 지속되면서 남남갈등이 증폭되고 있는 것이 작금의 현실이 아닌가. 그런 갈등을 지켜보면서 새삼 느끼는 것은, '혁명'이라는 것도 개개인의 존재 차원에서 이룩되지 않는 한──그렇게 각성한 개인들이 뜻있는 집단으로 사회에 존재하지 않는 한──도루묵에 불과하다는 사실이다. 어떤 개념적 도식으로도 완전히 걸러낼 수 없는 인간이라는 존재 자체에 대한 성찰은 역사적 주체를 논하는 데 필수불가결한 전제조건이라는 것이다.

비서구세계에서도 근대주의의 맹목적 추종 과정에서 서구 못지않은 야만의 역사가 반복되었거니와, 계급, 인종, 성별 가운데 어느 하나만을 축으로 삼아서는 실질적인 연대를 구축하는 일이 거의 불가능해진 시대가 21세기이기도 하다. 민족주체나 계급주체를 소모적인 방식으로 설정한 80년대와 그에 대한 무책임한 반동으로──파편화된 주체를 역사의 필연으로 미화하면서 '정신분열증'을 인간해방의 징조로 예찬한 포스트모더니즘이 가세하여──일체의 개인상(個人像)을 거부·부정하던 지난 세기말을 돌아보면, '역사적 주체 형성'은 한층 절박성을 띠는 화두다. 이런 때 신자유주의에 맞서는 '올바른 주체'를 강다짐하는 것도 우리현실의 정신적 답보상태를 낡은 방식으로 재확인하기 십상이다. 소모적인 남남갈등을 치유하고 뜻있는 개인들을 원만하게 모아들이는 담론이 요구되는 싯점일수록 개인 개인이 처한 문제에 관한 한 철저하게 '소승적 자세'에서 출발하여 성찰을 가다듬을 필요도 있겠다는 것이다.

2. 90년대 배수아 소설의 단층들

이런 단상들은 90년대 문단에 등장하여 허물 벗기를 거듭하는 배수아의 작품들을 통독하는 과정에서 떠올린 것이기도 하다.[1] 기왕에 '역사적 주체의 형성'을 화두로 내걸었으니, 이를 작가 개인이 고수하는 지론과 연결함으로써 운을 떼어보자.

배수아는 한 에쎄이에서 "나 자신은 고지식할 정도로 원칙적인 성을 따르고는 있지만 불멸의 원칙보다는 인간의 무한한 다양성을 믿는 편"[2]이라고 술회한 바 있다. 고지식할 정도로 원칙적인 성을 따른다 함은 일단 자기가 이성애자임을 인정한 뜻으로 들린다. 반면에 인간의 무한한 다양성에 대한 언명은 '성'도 동성과 이성의 이분법에 가둘 수 없다는 신념의 표명으로 봐야 할 게다. 장편만을 중심으로 해도 『에세이스트의 책상』에서 동성 사이의 강렬한 끌림을 그린다든가 『독학자』처럼 남성화자를 내세우면서——또는 『동물원 킨트』나 『이바나』처럼 아예 성의 표식들

---

1) 개인적으로 배수아의 작품 전체를 통독해보고 싶다는 생각이 강하게 든 것은 2003년 12월에 출간된 『에세이스트의 책상』을 접하고 난 직후였다. 바로 몇달 후 나온 백낙청의 「소설가의 책상, 에쎄이스트의 책상」(『창작과비평』 2004년 여름호; 백낙청 『통일시대 한국문학의 보람』, 창비 2006)과 후속논의는 또 하나의 자극이었는데, 그 논의를 따라가면서 90년대 이후의 여성문학에서 배수아가 차지하는 위상을 가늠해볼 필요를 느끼기도 했다. 말 나온 김에 하나 덧붙이면, 그의 단편들을 스쳐가듯 논한 필자의 부실한 과거 평문도 이 글의 한 동기로 작용했다. 당시 글에서는 한편으로는 김영하와 백민석, 다른 한편으로는 공선옥, 은희경과 대비하면서 배수아를 일종의 배경으로 활용했다. 졸고 「작품, 진영, 문학운동」(『창작과비평』 1998년 겨울호, 273~74면; 이 책 125~49면에 수록)과 「삶의 모든 영역으로 열려있는 문학돼야」(『21세기문학』 2001년 봄호, 46~49면; 이 책 173~200면에 '감수성과 비평적 판단'이라는 원래 제목으로 전면 개고하여 실음) 참조. 어쨌든 「1999년 네덜란드 모텔을 떠나며」와 「바람인형」을 읽고 내린 두 졸평이 전적으로 부정확했다고 생각하지는 않는다. 그러나 충분한 논의가 못되었다는 점을 차치하더라도, (특히 2001년의 평문은) 그때까지 나온 배수아의 작품들을 충분히 섭렵하지 못한 상태에서 나왔다는 점만으로도 비평의 본분에는 한참 미달한 것이 사실이다.
2) 배수아 에쎄이집 『내 안에 남자가 숨어 있다』, 이룸 2000, 80면 참조.

을 흐리거나 지워버리면서——고착된 성적 통념들을 해체하는 서사실험
은 두드러진다. 하지만 거기서 정작 흥미로운 것이 다성(多聲)적인 작가
라면 갖게 마련인 양면성이나 서사적 실험만은 아니다. 근대현실에 착잡
하게 얽매인 여성성에 대한 유아적 집착과 남성주의에 대한 주술적인 부
정의식을 넘어서 인간본성에 대한 의문과 배움의 의미를 천착하는 길에
들어선 최근 행보도 못지않게 흥미롭다. 서사의 집요한 실험이 따른다는
사실이 의미심장해지는 것도 바로 그런 행보에서다.[3]

배수아가 처음 문단에 등장했을 때 평자들은 으레 가족의 해체, 세기
말 허무주의, 일상에서의 일탈, 이념의 시대와 단절된 이미지 또는 소비
세대, 포스트모던 정신의 현현 등을 강조했다. 필자도 예외는 아니었고,
그 근거가 없지도 않았다. 90년대 중후반 소설집, 예컨대『푸른 사과가
있는 국도』『바람인형』『심야통신』에는 견인주의의 비감(悲感)으로 채
색된 몰아적 개인(여성)의 몽상이 다양한 방식으로 끈질기게 반복된다.
당시 '포스트모더니즘=자본주의의 문화논리'라는 등식을 작품에 적용
한 일부 민족문학 논자들은 그의 그런 작품들을 서구 모더니즘의 복제품
으로 격하한 바도 있다.

그러나 그때 작품들을 돌이켜 읽어보아도 그것만이 전부랄 수 없음은
확인된다. 반독재민주화 투쟁으로 문민정부가 마침내 탄생했으나(1993
년) 사회주의국가들의 연쇄적 파탄 및 국내 혁신세력의 방향상실에 따른

---

3) 1993년에 등단하여 2005년 현재까지 배수아가 세상으로 내보낸 작품은 소설집 네 권,
   (경)장편 열 권, 중편, 에쎄이집, 시집 각 한 권씩이다. 소설집으로는『푸른 사과가 있는 국
   도』(1995)『바람인형』(1996)『심야통신』(1998)『그 사람의 첫사랑』(1999, 이후 '소설집
   No. 4'라는 제목으로 재출간됨)이, 중편 단행본으로는『철수』(1998)가, (경)장편으로는『랩
   소디 인 블루』(1995)『부주의한 사랑』(1996)『붉은 손 클럽』(2000)『나는 이제 니가 지겨
   워』(2000)『이바나』(2002)『동물원 킨트』(2002)『일요일 스키야키 식당』(2003)『에세이스
   트의 책상』(2003)『독학자』(2004)『당나귀들』(2005)이, 에쎄이집으로는『내 안에 남자가
   숨어 있다』(2000)가, 시집으로는『만일 당신이 사랑을 만나면』(1997)이 있다. 필자가 알아
   본 바로는 90년대에 출판된 작품 가운데『철수』를 제외하고는 거의 전부가 절판인 상태이다.

대중들의 환멸감이 소비주의의 득세와 기묘하게 착종된 90년대 중반 상황에서 배수아는 분명히 새로운 감수성의 분출을 알리는 신호들 가운데 하나였다. 1996년 싯점에서 "젊은 '민중'층에 관심을 기울이는 몇 안 되는 작가 중 한 사람"[4]으로 배수아를 꼽고 자본에 맞서는 주체의 가능성을 (조심스런 유보를 달면서) 부각한 신승엽도 그런 분출의 사회적 양상을 주목한 셈이다. 그의 평가는 당시 작품의 실상에 비해 앞서나간 면도 있지만, 앞서나갔든 뒤처졌든 중요한 것은 그 판단이 2000년대 이후 작가의 행보에 비추면 더 수긍이 가는 면도 있다는 사실이다. 반면에 그가 특히 힘주어 강조한 작가의 '부정의 정신'에 대해서는 생각을 달리하는데, 작가의 텍스트에 살아움직이는——딱히 어떤 사회의식으로 환원할 수 없는——'민중들'의 고뇌가 그러한 정신보다는 '역사적 주체 형성'이라는 화두와 어떤 연관이 있지 않을까 고민해봐야 할 듯하다.

그럴 때 (주로 초기작들에 국한되기는 하지만) 흥미로운 것은 '성장'을 배수아 문학의 핵심주제로 설정한 비평들이다. 우연의 일치인지는 몰라도 『푸른 사과가 있는 국도』와 『랩소디 인 블루』 말미에 붙은 해설이 공히 강조한 것도 성장이다. 정과리나 성민엽은 '어른이 없는, 어른이 되고 싶은, 그러나 어른이 못된 아이들'로 배수아의 인물을 정의하면서 이들을 '성장 없는 성장의 시대'가 낳은 산물로 규정한다. 두 비평가 모두 성장의 통념에 반(反)하는 작품을 사주는 입장이다. 『바람인형』의 해설에서 최인자는 거기서 한걸음 더 나아간다. "나이가 들어도 어른이 되지 못하는 이들의 특이한 성장이 과연 사회적 부적응이며 강박관념일까?"라고(『바람인형』 156면) 반문하면서 배수아의 주인공들이 보여주는 '반성장적 성장'을 어른의 허위의 세계가 남긴 상징적 상흔으로 해석한 바 있

---

4) 신승엽 「배수아 소설의 몇 가지 낯설고 불안한 매력」, 『민족문학을 넘어서』, 소명출판 1999, 318면.

다. "우리 근대 문학이 지닌 성장소설의 한 전통"에 『바람인형』을 귀속한 것이다.

그러나 "어른들이 아이들을 자신의 세계로 동화되도록 억압하면서 소환해내는 중요한 메카니즘"[5]으로 단정하는 입장도 있으니, '성장'은 한두 마디로 정리하기 힘든 주제다. 필자는 이 개념을 어떻게 이해하든 작가 개인의 행보 못지않게, 아니 그 이상으로 작품들 자체의 변모양상이 중요하다고 본다. 가령 90년대 중반부터 거의 매년 출간된 소설집들, 즉 『푸른 사과가 있는 국도』 『바람인형』 『심야통신』 『소설집 No. 4』를 검토해보면 뚜렷한 연속성과 단절이 모두 발견된다. 격년으로 출간된 『푸른 사과가 있는 국도』와 『바람인형』은 상대적으로 연속성이 승한 듯하다. 『심야통신』에 가면 양상은 좀더 복잡해진다. 자전적 사실들을 적극적으로 끌어와 일종의 파괴적 심미주의로 가공한다는 점에서는 별로 다르지 않다. 『심야통신』의 「건전한 부르주아의 도시」 「장화 속 다리에 대한 나쁜 꿈」처럼 사회현실을 몽환적 정조로 각색하는 양상은 다소 약해지지만 작중 상황을 상상적 악몽으로 꾸미는 양상은 더 강해지는 단편도 눈에 띈다. 식인(食人) 충동을 표출하는 「한나의 검은 살」처럼 극단의 소재를 끌어들여 현대인의 어떤 원초적 결핍을 드러내기도 한다.

2002년에 재출간된 『소설집 No. 4』는 또 다르다. 전체적으로 작품의 어조도 건조해지고 다양한 계층의 인간들이 거하는──그런 면에서 '일상성'이 상대적으로 강해진──시공간이 부각된다. 「200호실 국장」 「와이셔츠」 「징계위원회」 등이 특히 그러한데, 말하자면 사실주의적이라 할 수 있을 만큼 뚜렷한 '사회성'을 표출한다는 것이다. 이것이 90년대의 장편에 얼마나 들어맞을지는 작품별로 따져봐야겠지만, 그렇다고 '자전적 재현→몽환적 각색→일탈적 상상의 탐닉→일상성의 회복'으로 정연

---

5) 권명아 『가족이야기는 어떻게 만들어지는가』, 책세상 2000, 109면.

하게 90년대 소설집들이 '발전'한다는 뜻은 아니다. 자전적 체험이 상당 부분 녹아들었다고 판단되는 『랩소디 인 블루』와 『부주의한 사랑』에도 몽환적 각색, 일탈적 상상, 일상의 사실성 등은 두루 섞여 있다.

모더니즘 범주에 넣는다 하더라도 제각각의 개성을 표출하는 90년대 소설 전체에 대한 개괄적인 평가는 무리다. 다만 2000년 이후에 나온 장편들과 비교하면 높낮이의 윤곽 정도는 짐작해볼 수 있겠다. 일단 주체라는 화두를 끌어들여 논한다면, 세기말 작품들을 장악하는 서술자는 결핍감에서 유래하는 파괴적 욕구를 그로테스크하게 채색하면서 그런 욕구에 빠져드는 비감어린 자아이다. 때로는 시적 여운을 강렬하게 남기는 그같은 몰입이 회의와 환멸이 주조를 이룬 세기말 정서와 맞아떨어졌지만, 몰입 자체를 반성적으로 사유하는 경지로 끌어올린 작품은 상대적으로 드물지 않은가 싶다. 그렇다고 소설집 네 권에 실린 무수한 중단편과 장편이 모두 태작이라는 말은 물론 아니다. 아니, 태작을 적시함으로써 작품세계의 성숙을 논하기로 치면, 『부주의한 사랑』과 『이바나』 같은 소설은 이야기의 '문법'도 안되고 실험도 안되는, 따라서 작품도 못되는 '불량품'이라 해야 할 것이다.

90년대 텍스트들의 그런 면모에는 2000년 이후의 작품들을 더 돋보이게 하는 효과도 있다. 달리 말하면, 세기말적 분위기를 각양각색으로 한껏 부풀려 소위 마니아 독자층을 확보한 작품조차도, 2000년대에 들어 본격적으로 개척되는 (작품으로 구현되는) 사유의 지평에 비한다면 한시적이라는 것이다. 가령 『나는 이제 니가 지겨워』만 해도 미혼 여성이 도시라는 정글에서 살아남는다는 게 어떤 것인가를 풍자와 아이러니로써 경쾌하게 보여준다. 여성주의 문학 및 담론에서 지루하게 반복한 비판의식과도 차이가 있는데, 배수아의 지적 발랄함도 90년대에 새로운 감수성으로 추어올려진 어느 여성작가에 못지않다. 하지만 남성주의 세계에 대한 야유는 남자도 여성세계의 일부임을 진지하게 성찰하는 데 장애로 작용하기도 한다. 그런 판단의 근거가 되는 텍스트로는 추리소설의 긴장을 적절히 살리면서 현대인들이 입에 달고 사는 '사랑'의 허위의식을 파괴적으로 천착한——2000년대 이국풍 소설들을 예고하는——『붉은 손 클럽』을 제시할 수 있다. 중편 「철수」는 90년대에 나온 작품들 가운데서도 좀더 특별하다. 군에 간 남자친구에게 면회 간 일을 회상하는 형식으로 진행되는 이 이야기는 세기말의 '구름인형'과 결별하는 작가의 내면여행으로 볼 수도 있을 듯하다. 2000년 이후 전개되는 사유로서의 소설과 소설로서의 사유라는 그의 독특한 실험서사를 예감케 하는 것이다.

다른 한편 이 중편은——단편 「우이동」이 바로 그런 것처럼——변두리 중하층 계급 사람들에 대한 생생한 소묘이기도 하다. 그 현실인식은 자연주의를 무색게 할 정도로 냉철하다. 한마디로 80년대 급진주의 소설에 배어 있는 흥분이 없다. "나도 내가 이렇게 살 줄 몰랐어 (…) 너도 나와 똑같이 될 거야. 절대로, 절대로 다를 순 없어"라고 딸에게 소리치는 술주정뱅이 어머니, "독이 묻은 종이에 편지를 써서 보내"줄 것을 요구하는 죄수 아버지, "여자와 같이 살던 월셋방 보증금을 가지고 나에게 세탁기를 사준," 청소용역회사의 날품팔이로 일본 오오사까로 건너간 오빠, "미용사도 모델도 게이도 되지 못한" 동생 등으로 이루어진 「철수」의 인물군상들은 80년대에도 무수하게 재현된 바 있다. 그러나 희망상실에 비하면 가혹할 정도로 무덤덤하게 서술하는 목소리, 견인(堅忍)하며 기다리는 듯한 자의 육성은 변혁의 대의에 들뜬 이념의 시대에는 좀처럼 듣기 힘들었던 것이기도 하다.

그러나 그 육성이 얼마나 희소(稀少)한 것인가에 의미를 부여하기보다는 규정할 수 없고 출구가 보이지 않는 삶 자체에 대한 작가의 열정적 투신(投身)이 일상을 상대로 감행되는 양상을 강조해야 하겠다. 일체의 과장을 제거한, 무미건조할 정도로 느껴지는 화자의 이야기야말로 90년대 (대다수라고 해야 할) 여성작가들의 상투적인 감수성 과잉과 구분되는 요인이기 때문이다. 도저히 어찌해도 안되는 현실에 '불감(不感)'이라는 역설로 맞서는 자세는 분명 90년대의 작품이 각양각색으로 드러낸 '결핍의 과잉'과도 다르다. 가난과 불의에 대한 이념적인 항거도, 중산층의 속물의식에 대한 혐오도 배수아는 '졸업'한 것이고, 그에 따라 견딜 수 없는 현실에서 눈물을 뿌리는 구름인형의 고뇌로 자아를 우의화(寓意化)하는 글쓰기도 상당부분 청산한 것으로 판단된다.

그렇다고 「철수」의 화자인 '나'에게서 어떤 특정한 역사적 주체의 상(像)을 기대하는 것은 금물이다. 그런 상을 성찰하는 데는 여전히 회의가, 더 많은 의심이 우리에게 필요한지 모른다. 화자는 "이 지구 위의 대인간병기를 사라지게 하"기 위한 인간띠잇기 모임으로 그런 병기들이 없어지리라는 것을 믿을 정도로 단순하지 않다. 아니, 그런 모임의 참석 요청에 대해 "그렇다고 해서 달라지는 것은 아무것도 없을 거예요"라고 답변하는 인물이다. 인간세계의 실재에 관한 한 독자가 화자에 동의할 근거는 너무도 많다. 인간띠잇기 모임으로 대인병기가 지구 상에서 사라질 수 있다는 믿음은 대인병기를 제압할 실질적인 근거가 없는 한 한낱 아름다운 관념에 불과하지 않은가. 그런 신념을 받아들일 양이면, 우리는 '달라질수록 똑같아진다'는 아이러니를 동시에 믿어야 할 판이다.

하지만 작품읽기에서 믿음과 회의보다 더 중요한 사실은, 그렇게 말하는 화자가 '달라지는 것은 아무것도 없음'을 믿을 만큼 허무의식에 몸을 맡기는 사람이 아니라는 점이다. 작품은 '존재를 유지하는 관계의 힘'[6]을 ─ '관계의 힘'이 '좀비' 같은 인간들을 양산하는 현실을 ─ 끈질기게 사유한다. 희열에 찬 염세주의라 할 만한 낭만성은 끈덕지게 남아 있지만, 작가의 시선은 시종 냉철하다. 그 점에 유의한다면, 이 중편에도 한 인간이 오직 개인으로 존립하기 위한 분투와 그런 개인과 개인의 내면적

---

6) 『붉은 손 클럽』의 마지막 문장 "존재를 유지하는 관계의 힘은 계속될 것이다"에서 따온 표현이다.

교류를 향한——뒤틀린 형태로 표출될망정——욕구가 스며 있다는 평가
가 가능하다. 물리적·정신적 폭력이 동반되는 집착과 아집으로서의 사
랑, 소유욕과 자기애로서의 욕구에 사로잡혀 있으면서도 그 욕구로부터
의 해탈도 아니요 투항도 아닌 어떤 지점에서「철수」가 끝난다는 사실도
그런 평가를 가능케 한다. "그렇게, 절대로 무의미한 것이 되어 나는 시
간을 살아남았다"고 고백하는 이 작품으로 배수아는 사실상 90년대라는
세기말과 정신적으로 이유(離乳)한 것으로 짐작된다.

3. 2000년대 서사실험의 양상과 물음들의 궤적

설사 서사의 실험이 순전히 유희라 할지라도, 그 실험을 추동하는 어
떤 작가적 의욕(意慾)이 텍스트에 스며 있기 마련이다. 그런 의욕은 현
실이라는 것과 불가분의 관계를 맺을 수밖에 없는데, 2000년 이후 지금
까지 나온 장편 다섯 편은 모두 그런 의욕을 강하게 발산한다. 그것이 서
사에 모양을 부여하는 형국이다. 특히『일요일 스키야키 식당』『에세이
스트의 책상』『독학자』『당나귀들』에서 변주되는 서사실험은 매우 흥미
롭다. 이 네 장편은 모두 다른 서사방식을 채택한다. 그런데 의식적으로
시도하고 있는가가 불확실할 정도로 서사적 실험이 즉흥성을 띤다는 바
로 그 점은 오히려 실험이 단순히 무작위적으로 수행되는 것이 아님을
말해준다. 소설이라는 장르의 통념에 대한 배수아의 저항도 '계산된 즉
흥성'이 나온다는 것이다. 하지만 이 형용모순적 서사실험들도 분별해서
볼 필요가 있다.

일단 네 편의 '소설' 중에서 이야기(story) 중심의 기존 서사에 부합하
는 텍스트는『독학자』정도다.『일요일 스키야키 식당』에는 주인공이랄
만한 인물은 물론, 일직선으로 전개되는 줄거리도 없다. 등장인물들이

조각보 같은 서사에 연속적으로 배치되는지라 이야기의 필요에 따라 사라지거나 등장한다. 기승전결식 소설구조에 관한 통념만 버린다면, 영화의 교차편집 효과가 그러하듯이 나름으로 연쇄적 내러티브가 정연하게 작동한다는 사실을 어렵지 않게 확인할 수 있다. 하지만 사건 중심의 이야기에 익숙한 독자라면 그것조차도 부담스럽게 느낄 법도 하다. 그로 인해 독자층이 제한될——배수아 자신은 오히려 반기기까지 하는 듯한——위험이 커질 수도 있을 것이다.

실제로 어느 사실주의 소설 못지않은 핍진성을 띠기는 하지만 정작 그 서사의 주인공은 독자가 으레 기대하는 인물이 아니다. 오히려 각각의 등장인물들이 얽히고설키는 과정에서 각양각색으로 내면화한 형태로 나타나는 '가난'이 주역이라고 해야 할 듯하다. 마치 담쟁이덩굴이 서로를 휘감으면서 뻗어나가는 듯한 서사의 중심에 가난이 있는 것이다. 게다가 가난에 대한 작가의 태도는 시종 공격적인 물음의 성격을 띠기 때문에 뭔가 위안을 기대하는 독자들이 편하게 읽을 여지는 상대적으로 적어진다. 그 공격적 물음은 인간의 물질적 조건에 대한 재현을 당연히 포함하지만, 그 심층에는 중하층계급으로 몰락하거나 몰락의 위기를 느끼는 돈경숙, 표현정, 진주 같은 인물들의 정신적 궁핍이 더 크게 자리잡고 있다. 궁극적으로 작품이 겨누는 것은——이것도 물질적 삶의 궁핍과 분리하여 생각하기 힘들겠고, 실제로 그런 궁핍에서 연유하기도 하는——인간(성) 자체의 빈곤이다. 그런 빈곤을 타개하는 어떤 능동적 주체는 설정되어 있지 않다. 그보다 서사의 촛점은 '공식역사'의 선전에 넘어간 인간들의 허위의식에 맞춰진다.

그 허위의식은 주로 80년대 지식인운동권에서 특정한 유형의 인간을 대변하는 백두연을 통해 드러난다. 작가의 결론은 일견 명백하다. 즉 20세기 한국사를 그토록 사로잡은 역사적 가난의 필연성, "가난한 나라가 전쟁을 겪고 (…) 가난과 저개발에서 헤어나오기 위해서"(『일요일 스키야키 식당』 284면) 모진 고생을 했으며 그 과정에서 치른 희생은 어쩔 수 없었다는 식의 '공식역사'의 논리를 거부하고 그런 역사에 무참하게 짓밟힌 인간에게 자신의 목소리를 돌려주는 것이다.

　왜 백두연은 공허한 웅변으로 결코 자랑스럽지도 않을 그를 자신과 같은 역사의 무리 안으로 몰아넣으려는 것일까. 운이 좋았다고? 무엇이 한국의 역사고 유산이란 말인가? 그들은 공통점이 없었다. 그들은 한시도 같은 '역사' 안에 머물렀던 적이 없고 앞으로도 그럴 것이다. 고아와 고아 아닌 자, 사생아와 사생아 아닌 자, 일그러진 자와 그렇지 않은 자. 그는 죽는 날까지 최후의 있는 힘을 다해서 냉소할 것이다. 그는 일생 동안 한국인도 뭣도 아니었다. 오직 무참히 짓밟힌 인간, 그것일 뿐. (『일요일 스키야키 식당』 289~90면)

백두연을 풍자하면서 전당포 주인을 옹호하는 듯한 이 결말 자체는 어떤 해답도 제시하지 않으면서 끝난다.

　사실상 '공식역사'와의 결별을 선언한 것이나 다름없는 이런 결말에 이어지는 작품이 『에세이스트의 책상』이다. 배수아가 지금까지 써낸 것들 중에서 가장 정교하면서도 열정적인 사색으로서의—모더니즘이든 리얼리즘이든 20세기의 그 어떤 한국소설의 실험에 못지않은—서사라고 판단된다. 고전음악에 대한 성찰만 하더라도 그 자체로 이야기의 유기적인 일부로서 음악비평의 훌륭한 예가 아닌가 싶다. 『에세이스트의 책상』에는 『일요일 스키야키 식당』과는 달리 주인공이라고 할 만한 인물이 등장하기는 한다. 하지만 독자가 기대할 법한 기승전결 구도는 플롯의 정교한 조정과 사건들의 재배치를 통해 해체·복원된다. 그 과정에서 동성애의 형성과 좌절이 점층적으로 강렬하게 부각된다. 그렇다면 이런 이야기가 '역사적 주체 형성'과는 대체 어떤 연관이 있다는 것인가.

배수아가 목적의식적인 냄새가 나는 이런 물음을 얼마나 달가워할지
는 모를 일이다. 어쨌든 그런 주체의 형성에 관한 한 작가는 『창작과비
평』의 지면에서조차 부정적인 평가를 면치 못하는 듯하다. 분단체제 극
복을 위한 문학이라는 대의를 염두에 둘수록 개별 작가를 두고 모더니스
트냐 리얼리스트냐를 따지는 논법이 얼마나 창의적일 수 있을까도 새삼
생각해보게 되지만, 주체문제에서도 중요한 것은 양자택일식 판단을 피
하는 일이 아닐까 싶다. 게다가 배수아는 상업주의에 함몰한 몰개성적
대중과의 대척점에 서서 개인의 개인다움과 고독을 예찬한다는 점에서
는 (통상적인) 모더니스트의 한 전형이지만, 인간의식에 삼투되는 즉물
적 현실을 집요하게 파헤친다는 점에서 여느 리얼리스트 못지않은 작가
이기도 하다. 이런 창작자에게 주체문제에 대한 어떤 확답을 기대하기는
어렵지 않을까.
　그러나 가령 이런 개인은 어떤가?

　예쁘고 아기자기하게 보이기 위해서 지나치다 싶게 연출된 화면,
그런가 하면 감정을 최대한 드러낸 얼굴을 일그러뜨리고 열연하는 배
우, 극장을 가득 채운 사람들의 그림자들, 시작과 종말로 연결되는 이
야기의 일관된 흐름, 상투적이고 통속적인 시간들, 문자와는 너무도
다른 화면의 세계, 마지막 한 점까지 그대로 다 드러내 보이며 소모를
목적으로 만들어진 것들, 더 많은 사람, 더 많은 사람, 더 많은 사람의
마음에 들기 위해 노골적인 추파를 던지는 것들, 궁극적으로 군중의
마인드를 생산하고 동시에 철저히 그것에 의해서 만들어지며 단지 그
것에 의해서 살아가는 것들. 나는 군중의 한 명으로 앉아, 예전에는 나
에게 어떠한 무리도 없이 스며들어 나를 통과하고 그대로 흔적 없이
사라져주었던 모든 것들이 마치 거리의 낯모르는 사람이 나에게 던지
는 오물처럼 불쾌하게 느껴지는 것에 대해서 납득할 수 있게 스스로에

게 설명하려고 노력하고 있었다. (『에세이스트의 책상』 148~49면)

통속영화로 대변되는 소비문화에 대한 '나'의 불쾌감을 고급문학주의자의 상투적인 반응으로 단정할 일은 아니다. "그런 것들은 원래 통속적인 거라구요, 당신의 표현대로라면. 통속적인 것을 보러 와서, 그것이 통속적이라고 불평한다면, 이상하지 않나요?"라는(『에세이스트의 책상』 150면) 수미의 상식적인 반박도 고려해보아야 한다. 뿐만 아니라 '나의 그런 불쾌감'에 결코 동의하지 않을, 정신적 사색에 몰입하기에는 너무도 직접적으로 생활세계를 체험한 요하임의 반론도 무시 못할 설득력을 가진다. 그러나 이들의 반박과 반론이 아무리 현실적으로 설득력이 있다 하더라도 예전에는 그토록 자연스럽게 소비된 문화상품들이 지금은 말할 수 없이 불쾌하게 느껴지는 것을 자기 자신에게 납득할 수 있게 설명하려는——"그러나 그럴 수 없었다"고(『에세이스트의 책상』 149면) 고백하면서 "나는 고개를 돌리고 태양 아래서 일어나는 온갖 불의를 응시한다"는(『에세이스트의 책상』 149면) 구절을 되뇌는 '나'의 정신주의적 고립과는 분명히 구분되는——정신적 싸움만은 다른 차원에서 생각해야 한다.

　신자유주의가 대세를 이룬 오늘날 진정으로 요구되는 싸움이 있다면 이런 것이 아닐까? 온전한 주체 형성과도 직결되는 정신적 싸움은 궁극적으로 21세기 한반도에서 무수한 형태로 일어나는 생존투쟁과도 무관할 수 없을 것이다. 자본주의가 대체 어떻게 굴러가는 체제인가를 진지하게 생각해본 독자라면 "스스로에게 설명하려고 노력하"는(『에세이스트의 책상』 149면) '나'의 고민이 낯설지만은 않을 것이다. 그런 '나의 싸움'은 자본주의라는 '거대현실'에서 미시적인 성격을 띤다. 그것은 한편으로는 "날카로운 이빨을 가진 피라니아떼와 같"은 인간들에게, 다른 한편으로는 그런 인간들을 양성하는 제도로서의 학교에 대항하는 투쟁이기도 하다. "집단에의 복종"에 대한 항거가 저절로 개인을 개인답게 만드

는 것은 물론 아니다. 『에세이스트의 책상』의 화자처럼 군중문화에 발본
적인 의문을 품는 경우라 하더라도 제도(교육)에 부적응한 자가 개인의
고립을 찬미하면서 정신주의로 치달을 위험은 상존한다. 아니, 2000년
대 이전은 말할 것도 없고 이후의 작품에도 그런 경향은 농후하며, 그것
이 작가 개인의 결핍의식으로 인해 더 뒤틀린 방식으로 나타나기도 한
다. 그러나 『에세이스트의 책상』에서 벌어지는 '싸움'이 모든 도덕적 선
을 선점하는 것이 아님은 분명하다. 순수한 개인 대 타락한 군중으로 작
품을 예단하는 대신 『에세이스트의 책상』의 '나의 싸움'을 좀더 엄밀하
게 읽어야 하는 것도 그 때문이다.

　그런 맥락에서 기억할 점은 정신주의적 고립을 대변하는 인물이—
평자들이 흔히 단정하는 것처럼 '나'가 아니라—M이라는 사실이다. 한
마디로 말해 『에세이스트의 책상』은 M과 영혼이 일치하는 희열을 느낀
화자 '나'가 M과의 관계를 어떤 방식으로든 '정리'해나가는 이야기다.
단순히 "절대적인 순수 코기토"[7]를 향한 서사로 정리할 수 있는 사안이
아니라는 것이다. 게다가 M과의 결별과정에서 화자가 궁극적으로 묻는
것은 사랑이라는 감정도 아니다. 정신주의와는 너무도 먼, 이를테면 유
물론의 기본 중 기본에 해당하는 소유욕에 물음표가 붙어 있는 것이다.

　나를 깊게 관통했던 것은 소유욕이란 무엇일까, 하는 물음이었다.
그것은 어디에서 오며 과연 용납될 수 있는 것인가. (…) 그 모든 것들
을 한순간에 배반하고 파괴해버릴 만큼 그것은 정당한 것인가. 인간은

---

7) 김영찬 『비평극장의 유령들』, 창비 2006, 339면 참조. 김영찬은 『에세이스트의 책상』의 주
　체문제를 논하면서 배수아의 "탈주체화나 자기소멸이 역설적으로 차이의 강화를 통한 주체
　성의 부조화라는 나르씨시즘적 기획을 연출"한다고 비판한 바 있는데, 이는 배수아의 90년
　대 소설에 상대적으로 더 적중하는 진단이라고 생각한다. 기본적으로 2000년대의 작품, 특
　히 『에세이스트의 책상』은 바로 그런 기획에 대한 비판적 해부를 물음으로써 수행하는 양
　상이 여타 작품보다 치열하다고 평가하는 것이 온당하다.

왜 소유욕을 가지며 그것이 충족되지 못할 때 짐승처럼 분노하는 것일까. 그 분노가 수천 가지의 음 중에서 긴 시간 동안의 고뇌 끝에 얻어진 단 하나의 극치의 선율, 그 선율의 질서를 엉망으로 만들고 도저히 회복될 수 없을 정도로 짓밟고 모욕하며 천박한 표현으로 스스로를 저주하고 미친 닭처럼 제 살을 쥐어뜯는 추한 모습을 보이는 것을 왜 인간은 그대로 방관할 수밖에 없는가. 왜 인간은 그것에 대해서 아무것도 할 수 없는가. 소유욕은 어디에서 오는가. 왜 그것은 마음속의 긴 여정의 사색에서 얻은 모든 윤리적인 질문들을 침을 뱉고 조롱하는가. 그것을 통제하지 못한다면 과연 인간이 할 수 있는 일이란 무엇이란 말인가. (『에세이스트의 책상』 132~33면)

이런 물음 자체가 새롭달 수는 없다. 인간성 자체에 대한 이같은 회의적 반문도 근대가 열린 이후 거듭되어온 것이다. 그러나 정신주의의 극점을 지향하는 M이 에리히와 잠자리를 같이했다고 '나'에게 고백하면서 벌어지는 사태의 맥락을 진지하게 따라간 독자라면, 이것이 단순히 무엇을 더 갖고 덜 갖는 것에만 국한될 수 없는 문제임을 직감할 수 있다. 사랑이야말로 소유의 의미를 가장 근원적으로 심문할 수 있는 인간의 감정이거니와, 여기서도 되새겨야 할 점은 화자가——물음의 긴장이 풀어지면서 자칫하면 빠질 수 있는——어떤 해탈이나 초연이라는 관념으로 회귀하지 않는다는 사실이다. 자신이 한때 빠져든 사랑에 대해 치열하게 의문을 던지는 자의 모습은 군중의 소비문화로 표상되는 세계에 대한 철저한 저항의 다른 면모다. 그것은 참다운 개성과 개인다움의 파괴에 맞서는 몸짓과 별개일 수 없다. '근대'가 만약 황혼의 시간대에 들어섰다는 언설이 사실이라면, 그런 물음의 힘에 감화되는 개인을 떠나서 탈근대의 첫새벽을 열어나가는 역사적 주체를 대체 어디서 구할 수 있을 것인가.

4. 소설과 길 떠나는 존재

『에세이스트의 책상』에 이어 등장하는 『독학자』도 그런 물음의 자장을 크게 벗어나지 않는다. 1987년으로 짐작되는 시절을 배경으로 두 대학신입생 남자를 주인공으로 내세운 『독학자』가 핵심적으로 묻는 것도 소유와 탐닉으로서의 군중문화에서 초연한 개인의 정신적 독립과 자기교육의 가능성이기 때문이다. 독립과 교육의 의미를 묻는 작가의 자세는 변혁의 시대로 일컬어지는 80년대를 배경으로 삼으면서도 전혀 거리낌이 없다. 80년대 학생운동과 대학문화에 대한—자전적 체험을 짙게 반영한 것으로 보이는—작가의 회상은 부정적인 어조로 일관된다. 당시 예술계를 풍미한 사회주의리얼리즘에 대한 작가의 의식은 90년대 작품의 경향으로도 미루어 짐작할 수 있지만, 당대 학생운동이 대변하는 반체제운동은 마치 그 타도대상인 군부독재의 거울상처럼 제시된다. 폭력이 난무하는 가투(街鬪) 현장을 자학적·가학적으로 즐기는 군중들의 번들거리는 시선에 대한 작가의 고발에는 변혁운동에 대한 일방적 매도라는 혐의마저 걸 수 있을 듯하다.

대학에 와서 '권력의 단맛'을 발견한 김진호라는 특정 인물로 학생운동 전체를 치환하다시피 하는 묘사방식이나 "어쨌든 역겨운 독재가 양보"한(『독학자』 119면) 현실의 그늘만을 응시하는 듯한 어조에서는 확실히 비정치적 내지는 반정치적이라고 할 만한 태도가 감지된다. 작품이 과연 얼마나 균형감을 갖추고서 80년대 당대를 평가하고 있는가 의구심이 들 법도 하다. 다른 한편 80년대를 되돌아보는 작가의 정치의식에 균형감각이 모자란다면, 그것도 그 시대에 대한 독자 개인의 특정한 견해로 반박할 일은 아니라고 본다. 만약 진정으로 '역사의식'에 미달한다면 그것도 어떤 식으로든 작품에 반영될 수밖에 없을 테니 말이다.

　가령『까라마조프 가의 형제들』의 이반과 알료샤 논전을 응용한 듯한 '나'와 S 사이의 대화는 어떤가? 작가 자신도 그 논전에서 깊은 인상을 받았다고 고백한 바 있는데, 대조적인 개성의 두 대학신입생은 80년대 운동권문화에서 소외감을 느끼는 젊은이의 초상이라 할 만하다. 하지만 이들의 대화는 도스또예프스끼적 '찬반'(pro and con)의 변증법을 단순히 흉내낸 것에 불과하다. 말하자면 S는 '나'의 고뇌를 풀어가는 일종의 심리적 투사물에 가깝다는 것이다. 당대현실을 보는 화자의 불균형을 바로잡을 수 있는 맞상대라기보다는 나의 관점을 좀더 철저하게 관철하는 데 이용되는 도구적 인물이라는 느낌이다. 그렇기 때문에 김영승의「반성」이라는 시의 '해석'을 두고 두 인물이 소원해지는 과정이 독자에게 실감나게 와닿는 면도 있다. 그러나 전체적으로 보면 그것 역시 주인공인 나의 정신적 고뇌를 치장하는 장식으로 작용한다. 작품 말미에서 S가 화자에게 용서를 구하며 하는 말들도 다분히 연극적인데, 따라서 이 작품은 '에세이스트'와 M의 깊은 교감의 좌절을 절절하게 묘파한『에세이스트의 책상』에서 보이는 사유의 경지까지는 이르지 못한 한가지 사례에 불과하다.

　『독학자』의 그런 한계가 엄연하다는 사실을 적시한다면, 80년대 학생운동문화 전반을 비판하는 과정에서 드러나는 작가의 급진적 개인주의에 대해서는 달리 생각할 구석도 있다. 작품의 비판 자체는 90년대 내내 후일담 형식으로 80년대를 감상적으로 회고하던 상투적인 언사들과 판이하기 때문이다. 20세기 후반 한국사의 중대한 분수령인 1987년 6·10 민주항쟁 이후 작금의 상황을 민주주의가 상실된 민주화시대로 규정하고들 있지만 우리사회에 이른바 1987년체제의 교착상태가 구조적으로 지속되는 상황에 대한 배수아의 고뇌에는 어떤 사회학자들의 저작보다 값진 면도 있다.

나는 끊임없이 내 안에서 솟아오르는 질문을 피할 수 없었다. 그렇다면 과연 역사나 진보란 실제로 존재하는 것의 이름인가. 프롤레타리아나 민중이나 시민계급은 어떤 목적을 위해 고안된 유령에 불과할지 모른다는 내 의심은 과연 옳은가. 한 인간의 지성은 고립된 개인의 내면세계에서 조금이라도 외부로 작용할 수 있는 것인가, 그리하여 개개인의 개인들의 선한 의지가 과연 정치라는 집단작용에서 조금이라도 구현될 수 있을 것인가. 그리하여 만일 역사가 진보했다면, 그것이 맞다면, 새로운 시민들이 탄생했고 존재한다면, 그들은 과연 힘을 얻었는가, 억압받던 계층은 해방되었는가. 역사란 하나의 전체 구조에서 다른 이름을 가진 또 하나의 전체 구조로의 이동이 아닌가. 그들이 혁명의 이름으로 세례를 받았다 해도, 그 어떤 권력 앞에서도 개인은 여전히 무력하고 고독할 것이며 어쩌면, 앞으로는, 설사 다가올 선거에서 승리한다고 해도, 이제 정녕 거대한 폭력이 아주 다른 방향에서 새로운 모습으로 찾아올지도 모른다. 그리고 그것은 오직 개인들이 내면에서 외롭게 홀로 견뎌야만 하는 폭력이 될 것이다. (『독학자』 127~28면)

민주화가 애로를 통해서일망정 착실하게 진전되고 있다 하더라도 그에 역행하는——민주화과정 자체에서 파생한——사회의 온갖 병리적 현상이 반복·심화되는 현재 남한의 정치현실에서 이런 물음만큼 진보개념의 폐부를 찌르기도 어려울 것이다. 90년대의 무수한 후일담 가운데 이같은 물음들과 제대로 씨름한 작품이 얼마나 있을까. 이런 물음들을 앞에 둔 1965년생인 필자는 동년배인 배수아 역시 철저한 모더니즘 체질에도 불구하고 80년대 한국사회에서 감수성이 형성된 '한국인'임을 다시금 실감하게 된다.

80년대 민주화운동은 분명히 한국근대사의 자랑이지만 그 성공이 드리운 음습한 그늘을 냉정하게 비추는 이 물음은 성찰하는 독자의 마음을 움직이는 '힘' 그 자체이다. 그 물음에 묻어 있을 수밖에 없는 회의주의 가 문제는 아니라는 것이다. 그보다는 화자인 '나'의 배움이 어디로 뻗어 있는가를 묻는 것이 중요하다. 제도로서의 학교에 관한 한 작가는 철저 히 비타협적이다. 그런 비타협성이 배움에 대한 강렬한 열망에서 나온다 는 사실도 독자는 놓칠 수 없는 것이다. 가령 국민학교 시절에 '나'에게 가해진 억압과 그로부터의 탈피욕구를 섬세하게 그려낸 작품의 3장은 그 자체로 강압적 규율로 관철되는 사회화를 거부하는 '빌둥'(Bildung) 의 도정에 값한다. "풀잎에서 나무"로 성장하는 화자의 기록은 '문제적 개인'의 내면적 투쟁들로 채워진다. 그가 최종적으로 지향하는 듯한 목 표, 즉 '얽매어 있지 않음'(Unabhängigkeit)으로서의 자유조차 급진적 개인주의의 덫을 완전히 피해갔다고 할 수는 없지만, 근대세계에서 참 다운 개인상을 희구하는 시민이라면 그런 투쟁을 외면할 수는 없으리라 본다.

그러나 그 싸움은 지루하게 반복되는 쟁점을 다시 제기한다. 즉 서구 적 개인주의와 아슬아슬하게 잇닿은 정신적 자족의 추구가 과연 어떤 종 류의 배움과 연대로 이어질 것인가? 개인의 얽매어 있지 않음과 자발적 연대를 논하기 위해 우리는 이런 물음 자체를 버려야 할 것인가? 인간의 '존재'를 옥죄는 온갖 허위의식에서 벗어나는 데 성 안토니우스와 비트 겐쉬타인이 대변하는 초월적 삶 외에 다른 지표는 없는가? 물음을 포기 할 수는 없다. 주체의 자족성을 기반으로 한 연대의 추구가 현대 한국작 가에게 얼마나 어려운 과제인가는 곧이어 나온 『당나귀들』의 '실패'에 서도 다시금 확인되기 때문이다.

이는 단순히 소설형식을 두고 하는 말이 아니다. 그것은 곧 사유의 실 패이기도 하다. 모두 여덟 장으로 나뉜 『당나귀들』은 소설형식에 관한 한 앞선 그 어떤 작품보다도 과격하다. 장르를 불문한 수많은 예술가의 작품에 대한 독후감, 작가의 특정한 일상적 인상, 몽상, 회상, 일기 등을 거의 아무런 논리적 연관 없이 뒤섞어놓는다. 여기에는 앞선 '소설'들에서 그나마 짚어낼 수 있는 주제조차 명료하지 않다. 반복되는 주제음이—가령 슬픔의 모티프 같은 것이—들려오기는 하지만, 그것이 서사들을 통합하거나 분산하는 것도 아니다. 그럼에도 전혀 소설로 보이지 않을 법한 『당나귀들』이 확실한 서사적 사건을 담은 여느 텍스트 이상으로 소설적 실감을 안겨주는 것은 정녕 흥미로운 현상이다. 이 장편이 에쎄이냐 소설이냐를 따지는 것은 말 낭비라는 것이다.

『당나귀들』에서 가장 인상에 남는 것은, 작가가 자신이 만난 현실을—그런 현실에 대한 자신의 반응을—열정적으로 성찰하면서 튀어나오는 '파편들'이다. 유럽 중심부 지식인의 눈에 비친 반주변부 남한의 온갖 부조리한 혼돈들도 쉽게 잊을 수 없지만, 미움의 근원을 거슬러올라가면서 화자가 떠올린 각양각색의 분노들, 그런 감정을 잉태한 역사적 현실에 대한 성찰은 그 자체로 한편의 강렬한 단편처럼 읽힌다. "예수를 '나자렛의 썩은 생선'이라고 표현한"(『당나귀들』 193면) 네덜란드의 영화감독이자 칼럼니스트인 테오 반 고흐의 비참한 최후에 관한 에피쏘드부터가 그렇다. 유럽사회의 뿌리깊은 인종적·종교적 갈등을 환기하는 이 이야기는 작가의 다른 체험으로 연결된다. 내려줘야 할 곳에 승객인 '나'를 내려주지 못한 상황에서 운전사가 엉뚱하게도 '나'에게 맹목적인 분노를 퍼부어댄 사건은 인간이 인간에게 품는 미움과 분노의 근원을 캐묻는 계기가 된다. 운전사의 분노를 전혀 느낄 수 없는 '나'는 이번에는 정반대로 나와는 무관하게 보이는 일상에서 격렬한 적개심을 느끼게 된다. '나'는 독일 TV에서 느닷없이 흘러나오는 한국말에 집중한다. "그런데 왜 그런 상황에서 아이를 낳으셨나요"라는(『당나귀들』 203면) 질문 자체를 이해하지 못하는 한 한국 남자가 화면을 채운다. 프랑스로 입양된 자기 아이에 대해 아무런 의식이 없는 그 아버지에 대한 '나'의 분노는 '윤리'에 무지한 인간을 미워할 수밖에 없는 자의 윤리적 감수성을 말해준다.

　　그런 감수성이기에 개인의 사적 감정영역을 자연스럽게 역사의 현실을 향해 열어놓는다. 지금은 사라진 비아프라공화국에서 자행된 학살에 대한 증언은 앞선 일화들과 연속성을 띠는 것이다. 1969년 6월, "학살 앞에서 태연하게 일상을 유지하는, 가까운 사람들의 냉혹함과 둔감함을 도저히 견디지 못"하고(『당나귀들』 267면) 빠리의 영국대사관 앞에서 분신한 소년 장의 형언할 수 없는 비애를 읽는 우리는, 한 작가의 섬세하고도 열정적인 감수성이 어떤 방식으로 국가적·인종적·성적 경계를 넘어서는가를 실감할 수 있다. 그렇다면 이같은 파편적 몽상들이 과연 약분불가한 개인들의 연대에 어떤 힘을 실어주는가? 이 물음에 대해서도 확실한 해답을 기대하기 어렵겠지만, 작가가 작품의 마지막 장 「내 어깨 위의 검은 새」에서 시도하는 '소설적 결말'은 적이 실망스럽다. 삶의 윤리에 관한 강렬한 단상들이 파편처럼 흩어지는 와중에 작가의 상념과 서사가 따로 놀기 때문만이 아니다. 『당나귀들』의 무수한 에피쏘드들이 단순히 어떤 완결된 서사로 모아지지 않았다기보다는 후반부에 나오는 소설적 형식의 이야기가 유럽에서 작가가 겪고 느낀 체험적 생활을 진솔하게 기록한 성찰의 강렬함에 비하면 너무나 안이한 '소설의 형식'을 띠고 있는 탓이다.

5. 결어를 대신하여

　　예술작품에서 어떤 고정된 역사적 주체를 연역하거나 귀납하려는 시도는 처음부터 속류 사회학의 도식으로 떨어질 위험이 있지만, 작품을 온전히 향유할 수 있는 대중에 대한 성찰을 포기할 수는 없다. 성과 인종, 계급이 혼돈스럽게 상호작용하는 세계화시대에 각성한 개인들로 구성되는 집단을 제쳐놓고 연대를 모색하려는 문학적 사업의 한계는 명백한 것이다. 반면에 분단의 멍에를 벗으려는 한반도의 사정은 또 다르다. 천신만고 끝에 그런 악순환에서 벗어날 수 있는 각성한 개인들의 집단이 우리 시민사회에서 어느정도 대안세력으로 자리잡지 않았는가. 이런 상황일수록 '민중'이라는 말을 함부로 부려서도 안되겠지만 그렇다고 실재하는 그런 집단적 실체를 외면하고 주체의 문제를 해명할 수는 없을 것이다. 그것은 민족모순과 계급모순이 무수한 관념적 악순환을 낳은 20세기 한국의 근대사가 주는 교훈이기도 하다. 이렇게 본다면 '주체 없는 개체화(個體化)'[8]를 내세우는 서구 철학자의 논리가 아무리 매력적으로 들려도 전면적으로 수용할 수는 없겠다.

그런 맥락에서 지금까지 배수아가 써낸 작품에서 어떤 확고한 주체상(主體像)을 바라기보다는, 개인의 개인다움을 견인적으로 추구하는 그의 서사가 인간적 연대를 지금까지와는 다른 방식으로 상상케 한다는 사실 자체가 중요한지도 모른다. 개인의 독립과 개인다움을 향한 그의 '소승적 추구'가 1987년체제가 남긴 반민주주의적 유산을 청산하는 작업과 무관할 수 없다고 판단하는 근거가 거기에 있다. 그렇다면 자주파든 수평파든 아니면 중도파든 이들이 내거는 이념적 깃발 자체가 개인의 절실한 꿈과 희망을 대신할 수 없음도 더 강조할 필요가 있겠다. 또한 그럴수록 문학에서 역사적 주체라는 것도 우리 주변에서부터 찾아나설 일이다. 거창한 화두를 굴린 것치고는 너무 평범한 결론이겠지만, 시장에서 자기의 문학적 '자식들'이 한낱 오락의 소모품으로 전락하지 않도록 하는 작가와 그런 작가에 공감할 줄 아는 독자들이야말로 역사적 주체들에 값하는 존재일 수 있는 것이다. 배수아의 창작 여정이 공감하는 독자들과 함께하는 길이 될 수 있기를.

8) 이에 대해서는 특히 Gilles Deuleuze and Claire Parnet, *Dialogues II*, Joseph Hughes, tr., Columbia UP 2002에 실린 "On the Superiority of Anglo-American Literature" 참조.

감수성과 비평적 판단

1

평단에서 미학, 미학적이라는 말은 흔히 쓰이지만 나 자신은 평문에서
사용한 적이 거의 없다. 서양문명의 기원이라는 고대 그리스로 거슬러올
라가면 미는 선과 함께 한 단어로 포괄되었거니와, 역사도 일천한 근대
의 일개 분과학문이 미를 인간의 다른 절실한 관심사, 즉 진(眞)이나 선
(善)의 문제와 떼어놓았다는 인상을 강하게 준다면 이 용어를 선호할 까
닭이 없다. 그렇게 분리된 역사가 더욱 깊어져 서구문학에서는 "예술가
의 윤리적 공감은 스타일의 용서할 수 없는 매너리즘"[1]이라는 언명이
나오기도 한 것이다. 반면에 아름다움이라 하더라도 꽃과 같은 '자연'을
완상(玩賞)하는 행위는 '작품의 미'를 인식·이해하는 것과 완전히 같을
수는 없다. 오스카 와일드의 잠언을 다시 인용하자면, "아름다운 것들에

---

1) Oscar Wilde, "The Preface," *The Picture of Dorian Gray*, 1890; Modern Library 2004,
   xxiv면.

서 아름다운 의미를 발견하는 이는 교양인"[2]인바, 그 발견도 수용자의
적극적인 노력을 요구한다는 점에서 미에 '배울 학' 자를 붙이는 근거는
있는 셈이다.

그러나 미학이 불러일으키는 그런 양면성을 곰곰이 생각해보면, 문제
가 미학을 어떻게 개념적으로 정의할 것인가에 있는 것은 아닐 듯하다.
예술의 아름다움이 인간적 진실이나 선과 분리될 수 없음을 작품을 통해
'느끼며 받아들이는' 인문적 수련 자체가 역시 관건이기 때문이다.

어떤 것을 '느끼며 받아들이는' 인간의 성정을 흔히 감수성(感受性)이
라고 한다. 엘리어트(T. S. Eliot) 같은 시인은 17세기 영시(英詩)에 드러
난 인간오감의 상호작용 양상을 '감수성의 분열'이라는 명제를 통해 논
한 바 있지만, 현대과학이 두뇌의 작동요인들을 제아무리 정밀하게 밝혀
낸다 해도 만물을 지각하고 수용하는 감수성의 특성을 일률적으로 규정
하기는 어려울 것이다. 시시각각 변하는 인간의 마음작용과 뗄 수 없는
감수성은 외부에 덩그러니 놓인 과학의 탐구대상과 다를 수밖에 없다.
이는 독자들이 저마다 느끼는 실감의 편차만 봐도 분명하다. 성장배경은
말할 것도 없이, '성'(sex/gender)에 따라서도 작품을 읽는 시각이 천차
만별일 수밖에 없는 독서과정에서 단일한 감수성을 상정할 수 있을까?
연륜과 교육정도까지 개입되면, 모든 이가 공유하는 감수성이라는 것은
차라리 해체되어 마땅한 허구이다.

바로 그래서 영국의 비평가 레이먼드 윌리엄즈(Raymond Williams)
가 '허구'로서의 감수성 또는 정서의 구조를 과학적으로 규명하겠다고
나섰지만, 무릇 인간의 모든 창조행위와 마찬가지로 마음에 깃든 감수성
도 증명을 기다리는 어떤 실체라기보다는 인간 고유의 사회적 창조행위
가 발현되는 하나의 '현상'이다. 그런 감수성은 눈에 보이지도 않으니

---

2) 같은 책 xxiii면.

174

'실천'으로 실증적 검증을 (그나마 불완전하게) 할 수밖에 없다는 말이다. 그렇다면 인간의 사유와 오감이 최고도로 집적된 결과물이라고들 하는 '작품'을 문학비평에서 어떻게 객관적으로 논할 수 있다는 말인가? 관찰자가 연구대상으로부터 완전히 절연되어 관찰을 수행할 수 없다는 사실을 현대물리학도 폭넓게 인정하고 있다면, 비평의 객관성도 과학적인 방식으로 탐구해볼 만하겠다.

2

　"우리의 판단은 시계와 같아서 어느 것도/똑같이 가지는 않지만, 각자는 자기의 판단을 믿는다."[3]——문학작품을 다루는 비평에서 객관성도 바로 그런 각자의 판단에서 출발한다는 사실을 부정할 수는 없다고 본다. 그러나 일체의 판단행위가 일종의 이데올로기적 환상이라는 해체주의의 주장은 성격이 다른 문제이다. 요즘 영미는 물론이고 우리 학계에서도 비평적 가치판단에 개입하는 이데올로기만을 외곬으로 파헤치면서 정전(=고전)의 상대성을 주장하는 논자들이 득세하고 있지만, 모든 가치평가의 상대성을 고집하는 이들의 상대주의 자체가 비판적 성찰의 대상이다. 그런 의미에서 일단 기억할 것은 본질주의 비판의 역설이다. 즉 본질주의 비판이 극단으로 치달을수록 그런 비판 자체가 본질주의를 닮는 역설을 비평행위에서도 유념해야 한다는 것이다.[4]
　사실 극단적인 주관주의와 상통하는 그런 주장을 내놓고 옹호하는 비

---

3) "Tis with our judgments as our watches, none/Go just alike, yet each believes his own." Alexander Pope, "Essay on Criticism," 1부 9~10행.
4) 이에 대한 섬세한 분석은 Diana Fuss, *Essentially Speaking: Feminism, Nature & Difference*, London: Routledge 1990, 특히 1장 참고.

평가는 드물다. 자연과학이 상정하는 외적 기준 같은 것이 없는 데는 읽는이의 주관성이 개입될 수밖에 없지만, 상식적으로도 독자의 판단이 순전히 그 개인 하나만의 것으로 치부할 수는 없기 때문이다. 작품에 관한 객관성의 문제가 독자나 비평가의 관심사만이 아니라는 점에서도 그러하다. 자기가 쓴 작품에 대해 정당한 확신을 가진 창작자일수록 그것이 정확히 어떻게 읽히고 향유되는지 궁금해하지 않을 수 없다. 가령 자기의 작품에 대해 퍼부어진 폭력적인 비평에 항변하면서 신경숙은 다음과 같이 말한다. "일곱 사람이 읽으면 일곱 명이 모두 각기 다른 방식으로 그 작품을 받아들이는 것이 좋은 작품이라고 생각하며 읽는 사람의 가슴속의 파장이 그 작품을 완성시키는 것이지 작가가 끝을 내줄 수는 없다."[5]

칠인칠색(七人七色)으로 읽기를 가능하게 하는 작품이 좋은 것이라는 말은 건강한 상식에 속한다. 읽는이의 가슴속 파장이 작품을 완성한다는 말도 비평가라면 진중하게 되새겨봄직하다. 반면에 주의해야 할 점은, 일곱 독자들이 제각각 읽는다고 해서 작품을 아무렇게나 해석해도 되는 것은 아니라는 사실이다. 바로 그렇게 때문에 독자는 가슴속 파장이 아무리 커도 그것을 자기만의 것으로 단정할 수 없다. 그보다는 그런 파장이 없이는 비평의 객관성이라는 것도 '살아 있는 것'에서 추출한 데이터들을 가치중립적인 태도로 분석하는 과학주의적 해석행위와 다를 바 없음을 다각도로 새겨야 할 것이다.

다른 한편 신경숙의 말처럼 '가슴속 파장'이 그토록 중요하다면, '나'와 유사하게 느낀 다수의 독자와 교감을 나누면서 독서문화를 선도해야 하는 비평가의 역할은 막중할 수밖에 없다. 7인 몫의 읽기를 최대한 수

---

5) 신경숙·임규찬 대담 「상징과 은유, 부재하는 것을 향한 주술」, 『문학과사회』 1999년 여름호, 725면.

176

행하는 독자이면서도 그 가슴속 파장을 창작자와는 구분되는 또 하나의 작가로서 다른 독자에게 전달해야 하는 과제를 안고 있는 것이다. 따라서 7인의 독자 가운데 단지 1인 몫의 읽기에 결코 안주할 수 없는 비평가는 극도로 예민하고도 포괄적인 존재가 되어야 함은 더 말할 것 없다. 그런데 우리의 지식풍토에서 그것이 얼마나 어려운 일인가는 온갖 형태로 난무하는 (서양) 문학이론들이 절감케 하기도 한다. 작품의 이해를 돕는 방편에 지나지 않는 이론들이 마치 물신(物神)처럼 비평가들을 부리면서 상식적인 독서를 가로막고 온당한 판단을 저해하는 역설은 우리 평단에서는 너무도 흔하다.

현재 국내 평단의 풍토는 비평가들의 전문적인 훈련은 말할 것도 없이 일반독자와 비평가 사이, 작가와 비평가 사이의 창조적 협업 자체가 거의 불가능한 지경에 처한 것 같다. 많은 문학지식인들이 걸핏하면 문학의 위기, 나아가 '종언'을 들먹이면서 실질적으로는 상업주의적인 판촉활동과 다름없는 평문들을 양산하는 것 자체가 독서계의 빈곤을 반영하는 증좌다. 그렇다면 두 문화의 '이혼', 즉 인문과학과 자연과학의 분리가 더 심해지고 전자 특유의 현실인식이 반(反)과학으로 오인되기 일쑤인 문화현장에서 삶의 모든 영역으로 열려 있는 문학 고유의 위상을 역설할 때, 우리 당대의 창작물은 과연 어떤 보증을 서줄 수 있는가? 온갖 반자연적 소비행태에 '문화'라는 꼬리표를 달아줌으로써 유례를 찾기 힘들게 된 사이비 다원주의와 획일적 개성을 조장한 지구화시대를 온전히 살아가는 데 힘이 되어주는 작가들은 누구인가? 창의적인 사유와 실천은 '반시대성'을 어느정도는 띨 수밖에 없지만, 그같은 반시대성을 삶의 대승적 긍정과 결합한 작품은 또 얼마나 되는가?

알다시피 20세기의 마지막 10년 동안 문학의 저널리즘화 내지는 상업화를 비판하는 목소리들이 어느 때 못지않게 드높았다. 지금 문학의 위세가 그 시절만 못한 것을 실없이 높기만 하던 그때의 목청 탓으로 돌릴 수는 없겠지만, 비평의——만약 그런 것이 있다면——정도(正道)에 이르는 물음들은 더욱 절실히 요구된다. 당시에는 비판의 열띤 육성만이 아니라 문학권력에 대한 분석과 논쟁도 활발했다. 하지만 그런만큼 작품의 실제 성취와 한계를 비평 본연의 판단으로 가려주고 인식의 지평을 넓히는 풍토가 과연 얼마나 건설적으로 조성되었다고 자신할 수 있을까? 그러기는커녕 문학권력논쟁이나 표절시비가 역설적으로 보여주듯이, 비평의 파당주의는 더 극심해지고 비평가들은 그들대로 문단의 특정분파가 후원하는 작품을 선전하는 쎄일즈사원 노릇이나 하지 않았는가. 그 와중에 적잖은 창작자들도 덩달아 시대의 대세를 추수하는 문화기획자로 변신하지 않았던가. "순수 문학과 통속 문학의 경계를 요리조리 넘나들고, 한국 문단이라는 똥통 위를 솜씨 좋게 날아다니며 재주를 부리는 몇몇 똥파리 같은 인기 작가가 아니라면 정말 살아 남기 힘든"[6] 시대를 신랄하게 자조한 한 작가의 푸념이 진실을 담고 있다면, 온갖 말치레로 선전해대는 우리당대 신예들의 현란한 감수성들도 다시 생각해봐야 한다는 것이다.

반면에 그 작가의 푸념이 부분적으로만 타당함을 말해주는 작품들은 실제로 적지 않다. 소설분야에서도 극히 일부에 불과하지만, 1990년에 나온 장정일의 『아담이 눈 뜰 때』만 해도 순수와 통속 어느 쪽에도 속할 수 없는 문화적·계급적 소수자의 암담한 현실과 절실한 희망을 그려냈다. 또 사실주의의 관성적 틀을 깨면서 모더니즘의 상투적 탐미주의 및 염세주의의 세계를 탈피하는 단계로 나아간 신경숙의 『외딴 방』(1995)은 이미 여러 평자들이 1990년대를 대표하는 작품의 하나로 손꼽았다. 그런가 하면 노년생활의 편린들을 통해 사회의 각박한 풍속을 날카롭게 해부한 박완서의 『너무도 쓸쓸한 당신』(1998)은 문학성과 대중성이 무리없

---

6) 심상대 「문학을 향해 쏴라」, 『늑대와의 인터뷰』, 솔 1999, 51면.

이 결합한 소설집이다. 또한 상업주의작가로 살아간 지난 세월을 고통스
럽게 되돌아보면서 새로운 문학의 결의를 다지는 박범신의 『흰소가 끄
는 수레』(1997)도 작품을 상품으로 규정하는 데 거의 아무런 유보도 달지
않는 작금의 문학풍토에 일침을 가한 바 있다. 이런 작품들 외에 세기말
에 완간된 최명희의 『혼불』(1981~96)과 박경리의 『토지』(1969~94)도 너
나없이 외치던 참된 실험정신과 문학의 진정성을 실감케 한 것이다.

    3

　이런 작품들을 대중독자가 향유하기 위해서는 감수성의 훈련이 기본
일 터이다. 감수성이 가시적 실체라기보다는 느껴지는 '무엇'이고 그에
대한 판단에도 '그 보이지 않는 무엇'에 대한 '훈련된 직관'이 필수적이
라면, 눈에 확 띄는 세 작가의 단편 첫머리에서 논의를 본격적으로 시작
해보는 것도 좋을 듯하다.

　바람이 분다. 바람이 분다. 바람이 분다. 바람이 분다. 바람이 분다.
다섯 번 되뇌고 하늘을 본다. 컴퓨터를 켠다. 컴퓨터를 끈다. 컴퓨터를
켠다. 컴퓨터를 끈다. 시간이 흐른다.
　시간은 흐르다. 시간이 흐른다. 시간은 흐른다. 한 여자를 잊지 못
하고 있다. 게임을 한다. 게임이 한다. 게임을 한다. 게임과 한다. 게임
을 한다. 시간이 가지 않는다. 시간이 가지 않는다. 시간은 가지 않는
다. 불을 끈다. 이제 그녀의 얼굴이 보인다.
　그녀가 온다. 머리를 짧게 자른 그녀가 온다. 치렁한 흑갈색 원피스
에 머리를 짧게 자른 그녀가 온다. 한때 나를 미치게 했던 치렁한 흙갈
색 원피스에 머리를 짧게 잘라 더 고혹스러워진, 그녀가 온다. (김영하

「바람이 분다」, 『엘리베이터에 낀 그 남자는 어떻게 되었나』, 문학과지성사 1999)

헝겊 인형이 춤춘다. 뜨거운 후라이팬 위의 콩과 기름처럼. 달콤한 향수, 샐러드 기름에 튀긴 당근의 냄새. 오랫동안 닫혀진 채 어둡고 낡은 방. 창으로 스며든 새벽의 빛과 싸늘한 바람. 한낮이 되면 방은 찌는 듯이 더워지고 의자에 앉은 채 오랫동안 잠들어 있는 남자의 손톱이 푸르고 방 밖에서 누군가가 벨을 울리다가 사라져간다. 빛이 충분하지 않은 방 화분의 붉은 꽃 식물은 물이 그립다. 창밖으로는 비가 적막하게 내리는 밤도 있었다. 검은 얼룩이 유리창에 번져가고 영원히 끝날 것 같지 않은 밤. 검은 블라인드가 내려진 낮은 어둡고 끝없는 비가 오는 밤은 더욱 어둡다. (배수아 「바람인형」, 『바람인형』, 문학과지성사 1996)

그 여름 어머니는 중풍으로 3년째 자리보전을 하고 있었다. 네 번째 바뀐 간병인이 대소변을 제때 치워주지 않아 욕창이 심해졌다. 쉬파리까지 달라붙었다. 그는 어머니에게 그녀를 인사시키는 일을 망설일 수밖에 없었다. 그리고 그런 어머니를 보자마자 그녀의 눈에 맺히는 눈물을 본 순간 그녀와 결혼하기로 결심하지 않을 수 없었다. 그녀의 눈물은 물방울 다이아몬드처럼 그의 심장에 간직되었다.

결혼 후 그녀는 형제들이 나눠 내는 어머니 약값을 부치며 불평을 터뜨리곤 했다. 이렇게 나가는 돈이 많아서 어느 세월에 집을 사. 그녀의 눈은 파충류처럼 차가웠다. 보석 같은 눈물이 굴러 떨어졌던 눈이라고는 믿어지지 않았다. 그는 그녀가 그 사이 눈을 빼고 의안을 박아넣었는지 물어보고 싶었다. (은희경 「짐작과는 다른 일들」, 『타인에게 말걸기』, 문학동네 1996, 137~38면)

이런 인용대목들을 읽는 독자들의 실감도 전적으로 일치할 수는 없을 것이다. 일단 '나의 인상'에서 출발한다면, '물기'가 싹 빠진 건조한 도시정서의 산물임에 틀림없는 김영하의 문장에서는 반복효과의 야릇함이 두드러진다. 주격조사와 목적격조사를 교묘하게 부리면서 치밀하게 문체적 변주를 구사한다. 이런 변주는 「바람이 분다」에 국한되는 것은 아닌데, 실제로 『아랑은 왜』(문학과지성사 2001) 같은 장편에서는 서사를 구성하는 이야기요소들을 자유자재로 주무르고 배치하는 기술로 확대되기도 한다. 문장은 바람과 시간의 무미건조한 흐름을 환기하는 데 촛점이 맞춰져 있지만, 그 효과는 궁극적으로 화자를 미치게 했던 한 여성의 고혹스러운 매력을 부각하는 데 발휘된다. 「바람이 분다」를 다 읽어보면, '바람'같이 가벼운 삶의 허무와 시간의 공허감이 독자의 뇌리에 짙게 남는다. 이 작품은 컴퓨터를 매개로 한 인간관계를 이어가는 청춘의 즉물적 몰입을 감정이입 없이 경쾌하게 다룬 단편인데, 이처럼 허망하도록 가벼운 필력은 소설집 『오빠가 돌아왔다』(창비 2004)에서도 유감없이 발휘된다.

다른 한편 오정희(吳貞姬)가 다양하게 묘파한 소녀의 유폐의식 및 어두운 관념세계와 닮은 배수아의 서두에서는 기억의 강렬한 파편들이 어지럽게 병치된다. 마치 일상인이 거하는 실제공간을 작가의 관념상이 강하게 반사된 이미지로써 탈색한 듯하다. 삶의 고독한 갈망을 담은 듯한 붉은 꽃 식물은 지금 이곳 '신세대'의 생활감각을 시각적으로 부풀린 듯한 느낌도 준다. 반면에 "빛이 충분하지 않은 방 화분의 붉은 꽃 식물은 물이 그립다"는 표현에서는 그렇게 조성된 인공성과 어울릴 수 없는 작가적 본성 같은 것이 감지된다. 작품을 끝까지 읽으면, 그런 감각은 '바람인형'으로 표상된 세기말적 삶의 어떤 우의성을 동화적으로 강화하는 데 발휘된다. 그것이 유아적 몽상의 형식으로 표출되기에 더 강렬하며, 때로는 시적인 감흥마저 자아내기도 한다. 하지만 서사 자체의 내용은 작가의 열정적 감각에 혼란스럽게 휘둘리는 형국이다.

도시적 감수성의 또다른 전형적인 사례라 할 은희경은 전혀 군더더기가 없다. 문장의 속도와 문체의 절제로 본다면 김영하도 만만치 않고 소외의식의 진지하고도 비감어린 몽환적 각색으로 치자면 역시 배수아가 선두주자라 하겠지만, 은희경에게도 나름대로 확실한 문체적 특색이 있다. 첫 대목에서는 우리네 삶의 결혼풍속을 '날씬한' 문장으로 정확하고 빠르게 실어나른다. 그런 재능과 유사한 작품이라면 은희경과는 사뭇 다른 감수성의 소유자인 공선옥의 「타관 사람」(『내 생의 알리바이』, 창작과비평사 1998)이나 「홀로어멈」(『멋진 한세상』, 창작과비평사 2002) 등을 들어야 할 것이다. 헤프게 흐를 수 있는 감정의 엄정한 절제와 그런 절제에서 역설적으로 풍기는 부드러움이 모두 느껴지는 「타관 사람」처럼 「짐작과는 다른 일들」도 문장의 속도로써 삶의 구체적인 현장들을 환기하면서 돈이 사랑을 지배하는 세태를 에누리 없이 풍자한다. 이 점만 보더라도 작가의 시선이 특히 중산계급의 허위의식과 세상물정을 속속들이 꿰뚫어본다는 것은 분명하다. 이는 자본이 물화(物化)한 일상이 인간 자체를 가려버리는 정이현의 '발랄한' 소설집 『낭만적 사랑과 사회』(문학과지성사 2003)에서는 찾아보기 힘든 미덕이다. 은희경은 세상의 애옥살이와 어쩔 수 없는 허위의식을 풍자와 냉소로써 물어뜯듯이 그려내면서 때로 독자의 마음 한구석에 온기를 남기는 박완서에 가까운—그렇게 가까워질수록 자기세계가 확고한 선배작가를 '극복'해야 할—이야기꾼인 것이다.

　도시서정의 희비극적인 단면을 정확하게 포착하면서도 삶의 통찰과 긍정에 다가간 순간을 포착한 작품은 그 외에도 여럿 있다. 특정 지역(전북 고창)을 배경으로 삶의 화석들이 켜켜이 쌓인 역사적 지층들을 파헤친 『비밀과 거짓말』(문학동네 2005)도 그러하다. 그녀가 추적한, '고향'을 상실했다고도 되찾았다고도 말하기 힘든 현대인들의 방황에 허무의 정서가 짙게 배어 있기는 하지만, 이 작품은 20세기 한국의 역사와 그 속에서 명멸한 개인들의 내밀한 사적 체험을 하나의 그물망으로써 포획하는 데 감각을 아슴아슴 발휘한 서사다. 하지만 그와는 부정적으로 대비되는 작품들을 먼저 읽어보자. 1997년 이상문학상 수상작인 「아내의 상자」(『현대문학』 1997년 4월호; 소설집 『상속』(문학과지성사 2002)에 수록)가 그러하다. 하필 이 단편을 논하는 데는 문단에서 시행되는 문학상 제도의 허실을 생각해보자는 속셈도 있다.

안락하게 보이는 부부의 생활을 통해 현대인의 내면이 얼마나 황폐해졌는가를 묘파한 「아내의 상자」는 이상(李箱)이 보인 삶의 치열성 및 실험의식과는 거리가 있다. 작가는 아내의 상자가 상징하는 자폐적 삶 및 그로부터의 일탈욕구와 정면으로 마주하는 대신 통속적이라 할 만한 인물유형을 만드는 데 치중한다. 아내의 비극은 열성유전자의 필연적인 운명이라는 식이다. 기계적인 일상이 부부라는 공동체를 소리소문없이 정신적 폐허로 만든 진실을 밝히기 위해서는 쳇바퀴를 도는 화자(話者) 남편의 빤한 일상에 대한 '치명적인 성찰'도 따랐어야 하지 않을까. 정신요양원에 부인을 사실상 유기(遺棄)하는 남편을 '있는 그대로' 제시하는 것만이 능사는 아니라는 것이다. 반면에 허깨비 같은 그의 부인에게도 좀더 많은 생기가 감돌았어야 그 메마름의 비극이 역설적으로 독자의 피부에 와닿았으리라 본다. 부인을 사실상 박제로 만들어버린 남편의 심경을 헤아리는 방식은 많겠고 그러자면 남자의 밑바닥 심리를 헤집는 '기술'도 요구될 것이다. 하지만 짐짓 여성주의와는 무관한 것처럼 채색한 결말은 '남편'이라는 이름에 책임을 돌릴 뿐인데, '상자'에 유폐된 한 여성의 비극성을 그 자신의 열성유전자 탓으로 돌리는 얄팍한 해결책도 그런 맥락에서 나오는 셈이다.

이런 해석이 여타 작품들에 대한 자동적인 평가절하를 의미하는 것은 물론 아니다. 그 점을 숙지한다면, 풍자가로서의 자질도 한껏 뽐낸 데뷔작 『새의 선물』(문학동네 1996)이나 현대인의 애정심리에 대한 세세한 묘사가 두드러지는 『마지막 춤은 나와 함께』(문학동네 1998)도 작가의 기량이 충분히 발휘되었다고 할 수 없다. 전자의 경우는 하나같이 우리 주변의 '별볼일' 없는 사람들의 구질구질한 단면들을 풍자와 해학으로 뒤집어 때로는 과장스레 보여주기는 했지만, 열두살 국민학교 5학년 소녀가 작가의 대리인이라는 데서 오는 문제는 남는다. 가령 광진테라 아줌마의 눈물겨운 사연이 뻔한 화해로 처리되는 것도 화자로서의 소녀가 온전하게 독립된 관찰자적 인물로 존재할 수 없기 때문이 아닌가 한다. 『마지막 춤은 나와 함께』는 그보다 더 취약한 텍스트다. 전작들을 사실상 재탕한 것이다. 하지만 쓴 작품보다 앞으로 쓸 것이 더 많은 작가에게 그 점을 까탈스럽게 강조하려는 것은 아니다. 태작들을 상쇄하고도 남을 인상적인 이야기를 이미 여러 편 선보인 마당에서는 더욱 그렇다.

「빈처」와 「멍」도 그중 하나다. 현진건(1900~44)의 동명 단편(1921)을 떠올리게 하는 전자에 대해서는 여러 평자들이 고평한 바 있다.[7] 일기를 차용하는 독특한 서술기법으로 아무런 일도 일어나지 않는 듯한 일상의 엄숙함과 진지성을 짤막한 내용에 이만큼 깊이 담아내기도 어려울 듯하다. 「아내의 상자」와는 사뭇 대조적으로 전업주부의 일상이 도대체 무엇인가를 묻는 작가의 자세에는 견결한 냉철함이 배어 있을 뿐만 아니라, 그런 냉철함이 묘하게 삶의 근원적인 온기와 순수를 불러온다. 「멍」도 아내의 헌신을 주제로 삼았지만, 조금 색다르다. 심영규라는 한 사회부적응자에 대한 아내의 절절한 사부곡(思夫曲)을 화자의 진빠진 일상과 적절히 대비하는 이 단편은 그 부적응의 진실을 아내의 '수기'를 통해 화자의 눈으로 전달하는 복합적인 전달구조를 갖추고 있다. 서사구조에서 불필요한 감상(感傷)이 제어되면서 이 삼자(三者) 즉 심영규, 아내, 화자의 결코 간단치 않은 진실이 재현된다. 동정심을 자극하는 심영규, 적당히 세파에 물든 화자와 인간적 희생의 극치를 보여준 '아름다운 영혼'

---

7) 예컨대 임규찬 『왔던 길, 가는 길 사이에서』, 창작과비평사 1997, 180~83면.

인 한영애 사이를 오가다가 독자가 결국 들여다보게 되는 것은 바로 '자기의 얼굴'이다. 다만 그런 극적 구조가 「빈처」만큼 집약성을 띠는가는 의문이다.

지금까지 은희경이 써낸 중단편 중 가장 인상에 남는 것은 「그녀의 세 번째 남자」(『타인에게 말걸기』, 문학동네 1996)가 아닌가 싶다. 소설이 기본적으로 '사유의 한 양식'이기도 함을 실증하는 좋은 예다. 한 기업체의 홍보부에 근무하는 여주인공이 어느날 불현듯 무의미한 일상에서 벗어나 영추사라는——"해발 1천 미터, 안개 위의"——절로 향하는 서사 자체에는 새로운 것이 없다. 애인과 함께한 과거를 반추하는 여정이고, 그 과거의 내용이라는 것도 기혼남과 처녀의 이른바 불륜으로 채워져 있다. 90년대에 여성작가들이 신물나도록 우려먹은 주제다. 금기의 파괴가 오히려 지루한 일상성으로 더 깊이 매몰되는 도시적 삶, 거기에 내재한 환멸과 권태도 낡은 주제다. 금기의 주제를 다룬 90년대 여타 여성작가들과 은희경의 차이는, 금지된 선을 넘는 데서 오는 모든 인간적인 흥분과 고뇌, 갈등을 그리는 태도와 어조다. "사람을 무력하게 만들기 때문에 현상을 바꿀 의지 없이 그럭저럭 견딜 수 있게" 된(「그녀의 세 번째 남자」 11면) 권태는 '권태'로 제시된다.

작가는 극기(克己)라 할 만한 시선으로 권태 그 자체를 시종 냉철하게 주시한다. 주어진 대상을 끈질기게 응시하는 과정에서 통념들이 자연스럽게 떨어져나가고 남은, 일종의 자연주의적 엄정함의 산물이 바로 그 시선이다. 그런 엄정함은 한 작가가 어떤 한 인물에 생명을 불어넣기 위해 숨결을 최대한 낮춘 각고의 산물이라는 점에서 좋은 작품의 '보편적 특성'이기도 하다. 마치 물음조차도 번뇌의 일부라는 듯이 은희경은 무엇이 진정한 사랑이고 참다운 삶이냐고 묻지 않는다. 화자의 어조를 주목해야 하는 것도 그 때문이다. 주인공은 권태로운 일상에서 일탈하여 과거의 애인이 사랑을 맹세한 영추사에 기식하게 된다. (그 애인은 "국

학연구소에서 고전총서의 편집을 책임지는" 지식인이다.) 작가는 그녀
의 시선과 의식을 통해 권태로웠던 불륜을 짐짓 초연한 듯 되돌아본다.

> ——사랑하는 사람과는 결혼하지 말아야 해.
> 친구의 말대로라면 그녀는 제대로 가고 있는 셈이었다.
> 그가 결혼한 뒤에도 그다지 달라질 것은 없었다. 여전히 그는 그녀
> 를 찾아와서 연애감정과 섹스를 인출해갔다. 마치 돈이 떨어졌을 때
> 잔고의 일부를 인출하듯이 당연하게. 그의 뻔뻔스러움을 그녀는 이해
> 했다. 이해한 게 아니라 단지 습관을 바꾸지 못한 것인지도 모르지만.
>
> (「그녀의 세 번째 남자」 19면)

인간관계가 '현금관계'(cash nexus)로 전환된 것은 자본주의의 특징적
현상이지만, 이런 대목의 신랄함만은 다른 표현으로 대신하기 힘들 듯
하다. 그런데 "연애감정과 섹스를 인출해"간 당자, 즉 남자의 독백도——
뻔뻔스런 자기변명이든 정직한 자기고백이든——함께 곁들어졌으면 어
땠을까? 그랬다면 화자의 자기독백이 진행되는 양상을 두고 "자폐적 고
립으로 귀결될 수밖에 없는 순정과 냉소의 이분법"이라든가 "상처에 중
독된 자의 정신적 자폐"[8]라는 혹평도 어느 정도는 차단할 수 있지 않았
을까.

은희경이 삐끗할 때 튀어나오는 통속성과 순정성이라는 이분법에 대
해서는 여러 논자들이 비판한 바 있다. 순정과 냉소의 이분법을 과격하
게 해체하려는 여성독자들이 이 작품도 그 구도에 넣고 한계를 논하기도
했다.[9] 그러나 그런 혐의가 전혀 없는 것은 아니지만, 중요한 것은 불륜

---

8) 김은하「90년대 여성소설의 세 가지 유형」,『창작과비평』1999년 겨울호, 253면.
9) 그런 '불편함'을 작품평가에 여과없이 투영한 사례로는 고미숙「'순정'과 '냉소' 사이에서
　표류하는 페미니즘」,『비평기계』, 소명출판 2000, 116~22면.

의 자기성찰 과정에서 상투적으로 개입하기 일쑤인 도덕적 통념이나 자학적 비판, 자기정당화가 이 중편에서는 극도로 자제된다는 점이다. 습관과 필요와 권태로 채워진 넌더리나는 관계의 실체, 즉 본래면목(本來面目)에 대한 냉정한 분석이 가해진다.

> 어느 날 그녀는 깨달았었다. 그와 그녀·그들처럼 사랑하면서 더이상 서로에 대해 알 것이 없는 사람들은 누구나 결혼해 있다는 것을. 사랑은 서로 마주 보는 것이 아니라 함께 같은 방향을 바라보는 것이다. 그 말은 그녀가 중학교 때나 좋아했던 어떤 프랑스 소설가의 말이었다. 그러나 그 말이 서로를 애증에 차서 노려보게 될 즈음이면 이제 슬슬 아이를 낳고 집을 장만하는 일상의 길로 함께 접어드는 것이, 언젠가는 끝나기 마련인 사랑이 종말로 향해가는 가장 바람직한 수순이라는 뜻인 줄은 몰랐었다. (「그녀의 세 번째 남자」 56~57면)

"아이를 낳고 집을 장만하는 일상의 길"을 "사랑의 종말로 향해가는 가장 바람직한 수순"으로 간주하는 시각에도 삶에 대한 체념어린 냉소가 스며 있다. 하지만 작품 자체는 '그 바람직한 수순'으로 표현된 결혼에 대한 체념 또는 냉소와는 다른 삶의 태도를 드러낸다. 10킬로미터 두께의 구름, 두번째 남자에 해당하는 목수와의 우연적인 정사, 목수가 만들어준 목각인형, 두 마리 수컷에서 헤어나지 못하는 하얀 암캐 등이 복합적으로 암시하는 것처럼 아상(我相)을 버리려는 여주인공의 의식에 서사의 촛점이 집중되는 것이다.[10]

불교적 어법과 체험이 스민 서사의 궁극적 재현 대상은 "특히 가지지

---

10) 여주인공이 집요하게 되돌아보는 성찰의 '현재성'에 주목한다면, 이 인용대목에서 '깨달았다', '몰랐다' 대신 굳이 "깨달았었다", "몰랐었다"라는 '대과거'를 쓸 이유는 더욱 없는 셈이다.

못할 것에 대한 무모한 열정 따위는 일찍 폐기시키는 법을 알고 있었"던 (「그녀의 세 번째 남자」 36면) 인물의 마음이다. 그렇다면 자아를 방기(放棄) 하는 듯한 영가천도일(靈駕薦度日) 의식 자체도 통해 그같은 폐기에 불 과한 것인가 하는 의문도 들 법하다.[11] 그러나 그보다는 더 적극적인 행 위로 보아야 할 듯하다. 그 남자의 이름을 천도명부에 올리고 한줌 재로 만드는 행위는 "끝없는 번뇌"를 다스리는 의식(儀式)에 근접하기 때문 이다. 그것은 정신주의적 의지와는 사뭇 다른 생의 의욕을 어렴풋이 내 비치기조차 한다. 그 남자가 일방적으로 강제한 약속을 다시금 받아들이 는 그녀가 이전의 권태로운 관계로 되돌아간다고 단정할 수는 없다는 말 이다.

따라서 몇몇 평자들이 불평했듯이 남자의 위선에서 벗어날 가능성을 여주인공이 추구하지 않았다는 비판도 여주인공의 힘겨운 도정에 온전 히 공감하는 읽기는 아니지 싶다. 작가는 8년간 사랑 아닌 사랑을 지속 시킨 그 남자 역시——"아프리카 사람들의 숫자 세는 방식 (…) 하나, 둘…… 그 다음부터는 (…) 무조건 '많다'"(「그녀의 세 번째 남자」, 72면)는 의미에서——무의미한 수많은 '세 번째 남자들' 가운데 하나에 불과하다 는 사실을 적극적으로 암시한다. 그러나 더 본질적인 것은, 냉소적 체념 과 진정한 놓여남으로서의 깨달음 사이에 아슬아슬하게 서 있는 주인공 이 앞으로 갈 방향이다. 그녀가 서울로 올라가서 '세 번째 남자'가 아닌 다른 타자와 구체적으로 어떤 관계 내지 연대를 이룰 것인가는 미지수 다. 그러나 그것이 개인적 깨달음을 기반으로 자본주의적 일상을 단순히

---

11) 하지만 영가천도제 대목에서도 독자의 집중을 흐트러뜨리는 군더더기가 눈에 띈다. "그 녀의 옆에 앉아 있던 흰 블라우스를 입은 여자"를 작가가 뜬금없이 묘사하다가 "그 여자의 어깨가 들먹이는 것을 가만히 보고 있던 그녀의 귀에 갑자기 낯익은 이름이 들려왔다. 그 녀의 얼굴에는 핏기가 가셨다. 반소매 밑에 드러난 팔에는 온통 소름이 비늘처럼 돋아나 있었다"라고(「그녀의 세 번째 남자」 69면) 이야기하는데 이런 대목은 천도제의 극적 의미 를 고양하는 데 기여한다고 보기 어렵다.

188

견디고 인내하는 생활을 넘어서는, 이를테면 대승적 차원의 '나'와 만나는 일을 예감케 하는 길로 이어지리라는 느낌을 갖게 한다. 은희경이 앞으로 그런 쪽으로 얼마나 확실하게 나아갈지는 장담할 수 없는 일이다. 다만 그녀 자신이 피력한 작가적 소망은 기억해둠직하다. 즉 "'창조의 권능을 지닌 작가'"가 "'작파'의 경지"를 지향한다면[12] 그것도 '나의 고뇌'를 타점(打點) 삼아 더 넓은 사회적 동심원을 그림으로써 터득될 것이다.

4

다른 한편 '나의 고뇌'가 사회적 동심원을 그리는 양상은 개인의 감수성이 천차만별인 것만큼이나 무수할 것이다. 그 점에 대해서도 재차 다짐해두어야 할 것은, 그런 동심원에도 미리 주어진 이상적인 모형 또는 모델이란 있을 수 없다는 사실이다. 은희경의 「그녀의 세 번째 남자」도 그런 의미에서 논한 것이 아니다. 시대의 흐름에 따라 '나의 고뇌'는 말할 것도 없이 동심원의 양상도 달라질 수밖에 없는 것이다. 이는 90년대와 2000년대 개성들의 면면을 비교해봐도 분명하다. 그렇다면 이번에는 60년대생들과는 문화적 경험 자체가 많이 다를뿐더러 그 차이가 문장의 어조에도 확실하게 반영되는 70년대산 작가들의 2000년 이후 작품집을 읽어보도록 하자.

그녀는 베란다 유리창을 열었다. 거리의 냄새가 밀려 들어왔다. 나는 구역질을 참지 못하고 뱃속의 것을 게워냈다. 붉은 내장들이 계속

---

12) 은희경 「역설의 여성성」, 자료집 『2000년을 여는 젊은 작가 포럼』, 89면.

쏟아졌다. 고양이의 것인지 내 것인지 헷갈릴 정도로 많은 양이었다. 꿰맨 자국이 있는 뱃가죽이 튀어나올 때까지 구역질이 멎지 않았다. 그녀는 누이의 뱃속에서 나온 수십 마리의 붉은 개구리들을 바깥에 쏟았다. 바깥에는 비가 오고 있었다. 나는 개구리들을 따라 발돋움질을 했다. 그것들은 내 누이의 아이들이었다. 베란다를 넘는 일은 생각보다 쉬웠다. 가늘고 단단한 다리를 접었다가 훌쩍 튀어 오르니 바깥에 닿았다. 이윽고 거리의 냄새가 느껴졌다. 냄새만으로 아오이가든 너머로 나왔음을 알 수 있었다. 나는 마디가 달라붙은 두 팔을 펴고, 나뭇가지처럼 가벼운 다리를 벌린 채 비강을 활짝 열었다. 죽은 새끼들이 썩은 몸을 일으켜 긴 소리로 울며 낙하하는 나를 마중하였다. (편혜영 「아오이가든」, 『아오이가든』, 문학과지성사 2005, 60면)

아내를 난도질해 죽인 게 몇 시간 전이다. '여보, 제발 살려주세요.' 아내는 죽어가며 입만 달싹거렸다. 아내는 말하지 않았지만 남자는 알아들을 수 있었다. 창자가 방바닥으로 흘러나왔다. 남자는 우두커니 죽어가는 아내를 선 채로 바라보았다. 아내는 벌써 죽은 것이나 다름없었는데, 계속 살려달라고 애원했다. 소리를 낼 수 없었지만 간절하게 눈빛으로 말하고 있었다. 아내의 눈은 가족들을 위해 그런 것이라고 말하고 있었다. 아내는 죽어가며 자신의 가방을 곁눈질했다. 남자는 아내의 가슴에, 심장이 있을 거라고 생각되는 곳에 연거푸 칼을 꽂았다. 그래도 아내는 쉽게 죽지 않았다. 아내는 온몸에 있는 피를 모두 쏟아내며 천천히 죽어갔다. 남자는 아내의 숨이 완전히 끊어질 때까지 내려다보았다.

아내가 생각나자 남자의 성기는 금세 죽어버린다. (백가흠 「구두」, 『귀뚜라미가 온다』, 문학동네 2005, 110면)

보도방도 웃겨, 가끔 TV에 나오지, 불량 청소년들이 보도방 차리고 영계 사업 한다고, 신문도 보도, TV도 보도, 라디오도 보도, 웃겨 웃겨, 정말 웃겨, 웃겨서 미치겠어, 니네들 보도방이 무슨 뜻인 줄이나 알아, 신문 보도, 뉴스 보도, 사건 보도, 라디오 보도, 그런 보도인 줄 알아, 보도는 말이야, 보도는 말이야, 우리가 퍼뜨린 말, 보지 도매의 줄인 말, 그거 알아, 보지 도매, 보지 도매, 줄여서 보도, 니네들 방송에서 욕하면 큰일 나는 줄 알지, 신문에서 상소리는 ××로 하잖아, 한데, 줄이면 괜찮아, 좆나게 공부만 한 기자 새끼도 보도, 좆나리 이쁜 척하는 앵커도 보도, 줄이면 괜찮아, 줄이면 괜찮아, 말하면 괜찮고, 쓰면은 안 된다, 우리를 욕하면서, 우리 말 따라 쓰는, 바구니 같은 새끼들, 좆나게 폼 잡고 있지만 내 폼이나 네 폼이나, 엎어치나 메치나, 바구니나 빠구리나, (이기호 「버니」, 『최순덕 성령충만기』, 문학과지성사 2004, 13면)

이 세 인용문만을 떼어 읽어도 각 작가의 문체는 확연하게 구분된다. 그 문체가 소설집에 실린 나머지 작품들 전체의 기조를 대변한다고 볼 수는 없지만, 어떤 특징적 면모를 전형적으로 드러내는 것은 누가 봐도 확실하지 않을까 싶다.

가령 편혜영이 거의 강박적으로 집착하는 듯한 생중사(生中死)의 곪아터진 세계는 「아오이가든」에만 국한되는 것이 아니다. 모두 9편이 실린 이 소설집에서 가장 실감나는 것은 악취와 토사물로 가득 찬, 문자 그대로 썩어문드러진 시체들의 '삶'일 것이다. 『아오이가든』은 확실히 (사람들이 대개 이상적으로 상상하고 싶어하는) 모든 인간다움에서 일탈한 세상을 그리고 있다. 이를 두고 "인간 진화의 신화 자체를 전복하는 상상력에 해당"하는가를(『아오이가든』 해설, 254면) 묻는다면 우리는 그런 물음 자체를——다시 말해 "인간 진화의 신화"라는 것이 도대체 무엇인가를—물어야겠지만, 작가의 '의도' 없이 그런 그로테스크 현실이 재현된다고 믿기는 어렵다. 하지만 그 의도가 무엇이든 편혜영이 제시하는 묵시록적 세계도 사실과 비사실의 구도나 전복적 상상력의 관점에서만 논할 것은 아니다. 핵심은 부패한 오장육부의 냄새에 극도로 민감한, 소위 하드고어(hardgore)적 감수성이 얼마나 새로운 발상의 현실인식인가 하는 것이다.

이에 관한 한 가장 먼저 떠오르는 답은 B급 할리우드 공포영화의 '미학'이다. '자극'을 자극하는 선정성으로 특징지어지는 그 영상이 관객의 눈앞에 펼쳐놓는 아귀(餓鬼)와 사지절단의 폭력은 『아오이가든』의 세계와 무척이나 닮았다. 우리 소설에서도 그 전사(前史)가 없는 것은 물론 아니다. 백민석이 '목화밭 씨리즈'에서 시도한, 지금까지 고상하고 윤리적이라고 여겨져온 '인간성'을 상대로 감행한 반(反)인간적 도발을 『아오이가든』은 태연하게 되풀이하는 듯하다. 그러나 「누가 올 아메리칸 걸을 죽였나」「만국 박람회」「마술피리」 등은 우리 사회의 곰팡이 슨 음습한 구석과 그 속에서 살아가는 인간심리를 사실주의적 재현과는 다른 감각으로 여실하게 포착하기도 한다. 이렇게 보면 이 단편들을 감싸는 휘장이 도시주변부의 빈곤이라는 사실도 놀랍지 않다. 그러한 빈곤이 어떤 방식으로 정신의 게토화를 초래하는가는 우리 작가들도 많이 다루었지만 「사육장 쪽으로」(2006)는 새로운 감수성이라고 할 만한 징후를 보여준다.

이미 여러 평자들이 이에 대해 인상적인 작품이라는 평을 내놓은 바 있다. 「사육장 쪽으로」의 세계가 "현실의 복잡한 질감들을 모조리 거세한 후 얻어지는 과장법의 소산 같"다고 비판한 논자도 있는데,[13] 문학에

---

13) 『문학동네』 2006년 가을호, '계간 리뷰 좌담' 581~85면 참조. "과장법의 소산"은 차미령의 발언이다.

서는 그런 과장법을 통해서조차 현실의 질감이 느껴질 수 있음을 고려해야 할 듯하다. 「사육장 쪽으로」의 경우 그런 "복잡한 질감들을 모조리 거세"했다기보다는 현실의 어떤 정형적 패턴을 집중적으로 부각했다는 것이 정확한 판단이 아닌가 한다. 카프카적 부조리마저 연상되는 도시일상의 특징적인 대목들을 추출하여 냉철하게 점묘했다는 것이다. 파산자의 심리적 부담을 안은 보통인간의 표준화된 도시생활을 이 단편이 불길하면서도 간명하게 그려냈다는 데 평자들이 동의한 것도 그 때문일 듯하다. (소설집에서 「서쪽숲」이 「사육장 쪽으로」를 떠올리게 하지만, 후자의 섬뜩하리만치 정확한 언어의 경제와 심리적 통찰에는 미치지 못한다고 판단된다.)

백가흠의 문장은 편혜영과 기본적으로 같은 '장르'라고 할 수 있지만, 그 발현 양상은 전혀 다르다. 「구두」를 포함하여 『귀뚜라미가 온다』를 특징짓는 세계는 한마디로 폭력과 쎅스다. 고전적인 주제인데, 그렇다고 프로이트의 특정한 '공식'과 싸드의 합리주의적 '엽기성'을 이 소설집에 들이대 분석하는 해설자의 발랄한 읽기에는 동의하기 어렵다. 인간이 인간인 한 근절될 수 없을지 모르는 욕망들이 백가흠의 소설세계를 움직이는 힘이라면, 그 욕망의 근원들을 묻는 것이 앞서야지 정신분석의 범주로 분류·환원하는 것은——그로써 서사의 배경이 되는 세계의 징후적맥락을 발견하는 소득이 있다 하더라도——보통독자들이 느낄 법한 실감을 추상화하기 십상이다.

아내의 외도를 눈치챈 한 남자가 노모와 아이에 이어 아내를 살해하고자살하는 이야기인, 모두 아홉 '컷'으로 이루어진 「구두」에 대해서도 그런 추상화의 위험은 마찬가지다. 마치 이런 건 우리사회에서 너무나 흔해빠진 사건이라는 듯이, 사실 이상의 진실을 발설해서는 안된다는 듯이, 작가는 "치매에 걸려 방문에 끈으로 묶어놓은 노모와 올해 초등학교에 들어간 딸아이"를(「구두」 98면) 목 졸라 죽이고 부인을 난자한 한 왜소한 가장의 몰락을 극도로 건조한 어조로 진술한다. 아내의 외도가 사건의 발단이지만, 그 성적 일탈로 모든 비극적 상황이 환원되는 것은 아니다. "아내의 눈은 가족들을 위해 그런 것이라고 말하고 있었다"는 문장이 간명하게 비추는 것처럼 여기서도 변두리 삶의 가난과 궁핍이 그 비극에 도사리고 있기 때문이다. 그러나 백가흠의 소설세계에서는 이같은 현실발견은 너무 뻔한 것이다. '현실'이라는 것을 발견해봤자 절망만 있을 뿐임을 모르는 독자에게 한수 가르쳐주겠다는 듯이 작가는 역설적으로 모든 희망과는 멀찌감치 거리를 둔다. 『귀뚜라미가 온다』의 나머지 단편들에서도 절망의 성격은 크게 다르지 않다.

따라서 가령 순정을 다 바쳐가면서 한 여인을 몸 파는 세계에서 구해낸 「광어」의 '나'에게 남은 것이 희망이냐 절망이냐를 따지는 것은 구태의연한 이분법이다. 백가흠이 그려낸 현실이 얼마나 어두운가를 논하는 것은 규정적 언술행위가 될 공산이 크다. 촛점은 역시 희망과 절망을 말하는 어조가 아닐까 싶다. 안마시술소를 찾아가 맹인 안마사의 안마를 받으며 가족의 몰살을 회상하는 장면에서도 전지적 관찰자의 시점은 전혀 흔들림이 없다. 이것이 얼마나 소설적 미덕이 될 수 있는가도 개별 작품을 두고 판단해야 할 것이다. 다만 '습니다'체로 쓴 「배(船)의 무덤」과 「배꽃이 지고」만 해도 일탈적 성애를 매개로 전혀 다른 배경과 소재를—원양어선을 탄 한 살인자의 인과응보적 최후와 장애인들에 대한 무지막지한 (성)학대를 각기—다루고 있음에도 결국 다른 스토리를 똑같은 방식으로 들려주고 있다는 인상을 떨치기 힘들다. 일그러진 인간욕망을 통해 현실의 실태를 핍진하게 드러냄으로써 독자를 단숨에 장악하는 이야기꾼의 매력이 돋보이는 단편임을 인정할수록 변주의 획일화된 패턴은 맘에 걸린다. 감상과 멜로가 배제되는 것은 물론 작가의 "윤리적 공감"도 철저하게 삭제된다. 그런 배제와 삭제도 오직 작품으로만 말하겠다는 작가적 의지의 소산이겠지만, 자연주의 너머의—그것이 악몽으

로 발현되든 좋은 꿈으로 나타나든—삶에 대한 탐구는 아직까지는 충
분치 않다고 판단해야 할 듯하다.

그렇다면 「버니」는 어떤가? 우선 누가 읽어도 대번 느낄 법한 것은,
독자를 향해 침을 뱉듯 말을 거는 직접화법이다. 고명철의 지적처럼 이
런 이야기는 "'눈'으로 읽는 게 아니라 '입'과 '귀'로 읽는다고 해야 정확
한 말이다."[14] 반사회적·비도덕적 반항을 노골적으로 표현하는 랩 가사
의 빠르고 거친 음조가 들리는 듯하다. 독자의 호흡도 그래야 한다는 듯
이 거의 모든 문장은, 쉼표로, 끝난다. 이것이 단순한 기교가 아님은, 그
불완전 문장들의 어조가 화자의 정리되지 못하는 감정에 정확히 상응하
는 데서 느낄 수 있다. 즉 어느 날 친구가 보도방으로 넘긴 버니(순희)에
대한 착잡한 애정과 몸 파는 세계의 논리를 따라야만 하는 비정함 사이
에서 흔들리는 "좆같은 내 기분"은 랩의 리듬에 조응하는 것이다. 흔들
림의 진폭도 버니로서의 순희가 점차 보도방 세계의 논리에 젖어듦에 따
라 더 커진다.

그렇다고 이 단편의 어조를 세상만사 비웃으면서 개망나니처럼 가볍
게 사는 자의 것으로 치부하면 곤란하다. "나도 가볍고 너희들도 가벼
워 / 내 말도 가볍고 너희 말도 가벼워 / 나도 바구니 너희도 바구니 물을
담으면 물이 새고 / 쌀을 담으면 쌀이 새는 / 세상은 바구니"라는 구절을
후렴처럼 입에 달고 사는 '나'의 경쾌함은 바구니 같은 세상의 가벼움을
너무 일찍 알아버린 자의 비감(悲感)을 숨긴 것이기도 하다. 또한 「버
니」의 싸가지없는 화법에 비감만 있는 것도 아니다. "니네들 방송에서
욕하면 큰일 나는 줄 알지, 신문에서 상소리는 ××로 하잖아, 한데, 줄
이면 괜찮아" 같은 문장만 해도 사회의 허위의식에 대한 통렬한 일침이

---

14) 고명철 「근대의 전횡적 질서를 내파하는 이야기꾼—이기호론」, 『실천문학』 2005년 봄
　호, 149면.

다. 소설집 전체를 두고 보면 풍자적 사회의식은 편혜영이나 백가흠보다 더 다채롭다. 이는 화법의 다양성과 직결된다.

우찬제의 지적대로 「햄릿 포에버」는 피의자 조서의 형식으로 심문관 앞에서 직접 말하는 문답 이야기를 채록한 것처럼 꾸몄다. 또 「옆에서 본 저 고백은——告白時代」의 경우는 흥미로운 고백체의 형식을 취한다. 『최순덕 성령충만기』는 기(記)의 형식을 가탁(假託)하고 있지만 성경의 의고체 말법을 패러디한 말 건네기 형식에 가깝다.”(『최순덕 성령충만기』 해설, 313면) 그중에서도 기발한 발상과 설화적 상상력으로 당대의 사회상을 거침없이 풍자하는 단편으로는 「백미러 사나이」와 「발밑으로 사라진 사람들」을 꼽아야 할 것이다. 적어도 이 두 작품은 그 또래의 작가들과 비교해도 색다른 개성의 산물이다. 가령 현재와 미래를 오락가락하면서 ‘상품몰’로서의 문학판의 생리를 풍자한 김종광의 『낙서문학사』(2006)나 하위문화적 발상을 통해 상상적 일탈을 ‘혁명’이 부재한 권태로운 일상에 대한 항체로 활용한 김중혁의 『펭귄뉴스』(2006)도 우리 당대 젊은 감각을 유감없이 보여주고 있고,[15] 박형서의 『자정의 픽션』(2006)에 실린 단편들, 특히 「노란 육교」 같은 우의적 서사실험도 독자의 기대를 받을 만하다. 하지만 이기호의 발상은 한층 친근하면서 기발한 데가 있다.

“사물이 눈에 보이는 것보다 가까이 있음”이라는 부제를 단 「백미러 사나이」는 뒤통수에 달린 눈의 시력이 정상적인 눈을 점점 잠식하는 한 남자의 ‘황당한’ 성장기다. 거기에 눈이 달리게 된 사연은 이렇다. 박대통령에게 직접 ‘모범 전매인’ 표창을 받기로 되어 있는 그의 아버지가 ‘박통’을 시해한 김재규 때문에 상을 받을 수 없게 되자 울화가 치민다. 그래서 그는 그 현장검증을 보도하는 TV에 재떨이를 던지는데, 파편이 소년의 뒤통수에 맞고 그 상처 자리에 눈이 생긴다는 내용이다. 그러나

---

15) 김중혁에 관한 논의는 특히 진정석 「사회적 상상력과 상상력의 사회학」, 『창작과비평』 2006년 겨울호 참조.

그렇게 해서 벌어지는 소동은 시대의 정치적 흐름에 맞춰 절묘한 풍자성을 띤다. 그는 "정말 자신의 뒤통수에 박 대통령이 숨어 살고 있는 것은 아닐까, 의심"하는데(「백미러 사나이」 152면), 그런 그가 '박통'의 시력에 기대서 살면 살수록 정상적인 시력을 상실한다는 발상 자체가 풍자성을 띠지 않는가. "그는 뒤통수에 박 대통령의 눈이 생기고 난 뒤부터 모든 학문들과 그를 익히기 위한 노력들에 아쉬운 작별인사를 건넬 수밖에 없었"던(「백미러 사나이」 161~62면) 것이다. "눈을 감고 학문적 고민을 하려고 해도 뒤통수 한가운데 자리잡은 박 대통령이"(「백미러 사나이」 162면) 가만두지 않았던 그가 80년대 대학의 가투현장에서 자기도 모르게 벌이는 한바탕의 소극은 후일담류의 이야기와는 전혀 다른 유쾌한 성찰의 시간을 독자에게 선사한다.

한국전쟁 시절을 배경으로 시골 아낙을 등장시킨 「발밑으로 사라진 사람들」은 또 다르다. 그 아낙이 소와 교접하여 아들을 낳았다는 상황설정 자체가 독자 쪽에서 '불신의 자발적 중단'이 있어야만 이야기로서의 설득력도 가질 터인데, 개인의 처절한 생존과 국가 공권력의 비대칭을 이만큼 천연덕스럽게 설화적으로 풀어나가는 이야기도 드물지 않은가 싶다. 개인의 꿈을 죽이는 국가의 공권력에 풍자가 가해지는 것이다. 그러나 이때도 비판의 생경함은 해학을 통해 걸러진다. 예컨대 그 아낙을 삶의 터전에서 밀어내는 국가의 권력은 "이 새끼, 이거 아직 군대를 잘 모르네. 마, 군대는 사단병력이 똑같은 꿈을 꾸는 곳이 군대야! 그게 군대라고! 알았어!"라는(「발밑으로 사라진 사람들」 307면) 식으로 폭로된다. 마찬가지로 개인의 절실한 생의 의지도 "그게 무슨 말이에요? 여긴 내가 태어날 때부터 지금까지 아무도 살지 않은 땅이에요! 여긴 국가가 한 번도 살지 않은 땅이란 말이에욧!"과(「발밑으로 사라진 사람들」 279면) 같은 생경한 이념으로는 표현되기 힘든 민중적 언어의 힘을 빌려 표출된다. 이런 다성적 육성들의 충돌은 기존 사실주의 문법의 경계를 넘나들면서 서사의 재미를 더해주는데, 그 흥취도 비판의 발상이 새롭고 참신한 데서 나오는 것임은 물론이다. 가령 마지막 대목,

> 이제 이 이야기는 모두 끝이 났다. 그들 모자에 대한 이야기가 끝났으니 이 이야기의 운명 또한 다한 것이다.
> 하지만 지금, 당신이 이 글을 읽고 있는 바로 그 순간에도, 그들 모자는 어느 곳 어느 땅에서 씨감자를 심고 있을지 모른다. 또 그들 모자가 파종한 씨감자가 지금 이 순간에도 당신 집 앞, 어느 양지바른 곳에서 자라고 있을지 모를 일이다. 그것이 정말인지 아닌지 궁금하다면 지금이라도 당장 뛰쳐나가 눈앞에 보이는 아무 땅이나 파보아라. 지상에서부터 약 십오 센티미터 정도만 파고들어가면, 그곳에 당신이 이전까지 알지 못했던, 당신이 상상치도 못했던, 씨감자가 싹을 틔우고 있을 테니……. 주변이 온통 시멘트 천지라고? 철물점에 가서 시멘트 깨부수는 망치를 사라, 이 친구야. 시멘트 밑에 뭐가 있겠는가? 제발 상상 좀 하고 살아라. (「발밑으로 사라진 사람들」 308~309면)

라는 즐거운 고언(苦言)도 그중 하나다. 한가지 여기서 상기할 점은 이같은 고언이 실제로 우리 문단에서 적잖이 작품화되고 있다는 사실인데, 박민규의 『핑퐁』(2006)이 괄목할 만한 예라 할 수 있겠다.[16] 『최순덕 성령충만기』에서 다채롭게 발현된 화법의 긴장을 '갈팡질팡'하면서 풀어버린 두번째 소설집 『갈팡질팡하다가 내 이럴 줄 알았지』(2006)를 넘어 이기호의 '입담'이 앞으로 얼마나 확실하게 무르익을지 기대된다.

---

16) 『핑퐁』에 대한 필자의 촌평으로는 창비주간논평 「『핑퐁』과 재난의 상상력」(2006. 10. 17) 참조.(http://weekly.changbi.com)

5

상상력과 감수성의 관계도 한두마디로 설명하기 어렵지만, 감수성과 비평적 판단 역시 도식적인 틀에 넣어 관계지을 수는 없다. 작품을 '작품'으로 알아보는 데는 비평적 안목이 필수적일 터인데, 건강한 '해석공동체'가 형성되려면 감수성과 판단력의 교육이 중요하다는 데는 군말이 필요치 않다. 그런 공부에는 분과학문의 경계 자체를 해체하는 근래 (서구) 지식계도 원군이 될 수 있음을 이제는 바로 보아야 할 것이다. 문학연구를 애초에 문자 텍스트, 그중에서도 정전에 한정하는 고답적인 문학관 자체가 문제투성이 아닌가. 문학연구자들이 문화연구로 대변되는 탈분과학문적 추세에서 창의적 동력을 얻을 여지도 상당한 것이다. 하지만 세계화의 대세를 반영하는 문학의 약화현상에서 정작 소중한 것은, 섣부른 패배주의와 체념을 용납하지 않는 싱싱한 감수성을 키워내는 바로 이 땅의 삶이 아닐까. 이 글에서는 그런 취지로 몇몇 작가의 중단편을 검토했을 뿐인데, 시야를 한반도로 넓혀 결론으로 한두마디 덧붙이고자 한다.

문학도 사람의 일인 이상 우리가 사는 현실을 벗어날 수 없음은 두말할 것 없다. 물론 여기에도 현실이 무엇이냐는 원론적인 물음이 버티고 있다. 한국문학의 운명도 한반도의 상황에 따라 좌우될 것임은 분명한데, 분단체제가 어떤 방식으로 해소될 것인가는 결정적 변수이다. 그에 대해서도 단언은 금물이지만 희망 섞인 관측 정도는 가능하다고 본다. 즉 북한의 '전근대적' 상황과 남한의 '근대적' 현실이 점점 접근함에 따라 상이한 감수성들이 촉매가 되어 남북한의 시민생활 전체에 걸쳐 증폭될 파동이 문학위기 담론을 쓸어내고 창작과 비평 분야에도 어떤 창의적 고뇌와 활력을 안겨주리라는 믿음은 가져볼 만한 것이다.

우리의 문제의식과는 상반되기조차 하는 외국의 한 문학연구자가 세

계체제의 중심부가 아닌 비서구지역의 역사적 특수성을 강조하고 근대
와 전근대가 뒤엉킨 복합적 현실에서 괴테나 조이스, 마르께스 같은 걸
출한 세계문학이 산출되었다는 '실증적인' 주장을 하는 바에는 더욱 그
러하다.[17] 한국문학의 가능성을 저명한 서구 학자가 개진하는 가설에서
끌어낼 수 있는 것도 즐거운 일이 아닐 수 없다. 그런 희망의 구현은 일
단 창작자들의 몫이겠고, 그에 어떤 이름을 부여할 것인가는 나중 일이
다. 다만 일반독자와 함께하는 감수성의 쇄신과 엄밀한 비평적 판단의
훈련이 따르지 않으면 그런 꿈도 실현되기 어려우리라는 점만은 창작자
와 비평가, 독자 모두가 저마다의 처지에서 되새겨도 좋을 것이다.

---

17) 이에 대해서는 졸고 「근대성과 모더니즘」 및 「세계문학에 관한 단상」 참조. 각각 이 책
276~99면과 405~25면에 실려 있다.

통일시대를 위하여*

2000년대 소설을 중심으로

1. 글을 시작하며

'통일시대'라는 말에 때로 작은따옴표가 필요한 것은 2006년의 한반도에도 분단시대가 엄존하기 때문이다. 이 글의 제목에서 따옴표를 걸어낸 것은 분단을 온전히 극복한 미래에 대한 필자 나름의 확신과 희망을 표명한 셈이다. 그런 통일시대에 관한 한, 통일과 분단의 헛갈리는 상태가 하루아침에 명쾌하게 정리되기 힘들리라는——어떤 면에서는 그리 되어서도 안된다는——생각은 양식있는 시민들 사이에서 폭넓게 자리잡은 듯하다. 명쾌하지 못한 것은 문학분야도 다르지 않다. 2000년 6·15정상회담 이후 그야말로 요동치는 안팎의 파란 속에서도 남북·북남 문인들은 꾸준히 거리를 좁혀왔다.[1] 하지만 어렵사리 좁혀진 거리조차도 정세

---

*이 글의 일부는 『창작과비평』 2006년 겨울호에 같은 제목으로 발표된 바 있다. 이 책에 실으면서 다시 손봤다. 2절 '통일시대의 문학적 범주들과 비평담론'은 겨울호 평론에서 '통일시대와 비평담론'에 해당하며, 4절 '한반도를 넘어서——탈경계의 상상력'과 5절 '한반도의 타자들과 공생의 윤리'는 발표되지 않은 부분이다.

1) 이 글을 마무리하는 사이 남북 문인들이 10월 30일 금강산에 모여 '6·15민족문학인협회'

의 '변덕'에 좌우되는 형국이어서 우리당대 윗녘주민들과의 만남을 본격적으로 다룬 작품은 요원한 것 같다. 지금까지는 보통사람들의 일상적 교류가 극도로 제약된 형편이니, 그런 작품이 나오지 않은 것도 당연하다. 일반시민의 쌍방향 접촉이 더 넓고 깊어지면 어떤 방식으로든 그 실감을 작품화하는 작가들이 등장하겠지만, 8·15해방 이후 심화하기 시작한 한반도 주민의 이질적인 근대경험을 무리 없이 해체하는 동시에 포용하는 '고전'을 만나려면 우리는 아직도 더 오랜 시간을 기다려야 할지 모른다.

그러나 만약 그런 작품이 씌어지기만 한다면, 그건 단순히 문학적 사건만은 아닐 것이다. 문학은 삶의 거울이기도 할진대, 남북한 주민들의 마음속에까지 상이한 형상으로 똬리를 튼 상극의 근대사가 되돌릴 수 없이 종식되고 있음을 강력히 시사하는 청신호가 작품으로 켜졌다고 할 수 있으니 말이다. 따라서 요즘 항간을 떠도는 '근대문학의 종언'이라는 언설에도 진지하게 대응해야 옳겠지만, 더 중요한 것은 남북 근대체험의 파괴적 이질성을 극복하는 문학의 꿈도 지금부터 시작이라는 사실이다. 한국전쟁은 문자 그대로 교과서에서 배운 역사요, 5·18광주항쟁조차 유년시절에 풍문으로 접한 분단 2세대 작가들부터가 통일의 통념에서 벗어나 통일시대의 도래를 다양한 방식으로 예감하고 있다면 더욱이나 그렇다. 이산의 신고(辛苦)가 골수에 박힌 분단 1세대 작가들의 텍스트가 적잖이 축적된 상황에서 1.5 내지 2세대가 선배들의 작업을 이어받으며 앞 시대와는 판이해진 2000년대 현실에 나름대로 진지하게 대응하고 있는 것이 오늘 우리 문단의 실상이기도 한 것이다.[2]

를 마침내 발족했다는 소식을 접했다. 어쨌든 해방 후 민간단체가 주축이 된 남북한 단일 문인조직이 처음 탄생한 셈이다.

2) 분단의 '기원'을 외세개입을 불러온 1945년 민족해방으로 잡으면 1945년 전후 태생이 분단 1세대가 된다. 한 세대를 대개 30년으로 치니, 분단 2세대는 1975년 전후에, 1.5세대는 50년대 후반에서 60년대 중반에 태어난 사람들을 가리킬 것이다. 이들 세대간 감수성의 편

2. 통일시대의 문학적 범주들과 비평담론

민족이나 계급을 중심으로 사고하는 관성에서 상대적으로 자유로운 분단 2세대의 작품들이 분단 1세대, 1.5세대와 더불어 통일시대를 징후적으로 드러낸다면, 그것은 어떤 양상인가. 이 물음에도 통일시대가 뭇 사람들의 오고감으로 다져지는 과정으로서의 시간대라는 전제가 포함된다. 인간의 희망으로 모든 것이 실현되지는 않는 현실에서는 파국으로서의 '비약'이라는 최악의 가능성도 배제하기는 어렵다. 그러나 그런 가능성의 '실현'을 미연에 방지할 수 있도록 노력하는 것도 지식인의 책무이겠거니와, 일단 과정으로서의 통일을 상정한다면 그것은 (1세대의) 해원(解冤)과 (2세대의) 상생이 겹치는 시간대를 지향할 수밖에 없다. 그렇다면 해원과 상생의 문학적 구현도 '타자'로 규정된 모든 대상들에 대한 인식과 공감의 지평을 넓히는 상상력을 필연적으로 요구할 터이다.

요즘 창작현장에서 월경(越境)의 상상력과 이주 노동자 및 각종 소수자 문제가 집중적으로 부각되는 것도 그런 상상력의 발현으로 봐도 무방하겠다. 타자에 대한 새로운 인식과 공감의 확대 자체가 6·15공동선언이라는 '담론'의 '효과'라기보다는[3] 남녘과 북녘에서 지난 반세기 동안——제각각이면서도 세계 냉전체제의 역학 구도에서 일정하게 상호작용한——한반도의 어떤 체제적 현실이 무너지는 현상에 대한 작가들의 창의적 대응이라는 것이다. 6·15공동선언 같은 정치 담론이 제아무리

차가 크리라는 점은 더 말할 필요가 없을 텐데, 1세대는 한국전쟁과 4·19가, 2세대는 1988년 서울올림픽과 IMF사태가, 1.5세대는 1980년 광주항쟁과 1987년 6·10민주항쟁이 '공적 감수성'을 형성한 결정적 사건이 될 듯하다.

3) 필자가 타자에 대한 새로운 인식과 공감의 확대를 6·15공동선언이라는 '담론'의 '효과'라고 간주한다고 주장하는 논자의 글은, 고봉준 「문제는 실감이다」, 『창작과비평』 2007년 봄호, 358면.

충격적이라 하더라도 그런 담론과 작품의 관계는 극도로 미묘할 수밖에 없는 법이다. 문학지식인이 '실감'을 앞세우면서 정작 눈앞에서 전개되는 현실에 대해서는 사시(斜視)나 맹목인 것도 '통일시대'의 과도기적 현상일지 모르지만, 그런 시각으로는 오늘날 창작현장의 활력을 온전히 키워나갈 수 없다고 본다.

다른 한편 통일시대의 의의를 바로 알아보고 그 징후들을 예표(豫表)적으로 포착하는 논자들도 전체적으로 창작현장의 활력에 충분히 부응한다고 보기 어렵다. 비평가들의 노력이 없었다는 말은 물론 아니다. 2005년에 열린 6·15공동선언 실천을 위한 민족작가대회(남북작가대회) 자체가 '통일문학'을 향한 뜻깊은 전진이다. 이를 결산한 『실천문학』 2005년 가을호 특집 '다가오는 통일시대와 북한문학'도 남북문인들의 상호이해에 반드시 필요한 정지작업에 해당한다. 또한 "소재주의적 관점을 넘어서 한국문학의 심층에서 일어나는 변화를 6·15의 관점에서 되새겨보면"서 몇몇 비평가의 입론을 비판한 한기욱이나, "'통일' 주제 소설쓰기는 통일보다 더 오래 지속"되리라는 믿음으로 '통일과정의 소설적 표현'을 점검한 황광수는 6·15시대를 맞는 2000년대 남측작가들의 새로운 의식을 살핀 바 있다.[4] 거기서 방위(方位)를 좀더 확실하게 잡아 통일시대의 문학적 징후들을 모아들이면서 뭔가 새로운 문학의 기운을 함께 나누려는 본고의 시도도 이런 선행작업들에 빚진 것임은 말할 나위 없다.

오늘의 남북현실을 분단시대가 서서히 잠식되어가는 '통일시대'로 규정한다면, 그 근거가 되는 문학적 징후들은 크게 세 범주로 분류할 수 있겠다. 20세기의 마지막 30년간 전혀 없었다고 한다면 그것도 과장이지

---

4) 한기욱 「한국문학의 새로운 현실 읽기」; 황광수 「거미의 집짓기와 소화법: 통일과정의 소설적 표현」, 『창작과비평』 2006년 여름호, 각각 210, 243면 참조.

만, 이 범주들의 내용은 6·15남북공동성명 이후의 국면에서 이전과는 분명한 차별성을 띠는 것도 사실이다. 이 글에서 다룰 순서대로 편의상 번호를 매겨 열거하면 다음과 같다.

① 2000년 6월 이후 부쩍 늘어난 직·간접적인 방북체험, 2006년 7월 기준으로 약 8,700여 명을 헤아리는 일명 새터민으로 불리는 탈북자나 남파간첩, 비전향장기수 등의 문제를 다룬 분단 1, 1.5세대의 작품들이다. 이 범주는 '통일시대'를 사는 작가들이 당면한 고민을 직접적으로 표출하는바, 이른바 남남갈등의 실상이 거기서 드러나기도 한다. ② 분단체제의 장악력이 느슨해진 상황에서 경계 넘기의 상상력을 적극적으로 구사하는 작품군(作品群)이다. 분단 1.5세대의 작품이 주로 여기에 속하는데, 그 경험적 양상은 일률적인 정리를 불허할 정도이다. 무엇보다 남도 북도 아닌 제3국을 배경으로 하는 서사가 한반도의 분단상황을 끌어들이면서 성적·민족적·국가적 경계를 심문하는 양상이 다종다양하기 때문이다. ③ ①과 ②에 비하면 이 범주는 구성요건이 가장 미미할지 모른다. 하지만 지구화의 약소자로 명명된 '주변인들'의 애환을 다룬 작품들은 한반도의 '민족감정'이 얼마나 건강한가를 진단하는 문학적 '시약'(試藥)이 될 수 있다는 점에서도 정독을 요한다. 외국인 노동자들의 처지가 제3국을 경유하여 한국으로 입국하는 북녘동포들의 고달픔과 유비를 이루고 이곳에 남아 있는 개발독재시대의 어둠까지를 증언한다면, 불건강한 민족주의의 원만한 해체를 위해서라도 그런 작품들은 진지하게 검토할 필요가 있겠다. 외국인노동자 문제를 다루는 상당수 작가가 새터민이나 연변동포를 서사의 반경에 포함하는 것도 그런 맥락에서다. 거시적으로 보면 자본주의 세계체제가 한반도에 작동하면서 빚어진 양상 가운데 하나가——지구적이면서도 국지적 특성을 띠는 것이——바로 외국인노동자라는 존재인 것이다.[5]

① ② ③ 범주는 기본적으로 자본주의 세계체제에서 각각 민족, 세계

화, 노동이 국경을 넘어 격렬하게 상호작용하면서 외화(外化)된 결과물
이다. 사회과학계에서도 민족과 세계화, 세계화와 노동이 관계맺는 양상
을 한두 명제의 진술로 정리할 수는 없을 것이다. 하물며 이 범주들이 예
측 불가의 교집합의 형태로 드러날 수밖에 없는 창의적인 문학작품에서
랴. 문제는 통일시대라는 문제의식으로 그러모은 작품들을 얼마나 비평
본연의 자세로 세심하고 공정하게 읽어낼 수 있는가다. 그렇다면 "문학
이 그 본연의 모습으로 꽃피는 것 자체"를 이런저런 단서를 붙이지 않고
더 강조하면서 그런 꽃핌에 리얼리즘과 (포스트)모더니즘이 따로 있을
수 없음도 재확인할 필요가 있으며,[6] 초월적 본질을 설정할 위험에 항구
적으로 노출될 수밖에 없는 본연(本然)의 '형이상학'도 경계대상이다.
또한 통일시대라는 '간판'을 바르게 거는 노력도 당연히 해야 하지만 지
난 연대에 걸렸던 '간판들'이 작품을 가린 폐해도 잊지 말아야 하리라 본
다. '통일시대'를 엄밀하게 파악하는 문학담론도 그런 반성을 기반으로

---

5) 이런 식의 분류가 시단에도 어느정도는 적용될 듯한데, 장르의 성격상 다른 방식의 접근
　도 필요할 것이다. 물론 관점에 따라 범주 자체도 다르게 설정할 수 있을 법하다. 또한 이
　세 범주가 현단계 한국소설 전체를 대표한다고 말한다면 그것도 과장일 것이다. 소설문단
　에는 특히 70, 80년대생 작가들 가운데 스스로를 분단세대로 의식하지 않는 경우도 적잖은
　것으로 안다. 21세기의 신예들 중에는 IMF 이후 심화한 남한사회의 경제적·정치적 양극
　화라는 현상을 자기의 '실제상황'으로 파악하는 작가도 수두룩하다. 그러나 분단현실을 매
　개로 서로 맞물릴 수밖에 없는 세 범주를 등한시하고 현재 한반도에서 전개되는 의미심장
　한 '현실'을 실답게 논할 수는 없을 것이다.

6) 인용문은 백낙청 『통일시대 한국문학의 보람』, 창비 2006, 15면. 해당 문장은 이러하다.
　"특히 창작현장에서는 '역사적 임무'를 의식 않는 것이 도리어 '문학 나름'의 더 큰 이바지
　를 가능케 한다는 명제도 가벼이 넘길 일이 아니다. 실제로 분단체제 극복은 어떤 식으로
　든 분단을 극복하고 통일만 이룩하면 된다는 논리가 아니라 분단체제 아래서의 삶보다 한
　결 낫고 멋진 삶이 가능해진 사회를 한반도에 건설한다는 뜻이니만큼, 문학이 그 본연의
　모습으로 꽃피는 것 자체가 분단체제극복에 기여한다고도 말할 수 있다." 여기에 한마디
　덧붙인다면, 적어도 남한문단에서 '그 본연의 모습'이 작품으로 드러나는 양상에 관한 한
　리얼리즘 대 (포스트)모더니즘 구도는 그 쓸모를 거의 다했다. 반면에 남한문학이 북한문
　학과 상호작용하는 과정에서 그런 구도가 새로운 용도로 활용될 가능성도 배제할 수는 없
　는데, '통일문학'의 구상에서도—앞으로 어떤 방식으로 이뤄질지는 물론 속단할 수 없
　는—그런 가능성을 염두에 두어야 할 것이다.

해 전개되어야 하겠다.

　다른 한편 사회과학자들 중에는 일체의 통일담론을 최소강령적 통일과 최대강령적 통일로 나누고 이를 한사코 평화담론과 배치되는 것으로 파악하는 논자도 상당수 있다. "차이를 인정하고 공존하는 것을 통하여 평화를 실현하는 평화공존론적 접근"을 옹호한다면서도 모든 통일담론을 한반도 평화에 해로운 것으로 단정하기 일쑤인데,[7] 그런 옹고집이 비평담론에도 정말 없는지 생각해볼 일이다. 가령 흔들리는 '분단체제=흔들리는 민족문학'이라는 등식을 다각도로 굴린 신승엽은 "백낙청이 주장하는 대로 분단체제 역시 흔들리고 있다면, '분단체제극복에 기여하는 문학론' 역시 그 생명이 한시적일 수밖에 없을 터, '흔들리는 민족문학'을 넘어서는 새로운 문학이념의 모색에 다시 나설 때가 오리라 믿는다"는 말로 결론을 맺었다.[8] 그간 민족문학담론의 부진과 문제점을 꼼꼼히 적시하고 대안적 문학이념을 찾아나서는 열정에는 필자도 공감하는 바가 크다. 그러나 "'흔들리는 민족문학'을 넘어서는 새로운 문학이념"을 대국적인 자세로 오늘 한반도의 '통일시대'에서 모색하려는 의식은 너무 미약하지 않은가 한다.

　그렇다고 6·15통일시대의 역사적 상징성을 강조하면서 뭔가 창의적인 문학운동의 계기를 모색하는 쪽도 문제가 없는 것은 아니다. 그런 상징성에 지나치게 집착하는 것도 문제지만, 극도로 가변적인 한반도의 정세인식은 물론 정세인식과 창작현장의 실제 성과에 대한 평가를 결합하는 노력도 한층 조심스럽고 정교해야 하겠다. 6·15공동선언이 설령 "최대의 금기가 돌연 최고의 성취로 둔갑하는 사건"이라(한기욱, 앞의 글 211면) 하더라도, 이를 비교우위의 차원에서 IMF사태와 연관짓는 듯한 인상을

---

7) 최장집 『민주주의의 민주화』, 박상훈 엮음, 후마니타스 2006, 특히 8~9장 참조.
8) 신승엽 「흔들리는 민족문학」, 『창작과비평』 2006년 여름호, 439면 참조.

주는 논법은 피해야 한다는 것이다. 자칫하면 과거 민족해방(NL)과 민중민주(PD)의 반목을 2006년이라는 새로운 국면에서 낡은 방식으로 재연할 위험을 떠나서도, IMF위기를 맞아 통일운동의 새로운 계기를 찾아나선 분단체제론의 문제의식을[9] (본의 아니게) 흐릴 수 있기 때문이다.

자본주의 세계체제가 지구상에서 사라지지 않는 한, 그 특수한 하위체제로 규정된 한반도에도 그 경제논리가 관철되는 것은 불가피하다. 1997년 남한의 IMF사태 같은 경제위기도 예외적 현상은 아니라는 것이다. 그러나 한반도의 정치경제적 역학상 그 위기도 북한과 어떤 식으로든 연동될 수밖에 없는 것이 우리의 특수한 사정이요 어려움이기도 하다. 성급히 체결되면 IMF사태 폭발력의 몇배, 몇십배에 이르리라고 관측되는 작금의 FTA국면도 마찬가지다. 남측 경제에 결정적인 영향을 끼칠 것이 뻔한 FTA의 향배가 남북공조와도 맞물려 들어가리라는 것도 불 보듯 뻔한 것이다. 미국 주도의 세계질서에 포박된 한반도 분단경제의 난관을 타개해가는 작업과 통일시대의 온전한 영접이 선후나 중요도의 차이 문제가 아님을 잊어서는 안되는 것도 바로 그 때문이다. 그런 의미에서 비평담론의 관건도 남북의 역량을 결집하는 통일시대의 다양한 문학적 징후들과 참다운 실험의식을 창의적으로 읽어내고 북돋는 데 있으며, 그러자면 6·15통일시대 담론이 우리 시민사회에서 아직 충분히 힘을 발휘하지 못하고 있음도 솔직담대하게 인정하는 자세가 요구된다.

3. 한반도에서의 해원과 상생

논의의 화두를 '통일시대'로 잡는다면, '해원과 상생'을 응당 소제목으

---

9) 백낙청 『흔들리는 분단체제』, 창작과비평사 1998, 2부 참조.

로 내걸 법하다. 이 주제는 박경리 이호철 최인훈 김원일 황석영을 비롯한 1세대 분단문학의 단골 메뉴인데, 앞서 언급한 대로 그 양상은 6·15공동선언 이후 사뭇 달라지는 것으로 판단된다. 가령 윤흥길(1942년생)의 연작소설집 『소라단 가는 길』(창비 2003)만 해도, 한국전쟁에 휩쓸린 인간들의 희비를 구성진 해학으로 걸러내면서 그 악몽의 기억들을 '역사의 박물관'으로 보내는 의식(儀式)으로서의 '작은 이야기들'이다. 아쉬움이 없지 않지만, 남파공작원의 남한사회 정착과정을 현실사회주의 붕괴를 배경으로 묘사한 조정래(1943년생)의 『인간 연습』(실천문학사 2006)도 21세기 남북관계의 새로운 화해무드에 호응한다. 남과 북 모두에서 사실상 버림받은 비전향수의 애환을 다룬 김하기(1958년생)의 「미귀」(『복사꽃 그 자리』, 문학동네 2002)나 석사논문의 주제로 비전향장기수인 작은할아버지의 생애를 선택한 한 젊은이의 이야기를 통해 한국근대사의 명암을 드러낸 김원일(1942년생)의 중편 「손풍금」(『물방울 하나 떨어지면』, 문이당 2004)은 6·15공동선언의 '효과'를 직접적으로 봤다고 해도 과언이 아닐 듯하다. 압록강을 건너 북녘땅으로 들어가 지하교회를 개척하는 남한 출신 목사의 사연을 다룬, 김원일의 또다른 작품 「카타콤」(『문학과사회』 2006년 여름호)도 그러하다. 북한 청춘남녀의 '비극적인 사랑'을 밀도높게 형상화한 정도상(1960년생)의 「함흥·2001·안개」(『문학수첩』 2006년 여름호)는 '고난의 행군'(1994~97) 이후 작금의 북녘땅을 무대로 북녘인민을 등장시킨 (6·25 이후) 최초의 남한소설로 짐작된다. 특히 「소소, 눈사람이 되다」(『창작과비평』 2006년 봄호)의 전사(前史)에 해당하는 이 작품이 앞으로 어떤 연작형태로 진행될지 자못 궁금하다. 전성태(1969년생)의 단편 「강을 건너는 사람들」(『문학수첩』 2005년 가을호)도 '강' 너머 중국으로 탈출하는 북한인민들의 절박한 실상을 포착한 바 있다.

반도 최남단의 섬 영도(影島)를 배경으로 "천길 우물 속의 어둠, 캄캄한 망각의 흙무덤을 들추고 한사코 기어나오는 저 끔찍한 지옥의" 4·3

사건을 기억해내는 임철우(1954년생)의 『백년여관』(한겨레신문사 2004)을 포함한 이런 '기록들'이야말로 한반도에서 분단시대가 침식되고 있음을 말해주는 확실한 근거다. 21세기는 해원과 상생의 시대로 접어들어야 한다는 간곡한 창작의지가 거기에 각인되어 있는 것이다. 반면에 이 작품들은 한반도 윗녘과 아랫녘 각각의 삶의 가치관들이 나름의 현실에 뿌리를 박고 형성되었음을 정당하게 작품화하는 일이 얼마나 어려운지 일깨워주기도 한다. 이 이야기들을 북녘의 독자라면 과연 어떤 심정으로 받아들일 것이며, 우리는 어떻게 평가해야 할 것인가. 아직껏 성취가 중단편에 집중된 아쉬움이 있지만 필자로서는 이 작품들이 좀더 많은 독자와 만나기 바라는 마음 간절하다. 일종의 표본성을 띠는 장편들을 논하는 것도 그런 뜻에서다.

우리 학계에는 독일재통일(1990. 10. 13)을 한반도 분단극복의 모델로 내세우는 논자들이 적지 않다. 먼저 재독(在獨) 작가 강유일(1953년생)의 『피아노 소나타 1987』(민음사 2005)을 보자. 1987년 11월에 일어난 이른바 KAL기 폭파사건을 다룬 이 작품이 바로 그 경우가 아닌가 싶기 때문이다. 현란한 비유적 문체를 자유자재로 구사하면서 음악에서 해부학에 이르는 방대한 지식을 동원한 이 장편은 북한의 테러리스트 한세류와 남한의 피아니스트 안누항의 대립구도로 전개된다. 밑그림이 아주 분명한데, 유토피아에 대한 집착에서 비롯한 폭력을 예술로써 치유한다는 구상이다. 테러에 의한 이상세계 건설이 얼마나 허구적인가는 주로 한세류의 수사를 맡은 제승이라는 인물을 통해 드러나지만, 거의 모든 인물이 그것이 허구임을 직·간접적으로 증언한다.

하지만 한세류의 테러를 유토피아 열망으로 등치한 것부터가 다분히 상투적이다. "동서독의 분단놀이는 끝났다"며 작품을 마무리하는 작가는 사실상 동독의 붕괴라는——그 나름으로 특수했던——역사적 현실을 남북관계에 고스란히 대입한다. 남한에 의한 흡수통일이라는 발상에 소설로 살을 입힌 형국이다. 북한 파국의 징조를 KAL기 테러를 통해 상상하는 경우라 하더라도, 그 상상이 '느껴지는 현실'이 되기 위해서는 가능한 모든 현실적 변수들에 대한 냉철한 사유가 필수적이다. 그같은 변수들이 제대로 고려되지 않은 유비구도에서 인물들이 개별적으로 살아 있기를 바라기는 어렵다. 한세류와 안누항을 비롯해 제승과 파스칼 등 주요인물들은 살아 있는 개성이라기보다 막후에 존재하는 작가의 확고한 관점을 이렇게 저렇게 대변하는 꼭두각시에 가깝다는 말이다. 이미 지적되었듯이(황광수, 앞의 글 239면) 이 문제는 작가 개인의 상상력을 고양하는 수사와 문체만으로는 해소하기 어렵다. 그렇다고 이 작품을 분단체제의 무반성적 내면화가 낳은 산물로 치부한다면 너무 혹독한 비판일 것이다. 다만 그런 체제가 남북한 사람들의 내면에 키워놓은 '괴물'을 포획하는 데는 그보다 훨씬 유연하면서도 정치한 상상력이 필요하다는 점만은 짚어두어야 하겠다.

강영숙(1966년생)의 『리나』(랜덤하우스코리아 2006)는 그런 의미에서도 여러모로 시사적이다. 탈북자로 짐작되는 리나(俐娜)라는 16세 소녀가 8년간 떠나온 여정은 지도로 정확히 그리는 것이 불가능하다. 살인, 강간, 수용소, 노동착취, 매춘, 마약, 인신매매 등이 서사의 마디를 형성한다고 해야 할 이 장편에는 거의 모든 시공간적 지명이 지워져 있기 때문이다. 그런데 그렇게 지워지는 과정에 흥미롭게도 즉물적인 생동감이 담기기도 한다. 예컨대 '미친 나라'로 언급되는 리나의 '고국'과 "거품 위에 둥둥 떠 있는 나라"로 지목되는 (그녀의 지향점인 듯한) P국도 암시만 될 뿐이지만, 그 암시성으로 인해 적어도 한반도의 독자라면 리나의 여정에 때로는 구체적인 맥락을 부여하면서 읽어나갈 수도 있다는 것이다.

전체적으로 서사는, 해설자가 한껏 의미를 부풀려 평가해주었듯이, '포스트모던'하다. 동북아의 국경들을 무시로 넘어 이리저리 팔리고 떠돌다가 묵시록적 자유경제도시에서 여타 (외국인)노동자들과 짐승처럼 부대끼는 그녀의 일대기는 국경은 물론 성과 계급, 민족의 경계가 분명치 않은 오늘날 지구 남반부의 실태에 대한 '보고서'라 할 만하다. 이산(離散)소설의 한 전형이랄 수도 있을 이 장편은 지구화시대에 '경계'가 갖는 의미를 근본적으로 심문함으로써 '통일문학', 나아가 통일시대라는 것 자체를 다시 생각하게 하는 망외의 소득도 거두고 있는 셈이다.

그렇다고 『리나』가 형식상으로 완전히 새롭다는 것은 아니다. 알다시피 서구문학에는 삐까로(picaro, 악당/방랑자)를 내세워 에피쏘드를 펼치면서 당대의 사회정치적 풍물을 세심하게 그려내는 전통이 존재한다. 강영숙의 서사도 그 범주에 넣고 생각해볼 수 있겠는데, 다른 한편 서사적 충동이 요즘 한국의 지식계에서 유행하는 '노마드'(탈주자)의 것임은 숙고해야 할 논점이다. 21세기에 가족의 해체야 새삼스러운 현상이 아니고, 삐와 리나의 관계가 예증하듯 무국적자들의 유대 가능성이 『리나』에 없다고 할 수는 없다. 그러나 작품 전반에서 감지되는 느낌은, 그러한 유대를 향한 리나의 지난한 몸부림 못지않게 (어쩌면 그 이상으로) "모든 고정된 것이 연기처럼 사라"지는 근대 특유의 정서에 '서사의 몸'도 사로잡혀 있다는 것이다.

'탈주자들'의 국경을 초월한 유대를 시야에서 놓치지 않으면서 근대 특유의 유동성에도 적응해야 하는 우리로서는 작품의 그 양면 중에서 어느 하나에만 주목할 수는 없겠다. 그런 의미에서 제3국인 'P국'이 단순히 표상된 관념 이상의 것임이 독자에게 실감되려면 탈주의 '무중력'에 탐닉하는 경향도 적절하게 제어되어야 한다는 점은 강조함직하다. 따라서 아직 단언하기는 어렵고 그런 탐닉에서조차 고전적인 발화(發話)가 나오지 말라는 법도 없지만, 『리나』의 포스트모던적 의의를 사주는 경우라면 단서도 달아야 할 듯하다. 즉 국경과 민족들 자체도 해체되고 다시 만들어진다는 역사적 인식을 깔고 정주와 탈주의 긴장으로 형성되는 지구적 현실을 치밀하게 탐사하는 단계는 아직 미답(未踏)으로 남아 있다는 것이다.

한국동란 이후 한반도에 '하나의' 분단체제가 성립되는 과정에서 희생된 수많은 생령의 해원과 희망에 관한 한, 탈주와 정주의 상상력보다는 '있었던 사실 자체'의 지성스런 되살림이 더 앞서야 하는지도 모른다. 하지만 이제 와서 '다시, 문제는 리얼리즘이다'로 돌아갈 수는 없는 일이다. 박정희 유신체제의 야수성에 대한 고발을 넘어서 민주주의와 평화통일을 열망한 각성한 개인들의 짓밟힌 꿈을 추적한 김원일의 연작소설 『푸른 혼』(이룸 2005) 같은 작품도 좋지만, 앞으로는 엄정한 사실인식을 활달한 상상력과 결합한 이야기들이 더 많이 나오기를 바랄 뿐이다. 어쨌든 소설 아닌 소설인 이 '인물평전'은 오늘날 참여정부에 이르는 남한의 험난한 민주화여정에 대한 지극한 헌사인 동시에 허리 잘린 한반도 남쪽의 '과거청산작업'에 비견할 만하다. 그렇다면 북한작가에 의한 북녘땅의 문학적 과거청산을 앞으로 기대해볼 수도 있지 않을까?

그런 바람은 바람대로 남겨두고 우리네 창작계로 눈을 돌리면, 『푸른 혼』과 대칭적인 작품으로 정철훈(1959년생)의 『인간의 악보』(민음사 2006)가 떠오른다. 2005년 남북작가대회 남측 대표단의 일원으로 처음 북녘땅을 밟은 소회가 촉발한 이야기이다. 해방 이후 북쪽을 선택했으나 '금싸라기' 신분으로 '조국'을 등지고 카자흐공화국 알마티로 흘러들어간 한 무국적자의 생애가 우리 앞에 펼쳐진다. 지금까지 진지한 '분단문학'에서 취급하기 꺼린 주제인데, 그것은 김일성 유일체제에 대한 정면비판과 함께 간다. 한추민이라는 자의적·타의적 이산자를 통한 고발의 많은 부분은 전후 유일체제의 성립배경과 그 실상을 폭로하는 데 바쳐진다. 그렇다고 작가가 분단체제의 얽히고설킨 모순들에서 북한민중의 인권과 민주화 문제만 따로 떼어내 부각한다고 단정할 수는 없다. 한추민의 조카인 '나'의 "손목시계가 스르르 풀리면서 작은 수포를 만들며 검은 심연 속으로 가라앉"는(『인간의 악보』 296면) 것으로 처리된 마지막 장면도 그렇지만, 고향을 상실한 한추민의 절절한 심경은 '반북의식' 못지않게 해원의 염원을 곳곳에 담고 있기 때문이다.

그런 염원을 작품 차원에서 되새김질한다면 50, 60년대 두 개의 반쪽 국가·민족 가운데 어느 쪽이 더 민주적이었는가를 따지는 일도 부질없지 않을까. 150여 민족이 공생하는 카자흐공화국을 옹호하는 (한추민의 딸) 올가가 말해주듯이 작가의 지향점은 순수 단일민족국가와도 거리가 멀다. 그럼에도 작가 자신의 비극적 가족사가 얽혀들어간 인물들을 그릴 때의 절절함이 50년대 당시 한반도 정세에 대해 얼마나 입체적인 분석을 낳았는가는 의문이다. 앞서 작가의 해원의지를 강조했는데, 전체적으로 본다면 50년대 (소련과) 북한의 경직된 체제에 대한 작품의 비판은 한추민 개인의 비극을 통해 단순해진다는 것이 정확한 판단이지 싶다. 통일시대로 일컬어지는 바로 오늘의 한반도, 그중에서도 북한의 반인권적 상황을 겨냥하는 것 자체가 문제는 아니라는 말이다. 중요한 것은 역시 한반도 현실을 다각적으로 그려내는 일 자체를, 어느덧 분단체제의 관성에 따라 살고 있는 우리의 심금을 울리는 것과 일치시키는 창작이다. 북의 문제를 지적했으니 남의 어두운 과거도 꼬집었어야 한다는 투정을 부리고자 함은 아니다. 한추민이라는, 문자 그대로 존재증명이 불가능한 존재를 통해 50년대 북한의 어떤 총체적 진실을 증언하려는 시도가 북에 대한 관념상(觀念像)에서 충분히 탈피하지 못했다면, 그것도 문학을 그 본연의 모습으로 꽃피우는 경지는 아닐 것이다.

적어도 그런 관념상에 관한 한, 윤후명(1946년생)의 『삼국유사 읽는 호텔』(랜덤하우스중앙 2005)은 더 담백하고 어떤 면에서 더 정직하다. 남녀생활의 관성에 물든 사람의 시선으로 북녘현실을 다룰 때 생기는 곤경을 드러낸다는 점에서도 더 징후적이다. 북한 방문중 평양 양각도 호텔에 투숙하면서 북녘땅을 둘러본 나흘간을 날짜별로 마치 일기를 적듯이 기록한 이 이야기는 M이라는 여성과 함께 한 여정의 기억도 편지 형식으로 애틋하게 되살리지만, 내용의 대부분은 제목 그대로 『삼국유사』를 읽는 것으로 채워져 있다.

『삼국유사』의 독자인 '나'는 이를테면 '반북'과 '친북'의 어떤 회색지대에 놓인 인물이다. 전자로 기울기에는 동포적 애증이 너무 복잡하게 얽혀 있고, 그렇다고 후자, 즉 친북의 입장에 서기에도 남한체제의 우월성을 은연중 확신하는 인물이다. 그러면서도 남한에 대해 "이른바 민주화는 어느정도 이룩되었다고는 하지만, 나라 돌아가는 꼴은 뒤죽박죽"이라고(『삼국유사 읽는 호텔』 206면) 개탄하기도 한다. 그런데 좀더 엄밀하게 말하자면, 북한체제의 기사회생보다는 붕괴에 더 신빙성을 둔다고 해야 정확할 듯하다. 이를테면 그는 "호텔 의자에 앉아 한 나라의 멸망에 대해 읽고 있자니 못된 짓을 하는 것만 같다"고(『삼국유사 읽는 호텔』 217면) 느끼는 독자다. 그러나 그때조차 6·25의 참화를 상기하면서 바로 그런 '못된 짓'에 일말의 죄의식을 느끼는 시민이다. 게다가 양각도 호텔을 절해의 고도, 아니 '수용소'처럼 생각하는 그의 무의식 저편에는 억압된 개인사가 숨어 있다. "군용담요로 바지를 만들어 입고 탄약상자의 앉은뱅이책상에 엎드려 '우리는 대한민국의 아들딸, 죽음으로써 나라를 지키자'"라는(『삼국유사 읽는 호텔』 24면) 교과서의 한 대목을 읽던 '나'가 도사리고 있는 것이다.

그러니 그 '나'가 '죽이는 시간'이 『삼국유사』 읽기로 채워지는 것은 의아스런 일이 아니다. 게다가 자유로운 시내관광은 고사하고 정해진 공식일정조차 체제선전으로 일관하는 여정이 아닌가. 북녘의 현실에 도저히 마음으로 가닿을 수 없는 96시간의 여행에서 화자는 『삼국유사』라는 '상상의 세계'에 빠져든다. 그렇다고 작가가 북의 현실에 눈감는다고 비판한다면(황광수, 앞의 글 230면) 너무 단순한 해석일 것이다. 그의 '『삼국유사』 읽기'는 화자의 표현 그대로 "막힌 통로 속에서의 몸짓, 그것"(『삼국유사 읽는 호텔』 68면)이라고 평가할 만하다. 그것은 작가가 "소년궁전에서 어린 소녀가 언제까지나 변함없는 미소를 지으며 똑같은 몸짓을 반복, 반복, 반복, 반복하는 모양을 보았을 때의 절망감을 어떻게 말해야 좋을까"(『삼국유사 읽는 호텔』229면)를 묻고 고민하기 때문이기도 하다. 필자는 이 고민에 대해 우리에게도 화려한 백화점 엘리베이터걸이 꾸며내는 웃음의 반복, 반복, 반복은 있지 않은가 반문하고픈 심정이지만, 어쨌든 작가는 그런 물음에 대한 하나의 답을 『삼국유사』의 세계에서 '우연히' 찾은 셈이다.

물론 작가는 『삼국유사』에 상당한 조예가 있으며, 그 우연도 오래 준비된 것이다. 그가 두서없이 들려주는 듯한 삼국 관련 유사(遺事)가 때로 주도면밀한 복선을 까는 것도 그 때문이다. 가령 첫날 「구지가(龜旨歌)」의 한 구절을 살짝 틀어서 화자가 잠자리에서 던지는 "정의여, 진실이여, 머리를 내미소서"라는 기원(祈願)만 해도 그렇다. 그것은 북녘땅에서 갈피를 못 잡고 헤매는 자신을 향한 것이지만, 다른 한편 허리 잘린 한반도 근대의 정의와 진실을 갈구하는 표현이기도 하다. 외세에 기대 삼국을 통합한 신라의 결코 간단치 않았던 통일과정을 반추하는 데서도 그런 갈구는 확인된다. 한반도를 중심으로 명멸했던 나라들의 존재를 통해, 그 나라들의 문화를 꽃피운 고승의 일화를 통해, 우리 산하의 꽃과 나무를 통해, 「구지가」 같은 옛 노래를 통해 작가는 '역사교육'으로 돌아간다.

그 역사교육은 나름으로 해원을 지향하는 『피아노 소나타 1987』 및 『인간의 악보』의 결말과 일면 상통하면서도 사뭇 다른 여운을 남긴다. 『삼국유사』의 인용문들로 작품의 절반 이상을 채우다시피 한 『삼국유사 읽는 호텔』의 대미가 '어제의 노래'가 아닌 오늘의 '연가' 한 수로 끝나는 것이다.[10] 그러나 연가의 울림에 뜨거운 마음으로 귀기울이는 순간에도

---

10) "몇천 줄기 강물에 두루 비친 달과 해 / 하나의 이슬방울에 비치어 / 저 하늘이 이슬처럼 영롱하리 / 바라보는 임이여 / 남녘에도, 북녘에도 / 그리운 임 있으니 / 달님과 해님이 어우

그것이 「둔황의 사랑」(『둔황의 사랑』, 문학과지성사 1983) 이후 작가가 줄곧 견지해온 어떤 도식의 답습에서 나온다는 사실은 적시하지 않을 수 없다. 관념의 광휘로 둘러싸인 '고고학적 과거' 대 '비루한 현재'의 대립이 반복되는 것이다. 그런 맥락에서 북녘의 현실과 마주한 화자가 불러내는 만파식적(萬波息笛)의 꿈이나 원효의 "다툼 없는 어우러짐〔和諍〕"의 이상도 완전히 새로운 것이 아님을 꼬집을 필요가 있을지 모른다. 개개의 창작자 쪽에서도 뭔가 허물 벗는 혁신을 작품으로 감행하지 않는 한 남녘의 마음과 북녘의 마음을 넉넉하게 트는 것도 힘들리라는 것이다.

여하한 섣부른 모험주의나 이상주의를 허용치 않는 것이 오늘날 한반도의 엄연한 현실이다. 이런 때 창작의 성취가 기도로서의 꿈과 이상으로 드러날 수 있다면 그야말로 금상첨화일 것이다. 물론 삶에 꿈과 이상만 있는 것이 아님은 두말할 것 없다. 아니 '통일시대'의 실상인즉 더할 수 없이 아찔하고도 지리멸렬한바, 그 진실을 숨김없이 증언하는 작업도 창작계가 반드시 수행해야 할 과제이다. 그런 의미에서 김영하(1968년생)의 『빛의 제국』(문학동네 2006)은 지나칠 수 없겠다.

2005년 어느날 불시에 24시간 내 귀환명령을 받은 남파간첩 김기영을 꼭짓점으로 아내와 딸의 하루를 시간대별로 묘파한 『빛의 제국』은 작가가 이야기꾼으로서 솜씨를 한껏 발휘한 '수공품'이다. "제아무리 대단한 상상력도 누군가의 피로 씌어진 단 한줄의 일차자료에서 출발한다"(「작가의 말」, 『검은 꽃』, 문학동네 2003)며, '묵서가'(墨西哥, 멕시코)로 흘러들어간 '애니깽들'의 사연을 상상한 전작보다 어떤 면에서는 더 잘 빠졌다. 형식에서 새롭달 것은 없는 반면, 『피아노 소나타 1987』과 『인간의 악보』가 상이한 태도로 드러낸 경직된 정세인식도 보이지 않는다. 어두운

러져 비치오리 / 임이여, 내 우러러 그대 모습에 / 한누리 이슬 올리오니 / 맑고 고우시라 / 이 땅, 이 하늘에 / 내 그리운 남님, 북님이여." 이 연가는 『문예중앙』 연재 당시(2003년 겨울 ~2004년 가을)에는 없던 것이다.

가족사를 뒤로하고 남으로 내려와 남한현실에 21년간 완전히 적응하여 영화수입업자가 된 김기영, 그와 같은 대학에서 한때 주체사상을 학습한 과거가 있지만 지금은 잘나가는 외제차 딜러로 변신한 장마리, 중학생 딸 현미로 구성된 3인 가족은 서울 중산층의 한 전형이라 할 만하다. 한 가족이지만 전혀 다른 생활궤도에 놓인 각 인물들의 동선은 일정한 극적 개연성도 확보하는바, 이들의 하루 행보는 독자의 시선을 단숨에 장악한다.

24시간 이내 귀환하라는 명령을 받은 김기영은 그 시간 안에 지금까지 42년의 생을 '총정리'해야 한다. 장마리는 대학생 애인이 끈질기게 요구해온 쓰리썸(threesome) 쎅스 제안을 수락하고 난생처음으로 난교(亂交)에 나선다. 이들의 딸 현미는 (나중에 알아차리게 되지만) 다중인격을 가진 남자아이의 생일 파티에 간다. 이 세 가닥 서사에 '주변인물들'을 사이사이 배치해 깔끔하게 엮어낸『빛의 제국』은 누가 뭐래도 빨리, 재미있게 읽히는——동시에 소비되는——텍스트다. 북의 주체사상으로 무장하고 80년대 남한 학생운동, 그중에서도 주사파에 침투해 '교리'를 학습하게 되는 김기영의 기막힌 아이러니와 부유한 지방 주류도매업자의 막내딸로서 학생운동을 맛보고 안온한 중산층으로 자리잡은 장마리의 성적 일탈이 한가닥으로 묶인다면 '재미'가 배가될 것은 분명한 일이다.[11]

---

11) 이 작품은『문학동네』에 연재하다가(2004년 가을~2005년 가을) 중단한 것을 전면 개작한 결과물이다. 연재분과 완성본을 비교해보면 김영하가 얼마나 순발력 있는 작가인가를 단박에 알 수 있다. 하지만 그런 민첩한 순발력도 서사적 사건의 예측된 '효과'에 맞춰 발휘된다는 느낌이다. 단순히 연재물에 짙게 배어 있는 80년대 남한의 복잡하게 꼬인 정치현실을 희석하는 쪽으로 개작이 진행되었다는 뜻이 아니다. 걷잡을 수 없이 번지는 서사에 '질서'를 부여하려는 노력은 작가에게 당연한 일이다. 다만 연재 4회의 마지막 대목에서 불현 듯 던진 "김기영, 너는 누구이며 도대체 어디로 가고 있는가"라는 물음이 온갖 방식으로 불러일으킬 법한 '상상의 현실'에 작가가 전력 투구하기보다는 상대적으로 쉽게 소비되는 방향으로 서사적 긴장을 해소해버렸다는 것이다.

이 두 인물의 행보를 『검은 꽃』과 연관짓는다면 이렇게도 말할 수 있다. 즉 일포드 호에서 벌어지는 요시다와 이정의 동성애, 이정과 이연수의 이성애를 장마리를 통해 좀더 일탈적 코드로 바꿔 구사하면서 김기영 같은 인물의 의식에 잠복한 분단현실이라는 뇌관의 폭발성을 자본주의의 '보편적 일상'으로 희석했다는 것이다. 하지만 그 희석과정에서 장마리라는 생생한 인물도 태어난다. 남한에 정착한 기영의 궤적에는 작가의 세계관이라고 할 만한 것이 교묘하게 흩뿌려져 있지만, 그 진짜 생활감각은 장마리가 대변하고 있다는 것이다.

여권 만료로 제3국으로 도피할 수 없게 된 김기영이 아내 장마리를 찾아가 형기를 치르고 "누구보다 성실한 남편으로, 아빠로 최선을 다"하겠다고 호소하는 멜로드라마가 김빠지게 느껴지는 것도 그 때문이다. 한마디로 「손풍금」의 인민 박광수가 풍기는 존재감 같은 것이 김기영에게는 실리지 않는다. 그도 그럴 것이, 아무리 실물처럼 만들어졌다 하더라도 그는 기본적으로 서울의 중산층 남자라는 주형(鑄型)에 간첩에 따라붙는 이미지들을 녹여 만든 주물에 불과하기 때문이다. 반면에 두 남자와 동시에 쎅스하면서 장마리가 느끼는 씁쓸한 환멸이나, 자수하여 광명 찾겠다는 기영의 애원을 뿌리치고 냉정하게 북으로 가라는 그녀의—분명히 더 앙칼졌음직한—생존본능은 여실한 편이다. 작가는 이 두 인물의 (엇갈릴 수밖에 없는) 행로에 어떤 결말을 제시하는가?

그 결말은 안보불안을 안고 사는 한국의 (중산층) 시민들도 안심하고 읽을 수 있는 것이다. 적어도 플롯상으로는 모든 상황을 피 한방울 흘리지 않고 아주 깔끔하게 정리한 것이다. 서사의 거의 모든 상황은 국정원의 관리하에서 통제·조정된 것으로 사후 해명된다. 그런 서사가 북녘의 현실을 괄호로 묶어버리는 동시에 김기영의 가족도 그 계급적 질서에 온존하는 것으로 끝나는 것은 어떤 면에서는 당연하다. 비로소 대한민국의 품으로 돌아온 그는 아마도 평생 위치추적장치가 내장된 시계를 차야 하겠지만 말이다. 이런 결말에 대고 6·15공동선언 이후에도 지리멸렬하면서도 때로는 첨예하게 전개되는 남북의 위기현실이 작품에서 거의 느껴지지 않는다고 투덜거리고 싶지는 않다. 작가 자신도 이 작품은 남북문제에 관한 것이 아니라고 말하고 있거니와, 문제는 그런 현실이 느껴지느냐 마느냐의 차원이 아니다.

오히려 소설이 다루는 인간의식의 '기본'이 쟁점이다. 무엇보다 북에서 태어나고 자란 기영의 21년 세월이 남의 현실에 적응한 21년이라는 시간에 별다른 외상(外傷) 없이 흡수·중화될 수 있을까? 한 개인의 무의식에 반평생 억압되어 있던 '그것'이 한순간에 해제된다면, 과연 어떤 일이 벌어질 것인가? 천천히 복기(復棋)해보면, 사건의 전조로 제시되는 기영의 두통부터가 대국의 맥이라기보다는 속수(俗手)에 가까운 것이다. 이 경우 탈북하여 어느날 서울 한복판에서 김기영과 마주친 첫사랑 정희의 소스라치는 반응을 떠올려볼 수도 있겠는데, 그렇다고 그 양상이 어떠하리라고 단정할 수는 없는 일이다. 다만 김기영의 선택이 연출하는 멜로드라마는 북도 남도 선택할 수 없게 된 한 인물의 고통스런 진실을 직시하기보다는 계산된 위안을 주기 위한 서사적 요식에 가깝다는 점만은 확언할 수 있다.

물론 "새로운 날의 시작이었다"로 끝나는 결말이 주는 여운에도 어떤 불편함이 없달 수는 없고, 적어도 그런 의미에서는 그것도 단순히 독자의 마음을 풀어주는 '오픈 엔딩'만은 아닐지 모른다. 그러나 현미에게 '내일'을 약속하고 그로써 이 부부의 앞날에도 희미한 서광을 비춘 그 결말이 분단시대를 절망과 희망으로 잠식하는 '통일시대'의 착잡한 진실을 일깨운다고 평가할 수는 없을 것이다. 대체 어디까지 가야 그런 일깨움에 도달할 수 있으며, 어떤 작품이라야 거추장스러운 작은따옴표를 걷어낸 통일시대의 징후가 아닌 도래를 증언한다고 말할 수 있는가. 『빛의 제국』은 "분단 이후 심화된 한반도 주민의 이질적인 근대경험을 무리없이 해체하는 동시에 포용하는 '고전'"을 향한 우리의 갈증이 단숨에 가시기 어려움을 다시 한번 확인해준다.

4. 한반도를 넘어서 —— 탈경계의 상상력

한반도에서의 해원과 상생이라는 화두를 온전히 작품화하는 것 못지않게 한반도 바깥의 타자들 속에서 한국인의 현재와 희망을 적극적으로 유추해내려는 작업도 어렵기는 마찬가지가 아닐까. 그런 작업은 알게모르게 분단극복의지의 확대 및 심화의 성격을 띠기도 하는데, 민족국가를 넘어서 탈경계의 상상력을 발휘하는 범주 ②에 속하는 작가들은 앞서 언급했다시피 무척이나 폭넓고 다채롭다. 이는 일차적으로 1989년의 해외여행 자유화 조치 이후 작가들의 외국체류가 세계화의 바람을 타고 꾸준히 확대되어온 결과다. 하지만 이국을 배경으로 하는 2000년대 한국소설은 90년대의 어수선한 개방분위기 속에서 쓴 작품과는 확연한 차이를 보인다. 그 배경은 작가들의 흐리마리한 정서를 담는 막연한 그릇이 아니라 한국의 정치현실과 긴밀하게 연동하는 생활현장으로 재현된다.

유재현(1962년생)의 소설집 『시하눅빌 스토리』(창비 2004)에 그려진 캄보디아는 제국주의에 의해 찢긴 역사적 공간으로서 자본의 위력에 휘둘리는 인민들이 벌이는 아귀다툼의——「조선민주주의인민공화국에서 온 사나이」가 그러하듯이 한반도의 착잡한 교착상태를 떠올리게도 하는——배경이다. 오수연(1964년생)의 『부엌』(이룸 2001: 강 2006)이 제시하는 인도는 남한의 먹을거리문화에 익숙한 주인공이 자신의 바로 그 문화의 건강치 못함을 심문하고 생태의식을 키워가는 현장이다. 방현석(1961년생)의 『랍스터를 먹는 시간』(창비 2003)에서 베트남은 80년대 한국 민주화운동의 '흐려진 정신'을 일깨우는 성찰적 공간이다. 공지영(1963년생)의 『별들의 들판』(창비 2004)에서 독일은 외국으로 '팔려간' 노동자나 입양아를 통해 한국 근대화의 어둠을 되비추는 거울이다. 김인숙(1963년생)의『그 여자의 자서전』(창비 2005)에 실린 몇몇 단편, 특히「바다와 나비」나「감옥의 뜰」에서 중국은 사회주의 이념의 돌이킬 수 없는 종언을 확인해주는 공간이다. 이나미(1961년생)는 시베리아 원시림 벌목인부인 북한 출신 노동자가 소련 알마타에 정착하기까지의 사연을 다룬『실크로드의 자유인』(신원문화사 1993)을 낸 바 있는데,『얼음가시』(자인 2000)의 러시아는 한국유학생의 예술혼을 불사르는 터로 설정된다.

이 모든 작품에서 이국체험은 한국사회의 여러 현실적 모순에 대한 고발을 은유적으로 함축하면서 탈민족주의의 충동을 드러내기도 한다. 그러니 짐짓 국외자의 시선으로 자기가 머무는 이국현실의 모순을 한국의 상황과 유비하는 작업에서 한걸음 더 나아가, 민족과 국가 자체의 정당성에 대한 물음을 던지는 작품이 씌어지는 것도 우연은 아니다. 민족주의에 비판적인 탈식민론자들의 문제의식과 유사한 발상이 탈경계의 상상력에서 흔히 발견되는 것 역시 우연으로 볼 수 없다. 그렇다고 그런 발상을, 진정한 생명력을 상실하여 껍데기만 남았다고 하는 '좀비 범주들' (zombie categories)로 민족을 환원하여 그 실제 발현양상을 과장하거나 축소하는 국내 일부 탈식민담론과 동일시할 것은 아니다. 민족주의에 대한 비판의식이 제대로 작품화하기만 한다면, 민족주의를 놓고 때로는 극단적으로 입장이 갈리는 통일담론의 통념에서 탈피하는 데도 한층 든든한 지적 재산이 되어줄 것이다. 사실 창작의 무대가 전지구적으로 확대되면 배타적인 민족적 구심성은 자연스럽게 해체 대상이 될 수밖에 없기도 하다.

반면에 열강의 이해관계가 때로는 결정적 변수가 되는 한반도 현실에서 이론적 허구로서의 민족을 제국주의에 대한 저항 도구로 차용하는 급진 탈식민담론의 동력[12]도 관념적인 것으로만 치부할 수는 없다. 그러나

222

일정한 지리적 시공간에 모여 살면서 자연스럽게 생기는 민족감정을 이데올로기로서의 민족주의와 사실상 등치하면서 "궁극적으로 국가와 민족은 구분되어야" 하며 "국가와 민족은 서로 모순되는 가치를 갖고 있다"는 식의 '공세'[13]에 대해서는 거리를 두어야 한다고 본다. 국가와 민족의 구분 기준 및 가치의 분리 문제는 서로 다른 처지에 처한 국민국가들의 역사적 궤적에 비추어 검증해야 하는 사안이다.[14]

그런 의미에서도, 큰 욕심을 내지 않으면서도 작은 개인들과 큰 역사, 큰 개인들과 작은 역사들이 만나는 우리당대의 지점을 암중모색하는 작가들의 고투는 눈여겨보아야 한다. 무척이나 과작(寡作)인 전성태(1969년생)의 단편들도 그런 모색의 진정성을 느끼게 하는 예다. 앞서 「강을 건너는 사람들」을 소개했는데, 전성태의 두번째 소설집 『국경을 넘는 일』(창비 2005)에 실린 「퇴역 레슬러」 「연이 생각」 등은 개인의 내밀한 체험이 역사라는 거대한 문맥과 어긋나고 만나는 지점에 대한 성실하면서도 사려있는 성찰이다. 「존재의 숲」도 과장이나 치장 없이 사람들의 '소설(小說)'을 발견하려는 작가의 땀방울이 배어 있는 단편이다. 그중 탈경계의 상상력이 가장 표나게 발휘된 것은 표제작 「국경을 넘는 일」이다.

고국을 떠나 있는 자의 의식을 전면에 부각한다는 점에서는 이 단편도 경계 넘기의 서사에 속한다. 범박하게 정리하면, 작가가 한국인 남자 박을 주인공으로 내세워 심문하는 것은 국가적 경계와 성적 경계다. 박이 캄보디아와 태국의 국경 다리를 넘어가다가 일으키는 우발적 '사건'과 여행중에 만난 일본 여성 나오꼬와의 하룻밤 풋사랑이 무관한 것은 물론

---

12) 예컨대 이경원 「탈식민주의의 계보와 정체성」, 『탈식민주의: 이론과 쟁점』, 문학과지성사 2003, 57면.

13) 고부응 『초민족 시대의 민족 정체성』, 문학과지성사 2002, 130면.

14) 탈식민주의 담론의 건설적 동력에 의탁하면서 한반도에서 형성된 민족 개념을 비판적으로 살핀 논의로는 Gi-Wook Shin, *Ethnic Nationalism in Korea: Genealogy, Politics, and Legacy* (Stanford UP 2006) 참고.

아니다. 다리 난간에 남은 탄흔을 본 박이 긴장하다가 누군가 장난으로
분 호루라기 소리를 듣고 기겁하여 도망가는 에피쏘드는 분단국가 시민
의 어떤 피해의식과 전혀 무관할 수 없듯이, 여행길에서 일본 여성을 품
에 안는 과정에서 맛본 묘한——"외부의 어떤 세계가 아니라 자신의 내부
를 뛰어넘"은(「국경을 넘는 일」156면) 듯한——성취감과 좌절감도 민족의식
과 절연하여 생각하기 힘들다. 이 두 서사의 얼개 사이사이에 한국인과
일본인의 정체성, 북한문제, 민족주의 같은 화두들이 배치되면서 서사적
사건이 갖는 역사적 맥락도 분명해진다.

그러나 작품의 기본정서는 역시 박과 나오꼬 사이의 극히 개인적인 끌
림에서 나온다고 봐야 할 듯하다. 그렇다면 그 끌림이 박과 나오꼬 사이
에 가로놓인——성과 민족의 문맥만으로는 설명할 수 없는[15]——어떤 벽
을 트는 '사건'으로 이어지는가가 핵심일 터인데, 이들의 만남은 낯선 여
행지에서의 '해프닝'에 가깝다. 박이라는 개인이 아버지뻘 남자와 애인
으로 동행한 나오꼬라는 일본 여성에게 끌리는 과정에 '경계'를 넘는 자
의 고뇌가 집약되지는 못했다는 것이다. 그런 실패는 성적 경계든 민족
적 경계든 그것을 확실하게 넘어서지 못한 데서 연유한다기보다는 나오
꼬에 대한 박의 의식의 실패에 가깝다고 해야 할 터다. 나오꼬와 헤어질
때 박이 외치는 소리——"너는 그냥 어린 계집아이일 뿐이야"(「국경을 넘
는 일」167면)——도 그녀보다는 사실상 그의 미성숙을 반사하는 것이다.
그러므로 남한 남자의 내면에 정리되지 않은 채 복잡하게 꼬인 국가적·
성적 경계를 「국경을 넘는 일」이 풀어내지는 못했다 하더라도 그런 미성

---

15) 이는 박뿐 아니라 작가도 분명히 의식하고 있다. 박은 "우리에게 국경을 넘는 일은 죽음
을 의미하지요. 아마 제 무의식 속에 그런 국경에 대한 공포가 잠재돼 있었던 모양이에요"
라고(「국경을 넘는 일」141면) '그 사건'을 해명한다. 그러나 곧이어 이런 해명을 그는 "이
이국의 여자 앞에서 자신을 어떤 식으로든 포장하고 싶다는 욕망을 떨칠 수가 없었던 것이
다"(같은 면)라고 해서 앞선 발언을 상당부분 수정하는데, 그렇다면 '그 공포'와 '포장의
욕구'도 부분적 진실일 수밖에 없다.

숙을 있는 그대로 제시하는 데는 성공했다는 평가도 가능할 듯하다. 그 난맥상을 제대로 풀지 못한 한계를 타박할 일은 아니라는 것이다. 발로 뛰고 가슴으로 생각하는 작가의 정직과 정진은 앞으로의 활동에 기대를 품게 한다고 본다.

실제로 그런 기대에 부응하는 작품이 나오고 있기도 하다. 작가 자신의 몽골 체류 경험을 소설화한 「코리언 술저」(『실천문학』 2005년 겨울호)와 「목란식당」(『창작과비평』 2006년 겨울호)은 탈경계의 상상력에 값하는 단편으로 오늘의 한반도 현실을 진단한 훌륭한 예다. 전자는 한국보다 '후진국'일수록 더욱 뒤틀리고 왜곡된 형태로 드러나기 마련인 한국 남성의 '군사주의적 자아'에 대한 비판적 해부가 돋보인다. 몽골에서 가이드 일을 하다가 여행사를 차린 젊은이를 화자로 내세운 「목란식당」은 세계화 시대가 몽골이라는 '관광시장'에 접목되는 양상을 전해주면서도 최근 한반도 정세에 대한 섬세한 진단을 겸하는 이야기이다. 예컨대 화자의 삼촌이 중견 화가로서 독자에게 전달하는 방북체험도 잘 뜯어보면 '북=경직, 남=자유'라는 도식을 다시 생각하게 하는 면이 있다. 수년 전 북한을 방문했다가 북한 당국자와의 약속을 어기고 금강산 가는 길에서 목격한 처녀를 화폭에 담은 그는 나중에 그 일로 인해 그와 동행한 몇사람이 처벌을 받았다는 사실을 알게 된다. 그 일로 일행 중 한명이던 유망한──송우식으로 밝혀지는──화가 한명이 8년간 작품활동을 하지 못하게 된 것이다.

"따져보면 문제는 그 정도도 포용하지 못한 북한당국에 있는 것이지 삼촌에게 있다고 보기 어려"운(「목란식당」 71면) 것이 사실이라 하더라도 "자신의 그림 욕심으로 여러 사람이 다쳤다고 자책"하는(「목란식당」 71면) 삼촌의 반성은 반성대로 남는다. 이런 에피쏘드도 남과 북의 만남이 얼마나 살얼음판을 걷는 일인가를 깨닫게 한다. 하지만 작가는 처벌받은 북의 그 작가가 작품활동을 재개했음을 알림으로써 그런 살얼음판을 딛고 나아가는 남북관계의 실상을 일러주기도 한다. 그런가 하면 '분단장사'의 한 터전인 목란식당에 찾아온 목회자들이——등에 "흰 글자로 '구국을 위한 고난의 십자가'"라는(「목란식당」 82면) 글귀를 써붙인 신도들이——벌이는 '소동'도 '북핵사태'를 바라보는 남한사회 일각의 관점을 여실하게 반영한다.

"자, 성도 여러분도 들으셨지요? 우리가 먹는 음식은 핵무기를 만드는 데 사용되지 않는다고 합니다. 우리는 조국과 민족이 처한 난국을 위해 이렇게 먼 길을 달려왔습니다. 니느웨 백성이 베옷을 입고 금식을 하자 하나님은 사십일 뒤에 내리실 재앙을 거두셨습니다. 우리는 내일부터 구국을 위한 고난의 금식기도회를 시작합니다. 자, 들었다시피 정갈한 음식입니다. 오늘은 조국의 안보를 생각하면서 만찬을 즐깁시다." (「목란식당」 83면)

희극이랄 수도 비극이랄 수도 없는 이 '우국(憂國)의 충정'도 남한 시민사회에서 나오는 목소리의 하나임은 부정할 수 없겠지만, 진중하게 새겨할 점은 작품이 섣부른 비판을 자제하면서 그런 맹목적인 충정도 현실의 일부로 냉철하게 자리매긴다는 사실이다. 전성태가 좀더 긴 호흡으로 '통일시대'와 전면적으로 대면하는 것을 보고 싶다.

다른 한편 전성태보다 월경(越境)의 상상력을 좀더 '행동적인 방식'으로 펼치는 듯한 이는 오수연(1964년생)이다. 이미 그녀는 말 그대로 발로 뛴 기록 『아부 알리, 죽지 마』(향연 2004)를 통해 이라크전의 처참한 실상과 그 인간적 진실 및 희망을 헌신적으로 '보도'한 바 있다. 김남일(1957년생)은 「노을을 위하여」(『문학수첩』 2005년 여름호)에서 아랍세계 작가들과의 만남을 통해 '지금 이곳'의 생활을 절실하게 반성하는 자의 내면을 보여준 바 있고 구효서(1957년생)의 「앗쌀람 알라이 쿰」(『현대문학』 2005년 9

월호)도 '신의 뜻'에 죽음으로써 순종하는 이라크 민중의 평화의식을 한 한국 여성의 시선을 통해 절망적으로 증언한 바 있지만, 여기서는 그 전쟁의 참화를 소설적 형식으로 기록한 오수연의 「길」(『문학수첩』 2005년 봄호)을 간략하게나마 언급하고 싶다. 그녀의 '현실참여'로서의 소설쓰기는 역사를 가공하는 데 장기를 보이는 김연수(1970년생)와 마침 좋은 대조를 이룬다. 이 둘을 비교함으로써 문학에서의 참여의 의미를 다시 생각해보자는 뜻이다.

지금 이라크에서 벌어지는 구호활동의 실체를 '나'의 시각으로 담담하게 증언하는 「길」은 여러 갈래로 꼬여 있다. 이는 반전평화의 연대로 이어지는 길이 전혀 불투명한 이라크의 아수라장을 가감없이 보여주는 데서 비롯한다. "전쟁을 일으킨 사람들이 또 도와주겠다고 와. 전쟁을 막겠다고 목숨 걸고 온 사람들도, 전쟁을 일으킨 나라 사람들"인 역설의 현실도 이라크에서 처음으로 나타난 것은 아니다. 나름의 사명의식으로 무장하고 한국에서 온 '나'와 전쟁터를 일종의 위험한 관광코스쯤으로 여기는 일본인 코지, 목숨 걸고 오기는 했지만 미국에서의 '라이프 스타일'을 버리지 못하는 리안의 문화적 갈등도 예상함직하다. 그런가 하면 당일치기 운전사로 고용된 하이달이 '선의'의 외국인들을 상대로 바가지 아닌 바가지를 씌우는 것도 전시나 다름없는 이라크에서는 흔한 일일 듯하다.

그러나 '나'를 포함한 이 모든 인물군상이 새롭게 일깨워주는 바는, 그 자체로 순진한 인도주의가 왜 이라크 같은 상황에서는 통하지 않는가이다. 물론 그런 일깨움은 막막함으로 이어진다. 싸담 후세인의 학정과 침략자 미국의 만행, 이라크인들 내부의 분열이 뒤엉킨 현실에서 온정주의와 "순진한 열정"이 무력할 수밖에 없음을 '나'의 솔직한 체험은 증언하는 것이다. 오수연의 이 단편은 '나'의 무력감에 대한 성실한 성찰을 담고 있기에 독자도 어렴풋이 그것만이 전부가 아니고 또 전부여서도 안될 것임을 느끼게 된다. '나'는 이라크라는 그야말로 혼돈의 도가니 속에서 "우리는 여기서 살 사람도 죽을 사람도 아니"라는 인식에 도달한다. 그것은 무책임한 방기와는 다른 것이다. 그렇다고 적극적인 연대의 비전이 암시되는 것은 아니다. 아무런 대안 없이 착잡하게 마무리되지만 이야기의 여운은 오히려 명백한 해결책이 없는 데서 나온다. 말하자면 '이라크인들의 것은 이라크인들에게' 남겨두고 소명을 기다리겠다는 자세가 작품으로 드러나는 것이다. 도저히 어찌해볼 도리가 없는 구렁텅이에 빠진 듯한 이라크 민중과의 실낱같은 연대의식일망정 끝내 놓지 않는 오수연의 다음 작업을 기대하게 되는 것도 그래서다.

김연수(1970년생)도 역사적 상황에 대한 명확한 답을 제시하는 작가는 아니다. 오히려 답이 없는 그 상태를 화두로 궁굴리는 작가에 가깝다. 하지만 비슷한 연배의 소설가들과 비교해도 그의 역사공부와 현장학습에는 집요하고도 특이한 데가 있다. 아마도 1970년 이후 세대에서 그만큼 '1차 자료'를 광범위하게 활용한 소설가는 없는 것으로 보인다. 이미 『꾿빠이, 이상』(문학동네 2001)에서도 그는 실증자료에 그 특유의 상상력을 가미하여 역사라는 거대담론과 개인의 '작은 진실들'이 충돌하고 화해하는 지점을 탐사한 바 있다. 최근 들어 이런 식의 작업을 더 본격적으로 진행하는데, 『나는 유령작가입니다』(창비 2005)에서도 그 점을 다각도로 확인할 수 있다. 모두 9편으로 구성된 이 소설집의 내용은 무척이나 빽빽하다.

역사 속의 무명씨들을 등장시킨 「뿌넝숴(不能說)」「거짓된 마음의 역사」「남원고사(南原古詞)에 관한 세 개의 이야기와 한 개의 주석」「연애인 것을 깨닫자마자」「이렇게 한낮 속에 서 있다」 등은 시공간적 배경이 전부 다르다. 우리 동시대로 한정된 경우라 하더라도 거의 모두가 특정 과거의 역사재현 및 그 해석과 연관된지라 한몫에 논하기는 간단치 않다. 예컨대 「뿌넝숴」의 화자는 한국전쟁 당시 중공군으로 참전한 '백전

노장'이며, 「거짓된 마음의 역사」의 주인공은 한말의 조선으로 건너온 미국 북부의 '양키'다. 「이렇게 한낮 속에 서 있다」의 화자는 '적치하'에서 부역했다는 혐의를 9·28수복 당시 받은 한 여인인데, 18세기 『춘향전』을 절묘하게 변용한 「남원고사에 관한 세 개의 이야기와 한 개의 주석」의 경우 화자의 운용은 더 복잡하다. 「연애인 것을 깨닫자마자」의 배경은 일제시대인 30년대 경성이며 화자는 잡지사의 기자다. 말하자면 구체적인 배경지식을 필수적으로 요구하는 소설쓰기라는 것이다. 그러나 이 경우에도 작품의 성패를 가늠하는 것이 지식의 양이나 정확성 자체는 아닐 것이다. 요는 사료들을 부리는 작품 자체의——작가 개인의 신념과 무관할 수 없는—— '역사의식'이라고 해야 할 듯하다. 가령 「쉽게 끝나지 않을 것 같은, 농담」의 화자는 『나는 유령작가입니다』의 일관된 '역사관'을 집약하는 듯하다.

나는 역사라는 이름의 위험천만한 폭약을 단숨에 폭파시키는 뇌관은 『열하일기』나 실학사상 같은 게 아니라 벽장 속의 지구의나 뜰 앞의 나무 한그루처럼 사소하고 하잘것없고 우연의 소산으로만 보이는 것들이라고 생각한다. 시작과 끝, 원인과 결과만을 두고 본다면 세상의 모든 일은 인과관계에 따라 움직인다. 하지만 그 사이의 행로는 때로 매우 우연적이고 사소한 것들로 채워지곤 한다. (「쉽게 끝나지 않을 것 같은, 농담」 18면)

이런 '나'의 진술을 작가 자신의 것으로 단정해서도 안될 것이다. 화자도 우연과 필연을 '농담'으로 돌리면서 "둘 중 누구의 농담이 더 웃긴가 따져보기로 했"다지(「쉽게 끝나지 않을 것 같은, 농담」 28면) 않는가. 그러나 김연수가 우연과 필연의 구도에 지나치게 집착한다는 인상을 때로 받는 것도 사실이다. 그런 집착이 실제 창작에서 어떤 결과로 나타날 것인가는 예단할 수 없는 문제지만, 적어도 이분법 구도에서 탁월한 작품이 나올 수 있으리라고 믿기도 힘들다. 필연과 우연에서 후자에 무게를 두는 이 진술에 굳이 토를 단다면, 우리는 역사란 필연도 우연도 아니라고 하거나 둘 다라고 해야 할 것 같다. 미래의 독자를 확보하는 데는 필연과 우연 그 어느 한쪽으로 기울어지지 않는 성찰의 긴장이 요구된다는 것이다.

그러나 말이 좋아 성찰의 긴장이지, 그것을 작품으로 만들어내는 일이 간단할 수는 없다. 그에 대한 비평적 판단도 그러하다. 소위 대서사(grand narrative)와 합목적적 역사관을 거부하면서 미시사(微視史)로 기운 듯한 작가의 작품이 그런 독자를 얻을 수 있는가는 개별 텍스트를 놓고 짐작할 수 있을 뿐이다. 「뿌넝쉬」「남원고사에 관한 세 개의 이야기와 한 개의 주석」「이렇게 한낮 속에 서 있다」 등은 이야기 자체의 됨됨이뿐만 아니라 '교훈적 역사공부'를 위해서도 크게 모자람이 없는 텍스트로 판단된다. 그렇다면 이 세 단편을 염두에 두면서 「거짓된 마음의 역사」를 집중적으로 거론해보자. 이 잘빠진 단편의 미덕은 여타 단편에도 적용할 수 있는 반면 그 허점들도 마찬가지로 적용 가능해서 표본적으로 논의를 해볼 수 있을 듯하다.

모두 일곱 통의 편지로 이루어진 이 단편은 탈식민담론의 관점에서도 흥미로운 쟁점을 제기한다. 가령 민족이나 국가의 이데올로기적 형성과정을 주목하면서 민족·국가주의에 비판적인 구성주의 탈식민론자나 민족개념을 이론적 허구로 인정하면서도 그런 허구를 제국주의에 대한 저항 수단으로 채택하는 급진 탈식민론자라면 이 단편을 어떻게 읽을까? 무엇보다 화자 벤저민 스티븐슨의 변모에 주목할 듯하다. 그는 "미합중국의 '명백한 운명'이란 궁극적으로 나머지 세계 대부분을 포함하는 거대한 자유제국을 지리학적으로 상상할 수 있을 때 실현"된다고(「거짓된 마음의 역사」 87면) 믿는 미국중심주의자로 등장한다. 그런 북부의 양키가

'은자의 나라' 조선에 와서 자기가 믿은 사상에 의문을 던지게 되고 심지어 부정하는 인상마저 주는 사람으로 거듭나는 것처럼 보이는 것이다.

그 변화는 딱히 탈식민론자의 입장에 서지 않더라도 주목할 만한 점이다. 실제로 그간의 평단도 오리엔탈리즘의 해체양상을 강조했다. 하지만 민족과 국가를 역사적으로 '상상된 개념'으로 보는 구성주의 입장을 취하거나 서구 제국주의에 대항하는 탈식민 주체를 강조하는 논자라면 화자의 변모에 두는 무게는 유별나다고 봐야 할 것이다. 즉 동양에 대한 한 미국인의 허위의식을 꼬집는 면이 그런 변모에 있기 때문에 바로 그 점을 작품의 성취로 인정할 공산이 크리라는 예측이다. 더욱이 화자의 변신은 근대적 표준시라는 상상의 기준과 연관된 것으로 제시된다. 국제날짜변경선을 건너올 때 잃어버린 하루와 연관된 것으로 설정됨으로써 그 변모의 상징성도 절묘하게 증폭되는 것이다. 화자는 마지막 편지에서 이렇게 말한다.

"(…) 저는 문득문득 그 하루에 대해 생각하곤 했습니다. 제 인생에서 사라진 하루, 그 하루는 도대체 어디로 간 것일까요? 그리고 그 며칠 뒤, 저는 조선인들에게 두들겨맞아 사선을 넘나드는 지경에까지 이르렀습니다. 그 꼴을 당하고 나니 갑자기 영원한 사랑이라든가, 인간의 꿈이라든가, 자유라든가, 진보라든가 그런 것들이 죄다 사라진 그 하루와 같은 것이 아닐까 하는 의심이 들더군요. 어떤 점에서 귀하의 미합중국과 제 미합중국이 절대로 하나일 수 없는 상상의 소산에 불과하듯, 은자의 나라에서 찾은 제 진실한 사랑 역시 사라져버린 그 하루 같은 것일지 모릅니다. 하지만 그래서 어쩌란 말입니까? 제 인생에서 실제로 하루가 사라졌든 아니든, 우리가 진짜로 사랑하든 그렇지 않든, 그런 것은 중요하지 않습니다. 이 세계는 상상하는 대로 구성된다는 점이 중요합니다." (「거짓된 마음의 역사」 102~103면)

이 대목에 이어 그는 "이곳에서 살아가는 우리에 대해 귀하는 그 무엇도 상상할 수 없"으리라고 못박는다. 그러고는 자기의 "인생에서 사라져버린 그 하루를 생각하면 누구도 온전한 존재로 날짜변경선을 넘어올 수 없는 게 아닌가 하는 생각이" 든다는 말로 편지를 끝맺는다. 최소한 새로운 프런티어를 상상하는 힘의 절대성을 신봉하는 양키의 상상력으로 하여금 바로 그 절대성을 부정하게 한 셈이다. 말하자면 미국중심주의의 신념을 내면화한 양키로 하여금 그런 중심주의를 해체하게 하는──시쳇말로 손 안 대고 코 푸는──서사전략인 것이다.

이런 작품을 읽을 때 작가의 의도가 실제로 그런 것이었는지는 하나의 참고사항이다. 이 사설탐정이 정말 '개심'한 것일까, 아니 작품 자체가 오리엔탈리즘을 해체한다는 것은 맞는 판단인가라는 물음도 작가의 의도 못지않게 중요한 것이다. 그런 판단이 가능한 것은 "선량한 야만인들"이(「거짓된 마음의 역사」 96면) 사는 극동의 작은 왕국을 유린한 미국의 제국주의를 꼬집는 대목에서도 확인된다. "미합중국 군대가 공식적으로 조선에 처음 건네준 선물이"(「거짓된 마음의 역사」 95면) 바로 빈 배스(bass) 맥주병들이라는 사실을 수치스러워하는 그는 자유와 평등의 지평을 향하여 "두려움 없이 운명을 다하는"(「거짓된 마음의 역사」 81면) 상상력을 천명한 그 양키와는 천양지차라고 해야 할 것이다.

그러나 이 모든 사실에도 불구하고 그는 여전히 "이 세계는 상상하는 대로 구성된다는 점이 중요"하다는 것을 절대적으로 확신하는 인물이다. 게다가 그는 "어쩌면 우리는 저마다 자신이 처한 상황에서 프런티어를 상상하는 것일지도 모른다"며(「거짓된 마음의 역사」 97면) 자못 유연해지기까지 했다. 그렇다면 그가 좀더 '민주적인 미국중심주의'를 내면화한 양키로 '업그레이드'라도 됐다는 것인가? "누구도 온전한 존재로 날짜변경선을 넘어올 수 없"다(「거짓된 마음의 역사」 103면)──동양을 체계적으로 왜곡한 오리엔탈리즘에 오금을 박는 듯한 이 말은 누구의 것인가?

　작가의 치열한 '역사공부'에서 우러나온 「거짓된 마음의 역사」는 독자로 하여금 그런 물음들을 유발한다는 점에서도 결코 단순하지 않다. 작가와 화자의 경계를 흐리는 듯한 서사적 기교도 작품의 미덕으로 평가해야 좋을지 망설이게 된다. 이에 대해서는 판단을 유보하고 싶다. 다만 작가의 공부가 때로 과잉으로 느껴지게끔 하는 양키의 미국주의적 수사가 너무 화려한 것만은 마음에 걸린다. 오수연의 단편들과 대비해보면 특히 그러한데, 이것이 단순히 수사의 화려함에 국한되는 문제는 아닐 것이다. 구성주의와 반(反)구성주의의 세계관을 오락가락하는 작가 자신의 사유패턴과도 무관하지 않으리라는 짐작이다. 「거짓된 마음의 역사」도 그로 인해 결말의 아리송한 묘미에 아쉬움을 남기는 형국이다. 말하자면 그 양키가 한말(韓末)의 현실에 첫발을 들여놓는 순간 (매혹과 더불어!) 틀림없이 느꼈을 우월감과 역겨움은 '유쾌한 농담' 같은 목가(牧歌)로 처리되는 것이다. 골수에 스민 미국주의라는 이념에 제동을 걸면서 엘리자베스 비숍 여사가 포착한 것과 유사한 '낭만적 이미지'를 당대 조선현실에 투사한 그 결말에 찬사를 보낸 평자는 여럿이다. 그러나 양키의 어섯눈을 통한 것이기에 더 통렬하게 제기되었을 법한──식민시대의 어둠이 짙어지는── 한말의 상황에 대한 냉정한 비판이 함축되었더라면 그런 찬사도 덜 공허했으리라 본다.(이 문제는 작품 어조의 화려한 단조로움과 무관할 수 없다.)

　아무리 경계를 넘는 상상력이라 하더라도 한반도의 현실과 이런저런 방식으로 연관될 수밖에 없음은 범주 ②에 속하는 텍스트에서도 다양하게 실감할 수 있다. 하지만 국민국가의 지배이데올로기로 복무한 거대역사담론에 대한 비판의식이 적절한 균형을 잡지 못한 결과가 창작영역에서도 부정적으로 드러나기도 한다. 그렇다면 이데올로기로서의 민족주의와, 한반도 주민으로서 외세의 부당한 압력 및 국가 내부의 온갖 반인

간적 권력에 저항한 '공동체적 의식의 역사'를 변별하는 일도 중요해질
수밖에 없다. 그런 의미에서도 한반도의 민족 개념이 민중을 충복(忠僕)
으로 조련하는 국민국가의 이데올로기로 작동한 내력만을 제시한다든
가, 그것이 얼마나 중층적으로 형성·분화되었는가를 세밀하게 그려내는
데 치중하는 것만으로는 경계를 넘어서 새로운 지평에 도달하기가 어려
울 것이다. 70, 80년대에 주로 발휘된 '민족담론'의 구심성이 해체되고
딱히 민족적이라는 형용어로도 규정하기 힘든 새로운 활력이 작금의 남
한 시민사회에 등장하는 현상을——또한 이를 북한의 변화양상과 총체적
으로 연관지어——실증의 토대 위에서 확고하게 파악하는 일은 창작자에
게도 풀어야 할 과제로 남아 있다. 그 과제는 오늘의 분단현실에서 실질
적인 타자로 남아 있는 외국인노동자들의 존재와 연결될 수밖에 없다.
통일시대를 준비하는 기다림도 그런 타자와의 공감 없이는 허망할 것이
기 때문이다.

5. 한반도의 타자들과 공생의 윤리

「거짓된 마음의 역사」에 대한 논의에서도 언급되었고 이 절에서도 다
시 환기되는 바 있겠지만, 20세기, 특히 해방 이후 적어도 남한의 소설에
서 재현되는 타자의 문제는 미국(인)을 제쳐놓고 생각하기 어려울 것이
다. 한국인들에게 혈맹과 점령군이라는 극단적인 이미지들로 각인되었
다가 21세기 들어 진전된 남북관계에 따라 그 위상도 점점 상대화하고
있는 미국은 아직껏 한반도의 운명에 직·간접으로 간여하는 국가임이
분명하다. 이들이 한반도에 끼친 영향도 균형감을 잃지 않고 평가해야겠
지만, 그들로 인해 드리워진 그늘에 대한 도덕적 성찰도 반드시 필요하
다. 예컨대 김중미(1963년생)의 『거대한 뿌리』(검둥소 2006)도 최근의 한

예인바, 소위 기지촌과 그곳에서 새 생명을 부여받은 이방인 아닌 이방
인들은 우리 작가들에게도 외면할 수 없는 '상처'로서 껴안아야 할 형제
자매이기도 했다.

　다른 한편 분단 1세대 작가인 남정현(1933년생)의 「분지(糞地)」(1968)
와 천승세(1939년생)의 「황구(黃狗)의 비명」(1977)이 처연하게 고발하듯
이 지난 세기의 미국은 민족적 자아의 방어본능을 불러일으키는 억압적
존재로 치부된 것이 사실이다. 지난 연대에 '똥 땅'과 '누런 개'야말로
제3세계적 연대의 상징적 표지이기도 했으니, 어떤 면에서 그런 방어본
능은 가장 차원높은 민족의식이 표출되는 지적 계기로 작용한 면도 있었
던 것이다. 그러나 베트남전에서 우리가 보여준, 제국주의에 복무한 민
족주의의 폭력적 현시는 역사에 고스란히 기록되어 있거니와, 미군이나
미국인이 아닌 인종적 타자들이 작가들의 시야에 —— 베트남전을 배경으
로 하는 전쟁문학에서 무차별 섬멸해야 하는 적이나 끌어안아야 할 연민
의 대상으로 등장한 것을 제외한다면 —— 온전히 들어온 것도 우리가 국
경 밖 타자에게 '코리언 드림'이라는 것을 하릴없이 불러일으키고서야
가능했던 것이다.

　그렇게 해서 한국으로 흘러들어온 유랑인들의 꿈은 우리에게 '아메리
칸 드림'의 아픈 기억을 떠올리게 한다는 점에서도 결코 남의 이야기가
아니다. 세계화의 바람이 분 지도 십수년이 지난 21세기 한반도가 결코
민족적 동질성으로 채워진 시·공간이 아님은 누구나 인정할 법하지 않
은가. 그에 걸맞은 탈민족주의적 시민의식이 절실하다. 한 개인의 정체
성이 국경을 넘어서는 문화적 체험에 의해 만들어질 수 있는 여지는 20
세기 후반과 비교해도 비할 수 없이 넓어진 것이다. 그 이면에 국경을 초
월하는 자본과 노동의 흐름이 자리잡고 있음은 더 말할 것 없다. 한국의
'불법체류자'도 바로 그 흐름을 타고 온 '인력'이다.

　우리 소설가들이 그런 타자를 작품에 반영한 지는 오래되었지만, 오늘

날 '이주노동자 문학'과는 일정한 차별성을 띠는 듯하다. 고(故) 김소진 (1963년생)의 「달개비꽃」(1995)만 해도 굴곡 많은 한 남자의 삶에 섞여들 어간 인종적 타자들을 간명하게 그려낸 바 있는데, '외국인노동자 소설' 을 통해 공생의 윤리가 표면으로 제기된 것은 근래의 일이다.[16] 넓게 보 면 이 물음이 2000년에 들어 강력하게 제기된다는 것 자체가 6·15공동 선언의 의의를 성찰하는 하나의 계기가 된다. 2005년 8월 기준으로 43만 3천여 명, 남한 인구의 약 1퍼센트를 차지하는 외국인노동자들의 실상을 그린 작품들은 '통일시대'라는 이 시대에 대체 민족과 동포가 무엇인가 도 근본적으로 되묻게 하기 때문이다.

창작에서도 어느 것 하나 쉬운 게 있을까마는 외국인노동자의 문제를 그 되물음을 통해 작품으로 제기하다가 낯익은 난관에 봉착하는 사례도 드물지 않다. 도덕적 사명감이 지나친 나머지 감상성(感傷性)으로 빠질 위험도 크거니와, 작가로서 몸으로 살지 못한 이질적인 소재를 다루면서 내리는 특정한 서사적 '처방'이 관념으로 추락할 위험도 크다. 게다가 같 은 외국인노동자라 하더라도 동포노동자의 현실을 그리는 경우는 더 어 려울 수도 있다. 최근에는 중국지역, 특히 연변을 배경삼아 동포와의 만 남을 다룬 소설이 부쩍 활발하게 씌어지고 있는데, 천운영(1971년생)의 첫 장편인 『잘 가라, 서커스』(문학동네 2005)는 그런 난점을 구체적으로 논할 수 있는 마침 좋은 사례다.

이 작품을 한마디로 규정한다면 '끝까지 부르지 못한 연가'(戀歌)가 될 듯하다. 이에 관한 한 작가의 의도는 아주 확고하다. '작가의 말'에서 천운영은 "사랑이었으면 좋겠다. 위안이었으면 좋겠다. 나를 사랑해준

---

16) 한국 내 외국인노동자들에 대해서는 문학비평에서도 논의가 부쩍 활발해지는 추세다. 『실천문학』 2006년 가을호 특집 '지구적 자본주의와 약소자들' ; 『문학동네』 2006년 겨울호 특집 '길 위의 인생 ─ 이동, 탈출, 유목' ; 『내일을 여는 작가』 2006년 겨울호 특집 '이주노 동자와 한국문학' 등 참조.

사람들의 이야기이므로. 이 소설을 읽는 사람들도 따뜻해졌으면 좋겠다. 내가 그랬던 것처럼"이라고(『잘 가라, 서커스』 278면) 적고 있다. 어느 독자인들 사랑과 위안의 힘을 부정하겠는가. 작품에 대한 감흥도 읽는이의 따뜻한 마음이 없이는 온전할 수 없음을 누군들 인정하지 않겠는가. 그러나 떠돌이 노동자인 윤호와, 윤호의 장애인 형과 결혼하여 남한으로 건너온 조선족 림해화라는 두 인물이 부르는 사랑노래는, 냉정하게 평가하면, 일종의 '더빙'이다. 실제로는 작가 천운영이 선창(先唱)한 곡을 이들이 맥없이 따라부르는 연가일 뿐이라는 것이다.

'한국인'과 연변교포가 번갈아가며 화자로 나서는 이 사랑이야기는 총 11장에 걸쳐 연변의 문화적 풍경과 풍속을 세심하게 재현할 뿐만 아니라 그 말투나 어법까지도 되살린다. 충실한 현장답사와 소재공부는 인상적이다. 그것이 작품의 작품성을 확보하는 기본요건이라 할지라도 풍속의 사실적인 재현과 실제언어의 구사를 평가하는 데 인색해서는 안되리라 본다. 문제는 작품이 구현하는 사랑과 위안이 참다운 힘이 되어주지 못하고 자기연민에 빠지는 것이고, 독자가 품은 온기가 다른 이들의 온기와 만나 더 큰 기운을 만들지 못하는 경우다. 유감스럽게도 『잘 가라, 서커스』는 거기에 해당하는 것 같다. 주요 등장인물들, 즉 화자들인 림해화와 윤호는 말할 것도 없이 림해화의 동포 애인이자 역사학도인 '그 남자', 윤호의 형을 이어주는 것은 모두 '사랑'이다. 더 정확하게 말하면 서로 끌림을 느끼는 림해화와 윤호의 사랑은 금기의 사랑이고, 림해화와 그녀의 동포 애인의 사랑은 운명적인 사랑이며, 그녀에 대한 윤호 형의 사랑은 집착에 가까운 사랑이다. 작가는 잃어버린 발해사를 작품 곳곳에서 환기하면서 이 '사랑들'에 어떤 역사적 현실감을 불어넣으려고 하지만, 냉정하게 말하면 그것은 이들의 얽히고설킨 관계를 치장하는 장식 수준을 넘어서지 못한다. 사정이 이러하니 이야기 자체도——한국의 번듯하지 못한 남성에게 시집온 이주여성의 현실도——작가가 상상하는 연애감정에 따라 재구성되다시피 한다. (아마도 작품에서 림해화 같은 여성이 처한 현실과 심리의 재현이 가장 실감나는 부분은 가출한 후 그녀가 맞닥뜨린 고단한 생활을 그린 8, 11장이 아닌가 싶다. 그리고 작가의 감정이입이 상대적으로 덜한 상원이 인물로서 실감도 더 강하다.)

시시때때로 인물에 투사되는 감상성도 읽는 재미를 반감한다. 림해화에게 끌리는 자신으로부터 도망가기 위해 오랜 친구인 상원을 따라 배를 타는 윤호의 여정도 그러하지만, 그에 대한 감정을 눈치채고 림해화를 '사랑'으로 학대하다가 그녀가 가출하자 자멸의 길을 선택하는 윤호의 형도 크게 보면 신파적 정서로 그려진 인물이다. 작가는 그런 정서를 얄궂은 사랑의 장난으로 극화하려고 한 듯한데, '신파'와 비극은 다른 것이다. 이전 단편들에서 밀도 높은 관찰력을 보여준 작가라도 투철한 문제의식이 따르지 않으면 그 상상력이 결국 매너리즘에 빠지기 마련임을 다시 확인하게 된다. 『잘 가라, 서커스』의 그런 문제점들을 반사적으로 비추는 작품으로는 공선옥(1963년생)의 연작장편 『유랑가족』(실천문학사 2005)에 실린 「가리봉 연가」를 꼽아야겠는데,[17] 여기서는 여러 평자들이 주목한 김재영(1966년생)의 단편 「코끼리」(소설집 『코끼리』, 실천문학사 2005의 표제작)를 간략히 환기하는 것으로 만족할 수밖에 없을 듯하다.

조선족 어머니와 네팔 출신 아버지 사이에서 난 13세 소년 '나'(아카스)를 화자로 내세운 이 단편의 울림은 그만한 분량의 이야기가 낼 수 있는 최대치가 아닌가 한다. 그 소년을 통해 짐짓 초연하게 증언하는 이

---

17) 『유랑가족』을 두고 민중성의 약화를 약점으로 지적하는 논자도 있지만, 『잘 가라, 서커스』와 비교해보면 전자의 자연주의적 냉철함은 미덕이 아닐 수 없다. 『유랑가족』의 두번째 이야기인 「가리봉 연가」는 조선족 여자인 장명화의 비참한 최후를 통해 남한사회에 정착한 조선족들의 시난고난한 삶을 감상이나 멜로 없이 재현하면서도 그 조선족 여자와 얽히고 설킨 한국인들의 다양한 '가난'도 동시에 증언한다. 「명랑한 밤길」(『창작과비평』 2005년 가을호)에서도 공선옥은 외국인노동자의 존재를 이야기의 극적 반전에 절묘하게 활용한 바 있는데, 그런 '솜씨'와 대비할 때도 작가의 도덕적·이념적 사명감이 작품보다 앞서나갈 때 생기는 『잘 가라, 서커스』의 문제점이 부각되는 듯하다.

주노동자 현실은 일산구 식사동 가구공단에 근거한다. 하지만 독자는 소년의 삶이 특정 지역에만 존재하는 것이 아님을 실감하게 된다. "살아있지만 태어난 적이 없다고 되어 있는"(「코끼리」 23면) 그 소년 자체가 참담한 현실이라서 그의 눈에 비친 현실의 참상은 자연주의적 재현과도 다른 효과를 낳는 것이다. '나'의 이같은 독백은 이주노동자의 후손들, 더 나아가 한반도의 분단으로 생겨난 이산자들의 삶에도 적용되는 일종의 은유가 아닐까. 매일처럼 '손무덤'을 만드는 이주노동자들의 현실은 우리들이 '졸업'했다고 착각하는 70년대 개발독재시대가 아직 끝나지 않았음을 일러준다.[18]

러시아에서 남한으로 건너온 젊은 여성들의 비참한 인생을 시적 서정으로 포착한(『코끼리』에 실린)「아홉 개의 푸른 쏘냐」나, 지난 80년대 학생운동의 맥락과 병치하면서 미얀마 젊은이의 고단한 노동을 짧지만 강렬하게 재현하는 「자정의 불빛」도 인상적이다. 「코끼리」가 어느날 갑자기 작가가 상상력이 발동해서 쓴 이야기가 아니라는 반증들이다. 이런 단편에서 분단 1세대의 아픔마저 환기하는 것이 무리라 하더라도, 「코끼리」의 '나'의 세계는 목숨을 걸고 중국이나 제3국을 통해 한국으로 입국하는 북녘인민들의 현실과 맞닿아 있음도 분명하다. 실제로 손홍규(1975년생)의 「이무기 사냥꾼」(『문학동네』 2005 여름호)은 조선족과 파키스탄 노동자의 굴곡 많은 사연들을 한국인인 한 '룸펜'의 의식을 통해 하나로 묶어내는데, 과연 "오늘도 어김없이 저놈의 십자가들이 하느님한테 똥침을 주는"(「이무기 사냥꾼」 337면) 이주노동자들의 현실에는 국적이 따로 있을 수 없음이 실감된다.

이명랑(1973년생)의 『나의 이복형제들』(실천문학사 2004)은 그런 노동자들과 엉켜들 수밖에 없는 '떨거지 인생들'의 이야기다. 이 장편은 흥미롭

---

18) 이에 대한 자상한 논의는 『내일을 여는 작가』 2006년 겨울호 특집에 실린 오창은 「연민을 넘어선 윤리」, 72~77면 참조.

게도 추리소설 형식을 취한다. 형사의 취조에 덕진이라는 인물이 답변하는 프롤로그와 신문 사회면에 실린 살인사건 기사를 소개하는 에필로그를 앞뒤로 붙여 정황을 추측게 하는 것이다. 영원이라는 유랑소녀를 주인공 화자로 등장시킨 이 이야기에서 주목할 점은, '불법체류자들'을 작가의 도덕적 열정이나 감상이 투사되는 대상이 아니라 영등포시장이라는 노동세계에 던져진 독립적인 존재들로 부각했다는 점이다. 인도인 노무자 싼주, 일명 '깜뎅이'와 조선족 다방 여종업원 '머저리'라는 이질적인 존재를 그릴 때, 해설자의 표현대로 한다면, "이명랑은 계몽주의적 어법으로 이들의 고통에 '개입'하지 않는다. 이 이주노동자와 조선족 여성을 고난받는 민중의 전형처럼 그리고 있지는 않다는 말이다."(『나의 이복형제들』 해설, 294면) 이런 지적은 작가의 '고향'인 영등포시장 '억척인간들'의 사람살이를 구수하면서도 살뜰하게 들려주는 『삼오식당』에도 유효하다.

반면 영등포시장 '토박이들'의 억센 생활현장에 외국인노동자들이 섞여들어가는 『나의 이복형제들』은 전작보다 한결 짜임새 있다. 영원이라는 가출소녀가 그런 이방인들 및 장애인인 춘미 언니와 몸으로 부대끼면서 넓혀가는 공감에는 『나마스테』나 『잘 가라, 서커스』와는 다른 애환과 이해(理解)가 있다. 영등포시장 상인들의 면모들, 가령 협동합시다 아저씨, 박씨, 장모할멈, 할멈의 며느리뿐만 아니라 시장에 빌붙어사는 왕눈이 같은 비루한 존재들도 그 나름으로 약분될 수 없는 삶을 살며, 영원도 물론 그러하다. 그런가 하면 웃을 수도 울 수도 없는 싼주와 '머저리'의 순박하고도 필사적인 생의 의지는 지난 연대의 비장한 노동소설을 이어받으면서도 투쟁의지와는 구분되는 온기를 독자의 가슴에 불어넣는다. "나는 진짜로 살아 있는 것, 길들여지지 않고 자연 그대로인 것, 마지막까지도 날개를 푸드득거리는 것, 살아보겠다는 의지를 끝내 놓지 않는 것은, 단 한 번도 가까이 해본 적이 없었던 거다."(『나의 이복형제들』 59면)

라는 화자 영원의 독백에도 불구하고 말이다.

여기서 독자를 사로잡는 이들의 기기묘묘한 사연들을 모두 소개할 수는 없다. 다만 그런 존재들이 아등바등 살아가는 생활현장이 악이나 선이 실현되는 공간이 아님을 강조할 필요는 있겠다. 동시에 살인사건이 암시되는 결말에 대해서도 한두마디의 해석이 따라야 할 듯하다. 부주의하게 읽으면 엉뚱한 해석을 할 위험도 있기 때문이다. 우선 이 결말의 복선을 제대로 읽어내는 데는 살인사건의 피해자인 협동합시다 아저씨의 대표성을 주목함직하다. 가출소녀 영원을 자기의 가겟방 점원으로 받아들이고 쌘주를 영원의 캄캄한 지하방 동숙자로 만들고 머저리로 하여금 '티켓'을 끊을 수 있는 방법을 일러준 그는 한마디로 상인조합 회장 당선자이다. 선량한 시민의 가면을 쓰고 이중장부를 굴리면서 영등포시장을 '시장'으로서 가차없이 굴러가게끔 하는 어떤 체제적 속성을 대표하는 것이다.

사건은 춘미 언니가 영원에게 사진 한장 찍어달라고 부탁하면서 촉발된다. 영원이 점원으로 있는 협동합시다 아저씨 가겟방의 TV를 시청할 권리를 좀더 확실하게 얻기 위해 평소 자기를 성 노리개로 삼은 협동합시다 아저씨의 '현장'을 잡아달라고 요구한 것이다. 하지만 그가 살해된 정황은 거의 생략되다시피 한다. 다만 그가 살해당하기까지의 정황과 영원의 '쓰기노트' 및 후일담을 통해 진상을 추론해볼 수 있는데, 작가가 나서서 해명하지 않은 그런 결말이 서영인이 주장한 대로 "오리무중의 짐작만을 남겨"둔 것[19]은 아니다. 약간의 줄거리 소개가 더 필요할 듯하다.

근친상간적 성폭행의 어두운 기억을 지닌 17세 가출 소녀 영원은 춘미 언니의 그 부탁, 즉 "내가 니네 아저씨(협동합시다 아저씨 ─ 인용자) 밑에 깔려서 벌레처럼 바르작거릴 때, 바로 그 순간을 찍"어달라는(『나의

---

19) 서영인 「외국인 노동자: 우리 안의 타자들, 타자 안의 우리들」, 『문학들』 2005년 겨울호, 67~68면.

이복형제들』276면) 요구를 차마 들어주지 못한다. 대신 영원은 그 일을 쌍주에게 넘긴다. 쌍주가 일을 끝내면 영원의 향후 계획은 이러하다. 주민등록증이 없는 머저리가 몸을 팔아 자신에게 맡겨둔 돈을 쌍주에게 줘서 이들로 하여금 영등포시장을——"의심을 모르는 그가 의심을 배우기 전에, 머저리의 몸이 어떻게 지폐로 바뀌게 되는지, 시장경제를 알게 되기 전에"(『나의 이복형제들』281~82면)——벗어나게 하는 것이다.

그럼 난, 리모콘을 집어들어 채널을 바꾸고 춘미 언니는 다시금 텔레비전을 향해 돌아앉을 것이다. 그러다 그런 이야기에도 싫증이 나면, 우리는 덕진을 불러 그 넓은 등에 언니를 태우고, 왕눈이의 그 어린아이 같은 손을 맞잡고 지하실로 내려가 거기, 어둠이 무서워서 늘 으르렁거리고 있는 냉동창고 속으로 기어들어가리라. 그러면 냉동창고는 나와 왕눈이와 춘미 언니와 덕진과 그리고 또 어딘가에 빌붙어 살고 있을 우리들의 이복형제들을 대신해 우리 몫의 어둠과 싸워줄 것이다. (『나의 이복형제들』282면)

그렇다고 쌍주가 협동합시다 아저씨를 죽였다고 단정할 증거는 없다. 다만 춘미 언니 위에서 "벌레처럼 바르작거릴 때" 사진을 찍게 된 쌍주의 평소 심성에 비추면 그가 살인자일 가능성이 가장 높다는 것이다. 그는 장모할멈의 손자인 성식이라는 아이를 박씨가 거칠게 다루자 그에게 정면으로 항의하여 매를 자초한, 인도의 순하디순한 '남자'이다. 그런 그가 자기가 뭘 찍게 될지도 모른 채 카메라를 들고 있다, 춘미 언니 위에서 벌레처럼 바르작거리는 협동합시다 아저씨의 현장을 훔쳐본 것이다. 의분(義憤)이 일어 '그 벌레'를 우발적으로 죽이게 되었고, 밖에서 대기하던 영원이 당황하여 사건현장도 수습하지도 못한 채 서둘러 이들과 함께 도망갔다는 것 정도의 추론은 가능하다.

242

　따라서 "혹시 이러한 결말은 소외된 이복형제들의 반대편에 놓일 적
대를 적절한 논리 속에 재구성할 수 없었던 결과가 아닐까"라는(서영인,
앞의 글 68면) 반문도 작품의 온당한 읽기에서 나오는 것 같지 않다. 논자
도 '혹시'라고 토를 달았기 때문에 단정은 금물이겠지만, 작품 전편에 걸
쳐 온갖 유형·무형의 '적대'와 그에 맞설 수밖에 없는 '이복형제들'의 연
대를 형상화한 작가를 두고 그런 식으로 반문할 수는 없다. '이복형제들'
의 유대를 구축하는 데 작가의 어떤 계급의식이나 건강한 탈민족주의 감
정을 더 바라는 독자도 있을지 모른다. 또한 추리소설적 기법과 내용이
충분히 하나로 통합되지 못했다는 지적도 가능하다. 일단 그 점을 비판
적으로 적시한다면, 이 작품이——『잘 가라, 서커스』가 신념 또는 애정의
과잉으로 인해 일면적으로밖에 포착하지 못한——이주노동자들의 진실
과 희망을 간취했다고 평가하는 데도 인색할 수만은 없을 것이다.

　그런 평가의 유효성은 박범신(1946년생)의 『나마스테』(한겨레신문사
2005)와 같이 읽어보면 좀더 확실히 검증되는 면이 있다. 이 장편은 남한
내 외국인노동자의 실태를 고발한 이야기 중에서 지금까지 가장 경향성
이 강하지 않은가 싶다. 특히 후반부, 'We love Korea' 이후는 마치 80년
대 민중민주(PD) 계열 작가의 급진적 노동소설을 다시 읽는 느낌을 줄
정도다. 바로 그 시대에 상업주의 작가로 출세한 자신의 이력을 90년대
에 정직하게 되돌아본 박범신이기에 그런 느낌은 한편으로 신선하기조
차 했다.

　이야기는 1992년 LA 인종폭동으로 집안이 거덜나 한국으로 돌아온 1인
칭 화자 선우와 네팔 출신 산업연수생 카밀의 관계를 중심으로 전개된
다. 이 둘의 만남은 전형적인 러브 스토리, 좀더 정확히 말하면 카밀을
향한 선우의 순애보다. 하지만 그에 못지않게 독자의 뇌리에 깊이 남는
것은, 이들과 직·간접으로 인간적 유대를 형성하는 외국인노동자들이
다. 카밀과의 인연이 한국에서도 질기게 계속되는 사비나를 비롯하여 로

리, 펠르, 덴징, 구룽(일명 졸라) 등, 국적이 서로 다른 노동자군상들의 한결같이 기구하고 간절한 사연은 21세기 남측에 잔존하는 개발독재 산업화의 어두운 유산을 떠나서는 설명이 안되는 것이다. 노동소설이든 연애소설이든 우리당대의 치부를 사실적으로 폭로하고 계몽하는 작품이 인도주의 차원에서도 계속 생산되어야 한다는 점을 고려하더라도 박범신의 작업은 뜻깊다.

 '작가 후기'만 봐도 『나마스테』의 집필의도가 인류애의 차원에서 촉발되었음은 명백하다. 국적과 인종을 불문하고 인간으로서의 기본권이 지켜지지 않는 현실에 대한 비판이 선우의 사무친 사랑으로 구체화한 것이다. 필자는 작가의 그같은 비판에 대해서는 토를 달 생각이 없다. 다만 어두운 현실의 어느 한구석에 집중적으로 조명을 비추는 이야기일수록 자칫하면 그에 못지않게 절박한 삶의 다른 측면들을 망각시킬 위험이 커진다는 점을 환기할 필요는 있겠다. 그 점은 이혜경(1960년생)의 소설집 『틈새』(창비 2006)에 실린 「물 한모금」과 비교하면 더 분명하다. 단편의 유리함도 있겠지만 「물 한모금」이 견지한, 외국인노동자가 처한 현실에 대한 고발의식과 그들에 대한 연민 사이의 위태로운 긴장이 『나마스테』에서는 신념의 과잉투사로 인해 풀어져버렸다는 말이다.

 그렇다고 작가가 그같은 문제를 의식하지 못하는 것은 아니다. 가령 카밀에 대한 '나'의 대책없는 애정이 생성되는 과정에도 여러 현실맥락이 환기된다. 그녀가 낯선 이방인에게 마음을 여는 데는 가정폭력으로 인한 이혼과 LA인종'폭동'으로 갈가리 찢긴 가족사가 배경이 되기도 하고, 단일민족의 신화를 알게모르게 고착화한 한국인들의 배타적 민족정서에 대한 고발도 생생하다. 하지만 작품의 그런 미덕들이 예측 가능하게 진행되는 서사상의 문제까지를 상쇄한다고 보기는 어렵다. 이때도 그 미덕과 한계를 분리하지 않으면서 양자를 한눈으로 파악하는 것이 중요하겠다. 앞서 지적했다시피 그 예측 가능한 서사는 한때 우리에게는 익숙했던 전형적인 계급투쟁 노선을 중심으로 전개된다. '전근대적 순박함'의 화신인 카밀이 점점 옥죄어들어오는 노동탄압에 맞서 계급적으로 각성한 노동자로 변신하고 드디어는 전태일처럼 산화하는 이야기에서 다른 변혁노선들과의 결합은 고사하고 그것들의 존재조차 상상하기 힘들다. 혁명적으로 각성한 남자와 그런 남자에 모든 것을 바치고 모성으로 감싸는 여자의 사랑이라는 도식은 지난 80년대 혁명서사의 낡은 반복이다. 호텔 옥상에서 한 떨기 꽃처럼 떨어지는 카밀을 받으려 하다가 그런 그와 머리를 부딪쳐 의식을 잃고 삶을 마감하는 '나'의 여정은 기층여성의 희생적 삶이라는 반경을 크게 벗어나지 못한다는 것이다.

이야기는 약 18년을 건너뛰어 2021년 12월을 배경으로 마무리된다. '나'와 카밀 사이에서 태어나 미국에서 자란 이애린이 카밀과 사비나 사이에서 난 '카밀'을 네팔에서 재회하는 장면으로 시작하는 마지막 장은 둘이 함께 아버지의 고향을 찾아가는 것으로 끝난다. 그것은 혼탁한 영혼의 어떤 정화과정과 일치하는 행로이면서 '민족주의적 자아'가 아닌 새로운 정체성을 향한 발걸음이기도 하다. 따라서 그 여정에서 이애린이 자기에게 던지는 물음, 즉 "나는 누구인가. 한국인인가, 네팔인인가, 아니면 미국인인가"는 자연스런 것이지만, 이에 대한 확정적인 답을 기대할 수는 없다. 어쩌면 계급해방노선이 비극적으로 관철되는 이야기의 짧막한 후일담이 민족적 기원과 정체성에 대한 근본적인 물음으로 이어질 수밖에 없다는 것 자체가 생각거리인지도 모른다. 그렇다면 2021년의 한반도는 과연 어떻게 변모해 있을 것인가?

6. 글을 맺으며

이 물음에 대한 해답도 결국 한반도의 분단시대가 어떤 과정을 거쳐 해체되는가에 달려 있을 것이다. 이 땅에 6·25와 같은 동족상잔이 결단코 되풀이되면 안된다는 것은 모든 시민의 공통된 생각이겠지만, 세 범주로 나눠 살펴본 2000년대 우리 소설은 분단체제가 뿌리내린 남북의 사회적 현실이 어떤 개념으로도 포괄할 수 없을 정도로 복잡 미묘하다는 사실을 다시금 확인해주는 바 없지 않을 듯하다. 또한 통일시대에 이르는 구순한 길이 너무도 막막하다는 점이 작품의 다양한 문제점으로 실감되었을 수도 있을 것이다. 그러나 다 따라읽기가 힘들 정도로 왕성한 생산력을 (여전히) 자랑하는 우리의 소설문단 자체가 '오아시스'일 수는 없을 것인가. '소설보다 기이한 삶'을 다루는 소설가들에게 롤러코스터처럼 요동치는 '통일시대'야말로 창작의 신바람나는 현장일 수 있지 않은가.

어떤 경우든 분단시대를 침식해들어가는 '통일시대'의 전체상을 파악하려는 노력을 포기할 수는 없다. 온갖 난관들을 헤치며 시민의 일상에 진입하기 시작한 통일시대의 들목에서 북녘의 삶과 만나는 일도 점차 일상화되리라 본다. 그런만큼 남한국민이라는 반(半)국가의 국민 및 민족주의 의식에서 탈피하는 상상력은 비평과 창작 분야 모두에서 필수적이다. 그런 상상력을 실현하는 일도 문학이 그 '본연'의 모습으로 꽃피는 것과 무관할 수 없겠다. 그럴수록 상상력에 온전히 날개를 달아주기 위해서는 지난 30년간 창작과 비평 양 방면으로 축적된 남한 민족문학 유산의 지혜로운 활용도 따라야 할 것이다. 분단 1세대가 뒷배를 이루고 그 후속세대가 주축이 되어 전개할 향후 한국문학을 어떤 이름으로 부를지는 중요하지 않다. 앞으로 이룩될 창의적인 성취 자체가 존재를 호명할 터이니, 남한의 '민족문학'이 북녘의 현실과 만나 창조적인 문학으로 진화하는 과정에서 통일시대도 앞당길 수 있기를 희망할 뿐이다.

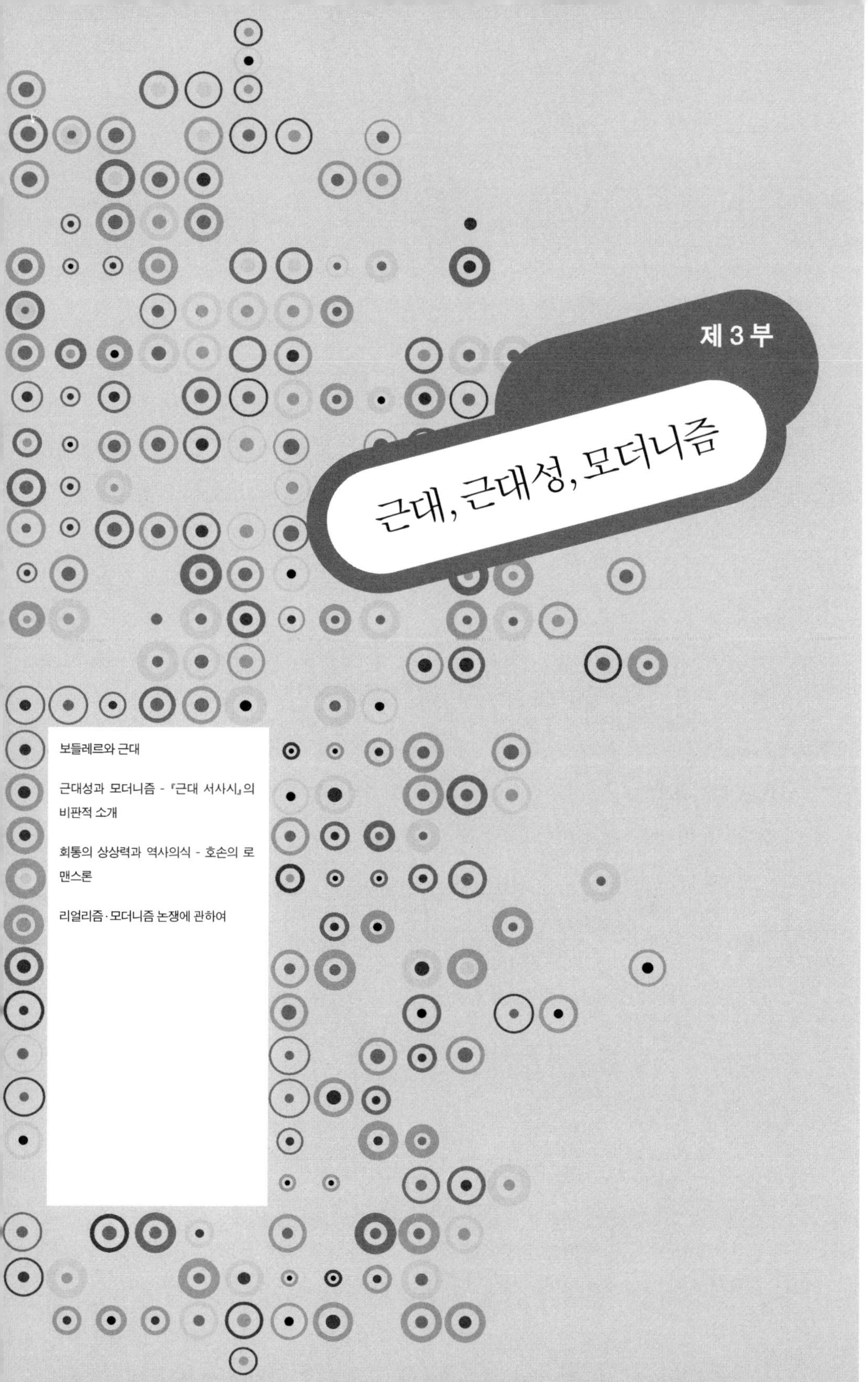

제 3 부

근대, 근대성, 모더니즘

보들레르와 근대

최근 우리의 문학지형에서 근대성이 핵심논제로 떠오르다가 지금은 리얼리즘·모더니즘 논쟁이 한창이다. 문단 한편에서는 이를 구태의 반복으로 치부하는 경향도 있는 모양이지만, 이 '해묵은' 문제들이 치열한 논쟁 형태로 재론되는 현상은, 문학유산의 유효한 부분을 슬기롭게 계승하면서 달라진 현실의 문제에 정면으로 대응하려는 비평정신이 건재하기 때문일 것이다. 좀더 풍성하게 진행된다면, 근대 민족문학의 성과에 대한 정확한 재평가와 지속되는 역사적 싸움으로서의 '리얼리즘'의 재확인 작업이 새롭게 이루어질 이 '공동의 현안'에 독자로서 거는 기대는 어느 때보다 크다. 그런데 이처럼 절호의 논의·논쟁을 '외곽'에서 지속하고 심화할 수 있는 방편은 없을까? 가령 서구 문학비평에서 근대성이나 모더니즘이 화제가 될 때마다 감초처럼 끼는 보들레르(Charles-Pierre Baudelaire, 1821~67)를 놓고 생각해보는 것은 어떨까?

보들레르는 국내의 일반독자에게도 낯익은 시인이다. 20여년 전에——더구나 외국 시인이란 점을 고려하면——드물게 평전이 국내에서 출판되었을 뿐 아니라 현재는, 역시 흔치 않게, 그의 시 전체가 번역된 상황이다.[1] 이런 사정 때문인지는 몰라도 보들레르는 프랑스 상징주의의, 나아가 근대시의 효시로서, 또 모더니즘적 감수성의 대명사로서 확고한 고전이 된 듯하다. 여기다가 부르주아지의 속물성에 과감하게 반기를 들고 시어(詩語)의 충격적 혁신을 꾀한, 이른바 모더니즘의 미적 자의식 또는 미적 근대성을 대표하는 '물건다운 물건'이 바로 『악의 꽃』임을 고려하면 그가 안팎에서 근대성의 사례로서 거의 필수적으로 거론되는 현상은 필연이라고 말함직하다.

이 글은 이러한 사례로서뿐 아니라 서구 모더니즘의 핵심적 성취를 대변하는 보들레르의 시를 근래의 근대성 논의와 리얼리즘·모더니즘 논쟁을 염두에 두고 읽어보려는 시도다. 하지만 근대성에 대한 정의나 모더니즘 재인식 등의 '원론' 차원에서 논의를 출발하기보다는 그의 시를 어디까지나 '작품'으로 읽는 가운데 작품이 밝히는 근대의 진실을 생각해보고, 시의 성취도 나름대로 엄정하게 평가함으로써 근대성과 모더니즘이란 난제를 좀더 깊이 성찰하고자 한다. 검토대상은, 근대의 예술가가 처한 도시적 삶의 기만 및 허위, 정신적·육체적 빈곤과 처절하게 대면하면서 하나의 '순수한' 아름다움을 창조한 『악의 꽃』(*Les Fleurs du Mal*, 1857)과 1848년 혁명 이후 빠리 거리에서 찰나적으로 포착된 근대적 삶의 다양한 양태를 묘파한 『빠리의 우울』(*Le Spleen de Paris*, 1869)이다.[2]

---

1) 평전은 김붕구 『보들레에르』(문학과지성사 1977), 전집은 김은수 옮김 『보들레르 시전집』(민음사 1995).

2) 텍스트는 끌로드 삐슈아(Claude Pishois)가 편집하고 세밀한 주석을 단 갈리마르판 『보들레르 전집』(*Oevres complètes*, 1975) I-1에 실린 『악의 꽃』(*Les Fleurs du Mal*, 이하 FM)과 『빠리의 우울』(*Le Spleen de Paris*, 이하 SP)로 한다. 『악의 꽃』을 번역·인용하는 과정에서 특히 김붕구의 번역과 불영 대역본 *The Flowers of Evil*, James McGowan, tr. (Oxford University Press 1993)을 참조했다. 참고로 『악의 꽃』은 1판(1857, 100편), 2판(1861, 127편), 3판(1868, 151편)이 있는데, 2판을 기준으로 삼은 갈리마르판 『악의 꽃』의 구성은 서시 「독자에게」를 포함해서 '우울과 이상'(85수), '빠리 풍경들'(18수), '술'(5수), '악의 꽃들'(9수), '반항'(3수), '죽음'(6수) 등의 표제로 이루어진다. 총 50편이 실린 『빠리의 우울』

250

1. 근대의 감수성, 댄디와 플라뇌르

『악의 꽃』이 현대 독자들에게 여전히 매력을 잃지 않는 가장 큰 이유
는 그것이 철저한 도시적 감성의 산물이기 때문일 것이다. 모르긴 해도
19세기 근대 서구의 시사(詩史)에서 『악의 꽃』만큼 감수성 자체가 도시
화한 경우도 드물거니와, 그러한 감성이 그토록 지독한 '육체성'을 획득
한 예도 흔치 않다. "촘촘히, 우글거리는 백만 마리의 벌레들처럼 / 우리
뇌 속에서 악귀의 무리가 주연을 벌이고 / 우리가 숨쉴 때, 죽음이 폐 속
으로, / 보이지 않는 강처럼 흘러내린다"(FM, 「독자에게」) 같은 세기말적
표현이 19세기 유럽의 어느 시인에게서 가능했을까. 동시에 "지나가는
구름…… 저기…… 저기…… 희한한 구름"으로(SP, 「이방인」) 표상되는
절대적·순간적 미(美)가 (거의 순결하다고까지 말해야 할) 고독과 단절
감을 기반으로 추구된다는 점에서, 또 바로 그런 소외감이 진지하고도
비장한 어조로 표현되면서 지독한 반어와 역설을 동반한다는 점에서
『악의 꽃』은 제임슨(F. Jameson)이 주장한 바 '본격 모더니즘'(high
modernism)의 한 선구적 전형이다. 그 자신 『악의 꽃』에 대해 "인간 혼
에 뿌리박은 하나의 운율법"이라고(전집 I-1, 183면) 주장한 것처럼, 그의
시에는 1848년 6월 약 2만 5천명의 빠리 시민이 학살된 후 프랑스 사회
의 독특한 분위기가 생동한다.

그러나 그의 시가 실감나는 것은 그런 도시적 감성 말고도, 1848년 당
시 27세이던 보들레르가 온건파 사회주의 신문에 잠시 몸담고 '전사'로
서 포연이 자욱한 빠리 거리를 누볐다는 전기적 사실과도 관련이 있다.

의 번역에는 *Baudelaire Rimbaud Verlaine: selected verse and prose poems*, Joseph M.
Bernstein, ed. and tr. (Citadel Press 1974)가 도움이 되었다.

또한 그의 시가 1848년 혁명의 패배 이후 참다운 예술가들이 대중독자들에게 급속도로 외면당하는 풍조에 정면으로 맞서——가령『악의 꽃』의「돈에 팔리는 시신(詩神)」에서처럼——자본의 노예가 된 시인의 운명을 비감어린 어조로 고발하고 있다는 사실은[3] 대중과 작가의 괴리가 점점 커지는 추세에 있는 현재 우리의 문화현상을 되돌아보게 한다. 나아가 특유의 탐미주의적 의식이 반영되면서, 민중의 삶에 아로새겨진 1848년 혁명의 희망·좌절·분노 등과 착잡하게 뒤엉켜 표출되는 보들레르의 작품은 우리 자신의 착종(錯綜)된 근대사와도 맞닿아 있다.

이 모든 단편적 사실들이 중요한 것은 보들레르의 작품을 근대 서구역사의 특정 국면에서 읽게 하기 때문이다. 이러한 사실들이 작품에 우리 당대와의 구체적인 현실연관성을 부여하는 한편, 1848년 혁명의 여러 문화적 여파들을 단순히 반영하는 차원이 아니라 오히려 1848년 혁명과 이후 프랑스 역사의 흐름이야말로『악의 꽃』및『빠리의 우울』의 시적 성격과 그 세계관을 규정하는 결정적 요인이기 때문에 1848년 혁명 이후 프랑스 역사의 특정한 맥락은 보들레르의 시를 논하는 자리에서도 피할 수 없는 논제가 된다. 이를테면 작품을 보듬는 근원적 정서가 혁명의 파장이 모든 계급에게 퍼지는 과정에서 발원하는데, 바로 그 과정을 통해 보들레르의 시는 비로소 뚜렷한 역사성을 획득한다는 말이다. 이렇게 볼 때『악의 꽃』과『빠리의 우울』에서 반복되는 이원적 대립항, 즉 천국/지옥, 성스러움/악마성, 퇴폐/정화, 꿈·환각·권태/좌절·현실·열망

---

3) 그러나『악의 꽃』서문들에서 보들레르가 일관되게 주장·강조하는 것은 자신의 미적 자의식이 대중의 정서와 어떤 경우든 상통하는 바가 없으리라는 점이다. 오히려 그는 "아름다운 스타일을 열정적으로 사랑하는 이는 독자들의 증오를 사게 됨"을(전집 I-1, 181면) 공언할 정도다. 하지만 독자대중과의 괴리가 보들레르에 국한된 현상은 물론 아니었다. 그것은 플로베르(G. Flaubert)나 당시 열렬한 참여작가였던 르꽁뜨 드 릴(Leconte de Lisle), 조르주 쌍드(George Sand) 같은 작가에서도 공통적으로 나타났지만, 보들레르의 특이한 점은 대중과의 거리 자체가 예술의 전제조건이 된다는 것이다.

252

등이 충돌해 그 사이에서 전율적 서정이 고양되는 현상은 첨예한 계급투쟁의 현실이 시인의 눈을 통해 알레고리적으로 재해석된 결과라 하겠다. "『악의 꽃』이 유럽문화권 전체에 영향을 끼친 최후의 서정시"[4]가 된 것도 당시 범유럽 차원의 정치적 긴장과 갈등이『악의 꽃』의 근본정서인 반항·우울·도취·권태·허무 등을 통해 미적으로 응집된 까닭이다.

　『악의 꽃』에서 그런 응집의 결정(結晶)을 확인하는 것은 어렵지 않다. 예컨대 "대지는 축축한 토굴감옥으로 변하고 / 거기서 희망은 박쥐의 겁먹은 날개로 / 벽을 때리며, 썩은 천장에 / 머리를 부딪치고 떠돌 때"(FM, 「우울 IV」)라든가, "확실히 나는, 행동이 꿈과 맞지 않는 / 이 세상에서, 내 기꺼이 나서리라, / 검으로 싸우다 검으로 죽을진저! / 성 베드로는 예수를 부인했겠다, 잘했고말고!"(FM, 「성 베드로의 부인」) 같은 대목이 암시하는 바는 1848년 혁명의 좌절이 한 시인의 의식에 남긴 상흔인 동시에 1848년 혁명을 기점으로 유럽문화권 전체에서 발생한 감수성의 기류변화를 알려주는 신호다. 그 변화양상은 보들레르의 댄디즘(dandyism)에서 잘 나타난다. 한편으로는 "남을 놀래"면서도 "자신은 결코 놀라지 않는 오만한 만족감"이 주는 절대적 '우월성'을 가지고 있지만, 다른 한편으로는 "지는 태양과 스러지는 별" 같은 운명을 타고난 댄디는 경제적으로 무산자의 운명에 처한 보들레르가 내건 독특한 삶의 철학이다(전집 II-1, 710~12면). 그 자신이 정의하듯 그것은 "승리한 부르주아지의 민주주의가 완전하지 못하고 귀족정치가 단지 부분적으로만 흔들리고 타락한 과도기"적 산물이다(전집 II-1, 711면). 그런 시기에 보들레르는 사회현실과는 무관하게 정신적 귀족주의에 끝까지 충실하면서 부르주아적 속물근성을 짐짓 증오하는 '저주받은 시인'이자 '소외된 영웅'의 운명을 댄

---

4) Walter Benjamin, "Über einige Motive bei Baudelaire," *Gesammelte Schriften* 1·2, Suhrkamp 1980, 650면.

디즘의 표상으로 제시하는 것이다.

그런데 댄디의 진정한 특징은 '분열'과 분열에 대한 자의식에 있다. 그는 승리한 부르주아지의 물질적 활력에 대한 동경의 시선을 거두지 못하면서도 관념의 기반은 귀족주의에 둔다. 댄디의 정신은 고상한 귀족주의를, 그 의식은 부르주아지의 물질적 화려함을 각기 분열적으로 갈망하지만, 정작 육체는 "거리마다 매음이 홍등에 불을 켜는"(FM, 「황혼」) 빠리 뒷골목을 나뒹군다. 따라서 댄디즘의 반부르주아적 성격과 그것이 지향하는 귀족적 '고상함' 때문에 한편으로는 (1789년 프랑스대혁명 이래로 가속화한) 평등 개념에 내포된 기계적 평준화 및 상품화에 대한 반발로 해석될 여지를 남긴다.[5] 하지만 다른 한편으로 그 개념에 내용을 부여해줄 실제현실의 부재로 인해 역설적으로 『악의 꽃』은 특이한 미적 긴장을 획득한다. 요컨대 보들레르의 댄디즘은 1848년 6월 프롤레타리아트 대 부르주아지의 전면적 계급투쟁에서 스스로를 가공대상으로 삼아 시적으로 대상화함으로써 자기로의 몰입을 강화하고, 객관적 현실의 모순에 예술로써 대응하려는 자세를 다지는 과정에서 나온 산물인 것이다.

이러한 댄디는 『악의 꽃』 및 『빠리의 우울』의 화자이자 관찰자인 플라뇌르(flâneur)와 동일한 궤도를 돈다. 플라뇌르는 댄디 의식을 체화한 채 대중과 냉정한 미적 거리를 유지하면서도 "모든 것이, 공포마저도 환희로 둔갑하는 / 고도(古都)의 꾸불꾸불한 길가에 숨어"(FM, 「초라한 노파들」)

---

5) 이에 대해서 많은 논의가 있었지만 그중 싸르트르의 발언이 핵심을 찌르지 않았나 싶다. 즉 실제로 보들레르의 댄디즘이 사이비 평등주의 이데올로기에 대한 반발로 해석될 소지가 없는 것은 아니나, 객관적 현실이 전율적·관능적 서정을 만들어내는 일종의 촉매작용을 할 뿐인 "댄디즘은 어떠한 기존 율법들도 전복하지 않는다. 댄디는 스스로 쓸모없기를 바라며 바로 그렇기 때문에 명백히 어떤 체제나 이념에 복무하지도 않는다. 그러나 댄디는 또한 바로 그렇기 때문에 아무런 위협이 되지 못하며, 권력층은 언제나 혁명론자보다 댄디를 선호한다. 마치 루이 필립 치하의 중산층이 빅또르 위고, 조르주 쌍드, 삐에르 르루 등의 참여문학보다는 예술을 위한 예술의 횡행을 더 기꺼이 묵인했던 것과 같은 식이다." Jean-Paul Sartre, *Baudelaire*, Gallimard 1963, 168면.

19세기 유럽의 수도 빠리의 온갖 욕망을 전유한다. 「지나가는 한 여인에게」(FM)[6]를 살펴보자.

> 주위에선 귀가 멍멍해지도록 거리는 아우성이었어.
> 늘씬하고 호리호리한, 상복 차림의 여인이 엄숙한 고뇌의 표정 지
> 으며,
> 꽃무늬 레이스와 치맛자락을 화사한 손으로

6) 서양의 탁월한 운문 서정시라면 대개 그렇겠지만, 엄격한 고전적 형식미와 율격을 갖춘 보들레르의 시는 번역과정에서 잃는 것이 특히 많다. 「빠리의 풍경들」 중 한 편인 이 시의 원문을 전문 병기한다. 몇몇 표현은 필자 나름으로 손을 보았는데, 가령 11행의 "plus que dans l'éternité"는 직역하자면 '영원 속 외에는'이 되겠지만, 아무래도 좀 어색하다. 이 대목은 "저승에서밖엔"(김은수)이나 "영원의 저승이 아니고는"(김붕구) 등으로 옮겨졌는데, 영어본에서는 "this side of death"로 의역을 해놓았다. "저세상에서밖엔"으로 번역한 것은 문자 그대로 필자의 고역(苦譯)이다. 접속법 대과거로 표현된 마지막 행의 첫 문장은 "사랑했을 너"(김은수)보다는 "사랑할 수도 있었을 그대"(김붕구)가 더 정확하지 싶다.

À une passante

La rue assourdissante autour de moi hurlait.
Longue, mince, en grand deuil, douleur majestueuse,
Une femme passa, d'une main fastueuse
Soulevant, balançant le feston et l'ourlet ;

Agile et noble, avec sa jambe de statue.
Moi, je buvais, crispé comme un extravagant,
Dans son oeil, ciel livide où germe l'ouragan,
La douceur qui fascine et le plaisir qui tue.

Un éclair······ puis la nuit! —Fugitive beauté
Dont le regard m'a fait soudainement renaître,
Ne te verrai-je plus que dans l'éternité?

Ailleurs, bien loin d'ici! trop tard! *jamais* peut-être!
Car j'ignore où tu fuis, tu ne sais où je vais,
Ô toi que j'eusse aimée, ô toi qui le savais!

살짝 쳐들고 살랑거리며 지나갔지,

조각상 같은 다리로 민첩하고도 고상하게.
나는, 미친놈처럼 부르르 떨며,
태풍이 이는 납빛 하늘 같은 그녀 눈에서
넋을 빼는 감미로움과 뇌쇄적인 쾌락을 마셨어.

섬광…… 그리고 어둠! 그 시선으로 홀연
나를 되살린 덧없는 여자여,
저 곳, 아득히 멀리! 이미 늦었지! 어쩌면 영원히 만날 수 없으리!

저세상에서밖엔 그대를 이제 다시 못 볼 것인가?
그대 사라지는 곳 나 모르고, 내 가는 곳 그대 알지 못하기에,
내가 사랑할 수도 있었을 그대, 오 그것을 알았던 그대여!

이 시는 들끓는 마차들로 어리벙벙해진 빠리 거리에서 순간적으로 눈
에 들어온 한 여인을 향한 관능적·미적 열정 및 그 아련한 덧없음을 그
린다. 이는 댄디·플라뇌르의 전형적인 내적 도시체험이다. 죽음의 기
억·엄숙의 실체인 상복 입은 여인과 "꽃무늬 레이스와 치맛자락을 (…)
살짝 쳐"든 요염한 숙녀, 빛과 어둠, 순간과 영원 같은 상반된 이미지들
의 율동은 보들레르적 시어 사용의 큰 특징인바, "태풍이 이는 납빛 하
늘 같은 그녀 눈"에서 고양되는, "넋을 빼는 감미로움과 뇌쇄적인 쾌락"
은 댄디·플라뇌르의 미적 자의식을 집약한다. 최음(催淫)적 상태에 빠
진 자의식 속에서 일종의 반현실(反現實)이 된 감미로움과 쾌락은 보들
레르 특유의 영탄법을 통해 원심적으로 증폭되니, "저 곳, 아득히 멀리!
이미 늦었지!"로 표현되는 미적 표상에 대한 화자의 집착과 회한은 빠리

현실과 거리를 두게 되는 댄디·플라뇌르의 내면의식을 암시하는 것이다. 이러한 댄디·플라뇌르의 기원은——그 속성을 여러모로 공유한——루쏘(J.-J. Rousseau)의 '고독한 산책자'(promeneur solitaire)에서 찾을 수도 있겠지만, 그는 고독과 소외감이 사회의 총체적 삶에 대한 명상으로 이어지곤 하는 루쏘의 인물과는 약간 다르다. 그 차이의 역사적 기점은 프랑스혁명으로 짐작되는데, 보들레르의 댄디·플라뇌르는 사회와 운명적으로 맞선 발자끄(H. de Balzac) 소설의 주인공인 라스띠냐끄나 뤼씨앙의 관념적 환상을 미적으로 정제한 인물이며, 그런만큼 '탈계급화'(déraciné)되었다는 점이 중요하다. 플라뇌르의 눈에 비친 주정뱅이·창녀·협잡꾼·부랑배 등의 인간군상은 루이 보나빠르뜨의 '12월 10일회'(Society of December 10)를 구성한 다종다양한 룸펜프롤레타리아의 사회상과 거의 일치하거니와, 보들레르는 이미 자유·평등·우애의 시민적 이상이 부르주아지의 이데올로기로 동원되는 상황에서 프롤레타리아트의 근본정서인 연대와 공감으로부터도 떨어져나오는 것이다. 사실상 그를 이어받은 말라르메(S. Mallarmé) 베를렌(P. Verlaine) 랭보(A. Rimbaud) 등의 실험적 시인들이 빠리꼬뮌(1871)을 고비로 민중정서와 회복할 수 없는 괴리를 드러내고, 각기 감수성의 '아름다운 파탄'으로 치닫는 데는 바로 그런 근대 프랑스문학의 계보뿐만 아니라 1848년 혁명 이후의 역사적 정황이 존재하는 것이다. 보들레르적 관찰자이자 소외된 영웅으로서의 플라뇌르는 혁명과 반혁명이 꼬리를 무는 과정에서 자신의 계급적 귀속성으로부터 뿌리뽑힌 채 빠리의 뒷골목을 배회하며 소외 그 자체에서 미적 활력을 끌어내는 룸펜인뗄리겐찌아의 운명을 예시한다.[7]

---

7) 특히 영국과 관련하여 댄디·플라뇌르의 역사적 기원을 좀더 거시적인 차원의 역사에 놓고 보면 다음과 같이 대비되는 사실 세 가지가 부각될 것이다. ①그것은 먼저 유럽의 이른바 장기(長期) 16세기(1450~1650)를 마감한 사건이 영국혁명이고 ②그것이 전면적 파국

2. 보들레르적 모더니즘의 자기전개

"옛 빠리는 이미 없어요 (한 도시의 모습은, / 아! 한 인간의 마음보다 빨리 변하는군요)"(FM, 「고니」). 플라뇌르가 그러한 빠리에서 포착한 근대의 생활상은 군중으로 제시된다. 그것은 (1805년 나뽈레옹 행정부에 의해 강제되어 빈민의 강력한 저항을 불러온) 거주공간의 지리정치적 재배치와 행정개편으로부터 본격화된 개발된 도시공간에서 가장 눈에 띄는 근대성의 실체였다. 카네티(E. Canetti)의 예리한 지적대로 연대와 전통의식이 결여된 익명의 인간들 내부에서 고양되는 감정은 '해방'이다. 군중 속의 인간들은 끊이지 않는 혁명과 반혁명의 와중에서 신분적 차이를 벗어던지고 연극무대가 아니라 실제현실에서 역사상 처음으로 거리낌없는 자유를 구가한 것이다. 저마다 자유의 횃불을 치켜들고 '여느 나라에서와 마찬가지로 자유롭지도 평등하지도 않은 인간들도 매년 한번씩은 자기에 몰두하여 마치 그런 것처럼 느끼는 것이다.'[8]

이 글의 문제의식과는 많이 다르지만 마샬 버먼(Marshall Berman)이 보들레르를 주목한 것도 바로 그런 자유의 현상학 때문이다. 그의 핵심 논지는 (오스만의 도로정비사업이 만든) 마까담(macadam) 포장도로에

이 아닌 아슬아슬한 타협의 성격을 띠었기에 『태틀러』(*The Tatler*) 『스펙테이터』(*The Spectator*) 같은 공론의 장이 역사적으로 가능했으며 ③결과적으로 바로 그러한 공론의 장을 통한 부르주아지와 귀족간 계급투쟁의 지양이 마침내 19세기에 디킨스의 '신사'로 형상화되었다는 사실이다. 이렇게 본다면 ①1789~99년 프랑스혁명은 영국의 타협한 혁명이 영국을 포함한 전유럽을 향해 시공간적 연속선상에서 본격적으로 발화된 시점을 추인하는 성격을 띠고 ②그것이 전면적 파국의 반복이었기에 D. A. 프랑쑤아 드 싸드(D. A. François de Sade)의 문학처럼 상대적으로 계급간 타협의 여지가 좁아지게 되었으며 ③그 결과 계급의 지양이 아닌 파괴로서의 일탈을 '예술적'으로 형상화한 인물, 즉 댄디·플라뇌르의 출현이 가능해졌다는 점 등이 대비될 것이다. 하지만 작품을 통한 구체적인 논의는 이 글의 분석범위를 벗어난다.

8) Elias Canetti, *Crowds and Power*, Carol Stewart, tr., Penguin Books 1973, 203면.

서의 속도성과 혼돈의 경험을 통해 "탈신성화"(desanctification)가 발생하고, 그로 인해——'모더니즘의 영원한 갱생'을 약속하는——"새로운 유형의 자유"가 획득된다는 점에 모아진다. 그에 따르면 "맑스가 이러한 경험을 세계–역사적 문맥에 자리 매김했다면, 보들레르의 시는 내면에서부터 그 경험이 어떻게 느껴지는지를 보여준다"[9]는 것이다. 하지만 여기서 강조할 점은 마까담에서 구가되는 자유는 본질적으로 '일탈로서의 자유'이며, 그 자유의 주체인 군중 역시 철저하게 근대적 현상이라는 것이다. 그러한 자유를 누린 군중은 무엇보다도——빠리에만 한정된 것은 물론 아닌——물적 토대의 '모더니제이션'이 도시와 농촌 사이에 남아 있던 비자본(非資本)적 유대를 끊어놓는 과정에서 도시로 유입된 유령 인간들이자 산업예비군으로 이해하는 것이 순서다. 그 점에서 빠리의 군중은 가령 글로브 극장(Globe Theatre)을 구성한 셰익스피어 시대 영국의 문화적 응집력을 갖춘 위계질서화된 민중과도 판이하다.

　빠리 군중의 실상은 「누구에게나 각자의 키메라가」(SP)에서 하나의 섬뜩한 정물화로서 제시된다. 잿빛 하늘과 푸르름의 흔적조차 사라진 황무지를 배경으로 "영원히 무엇인가를 갈망하도록 천형을 받은 인간들처럼 체념한 모습으로 길을 재촉하는" 무리들, "수염도 눈도 등도 지팡이도 누더기도, / 그 어떤 특징으로도…… / 분간되지 않"는 "이상야릇한 허깨비들"처럼 "획일적인 걸음걸이로 미지의 목적지를 향해 걸어가고 있"는 군중의 모습은 모더니즘 예술에서는 사실 꽤나 흔한 소재다. 또한 그 사회적 맥락도 분명하다. 산업주의가 불러온 도시 프롤레타리아들의 힘겨운 하루살이가 보들레르에게는 환영(幻影)으로 나타난 것이다. 환영은 거대한 발톱으로 노동자들의 가슴을 옥죄는 괴물 키메라로 시각화된다. 일종의 알레고리로 나타나 의미가 명료하지는 않지만, "밀가루나 석탄

---

9) Marshall Berman, *All That Is Solid Melts Into Air*, Penguin Books 1988, 157, 159면.

포대, 또는 로마보병의 장비처럼 무거"운 키메라를 걸머진 구부정한 인간들의 목적지 없는 행렬은 이윤의 무한추구를 생명으로 하는 자본주의적 근대의 불모성을 강력하게 암시하는 듯하다. 그들은 자신의 몸뚱이에 달라붙은 괴물 키메라에 대해 아무런 불평이 없으며 그런 상황에 대해 아무런 절망도 느끼지 못한다. 오히려 그것을 자기 몸의 일부로 여기고 엄숙한 표정으로 불모의 길을 간다. 그것이 플라뇌르의 눈에는 풀 수 없는 수수께끼처럼 보인다. 삶의 생득적 조건으로 제시되는 키메라의 실체는 더이상 탐구되지 않는다. 화자는 키메라의 신비를 이해하려고 집요하게 노력하지만 키메라보다도 무서운 "어쩔 수 없는 무관심"과 권태에 압도됨을 고백한다. 결국 화자는 군중의 이면으로 눈을 돌린다.

『악의 꽃』에 나타난 '권태'는 권태 이상을 의미한다. 그것은 어떤 충격·흥분·기대 등이 무의미하게 반복되어 닳아버린 정신적 에너지의 한 변형이다. "물담배(houka)를 물고 교수대를 꿈꾸"는(FM, 「독자에게」) 괴물로 권태가 의인화되고 그렇게 의인화된 권태가 댄디즘의 동력으로 작용하는 현상은 권태의 역설을 잘 보여준다. 「군중」(SP)은 권태와 무관심이 절대적 미의 추구를 위한 동력으로 작용하는 과정을 담는다. 플라뇌르는 익명성이 본질인 군중과의 '합일'(épouser)을 통해 스스로의 육체를 탈피하고 순수한 두뇌작용으로서의 자유를 즐긴다. 플라뇌르에게는 "자기 앞에 나타나는 뜻밖의 사람에게, 면식 없는 행인에게 자신을 송두리째 내주는 영혼의 형용할 수 없는 대향연, 시와 자선, 그 거룩한 매음에 비하면, 인간들이 사랑이라고 부르는 것도 아주 사소하고 제한적이며 빈약한 것이다." 이처럼 「군중」의 숨은 배경은 아무런 구속 없는 놓여남 그 자체의 자유와 도취다. 군중 속의 고독은 근대인의 개탄스런 소외현상이 아니라 오히려 미적 활력을 끌어오는 계기가 된다. "군중과 고독, 이 두 단어는 풍요롭고 적극적인 시인에게는 등가이며 서로 전환될 수 있는 말이" 됨으로써 고독은 군중을 통해 해소되는 것이다. 보들레르의 화자는 도처에 널려 있는 허깨비 같은 무리들에 스며들어 다중적 인격을 구현하는바, 그는 그런 재주를 통해 1848년 혁명의 모든 현실, 부르주아지의 정신적 천박함과 프롤레타리아의 물질적 비속함으로 나타나는 빠리의 제반 현실을 '초월'한다.

하지만 플라뇌르의 바로 그러한 초월이야말로 파괴와 소진으로 치닫는 자본주의적 생산력이 낳은 근대성의 모순을 예시한다. 타자에의 감정이입을 통해 자신의 주체성을 가공·조립하는 플라뇌르는 이글턴(T. Eagleton)이 『발터 벤야민: 혁명적 비평을 향하여』에서 주장한 대로 자본주의 사회에서 발생하는 상품의 자기모순적 형식, 즉 끊임없이 사용가치를 교환가치로 전환해야 하는 상품의 운명에 상응하는 것이다. 시인에게 군중은 일종의 쾌락기계(machine à plaisir)가 된다. 그는 군중과 하나가 됨으로써 우주적 교감을 느끼고 자아의 확장에서 발생하는 희열을 맛본다. "영혼의 (…) 거룩한 매음"으로 표현된 정신의 향연은 구획화·획일화된 거리의 공간이 만들어낸 해방된—하지만 그런만큼 기계화·자동화된—감수성의 잔치이며, 보들레르 자신이 그런 감수성을 과학자적 정신으로 소설화한 포우(E. A. Poe)의 작품을 번역하고 그와 강력한 친화력을 느낀 것은 우연이 아니다.

그런데 흥미롭게도 보들레르는 「군중」에서 한 걸음 더 나아가, "거룩한 매음"의 신비한 도취와 열정을 "지구 끝으로 유랑을 떠난 식민지 개척자, 민중의 목자, 선교사들은 틀림없이 알았"으리라는 점을 상기시킨다. 식민지 개척에서 근대화의 양분을 공급받은 서구의 근대, 그리고 제3세계의 철저한 수탈과 지배로 이어진 서구 근대화의 주역들이 "거룩한 매음"의 경지에 다다랐다는 말이 정확히 무슨 뜻인지 이 시에서는 확인되지 않는다. 하지만 성경과 총칼로 무장한 채 근대라는 성당에서 '영혼의 뚜쟁이' 역할을 자임한 서구의 선교사와 (근대화로 지칭되는) 발전과 행복이라는 '보편주의'의 사도로 나선 지식인들이 제3세계에서 겪은 자기도취와 환멸을 이 대목의 행간에서 읽어내는 것은 그리 어렵지 않다. 우리는 콘래드(J. Conrad)의 소설 『어둠의 속』(*Heart of Darkness*, 1902) 에서 '고매한' 서구의 이상주의가 아프리카 콩고라는 오지에서 불러일으 킨, 주인공 커쯔(Kurtz)의 형언키 어려운 자기파멸적 도취와 공포, 환멸 을 이 대목에서 떠올릴 수 있는 것이다.

직관적인 감성으로 근대 서구의 제국주의적 속성을 암시하기도 한 보 들레르 시의 선구적 성격은 서구의 근대화 과정에서 발생한 정신의 일탈 징후를 예리하게 드러내면서 포스트모더니즘 예술의 핵심까지도 시사한 다는 데 있다. 가령 「후광의 상실」(SP)이 그러하다.

"아니, 뭐야, 자네가 여기에? 이런 지저분한 델! 정기만을 마시는 자네가! 암브로씨아만을 먹는 자네가! 이거 정말 놀랄 일인데." "여보 게 자네도 알다시피 나는 말과 마차들을 두려워하지 않는가. 난 방금 말일세, 길을 건너왔는데, 갑자기 한꺼번에 달려드는 저 소용돌이치는 혼돈 사이를 헤치고 나아가다가 갑자기 몸을 잘못 놀리는 바람에 그만 내 후광이 머리에서 포도의 진창 속으로 떨어져버렸네, 나는 후광을 주워올릴 용기가 없었어. 뼈가 으스러지느니 휘장을 잃어버리는 편이 덜 다친다고 판단했지. 그리고 심지어 나는 전화위복이란 말도 일리가 있다고 혼자 생각했네. 이제 나는 남모르게 돌아다니거나 나쁜 짓을 할 수도 있고, 보통 사람들처럼 저속한 행동에도 빠질 수 있는 거야, 그래서 보다시피 자네와 똑같이 나도 여기에 와 있는 것 아닌가!" "하 지만 자네 후광을 잃어버렸다고 방을 붙이든지 신고해서 되찾아야 할 것 아닌가." "아니, 천만에, 그럴 맘 없네, 난 여기가 좋아, 날 알아본 것도 자네뿐이야, 게다가 위엄스럽게 구는 것도 권태로워. 더군다나 이런 걸 생각해봐, 얼마나 즐겁겠나. 어느 엉터리 시인 나부랭이가 그 걸 주워서 뻔뻔스럽게 쓰고 다니는 꼴을 말야. 사람을 웃기는 일은 얼마나 즐거운가! 더구나 날 웃기는 행복한 치들 말야! X나 Y 같은 치들을 생각해보게나. 어때! 정말 꼴불견 아니겠나!"(전집 I-1, 352면)

그런데 이 후광상실을 마까담 포장도로에서, 나아가 20세기 뉴욕의 예술거리에서 새로운 예술을 성취하기 위한 불가피하고도 다행한 사건으로 해석한 버먼에 동조하기 힘들다. 첫째 이 시는 기본적으로 앞서 예거한 일탈적 자유의 변주이기 때문이고, 둘째 후광을 "방을 붙이든지 신고해서 되찾"을 수 있는 깜빡 잊은 물건쯤으로 비하하는 대목에서 볼 수 있듯이 일체의 진지성을 배격하는 아이러니컬한 익살꾼으로서의 화자 때문이며, 셋째 전체적으로 볼 때 근대적 삶의 '한' 현장에 지나지 않는 화자의 도시체험은 버먼이 주장하는 바 모더니즘의 영원한 갱생을 약속하기에도 너무나 제한된 것이기 때문이다. 이 점을 두루 강조할 때 눈에 띄는 점은, 도시의 이른바 충격체험이나 다름없는 화자의 후광상실이 근대의 시간개념을 특정짓는 속도성의 경험과 그로 인한 '관념의 고양'을 통해 발생한다는 사실이다. 마차의 기계적 운동이 내포한 반생명적 현상을 예리하게 간파한 토머스 드 퀸씨(Thomas de Quincey)가 「영국의 우편마차」(1849) 중 '갑작스런 죽음의 비전' 부분에서 속도성의 파국을 실감나게 그려낸 바 있지만 "소용돌이치는 혼돈" 속에서 후광을 진창에 떨어뜨린 실수는 화자에게도 그야말로 치명적이다. 왜냐하면——생명의 고유한 기(氣)를 뜻하는 '아우라'(aura)에 어원을 둔——후광(auréole)은 버먼이 전제하는 전근대적 구습의 상징보다는 참된 자아를 표상하는 알레고리에 더 가깝기 때문이다. 그런데도 화자는 자신(만)의 후광이 상실된 상황을 두려워하지 않는다. 오히려 그는 후광이 생존에 불리하게 작용하는 현실을 약삭빠르게 이해하고 그런 상황을 즐기면서 "전화위복"의 기회로 삼는다. 그렇다면 후광을 되찾을 용기와 의욕이 상실된 상태에서 전화위복이란 무엇을 뜻하는가? 그것은 역시 '자유'다. 방탕·저속에 몸을 맡긴 화자가 혼돈의 거리에서 얻은 (근대성의 가시적 징표로 봄 직한) 회피와 일탈로서의 자유가 한 핵심인 것이다.

그러나 보들레르적 모더니즘의 자기전개를 염두에 둘 때, 이 시의 진정한 핵심은 일탈이 주는 해방감에서 한술 더 떠, 그 잃어버린 후광을 주워서 자기 것인 척하는 시인 나부랭이들을 구경하는 것보다 더 살맛나는 일이 어디 있느냐는 화자의 익살스런 반문에 있다. 나를 웃기는 인간들을 구경하는 것보다 더 신나는 일이 어디 있느냐는 어조 자체가——익살꾼으로서의 화자 역시 '그 웃기는 인간들'에서 예외가 될 수 없기에—— '풍자성'을 어느정도 띠기는 하지만, 그런 어조의 경박함은 오히려 하비(D. Harvey)가 『탈근대의 상황』(*The Condition of Postmodernity*)에서 인용한 포스트모더니스트 화가의 그림과 유사하다면 유사하다 하겠다. 한 여성이 지구를 탈출하여 외계로 날아가고 있는 그림에 대해 "그녀는 말하자면 홀로 그저 즐기고 있는 겁니다. 둥둥 떠서 세계가 폭파되는 것을 구경하면서요"라고 설명한 화가의 가벼움과 근사한 것이다.

이 모든 예술에 대한 적절한 '해석'으로는 차라리 랭보의 「나쁜 피」 한 구절이 어울릴지도 모른다. "연속되는 희극! 나의 순진함이 나를 울게 하리라. 삶은 우리가 이끌어가는 광대놀음이다." 어쨌든 이러한 일탈로서의 자유와 '가벼움'에의 탐닉이 『인공낙원』(1860)이나 「들라크루아의 작품과 삶」(1863) 등에서 주창된 보들레르 특유의 도취의 미학으로 이어진다는 사실을 환기할 때, 보들레르적 모더니즘의 자기전개 양상은 한층 분명해진다. 즉 "항상 취해야 한다. 핵심은 거기에 있다——그것이 유일한 문제"(SP, 「취하라」)라는 그의 신념처럼, 주신(酒神)과 아편에서 유발되는 인위적 황홀경이 시와 등치되고, 오감이 도취로서의 시를 통해 확장되는 과정에서 나타나는 "거룩한 매음" "뇌수의 진정한 향연" "희한한 시간"의 본질이야말로 포스트모던 예술의 '정수'를 선취하여 보여주는 것이다. 이 점에 착안하여 보들레르의 선진성을 강조하는 비평가일수

264

록 그가 지향하는 감각의 (기계적) 확장과 상상력의 (관념적) 고양이 다다이즘·쒸르레알리슴을 포함해 비구상(非具象)예술로 통하는 비밀통로임을 강조하는 것도 나름의 근거가 있는 셈이다. 비정하고도 유희적인 도피에의 몽상을 그린 포스트모더니스트 화가의——싸이버스페이스의 전조 같은——그림을 이미 19세기 중엽에 시로써 예언한 그는 리오따르(J.-F. Lyotard)가 열렬하게 찬양하는 재현 불가능 자체의 재현에서 나오는 '숭고미'나 제임슨이 포스트모던의 새로운 감수성으로 추어올리는 '히스테리적 숭고미'를 예시·선취한 하나의 전범이라고 해도 과언은 아니다. 따라서 논리적인 어법에 따르더라도 보들레르의 이러한 '전위적 성취'는 거꾸로 (특히 회화 분야에서 가시적으로 나타나는) 포스트모더니즘의 '예술적 파산'을 비추어준다는 해석이 성립한다.

3. 미적 자의식을 통한 근대적 삶의 재현

　이처럼 자신의 시대를 앞서나간 보들레르가 그렇다고 1848년 혁명 이후 당대 현실에 눈멀었다는 것은 물론 아니다. 오히려 그는 "취객이 여전히 현실상황을 의식하는 것처럼 사회적 현실을 의식하고"[10] 있다. 그가 그려낸 빠리의 사실적 풍경에는 자유의 희구와 그에 대한 깊은 좌절이 배어 있고, 그것은 미(美)와 시(詩)를 통해 채색된다. 『악의 꽃』의 독특함이라면, 그 과정에서 나타나는——분수처럼 피가 쏟아지지만 "아무리 더듬어도 상처를 찾을 수 없"는(FM, 「피의 분수」)——근대적 삶에 대한 묘하게 뒤틀린 서정의 약동과 풍자이겠다. 그가 프로이트와 쉽사리 결합하는 것도 그런 까닭인 듯하고, 그 서정이나 풍자에 으레 따라다니는 내

---

10) W. Benjamin, "Das Paris des Second Empire bei Baudelaire," 앞의 책 562면.

러티브의 교묘한 복잡성에 온갖 첨단이론의 조명이 현재 비치지만, 우리의 관심은 보들레르적 내러티브 자체보다는 근대를 바라보는 보들레르의 시선이 왜 그렇게 비틀린 형태로 나타나며, 그 결과는 어떠한가 하는 점에 있다.

당시 빠리 민중의 구체적인 편린들이 담긴 시는 『악의 꽃』 중 특히 「빠리 풍경들」 편에 집중된다. 『악의 꽃』을 혹평한 제임스(H. James)나 정반대로 극찬한 프루스뜨(M. Proust) 모두 높이 평가한 「초라한 노파들」(Les Petites Vieilles)을 읽어보자. 이 시에서는 "합승마차들의 굴러가는 폭음에 발발 떨며, / 꽃이나 알 수 없는 그림을 수놓은 작은 가방을, / 성자의 유물인 양 옆구리에 바짝 낀" 채 "북풍의 부당한 채찍을 맞으며 기어"가는 노파들의 모습이 사실적으로 포착된다. 여기서 눈여겨보아야 할 점은 이러한 사실성이 처리되는 방식이다. 빠리의 빈민가 뒷골목뿐 아니라 마까담 포장도로가 난 곳이면 어디서나 발견될 수 있었을 빈민들의 실상이 그 나름의 흡인력을 지닌 플라뇌르의 미적 자의식을 통해 재현될 때 어떤 현상이 일어나는가. 무엇보다 "구멍 난 치마나 싸늘한 피륙을 걸" 친 그녀들로 하여금 "다친 짐승들처럼 몸을 질질 끌"면서 싸구려 물건들을 팔게 내모는 사회의 실체, 그런 노파들의 분노와 희망 등은 시의 '바깥'으로 밀려난다. 그것들은 암실에서 엿보는 사진들처럼 희미하게 그 윤곽만이 겨우 잡힐 뿐이다. 그렇다면 플라뇌르는 노파들을 과연 어떤 시각으로 바라보는가?

그러나 나는, 그 위태로운 발걸음에 불안한 시선을 고정하고,
멀리서 다정스레 살피면서,
아 놀랍게도! 마치 아비라도 되는 듯이,
남몰래 은밀한 기쁨을 맛보고 있으니.

풋내기 정열들이 피어나는 것을 보면서
어둡든 밝든 그 지난날들을 경험하고
확장된 내 마음은 그대들의 온갖 악덕을 즐긴다!
내 넋은 그대들의 모든 미덕으로 빛나는구나!

폐인들! 내 가족들! 오, 내 정신의 친구들이여!
나는 저녁마다 엄숙한 작별인사를 한다!
신의 끔찍한 압제에 짓눌리는 여든살 이브들이여,
당신들은 내일 어디에 가 있게 될까?[11] (FM, 「초라한 노파들」 73~84행)

확실히 이 시에서는 「우울」 연작시나 「성 베드로의 부인」 「사탄 연도
(連禱)」(FM) 등이 파격적으로 보여주는 자해욕구나 반항, 허무의 흔적을
찾아보기 힘들다. 단지 군중 속에서 생의 순간적 단면을 미적으로 전유
하는 플라뇌르 특유의 시각이 노파들같이 헐벗고 굶주린 자에 대한 지극
한 연민과 아릿하게 결합되어 있을 뿐이다. 이 점을 좀더 엄밀하게 따져

---

11) 원문은 다음과 같다.
　"Mais moi, moi qui de loin tendrement vous surveille,
　L'oeil inquiet, fixé sur vos pas incertains,
　Tout comme si j'étais votre père, ô merveille!
　Je goûte à votre insu des plaisirs clandestins:

　Je vois s'épanouir vos passions novices;
　Sombres ou lumineux, je vis vos jours perdus;
　Mon coeur multiplié jouit de tous vos vices!
　Mon âme resplendit de toutes vos vertus!

　Ruines! ma famille! ô cerveaux congénères!
　Je vous fais chaque soir un solennel adieu!
　Où serez-vous demain, Èves octogénaires,
　Sur qui pèse la griffe effroyable de Dieu?

보기 위해 이번에는 「가난한 자의 눈」(SP)을 살펴보겠다.

이 시 역시 마까담 포장도로의 체험을 담는다. 투명유리를 통해 까페의 화려한 내부를 들여다보는 빈민과 이들을 바라보는 (까페 내부의) 두 연인의 의식을 포착한 이 시에서는 두 시선이 극적 대조를 다룬다. 두 시선이라고 했지만, 그것은 엄밀하게 말한다면 세 개의 시선, 즉 까페의 풍요와 사치를 들여다보는 가난뱅이의 시선과 이들을 상이한 태도로 내다보는 '듯한' 두 연인의 시선이다. 까페의 호화로움을 바라보는 두 아이와 그 아버지가 느끼는 동경은 나이가 어려질수록 점층적으로 고양된다. 어린 막내의 경우 "너무나 매혹당한 나머지 어리둥절하고 깊은 즐거움 외에 그 어떤 감정도 나타내지 못하는 것이다." 그런데 그들을 보는 화자는 이내 "그들의 눈에서 연민을 느낄 뿐만 아니라 우리의 목마름을 채우고도 남을 너무 큰 잔들과 술병에 대해 부끄러움을" 느낀다. 그리고 화자는 "당신의 시선에서 '나의' 생각을 읽기 위해서" 애인을 향해 눈을 돌린다. 적어도 이 대목에서 화자의 태도는 헐벗고 굶주린 사람들 앞에서 자신의 호사스런 삶을 반성하겠다는 뜻으로 들리는 것이다. 하지만 "변덕의 여신이 살고 있는 듯한" 애인의 눈에서 읽어낸 '나의 생각'은 "마차문처럼 눈을 벌리고 있는 이 인간들은 견딜 수가 없군요. 까페 주인에게 부탁해서 그들을 이곳에서 멀리 쫓아낼 수 없어요?"라는 힐난이다. 뒤이어 화자는 사랑하는 연인들마저도 의사소통이 단절된 현실을 개탄한다.

1848년 혁명 이후 부르주아지의 승리가 확연해진 전형적 상황으로 봄직한 이 대목에서, 버먼이 그러했듯이, 연인들마저도 바리케이드의 양편으로 갈라진 살벌한 당대현실을 읽어내는 것은 얼마든지 가능하다. 그런데 그렇게 명료한 상황을 담은 듯한 이 시가 결과적으로 아리송한 느낌을 주는 것은 사랑하는 여인이 내뱉은 '나의 생각'이 그처럼 표독스럽게 나타남으로써 화자의 진정한 속내도 끝내는 독자에게 소통되지 않는다는 데서 연유한다. 연인들의 이런 '의사소통의 단절'을 두고 인간 보편의 체험이라느니, 원죄의 결과라느니 하는 번설(煩說)도 물론 있지만, 당대 계급투쟁의 현실 속에 부르주아 연인들의 고통스런 도덕적 갈등이 뚜렷이 각인된 이 시의 진상은 그것과는 거리가 멀다. 이 시를 압축된 하나의 단편소설로서 읽을 때는 선망의 눈길을 거두지 못하는 빈민보다는 그들의 눈앞에서 움츠러들고 분열되어버린 화자의 자의식이 부각된다. 이는 초라한 노파들을 바라보는 플라뇌르의 연민과도 상통한다. 이 두 시를 비교할 때 먼저 드는 생각은, 세파에 찌든 노파들이 살아간 삶의 희로애락을 훔쳐보면서 깊은 연민을 느끼거나 가난한 이들을 앞에 두고 의사소통이 단절되어버린 연인의 안타까운 상황을 개탄할 때 화자는 본질적으로 댄디적·플라뇌르적 체험을 극화하고 있다는 사실이다. 그래서 어찌 보면 당대에는 거의 일상적이었을 체험에 시인 나름의 절실한 목소리가 다소간 담겨 19세기 근대 서구도시의 전형적 체험이 여실하게 그려지고, 일부 현대독자의 감수성에 더 호소력을 발휘할지는 모른다. 하지만 이를 충분히 감안하더라도 이 두 시 모두 '주머니가 가난한 자'의 현실적 절박함과 '마음이 가난한 자'의 가없는 진정성이 결합된 경지에는 미달한다는 판정을 과연 피할 수 있을까? 만약 피할 수 없다면 "예술의 천공(天空)에 새로운 전율"을 던졌다는 빅또르 위고(Victor Hugo)의 평가에도 불구하고 보들레르의 시적 성취는 궁극적으로 연민과 감상(感傷)의 세계를 후련히 넘어선 '삶다운 삶'의 성취와도 멀어진다고 우리는 말해야 하지 않을까?

이 글에서 이러한 보들레르의 시적 성취를 19세기 프랑스시사(詩史)에 놓고 가늠하기에는 프랑스문학 전반에 대한 필자의 공부가 너무 부족하다. 하지만 나름의 방편으로 프랑스시의 전통에서 받은 영향을 창조적으로 활용하기도 한 엘리어트(T. S. Eliot)의 평가를 여기서 상기해볼 수도 있지 않을까 한다. 엘리어트는 대체로 두 가지 면에서 보들레르를 옹호한다. 하나는 흔히 그의 한계로 거론되는 불경과 부도덕성이 실은 기독교에 대한 믿음을 정직하게 확인하고픈 욕망에서 기인한 역설적 표현이라는 점과, 다른 하나는 보들레르야말로 근대 시어(詩語)의 혁신자라는 것이다. 그는 도덕관념이나 선악의 잣대로 『악의 꽃』을 재단하는 '부도덕성'을 경계하면서 그것의 진정성을 옹호하는 것이다. 동시에 "진정코 보들레르는 그 어떤 언어로 쓴 근대적 시에서도 가장 위대한 모범이다. 왜냐하면 그의 시와 언어는 우리가 이제까지 경험한 완벽한 혁신에 가장 가까이 간 것이기 때문이다"라고 평가한다.[12] 엘리어트의 시각에서 보면 보들레르의 뒤를 이은 새로운 감수성의 천재들인 말라르메, 베를렌, 랭보 등이 추구한 파격으로서의 언어혁신도 보들레르적 전범의 일부가 될 것이다. 나아가 그들은 독일과 영국의 낭만주의를 이어받은 진정한 계승자들로서 19세기 유럽 낭만주의의 치열한 시정신 — 하인리히 하이네의 사망연도는 1856년이다 — 을 가장 늦게까지, 또 가장 첨단까지 밀어붙인 낭만주의 '최후의 전위'들이라는 판단까지도 가능할지 모르겠다.[13]

　하지만 시대와 시야를 달리하여 근대 한국 민족문학의 시사(詩史)에 비춰보면 보들레르는 과연 어떤 평가가 가능할까? 극히 일반적인 몇마디로 만족할 수밖에 없고 평면적인 비교도 넘어서기 어렵지만, 서구의 모더니즘과 초현실주의에 깊은 세례를 받았으면서도 현실과의 긴장을 쉽게 넘보기 어려운 가락으로 창조적으로 풀어낸 김수영(金洙暎)이나 1950년대 동족상잔의 폐허 속에서 자라난 (보들레르 못지않은) 탐미적 의식과 허무주의가 현실에서의 엄혹한 단련을 통해 새로운 시적 실험으로 이어지는 고은(高銀)에 비한다면, 『악의 꽃』이 우리에게 주는 현재적 의미는 그만큼 제한되는 듯하다. 이 점을 좀더 분명히 인식하기 위해서

---

12) T.S. Eliot, "Baudelaire," *Selected Essays*, Faber & Faber 1980, 426면.
13) Octavio Paz, *Children of the Mire: Modern Poetry from Romanticism to the Avant-Garde*, Rachel Phillips, tr., Harvard University Press 1974, 66~67면.

는 보들레르와 서구 근대 시문학의 다른 성취와의 대비도 간과할 수 없다. 예컨대 휠덜린(F. Hölderlin, 1770~1843)이 비가(悲歌) 『빵과 포도주』에서 물었고 하이데거(M. Heidegger)가 그 물음의 의미를 거듭 강조한 '궁핍한 시대에 시인의 사명은 무엇인가?'라는 근원적 물음이 『악의 꽃』에 끝내 나타나지 않을뿐더러, 릴케(R. M. Rilke, 1875~1926)가 만년에 『두이노의 비가』에서 '실패'를 거듭하며 탐색한——더 멀리 날아가기 위해 활의 시위를 견디는—— '천사'로 대변되는 차원 높은 '존재'에 대한 심도있는 성찰이 이루어지지는 않는다는 점에도 주목해야 하는 것이다.

물론 보들레르의 입장에서 이런저런 한계를 따져본다면 다음과 같은 짐작도 가능할 것이다. 즉 그가 자신의 문제에 대해 나름의 확고한 의식과 해답을 가지고 있지는 않았을까 하는 추론이다. 그것은 댄디이즘과 플라뇌르에서 일단이 드러났듯이 단적으로 말해 '예술'이다. 그리고 이때의 예술은 1848년 혁명 이후 현실에 안주한 부르주아적 허위의식 및 패배한 프롤레타리아적 비속함의 예술과는 거리가 멀다. 가령 "식물성의 주신(酒神)이여, 영원한 파종자가 던진 / 귀중한 씨앗인 나, 그대 속으로 흘러들리라 / 우리 둘의 사랑에서, 희귀한 한떨기 꽃처럼, / 신에게로 솟구치는 시가 태어나도록"(FM, 「포도주의 혼」)이라든가, "신이여 제게 은총을 내리시어, 제가 인간말종이 아니며 내가 경멸하는 자들보다 못한 놈이 아님을 제 자신에게 증명해줄 수 있는 아름다운 시 몇 수를 쓸 수 있도록 해주소서"(SP, 「새벽 1시에」) 등에 담긴 파우스트적 희구의 절실함에는, 엘리어트의 말 그대로 (신이 사라져버린 현대에) 저주받는 것조차 불가능해진 좀도둑이나 정치모리배 같은 인간과는 차원이 다른 '저주'가 어울리는 것이다. 『악의 꽃』과 『빠리의 우울』 전체를 감싸는 보들레르 특유의 절박한 미적 충동은 범인의 운명을 뛰어넘는 힘이다.

이렇게 볼 때 그가 「1846년의 쌀롱」의 첫머리(전집 II-1, 415~17면)인 '부르주아에게'에서 부르주아계급의 승리를 확언하는 것도 계급투쟁의 승리자 부르주아지를 칭송하기 위해서라기보다는 미에 대한 근대적 신념, 즉 "당신들은 빵 없이도 사흘은 살 수 있지만 시가 없다면 단 하루도 살 수 없음"을(전집 II-1, 415면) 주장하기 위한 일종의 수사법인 셈이다. 그리하여 '빵과 시'를 철저하게 대립시킨 보들레르의 미적 자의식은 생명과 현실의 변증법적 긴장·갈등관계를 압도한다. 그 결과 역사적 실체로서의 빠리 민중의 애환과 희망은 단지 흐릿한 배경이 되면서 「가난한 자들의 눈」에서처럼 부정해야 하지만 언제나 의지대로는 되지 않는, 이를테면 원죄를 짊어진 인간이 부각된다. 또는 「초라한 노파들」에서처럼 그런 삶의 고달픔이 그려진다고 해도 결국 미적 자의식의 일부로 전유·활용되어 한낱 연민과 감상의 대상으로 이해될 뿐이다. 반면 바로 그렇기 때문에 역설적으로 보들레르의 시에 근대의 뒤틀린 삶의 이면이 투시되면서 '도덕적' 감성이 어느정도 생동하는 것은 부인할 수 없는 사실이다. 그러나 이런 미덕을 지닌 모더니스트로서의 보들레르는 앞서도 강조했듯이 횔덜린적 물음에서 멀리 벗어난 시인이기도 하다. 보들레르는 시인의 천분을 타고난 투시적 감수성을 좀더 구체적·사실적인 인식과 결합함으로써 얻어지는 근대의 삶에 대한 시원적 차원의 깨달음으로 나아가기보다는 그런 감수성을 통한 특정 현실의 굴절현상을 즐기고, 그 과정에서 발원하는 야릇한 미적 쾌감을 선호한 것이다.

4. 보들레르와 근대(성)의 극복·성취

보들레르는 근대성을 "덧없고 일회적이며 우발적인 것"과 "영원하고 불변한 것"으로, 즉 양분된 시간성으로 파악한다(전집 II-1, 695면). 그것은 근대 서유럽에서 발원한 듯한 생산과 소비 양식이 전면적 현실이 된, 후에 자본주의라는 명칭이 붙은 역사적 지속국면에서 발생한 시간 개념이

272

다. 비유컨대 그의 근대성은 순간과 영원이라는 두 관념의 축이 끊임없이 회전하면서 도취와 환멸을 발생시키는 미적 동력기관에 가까운 것이다.[14] 동시에 권태와 허무를 기본 에너지로 이용하는 그런 기관이 철두철미하게 '새로움'을 지향한다는 점이야말로 보들레르 문학의 선진적 성격을 뚜렷이해준다. 맑스의 낯익은 표현대로 하면 그것은 '모든 고정된 것을 연기처럼 날려버리는' 자본주의적 생산력의 환상이 불러온 새로움을 향한 열망이다. 그는 바로 그런 새로움을 위해 살았다고 해도 지나친 말이 아니다. "우리를 회복게 하는 그대(죽음—인용자)의 독을 부어다오!／이 불길이 이처럼 우리의 뇌수를 태우나니 지옥이든 천국이든 무슨 상관이랴, 심연의 바닥으로,／미지의 깊은 곳으로 뛰어들겠다, 새로움을 찾기 위해."(FM, 「여행」)

이처럼 새로움을 향한 열망이 시에 투사되면서 발생하는 다분히 역사적인 현상 중 하나는 (모든 것을 파편화하는) 시간에 대한 극한적 자의식과 불안이다. "오! 그렇다! 시간이 다시 나타났다. 이제야 시간은 군주로서 다스린다. 그 징글맞은 늙은이가 온갖 악마 같은 종자들, 기억·후회·경련·공포·안타까움·신경증과 함께 되돌아온 것이다."(SP, 「이중의 방」) 이후 20세기 모더니즘 소설에서 본격화될 소외와 자기분열이 이미 보들레르의 시에서 대도시의 신경증적 체험과 함께 나타나는 것이다. 결국 보들레르가 전율적 서정으로 내면화한 근대현실에서 생성과 변화의 역사적 시공간은 사라지고 순간과 영원 사이도 진공상태로 남는다. 그는 진공으로 변한 시간 속에서 권태와 허무를 발판삼아 새로움을 찾아 헤맨다. 역사를 돌이켜볼 때, 자본주의 근대 세계체제에서 이런 새로움의 열

---

14) "보들레르에게 '근대'는 다른 무엇보다도 감수성에만 근거하는 것은 아니다. 그런 근대에서 최고의 자발성이 얻어진다. 그에게 근대는 하나의 정복이다. 다시 말해 근대는 하나의 발전자(發電子)를 갖는 것이다. 쥘 라포르그가 보들레르의 '아메리카니즘'을 말했을 때 그만이 한 핵심을 본 것 같다." W. Benjamin, "Zentralpark," 앞의 책 662면.

망이 수행한 역할은 자명하다. 생명의 진정한 갱신에서 움트는 경이라기보다는 최신 감수성의 감각적 또는 말초적 쇄신에 가까운 새로움에의 몰입은 소용돌이치는 자본주의 근대의 세계상과 상품망을 구축한 정신이다.

레이먼드 윌리엄즈(Raymond Williams)의 구분법을 따르면, 보들레르는 모더니스트가 취한 반부르주아적 태도의 두 유형 중 첫번째에 해당한다. 즉 그는 부르주아지 계급에 대한 모더니스트의 경멸적·적대적 정신이 "거룩한 영역"으로서의 예술에 대한 숭상으로 '승화'되는 범주에 해당하는 경우다. 하지만 보들레르의 시에서 더 결정적인 것은——그리고 그를 모더니스트의 진정한 전범으로 만든 핵심적 요인은——단순히 '예술을 위한 예술'만은 아니다. 앞서 『악의 꽃』과 『빠리의 우울』을 통해 회피·일탈로서의 자유가 불러일으키는 환멸과 도취의 미학이 후기자본주의의 몇몇 문화현상을 예시하고 있음을 살펴보았지만, 도취와 환멸을 오락가락하면서, 즉 '예술에의 미몽'에 사로잡혀서, 스스로 설정한 무시간적 근대성에 빠져든 보들레르 특유의 근대주의야말로 그를 본격 모더니스트의 한 전형으로 만드는 것이다. 따라서 『악의 꽃』을 특징짓는——20세기 모더니즘의 문제사례인 엘리어트에 육박하는 '현대성'이라고 말해야 할——"현재의 아이러니한 영웅화, 자유를 현실로 변환하는 유희, 자아의 금욕적 가공"[15]은 근대주의가 내면화되는 하나의 방식이라고 말함직하다.

그의 시에는 서구의 근대문학에서 계승해야 할 것과 떨쳐버려야 할 것 모두를 우리에게 분명히해주는 미덕이 있다. 보들레르를 통해 우리의 근대 민족문학에 아직껏 댄디적·보바리슴적 성취가 아쉬운 부분이 있음을 확인하는 한편, 근대적 삶에 무반성적으로 몰입할 때 빚어지는 포스트모

---

15) M. Foucault, "What is Enlightment?," *A Foucault Reader*, Harmonsworth 1986, 42면.

274

더니즘의 파산양태까지도 현재적 '교훈'으로 얻는 것이다. 보들레르의 시적 성취가 갖는 결코 단순하달 수 없는 이런 양면성을 고려하면, 그를 근대시의 왕국에서 더이상 폐위될 수 없는 "무관의 제왕"으로 속단하는 것[16]은 분명히 일방적인 평가라고 본다. 다만 보들레르가 예표하는 본격 모더니즘의 진정한 수용과 극복을 위해서라도 '악의 꽃'의 역설과 그 악마주의나 허무주의가 갖는 도덕적 파탄에 대해 처음부터 선 긋고 들어갈 필요는 없을 것이다. 근대의 본질적 연장인 '근대 이후'를 좀더 치열하게 사유하여 근대(성)의 철폐와 완수라는 힘겹고도 희귀한 과업을 수행하려는 우리에게 보들레르는 더할 나위 없는 도발이자 도전으로 남아 있기 때문이다.

16) Pierre Laforgue, "Baudelaire, Hugo et la Royauté du Poète: Le Romantisme en 1860," *Revue d'Histoire Littéraire de la France*, 1996년 9·10월호 참조. '무관의 제왕'에 관해서는 982면.

근대성과 모더니즘

■

『근대 서사시』의 비판적 소개

1. 서론

근래 미국의 '영문학'계에서 분과학문의 경계를 파격적으로 허물면서 비평활동을 하는 학자 하나를 지목한다면, 이딸리아 출신으로 68혁명세대인 프랑꼬 모레띠(Franco Moretti, 1950~)를 꼽을 사람들이 적지 않을 듯하다. 그는 작품들을 큰 틀로 모아들이면서 사회과학과 자연과학을 종횡무진으로 넘나드는 방법론을 적극적으로 응용하는 논자로 정평이 난 인물이다. 탈분과적 문학연구자라는 명성에 걸맞게 그는 학계의 틀에 박힌 담론언어와는 확연히 구분되는 생기발랄한 구어체를 자유자재로 구사하는 학자이기도 하다.

'괴테에서 마르께스까지의 세계체제'라는 부제가 달린 『근대 서사시』도 모레띠의 그런 면모를 유감없이 보여준다.[1] 그런데 대담한 구상과 독

---

1) Franco Moretti, *Modern Epic: The World-System from Goethe to García Márquez*, Quintin Hoare, tr., Verso 1996. 본문에서 인용은 괄호 안에 면수만 표시하며 인용문 번역은 모두 필자가 했다. 이 저작은 *The Way of the World: The Bildungsroman in European*

창적 가설을 제시하면서 서구의 대표적 고전들을 섭렵하는 이 저작이 특히 우리의 시선을 끄는 것은, 근대성과 서구 모더니즘 문학에 대한 그의 특이한 견해 때문이다. 실제로 모레띠만큼 끈질기게 서구문학의 근대성을 추적한 논자도 흔치 않다.『근대 서사시』가 모더니즘이라는 문학범주 자체를 근본적으로 문제삼는 발상의 저작이라면, 근대성과 모더니즘을 우리 나름의 방식으로 받아들이려는 입장에서는 각별한 관심대상이 될 수밖에 없다. 무엇보다 최근 우리 문단에서 벌어진 리얼리즘·모더니즘 논전에는 과열된 면도 적지 않다. 한번쯤 진지하게 참조해보는 것도 논쟁의 바람직한 가닥을 잡는 데 도움이 되리라 본다. 근대 서사시론은 저자가 이전의 비평작업에서 개진한 근대성 입론을 집약하는 성격이 짙기 때문에, '근대 서사시'라는 특이한 개념이 나오기까지의 과정을 먼저 개략적으로 짚고 나서 본론으로 들어가겠다.

2. 근대성과 근대의 가능성

모레띠가 전제하는 역사적 지속 국면으로서의 근대는 세계체제론이 상정하는 개념과 크게 다르지 않다. 그것은 대략 16세기 이래 팽창을 거듭해온 (서구의) 자본주의 근대를 뜻한다. 그런데 근대의 근대다움 내지는 근대적 특징을 의미하는 근대성에 대한 이해방식에서는 세계체제론과 비슷하면서도 확연히 구분되는 면이 있다. 월러스틴이 500년간 지속된 자본주의가 결정적인 분기점에 도달했음을 역설하면서 더 나은 후계 세계체제의 건설을 위한 분투를 촉구한다면, 모레띠는 그런 자본주의 근

Culture (Verso 1987)와 함께 국내에 번역되었다. 각각 조형준 옮김『근대의 서사시: 괴테의 파우스트에서 마르케스의 백년의 고독까지 근대문학 속의 세계체제 읽기』, 새물결 2001; 성은애 옮김『세상의 이치』, 문학동네 2005.

대 개념을 접수하면서도 삶의 모든 가능성이 진화론적 패러다임——사회
적 필연과 적자생존——으로 발현되는 모험의 시대가 근대라는 데 역점
을 둔다. 그는 그 가능성을 19세기 "서구 내러티브의 지배적 장르"인——
성장소설 내지는 교양소설로 번역되는——빌둥스로만(Bildungsroman)
을 통해 예시한 바 있다. 그에 따르면 '커다란 기대'와 '잃어버린 환상'으
로 가득 찬, 매혹적이지만 위험천만한 자본주의 근대야말로 "근대성의
'상징적 형식'"을 내재적으로 만들어낸 요인이다. 빌둥스로만의 '젊음'
이야말로 그런 형식의 현현이라는 것이다.[2] '근대의 서사시'라는 20세기
의 새로운 장르를 개척하기에 앞서 모레띠는 자본주의의 시간적·공간적
확장이 불러일으킨 기대와 환멸의 다양한 역사적 변주음을 19세기 서구
빌둥스로만의 맥락에서 확인하는 셈이다.

근대성의 원년(元年)은 프랑스혁명으로 규정된다. 빌둥스로만이 로맨
스나 역사소설, 서간체소설 같은 18세기의 문학형식들을 도태시키고 19
세기 내내 지배적 장르로 군림한 것은 미증유의 혁명이 불러온 근대의
격심한 세파에 가장 잘 적응했기 때문이다. 빌둥스로만의 '젊음'은 자본
주의 근대의 유동성과 내면성을 탁월하게 대변한다. '빌둥'을 통해 프랑
스혁명으로 촉발된 계급투쟁에서 아슬아슬한 타협을 이루어냈다는 것이
다. 그로써 빌둥스로만은 19세기 서구문학의 적자(適者)가 된다.

하지만 모레띠가 지향하는 근대성이 한층 명료하게 확인되는 것은 영
국혁명과 프랑스혁명의 질적 차이를 강조하는 대목에서다. 전자가 타협
과 보편주의, 법과 정의를 기반으로 한 보수주의 혁명으로서 근대성의
수용에서 근본적인 한계를 보인다면, 후자는 정반대로 계급투쟁의 파국
속에서 현재가 과거와 미래를 향해 열림으로써 불확실성과 활력으로 가

---

2) F. Moretti, *The Way of the World* 참조. "서구 내러티브의 지배적 장르"는 10면, "근대성
   의 '상징적 형식'"은 5면.

278

득 찬 광대무변(廣大無邊)의 역사적 전경을 펼쳐보인다는 것이다. 19세기 영국과 프랑스의 빌둥스로만은 근대성의 두 대조적 극단을 예시한다.

이 두 근대성에 대한 모레띠의 선호는 그의 해석에도 영향을 끼친다. 그는 19세기 영국소설을 '빅토리아조 타협'의 산물로 정의한다. 그것은 법과 정의의 이데올로기가 근대성의 창발성을 거슬러 구현된 결과다. 제인 오스틴, 조지 엘리어트, 찰스 디킨스 등의 작품은 서구 근대 자본주의의 대세에 역동적으로 참여하지 못한 촌티나고 동화적인 유럽 최악의 소설로 평가된다.[3] 반면에 "다른 여러 문학에 비해 좀더 기민하고 좀더 많은 가능성을 탐구하며, 유럽의 공간에서 문득 솟아나는 참신한 경향을 선뜻 받아들이"[4]는 프랑스문학은 17~19세기까지 줄곧 유럽문학의 중심으로 설정된다. 모순의 내면화를 이룩함으로써 모순을 해결하지 않고 그것과 함께 사는 법을 배우며 모순을 생존의 도구로 변화시키기조차 하는 근대의 '순수한' 가능성은 영국소설가들이 아닌 발자끄(H. de Balzac)와 플로베르(G. Flaubert)의 소설에서 탁월하게 구현된다는 것이다.

영문학도에게는 도발적인 문제제기임에 틀림없는 '프랑스문학의 중심성'과 19세기 영국소설의 서사적 빈곤이라는 가설이 이 글의 주된 논제는 아니다. 하지만 한가지 생각해볼 점은 있다. 19세기 근대도시의 천변만화(千變萬化)적 삶에 유달리 민감했던 작가들, 가령 보들레르나 말라르메, 발자끄, 플로베르, 졸라 등이 프랑스에 존재했고, 근대성의 최첨단에 선 그런 위대한 실험적 작가들의 면면이 일반적으로 영문학의 풍경보다 더 화려하고 다채로워 보이는 것만은 부정하기 힘들다. 모레띠는 19

---

3) "The Conspiracy of the Innocents," 앞의 책 참조. '유럽 최악의 소설'에 관한 대목은 214면.

4) F. Moretti, "Modern European Literature: a Geographical Sketch," *New Left Review* 1994년 8·9월호, 94면; 「근대 유럽문학의 지리적 소묘」, 설준규 옮김, 『창작과비평』 1995년 봄호.

세기 영국 서사시장이 형편없음을 통계수치로 주면서 영국소설의 근본 특성으로 "동화구조, 해피 엔딩, 감상적 도덕주의, 압도적인 희화성"으로 규정한다. 19세기 영국소설이 유럽 최악의 소설이라는 극단적인 주장도 서슴지 않는다. 그러나 영국소설의 서사적(narrative) 빈곤을 특정한 문학현상과 연관하여 해명하는 논법의 타당성[5]은 좀더 검토해볼 사안이다. 영국에서 외국문학 작품들이 다른 나라보다 늦게 번역되었다든가 순회도서관의 소장 도서들이 매우 제한적이었다는 사실이 곧바로 영국소설의 서사적 빈곤을 증명하는 것은 아니기 때문이다.

이에 대한 타당성을 여기서 구체적으로 검증할 수는 없다. 다만 작품의 평가에서 일종의 실증주의 접근법을 취한 그의 방법론적 함의가 과연 어떤 것인가를 따져볼 필요는 있겠다. 이 문제는 4절에서 다루기로 하고, 모레띠가 빌둥스로만론에서 근대 서사시론으로 옮겨가는 논리를 좀더 살펴보자.

근대의 역동성을 구현한다고는 하나 빌둥스로만도 19세기적 근대성의 산물이다. 그 자체가 허위의식으로 전락한 타협과 균형을 지향하는 중산계급의 세계관에 포위당한 빌둥의 이상으로는 20세기 들어 대도시를 중심으로 본격적으로 터져나오는 근대의 폭발적 역동성을 도저히 감당하기 어렵게 되었다는 주장이다. 근대소설이 "근대성에 대한 상징적 제동장치"(195면)로 규정되는 배경에는 소설이라는 장르의 역사적 시효가 마감되고 자본주의적 근대성과의 본격적인 대면이 '근대 서사시'에서 이루어진다는 전제가 있는 셈이다. 젊음과 빌둥의 이상으로 표출된 19세기적 근대성은 조지 엘리어트(George Eliot)의 『미들마치』(*Middlemarch*, 1871~72)로 사실상 끝장났고 1차대전은 그 이상에 치명타를 가했다는

---

5) 이에 대해서는 특히 F. Moretti, "Narrative Markets, ca. 1850," *Review* 1997년 봄호 참조; 「1850년 경의 서사」, 신현욱·안수진 옮김, 『안과밖』 3호(1997년 하반기).

것이다.[6] 그러나 모더니즘의 본질을 가리키는 "**가능성의 범주**"(114면, 모레띠 강조)로서의 근대성이 1차대전 이후 새롭게 부활하니, 부활의 '신비'는 진화론으로써 해명된다. 자연과 기근, 죽음에 대항하는 '싸움의 현장'을 둘러본 다윈의『종의 기원』(1859)이 그의 문학적 신념에 근거를 제공한다. "가장 아름답고 가장 경이로운 수많은 생물들"이 태어날 수 있는 '자연'의 진화는 단지 진화론에서만이 아니라 삶을 다루는 문학에서도 여전히 가능하고 또 가능해야만 한다는 것이다.[7]

3. 세계체제의 반주변부와 '세계텍스트'

『근대 서사시』는 그 신념의 산물이다. 일찍이 헤겔은『미학』에서 국가의 등장으로 영웅의 시대에 종말을 고한 근대가 본질적으로 총체성의 장르인 서사시와 양립될 수 없다고 진단했다. 루카치 역시『소설의 이론』에서 근대를 그리스 시대의 '이상적인 삶'이 와해된 분열과 내면성의 시기로 파악했다. 모레띠는 이들과 견해를 달리한다. '가능한 모든 가능성'이 존재하는 자본주의 근대가 파편 덩어리로 구성된 새로운 양식의 문학을 만들어냈다는 것이다. 그는 세계체제론에서 상정하는 '세계경제'를 따와서 만든 조어인 '세계텍스트'를 근대 서사시의 동의어로 설정하면서 그것이 노동분업과 지식의 파편화가 압도적인 현실이 되어버린 유럽문화의 정신적 유산이기도 함을 적시한다. "그런(총체성을 지향하

---

6) F. Moretti, ""A Useless Longing for Myself"; The Crisis of the European Bildungsroman, 1898~1914," Ralph Cohen, ed., *Studies in Historical Change*, UP of Virginia 1992 참조.

7) F. Moretti, *Signs Taken for Wonders: Essays in the Sociology of Literary Forms*, Verso 1983: revised ed. 1988. 개정판의 "The Moment of Truth"(249~61면) 및 "On Literary Evolution"(262~78면) 참조. "가장 아름답고 가장 경이로운 (…)" 대목은 278면.

는—인용자) 모든 야심을 시대착오적이며 거의 비현실적으로 만"든(37
면) 근대세계에서 세계텍스트는 대중 독자와는 너무 멀어져 상아탑의 극
소수 학자에게나 흥밋거리가 된데다가 작품 자체도 그런 근대정신의 낙
인이 찍힌—"매우 길고, 매우 지루한"(4면)—불완전한 걸작이라는 것
이다.

　여기서 흥미로운 것은, 근대 서사시 또는 세계텍스트를 논하는 과정에
서 세계체제에서 반(半)주변부가 차지하는 역할에 대해 그가 내리는 해
석이다. 반주변부는 단일 국민국가의 틀이 제대로 갖춰지지 않은 독일
(괴테, 초기의 바그너), 식민지임에도 지배자와 동일한 언어를 공유한
아일랜드(조이스), '저개발의 개발'이 지배현실인 라띤아메리까의 몇몇
지역(마르께스) 등을 가리킨다.(50, 59, 76면 등) 이들 지역의 공통점은 전
근대와 근대의 '비동시적 동시성'이 가동된다는 데 있다. 이 반주변부들
은 혼돈에 가까운 사회적 활력으로 충만하거니와, 그런 활력이 새로운
문학종의 탄생에 이바지한다는 것이다. 근대 서사시는 "바로 그러한 새
로운 현실을 위해 발견된 하나의 **상징적 형식**"이다.(51면, 모레띠 강조) 반주
변부에서 발생한 서사시는 그 복합적 현실을 다루기 위해 몇가지 특정한
형질을 지니게 된다. 그것은 가능성의 범주로 정의된 근대성의 이면으로
서 개방성·이질성·불완전성이다. 이같은 열린 형식을 통해서 근대의
'파편적' 서사시는 국민국가의 편협성을 탈피한다. "이런 의미에서『율
리씨즈』가 '아일랜드적'인 것이 아니고『백년 동안의 고독』이 '꼴롬비아
적'인 것이 아니듯이,『파우스트』역시 '독일적인' 것이 아니다. 이들은
모두 **세계텍스트**인데, 그 지리적 준거틀은 더이상 국민국가가 아닌 더
넓은 실체, 하나의 대륙 내지는 세계체제 자체다."(50면, 모레띠 강조)

　근대 서사시는 자본주의 세계체제의 특정 지역에서 생성된, 새로운 현
실의 산물이다.(51면) 자본주의 현실이 먼저 있고 근대 서사시가 그 현실
을 반영하고 있다는 말이다. 근대 서사시에서 공통적으로 나타나는 '순

진의 수사법'(rhetoric of innocence)은 자본주의 현실을 드러내는 일종
의 서사적 장치다. 그것은 괴테가 성공적으로 시도했고 조이스가 좀더
진화된 형태의 기법을 구사한 문학적 수사다. 파우스트와 레오폴드 블룸
이 각각 상이한 방식으로 '수동적인' 서사 주인공이 됨으로써, 오히려 자
본주의 서구에 의한 세계지배를 정당화·합리화하는 허위의식이 폭로된
다는 것이다. 과거의 서사시 주인공과는 달리『파우스트』에서 자행되는
수많은 정복과 약탈 및 비극적 사건은 메피스토펠레스에 의해 교묘히 촉
발·실행됨으로써8) ('수동적' 역할이 주어진) 파우스트의 손에는 피 한
방울 묻지 않는다. "그 피의 저주는 메피스토펠레스가 받는"다.(25~27면)
반면 조이스의 경우는 더 기발하다. (플로베르의) 부바르와 뻬뀌셰의 백
과사전적 '멍청함'을 한층 더 발전시켜 서사시적 모험의 주인공인 블룸
을 '멍한'(absentminded) 상태로 만들어놓음으로써 오히려 그의 눈에
비친 자본의 전체 운동을 더없이 생생하게 구현한다.(137~43면)

이처럼 순진의 수사법을 통해 자본주의적 지배기제인 '흡수·통합'
(incorporation) 양상을 보여주는 근대의 서사시는 자본주의 세계체제를
총체적으로 구현한다. 그런 맥락에서 불협화음적 다성성(多聲性)과 다
원적 알레고리는 자본주의 현실의 시공간적 팽창에 조응하는 문학적 재
현기법이다. 이 두 개념은 20세기 초 소위 모더니즘의 양극화 현상을 결
정짓는 핵심요인이자 근대성의 문학적 등가물이다. "유럽문학의 빅뱅"
즉 "가장 이질적인 형식들을 낳은, 20세기의 가장 위대한 두 소설가(조
이스와 카프카—인용자)를 대극적인 방향으로 투사한 에너지"는(200면)
다성성과 알레고리를 통해 폭발된다. 다성성이 문학적 "창조성의 지표"
로서(58면) 세계체제 반주변부의 원심적 내러티브라면, 알레고리는 "근대

---

8) 모레띠의 관점에서는 근대 서사시의 주플롯에서 떨어져나온 수많은 곁가지 삽화들은 근
대 이전의 목적론적 내러티브와는 달리 "어떤 특정한 결과를 얻기에는 너무나 많은 변수가
존재하는 하나의 체제"에서 끊임없는 탐험기능을 수행한다.

성의 시적 비유, 더 정확하게는 **자본주의적 근대성의 시적 비유**"로서(78면, 모레띠 강조) 세계체제 핵심부의 구심적 내러티브라는 말이다.[9]

서구 자본주의 현실과 근대 서사시의 상관관계를 구체화하는 작업에서 두 대조적인 개념은 거의 절대적인 가치를 지닌다. 하지만 논점은, 다성성과 알레고리를 근대 서사시의 분석 전면에 내세우는 그의 전략적인 동기다. 불협화음적 다성성은 자본주의 근대 특유의 혼돈과 복합적 구조를 최고도로 발현함으로써 '변이'(mutation)를 통한 새로운 문학종의 출현 가능성을 열어놓는다. 반면에 다원적 알레고리는 (맑스적 의미에서) 상품과 물화라는 자본주의의 근본속성을 집약적으로 드러내는 데 가장 알맞은 재현양식이다. 서로 다른 방향으로 의미를 무한정하게 폭발시킴으로써 자본주의 세계체제의 이질적 시공간을 재현하는 내러티브는 소용돌이치는 근대의 세계상에 딱 맞는다는 논리다.

이 두 개념을 바탕으로 모레띠가 펼치는 개별 작품론은 마치 자연과학의 검증절차를 방불케 할 정도로 치밀하다. 이에 대한 세세한 해설은 비판적 소개를 염두에 둔 이 글에서는 하지 않는다. 『파우스트』를 중심적으로 다룬 1부(11~98면)에서만도 멜빌(Herman Melville)의 『모비딕』(*Moby-Dick*, 1851), 휘트먼(Walt Whitman)의 『풀잎』(*Leaves of Grass*, 1855), 플로베르의 『부바르와 뻬뀌셰』(*Bouvard et Pécuchet*, 1881) 등이 다뤄졌는데, 이 텍스트들은 물론 거기에 동원되는 이론을 본격적으로 따져볼 채비도 필자에게는 안되어 있다. 따라서 (괴테→플로베르→멜빌→무질 등으로 진행되는) 다성성의 약화 및 (괴테→호손·멜빌→카프카순으로 연결되는) 알레고리의 증폭이라는 가설에 근거해 세계체제 내 근대 서사시의 지리적 진화추이를 규명하는 작업이 『근대 서사시』의 기

---

9) "19세기의 다성성은 괴테의 반주변부 독일에서 정점에 달했고, 세계체제 핵심부, 즉 미국과 프랑스에 근접함에 따라 점차적으로 감소하며 영국에는 그것이 전적으로 부재한다. 반면에 새로운 상승국면은 『율리씨즈』의 반주변부에서 시작된다."(76면)

284

본적 해석방향임을 일단 밝혀놓고, 좀더 구체적인 논의는 영문학 분야로
국한하는 것이 분수에 맞으리라 본다. 이런 편법이 모레띠의 거시적 시
야를 제한할 수도 있지만, 『율리씨즈』를 다룬 제2부(123~229면)가 『근대
서사시』의 절반을 차지하고 저자가 근대성과 모더니즘의 복합적 양상을
가장 집요하게 파헤치는 대목이기 때문에 이런 접근도 나름의 설득력은
있으리라 본다.

4. 제임스 조이스, 의식의 흐름, 불협화음적 다성성

모레띠에 따르면, 괴테는 전근대와 근대의 비동시적 공존과 더불어 자
본주의 팽창의 징후, 즉 유럽 외부 세계에 대한 파우스트의 시공간적 지
배양상을 탁월하게 재현한 작가다. 반면에 조이스는 녹일의 그 위대한
작가보다 더 진화한 경우다. 조이스의 시야는 철저하게 대도시
(metropolis)로 집중된다. 에밀 졸라의 『부인들의 천국』(*Au Bonheur
des Dames*, 1883)을 통해 그 실상이 낱낱이 밝혀진,(124~32면) 백화점으
로 압축되는 자본주의 근대현실의 총화로서의 대도시야말로 20세기 근
대 서사시를 가능케 한 욕망의 자궁이다. 만화경에 방불하는 상품의 물
신화와 그로 인해 발생하는 온갖 현란한 두뇌 자극·욕망·충격 체험은
현대소설의 특징적 현상인 자아분열과 가치혼돈의 원형을 이룬다. 이같
은 "새로운 병리적 현상은 **어떤 새로운 공간**의 산물"이다.(129면, 모레띠 강
조) 그 공간에서 '젊음'으로서의 근대성은 일종의 형태변이를 거쳐 빌둥
스로만의 낙후된 이상, 곧 성숙과 사회적 책임을 벗어던지고 자본주의의
역동적 현실에 값하는 생명력을 획득한다.
　이 새로운 근대공간은——칼 폴라니(Karl Polanyi)가 『거대한 변환』
(*The Great Transformation*, 1944)에서 논한——이른바 백년평화(1815~

1914) 붕괴의 결과로 생겨난 것이다. 유럽 자율시장의 파괴를 초래한 1차 대전은 20세기의 문명사적 분기점을 이루거니와, 모레띠가 『율리씨즈』를 끈질기게 문제삼는 것도 그 격변의 문화적·사회적 파장을 가장 창조적으로 기록한 작품이 바로 이 텍스트라는 판단 때문이다. 유럽 자율시장의 파산에 따른 영국 부르주아 지배문화의 해체를 살핀 「긴 작별: 『율리씨즈』와 자유주의적 자본주의의 종말」은 그 점을 천착한 논문이다. 핵심논지는 조이스의 이 대작이 자유주의적 자본주의 이데올로기를 독창적이고 영리하게 비판한——이데올로기를 이용해서 이데올로기를 해부한——작품인데, 그 과정에서 총체성에 걸맞은 뭔가가 이룩된다는 것이다.[10] 말하자면 광고회사의 사원인 블룸이 "벤자민 프랭클린이 대변하는 '자본주의 정신'의 가차없는 패러디"라면, 『율리씨즈』는 모든 "문학적 문체들의 광적인 재고정리 쎄일"로서 부르주아 문화의 해체양상을 내부로부터 드러내는 것이다. 결국 메트로폴리스라는 새로운 공간에서의 "위기는 자본주의 사회의 영구적인 특징이 되"어버리고, "조이스에서 위기의 이 전형적인 현상도 더이상 급작스럽고 예외적인 파국보다는 사회관계의 일상적 상황"으로 귀착한다.[11]

『근대 서사시』에서는 텍스트에 대한 구체적이고도 과감한 논증이 곁들여지면서 이런 논지가 한층 발전한다. 괴테와 바그너의 경우에는 서사시적 성취를 가늠하는 평가기준이 다성성과 알레고리였지만, 조이스의 경우에는 의식의 흐름과 다성성이다. 특히 "파동치는 자극들을 포착하

---

10) 1976~77년에 쓴 그 논문에서 모레띠는 당대의 현실에 대한 조이스의 비판 자체가 "문화의 사회적 과잉이라는 이데올로기"(the ideology of culture's social **superfluity**)에 근거를 둔다고 말하는데("The Long Goodbye: *Ulysses* and the End of Liberal Capitalism," *Signs Taken for Wonders*, 207면, 강조는 모레띠), 『근대 서사시』에 와서는 그런 과잉을 문학적 창조성의 발현으로 판단하는 듯하다.

11) F. Moretti 앞의 글. "가차없는 패러디(…)"는 203면, "광적인 재고정리(…)"는 206면, "위기의 이 전형적인 현상(…)"은 185면.

고 조직하는 수신기"로서의(135면) 의식의 흐름은 『율리씨즈』의 창조성
을 가늠하는 시금석이다. 그런데 여기서도 모레띠의 해석은 좀 특이하
다. 조이스적 의식의 흐름은 프루스뜨, 되블린, 포크너, 똘스또이, 무질,
토마스 만, 울프 등이 구사한 것과는 차원이 다르다는 것이다. 예컨대

> 그것들(프루스뜨, 되블린, 포크너 등이 구사한 의식의 흐름들—인
> 용자)이 아무리 이질적이라도 지금까지 논한 다양한 의식의 흐름에는
> 모두 뭔가 공통점이 있다. 그것들은 예외적 상황, 즉 기절, 몽환, 자살,
> 죽음의 고뇌(또는 좀더 순진하게는 깨어 있음, 술 취함, 불면, 공포)를
> 묘사하는 문체다. 조이스에서는 대조적으로 의식의 흐름이란 **절대적
> 정상성**의 문체, 일상의 일상적 개인의 문체다. 일상과 고요한 의식의
> 흐름. 자유롭게 보면서 사방에서 오는 자극들을 즐기는 그런 의식의
> 흐름이다. (174면, 모레띠 강조)

의식의 흐름을 '예외적 상황'과 '절대적 정상성'으로 나누고, 정상성으로
서의 조이스 문학을 여타 모더니스트로부터 변별해내는 논법은 『율리씨
즈』 비평—필자가 검토한 극히 한정된 범위—에서는 드물지 않은가
싶다. 그런데 정작 의식의 흐름을 그렇게 구분하는 의도가 의식의 흐름
자체를 규명하는 데 있는 것은 아니다. 조이스 자신의 『젊은 예술가의
초상』(*A Portrait of the Artist as a Young Man*, 1916)을 포함하여 프루스
뜨의 『잃어버린 시간을 찾아서』(*À la recherche du temps perdu*,
1913~27), 울프의 『등대로』(*To the Lighthouse*, 1927), 되블린(A.
Döblins)의 『베를린 알렉산더 광장』(*Berlin Alexanderplatz*, 1929), 무질
(R. Musil)의 『특성 없는 인간』(*Der Mann ohne Eigenschaften*,
1930~33) 등에서 구사되는 의식의 흐름은 예외적 상황을 다룸으로써 또
다른 의미가 생성될 수 있는 가능성을 차단한다는 주장을 펴기 위한 포

석이다. 달리 정리하면, 『율리씨즈』를 제외한 작품의 의식의 흐름에서는 에피파니(epiphany, 顯現)가 의미를 배제하는 기제로 작용하는 데 반해, 조이스의 그것은 대도시의 근대적 혼돈, 소음, 유혹 등에 스스로를 열어놓음으로써 자본주의의 산문적 현실을 오히려 의미의 총량(總量) 차원에서 재현한다. 『율리씨즈』는 의미의 중심화나 다름없는 에피퍼니가 아니라 의미를 사방으로 퍼뜨리는 "무의미의 기법"으로(180면) 썼다는 말이다.

따라서 논리적으로 따져도 『율리씨즈』는 에피파니도 없는, 무의미로 충만한 서사시가 된다. 하지만 모레띠도 되묻는 바, "이러한 의미 부재의 의미는 무엇인가?"의(156면) 명쾌한 답변이 따라나온다. '의미'의 부재로 인해 역설적으로 레오폴드 블룸은 20세기 서구문학에서 가능성의 지표인 개방성과 이질성을 최고도로 구현함으로써 대도시에서 분열되지 않은 일상인으로 온전하게 살아남을 수 있다는 것이다. 『율리씨즈』의 무의미란 무가치나 의미의 공허가 아니다. 그것은 "수백만의 인간이 서로를 절멸하지 않고 나란히 살아갈 수 있게 하는 어떤 중립성, 불투명성, 감정적 범상함"이다.(156면) 반면에 대다수 모더니즘 내러티브는 의미의 확실성·투명성을 추구한 결과 또다른 의미를 발생시키지 못하게 되고, 그런만큼 근대에서의 적응을 보장해주는 탈중심성이 제한된다. 따라서 에피파니 같은 의미의 순수성에 집착하는 모더니즘 내러티브가 18세기부터 와해되기 시작한 인간중심주의의 소산으로 판정되는 것도 놀랄 일은 아니다.

그렇다면 불협화음적 다성성은 『율리씨즈』의 해석구도에서 어떤 역할을 수행하는가? 그것은 파씨즘적 충동을 은폐한 모더니즘과 그런 충동을 파편화하는 근대 서사시의 장르적 차이를 명시하기 위한 도구가 된다. 절대적 정상성으로서의 의식의 흐름을 통해 조이스와 모더니즘 문학의 병적 증상을 구별한다면, 불협화음적 다성성은 근대 서사시를 파씨즘

288

이라는 모더니즘의 정치적 오명으로부터 자유롭게 하는 데 활용된다. 모레띠는 『율리씨즈』와 『잃어버린 시간을 찾아서』의 특정 대목을 대비하면서 문학적 기호(嗜好)가 작용하는 것은 사실일지언정 결코 작품상의 위계를 정하려는 의도는 없다고 말한 바 있다.(149~50면) 하지만 타의 추종을 불허하는 불협화음적 다성성과 '절대적 정상성'으로서의 희귀한 의식의 흐름을 만들어냈을 뿐만 아니라 거의 모든 모더니즘 문학에 내재한 파시즘적 유혹으로부터도 유일하게 벗어난 작품이라는 주장이 20년의 시차를 둔 모레띠의 『율리씨즈』론이 내린 회심의 결론이라면,[12] 20세기 서구문학의 최고 걸작은 아일랜드의 그 망명작가가 썼다는 말이 아니고 무엇이란 말인가!

5. 자연과학적 모델과 문학의 창조성

그리하여 20세기 서구문학은 한계점에 봉착한다. 모레띠는 60년대의 제3세계문학으로 눈을 돌린다. "근대 역사에서 처음으로, 형식 창조의

---

12) 그 결론에 해당함직한 대목을 직접 읽어보자. "(…) 우리는 20년대와 30년대 유럽을 말하고 있고, 그런 선택들이 초래한 갑작스런 복잡성의 축소는 정치적 반발을 불러올 수밖에 없었다. 그리고 진정코 『율리씨즈』를 제외하면, 그 전체주의적 유혹이 ── 근대의 서사시가 시작된 순간부터(노회한 파우스트, 에이협의 독재, 배신자 쥘리앵, 전능한 반지) ── 모더니즘의 세계텍스트에서 없던 적은 진짜 없었다.(…) 정말, 그렇다. 전체주의의 유혹은 모든 예상을 뛰어넘어 계속 증가해온 복잡성에 대한 반발로서 모더니즘적 세계텍스트에 거의 언제나 존재했다. 그러나 그것은 지배적인 존재는 결코 될 수 없는 하나의 유혹에 불과하다. 문학이 파씨스트가 될 수 없다는 것이 아님은 분명히 해두자. 문학은 얼마든지 파씨스트가 될 수 있으며, 실제로 그랬다. 그러나 **세계텍스트의 경우**에는 그런 일이 일어나는 것이 상대적으로 어렵다. 세계텍스트는 문화적으로 혼종적이고 초국적이며 '적'에 대한 어떠한 감각도 더이상 없으며, 고도로 교육적이고 소비에 관대하며 특이함과 실험을 소중하게 생각하기 때문이다. 그런 요소들로는 반동적인 작품을 만들기 어렵다. 무엇보다 **파편들로** 그렇게 하기는 어려운 것이다."(227~28면, 모레띠 강조)

중심은 유럽을 떠나고, 진정으로 전세계적인 문학체제가──노년의 괴테가 꿈꾼 세계문학이──협소한 유럽의 경계선을 대체"했기(223면, 모레띠 강조) 때문이다. 마술적 리얼리즘으로 '오역'된──유럽의 모든 전위주의자들이 꿈꿨지만 한번도 작품에 담아내지는 못했다고 하는──라띤아메리까의 "경이로운 현실"(Lo real maravilloso)이 낳은 『백년 동안의 고독』이 그 대표사례다.

하지만 마르께스의 그 걸작을 더 논하기보다는 모레띠의 비평가적 미덕에 대해 한두 마디 첨언해야겠다. 가령 브리꼴뢰르(bricoleur)로서의 작가를 평가하는 그의 해석이 한 예다. 이는 요즘 운위되는 작가의 죽음이니 글쓰기의 모험이니 하는 언설과는 매우 다른 인문학적 사유를 고수하는 개념이다.[13] 진화론의 패러다임에 세계체제론을 응용하는 유물론적 문학방법론도 학제간 문학연구의 필요성을 환기하는 시도로서는 참신하다. 반면에 근대 서사시라는 독창적 개념을 전개하는 그의 어법에는 세심하게 가려서 파악해야 하는 면도 있다. 비평가로서의 미덕인지 악덕인지가 아리송해지는 순간들이 심심찮게 벌어지기 때문이다. 근대 서사시와 자본주의의 상관관계를 규명할 때 구사하는 논리가 정확히 어떤 차원에서 비판이고 긍정인지가 자주 흐려진다는 것이다.

예컨대 『율리씨즈』의 의식의 흐름을 설명하다가 근대도시에서 미치지 않고 생존하는 데 필수적인 '절대적인 정상성'을 강조하는 대목에서는 무수한 가능성을 열어주는 자본주의 근대 자체가 병적인 현상임을 말하는 것 같다. 거의 모든 모더니즘 텍스트에 잠재된 파씨즘 충동 운운하는 주장쯤 되면 루카치의 모더니즘 비판에서 아예 한술 더 뜨는 듯하다. 그

---

13) 레비 스트로스로부터 차용한 브리꼴뢰르로서의 작가를 강조하는 배경에는 작가의 작품 창조행위라는 것이 그때그때 다르게 주어지는 역사적·사회적 상황과의 힘겨운 실천적 대면에서 이루어진다는 '평범한' 사실이 숨어 있다. 요즘은 문학작품 자체를 마치 공학적 공정을 거친 주문생산된 가공품쯤으로 여기는 기술주의적 풍조가 만연해서 그런지 이런 평범한 사실조차 너무도 쉽게 망각된다.

런데 모더니즘의 특장(特長)인 의미의 파편화가 그런 충동을 예방한다는 단서가 붙는다. 자본주의 근대가 근대인에게는 일종의 저주라는 '인상'을 남기면서도 근대만의 문화적 활력을 강조하는 수사적 효과를 낳는 것이다.[14] 모더니즘 및 그 세계관적 표현으로서의 아이러니에 담긴 탈역사성이나 비정치성을 비판하는 데서도 확인할 수 있듯이, 그것이 단순한 인상만은 아니다. 68세대답게 그는 자본의 노예가 된 대중문화에 대한 진보적 지식인의 진지한 개입을 강조함으로써 관념적인 전위주의와는 선을 분명히 긋는다.[15]

그렇다면 이런 미덕은 미덕대로 기억하면서 『율리씨즈』의 평가문제를 좀더 짚어보기로 한다. 이 작품의 소설적 성취 여부가 이 글의 관심사는 아니며, 본격적으로 비평할 능력도 필자에게 없음은 더 말할 것 없다. 다만 『근대 서사시』를 떠받치는 진화론마저 근대성의 일관된 이해를 기반으로 하고 있고, 더욱이 조이스가 그런 근대성을 가장 빼어나게 구현한다는 주장이 모레띠의 핵심논지라면 그 논리도 따져볼 필요는 있겠다는 것이다.

그럴 때 흥미로운 것은, 『율리씨즈』에 대한 모레띠의 고평이 기성 학계의 확고부동한 평가를 차치하더라도 근대성과 모더니즘에 대해 인상적 주장을 펼친 마샬 버먼이나 포스트모더니즘이 후기자본주의의 문화적 논리에 지나지 않는다고 주장한 프레드릭 제임슨의 견해와 동일선상에 있다는 사실이다. 버먼은 20세기 모더니즘이 '거리'의 창조적 활력 및

---

14) 이런 복합적인 논법에서 모레띠의 강조점이 어디에 있는가는 문맥에 따라 확인해야 하는 문제다. 가령 각주 12에서 인용한 대목을 예로 들어보자. 첫번째 대목에서 모더니즘 문학의 전체주의적 속성을 비판하는 듯하다가도 두번째 구절에 가서는 말을 바꾸어 ― 모더니즘 문학이 핵심구성인자인 ― 세계텍스트로 구분된 작품에서는 파씨즘적 현상이 일어나기 어렵다는 점을 지적한다. 이 경우 전체적인 강세는 후자, 즉 모더니즘적 파편성의 옹호에 떨어진다.

15) F. Moretti, "The Spell of Indecision," *Signs Taken for Wonders* 참조. 특히 246~48면.

실제 민중과의 접촉을 상실했지만 오직『율리씨즈』만이 "가장 고귀한 예외"라고 단언한다.[16] 그리고 제임슨은 "하나의 형식단위로서 내세운 조이스의 장(章, chapter) 개념은 진정코 (플로베르의 과거시제, 즉 단순과거에 대해 프루스뜨가 예전에 말한 것처럼) 칸트의 범주 발명에 비견할 만한 모더니즘 운동의 탁월한 철학적 성과 중 하나"라고(제임슨 강조) 규정한다.[17]

『율리씨즈』가 진정으로 독보적인 성취를 이룬 '물건'인지 어떤지는 읽어보고 판별할 문제일 것이다.[18] 하지만 일단 지적해야 할 사실은, 버먼·제임슨의 찬사를 실증적인 텍스트 분석으로 예증한 결과라 할 모레

---

16) Marshall Berman, *All That Is Solid Melts Into Air: The Experience of Modernity*, Penguin 1982, 146면.

17) Fredric Jameson, *Signatures of the Visible*, Routledge 1990, 207면. 자세히 언급할 수는 없지만 '에우마이오스(Eumaeus)'와 '이타카(Ithaca)' 두 장을 집중적으로 분석한 제임슨의 『율리씨즈』작품론("*Ulysses* in History," *James Joyce and Modern Literature*, Routledge 1982)도 조이스 문학의 도시적 감수성과 탈물신화(dereification) 성격을 강조하는 점에서 모레띠의 논지와 크게 다르지 않다.

18) 이 글을 쓰는 과정에서 두툼한 '노트'를 안경삼아 처음으로 가블러(Gabler) 편집의 『율리씨즈』를 일독한 필자의 독서체험은 일천한 것이다. 무엇보다 18개 장으로 구성된 이 작품의 각 장들이 (버지니아 울프가 자기의 일기에서 신랄하게 토로했듯이) 동일한 재미로 읽히는 것은 아니라는 사실을 분명히 알았지만, 그것이 칸트의 범주 발명——그 발명이 그토록 위대한 것인가도 개인적으로 의문이지만——에 맞먹는 철학적 성취인지는 솔직히 판단이 안 선다. 또한 제임슨이 자기 글의 제사에서 썼듯이("*Ulysses* in History," 126면) 독자에 따라 조이스의 이 작품을 읽고 "북아일랜드 민중의 15년에 걸친 자유의 투쟁을 기억하지 않을 수 없"을지도 모르고, 조이스를 혐오한 당대 사회주의자들과는 달리 버먼의 경우처럼 실제 민중적 삶과의 연속성을 감지할 수도 있을 것이다. 그런데 서구의 고전에 어느정도 단련된 (외국)독자조차 느낄 법한 셰익스피어나 디킨스의 어려움은 『율리씨즈』가 주는 난해함과는 좀 다른 성격이 아닐까? 모레띠는 『율리씨즈』의 음악적 언어가 이룬 성취를 비문장(parataxis)에서 복합성·상호작용으로의 변이로 설명했다. 하지만 조이스 문학의 문외한으로서 필자는 조이스의 "단어에서 이루어진 강렬하게 상상된 체험"으로서의 풍부한 복잡성은 "내면에서부터의 정확하고 절박한 요구"에서 기원하는 셰익스피어의 언어와는 질적으로 다르다는 리비스의 주장을 이번에 곱씹어보게 된 것이 사실이다. F. R. Leavis, "Joyce and 'The Revolution of the Word'," *The Critic as Anti-Philosopher*, Chatto & Windus 1982, 121~28면 참조.

띠의『율리씨즈』읽기가 수사적 설득전술의 한 전형이라는 점이다. 조이스의 독보적인 성취를 한껏 추어올리기 전에 "매우 길고 매우 지루한" 세계텍스트로서의 몇가지 문제점——독서대중과의 괴리 및 역설적으로 그런 괴리가 낳은 '상아탑'에 의한 모더니즘 텍스트의 신성화 내지는 정전화 현상——을 지적하면서 조이스에 대한 몇몇 심각한 비판을 앞질러 명시하는 것이다. 그가 두 차례에 걸쳐 인용한 커티어스(E. R. Curtius)의 지적이 그러하다.

> 하나의 형이상학적 허무주의가 조이스 작품의 내용이다. (…) 이 모든 철학적이고 신학적인 지식의 방대함, 심리적이고 미학적인 분석의 이런 힘, 모든 세계문학에 통달한 이런 정신의 문화, 모든 실증주의적 진부함을 훨씬 뛰어넘는 이 추론——이 모든 재능은 발휘되었지만 우주석 재앙 속에서 흩어지고 부화될 뿐이다. (…) 무엇이 남았는가? 재냄새, 죽음의 공포, 배교(背敎)의 우울, 양심의 고문……[19] (210면, 재인용)

『율리씨즈』의 이런 면모에 대해 당대에도 유사한 비판은 적지 않았다. 먼저 이 작품의 온갖 실험을 "노망성 조숙현상"으로 진단한 로런스(D. H. Lawrence)가 있고 울프 역시「현대 소설」(Modern Fiction, 1925)에서 조이스 문학의 혁신성을 예찬했으나『율리씨즈』에 대해서는 예의 모더니스트다운 실감——"여드름을 긁어대는 메스꺼운 학부생"——을 피

---

[19] 이 재인용문은 *Signs Taken for Wonders*에도 등장한다(204면). 모레띠 자신의 번역 인용이 약간 달라졌다는 점 외에 이 인용문에 대한 그의 입장이 변화했다는 점에도 유념할 필요가 있을 것 같다. 가령『경이로 여겨진 징후들』(*Signs Taken for Wonders*)에서는 커티어스의 이런 비판에 수긍하면서도 그 종말의 의미를 더 따져보아야 한다는 입장이었다. 하지만『근대 서사시』에 와서는 조이스의 종말적 비전 자체가 갖는 의의를 강조하는 쪽으로 바뀐다.

력한 바 있다. 또한 『율리씨즈』를 현미경에 비친 인분(人糞) 덩어리로 재단한 사회주의리얼리즘의 비평 사례(칼 라덱 Karl Radek)가 있는가 하면, 사회주의 이념과는 전혀 무관한 에드먼드 고스(Edmond Gosse)의 독설——(조이스에게——인용자) "재능이 없다고는 말할 수 없네만, 그걸 정말 저속하게 팔아먹었어."——을 확인할 수 있다.[20] 이 대부분은 『율리씨즈』의 본격 비평이나 소개글에 단골 메뉴로 등장해서 조이스의 빛나는 창조성을 말해주는 방증들로 거론되지만 말이다. 하지만 데이쉬즈 같은 전통주의적 비평가조차 『율리씨즈』의 염세주의가 "어떤 면에서는" 스위프트(Jonathan Swift)보다 더 끔찍하다고 말하면서도 그것이 "너무도 완벽한 예술"에 어떻게 기여하는가를 역설하는 것[21]을 보면 커티어스의 비판에도 전혀 공감대가 없는 것은 아닌 듯하다.

하지만 여기서 『율리씨즈』를 더 논하는 것은 무모한 일이다. 다시 모레띠의 해석으로 돌아가보자. 여러 비평가들이 다양한 시각에서 지적한 조이스 문학의 반(反)인간적인 면모는 그의 관점에서 서구 인간중심주의의 종말을 뜻하는 징후 정도로 여과된다. 그뿐만 아니라 조이스 문학의 "형이상학적 허무주의"도 전혀 다른 문맥으로 옮겨진다. 커티어스가 염두에 둔 유럽문명의 위기와 그 연장선에서 비판한 조이스 문학의 '불모성'(dissipation)은 의미의 "불가해하고 멈출 수 없는 생산성"으로, "새로운 다성성"으로 둔갑하는 것이다. 그렇다면 무엇이 모레띠로 하여금 의미의 생산성과 다성성에 그토록 집착하게 하는가?

그것은 일차적으로 『근대 서사시』의 설명모델인 진화론의——장르와 작품이 각각 종(species)과 돌연변이로, 세계체제는 서식환경 또는 생태

---

20) *James Joyce: The Critical Heritage*, vol. 1~2, Robert H. Deming, ed., Routledge and Kegan Paul 1970. 일련번호가 매겨져 실린 순으로 에드먼드 고스(145번), 커티어스(212번), 칼 라덱(279번) 및 'introduction' 참조.

21) David Daiches, *The Novel and the Modern World*, University of Chicago Press 1960, 95~96면 참조.

294

계로 치환되는——논리에서 기인한다. 인류의 역사적 실천의 한 산물인 '작품'을 종의 '발생—진화—퇴화'라는 생명주기와 일치시키는 동시에 이를 다시 자연과학의 설명모델인 혼돈이론에 끼워 맞춤으로써 문학의 창조성을 해명하려는 시도다. 근대 서사시의 경우는 단순성에서 복잡성·이질성·개방성으로의 진화라는 구도에서 구체화되는 것이다.[22] 그렇다고 모레띠의 관점을 상대주의와 사실상 구분되지 않는 다원주의라고 논박하는 것은 논의의 수준을 너무 낮추는 꼴이 되는데, 반면에 그의 관심이 오로지 후자, 즉 진화의 구조적 발생조건에 있다는 점도 부정하기는 힘들다.

따라서 핵심적인 쟁점은 단순성과 복잡성, 기계적 진화를 전제하는 '사다리'와 예측 불가의 무수한 가능성을 유발하는 '덤불숲'의 이분법이나 다원주의가 아니다. 핵심은 모레띠가 비교문학 비평가로서 스스로에게도 끝내 제기하지 않는 물음이다. 즉 도대체 그런 자연과학적 설명모델을 사실 이상의 것을 다루는 문학에 그대로 적용함으로써 엄밀한 과학적 설명력을 얻을 수 있다는 발상 자체가 과학의 환상이 아닌가 하는 것이다.

---

22) 이런 구도의 구체적인 예를 하나 들어보자. "가블러판『율리씨즈』의 4장은 550행, 5장은 570행, 6장은 1030행 정도이다. 모두 각각 50여 면, 2000행 남짓 된다. 그런데 이 공간에서 블룸은 3000개도 넘는 각양각색의 자극을 받는바, 그중 약 3분의 2는 내면적인 것(기억·명상·감정)이고, 나머지 3분의 1은 외면적인 것(시각적·언어적·후각적·촉각적 자극)이다. 저속함 위에 저속함을 쌓기. 페이지마다 60개 또는 1행마다 1개 반의 이질적인 요소들. 한마디로 말해 10단어마다 1개꼴의 자극이다."(155면) 이어 모레띠는 이런 자극들로부터 초연해(indifferent)짐으로써, 말하자면 감각자극의 과부하를 견뎌냄으로써 대도시에서 제정신으로 살아갈 수 있다는 주장을 펴는데, 독자도 블룸처럼 초연해질 수 있는지는 의문이다. 어쨌든 이런 자극과잉이 의미의 탈중심적 산포(散布)로 이어지는 동시에 창조성의 징표로 이해되는 모레띠의 인식구조에 해체주의나 포스트모더니즘의 경향이 그대로 반영된다는 사실을 짐작하기는 그리 어렵지 않다. 예컨대 André Topia, "The matrix and the echo: Intertextuality in *Ulysses*," *Post-Structuralist Joyce: Essays from the French*, Cambridge UP 1984, 103~27면 참조.

생물학자 도킨즈가 표본으로 뽑은 『햄릿』의 한 구절, "내 생각에는 족제비 같군"(Me thinks it is like a weasle, 3막 2장, 387행)의 진화적 발생 가능성에 집착하는 것도 그런 발상에 기인한다. 도킨즈는 41세대에 걸쳐 원숭이들이 타이핑하면 셰익스피어의 그런 문장이 태어날 수 있다고 확률계산을 내놓은 바 있다.[23] 진화생물학자의 그런 수고는 웃어넘길 수 있을지 모른다. 그러나 문학비평가인 모레띠가 '딱딱한' 과학적 방법론을 채택한 결과 생기는 물음의 결핍은 그의 해석에 다른 어떤 방법론으로도 채워질 수 없는 공백을 남긴다. 그것은 사실 빌둥스로만 논의에서도 어느정도는 확인된다. 개인성의 무한한 발현, 사회적·정신적 유동성, 아찔한 자유의 체험을 기준삼아 19세기 영국 빌둥스로만의 주인공들——핍(Pip), 데이비드 카퍼필드(David Copperfield), 도로시아(Dorothea) 등——이 거기에 얼마나 미달하는가를 측정하는 논법이 그렇다. 근대 서사시의 분석에서도 '진화적 역동성'은 해석의 관건이 된다. 요컨대 빌둥스로만 논의에서 '자연' '성숙' '인간다움' 등, 그야말로 빌둥의 '본성'을 이루는 것들이 진지하게 고려되지 않듯이, 근대 서사시의 진정한 가능성 탐구를 위해서도 결코 빠뜨릴 수 없는 '재현' '자본주의' '창조성' 등은 사실상 도외시되는 것이다.

괴테에서 마르께스까지 단일개념으로 일반화할 수 없는, 각기 근대 자본주의 세계체제에 대해 근원적인 문제를 제기한 문학의 창조성들은 (엄밀하게 말해) 자본주의적 가능성으로서의 근대성 속으로 흩어져버린다. 약 200년의 시차를 둔 작품들을 분석하면서 공간을 통한 시간 괴멸 현상——자본주의적 공간팽창을 무시간적으로 일반화해버리는 문제——을 드러낸 『근대 서사시』는 맑스의 변증법조차도 자본주의적 활력의 일

---

23) Richard Dawkins, *The Blind Watchmaker*, Penguin 1988, 3장 참조. 도킨즈는 『근대 서사시』에서(213면) 『율리씨즈』의 구조를 해명할 때도 인용되었다.

부로 전용하는 마샬 버먼의 모더니즘론과 분석 패턴을 공유한다. 버먼의 근대성은 괴테의 『파우스트』에서 1970년대 뉴욕 거리까지 면면히 이어져왔다고 하는 모더니즘에게 지속적인 수혈을 약속해줄 '청춘의 샘'이다. 모레띠가 상정하는 가능성의 범주도 사실상 바로 그것이다.

그렇다고 그의 근대성 입론과 버먼의 그것 간의 차이를 간과할 수는 없겠다. 하지만 그것도 모레띠를 중심으로 냉정하게 평가한다면, 우선 그가 빌둥스로만이나 서사시 개념을 통해 근대성의 역사적 개념화를 도모하고 있고, 진화론과 세계체제론 및 신과학론을 동원함으로써 버먼보다 더 다채롭고 정교한 인상을 주는 정도가 아닐까 싶다.

6. 맺음말

근대성의 기원과 성격에 대한 논의에는 워낙 여러 갈래가 있기 때문에 이를 모더니즘과의 관계를 통해 규명하는 일에는 별도의 성찰이 필요하다. 모레띠의 근대 서사시론에 국한한다면, 자본주의 근대와 모더니스트 작품들을 더 잘 이해하기 위해 모더니즘을 잊는다는 식의 역설의 논법은 재고해야 할 듯하다. 오히려 리얼리즘의 퇴화로서의 자연주의에서 20세기 모더니즘으로 넘어가는 서구문학의 역사적 흐름을 다시 진단해볼 필요가 있다. 또한 기왕의 진화론적 설명모델을 응용할 것 같으면, 세계체제의 핵심부보다 어떤 면에서는 적응·생존 본능이 더 강하게 발휘될 수밖에 없는 동아시아, 라띤아메리까, 아프리카 같은 비서구지역에서 자본주의로의 흡수·통합 내러티브가 아닌 참다운 문명적 대안을 모색하는 '잡종' 내지 '변종'으로서의 전위문학이 태어날 가능성도 점쳐볼 수 있을 것이다.

그렇다고 해서——루카치의 모더니즘 비판이 결코 만족스럽지 않을뿐더러 현자본주의체제에 대한 대안이 요원하다는 데서도 명확해졌듯이—'이념으로서의 리얼리즘'을 내세워 모더니즘의 일방적 극복을 자신하거나 세기말의 온갖 '절망적 유희'로 채워진 문학에서 모더니즘의 철 지난 가능성을 찾으려 한다면, 그건 시간을 거꾸로 돌리려는 짓이다. '근대성'의 경험조차 동서(東西)가 구분되지 않는 국면으로 돌입한 자본주의 세계체제에서 신판 근대주의의 도전은 더욱 거세질 전망이어서 우리의 근대 문화유산을 주체적으로 활용하는 일이 더 절박해진 것이다.

모레띠의 근대 서사시론이 그런 도전의 일부라고 한다면 그에게는 억울한 독단적 비판이 될 것이다.[24] 이 글에서 충분히 부각하지는 못했지만, 그의 신선한 방법론은 그 자체로 소중한 지적 자극이기도 하다. 다만 모레띠의 근대 서사시론이 언젠가는 끝장날 것임이 분명해진 자본주의 근대의 가능성을 너무 부풀린 것이 아닌가 하는 의문만은 끝내 남는다. 근대성과 모더니즘을 가능성의 범주와 일치시킨 나머지 자본주의 근대의 현실논리를 묵인·추인한 혐의에 걸린다는 것이다. 하지만 우리에게 정작 중요한 공부가 원론 차원의 비판만은 아니다. 더 절실한 것은, 근대

---

24) 모레띠가 가능성의 범주로서의 서구 근대성을 기저에 깔고 『백년 동안의 고독』을 해석하는 방식에는 유럽중심주의 혐의를 걸 만한 여지가 없는 것도 아니다. 월러스틴이 적시한 '반(反)유럽중심적 유럽중심주의'가 바로 이 경우에 해당하는 것이 아닌가 싶다. 가령 그는 300년 전 종교재판으로 인해 라면아메리까로의 유럽소설 반입이 금지되었는데, 그 결과 역설적으로 유럽문학보다 풍성한 내러티브가 그 지역에서 꽃피었고, 그건 결국 유럽이 준 '환상적 선물'이라는 논리를 펼친다.(235면) 이런 식의 논리는 "유럽에서 그 먼 마을(『백년 동안의 고독』의 무대인 마꼰도Macondo—인용자)로 보내진 환상적인 선물"이 서구의 테크놀로지 자체라는 주장으로 이어진다.(249~50면) "유럽이 무엇을 했건 간에 다른 문명도 그렇게 하는 과정에 있었는데, 어느 지점에선가 유럽이 지정학적 권력을 사용하여 다른 지역의 그 과정을 중지시켰"고 결과적으로 그 지역은 유럽의 근대를 후발적으로 답습하게 되었다는 주장이 반유럽중심적 유럽중심주의에 해당한다면(월러스틴, 「유럽중심주의와 그 화신들」, 『창작과비평』, 1997년 봄호, 402면; "Eurocentrism and its Avatars: The Dilemmas of Social Science," *New Left Review*, 1997년 12·1월, 103면), 모레띠는 화려한 수사학적 재주넘기에도 불구하고 월러스틴이 비판한 바로 그런 유럽중심주의에서 온전히 벗어났다고 보기는 어렵다.

성에 대한 그의 이해방식이 근대 서구문학의 이해에서 얼마나 큰 공백을 남기는가를 밝히면서, 그런 문학들을 자본주의 근대의 온전한 견딤과 극복에 실질적인 위력을 발휘하는 예술적 성취로서 실감하는 일일 것이다. 애초에 『근대 서사시』의 비판적 소개를 의도한 이 글은 일단 여기서 멈출 수밖에 없겠다.

회통의 상상력과 역사의식

호손의 로맨스론

1. 머리말

세계문학사를 살펴보면 특정 지역을 중심으로 일정한 형식을 갖춘 장르만이 아니라 고유한 이념을 제창하는 문학운동이 국경을 넘어 퍼져나간 현상은 드물지 않다. 14세기 중반 이딸리아의 뻬뜨라르까 쏘네뜨나 18세기 후반 독일의 빌둥스로만, 19세기 말 라띤아메리까의 모데르니스모(Modernismo) 시운동 등도 그런 사례인데, 최근 영미 학계에서는 문학의 형식을 사회체제 및 초국적 문학시장의 조건과 연관짓는 논의가 활발하다.[1] 그중에는 진화론이나 통계학, 지리학 등 자연과학적 방법론을 적극적으로 끌어들이는 논자도 눈에 띈다. '문학의 형식'을 분석대상으로 고정하면서 인간의 문화형성력과 비판적 가치평가를 변수 정도로 취급하는 형식주의 방법론에 전적으로 찬동할 수는 없다. 하지만 보편적으

---

1) 고전적인 시도로서 이후 논의의 촉매역할을 한 글로는 Itamar Even-Zohar, "Polysystem Theory," *Poetics Today*, vol. 1: 1-2, 1979, 287~310면 참조.

로 보이는 예술양식도 역사현실에서 생명력을 얻고 부침을 겪는다는 발상은 그 자체로 건강한 상식이며, 작품을 동시대 현실과 밀착하여 공부하는 데 견지해야 할 기본자세일 것이다.

19세기 미국 고전소설의 핵심적 '형식'으로 일컬어지는 로맨스에 관한 연구도 마찬가지다. 미국문학사가들은 로맨스를 대륙문학, 특히 영국소설과 구분되는, 또는 양립할 수 없는 미국적 경험을 담는 '그릇'으로 정의해왔다. 하지만 이 내러티브 양식이 중세에서 현대까지 숱한 역사적 변이를 거치면서 진화해왔다는 사실을 주목하는 것 같지는 않다. 오히려 백인 중산층 남성작가들의 고전적 작품을 유럽소설과는 전혀 다른 '변종'으로 정의하면서 그 미국적 특색을 강조하기에 바빴다. 그런 (미국 남성) 학자들의 논의를 여성주의 쪽에서 정전숭배(canonism)로 몰아세운 것도 그들의 성차별적 편견에 기인하지만, 다른 한편 여성주의의 비판은 로맨스 개념의 역사성에 둔감한 학계의 일면을 꼬집은 것이기도 하다. 물론 이런 비판을 수용해도 남는 문제는 있다. 즉 실제로 같은 장르의 로맨스라 하더라도 유럽의 그것과 구분되는 어떤 '미국적 특성'이 19세기 미국소설에 존재한다는 사실은 남는 것이다. 작품으로서의 로맨스와 그에 관한 담론은 마땅히 구분해야 하겠는데, 이때도 관건은 지역의 중심화 내지는 신비화에 빠지지 않으면서 19세기 미국소설 형식의 결정(結晶)이라는 (작품으로 구현된) 로맨스의 특이한 면모를 규명하는 작업일 것이다.

이 글에서는 이런 문제의식을 바탕으로 『주홍글자』(*The Scarlet Letter*, 1850)의 서문이자 로맨스 담론의 진원지에 해당하는 「세관」(The Custom-House)을 중심으로 호손(Nathaniel Hawthorne, 1804~64)이 자신의 창작품을 로맨스로 규정한 취지와 그의 이론적 모색이 우리의 문학현장에 던지는 의의를 생각해보고자 한다. 논의는 로맨스양식을 나름 대로 표방한 당대·후대 미국소설가들, 나아가 고전적 비사실주의 작가들과의 비교문학적 고찰도 간략히 진행할 생각이지만, 주안점은 여기저기 흩어진 호손의 로맨스 관련 발언과 「세관」에 놓일 것이다.

2. 호손의 로맨스론과 삶의 재현

단편집 『낡은 목사관의 이끼들』(*Mosses from an Old Manse*, 1846)에 딸린, 이례적으로 긴 작가의 변을 포함해서 『두 번 되풀이된 이야기들』(*Twice-told Tales*, 1837)이나 『눈 이미지』(*The Snow Image*, 1851) 등에는 작가의 서문이 붙어 있다. 당시 미국작가들이 처한 창작여건이나 사회정치적 상황, 국내 도서시장의 실태 및 독서풍토에 대해서 흥미로운 암시를 던지는 이런 머리말에는 내성적인 작가로 알려진 호손의 인간적인 면모도 잘 드러나 있다. 자기를 "미국에서 가장 알려지지 않은 사람"으로 소개하면서 예술에 대한 대중의 무관심과 무지를 꼬집은 1837년 작품집 서문에는 대륙소설의 '입맛'에 길들여진 자국독자를 의식할 수밖에 없는 작가로서의 고충과 사려가 잘 드러나 있는 반면, 1851년 작품의 서문에서는 주위 사람들의——"자기중심적이고 분별없고 주제넘다"는——비난에 내놓고 반응하기도 한다.

하지만 자신의 창작품을 "보편적 인간본성의 깊이"를 탐구하는 "심리적 로맨스"로 정의하는 호손의 지론이 전면적으로 개진되는 곳은 역시 장편의 서문들이다. 『일곱 박공의 집』(*The House of the Seven Gables*, 1851)과 『블라이스데일 로맨스』(*The Blithesdale Romance*, 1852), 『대리석 목신』(*The Marble Faun*, 1860) 등에도 작가의 말이 딸려 있는데, 그중 호손이 뜻하는 로맨스는 1851년 작품의 첫머리에서 가장 명시적으로 제시된다.

한 작가가 자기의 작품을 로맨스로 부를 때, 그가 양식이나 제재 모두에 대해——소설을 쓰겠다고 나섰다면 그럴 권리를 느끼지 못했을——모종의 자유를 내세우려 한다는 것은 더 말할 필요가 없을 것이다. 소설의 작문양식은 가능한 것뿐만 아니라 인간경험의 그럴 법하고 일상적인 행로에까지 매우 미세하게 충실할 것을 목적으로 한다. 로맨스의 경우——하나의 예술작품으로서 법칙들에 스스로를 엄격하게 종속시켜야 하고, 그것이 인간마음의 진실로부터 벗어나는 한 용서받을 수 없는 과오를 저지르게 되지만——작가 자신이 선택하거나 창조해낸 상황하에서 그런 진실을 제시할 권리를 상당히 갖게 된다. 또한 적절하다고 판단되면, 빛을 끌어내거나 농염하게 하고 그림의 음영을 깊게 하거나 풍부하게 하는 방식으로 그 상황적 매체를 조절할 수 있을 것이다. 여기서 언급한 특권을 아주 적절하게 활용하고, 특히 기이한 것(the Marvellous)을 대중에게 제공하는 어떤 실제적인 요리라기보다는 가볍고 미묘하고 순간적인 양념으로 섞으려면 작가는 분명히 현명해야 한다. 그러나 로맨스작가가 이런 주의사항을 무시한다 하더라도 문학적으로 범죄를 저질렀다고 말하기는 어렵다.[2]

호손의 로맨스를 거론하는 논자들이 흔히 그러하듯이, 이를 '소설=재현, 로맨스=비(반)재현'으로 이해하는 경향이 강하다. 위의 인용문이 창작상의 자유에 중점을 두고 이를 허용하는 양식을 로맨스로 규정하는 한편, 소설은 현실재현에 한정하는 인상을 주는 것은 틀림없다. 그런 양분법의 혐의에서 완전히 벗어나지 못한 호손의 문제점은 이 글의 4절에서 부연하겠다. 반면에 "가볍고 미묘하고 순간적인 양념으로" 창작적 특

---

2) Nathaniel Hawthorne, *Hawthorne: Collected Novels*, New York: Library of America 1983, 351면. 인용문의 번역은 모두 필자의 것이다.

권을 지혜롭게 이용한 그의 로맨스는 '양념'을 과용한——제인 오스틴이
『노생거 저택』(*Northanger Abbey*, 1818)에서 여주인공 캐서린 몰랜드의
성숙과정을 추적하면서 그 선정주의를 풍자·비판한——영국의 고딕소
설이나 19세기 초·중반 미국의 감상주의 (여성)소설, 예컨대 윌리엄 힐
브라운(William Hill Brown)의 『공감의 힘』(*The Power of Sympathy*,
1789), 쑤재너 로우슨(Susanna Rowson)의 『샬롯 템플』(*Charlotte
Temple*, 1794), 해너 포스터(Hannah Foster)의 『요부』(*The Coquette*,
1797), 쑤전 워너(Susan Warner)의 『넓고 넓은 세상』(*Wide, Wide
World*, 1850) 등과도 구분된다는 점을 먼저 확인해둘 필요가 있다.

그럴 때 소설과 로맨스를 특정한 가치판단으로——즉 대륙소설 양식
과의 '비교우위'를 전제하면서——재단하고 로맨스에 일종의 배타적 의
미를 부여한 정전비평가들의 이데올로기 비평이 갖는 문제점도 그만큼
확연해진다. 두 개념이 19세기 중반의 문단에서 사실상 구분 없이 사용
되었다는 지적은 미국 정전비평가들의 로맨스 특화에 대한 일침인 셈이
다.[3] 하지만 바로 그런 문단상황에서 호손이 왜 구태여 소설과 차별을
두면서 로맨스를 고집하는가 하는 의문은 여전히 남는다.[4] 작가의 자유
를 로맨스양식의 특권으로 표나게 강조한 것은 확실하지만, 그렇다고 재
현의 중요성을 부정한 것도 아니기 때문에 의문은 더 커진다.

작가의 자유마저도 구속할 수 있는 '인간마음의 진실'(the truth of the

---

3) Nina Baym, "Concepts of the Romance in Hawthorne's America," *Feminism and
American Literary History*, New Jersey: Rutgers University Press 1992, 57~70면.
4) 불만스런 해명임을 자인하면서도 니나 베임은 이런 물음에 대해 두 가지로, 즉 ① "잠재
적인 독자들을 의도적으로 헛갈리게 해서" 책을 사게 하려는 (명성에 대한 호손의 욕구와
무관하지 않은) 작가적 책략이나 ② 월터 스코트의 권위를 이용해 자신의 로맨스에서 두드
러진 "기이한 것"을 정당화하려는 목적으로 설명한다. Nina Baym, "The Romantic *Malgré
Lui*: Hawthorne in 'The Custom-House'," *The Scarlet Letter: An Authoritative Texts,
Essays in Criticism and Scholarship*, Seymour Gross, et al., eds., New York: Norton
1988, 265~72면.

human heart)이 무엇이냐, 내지는 그 진실의 실재(實在)를 어떻게 '물
(物) 자체'라는 추상적 개념과 구분할 수 있느냐 하는 물음은 호손의 로
맨스론에서도 핵심에 해당한다. 그렇다면 논의를 좀더 진전시키는 한 방
편으로 여러 학자들이 호손의 창조적 적자로 자리매긴 바 있고, 자신의
작품에 예외 없이 긴 평문 겸 서문을 붙인 헨리 제임스의 로맨스 관련 발
언을 떠올려볼 수도 있을 것이다.

경험이라는 기구(balloon)는 물론 지상에 실제로 묶여 있고 그렇게
묶인 조건에서 우리는, 그 로프의 놀라운 길이 덕분에, 대체로 상상력
의 편안한 좌석에서 그네를 타듯이 흔들린다. 그러나 우리가 어디 있
는가를 아는 것은 바로 로프를 통해서이며, 그 줄이 끊어지는 순간 우
리는 풀려나고 (지상과의—인용자) 연관성을 상실하게 된다. 즉 우리
는 지상에서 떨어져 흔들릴 뿐이다. 비록 그럴 때에도 만사가 아주 순
조로울 때처럼 우리는 환호작약할 수는 있지만. 로맨스작가의 기예
(art)는 "재미를 위해서"(for the fun of it) 그 줄을 은밀하게 자르는
것이다. 다시 말해 독자들에게 들키지 않고 자르는 것이다.[5]

호손이라면 제임스의 이런 비유에 과연 무어라고 대꾸했을까? 한가지
가능한 추측은, 지상에 매달린 경험이라는 기구를 지상에서 분리할 때
"재미를 위해서"라는 표현보다는 "인간의 진실을 위해서"라고 썼을 공
산이 크다는 것이다. 물론 독자 모르게 은밀히 기구의 줄을 자르는 재주
에 관한 한 제임스는, 줄곧 지상에 묶어두고 기구의 실제 제작과정만을
집요하게 제시하는 자연주의 작가들과는 다르다. 그러나 호손 평전에서

5) Henry James, "Preface," *The American*, James W. Tuttleton, ed., New York: Norton
  1978, 10~11면.

반복하듯이 그는 쎄일럼의 선배 작가 호손에게 찬사를 바친 것만큼이나 '향료'를 과다하게 뿌린다는 이유를 들어 그를 비판한 바 있는데,[6] 비판의 도가 때로 지나쳤다는 바로 그 점은 역으로 자연주의 문학의 어떤 한계에서 제임스가 온전히 자유롭지 못함을 암시하기도 한다.[7]

호손과 제임스의 발언을 비교하면, 로맨스작가가 설령 자신의 특권을 남용하는 경우라 하더라도 "문학적으로 범죄"는 아니라고 함으로써 창작의 자유를 한껏 인정하는 전자와 "재미를 위해서" 지상에 연결된 끈을 은밀하게 자르는 기예를 강조한 후자는 비슷해 보인다. 하지만 강조점에서는 차이가 나는 듯하다. "독자에게 들키지 않고" 지상에 묶인 줄을 자르는 기예를 양자 모두가 중요하다고 생각했겠지만, 그 자름이 단순한 창작기술상의 문제인가를 파고드는 데서는 호손이 더 치열하리라는 짐작이 가능한 것이다. 하지만 그 차이는 이들의 실제 작품을 통해서만 온당히 규명될 수 있는만큼, 호손이 대륙의 소설양식과 일정한 거리를 두고 내세운 작품으로서의 로맨스를 약간 다른 각도에서 비교해보는 것도 논의의 진전에 도움이 되겠다.

우선 19세기 미국문학에서 로맨스라는 명칭 자체는 호손의 전유물이 아니다. 당시 로맨스를 명시적으로 내세운 작가로는 씸즈(W. G. Simms, 1806~1870)가 대표적이다. 그는 신대륙의 '국민문학'(national literature)을 열렬하게 주창한 평자로도 유명하다. 호손처럼 그도 자신의 작품을 소설이 아닌 "미국적인 로맨스"라 주장한다. '캐롤라이나의 로맨스'라는 부제가 붙은 『예마쎄』(*The Yemassee*, 1835)의 서문에서 개진된 로맨스는 한마디로 고대의 서사시나 극예술을 대체하는, 근대의 우세종으로서의

---

6) Henry James, *Hawthorne*, Ithaca: Cornell UP 1997, 90~98면.
7) 방대한 제임스 후기문학에 대한 단편적인 논의에 불과하지만, 그런 한계가 드러난 후기예술의 공과에 대해서는 졸고 「『비둘기의 날개』: 이사벨 아처의 로마 회귀 이후」, 『안과밖』 13호(2002년 하반기) 참조.

문학이다. "로맨스는 소설보다 더 높은 원천에서 나오"며 "가능한 것"의 문학적 형상화가 이 장르의 본질이라는 것이다.[8]

그런데 '가능한 것'의 형상화를 로맨스양식의 본질로 내세운 것은 일면 당연하지만, 씸즈가 '인간마음의 진실'을 과연 얼마나 염두에 두고서 (호손이 경고한 바) 로맨스작가의 특권을 현명하게 사용하는가는 따져볼 만한 쟁점이다. 그의 대표작 가운데 하나인 『예마쎄』를 들어보자. 18세기 초반 남 캐롤라이나의 인디언 부족 예마쎄의 봉기와 진압과정을 그린 이 작품은 역사소설로서 여러 미덕을 지녔지만 로맨스문학의 통념적 도식을 크게 벗어나지는 못했다고 판단된다. 인디언들 내부의 갈등양상과 암투가 (때로는 선정적일 정도로) 생생하게 그려지는 한편 스페인, 영국 등 신대륙을 둘러싼 열강의 각축전이 사실적으로 포착되고 백인문명의 진군에 맞서는 예마쎄 추장인 싸누티(Sanutee)의 고뇌도 쉽게 잊히지 않지만, 그 기본구도는 우월한 백인 대 미개한 야만인이라는 이분법에 놓여 있기 때문이다. 바로 그 점이 호손과 결정적으로 갈라지는 부분인 듯하다. 그런 의미에서 『로빈슨 크루쏘우』의 프라이데이를 능가하는 흑인 충복이 등장하는 것은 당연하다. 귀족주의와 민주주의의 장점을 한몸에 구현하는 가브리엘 해리슨(Gabriel Harrison)과 순결하고도 총명한 (백인)여성성을 육화한 처녀 베스(Bess)의 사랑이 전면에 부각되면서 씸즈가 구현하겠다고 공언한 '가능한 것'은 백인지배의 이상화로 귀결된다. 역사적 디테일들을 역사소설에 값하는 방향으로 처리하기보다는 로맨스를 빙자하여 신대륙에서 자행된 식민정복의 역사적 업보를 지우고 백인지배를 미화하는 방향으로 현실을 각색한 것이다.

그 점에서 호손에게 그런 미화의 혐의를 얼마나 걸 수 있는가도 흥미로운 쟁점이 되겠다. 또한 그 역시 미국적 현실에 부응하는 위대한 국민

8) W. G. Simms, *The Yemassee*, New York: Hafner Publishing Company 1962, 3~7면.

문학의 도래를 갈망한 것이 사실이다. 그러나 다분히 배타적인 국민문학 이념을 제창한 씸즈와는 대조적인데,[9] 호손이 로맨스를 들고 나온 데는 창작상의 자유보다 더 중요한 어떤 요인이 작용한 것으로 보인다. 즉 작가의 창조적 역량을 온당하게 인정해주지 못하는 미국 문화현실의 척박함이 그것이다. 이딸리아 체류기간(1858~59)에 집필한『대리석 목신』서문에는 빈곤한 북미대륙의 문화현실에 대한 단상이 다음과 같이 표현되어 있다.

> 로맨스(『대리석 목신』──인용자)의 배경으로서 이딸리아는 작가에게 일종의 시적인 또는 공상적인 영역을 제공하는 것으로 주로 가치가 있는데, 거기서는 실제들이 미국에서처럼 있는 그대로, 하나의 당위로 그토록 지독하게 강요되지는 않을 것이다. 어떤 그림자나 과거의 유물도, 신비도, 그림 같은 풍경도 어두운 죄악도 없는, (나의 사랑하는 조국이 다행스럽게도 그러하듯이) 오직 벌건 대낮의 예사로운 번영만이 있을 뿐인 나라에 대하여 로맨스를 쓰는 데 어려움을 느끼지 않을 작가는 없을 것이다. 로맨스작가들이 굳건한 우리 공화국의 연대기나 개인 삶의 어떤 특징적이고 있을 법한 사건들에서 적합하고 쉽게 다룰 수 있는 주제를 찾으려면 아주 오랜 시일이 지나야 할 것 같다. 로맨스와 시가 자라기 위해서는, 담쟁이덩굴이나 이끼, 꽃무처럼 유적(Ruin)이 필요한 것이다.[10]

이런 고민을 딱히 호손만 내비친 것은 아니다. 19세기 미국고전작가들은

---

9) W. G. Simms, "Americanism in Literature," C. Hugh Holman, ed., *Views and Reviews: In American Literature, History and Fiction*, Massachusetts: Belknap Press of Harvard UP 1962, 7~29면.
10) Nathaniel Hawthorne, *Hawthorne: Collected Novels*, 854~55면.

각자의 처지에서 거의 예외없이 미국문화의 '풍요로운 궁핍'을 개탄한 바 있다. 쿠퍼와 제임스가 마치 입이라도 맞춘 듯이 미국의 문화적 유산이 얼마나 빈곤한가를 시시콜콜 열거한 것이 바로 그런 예다.[11] 따지고 보면 (「세관」에서도 언급되듯이) 너무나 명백한 사실성의 세계가 주는 부담감을 떨쳐버리려는 작가적 의식은 거의 보편적인 현상이며, 자신이 마주한 현실의 척박함을 강조하는 것도 유별난 일은 아니다. 호손의 로맨스에서도 핵심은, 미국의 문화적 현실이 궁핍함을 자각하는 것과 형식 및 기법의 실험이 별개가 아니었기 때문에 청교도 정착기의 실제 역사를 파헤치면서 로맨스양식의 쇄신을 통해 '인간마음의 진실'을 밝히는 데 열정을 바친——그런 점에서 참다운 역사가라고 말해도 좋을——작가가 태어난 것이 아니겠는가 하는 점이다.

그러므로 위 인용문이 독자에게 요구하는 성찰의 지점은, 자국 역사와 문화의 척박함에 대한 작가의 고민이 어떤 창조적 대응을 낳았는가 하는 점일 것이다. 창작상의 자유에 대한 호손의 강조가 무분별한 공상이나 환상에의 탐닉과 다른 것임은 더 말할 것 없지만, 그가 직계조상의 과거, 나아가 뉴잉글랜드의 청교도 역사 자체로 눈을 돌린 것도 그런 고민에서 연유한다. 이 점 역시 구체적으로 짚어봐야 할 논점인데, 다양하고 유구한 문화적 삶의 흔적들에 갈급(渴急)한 호손이 '로맨스'를 가능케 하는 조건을 문화적·역사적 삶의 연속성에서 찾았고 그런 과정에서 영국문학의 유산도 나름대로 수용·응용했다는 사실은 의미심장하다.

『블라이스데일 로맨스』의 화자 커버데일이 유토피아적 기획인 집단농장에 참여하는 과정과 그 씁쓸한 결말에서 짐작할 수 있듯이, 호손의 사상적 입지는 지적 회의주의에 가깝다. 당대 개혁가들과 거리를 둔 호손

---

11) 예컨대 James Fenimore Cooper, *Notions of the Americans: Picked up by a Travelling Bachelor*, New York: State University of New York Press 1991, 348면; Henry James, *Hawthorne*, 88~90, 94면.

을 사상적으로 보수주의·회의주의에 구속시키면서 인종주의나 성차별주의의 혐의마저 거는 것이 근래 호손연구의 추세인데, 그런 비판도 물론 간단히 제칠 수는 없다.[12] 그러나 다음 절에서 구체적인 근거를 대겠지만, 그 경우라도 호손 개인의 사상적 경향과 그 작품은 완전히 일치시킬 수 없을뿐더러, 후자를 역사에 대한 거부와 부정의 산물로 간주하는 것도 신역사주의의 실증주의적 편향에 가깝다. 같은 맥락에서 논란거리인 호손의 보수주의·도덕관과 관련하여 명심할 것은, 그가 역사적 사실을 곧이곧대로 작품에 반영하지 않은 것을 두고 역사의 왜곡이라고 몰아세울 수 없는 것처럼 '로맨스'의 궁극적 지향점으로 강조한 "인간마음의 진실"도 단순한 교훈주의나 도덕주의의 소산으로만 해석해서는 안된다는 점이다. 숱한 도식적 해석이 횡행한 호손문학의 또 하나의 핵심적 주제, 즉 "용서받을 수 없는 죄"(The Unpardonable Sin)도 마찬가지다. 작가의 윤리관을 캘빈주의로 푸는 시각은 널리 퍼져 있지만, 정작 호손 자신은 그런 죄를 이를테면 감성과 지성의 분리에서 야기되는 '감수성의 분열'로 규정한 것이다.[13] 따라서 로맨스를 통해 가르치고자 한 진실이나 죄도 도덕이나 신학의 교리로 규정하기 힘든, 그보다 훨씬 까다로운 것이 될 수밖에 없다.

로맨스가 정말로 뭔가를 가르치려 할 때 또는 어떤 실질적인 영향을 끼치려고 할 때, 그것은 대개 보이는 것보다 훨씬 미묘한 과정을 거친다. 그러므로 작가는 마치 쇠말뚝처럼——또는 나비에 바늘을 찔러

---

12) Timothy B. Powell, *Ruthless Democracy: A Multicultural Interpretation of the American Renaissance*, New Jersey: Princeton UP 2000, 30~51면.
13) 호손의 그 발언은 그대로 인용하는 것이 좋을 듯하다. "이것(용서할 수 없는 죄——인용자)은, 다른 말로 표현한다면, 마음과 이지(理智)의 분리가 아니겠는가?"("Would not this, in other words, be the separation of the intellect from the heart?") Malcolm Cowley, ed., *The Portable Hawthorne*, New York: Viking Adult 1969, 631면.

고정하듯이——이야기의 도덕으로써 이야기를 사정없이 장악하여 즉
각 생명을 빼앗아 추하고 부자연스런 모습으로 경직시키는 것을 무가
치하다고 생각한다. 진정코 아름답고 섬세하게, 기술적으로 만들어지
는 차원높은 진실은 단계마다 밝아지고 허구로서의 작품의 최종 단계
를 완성하면서 예술의 영광을 더해줄 수 있지만, 그것은 마지막 페이
지에서도 첫번째 페이지에서보다 결코 더 진실하거나 명백하지는 않
다.[14]

호손의 로맨스가 과연 작품의 생명을 '도덕'으로 재단한 바 없는가도 우
리는 생각해봐야 할 터다. 반면에 "나비에 바늘을 찔러 고정하"는 예술
을 경계하는 이런 발언에서 끌어낼 수 있는 여러 암시를 놓쳐서도 안될
것이다. 가령 생명과 도덕의 상관성에 대한 그의 통찰을 사회주의리얼리
즘에 적용한다면 어떻게 될까? 정치강령으로서의 이념을 내세워 삶을
기계적으로 재단할 때 생기는 문제는 19세기 중반에 이미 나타났다고 해
야 하지 않을까 싶다. 과학적 인식으로 무장하고 타락한 부르주아 세상
을 타파하겠다고 나선 자연주의 문학도 관성으로 고착된 삶에 집착했다
는 점에서 사회주의리얼리즘과 크게 다르지 않을 것이다. 가르치는 일을
일체 포기하면서 삶의 탐미적 해체로 치달은 모더니즘도 애벌레에서 아
름다운 나비로 변신하는 과정에 주목하기보다는 나비의 박제화를 초래
한 바늘의 기교에 탐닉했다는 비판이 유효하지 않을까. 하지만 어느정도
단순화가 (경우에 따라서는 그로 인한 왜곡까지도) 따를 수밖에 없는 이
런 문예사조사적 비교는 이쯤에서 자제하는 편이 좋을 듯하다. 다만 나
비의 박제화 비유를 호손이 추구하는 '인간마음의 진실'과 연관한다면,
제아무리 숭고한 도덕이라 할지라도 그것이 '생명'에 앞설 수는 없다는

---

14) Nathaniel Hawthorne, *Hawthorne: Collected Novels*, 352면.

것이 논리적 결론임은 명시함직하다. 그런 결론의 함의를 본격적으로 논하는 데는 역시 한 인간이자 작가로서의 면모가 전면적으로 드러나는 「세관」이 적절하겠다.

3. '중립지대'로서의 「세관」——『주홍글자』의 입구

『주홍글자』의 서문으로서 본작품과의 관계에 대해 구구한 해석을 유발한 「세관」은 그 자체로 격조높은 에쎄이에 값하는, 호손 특유의 성찰을 담은 글이다. 호손이 고향인 매싸추쎄츠 쎄일럼의 세관에서 징세관(徵稅官, Surveyor)으로 재직한 1846~49년 3년 세월을 되돌아보면서 작가로서 새출발을 다짐하는 자전적 성격이 강하다. 하지만 영락한 항구도시 쎄일럼과 세관 주변의 인물묘사만으로도 독자들의 뇌리에 쉽게 잊히지 않는 인상을 남긴다. 그런데 인물소묘와 로맨스작법, 정치비평 등이 두루 섞인 「세관」의 자전적 특성과 관련하면, "쎄일럼, 3월 30일, 1850년"이라고 명시된, 『주홍글자』의 맨 앞머리를 장식하는 또다른 짧은 서문도 함께 언급할 만하다. 필화(筆禍)까지는 아닐지언정 펜 끝에서 작가 주변으로 퍼진 파문의 일단을 거기서 짐작할 수 있다. 부당하게 개인사를 들추어냈다는 주변의 불만에 대해 호손은 "소묘(세관 생활의 묘사——인용자)에서 유일하게 두드러지는 면모는 그 솔직함과 선의의 유머, 전체적인 정확성"이라 규정하면서 이를 통해 진실된 인상을 피력했을 뿐이라고 반박한 것이다.

하지만 호손이 공언한 '선의의 유머'에도 불구하고 「세관」에는 무척이나 무거운 어둠이, 미국문명에 대한 깊은 회의가 곳곳에 스며 있다. 이는 세관 건물의 묘사에서부터 확연하다.

312

입구 위쪽에는 날개를 펴고 가슴에 방패를 단 거대한 미국산 독수리 견본이 걸려 있는데, 내 기억이 정확하다면, 두 발톱은 번개와 미늘 달린 화살들이 한다발로 뒤엉킨 것을 움켜쥐고 있었다. 이 불행한 새를 특징짓는 일상적인 성격의 불안정성도 그렇지만, 부리와 눈의 사나움, 태도의 전체적인 포학성 등은 무해한 사람들에게 위해(危害)를 가하려는 모습이다. 특히 모든 시민들에게 안전상 날개가 드리운 관청 안으로 침입하지 말라고 경고하는 듯하다. 하지만 표독스런 표정에도 불구하고 많은 사람들은, 바로 이 순간에도, 이 연방 독수리의 날개 밑으로 자기들을 의탁하려고 한다. 그 가슴이 깃털베개처럼 정말 부드럽고 편안하다고 상상하면서 말이다. 그러나 이 새는 기분이 가장 좋을 때조차 별다른 따스함이 없는데, 이내——아니, 늦을세라——발톱과 부리로 할퀴고 쪼아서, 또는 미늘 화살로 생채기를 내서 자기 새끼들을 내팽개치기 일쑤인 것이다.[15]

우선 세관 건물 입구 위에서 시민들을 내려다보는 독수리상이 로마제국의 계승국가로서의 미국을 상징한다는 점을 상기할 필요가 있다. 여기에 여성을 비롯해 인디언과 흑인, 퀘이커 교도 같은 이들이야말로 독수리상이 위협하는 "무해한 사람들"의 정체라는 점도 덧붙여야 한다. 호손은 「온순한 소년」(The Gentle Boy)을 비롯한 여러 단편에서 건국의 아버지인 청교도가 저지른 과오를 냉철하게 그려낸 바 있지만, 예의 유머러스하게 둘러대는 행간의 풍자를 쉽게 웃어넘기기 어려운 것이 그 때문만은 아니다. "세관의 앞문과 뒷문 어느 것도 천국으로 향하는 길로 열려 있지 않다"라든가(『주홍글자』 12면), 세관 공무원에게 '엉클 쌤'(Uncle Sam,

---

15) Nathaniel Hawthorne, *The Scarlet Letter*, New York: Norton 1988, 6면. 이하 인용시에는 『주홍글자』로 표기한다.

미국—인용자)이 내주는 돈을 정신을 마비시키는 "악마의 봉급"이라고 (『주홍글자』 39면) 비꼬는 대목들에는 유머로는 덮을 수 없는 풍자의 칼날이 번득인다. 그 스스로 「세관」을 가리켜 자조적인 어조로 "목 잘린 징세관의 유고(遺稿)"(Posthumous Papers of a Decapitated Surveyor)로 명명한 것도 미국작가로서 호손이 내면화한 비판의식의 표출이다.

그러나 그런 비판·풍자 의식을 심층적으로 읽는 데는 일견 모순되는 듯한 문장들이 필수적이다. 좁게는 호손의 본향(本鄕)이자 마녀사냥의 진원지인 쎄일럼, 넓게는 뉴잉글랜드에 대한 구체적인 언급들이 그것이다. 그는 자신의 뼈와 살을 이룬 땅을 향한 애정을 "굴 같은 점착력"(the oyster-like tenacity)으로(『주홍글자』 11면) 표현하는데, "쎄일럼은 나에게 피할 수 없는 우주의 중심과도 같다"(as if Salem were for me the inevitable center of my universe)거나 "내가 말하는 애착은 오직 흙에 대한 흙의 감각적 공감"(the attachment which I speak of is the mere sympathy of dust for dust)이라고 털어놓는다. 이같은 공감은 팔순의 전(前)검사관 노인이나 식민지 개척기 불굴의 백인정신을 상징하는 밀러 장군 등, 뉴잉글랜드 '토박이들'의 삶을 희극적으로 풍자한 대목에서도 감지된다.

19세기 미국 르네쌍스 작가들이 자신이 발딛고 서 있는 터를 '새로운 땅'으로 의식한 정도는 유별나다. 적어도 그 점에서는 호손이 비범하달 수는 없다. 그의 비범함은 그런 '터의 정신'이 지역폐쇄주의에 대한 반동으로서의 세계주의나 세계주의에 대한 반발로서의 지역중심주의와는 다르다는 데 있다. 물론 자신이 뿌리를 내린 '터'에 대한 작가의 애착이 인종주의와 결합하여 특정 지방을 문자 그대로 우주의 중심으로 고수하는 지역중심주의로 변질될 가능성은 배제할 수 없으며, 실제로 그런 혐의를 걸 만한 대목도 있다. 하지만 적어도 「세관」만은 그와는 다른 맥락에서 논해야 한다고 본다.

그 주문(呪文)(고향의 주문—인용자)은 계속되는데, 태어난 곳이 마치 지상의 천국인 것처럼 그만큼 강력하게 살아 있다. 내 경우가 그랬다. 나는 쎄일럼을 내 고향으로 삼아야 하는 것을 거의 운명처럼 느꼈다. (…) 그럼에도 바로 이런 감정은 이젠 불건강한 것이 되어버린 그(전세대와의—인용자) 관계가 마침내 끊어져야만 한다는 증거다. 인간의 본성은 감자처럼 지력(地力)이 다한 똑같은 토양에 너무 오랜 세대에 걸쳐 반복적으로 심기면 무성하게 자랄 수 없는 법이다. 내 아이들은 다른 터에서 태어났으면 좋았을 뻔했다. 내 아이들의 운명을 내가 좌우할 수만 있다면, 그들은 낯선 땅에 뿌리박았으면 하는 것이다. (『주홍글자』 10~11면)

인간의 고향의식을 지력과 감자의 상호작용에 비유한 것도 흥미롭지만, 특정 장소를 향한 '귀속감'이 국가간의 경계가 느슨해진 오늘날의 '액체근대'와 양립할 수 있음을 예시하기도 한다. 또한 진정으로 창조성에 값하는 작품은 어떤 원대한 추상이나 보편에서 국지적 삶으로 강림한 결과가 아니라 작가의 구체적인 현실에 헌신함으로써 도달한 보편성의 산물이라는 엘리어트(T. S. Eliot)의 발언을 뒷받침하는 증거로 이 인용문을 제시해볼 수도 있다.[16] 이렇게 보면, 「세관」 끄트머리에서 미국 독립기

---

16) 이 문장은 엘리어트의 발언을 필자 나름으로 풀어본 것이기 때문에 해당 대목을 번역으로나마 제시할 필요가 있겠다. "처음으로 도스또예프스끼의 소설을 읽거나 체호프의 드라마를 볼 때 우리는 러시아 사람들이 행동하는 특이한 방식에 매료된다. 하지만 나중에는 그들의 행동이 우리 모두가 공유하는 생각들, 감정들을 표현하는 특이한 한 방법일 뿐임을 깨닫게 된다. 한 작가가 보편적이지 않고서 국지적인 작가가 되는 것은 너무 쉽지만, 한 시인 또는 소설가가 국지적이지 않고서 보편적인 작가가 될 수 있다고 믿기는 어렵다. 누가 율리씨즈보다 더 그리스적인가? 누가 파우스트보다 더 독일적인가? 또는 누가 돈 끼호떼보다 더 스페인적인가? 또는 누가 헉 핀보다 더 미국적인가? 그러나 그들 각각은 모든 곳에 존재하는 모든 인간의 신화에서 일종의 한 원형이다." T. S. Eliot, "American Literature and American

넘일인 7월 4일 태생으로서 "나는 (미국이 아닌—인용자) 다른 어떤 곳의 시민이다"라고(『주홍글자』 44면) 단언한 작가의 착잡한 속내도 세계주의나 예술적 도피주의보다는 신대륙에 진정으로 뿌리내린 한 백인작가의 복합적인 국민의식의 맥락에서[17] 풀어야 할 논제가 된다.

그런 점에서도 「세관」의 곱씹어봄직한 면모는 신대륙 백인정복자에 대한 맹목적인 거부나 그 희생자에 대한 동정과는 차원을 달리하는 역사적 성찰이다. 새로운 땅에서 새로운 역사를 자임한 청교도 조상의 영욕을 회고하는 작가의 성찰이 19세기 유럽과 17세기 영국의 변란(變亂)이 어른거리는 두 혁명적 시간대—「세관」을 집필한 1840년대와 본작품 『주홍글자』의 시간적 배경인 1640년대—를 배경으로 이루어진다는 점도 고려해볼 필요가 있거니와, 청교도 교부들이 일궈낸 여러 문명적 업적에 대한 나름의 긍지가 「세관」 여러 대목에 은연중 암시된다. 그러나 그들의 어두운 역사를 반성하면서 자부심을 자제하는 자세야말로 '터의 정신'에 충실하면서 균형잡힌 역사가로서의 작가 수업을 쌓은 호손의 진면모라 아니할 수 없다.[18] 그의 기본적인 태도는 조상이 지은 죄과의 대속(代贖)을 바라는 후손의 그것인바, 그 과정에서 소수인종을 압살하고 주변으로 밀어낸 '백인정신'의 업보를 가감없이 기록한 작가가 탄생하는 것이다.

본격적인 작품론에서 다뤄야 할 숙제이지만, 『주홍글자』의 온당한 읽기에도 작가의 개성과 인격이 진솔하게 드러난 「세관」은 균형추 역할을

Language," *To Criticize the Critic and Other Writings*, London: Faber and Faber 1965, 55~56면. 강조는 인용자.

17) 그런 맥락에서 휘그당이 집권하자 민주당원으로서 세관직을 자의반 타의반 그만둘 수밖에 없게 된 것을—자신의 처지를 자살을 생각하는 이를 누군가 때마침 죽여준 상황에 빗대면서—다행이라고 자조(自嘲)한 대목도 환기해볼 만하겠다.

18) 익히 알려져 있다시피 신대륙에 정착한 호손의 제2세대 조상인 집정관 존 호손(John Hathorne, 1641~1717)은 1692년에 일어난 소위 마녀재판을 주재한 판사 중 하나였고, 재판이 끝난 다음에도 그 살육을 뉘우치기를 끝까지 거부한 인물이다.

한다. 가령 청교도 조상들의 씻기 힘든 업보의 해원(解寃)을 희망하는 「세관」의 의도를 진지하게 고려할 때, 『주홍글자』의 의 마지막 두 장, 즉 '주홍글자의 현현'(The Revelation of the Scarlet Letter)과 '결말'(Conclusion)에서 실현되는 '소망성취'도 영국 빅토리아조 소설의 해피엔딩과는 차원을 달리하여 생각하게 된다. 즉 저주의 "주문(呪文)은 풀렸다"라든가 "세상과 영원히 싸움하지 않고 그 속에서 여자가 되어 인간적인 기쁨과 슬픔 속에서 자라겠다"는 펄(Pearl)의 약속 등은 말할 것도 없이, "진실해라! 진실해라! 진실해라!"라는 작가의 노골적인 도덕주의적 설교에조차 그전까지 치밀하게 파헤쳐진 백인정복자의 뒤틀린 정신주의에 대한 역사적 비판을 희석하는 표리부동한 거짓의 일면이 자리하고 있음을 반추하게 된다. 아무런 유보 없이 행복한 결말로 치부하기에는 딤즈데일이나 칠링워스의 죽음이 드리운 그림자는 너무나 암울하고 헤스디가 피력하는 희망도 착잡하기 그지없거니와, 이는 역으로 작가의 대속의식이 완전히 희석하지 못한 청교주의의 역사적 업보를 증언한다. 하지만 작가의 '의도'가 요긴한 참고사항이 될 수는 있을지언정 그것을 작품보다 앞세우거나 그에 꿰맞춰 해석하는 것은 금물이다. 『주홍글자』에서 '리얼리즘의 승리'에 맞먹는 의미를 끌어낼 수 있다손치더라도 호손이 고백한 대속의식의 이면, 즉 실제의 엄연함을 소망충족으로써 표리부동하게 은폐하는 결말의 한계도 짚어야 할 과제로 남는다.

　그런 측면에서도 「세관」의 핵심은 역시 본이야기인 『주홍글자』에 관한 대목이 되겠다. 이는 서두에서부터 작가가 내비친 것이다. 「세관」이라는 자전적 이야기를 쓰게 된 주된 이유는 어떤 경로로 『주홍글자』가 자기 손에 들어왔는가를 밝히기 위해서라는 것이다. 이는 물론 작가의 '거짓말'이다. 「세관」 서두에서 스스로를 『주홍글자』의 일개 편집자로 소개하는 대목, 다시 말해 엄연히 존재한 삶을 기록한 '사료'를 바탕으로 자신은 "이야기를 꾸미고 등장인물에게 영향을 끼친 열정의 방식과 동기를 상상"했을 따름이라는 진술도 마찬가지다. 역사의 예술적 재구성이 얼마나 어려운 일인가를 뼈저리게 고백하는 호손이 역사적 사실의 편집자라면, 그 함의는 허구냐 사실이냐를 추적함으로써 가려질 성질이 아니다. 그는 『주홍글자』의 원고를 세관 2층의 후미진 방구석에 처박혀 있던 수많은 공문서 뭉치 속에서——좀더 구체적으로 말하면 윌리엄 셜리(William Shirley) 총독이 조나산 퓨(Jonathan Pue)를 쎄일럼의 왕실 세관검사관으로 임명한다는 사령장이 담긴 봉투 속에서——찾아냈다고 하면서 그것이 18세기 후반, 더 정확히는 1760년대 세관검사관 퓨 재임 당시의 작자 미상의 사적인 원고라고 둘러댄다. 원고는 주홍빛 천으로 싸여 있는데, 자세히 보면 낡고 빛바랜 천 위에 뜻 모를 A자가 금색으로 자수(刺繡)되어 있다는 말을 한 다음, 어찌하다가 A자를 가슴에 댔는데 바로 그때 "마치 그 글자가 붉은 천이 아니라 시뻘겋게 달아오른 철 같"아서 그만 몸서리치면서 바닥으로 떨어뜨리는 상황을 묘사한다.(『주홍글자』 31~32면)

호손은 아예 한술 더 떠서 퓨의 유령을 불러낸다. 그는 헤스터 프린의 일대기를 세상 사람에게 진실하게 드러내라는 유령의 명령에 따르겠노라고 다짐한다. 이 또한 「세관」의 익살맞은 극적 허구 중 하나다. 이같은 장면을 대할 때도 독자는 본이야기인 『주홍글자』에 비추어 생각해봄직하다. 뉴잉글랜드 지역에 실존했을 수도 있는 헤스터 프린이라는 한 여성의 고난을 기록한 것임을 밝힌 대목도 작가가 가공한 것이지만, 그런 가공도 앞서 독수리상이 위협하는 "무해한 사람들"의 처지와 이들이 속한 실제 공동체의 위기라는 맥락으로 파악해야 한다는 것이다.

그 유명한 '중립지대'에 관한 발언은 미국작가로서의 소명에 대한 나름대로의 포부와 신념을 피력하면서 역사적 진실을 사실적으로 재현하는 일의 지난함을 거듭 토로하는 과정에서 나온다. 밤늦도록 달빛이 비치는 거실에서 헤스터 프린의 일대기를 '새롭게' 쓰는 어려움을 털어놓

318

다가 호손은 달빛이 거실이라는 '객관적 현실'과 조응하는 현상을 기술하기 시작한다.

친숙한 방에서 카펫 위로 그토록 하얗게 떨어지면서 그 모든 형상들을 그토록 선명하게 드러내는——모든 물체를 극미하게 보여주지만 아침이나 점심 때의 가시성(可視性)과는 너무도 다른——달빛은, 로맨스작가에겐 그 허구의 손님들과 사귈 수 있게 해주는 가장 적합한 매체다. 익히 알려진 집 안 풍경이 있다. 각각의 특성이 있는 의자들, 연장 바구니가 놓여 있는 중앙 탁자, 책 두어 권, 불 꺼진 램프, 소파, 책장, 벽에 걸린 그림——아주 완벽하게 보이는 이 모든 세목들은 기이한 달빛으로써 영화(靈化)되어 현실의 실체를 잃어버리고 이지(理智)의 산물처럼 보인다. 아무리 작거나 사소한 것도 이같은 변화를 겪고, 그로써 위임을 갖춘다. 아이의 신발, 작은 버느나무 마자에 앉은 인형, 목마 등등. 요컨대 낮에 사용하거나 가지고 놀던 모든 것들은 대낮의 햇빛에 드러난 것만큼 여전히 생생하지만, 지금은 기이해지고 낯설어진다. 그리하여 우리의 익숙한 거실 바닥은 중립지대, 즉 **현실세계와 공상세계의 사이의 중립지대**로 변모하는바, 거기서는 실제적인 것과 상상적인 것이 만나서, 각 영역은 자신에게 상대편의 본성을 불어넣는다. 귀신은 우리를 겁나게 하지 않고 이곳에 들어올 수 있다. (『주홍글자』 27~28면, 인용자 강조)

애매성이나 꿈과 현실의 접경 등의 화두로 꽤나 논의된 이 구절에서 먼저 확인해두어야 할 점은, 이런 발상도 호손만의 전유물은 아니라는 사실이다.[19] 현상적(descriptive) 서술과 규범적(prescriptive) 묘사의 역동

---

19) 흥미롭게도 멜빌의 『모비딕』에도 호손과 발상과 거의 유사한 표현이 나온다. "길게 뻗은 처녀지의 골짜기, 부드럽고 푸른 언덕 기슭, 이런 곳에 고요함이, 콧노래가 살며시 퍼진다.

적 긴장이 실릴 수밖에 없는 실제와 상상의 상호침투는, 한때 엄연한 실재였지만 이젠 흔적과 상상으로밖에는 확인할 수 없는 과거와 지금은 확실하지만 이내 지나가 버릴 현재를 하나의 현실로 재현하려는 작가의 고투를 전제한다. 작품으로 구현된 중립지대는 「영 굿맨 브라운」「나의 사촌 몰리뇨 장군」「라파치니의 딸」 같은 단편들을 읽을 때 약여하다. 그런데 가상현실시대라고 일컬어지는 오늘날 '중립지대'의 함의를 밝히는 데 실제나 상상의 비율이 문제의 핵심은 아닐 듯하다. 귀신이 자연스럽게 출몰하는 '주술적·초현실적 분위기'도 사실을 포괄하는 진실에 대한 집념에서 연유하거니와,[20] 그런 의식과 불가분의 관계에 있는 '인간마음의 진실'의 구현의지야말로 중립지대의 지층을 형성하는 '토질'이기 때문이다.

그럴 때 사람들은 숲속의 꽃을 따는 즐거운 5월 이 고적함 속에서 놀다 지친 아이들이 잠들어 누워 있다고 거의 확신하게 된다. 그러면 이 모든 것이 극도의 신비로운 기분과 뒤섞이고, 사실과 환상이 중간에서 만나 상통하여, 하나의 완전한 전체를 이룬다." 원문은 다음과 같다. "The long-drawn virgin vales; the mild blue hill-sides; as over these there steals the hush, the hum; you almost swear that play-wearied children lie sleeping in these solitudes, in some glad May-time, when the flowers of the woods are plucked. And all this mixes with your most mystic mood; so that fact and fancy, half-way meeting, interpenetrate, and form one seemless whole." Herman Melville, *Moby-Dick*, New York: Norton 1967, 406면. 강조는 인용자.

20) 호손의 탁월한 역사의식적 감각을 제임스의 그것과 비교한 엘리어트의 다음과 같은 발언은 그런 맥락에서도 시사하는 바 크다. "한가지 면에서만은 호손은 제임스보다 더 확실하다. 즉 그는 매우 역사의식적인 감각을 가지고 있다. 미국 식민지 역사의 좁은 분야에 대한 그의 학식은 광범위하고, 그는 그것을 정말 잘 활용했다. 두 사람 모두 독특하게 미국의 과거에 대한 그런 감각을 가졌지만, 호손에게서 이 감각은 과거 그 자체에 대한 파악으로 발휘된다. 제임스에게는 그것이 감각에 대한 하나의 감각이다." T. S. Eliot, "Henry James," Edmund Wilson, ed., *The Shock of Recognition*, vol. 1, New York: Hippocrene Books 1975, 861면.

4. 호손의 로맨스와 서구의 비사실주의적 고전

그러나 중립지대를 형성하는 실제와 상상의 상호침투라는 발상과 실제 작품의 구현은 별개 문제다. 그 발상이 '실제적인 것'과 '상상적인 것'을 나눈 다음 통합하는 이분법적 사고와는 다른 것이라 하더라도 작품의 성취를 묻는 일은 따로 남는다는 것이다. 그런 맥락에서 호손 문학에 깊이 침윤된, 그 자체로 예술적 한계일 수밖에 없는 '표리부동성'도 「세관」에 관련된 것이라기보다는 앵글로쌕슨계 백인남성의 식민지배과정에서 연유한 현상임을 짚어둠직하다. 이 글에서는 그것이 『주홍글자』를 철저하게 논함으로써만 온당하게 규명될 수 있는 사안임을 지적하는 선에서 그치고자 한다. 다만 '인간마음의 진실'의 추구와 뗄 수 없는 중립지대론을 작품으로 규명하기 위해서는 사실과 진실 및 진리의 상관성을 섬밀하게 가늠해야 한다는 취지에서 몇마디 부연해도 무방하겠다.

은폐된 역사의 진실을 규명하는 작업이라면 거기에는 엄정한 사실인식이 거의 저절로 따라온다고 봐야 한다. 그러나 진실의 올바른 드러냄에는 사실인식이 필수적이지만 그것만 가지고 되는 것은 아니며, 종국에는 서구 백인문명의 한계와 가능성을 대안적으로 사유케 하는——그 점에서 북미대륙의 특정 상황에서 편의적으로 왜곡될 가능성이 항존하는 인종적·성적 공동체의 진실조차 넘어선——진리관의 새로운 모색이 반드시 요구된다는 점에서 중립지대의 실현도 실제와 상상의 배합이나 비율만의 문제가 아니다. 사실과 진실의 분별은 독자의 지혜로운 작품읽기와 직결된다. 적어도 그런 읽기의 과정에서는 원래부터 사실과 진실이 따로 있는 것은 아니라는 논리도 성립한다. 바로 그렇기 때문에 사실의 사실성 및 진실에 대한 집념도 궁극적으로는 진리의 모색으로 수렴되는 것이다. 그러므로 호손을 역사가로서의 이야기꾼으로 정의하는 것 자체가 사실과 진실을 다루면서 그 분별을 통해 진리를 지향하는 작가의 면모를 지칭한다고 하겠으나, 그런 지향이 작품으로 드러난 양상에 대한 온당한 평가는 사실과 진실의 경계가 생성·소멸하는 진리에 대한 물음의 차원에서 내려져야 한다고 믿는다. 이 절에서는 그런 평가의 우회적인 시도로서 포우(E. A. Poe, 1809~49)와 호프만(E. T. A. Hoffmann, 1776~1822)을 포함해 서구 비사실주의의 고전을 호손의 로맨스와 대비해볼까 한다.

알다시피 프랑스 상징주의 문학에 지대한 영향을 끼친 포우는 19세기 미국소설사에서 반(反)인간주의의 심연이라고 부를 만한 자기파괴적 충동과 자아분열, 엽기적 심리일탈, 이국적 정서의 탐닉 등으로 유명하다. 인간정신의 도저한 심연에 탐미의 닻을 내리는 심도에——"자신의 길이 파멸로 이끄는 길임을 알면서도 자신의 길에 헌신하는 '병든 영혼'(stricken soul)의 미칠 듯한, 정교한 자기기록"21)에——관한 한 고전적인 사례일 것이다. 그런 포우에 비하면 신대륙의 종교적 광신이나 의사(擬似)과학주의가 낳은 병리적 탈선을 다양하게 묘파한 브록덴 브라운(Charles Brockden Brown, 1771~1810)도 대륙의 도식적이고 선정적인 고딕소설을 답습했다는 평가가 정확할 것이다. 중립지대의 원래 취지가 실제적인 것과 상상적인 것의 중간을 탐색하는 것이기보다는 현실을 끊임없는 유동의 과정으로 의식하면서 인간적 실천으로써 그 변화의 순간에 개입하고 잘못된 역사를 바로잡겠다는 발상임을 재확인한다면 더욱 그렇다. 역사소설로서의 호손의 로맨스가 브록덴 브라운은 물론이고 심지어 포우보다도 한결 섬세하고 절묘한 균형 위에 놓여 있다고 판단할 수 있는 것22)도 실제에 관한 엄밀한 관찰과 상상력의 절제를 바탕으로

---

21) 강필중 「시와 비객관적 실재: 포우와 휘트먼을 고려한 시론」, 『지구화시대의 영문학』, 창비 2004, 230면.
22) 전적으로 공감하는 것은 아니지만, 미국문학 르네쌍스의 주역들에서 포우를 제외한 이

추구하는 인간진실의 구현의지에 기인하는 것이다.

자본주의적 삶의 비인간적인 심연들을 환상적으로 드러낸 호프만과 대비한다면, 호손의 그런 면은 더 확실하게 실감된다. 호프만이 포우나 호손에게도 영향을 끼친 작가임은 장편 『악마의 묘약』(*Die Elixiere des Teufels*, 1815)이나 단편 「모래인간」(Der Sandmann, 1817), 「자동기계」(Die Automate, 1819), 「분신」(Die Doppelgänger, 1821) 등에서도 확인된다. 이런 단편들에서는 이상심리와 자아분열, 초자연현상, 편집증 등을 극화하면서 기계적이고 산문적인 삶을 벗어나고자 하는 시적 충동이 강렬하게 드러난다. 인간과 닮은 '기계인형'에 빠져드는 이상심리를 그린 앞의 두 단편이 특히 그렇지만, 병적인 상상과 건전한 지성의 대립구도를 중심으로 얼개가 짜진 「황금꽃병」(Der goldne Topf, 1814) 같은 중편도 포우를 떠올리게 한다. 하지만 '현대의 동화'라는 부제가 붙은 이 중편은 인간심리의 파괴적 충동과 죽음에의 고착심리를 미적 의식으로 강화한 포우보다는 역시 호손의 로맨스에 더 가깝다. 정령(精靈)들이 등장하는 상상의 초현실세계와 무미건조한 실제 도시 드레스덴이 교차하는 내러티브의 형식부터가 그러하다. 그렇다고 산문적 세계의 일상성에 매몰된 인간이 빠져들 수 있는 다양한 도취상태를 냉정하게 그려내면서도 그 극복을 지향하는 건강한 이성의 승리를 노래하는 호프만을 호손과 같은 맥락에서 논할 수 있다는 말은 아니다. 후자에게 인간이성의 승리는, 예컨대 『일곱 박공의 집』에서 가까스로 수습된 '해피 엔딩'이 말해주듯이, 호프만보다 더 애매하고 불투명하게 처리될 뿐 아니라, 현실로부

유를 다음과 같이 해명한 매티슨의 평가도 참고로 명시한다. "내가 여기서 포우를 다루기 꺼리는 것은 심지어 에머슨보다 더 큰 그의 가치가 이제는 그 자신의 작품에서보다는 그가 끼친 영향에 있는 것 같다는 사실로써 설명된다. 그의 어떤 시들도 (휘트먼의 ── 인용자) 『북소리』만큼 영속적이지 않다. 예전보다 신경을 덜 자극하는 그의 단편들은 호손이나 멜빌의 도덕적 깊이에 비하면 상대적으로 꾸며낸 것으로 보인다." F. O. Matthiessen, *American Renaissance*, New York: Oxford UP 1977, xxi면.

터의 일탈심리도, 「나의 사촌 몰리뇨 장군」의 로빈이 그러하듯이, 철저
하게 역사적 상황에서 기원하기 때문이다.

그렇다면 호손의 로맨스를 『양철북』(*Die Blechtrommel*, 1959)이나
『주인과 마가리타』(*Мастер и Маргарита*, 1967), 『백년 동안의 고독』(*Cien
años de Soledad*, 1967), 『한밤의 아이들』(*Midnight's Children*, 1980) 같
은 20세기 고전적 비사실주의 소설과 견주어 본다면 어떨까? 여기서 재
현기법도 천차만별인 이들 작품의 비사실주의적 면모를 호손의 로맨스
와 대비하는 것은 무리일 것이다. 하지만 중립지대로서의 작품을 좀더
넓은 서구의 소설사적 시야에 놓고 생각해본다는 취지에서라면 비록 방
만한 비교라도 건질 것이 없지는 않을 듯하다.

그라스, 불가코프, 마르께스, 루슈디의 대표작에는 19세기 사실주의
사조와는 사뭇 거리가 먼 기이하고 기상천외한 사건과 초자연현상 들이
이루 헤아릴 수 없을 정도로 많이 담겨 있다. 그러나 그런 반사실적 단면
들조차 20세기 세계체제의 핵심부와 저마다 독특한 관계를 맺고 있는
(반)주변부 국가의 역사적 현실이 반영된 것임이 분명하다. 이들 작품의
'비사실적 사실성'도 나찌즘의 망령이 스멀거리는 전후 분단상황의 독
일, 사상적 동맥경화에 걸린 스딸린체제의 러시아, 미국의 신식민지적
지배가 토속적 혼돈 속에서 관철되는 꼴롬비아, 식민주의의 잔재는 말할
것도 없이 전근대와 근대, 민족모순과 종교모순이 혼재한 인도가 당면한
역사현실에서 유래하는 것이다. 이는 평면적 사실인식이나 역사의식과
결합하지 못한 형식 및 기법으로는 도저히 감당할 수 없는 일종의 만화
경(萬華鏡)이다. 그중 『양철북』과 『한밤의 아이들』의 경우에는 호손의
문제의식과 유사하게 화자가 나서서 어떻게 이야기를 풀어갈 것인가 하
는 고민을 명시적으로 나타내기도 한다. 하지만 미국 특유의 문화적 궁
핍함에 대응하는 과정에서 탄생한 로맨스가 어떤 의미에서 19세기 서구
리얼리즘 문학에 혈맥을 대면서도 미국의 토착적 특성을 구현하는가를

324

논하는 데는 「세관」의 발상과 유사한 실제와 상상의 중립지대를 연상케 하는 불가코프의 『주인과 마가리타』가 더 적절한 비교대상일 듯하다.

1930년대 구소련 모스끄바와 빌라도(Pontius Pilate) 시대의 예루살렘이 교차하는 이 작품의 형식에서 특이한 점은, 작가 당대인 전자의 현실은 온갖 반사실적 파격과 괴이한 사건으로 들끓는 반면, 먼 과거인 후자는 극도로 정밀한 사실재현으로 이루어진다는 것이다. '현재=실제=무미건조한 일상, 과거=상상=일탈의 계기'로 작용하는 통념적인 로맨스소설의 구도를 완전히 뒤집은 격이다. 1930년대 공산관료사회와 2천년 전 예루살렘이 엇갈리면서 불가코프 특유의 실제와 상상의 중립지대가 기묘하게 조성된 것이다. 그라스나 마르께스, 루슈디의 작품에서도 철저한 세부묘사가 오히려 사실적 세계로부터의 일탈을 조장하는──거꾸로 비사실적 재현이 더할 수 없이 생생한 현실감을 유발하는──현상이 벌어지지만, 시공간석으로 전혀 다른 누 부대가 서로를 번갈아 비추면서 형성되는 불가코프의 '경계지대'는 또 색다르다. '실제'의 모스끄바에서는 월랜드(Woland)라는 악마와 종자(從者)인 검은 고양이 비히모스(Behemoth)가 현란하고도 기상천외한 마법세계를 연출하면서 '발푸르기스의 밤' 같은 악마의 축제를 벌인다. '상상'의 예루살렘에서는 신의 아들이 아닌 인간 예수(Yeshua)의 실제 행적과 당대 로마의 부패한 정치 현실이 치밀한 고증을 통해 독자의 눈앞에 펼쳐진다. 그중 '실제세계'에서 일어나는 사건 한토막을 뽑아 읽어보면 이렇다.

관객들은 수백개의 손을 들어올려 지폐들을 불 밝혀진 무대 쪽에 대고 신에 대한 가장 진실하고 정직한 표시를 확인했다. 그 냄새에는 역시 의문의 여지가 없었다. 그것은 갓 찍어낸 화폐의 말할 수 없이 달콤한 냄새였다. 극장에 있던 모든 사람들은 처음에는 기뻐하다가 놀라움에 빠져들었다. "돈이야", "돈이야"라는 탄성이 도처에서 들리더니

“아”, “아” 하는 헐떡이는 소리와 함께 즐거운 웃음소리가 터져나왔다. 그중 한두 사람은 복도를 기면서 의자 아래서 돈을 만지고 있었다. 많은 사람들은 의자에서 일어나, 공중을 떠다니는 지폐를 잡으려고 했다.

경찰들은 점차 당혹스런 표정을 지었고, 연기자들은 커튼 밖으로 볼썽사납게 머리를 내밀었다.

극장의 특등석에서 누군가 외쳤다. “당신 뭘 쥐고 있는 거야? 그건 내 거야!” 다른 사람이 말했다. “밀지 마, 안 그러면 내가 밀어버릴 거야!” 그리고 갑자기 짝 하는 소리가 들렸다. 곧바로 특등석에서는 경찰의 헬멧이 보였고 누군가가 거기서 끌려나왔다.

이 모든 소란은 점점 더해졌고 패고트(Fagott)가 돈의 비를 갑자기 공중에서 사라지게 하지 않았더라면 어떻게 끝장이 날지 아무도 몰랐다.[23]

월랜드의 마술 공연 도중에 일어나는——『파우스트』 2부에서 메피스토펠레스가 돈을 찍어내는 일화를 떠올리게 하는——'돈의 비'만 해도 실제의 층위에서는 있을 수 없는 상황 설정이다. 그런데도 읽는이는 작중의 비현실적 상황에 대한 '불신'을 자발적으로 중단할뿐더러, 소나기처럼 쏟아지는 지폐에 빠져드는 인간심리 자체를 하나의 사실로 인식하게 된다. 그것은 벌어지는 상황 자체가 얼마나 있음직한가 하는 의문 자체를 공소하게 만드는 개연성이——인간욕망 층위에선 더할 수 없이——강력하기 때문이다. 그런 개연성은 고딕소설이나 판타지에서 흔히 볼 수 있는 감정의 인위적 과장·조작이나, 환상, 초자연 등에 대한 탐닉하고도

---

23) Mikhail Bulgakov, *The Master and Margarita*, Richard Pevear and Larissa Volokhonsky, trs., New York: Penguin 1997, 124~25면. 졸역.

거리가 멀다. 그러나 괴테의 '실패한'『파우스트』2부까지를 놀라운 솜씨로 재창조했다고 하는 이 작품의 진면모가, 전혀 다른 시공간적 배경을 넘나들면서 사회주의체제에 대해 퍼붓는 통렬한 풍자와 야유에만 있는 것은 아니다. 그토록 집요하게 펼쳐지는 인간본성에 대한 회의와 비판에, 인간 예수의 고뇌를 추적하는 '주인'과 그런 그의 삶을 위해 자신의 영혼을 파는 마가리타의 사랑 및 구원의 희망이 따르는 것이다.

그러나 일체의 교조적 사상을 해체하면서 죄와 구원의 문제를 파고드는 불가코프가 괴테나 토마스 만보다 더 위대한 작가라고 주장할 생각은 없다. 다만『주인과 마가리타』를 호손의 로맨스(론)와 비교하는 원래 취지로 돌아가서 20세기 비사실주의 (서구)소설에 견줄 때 특히 두드러지는 후자의 창작상 기율은 좀더 논해봄직하다. 있음직하지 않은 소재 및 상황을 작품에 끌어들이는 호손의 태도는 '마술적 리얼리즘의 선구자'라는 평가와는 사뭇 어울리지 않게, 전반적으로 조심스럽다 못해 인색할 정도이다. 단적인 예로 헤스터와 딤즈데일이 숲에서 만나는 동안(『주홍글자』18장) 산짐승들과 스스럼없이 어울리는 펄을 묘사하는 대목이 그러하다. 다람쥐, 꿩, 비둘기 등과 자연스럽게 노는 펄에게 늑대가 다가와 머리를 쓰다듬어달라는 시늉을 했다는 말을 하면서 화자는 "그러나 여기서 이야기는 분명히 있을 법하지 않은 데로 빠진다"라는 단서를 붙인다. 달리 말하면, 실제와 상상의 착종된 경계를 가늠하고 활용하는 작가의 운산이 치밀하다는 것이다. 이를 통해 호손은 주인공의 복잡한 심리를 최대한 투시하면서 인물이 처한 '전형적 상황'과 그 심리가 불가분 얽혀 있는 현실의 특정한 모순을 조명한다. 필요할 경우 화자를 내세워, 인물의 심리적 갈등을 증폭하고 있음직하지 않은 비사실적이거나 초현실적 요소도 적절히 섞는다. 그러면서 그에 휩쓸리는 인물의 혼돈스러운 심리 상태를 극대화하는 방향으로 내러티브의 촛점을 조절하는 것이다.[24]

비몽사몽의 경계에 있는 듯한 주인공의 심리적 고뇌에 복합적으로 반

응하는 과정에서 독자는, 호손의 이야기가 자연주의적 재현의 투명성과
는 질감에서부터 다르다는 점을 실감하게 된다. 작품의 역사적 배경에다
놓고 반추하고 따르는 것 외에는 다른 이정표가 있을 리 없는 그런 실감
은 호손의 시적 언어구사가 집약되는 인간본성에 대한 통찰에 의해 배가
된다. 달빛에 의해 일상적 사물이 부여받은 호손 문학의 "기이함과 낯
섦"은 20세기 초반 러시아 형식주의 이론의 소격효과(ostraneniye)마저
생각나게 하는데, 그런 기이함과 낯섦으로 가득 찬 호손의 로맨스는 단
순한 기법이나 재현의 관점으로 환원하여 해명할 수 없다. 그보다는 "현
실의 바로 그 핵심에 대한 간결하고도 날랜 탐구"(those short, quick
probings at the very axis of reality)[25]가 호손 특유의 형식실험을 통해
수행되는 양상을 강조해야 할 듯하다.

　　그렇다면 호손 예술의 바로 그런 면모가 디킨스나 똘스또이, 만쪼니,
스땅달 등이 대변하는 리얼리즘——나아가 셰익스피어의 극예술——과
의 친화성을 암시하는 것은 아닐까? 이는 호손 로맨스의 고유한 특성을
전제로 한 것이고 어디까지나 상대적 비교의 물음이다. 하지만 포우, 호
프만, 불가코프 등과 대비하는 과정에서 단편적으로나마 확인할 수 있는
점은, 호손의 텍스트들, 특히 『주홍글자』 같은 작품을 섣불리 사실주의
적 재현의 틀에 맞추는 것이 무리인 것처럼, 그 초자연적 주술성(呪術
性)이나 비사실성을 강조하는 언설도 괜한 호들갑이기 십상이라는 사실
이다. 오히려 가장 깊은 삶의 열망은 꿈과 환상에 잇닿을 수밖에 없으며,
그 열망이 불러일으키는 **꿈과 환상**의 (유토피아적 충동과 동일시할 수 없

---

24) 『주홍글자』에서도 그런 예는 너무나 많다. 가령 7장("The Governor's Hall")에서 갑옷의
　　흉갑(胸甲)에 비정상적으로 확대되어 비치는 A자와 그런 A자를 보면서 헤스터를 향해 깔
　　깔 웃어대는 펄의 요사스러움을 그린 대목도 '실제'에 대한 작가의 집요한 탐구가 오히려
　　독자의 상상적 일탈을 자극하는 사례다.
25) Herman Melville, "Hawthorne and Mosses," *Herman Melville*, New York: Library of
　　America 1984, 1190면.

328

는) 냉철하고도 역사적인 '가공(加工)'이야말로 호손 로맨스의——관점에 따라서는 '모더니즘적 면모'로 해석 못할 것도 없는——'리얼리즘적 면모'라고 이해한다면, 그리고 중립지대적 발상도 궁극적으로는 '인간적 꿈'을 추구하기 위한 창조의 방편이나 다름없다면, 그것이 얼마나 사실적이냐 또는 환상적이냐는 물음 자체가 논점을 흐리는 것이다. 논법을 달리하면, 19세기 대륙소설문학과 호손 로맨스의 친화성도 모방이나 추종과는 질적으로 구분되는 혁신적 전승(傳承)의 결과임을 미국 특유의 문화적 현실에서 헤아려야 한다는 말이다.

그럴 때 우리는 호손의 로맨스론 및 로맨스 작품을 통해 한 외국작가에 대한 단순한 흥미 이상의 어떤 암시와 가르침까지도 얻을 수 있지 않을까 싶다. 근래 국내 평단에서 벌어진 리얼리즘·모더니즘 논쟁에서 간과되기 일쑤인 쟁점, 즉 참다운 현실과 창조성의 상관관계나 역사적 진실을 드러내고 이룩하는 데 필수적인 문학의 형식 및 기법 문제도 호손의 '중립지대'적 시각으로 바꾸어 생각해볼 수 있는 것이다. 더 나아가 사실주의에 환상을 보충·가미하여 '리얼리즘'을 성취한다는 통념을 아직껏 답습하는 국내 일부 리얼리즘론자들이나, 재현주의로서의 서구 사실주의 사조를 남한 민족문학의 예술적 심화로서의 '리얼리즘론'과 무분별하게 뒤섞는 모더니즘론자들의 맹점을 엄밀하게 인식하는 데 있어서도 호손의 로맨스(론)은 남의 나라 문학론이 아니다. 인간마음의 진실을 지향하는 중립지대라는 발상 자체가 국내 평단에서 운위된 리얼리즘과 모더니즘의 회통(會通)을 연상케 하는 면도 있지만, 되새겨야 할 것은 고체 근대와 대립적인 상으로 액체 근대를 설정하고 그에 걸맞은 예술양식으로 모더니즘이나 반(反)모더니즘을 내세우는 이분법적 사고방식으로는 그런 회통의 창작적 실현도 어려우리라는 사실이다.

이제까지의 논의를 통해서 호손의 로맨스론이 국내 문단에서 벌어진 리얼리즘·모더니즘 논쟁에서 유용하게 참고함직한 자료가 될 수 있음은 어느정도 드러났으리라 믿는다. 다른 한편 지금까지도 국내 미국문학 학계의 풍토는 '따라잡기식 공부'가 주를 이루는데, 그러다보니 로맨스 담론의 무비판적 소개가 성행하는 감도 없지 않다. 그것은 기왕에 축적된 우리 문단의 리얼리즘론에 대해 미국문학도들이 잘 모르거나 타성에 젖어 호손 같은 외국작가의 로맨스론을 아예 한국문학과는 무관한 것으로 간주하는 탓도 크다고 본다. 예컨대 19세기 미국 정전비평사에서 로맨스가 초역사적 장르로 규정되어온 과정을 소상히 밝히고 "탈역사적 문학관의 시녀 역할"을 경계한 논의[26]도 시사하는 바는 적지 않다고 해도 실제로 작품으로서의 로맨스에 대해서는 이렇다 할 감식안을 보여주지 못한 것이다. 앵글로쌕슨계 남성작가에 집중된 미국적 로맨스라는 것도 미국소설의 독점적 '형식'이라기보다는, 기본적으로 탁월한 유럽 리얼리즘 문학의 성취를 의식하고 경쟁하는 과정에서 국지적 변이를 거친 특이한 양태의 장르인데, 이런 점을 주목하는 대신 이런저런 로맨스 담론 따라잡기에 급급하다는 인상이다.[27]

5. 맺음말을 대신하여

호손이 제창한 로맨스론, 나아가 19세기 미국고전문학의 로맨스적 면

---

26) 가령 양석원 「로맨스와 미국소설 비평: 역사와 상상력의 변증법」, 『근대 영미소설』 5·1(1998), 1~22면.

27) 그런 식의 답습에서 벗어나는 데는 호손 로맨스의 역사적 배경으로 1850년대라는, 성·인종·계급모순이 비등점에 다다른 남북전쟁 직전의 미국 국내 상황 못지않게 1848년 유럽 혁명을 환기하는 작업도 유용할 듯하다. "사회 전체를 아우르는 합의의 가능성이 위태롭기는 신·구세계가 다를 바 없던 역사적 상황을 고려하면 호손 작품의 울림이 미국적 상황에만 한정되지는 않을 듯하다"는 지적도(신현욱 「신미국학자들과 호손」, 『안과밖』 9호, 2000년 하반기, 257면) 유럽 리얼리즘 소설의 핵심적인 성취와 호손의 로맨스를 견주는 맥락에서 좀더 치밀하게 구체화해볼 만한 과제라는 것이다.

330

모도 19세기 중반 미국의 특정한 역사적 국면에서 발원한 문학양식임은 1861년 남북전쟁을 기점으로 본격화한 소설사적 흐름으로도 미루어 짐작할 수 있다. 쿠퍼에서 휘트먼에 이르는 19세기 미국고전문학의 '르네쌍스'는 남북전쟁의 시발로 사양길로 들어선다는 것이 정설이다. 전후 사실주의 시대를 주도했지만 그 지평에 갇히지 않은 제임스와 트웨인이라는 이채로운 존재가 있고, 쿠퍼―트웨인, 호손―제임스의 연속성을 따지면 '문예부흥'은 19세기 후반까지 이어진다고 해석할 여지도 있다. 그러나 트웨인과 제임스 말고도 '도금시대'에 맞서 국민문학의 지평을 새롭게 모색하면서 서사시적 야심으로 자본주의 사회상의 총체적 해부를 시도한 프랭크 노리스(Frank Norris, 1870~1902)나 19세기 초·중반 감상주의 및 대중문학과도 격을 달리하는 주어트(Sarah Orne Jewett, 1849~1909), 쇼우팬(Kate Chopin, 1851~1904), 캐서(Willa Cather, 1873~1937) 같은 여성작가들이 존재한다 할지라도 전후의 대세는 역시, 당대 미국문단의 대부로 군림한 하월즈(W.D. Howells, 1837~1920)의 작품성향이 말해주듯이, 본격 사실주의 또는 자연주의 시대라고 해야 문학사적으로도 온당한 판단이다.

따라서 남북전쟁이 분수령으로 작용한 미국문학의 이런 흐름에서 사실주의적 재현원칙에 의거하여 호손 '로맨스적 소설'을 정면으로 부정하는 논자가 나오는 것은 납득할 만하다. 그러나 "현실에 대한 모호한 의식과 주관적인 인간성"에 빠진 예술이라는 비판[28]은 오히려 사실주의 사조에 더 들어맞는 면이 있거니와, 19세기 말부터 본격적으로 등장하기 시작한 소수인종 및 여성 작가들의 다채로운 작품과 비교해도 호손에게는 손색이랄 것이 없다. 그의 로맨스론, 특히 「세관」은 작품으로서의 로

---

28) William De Forest, "The Great American Novel", Gordon Hunter, ed., *American Literature, American Culture*, Oxford: Oxford UP 1999, 157~58면.

맨스가 갖는 '형식상의 의의'를 평가하는 데 결정적이다. 이 글의 서두에서도 미국적 경험을 배타적으로 특수화하는 방식으로는 호손이 이룩한 표현의 새로운 지평을 제대로 평가하기 어렵다는 점을 지적한 바 있지만, 그의 로맨스(론)은 19세기 후반에 등장한 미국 자연주의 문학의 어떤 한계나 출중한 여성작가들의 성취에 대해서도 의미심장한 생각거리를 던진다. 유럽 리얼리즘 문학과 친연성을 띠면서 신대륙 고유의 기상(氣像)이 반영된 호손의 작품에서 특징적으로 확인할 수 있는 사실들, 즉 특정한 지리적 실체 또는 경계를 고집하거나 신비화하는 것과는 거리가 먼 작가의 '고향의식', 문학형식의 창의적이고 유연한 변용, 있었던 사실과 진실을 엄밀하게 분별하고 통합하는 역사의식, '인간마음의 진실'에 대한 헌신적인 탐구 등을 외면하고 우리가 어떻게 '살아 있는 문학'과 '죽은 문학'을 지혜롭게 분별할 수 있겠는가.

그렇다면 관점을 약간 달리하여 「세관」, 나아가 호손의 장편 로맨스를 그의 의미대로 중립지대의 관점에서 파악한다면 어떨까? 실제적인 것과 상상적인 것의 '회통'이 얼마간 일어난다는 점에서 '달빛'으로 채색된 「세관」도 무척이나 특이한 서문이다. 반면에 중립지대로서 「세관」이 갖는 의의와 호손 로맨스론에 대한 실질적인 검증은 역시 장편, 특히 『주홍글자』와 결부함으로써만 온전히 파악할 수 있다는 점에서 서문 자체의 의의는 제한적일 수밖에 없다. 따라서 "「세관」이 어떻게 『주홍글자』에 들어맞는가를 묻기보다는 후자가 「세관」에 얼마나 어울리는가를 주목하라"[29]는 요구도 결과적으로 서문의 의의를 오히려 곡해하는 논리라 하겠다.

호손이 제기한 로맨스론에서 핵심에 해당하는 '중립지대'의 함의를

---

29) 주4의 니나 베임의 글 "The Romantic *Malgré Lui*: Hawthorne in 'The Custom-House'," 266면.

332

논하기 위해서는 대표작을 분석하는 작업이 반드시 요구된다는 점에서
도 「세관」은 문자 그대로 '작품의 입구'이다. 호손의 여타 서문들에서 제
기된 로맨스 개념과 「세관」에 대한 엄밀한 이해가 『주홍글자』의 읽기에
적잖이 중요한 것도 바로 그 때문이다. 모든 탁월한 예술은 실제와 상상
의 '시적 균형'을 지향하기 마련이라는 상식의 검토는 물론, 그런 균형을
추구하는 호손의 기량이 최고도로——표리부동하게——발휘된 『주홍글
자』를 구체적으로 논하는 일은 추후 과제로 남는다. 미흡한 대로 이 글
은 앞으로의 연구를 위한 정지작업에 해당한다는 점[30]도 아울러 밝혀
둔다.

---

30) 부족하나마 『주홍글자』에 관한 필자의 논의는 「『주홍글자』론——극적 구조의 관점으로」,
『안과밖』 16호(2004년 상반기) 266~96면 참조.

리얼리즘·모더니즘 논쟁에 관하여

1. 논쟁의 추이와 문제제기

임규찬(林奎燦)의 서평논문 「리얼리즘과 모더니즘을 둘러싼 세 꼭지점 ─ 최원식·윤지관·황종연을 통해 본 우리 비평의 현단계」(『창작과비평』 2001년 겨울호)로 촉발된 이른바 리얼리즘·모더니즘 논쟁은 새로 등장한 논객과 쟁점의 신선함이 더해지기는 했지만, 기본적으로는 1990년대 후반의 '불씨'가 되살아 번진 형국인 것 같다.[1] 좀더 넓은 문화적 맥

---

[1] 『창작과비평』에 글이 실린 순서는 임규찬에 이어 윤지관 「놋쇠하늘에 맞서는 몇가지 방법 ─ 리얼리즘·모더니즘·민족문학」(2002년 봄호); 황종연 「모더니즘에 대한 오해에 맞서서」(2002년 여름호); 김명인 「자명성의 감옥 ─ 최근 리얼리즘·모더니즘 논쟁에 부쳐」(2002년 가을호)인데, 앞으로 인용은 괄호 안에 필자와 면수만 병기한다. 이번 논쟁의 범위에는 최원식의 리얼리즘·모더니즘 회통론 및 그에 대한 백낙청의 비판적 논평까지 넣어야 하리라 본다. 최원식 「'리얼리즘'과 '모더니즘'의 회통(會通) ─ 작품으로의 귀환」(『한국현대문학 100년』, 민음사 1999) 및 백낙청 「2000년대의 한국문학을 위한 단상」(『창작과비평』 2000년 봄호) 참조. 하지만 더 거슬러올라간다면, 1996년 말경부터 『창작과비평』『실천문학』『내일을 여는 작가』를 비롯한 몇몇 지면에 김명환 방민호 신승엽 진정석 최인석 윤지관 등이 참여하여 벌인 논쟁의 연장인 셈이다. 최원식 윤지관 황종연 3인이 내놓은 비평집의 구체적인 성과를 두고 출발한 터라 거론되는 작가와 이론적 배경도 더 풍부해

락에서 이번 논쟁은 월드컵 개최와 함께 한층 신명난 '다이내믹 코리아'의 일면을 상기시키는 면도 있지 않은가 한다. 역동적인 한국이 실감된다고 보기에는 지금까지의 논쟁이 아직 모자라지만, 아무튼 각자의 진지한 학구가 투여된 이번 토론 자체는 '살아 있음'의 한 징표로 간주해도 무방할 것이다.

그중 쟁론의 중간정리 성격을 띤 가장 최근 논의인 김명인(金明仁)의 「자명성의 감옥」은 촛점 내지 논점을 투명하게 부각하지는 못했다고 판단한다. 물론 "'80년대적인 것과 90년대적인 것'의 변증법적 소통"을(김명인 360면) 바라는 심사에서 제시한 몇몇 제안들은 나름의 설득력이 있다. 특히 장정일(蔣正一)이나 최인석(崔仁碩) 등의 작품을 구체적으로 거론하면서 앞으로 다른 논자들도 나눔직한 생각거리를 던진 것은 생산적인 대화를 촉구한 좋은 예다. 하지만 리얼리즘·모더니즘 논쟁으로 지칭되는 지상토론에 참여하면서 리얼리슴이나 모더니슴이라는 용어를 "역사적 한정 속에서는 사용하되 이제부터의 문학을 말하는 데에는 사용하지 않는 것이 어떤가 하는"(김명인 352면) 제안을 하고 쟁점을 너무 자기식으로 예단한 것은 지나치지 않은가 싶다. 기왕에 벌어진 실제 논쟁의 알맹이보다는 자기만의 '간판'에 해당하는 대안을 제시하려는 집착이 느껴지기도 한다. 이 절에서는 김명인의 중간결산을 좀더 튼실히 한다는 뜻에서, 생산적 토론마당을 성실하게 마련한 임규찬을 출발점으로 삼아 문학관이나 정치의식에서 대척점에 선 윤지관(尹志寬)과 황종연(黃鍾淵)을 대비하는 것으로 일단의 정리를 해보겠다.

황종연이 '루카치의 판례를 좇는 리얼리즘론의 법정'이라는 1절의 제목하에서 한국 리얼리즘 문단 전체를 피고인석에 세우다시피 한 데는 임

<hr>

규찬이나 윤지관의 어떤 편향이 강하게 작용한 듯하다. 서로에 대한 반론과 거리두기에도 불구하고 이들이 나누는 공유점은 지외르지 루카치(György Lukács, 1885~1971)로 표상되는 문학적·사상적 입장이다. 필자는 헝가리의 이 비평가에 관한 한, 19세기 말 유럽문학의 자연주의와 20세기 초 모더니즘의 본질적인 연속성을 19세기 리얼리즘 문학의 쇠퇴라는 관점에서 꿰뚫어본 혜안은 발전시켜봄직한 것이고, 근년 평단이 생산한 작품평가에도 하나의 준거로서 효력을 아주 상실하지는 않았다고 본다. 실제로 자연주의 및 모더니즘과 구별되는 '진정한 리얼리즘'에 대한 이론적 해명은 루카치의 필생 과업이라고 해도 과언이 아닐 만큼 끈질기게 이루어졌다. 2000년에 완역된 그의 만년 역작 『미학』(*Ästhetik*, 1972)에서 실로 방대한 규모로 탐구되는 주제도 바로 그것이다. 그러나 참다운 예술과 '코닥사진'식 기계적 반영이 양립할 수 없음을 논하면서 조야한 맑스주의와 거리를 두었다고는 해도, 그 과정에서 근대 생활세계의 불모성을 포착한 모더니즘 예술 특유의 면모에 대해 지나치게 냉담했을뿐더러 반영론에 내포된 제반 문제를 샅샅이 파고들지는 못한 루카치의 미흡함을 임규찬이나 윤지관이 지적해주고 80년대 평단 한편에서 오용된 그의 유산도 (자기비판을 겸해서!) 적시했더라면 불필요한 설전은 한결 줄지 않았을까 한다.

황종연 자신이 모더니즘에 대한 오해를 해명하는 과정에서 상당한 비중을 두고 옹호하는 마샬 버먼(Marshall Berman)부터가 루카치를 계속 비판적으로 지지하면서도 그의 정치적·문예비평적 과오를 신랄하게 헤집은 바 있기에 더욱 그렇다.[2] 임규찬·윤지관 모두가 철저한 검증을 생략한 채 사회주의 리얼리즘의 '공인된 관점'을 수용·승인한다는 인상을

---

2) Marshall Berman, "Georg Lukács's Cosmic Chutzpah," *Adventures in Marxism*, London: Verso 1999, 181~206면 참조.

남김으로써, 버먼의 유연한 모더니즘론을 우리 현실에 접목하려는 황종연에게 루카치의 '판례' 모방이라는, 사실은 좀 때늦은[3] 빌미를 준 것이다. 윤지관의 '80년대 얼굴'을 적발한 임규찬에게서도 '그 시대의 낯익은 표정'을 관찰할 수 있는 것은 그런 까닭이다. 논쟁의 마당을 펼친 공은 공대로 인정할 만하지만, 근대극복을 지향하는 예술이념으로서의 리얼리즘을 "역사적 전개양상 속에서 비서양적인 주체적 책읽기를 좀더 밀고 나가 질적인 접근을 수행한다면"(임규찬 23면) 얻을 수 있는 '물건'쯤으로 간주한다는 느낌을 남긴 것이다. "결국 황종연의 모더니즘론은 더 깊이 파고들어가야 할 깊이와 더 멀리 바라보아야 할 방향의 어느 지점에서 스스로 걸음을 멈추고 만다. 그런데 그곳에 리얼리즘이 기다리고 있다는 것이 필자의 생각이다"(임규찬 28면) 같은 단정도 그러하다.[4]

임규찬을 비판한 윤지관 자신이 루카치를 활용하는 방식은 일면 더 적극적이다. 그는 루카치를 "리얼리즘 정신으로 당대에 지배석이었던 모더니즘의 혁신을 도모한 모더니즘의 진정한 친구"(윤지관 257면)로 논쟁 상대에게 내세웠다. 이는 황종연도 따끔하게 책잡고 있듯이 루카치의 유산을 분별하여 현단계의 리얼리즘을 옹호하는 데서도 (그렇지 않아도

---

3) 루카치의 인식론적 반영론이 갖는 한계에 대해서는 이미 여러 논자들이 문제삼은 바 있다. 비교적 근래의 본격적인 논의는 강필중 「특수성의 새 위상: 루카치 리얼리즘론의 숙제」, 『안과밖』 2호(1997년 상반기) 219~38면 참조.

4) 이 문제에 관한 한 황종연의 임규찬 비판을 그대로 인용해볼 만하다. "나의 작품읽기에 대한 임규찬의 비판이 상기시키는 것은 선언의 차원에서는 매번 갱신을 다짐하고 있지만 사고의 차원에서는 줄곧 보수(保守)에 머물고 있는 한국 리얼리즘의 답답한 실정이다. 임규찬은 윤지관의 리얼리즘론이 80년대 리얼리즘론을 답습하고 있다는 요지의 비판을 하면서 '스스로 담지하고 있다는 리얼리즘론을 근원에서부터 재구축해야 할 필요성을 이 지점에서도 다시 절감한다'고 말하고 있으나 그 성실한 반성의 언명을 그대로 믿어도 좋을지 문득 망설이게 만드는, '이미 확립된' 리얼리즘론에 의지한 비평적 사고를 그 자신이 하고 있다. 장정일과 윤대녕이 진짜 동일유형이라는 그의 판단은 너무나도 익숙한 루카치 공식이다."(황종연 243면) 이에 대한 필자의 논평은 다만 한가지다. 임규찬 개인의 한계를 "한국 리얼리즘의 답답한 실정"과 동일시하는 것은 옳지 않은 일이다.

불투명해진) '전선'을 더 혼란스럽게 하는 책략이다. 더욱이 "어떤 특정한 작가나 작품은 작가의 성향이나 신원 즉 그 작가가 어느 '진영'에 속해 있느냐가 아니라 '기본적인 경향들'의 싸움이 벌어지는 루카치적인 현장으로서 읽어내야 한다는 것이다"라는(윤지관 259면) 주장에 이어 그런 잣대에 따라 장정일이나 백민석(白旻石)의 작품을 거론함으로써 사실상 80년대의 진영론적 수사를 표현만 바꿔서 되풀이한 것이다. 모더니즘 계열로 분류되는 국내 젊은 작가들의 평가가 일관되지 못하고 리얼리즘 계보의 작가에 대해서 재현주의에 입각해 고평하는 것에도 미심쩍은 면이 많은데, 조이스(J. Joyce)나 프루스뜨(M. Proust), 포크너(W. Faulkner) 등 분명한 개성과 상이한 문화적 배경을 가진 서구 작가들을 "모더니즘의 민족문학적 발현"으로 처리하면서 따옴표나 아무런 단서를 붙이지 않고 이들을 민족문학으로 규정하는 것도 원론주의자의 아전인수로 꼬집히기 알맞다.

반면에 루카치주의로 일컬음직한 문제점을 안고 있기는 해도 양자의 주장에서 되새김질할 것은 적지 않다. 방현석이나 신경숙(申京淑) 등을 대할 때 윤지관이 드러낸 맹목을 적절하게 지적한 대목이나(임규찬 18~19면), "기존의 리얼리즘론에 대한 재평가와 재인식이 새롭게 이루어지면서 창조성과 재현의 문제 등이 진지하게 논의되었고, 논의되고 있는 현재의 고투"를(임규찬 24면) 황종연에게 환기한 임규찬의 논지가 그러하다. 리얼리즘 내부에서 갱신의 노력을 어쨌든 포기하지 않는 것도 임규찬의 미더운 점이다. 그런가 하면 변화된 시대에 맞서 리얼리즘의 원칙을 견지하려는 윤지관의 노력이 때로 푸대접을 받은 면도 있는 것 같다. 그중 하나가 1997년에는 "논란의 여지가 없지 않은 투박한 가설"이라는 단서를 달고 거론했고(「민족문학에 떠도는 유령」, 『창작과비평』 1997년 가을호, 266~69면), 이번에도 "서구 모더니즘의 개화기에 본격화된 우리 근대문학이 모더니즘의 지배가 아니라 리얼리즘의 지향을 중심으로 전개되어온 사정의 '특수성'에 우선 주목하자"고(윤지관 256면) 말한 (필자도 상당부분 동감하고픈) '가설'이다. 모더니즘을 옹호하는 편일수록 이에 대해 할 말이 많을 줄 아는데, 다음과 같은 문장도 그 연장선에 있다.

90년대 모더니즘이 민족에 대한 사유를 기피하고 때로는 냉소하는 듯한 양태를 보이는 것은 90년대 문학의 문제성을 반증한다. 민족문제를 남의 일 보듯이 하는 자세로 모더니즘의 독자성이 확보되리라고 여기는 것은 어리석다. 존재의 근저에 자리한 정체성의 몸체에는 계급과 뒤엉킨 민족의 요소들이 여기저기 끼여 있기 마련이며, 자아의 내면의식을 탐사하는 과정에서도 어두운 심리의 구렁에서 분단을 포함한 민족현실의 재현들과 부딪치는 체험이 일어나게 된다. 모더니즘이 굳이 민족문제를 괄호치고자 하는 이론적 관념에 얽매임 없이 곧바로 자기의 내면적 실체(혹은 환상) 속으로 식립해 들어갈 때, 그리하여 해체를 통해서든 재구축을 통해서든 이 문제로의 통로를 뚫어나가는 순간, 모더니즘의 위력도 부활의 단초를 얻고 동시에 리얼리즘의 순간이 도래할 전망도 열리게 될 것이다. (윤지관 270면)

지난 90년대 이후를 반추해보건대 민족에 대해 사유한다고 해서 리얼리즘이 반드시 더 낫다고 평하기 힘든 부분이 있고 모더니즘의 위력 부활이나 리얼리즘의 도래에 마치 정답을 제시하는 듯한 논법도 걸리지만, 문학다운 문학이 꽃피기 위해서는 리얼리즘론자든 모더니즘을 추구하는 작가든 한반도의 '현실'이라는 것과 씨름해야 한다는 충고만은 새겨들음직하다. 이같은 제안을 더 발전시킨 것 같지 않은 임규찬은 물론, 오해에 맞서는 과정에서 모더니즘에 대한 윤지관의 포용적 사고를 일부 인정해주면서 그의 원론주의가 갖는 한계를 정확하게 짚은 황종연도 자신의 입장에서 그 제안을 창의적으로 구체화하지는 못했다고 본다. 이는 윤지관이 기왕에 해온 작업에서 가장 힘주어 강조하는 대목 가운데 하나인데(윤지관 261~62면과 268면 등), 그렇다면 리얼리즘과 모더니즘 사이에 생산적인 교통로를 확보하면서 한국 모더니즘 문학이 이룩한 성취와 한계를 한반도 분단체제의 현실에서 직시하자는 윤지관의 주문에 대한 황종연의 응답은 어떻게 전개되는가?

2. 황종연의 모더니즘 옹호

「모더니즘에 대한 오해에 맞서서」는 국문학도로서 해박하고 정치한 현대비평 지식을 바탕으로 모더니즘에 대한 리얼리즘론자들의 오해에 정면으로 맞선 인상적인 글이다. 주로 임규찬과 윤지관을 겨누었지만 최종 목표는 백낙청(白樂晴)의 리얼리즘 입론에 맞춘 느낌이다. 먼저 '살아 있는 버먼'을 중후한 논리로 증언하는 2절부터 읽어보자.

버먼에 대한 황종연의 전폭적 공감은 『세계의 문학』 1994년 여름호에 발표된 「모더니즘의 망령을 찾아서」(『비루한 것의 카니발』, 문학동네 2001, 353~81면)에 잘 나타나 있지만, 주로 소개에 치중한 당시와는 달리 이번에는 매우 공세적인 논조를 취하고 있다. "백낙청 이론의 지도 속에는 모더니즘이 그 고유의 영역과 형세를 유지하며 존립할 여지가 전혀 없다"면서(황종연 245면) 백낙청의 마샬 버먼 비판을 "결국 모더니즘의 업적을 리얼리즘의 이념으로 흡수하여 리얼리즘의 판도를 넓히는 일종의 제국주의적 팽창"(황종연 245면) 사례로 규정한 것이다. 백낙청의 버먼 비판을 모더니즘으로부터 자주성을 박탈하는 리얼리즘 비평의 '횡포'로 못박는 그는 버먼을 아카데미씨즘으로 오염된 영미 강단 모더니즘과는 거리가 먼, "급진적 개인주의와 맑스주의의 복합체"로(황종연 246면) 자리매긴다. 그 다음 버먼이 "근대의 근대다움을 설명하는 한가지 중요한 모델을

확립하는 데 공헌했음"을(황종연 250면) 강조하고, 윤지관이나 임규찬이
시도하듯이 "루카치와 제임슨(F. Jameson)을 결합하여 한국에서는 리
얼리즘이 다른 어떤 문학양식보다 진보적이라고 말하는 것은 이론적 정
합성이 부족한 입론"임을(황종연 260면) 조목조목 밝힘으로써 모더니즘 옹
호에 나름의 치밀한 논리를 부여한다.

예컨대 백낙청의 버먼 비판이 충분한 검증 및 평가를 생략한 주장 형
태로 이루어졌다는 지적은 어느정도 납득할 만한 것이다. 또한 윤지관이
의지한 제임슨의 인식의 지도 그리기 및 총체성 범주를 탁월하게 체현하
는 것이 바로 모더니스트인 조이스의 『율리씨즈』(*Ulysses*, 1922)임을 상
기하고 리얼리즘론자들이 "서양이라는 권위를 리얼리즘의 정당화를 위
해 편파적으로 이용"한다는(황종연 260면) 말도 설득력이 상당하다.[5] 황종
연 자신이 끌어들이는 서양이라는 권위가 얼마나 떳떳한가는 뒤에서 검
증하겠지만, 어쨌든 버먼 옹호에는 진정석(陳正石) 능이 예전에 시노한
'버먼 내 편 만들기'와는 성격을 달리하는 면모가 적지 않음도 주목할
만하다. 그중 하나만 지적하자면 "아이러니를 모르는 해방의 논리가 얼

---

5) 하지만 제임슨의 리얼리즘·모더니즘·포스트모더니즘 단계론을 백낙청이 우리 문맥으로
풀면서 어떤 대목은 사실주의로 또 어떤 대목은 리얼리즘으로 옮긴 것을 두고 "동일인이,
그것도 엄밀한 이론체계 속에서 사용하는 동일 용어가 그렇게 의미가 판이하게 번역되어
도 괜찮은지 모르겠다"는(황종연 260면 주16) 식으로 던진 의문은 의문에서 끝내는 것이
좋지 않을까 싶다. '참다운 리얼리즘'을 옹호하는 논자가 19세기 서구 리얼리즘 작품이 진
정한 예술적 성취에 값하는 경우와 그렇지 못한 사례를 식별하면서 그 식별의 방편으로 리
얼리즘과 사실주의라는 용어를 붙이는 것은 오히려 나름의 지적 엄밀성을 추구하는 당연
한 자세일 수 있으니 말이다. 제임슨의 'realism'을 문맥에 따라 사실주의와 리얼리즘으로
옮긴 근본취지가 제임슨의 개념적 결격을 지적하려는 데 있음을 기억하면 더욱 그러하다.
"앞서의 3단계 시대구분에서 첫번째인 realism을 필자가 '리얼리즘' 아닌 '사실주의'로 옮
길 수밖에 없었듯이 제임스의 이 글("Postmodernism, or The Cultural Logic of Late
Capitalism"──인용자)에도 리얼리즘에 대한 인식에는 아쉬움이 많다. 우선 1848년 이전
에 스땅달, 발자끄 등에서 여러 걸작을 낳았고 그 이후로도 비록 서구의 핵심부에서는 자
연주의와 모더니즘이 득세하는 가운데서나마 곳곳에서 그 생명력을 이어온, 우리가 사실
주의와 굳이 구별하는 리얼리즘문학을 명시하는 용어부터가 없는 것이다."(백낙청 「모더니
즘 논의에 덧붙여」, 『민족문학과 세계문학 II』, 창작과비평사 1985, 460면)

마나 압제적인 체제를 낳게 되는가는 계몽이성의 변증법이 빚어낸 인류 재앙의 역사를 통해 배울 만큼 배우지 않았는가"라는(황종연 248면) 반문은 노동계급 출신인 미국 비평가의 유연한 모더니즘론에서 도출할 법한 인상적인 구절이다.

반면, 황종연 자신은 버먼의 관념적 시간관에 대한 페리 앤더슨(Perry Anderson) 및 피터 오스본(Peter Osborne)의 문제제기를 감안하면서도 부차적인 것으로 치부하고 있지만, 문학사 기술에서는 모더니즘 시대 정의 및 모더니티와 모더니즘의 역사적 변별이 여전히 해소되지 않은 문제로 남아 있다. 오스본의 논법에 따라 모더니티 개념을 ① 역사적 시대구분 범주 ② 사회적 경험의 질 ③ (미완의) 기획으로 세분한다면[6] 버먼의 기여는 주로 2번 항목에 집중되겠는데, "근대의 삶과 예술이 영구적 자기비판과 자기쇄신 능력을 가지고 있다"[7]는 식의 심심치 않은 단언 때문에 그런 기여조차도 불충분한 인상을 줄 때가 많다. 맑스의 혁명적 대의에 충실하고자 하는 충정에도 불구하고 근대의 비판이나 극복보다는 예찬 쪽으로 기운 혐의마저 있는 것이다. 그럼에도 그 단언의 함의가 간단치 않은 이유 중 하나는, 정작 황종연 자신이 무게를 두는 20세기 본격 모더니스트(high modernist)들에 대해서 버먼은 관념의 상아탑에 안주하거나 냉소주의로 일관했다고 혹독하게 비판한 바 있기 때문이다.[8]

이런저런 사정을 고려해보면, 버먼이 "액체근대에 적응하는 방법과 함께 저항하는 방법을 모더니즘이라는 이름으로 제기했다"는(황종연 251면) 주장에 마냥 손사래칠 것만은 아니다. 아니, 평면적 발전관에 사로잡혀 모더니즘 개념의 외연을 자의적으로 넓혔다는 의심을 떨치기 힘든 논의

---

6) Peter Osborne, "Modernity is a Qualitative, Not a Chronological, Category," *New Left Review* I / 192호(1992년 3~4월) 참조.

7) Marshall Berman, *All That Is Solid Melts Into Air: The Experience of Modernity*, New York : Penguin Books 1988, 9면.

8) Marshall Berman, *All that Is Solid Melts Into Air: The Experience of Modernity*, 24면.

라 하더라도 창의적으로 활용할 수 있고, 우리 문학의 진로모색에 거름으로 쓸 수도 있어야 한다. 그러나 문제는 이곳 현실에서의 쓸모를 제대로 가늠하여 높이는 길이다. 이는 황종연이 버먼 옹호의 연장선에서 '수입한' 지그문트 바우만(Zygmunt Bauman)의 『액체근대(성)』(*Liquid Modernity*, 2000) 해제에도 고스란히 해당하는 원칙이다.

서문과 후기를 제외하고 다섯 장(해방, 개인성, 시간/공간, 노동, 공동체)으로 구성된 바우만의 저작이 후기근대에 속하는 (포스트모던 현실로 일컬어지는) 다양한 문화현상들을 참신하게 설명하고는 있지만 버먼과는 또다른 층위에서 그 근대관의 관념성이 두드러지기 때문에 우리로서도 '통관절차'가 까다로울 필요가 있다. 그 관념성은 기본적으로 고체근대와 액체근대의 이분논리가 갖는 한계라고 할 터다. 물론 바우만 자신이 "근대가 처음부터 액화(液化)의 과정이 아니었는가?"라는 식의 반론을 의식하고 맑스의 그 유명한 언명 즉 "모든 고정된 것이 연기처럼 사라진다"를 일깨우고는 있다. 그러나 자본주의의 최근 단계에 해당하는 액체근대가 "이탈과 회피, 손쉬운 도피 그리고 희망 없는 추구의 시대"라면, 바우만과 그의 이분법을 무비판적으로 접수한 황종연처럼 고체(무거운)근대 대 액체(가벼운)근대의 대립구도에 집착하기보다는, 근대라는 그 유동성에서 무시 못할 편차가 존재하는 세계화시대의 지역적 현실에 합당한 유연성을 견지하면서 근대의 다면적 양상에 구심적으로 파고드는 것이 선결과제일 것이다.[9]

---

9) '이탈과 회피'에 관한 대목은 Zygmunt Bauman, *Liquid Modernity*, Polity Press 2000, 2~3면, '액체근대'에 관한 대목은 120면 참조. 바우만이 개인과 공동체의 유대가 느슨해지고 테크놀로지에 의해 변화무쌍하게 매개되는 '액체근대'의 현실을 긍정하는 것은 물론 아니다. 오히려 세계화의 참상에 전통적인 우려를 표명하는 학자다. 하지만 1968년에 폴란드에서 추방되어 영국에 정착한 바우만이 분석 및 해석을 넘어서 세계화시대가 열어주는 새로운 연대의 가능성을 얼마나 구체적으로 찾아가고 있는가는 의문이다. 세계화의 제반 문제를 다룬 저작은 Zygmunt Bauman, *Globalization: The Human Consequences*, Columbia UP 1998, 특히 3~4장 참조.

다시 버먼으로 돌아가면, 황종연은 1994년 논문에서도 페리 앤더슨의 버먼 비판이 갖는 타당성을 십분 인정해주는 듯하다가 그런 타당성을 오히려 "서구적 맥락 안에서 파악하는 관점"으로 격하한 바 있다. 동시에 버먼의 모더니즘론이 "근대화의 양면성을 혹독하게 경험하고 있는 제3세계 국가들의 사정과 불가분의 관계가 있"다면서(『비루한 것의 카니발』380면) 그 유효성을 주장했다. 그런데 이번에는 버먼의 맹점에 대한 지적을 "대혁명의 이론밖엔 진정한 정치학이 없다고 생각하는" 태도나 "극소수 엘리뜨 지식인의 책상 위에 놓인 대혁명의 씨나리오"쯤으로(황종연 247면) 몰아붙인다. 그러나 이런 왜장치는 수사에도 불구하고 근대화의 양면성을 분단체제의 현실에서 종합적으로 사유하여 지양하는 데는 역시 쓸모의 한계가 뚜렷하다는 것이 필자의 생각이다. 이는 다른 어디서보다 버먼의 '실제비평'에서 확인되는바, 필자는 버먼의 보들레르론을 다시 검토한 이 싯점에서도 그가 근대의 극복보다는 '파괴적 창조'라는 근대 특유의 이데올로기에 현혹되어 있다는 생각을 버리기 힘들다.[10]

버먼은 그렇다 쳐도 임규찬이나 윤지관이 안고 있는 뻣뻣한 사고의 한계를 지적하고 백민석의 작품을 언급한 3절에도 경청할 대목이 많다. 자기비판 및 수정을 동반한 90년대 젊은 작가들에 대한 총평도 예리하고 온당하다고 본다. "90년대 한국 모더니즘에서는 새로운 유동성의 근대와 대결하려는 노력보다 그것을 영접하는 흥분이 우세했"고 거기서 나타난 자아는 "법률상(de jure) 개인이지 사실상(de facto) 개인은 아니다"라든가, "90년대 모더니즘 소설에 출현한 나르씨시즘 문화는 자유의 자랑스러운 명패가 아니라 곪아터진 상처"라는(황종연 257면) 지적은 모더

---

10) 보들레르의 「후광의 상실」에 대한 버먼 해석의 문제점에 대해서는 졸고 「보들레르와 근대」(『창작과비평』 1997년 겨울호; 이 책 249~75면에 수록)에서 간략히 지적한 바 있다. 차제에 버먼의 그러한 평면적 역사인식에는 에머슨(R.W. Emerson, 1803~82) 이래 줄곧 미국 자유주의·개인주의의 저류를 형성한 초월주의(Transcendentalism)가 자리하고 있지는 않은지 한번 생각해봄직도 하다.

344

니즘을 진지하게 옹호하는 논자의 입에서 나온 것이기에 더 큰 울림이 있다.

모더니즘에 대한 오해에 맞서면서 '자기 영토'의 부실함을 냉정하게 직시하는 자세가 있기에, 이 땅의 리얼리즘이라고 해서 역사적 시대구분에서 면제되라는 법은 없음을 우리도 냉철하게 따져보게 된다. 그의 지적대로 "한국 리얼리즘론은 단지 그 개념의 엄밀성을 추구한 학술담론이 아니라, 그때그때마다 전략적 사고가 필요한 정치운동의 일환이었다. 그럼에도 변화된 사회적·문화적 환경에 적합한 리얼리즘론의 모색을 위해서라도 지금쯤은 이론적 반성이 필요하리라 생각한다."(황종연 260면 주16) 그렇다고 황종연의 모더니즘 옹호가 개념상 혼란스런 구석이 있고 자신의 비평적 깃발이 걸린 진정성이라는 비평 영토를 좀먹고 있다는 사실까지 눈감아줄 생각은 없다. 루카치의 공식을 답습한 임규찬이나 윤지관에 대한 그의 반론 및 모더니즘 옹호가 더 정당한 근거를 획득하기 위해서는 "근대를 살고 있는 사람들에게 현실에서 느끼는 매혹과 공포를 이해하고 현실과의 싸움을 지속하는 데에 필요한 용기와 영감을 제공"하는(황종연 251면) 모더니즘을 역사적 시간성의 관점에서 재인식하고, 통일시대가 한 걸음 더 (위태롭게!) 다가온 오늘의 상황에서 그 가능성을 탐색해야겠기 때문이다.

그런데 필자가 이 대목에서 제기하고 싶은 논점은 그가 버먼이나 제임슨, 모레띠 같은 서구의 비평가를 자신의 이론적 배경으로 얼마나 정확하게 끌어오는가 하는 것만은 아니다. 모더니즘 옹호든 리얼리즘 비판이든 그가 오늘의 한국문학에 어떤 포부와 희망을 걸고서 논쟁에 임하고 있으며 한반도의 위기상황에 비평가로서 과연 어떤 대응을 하고 있는가도 궁금해지는 것이다. 오해된 모더니즘을 바로잡기 위해 결연하게 맞서면서 그가 내리는 결론은 못내 불만스러웠다.

한국 리얼리즘론자들은 개인의 경험이 역사·계급·장소에 굳건히 뿌리박은 구체적 형상으로 나타나야 한다고 요구하지만 그것은 작가 개인의 의지나 노력만으로 얻어지는 것은 아니다. 앞으로의 한국소설에서 우리는 어쩌면 리얼리즘의 이름으로 칭송되는 수많은 삶의 표상들을 다시는 만나지 못할지도 모른다. 슬픔과 기쁨을 함께하며 더불어 살아온 가난한 사람들의 체험, 민족의 역사와 운명을 같이하는 개인과 집단의 연대기, 정직하게 노동하고 성실하게 살림하는 남녀의 위엄을 다시는 만나지 못할지도 모른다. 심지어 새로운 리얼리즘을 표방하고 나온 신작소설에서 온갖 공허한 환상의 파노라마만을 접하게 될지도 모른다. (황종연 263~64면)

리얼리즘론자와 모더니즘론자를 막론하고 90년대 내내 이런저런 형태로 내쉰 이같은 탄식과 회의를, 용납할 수 없는 패배주의나 모더니즘에 의한 리얼리즘 흡수통일 술책쯤으로 몰아세우기 전에 그 뒤에 이어지는 마지막 문장까지 덧붙여 읽어봄직하다. "그러나 어쩌겠는가. 일찍이 맑스가 가르쳐주지 않았던가. 역사는 그 나쁜 측면을 따라 발전한다고." (황종연 264면) 이는 분단의 질곡으로 인한 모더니즘의 불운이라는 윤지관의 진단을 자본주의의 난숙으로 초래된 리얼리즘의 필연적인 곤경으로 맞받아치려는 수사적 의도가 다분한 결론이다. 그가 시도하는 이런 반전은 시대의 '비루함'을 직시함으로써 아이러니와 역설로 충만한 근대 현실을 천착하려는 비평가의 태도인지도 모른다. 앤더슨을 재비판하는데 끌어들인 버먼의 표현을 빌리면, '살아 있는 길거리의 징후들'을 읽어내려는 '리얼리스트'의 자세 말이다.

그런데 두루 감안해도 맑스를 그런 식의 아이러니 맥락으로 끌어들이는 것만은 맑스의 본뜻에 어긋나는 비맑스적 오용(誤用)에 가깝지 않을까? 프롤레타리아트의 본원적 혁명성 따위에 믿음을 주지 않았음에도,

346

사회의 건설적 변혁을 추종하는 그런 '기본계급'을 긍정적인 방식으로 교육하기(80년대 용어로 하면 의식화하기) 위해 일생을 바친 맑스의 계승도 '공식적·도식적 맑스주의'가 파산을 맞은 이 싯점에서는 뭔가 달라져야 하겠다. 물론 아이러니와 역설의 창조성도 결코 버릴 수 없는 근대문화의 핵심적 유산이다. 하지만 "슬픔과 기쁨을 함께하며 더불어 살아온 가난한 사람들의 체험, 민족의 역사와 운명을 같이하는 개인과 집단의 연대기, 정직하게 노동하고 성실하게 살림하는 남녀의 위엄"을 민중들에게 돌려주기 위한 맑스의 계급투쟁은 분단체제에서 대승적 싸움의 밑천이 되어야 하지 않겠는가.

그러나 황종연의 모더니즘 옹호가 갖는 진짜 문제점에 비추어보면 필자의 이런 바람은 차라리 부질없는 설교요 훈계라는 느낌이다. 왜 그런가를 곡진하게 해명하기 위해서는 그의 현장비평도 간단하게나마 살펴보아야겠는데, 그가 지난 30년간 숙성된 리얼리즘 비평의 값진 유산까지 무차별 도거리로 넘긴 까닭에 먼저 이론 차원에서 검증을 좀더 해봐야 할 듯하다.

3. 리얼리즘과 재현 및 기법의 문제

'무기교의 기교'라는 말도 있듯이 분야를 막론하고 기법이나 형식을 완전히 벗어나서 성립되는 작품은 상상하기 어렵다. 재현(再現, representation)은 원론적으로 기법·형식을 포괄하는 상위개념이라고 해야 맞지만, (특히 창작과정에서는) 그 선후가 확연히 구분되지 않는 면도 있다. 소설 장르의 경우 사실적 재현의 비중이 더 커지는 것은 사실인데, 이를 예술의 본령이라고 한다면 또 하나의 이데올로기를 만들어내는 꼴이다. 아무튼 기법·형식은 작품을 작품답게 만드는 과정에 따르는

'내용'의 본질적 이면(裏面)이며, 이를 도외시한 평론가라면 한마디로 함량 미달이라는 비난을 면할 수 없을 것이다. 황종연의 리얼리즘 해체 주장도 바로 그 점, 즉 이념적인 내용을 앞세워 문학을 문학답게 하는 기법과 형식을 리얼리즘론자들이 무시하거나 편의적으로 왜곡했다는 데 맞춰져 있다. 그는 더 나아가 다음과 같이 주장한다.

> 70년대 이후 한국의 리얼리즘론자들은 '리얼리즘의 승리'라는 원칙을 고수하는 가운데 리얼리즘 개념을 지나치게 확장해 혼란을 초래했다는 비판을 면하기 어렵다. 그들은 리얼리즘을 문학양식(literary mode)의 차원에서보다 정치적·도덕적 실천의 차원에서 이해하는 경향이 있어서 그들의 리얼리즘론은 종종 전략론이나 수양론의 일종이 되곤 한다. 예컨대, "어디까지나 창조성이 먼저고 실사구시(實事求是) 지공무사(至公無私)가 먼저이며 '재현'은 그에 따라오는——각 분야마다 다른 방식과 비중으로 따라오는——성과임을 기꺼이 인정하는 리얼리즘론"을 말하는 백낙청의 생각은 그것이 루카치류의 반영론을 극복하기 위한 착상임을 감안하더라도 리얼리즘 논의를 결국 문학의 실질적인 문제들과 유리되게 만드는 것이다. 백낙청의 말은, 아주 무식하게 부연하면, 리얼리즘은 마음먹기에 달렸다는 말이다. 그것은 '근대의 성취와 극복'이라는 원대한 이중과제를 수행하느라 심신이 지친 리얼리즘제국의 사병들을 격려하는 효과는 있을지 몰라도 문학 창작과 비평의 활로를 열어달라는 기대에는 미치지 못한다. 감히 주장하건대, 리얼리즘의 개념은 다시 구성돼야 한다. 그것이 70,80년대 민족운동과 한바퀴를 이룬 문학운동 이념으로서 구비한 대역사, 대체제, 대문학의 관념에서 해방시켜 한국문학의 시대 조류와 함께 변천하는 개념으로, '리얼한 것'을 쟁취하기 위한 다양한 문학적 노력을 기술하기에 적합한 개념으로 다시 구성해야 한다. (황종연 262면)

　서로 다른 현실적 맥락과 나름의 개념적 역사가 엄연한 용어들인 리얼리즘의 승리, 전략론 또는 수양론으로서의 리얼리즘, 근대의 성취와 극복, 대역사·대체제·대문학 등의 용어를 이렇게 묶어놓고 마구잡이로 논하는 것은 비판의 선명성을 높이는 길일지언정 논쟁의 온당한 자세가 아닐 것이다. '리얼리즘의 승리'의 원칙 고수 및 그에 따른 개념 확장이라는 비판은 무원칙하게 민족문학의 패권 장악을 시도한 과거의 일부 급진적 논객들에게나 적중되는 것이다. '리얼리즘의 승리'는 작품을 작품으로 읽자는 (80년대 평단에서 너무도 백안시된) 상식을 문학비평에서 엄밀하게 지키려는 노력 가운데 발굴하고 발전시킨 개념이다. 수양론으로서의 리얼리즘은, 짐작건대 백낙청이 발의한 '지혜의 위계질서'를 문제삼는 듯하다. 만약 그렇다면, 국내 비평계 및 사회과학계에서 정식으로 논의된 바 없는 이 제안이 억압적 위계실서의 답습이 아닌 좀더 구심력 있는 변혁운동의 창발 의도에서 제기된 발상임을 기억해야 마땅하다. 대문학으로서의 리얼리즘이라는 비판도 현재 국내 비평계의 실상을 직시했다기보다는 정전 해체 및 파괴라는 서구문학(문화) 연구의 흐름을 추종한 통념에 더 가깝다. 근대의 성취와 극복으로 말하자면, 그건 외부에서 떠맡겨진 '원대한 과제'라기보다는 차라리 생태학적 재앙에 직면한 생명체가 지속 가능한 환경을 일구어내려는 노력에 비견할 만한 담론이라 해야 적절하겠다. 물론 이런 변호를 팔이 안으로 굽는 격이라고 나무랄지도 모를 일인데, 지난 민족문학의 도정을 조금이라도 눈여겨본 독자라면 충분히 수긍하시리라 믿는다. 하지만 나머지 독자들을 위해서라도 인용문의 골자, 즉 한국문단의 실정에 맞는 리얼리즘의 해체와 재구성이라는 쟁점에 집중하는 것이 바람직하겠다.

　달라진 현실에 맞선 창조적 응전의 산물인 우리말 문학에 언제까지 리얼리즘이라는 외래어를 붙일 것인가 하는 한숨이 새어나오는 한편 가상과 실재의 차이에 대한 본질적 물음을 촉발하는 과학기술의 도전이 더욱 거세어지고 있는 것이 요즈음 세계화 현실의 실상임을 생각할 때, 리얼리즘제국이니 원정대장이니 사병이니 하는 (그다지 적절하지도 않고 발랄하지도 않은) 군사주의적 비유들에도 불구하고 황종연의 패기에 공감하고픈 심정도 없지는 않다. 뿐만 아니라 선학들에게 후생가외(後生可畏)를 몸소 보임으로써 아류(亞流)를 피하는 것은 차라리 후학의 도덕적 도리요 권리가 아니겠는가. 그간 리얼리즘론자들이 소홀히 취급하거나 외면해온 문학의 기법과 형식을 재고해야 한다는 주장도 필자로서는 오히려 더 힘을 실어주고 싶은 논점이다. 그러나 백낙청의 지론, 즉 "어디까지나 창조성이 먼저고 (…) '재현'은 그에 따라오는——각 분야마다 다른 방식과 비중으로 따라오는——성과임을 기꺼이 인정하는 리얼리즘론"을 극단적으로 부정하는 논자에 대해 동학으로서 필자가 가지는 공감은 그 정도까지이다. "그것이 루카치류의 반영론을 극복하기 위한 착상임을 감안하더라도 리얼리즘 논의를 결국 문학의 실질적인 문제들과 유리되게 만드는 것이다"라는 판정은 사실상 극언이기 때문이다. 리얼리즘이든 모더니즘이든 맹목적인 비판이나 줏대 없는 추종을 다같이 경계하는 필자로서는 허심한 논쟁풍토의 조성을 위해서라도 이런 극단적 평설(評說)을 지나쳐버리기가 어렵겠다는 생각이다.

반복건대 그의 '탄핵'은 "문학작품을 다루면서 스타일이나 기법보다 사회적인 의식이 더욱 '근원적인' 문제라고 보는 것은 동의하기 어려운 리얼리즘론의 편견"이라는(황종연 243면) 인식에서 나온다. 딱히 80년대가 아니어도 리얼리즘론자들 가운데 상당수가 형식 및 기법을 등한시하고 사회적 의식을 더 근원적인 문제로 간주해온 관행은 부정할 수 없을 것이다. 1960년 4·19부터 1987년 6·10항쟁까지 길고도 힘겨운 민주화투쟁을 치러내는 가운데 생겨난 타성임을 참작하더라도 그런 바람직하지 못한 편향이 있었고 지금도 있다는 점을 부인해서는 안된다고 본다.[11] 다른 한편, 대다수 리얼리즘론자들이 실제 작품평가에서 설령 재현주의나 내용중심주의에 기울었다고 하더라도 황종연의 문제제기가 기본적으로는 스타일 및 기법과 사회적 의식을 하나로 파악·통합하려는——사실주의와 그 반동(反動)으로서의 모더니즘(이념)의 극복을 당연히 포함하는——'리얼리즘'의 노력 및 그 나름의 비평적 업적까지를 충분히 고려한 처사인가에 대해서는 의구심 나는 대목이 너무도 많다.

실상 스타일과 기법의 쇄신 없이 사회적 의식이 제대로 발현될 리 없으며 그 역도 마찬가지가 아닌가. 양자를 종합하는 변증법적 실천은 지난 연대 민족문학이 지향한 바다. 모더니즘이든 리얼리즘이든 진정으로 고전에 값하는 작품이라면 기존 관습적 사고 및 상투적 언어의 쇄신이 동반되지 않을 리 없는데, "이것은 사실상 모더니즘 문학만이 아니라 근현대문학 전체에 따라붙는 조건"임을(황종연 253면) 강조한 황종연이 리얼리즘론에도 해당하는 이런 (기초적인) 사실들을 몰랐을 리 없다. 그런데도 그는 왜 기법이나 형식을 내용과 분리하면서 전자로 기울어지는 것인가? 단지 모더니즘에 대한 부당한 오해에 맞서려다보니까 본의 아니게 기우뚱해진 것일까? "'리얼한 것'을 쟁취하기 위한 다양한 문학적 노력을 기술하기에 적합한 개념으로 다시 구성"해온 민족문학의 노력이 분명히 있었고 있거늘 애써 무시하는 것은 무엇 때문인가?

나는 그가 자신에게 불리한 점을 슬쩍 눈감아버림으로써[12]——소화하기 힘들어서 아니면 불신이 너무 커서?——결과적으로는 왜곡하는 '정치비평'의 폐단을 드러냈다고 생각한다. 그리고 「모더니즘에 대한 오해에

---

11) 반면에 서구 모더니즘의 평균에도 못 미치는 기법이나 스타일의 가치를 부풀리는 다른 쪽의 편향 또한 엄연하다.

12) 가령 형식과 기법 문제를 두고 리얼리즘론자들을 제대로 공박하려면, '문학동네'에서 출간된 『외딴 방』 개정판의 '해설'로 재수록되기도 한 (신경숙 소설의 형식과 기법 문제를 정면으로 다룬) 백낙청 「『외딴 방』이 묻는 것과 이룬 것」(『창작과비평』 1997년 가을호) 정도는 최소한 거론했어야 마땅하지 않은가.

맞서서」의 여러 훌륭한 비평가적 미덕과 멋지게 절제된 문장들이 빛이 바래는 것도 바로 그런 폐단에 기인한다고 본다. 예컨대 "어디까지나 창조성이 먼저고 실사구시(實事求是) 지공무사(至公無私)가 먼저이며 '재현'은 그에 따라오는" 리얼리즘론에 관해서도 실상은 황종연의 비판과 거리가 멀다.

"어디까지나 창조성이 먼저고……"라는 표현은 『창작과비평』 1992년 여름호에 발표된 백낙청의 「로렌스 소설의 전형성 재론——"연애하는 연인들"에 그려진 현대예술가상을 중심으로」의 결론부에 나온다.[13] 황종연이 이 대목을 딱 집어서 "루카치류의 반영론을 극복하기 위한 착상임을 감안하더라도 리얼리즘 논의를 결국 문학의 실질적인 문제들과 유리되게 만드는 것이다"라는 식으로 정리했으니, 일단 이 부분부터 살펴보자. 백낙청의 이 논문이 "루카치류의 반영론을 극복하기 위한 착상"에서 나온 것임에는 틀림없는데, 중요한 것은 극복의 함의가 결코 단순치 않다는 사실이다.

4. 백낙청의 로런스론과 모더니즘

루카치류의 반영론뿐만 아니라 사회주의 붕괴 이후 범람한 숱한 포스트 사조를 견제하고 대안을 내놓기 위한 분석을 로런스(D. H. Lawrence)의 작품에 대한 '실제비평'으로 수행한 백낙청의 문제의식은 이렇다.

---

13) 같은 글 79면에도 비슷한 표현이 나오고, 『창작과비평』 1993년 가을호에 발표된 「지구시대의 민족문학」에 가서는 실제 국내작가의 작품평가에 기법과 재현 문제를 좀더 의식적으로 적용하면서 바로 그 대목을 재인용하고 있다. 덧붙인다면, 황종연이 '대문학'의 수괴쯤으로 착각하는 리비스(F. R. Leavis)의 *Nor shall My Sword* (London: Chatto & Windus 1972) 12면 등에서도 비슷한 발상을 엿볼 수 있다.

‘언어’나 ‘기호작용’과 무관하게 미리 주어진 어떤 ‘객관적 현실’을 설정하고 그것의 ‘올바른’ 전달·재현·해석 따위를 말하기가 그 어느 때보다 힘들어졌음이 분명하다. 또한 ‘세계’나 ‘현실’로부터 뚜렷이 구별되는 ‘자아’ 내지 ‘주체’를 상정하기도 어려워졌다. 물론 변증법적 사고에 근거한 리얼리즘론은 애초부터 소박한 모사론과는 다른 차원이었고 ‘세계 대 자아’라는 식의 양분법과도 거리가 멀었다. 그러나 리얼리즘론이라면 의당 그래야 하듯이 ‘객관적 현실’의 존재를 어떤 의미로든 인정하고 그것의 비판과 극복을 포함한 ‘정당한 반영’을 중시하는 한, 스스로 또하나의 ‘형이상학적 사고’가 되고 반영과 재현 자체가 하나의 ‘언술적 실천’이요 ‘권력’의 행사임을 망각할 위험이 따르기 쉽다. 이런 위험 자체는 변증법을 표방한다고 해서 결코 근절될 수 없는 것인만큼, 그 위험에 대한 탈구조주의·탈현대주의자들의 진지한 경고는 고맙게 받아늘임직하다. 그러나 경종 울리기노 상습화되다 보면 경고효과 자체가 줄거니와, 그 끊임없는 경종이 결국 재현의 가능성 여부를 떠나 현실의 존재를 송두리째 부정하고 역사를 부정하며 진리 자체를 부정하는 주장으로 번질 때, 우리는 바로 이런 현상을 하나의 역사적 현실로 인식하고 ‘해체’해볼 필요를 문득 실감하게 된다. 그리고 이러한 해체를 포함한 ‘올바른 반영’을 수행할 리얼리즘에 대한 요구가 새삼스러워지는 것이다. (「로렌스 소설의 전형성 재론」, 『창작과 비평』 1992년 여름호, 62면)

황종연이 “현실의 존재를 송두리째 부정하고 역사를 부정하며 진리 자체를 부정하는” 논자는 물론 아니다. 말하자면 인용문에서 제시되는 차원의 ‘리얼리즘 운동’에 경종을 울려대면서 서양의 학식과 논자를 동원하여 반기를 든 ‘모범 케이스’라는 점에서 정중한 예우가 필요한 손님인 셈이다.

아무튼 사회주의세계의 붕괴 이후에 쓴 백낙청의 로런스론만 하더라도 1992년 논문에 국한할 것은 아니다. 이어『안과밖』창간호(1996년 하반기)에 실린「로런스와 재현 및 (가상)현실 문제」는 고흐, 쎄잔느 등에 관한 로런스의 미술비평을 소개할 뿐 아니라 루카치를 비롯해 하이데거, 데리다 등이 개진한 예술론 및 반영론은 물론이요 이른바 가상현실 시대의 삶과 예술에 이르기까지 광범위한 성찰과 발본적 재검토를 지속한 글이다. 최근『안과밖』13호(2002년 하반기)에 발표된「소설『쏜트모어』의 독창성」도 내용 면에서의 탁월함이 어떤 연유로 섬세하면서도 독창적인 기법상의 성취를 수반할 수밖에 없는가를 상세하게 조명한 평문이다.

국문학도에게 특정 영문학 학술지에 실린 논문들을 따라읽지 않는다고 질책하자는 것이 아니다. 하지만 황종연이 편의적으로 인용한 백낙청의 1992년 글만 보더라도 "스스로 또하나의 '형이상학적 사고'가 되고 반영과 재현 자체가 하나의 '언술적 실천'이요 '권력'의 행사임을 망각할 위험"이 딱히 리얼리즘론에만 해당되지 않음은 명백하다. 형이상학적 사고에 대한 경계가 집착으로 변하면서 엄연한 '실재'를 희롱하는 담론놀음에 빠져든 온갖 이론의 득세도 당연히 그 자체로 해체대상이 되어야 하는 것이다. 바로 그 점에서 실사구시·지공무사로서의 리얼리즘론이 "어디까지나 실제로 씌어진 시의 언어에 대한 구체적인 검토"를 기반으로 하고 있음은 거듭 강조함직하다. "운문일 경우 당연히 그 운율 효과가 '의미'의 일부로서 감안되어야 할 것이다. / 시의 율격과 가락·심상·수사법 등 형식상의 세목들에 대한 관심을 이른바 형식주의 비평의 전유물로 생각하는 경향도 없지 않으나 이는 물론 편견이다. 형식주의자들이 형식주의적 편견 때문에 그런 세목에 집착하는 것은 사실이지만, 그러한 세목들의 참뜻을 온전히 밝혀내는 일이야말로 '유물론자'의 몫이다."[14]

---

14) 백낙청「시와 리얼리즘에 관한 단상」, 윤여탁 외 엮음『시와 리얼리즘 논쟁』, 소명출판 2001, 163면; 백낙청『통일시대 한국문학의 보람』, 창비 2006, 429~30면. 원래 이 짤막한

이에 비추어보면, 고착된 관념을 드러낸 리얼리즘론자들을 정확하게 비판했을지언정 그 기계적 관성을 주밀하게 해체·재구성해온 민족문학의 내부작업을 간과한 황종연의 과실도 서구의 이론들과 '공모'하는 과정에서 연유한 것이 아닌가 하는 심증이 굳어진다. 앞서 3절에서 리얼리즘과 연관된 여러 논제들에 대한 분별없는 난타를 구분해서 황종연 자신에게 되돌려준 바 있고 그의 정치주의적 비판전략 및 형식과 내용의 해묵은 이분법을 지적했는데, 근래 북미 학계를 장악한──대문학이라는 관념을 타파하는 와중에 근대극복에 이바지할 수 있는 종요로운 유산까지 유실(遺失)하기 십상인 문화연구류의──다원주의적 사고를 제대로 떨치지 못한 것이 병통이라면 더 큰 병통이다.

그로 인해 초래된 왜곡은 한둘이 아니다. 그는 문학양식을 들먹이면서 형식과 기법의 중요성을 내세웠지만, 사회주의세계의 파산 이후까지 완고하게 버티던 민족문학의 내용중심주의 및 진영론적 사고를 내파(內破)한──그 때문에 내부불만도 꽤나 있었다고 알려진──「지구시대의 민족문학」에서도 백낙청이 재현의 연마와 기법의 중요성을 논한 예는 얼마든지 찾아볼 수 있지 않은가! 한마디로 "형식에 대한 관심의 결핍이야말로 오히려 관념주의자의 태도"임을 사례를 들어 논한 것이다.[15]

황종연이 어떤 문학관을 근거로 백낙청의 리얼리즘론을 "문학의 실질적인 문제들과 유리되게 만"든다고 속단하는지는 모르겠지만, 반영과 기법 문제가 문학의 실질적인 사안 중 하나임은 누구나 인정할 법하다. 사회주의적·비판적 리얼리즘이 주름잡은 80년대 평단에서 재현의 성격 규정을 둘러싸고 숱한 논란이 있었고, 이에 뒤질세라 서구 학계에서는

글은 『실천문학』 1991년 겨울호에 나와 이은봉 엮음 『시와 리얼리즘』(공동체 1993)에 재수록된 바 있다.
15) 「지구시대의 민족문학」, 『창작과비평』 1993년 가을호, 105면; 백낙청 『통일시대 한국문학의 보람』, 창비 2006, 49면.

'근대 이후 세계=재현 불가'라는 등식을 세워놓고 무수한 반재현론을 수출한 바 있다. 사회주의권 붕괴 이후 포스트모더니즘의 위세가 등등하던 90년대에 들어서——일체의 반영론 해체 및 부정의 차원에서——텍스트, 상호텍스트성, 패러디, 패스티시(pastiche, 혼성모방) 등이 부각되면서 우리 문단에서 표절시비가 끊이지 않은 것도 잘 알려진 사실이다. 그 어지러운 시절을 돌이켜보건대, 90년대 말의 토론을 포함하여 현재 벌어지고 있는 리얼리즘·모더니즘 논쟁의 직·간접 당사자들 가운데 과연 어느 누가 문학의 기법과 형식에 세심한 주의를 기울이면서 그같은 반영론 또는 반(反)반영론 이데올로기에 면역성 및 해독성을 온전히 갖추었다고 자신할 수 있을까? 이런 반문을 유발하는 한 대목만을 인용해본다.

　　물론 앞에서도 말했듯이 루카치는 어디까지나 '객관적 현실'을 '재현'하는 일——물론 여기에 '전유(專有)'라는 주체의 작용이 개입하지만——을 예술의 본분으로 삼고 있다는 점에서 로렌스와는 기본적인 전제를 달리한다. "직접 보이지는 않지만 다양한 중재를 통해 전달되는 것"(what is not directly visual but is transmitted through various mediations)이라는 구절도 쎄잔느가 "말하자면 사과를 자신으로부터 밀어버려서 그것 스스로 살게 놓아두"도록 했다는 로렌스의 진술과 대비할 때 단순히 표현상의 문제라고만 볼 수 없는 차이를 보인다. 로렌스는 '재현'을 말하든 않든, "인간과 그를 둘러싼 우주 사이의 관계를 그 살아 있는 순간에 드러내는 일"(171면)과 "우리의 삶은 우리 자신과 우리 둘레의 살아 있는 우주 사이의 순수한 관계를 성취하는 것을 바로 그 내용으로 삼고 있다"(172면)는 사실을 핵심에 두었고, '재현'은 경우에 따라 이런 성취의 한 동기일 수도 있고 그러한 관계가 작품에서 성취될 때 어떤 식으로든 따라오는 성과이기는 하지만 '삶 그 자체'는 아닌 것이다. '재현'보다는 '전유'의 개념이 이런 '관계의 성취'에 더 방불하기는 하다. 그러나 '전유' 역시 '드러나면서 성취되는 관계'를 가장 '리얼한' 삶 그 자체로, 그런 의미에서 오히려 근원적인 실재로 보는 입장과는 다르며, 로렌스처럼 '살아 있는 우주'를 강조하는 태도와 엄연히 거리가 있다. (수사학적 표현이 아니라 문자 그대로 우주가 살아 있다는 로렌스의 신념은 곳곳에 드러나지만 특히 그가 마지막으로 완성한 책 『묵시록』에 분명히 제시된다.) 한가지 유의할 점은, 로렌스의 이런 태도나 신념을 '물활론(物活論)'이든 '범신론(汎神論)'이든 또는 다른 무슨 이름이든 '우주'를 이미 대상화해놓고서 그것이 생명체냐 아니냐를 판별하는──그야말로 재현주의적이고 데리다와 하이데거가 공유하는 의미로 형이상학적인──학설로 보아서는 안된다는 것이다. 오히려 '삶 자체' 또는 '순수한 관계맺음'이 이룩되고 드러나면서 생물·무생물 모두가 존재할 가능성이 비로소 열린다는 발상이며, 그런 특수한 의미에서 '생명체'가 '죽은 물체'에 선행한다는 주장이 성립하는 것이다. (백낙청 「로렌스와 재현 및 (가상)현실 문제」, 『안과밖』 창간호(1996년 하반기) 297~98면)[16]

편리한 정리보다는 더욱 근원적인 물음을 촉구하는 이런 문장을 엄밀하게 논할라치면 하이데거의 예술관, 데리다의 텍스트와 '차연', 바이만(R. Weimann)의 비재현적 미메씨스(mimesis) 등을 로런스의 에쎄이와 대비하여 점검한 부분들을 세밀하게 파고들어야 할 것이다. 하지만 여기서도 독자 여러분이 앞뒤 문맥들을 성의껏 찾아 읽어주기를 부탁드릴 수밖에 없을 것 같다. 다만 90년대 후반 논쟁에서 방민호(方珉昊)가 바로 이 대목을 두고 '리얼한 삶=언어 저편의 것'이라는 등식을 세워놓고 '언어

---

16) 위 인용문에서 직접 인용된 로렌스의 발언은 케임브리지 대학 출판부에서 간행중인 전집 가운데 Bruce Steel, ed., *Study of Thomas Hardy and Other Essays* (1985)의 면수를 가리킨다.

저편의 것'을 작품과 대립시킨 바 있는데, 그런 이분법적 구상으로는 "사과를 자신으로부터 밀어버려서 그것 스스로 살게" 한다거나 예술의 진정한 본성을 "인간과 그를 둘러싼 우주 사이의 관계를 그 살아 있는 순간에 드러내는 일"로 정의한 로런스의 통찰과 그런 통찰을 민족문학운동에 새롭게 응용·접목해온 백낙청의 리얼리즘론을 감당키 어렵다는 점을 지적해두고자 한다. 사실 임규찬이나 윤지관 등이 역사적 운동과정에서 또 하나의 형이상학으로 전락할 수 있는 리얼리즘의 항존하는 위험과 한계를 이론적 사고과정 및 작품평가에서 제대로 의식하지 못한다거나 (그 필연적 결과이겠지만) 리얼리즘을 '자명하게 이미 주어진 것'으로 전제하는 경향을 왕왕 노출하는 고질도, 재현과 창조성의 상관관계 및 서구 형이상학에 대한 백낙청의 철저한 재검토를 숙지하지 못한 것과 연관이 없지 않을 것이다.[17]

덧붙여 "우리 자신과 우리 둘레의 살아 있는 우주 사이의 순수한 관계를 성취하는" 것이 참다운 예술의 본성을 지칭하는 것이라면, 그것은 리얼리즘이든 모더니즘이든 아니면 다른 무엇이든 선진적 세계관 내지는 방법, 기법 등을 내세운다고 해서 달성할 수 있는 것이 아님도 재차 확인해둘 필요가 있다. 다시 말해 이는 오직—'경우에 따라 성취의 한 동기'로 작용할 수 있는 기법이나 방법, 재현 등에 대한 깊은 성찰과 혁신

---

17) 이참에 최원식의 회통론에서 제사로 이용된 경구 "이것이 있으므로 저것이 있고 이것이 생기므로 저것이 생긴다(此有故彼有 此起故彼起)"의 구체적인 함의도 좀더 엄밀하게 생각해볼 수 있겠다. 이 제사는 4·19 이후 우리 문단의 두 중추적 '경향'인 리얼리즘 문학과 모더니즘 문학의 연기(緣起)적 상생을 적시하는 것으로는 여전히 유효하다고 본다. 반면에 양자의 지향점이 궁극적으로는 일치할지 어떨지도 작품으로 논해야겠지만, 상생이나 '작품으로의 귀환'을 강조하는 것만으로는 '이것'과 '저것'을 분단체제의 총체적 현실탐구로써 종합하려는 역사적 운동으로서의 '리얼리즘'을 견지하고 고양하기에는 뭔가 허허로움이 느껴지는 것도 사실이다. 필자가 「이상과 식민지 근대」(『창작과비평』 2000년 봄호; 이 책 13~43면)에서 사용한 표현대로 "극복의지를 불러일으키는 계승"이라는 문제의식은 상대적으로 희박해지지 않을까 한다.

이 가세하는——개별 작품의 **창조적 구현**으로써만 '살아 있는 순간'을 드러
내고 이룩할 수 있으며, 궁극적으로는 '그런 관계가 성취되는 순간'의 검
증까지도 가능하다는 논리다.

또한 참다운 창조성에 값하는 작품이라면 문학사조(文學思潮)적 경계
를 벗어남은 물론이고, 삶이란 무엇을 어떻게 한다고 해서 저절로 '삶'이
되는 것이 아니며 오히려 그런 '한다'는 의식 및 목적 자체가 생활과 진
리를 망각하게 하고 삶답게 사는 매 순간을 왜곡시킬 수 있음을 드러낸
다는 사실도 위 인용문에서 추론해볼 수 있겠다. 삶과 역사의 창조성에
대한 신념을 결한 세계관을 대변한 20세기 초 모더니즘의 '이념'과 그 실
제 업적을 백낙청이 구분한 취지도 바로 그런 것이라 짐작된다. 그렇다
면 이같은 실사구시적 자세는 리얼리즘의 제국주의적 팽창이기는커녕
모더니즘의 그런 이념에도 **불구하고** 모더니스트의 작품이 그 나름의 고
유한 영역과 형세를 유지할 수 있고 어떤 면에서는 **유시해야만 한나**는 인
식의 증좌라는 결론에까지 이르러야 마땅할 것이다. 그럴 때 비로소 "리
얼리즘과 모더니즘의 대립이 우리 시대의 문학에서 아직도 극복되지 않
은 핵심적 쟁점이라고 보는 입장에서는, 모든 리얼리즘론과 모더니즘론
이 결국 같은 이야기의 안팎을 이루게 마련"[18]이라는 백낙청 나름의 '회
통론'은 시중을 떠도는 안이한 절충주의나 일방적인 흡수론과는 격을 달
리하는 발상임이 한층 분명해질 것이다.

아무튼 위의 인용문이 던지는 암시만 생각해보아도, 스타일이나 기법
을 내세워 리얼리즘의 사회적 의식을 문제삼는 이데올로기의 정체는 분
명하다. 뭐라 토를 달든 그것은 70, 80년대 순수문학주의자들이 민족문
학을 비난할 때 써먹은 수법에 서구비평의 이론적 세련을 가미한 재탕인
바, 지공무사·실사구시로서의 리얼리즘론을 70년대의 리얼리즘적 사고

---

18) 백낙청 「모더니즘에 관하여」, 『민족문학과 세계문학 II』, 창작과비평사 1985, 393면.

또는 태도가 90년대에 복권된 것으로 착각한 진정석의 모더니즘론 역시 그 수준에서 멀리 나아가지 못한 것이다. 그런데 '리얼리즘'을 아예 부정하고 나선 황종연의 경우는 이 정도로 문제를 끝낼 수 없을 듯하다. 그런 부정이나 형식 및 기법으로의 치우침은 실제 작품읽기와 구체적인 작품평가에 한계를 긋지 않을 수 없는데, 이를 하나의 물음으로 바꿔봄으로써 미흡하나마 논의를 마무리짓고자 한다.

5. 황종연의 『오래된 정원』 비판과 비평의 객관성

삶의 창조적 활력과 열린 가능성의 다른 표현인 이른바 '비동시적인 것의 동시성'이 파괴되는 세계화시대 고유의 한계와 잠재력이 동시에 점증하는 상황이다. 즉 나날의 일상 자체에서 퍼올린 모든 생동하는 사유들이 자본의 광고로 포획되는 것만큼이나 낡고 상투적인 정신의 해체와 새로운 인간다움의 가능성도 솟아나기 마련인 문화시장의 현장에서 황종연은 과연 어떤 논객인가? 백낙청의 「소설『쓴트모어』의 독창성」의 한 구절대로 표현한다면, "한편으로 볼셰비즘이 자본주의·자유주의에 대한 진정한 대안이 아니었음이 밝혀졌고, 다른 한편 일체의 진리나 실재에 대한 불신을 가르치는 '포스트모던'한 가벼움이 전지구적 문화를 주도하고 있는 현실에 대한 발본적인"(『안과밖』 13호(2002년 하반기) 30면) 인식을 그가 리얼리즘·민족문학 비판에서 얼마나 구체화하고 있는가?

이런 물음들을 염두에 두고 마지막으로 실질적인 작품평가 중 표본적 사례, 즉 「살아 있는 혼돈을 위하여」에서 그가 제기한 황석영(黃晳暎)의 『오래된 정원』 해석을 살펴보겠다. 최원식(崔元植) 평론집 『문학의 귀환』에 대한 서평논문 형식으로 쓴 그 글에서 황종연은 최원식의 풀이에 상당부분 동조하면서 다음과 같이 지적한다.

오현우의 이야기를 지배하는 자아의 위기와 그 극복이라는 테마가 90년대에 들어 난감한 처지에 놓이기 시작한 민족-민중운동의 주체와 관련하여 특별한 의미를 가진다는 것은 명백하다. 최원식은 그 "비결정적 시간 속으로 어지럽게 흩어져버린 삶의 분절들을 탐색하는 시간여행"이 "주체의 위기를 극복하려는 강렬한 윤리적 충동에 기초하고 있"음을 관찰한다.(76쪽) 그렇다면 주체의 위기는 극복되었는가? 대답은 아니다, 이다. 오현우는 그가 살아온 삶의 역정이 '희망'이라는 불굴의 인간 보편원리 속에 있음을 확인하고 혈육의 인정으로부터 다시 출발함으로써 새로운 주체로 거듭나는 듯한 인상을 주지만 그것은 서사상으로 믿을 만한 행동과 절차를 가지고 있지 못하다. 최원식의 논평은 정확하다. 한윤희가 실은 오현우의 분신적 주체에 지나지 않는다는 점, '한윤희의 주체가 성공적으로 분리되어 재구축되지 못했'다는 점을 들어 '오현우의 주체도 위기에서 쉽사리 헤어나오지 못하고 있'음을 지적하고 있다.(78쪽) 정신적으로 오현우와 대립관계에 있는 생태주의자 이희수, 그리고 그와 사랑에 빠진——이 사랑은 최원식의 착상을 빌리면 오현우의 주체에 대한 "항명"이자 오현우의 자아분열의 징후에 해당하는 행동이다——한윤희를 모두 죽음으로 몰아가는 서술은 오현우의 주체성을 살리기 위한 난폭하고 조작적인, 이데올로기적 교조성을 느끼게 하는 처리방법이다. (황종연 「살아 있는 혼돈을 위하여」, 『문학동네』 2001년 겨울호, 457~58면)[19]

상당부분 동조한다고 말했지만, 황종연이 『오래된 정원』을 읽을 때 최원

---

19) 인용문에서 거론된 최원식의 발언은 『문학의 귀환』(창작과비평사 2001)의 면수를 가리킨다.

식과 갈라지는 선은 분명하다. 황석영이 재개한 "새로운 서사의 도정이 충만한 운명의 시간 속에서 성숙하기를 기원한다"고(『문학의 귀환』 78면) 끝맺은 최원식의 비평가적 바람을 황종연의 글에서는 찾아보기 어렵다.

그런 바람의 유무 자체가 얼마나 정확한 평가인가를 가리는 결정적인 요인은 아니다. 관건은 『오래된 정원』을 엄밀·정확하게 읽으면서 동시대 독자들과 더불어 숨쉬는 것이다. 그 점에서 작가가 오현우를 중심에 세우면서 한윤희와 이희수를 각기 병사와 횡사로 처리한 것을 어떻게 읽을 수 있는가도 중요하다. 하지만 윤희를 "남성 타자의 명령에 의해 주조된, 상상된 주체, 즉 소외된 주체"로(『문학의 귀환』 78면) 규정하는 최원식의 평가는 다소 과격하지 않은가 한다. 사실 감옥에 있는 남자를 그리워하면서 불치병으로 죽어가는 것 자체는 (내러티브의 '영원한 샘'인) 멜로드라마 공식이다. 이런 구도에도 단순히 남녀의 애정만이 아닌 이들을 감싼 '80년대의 무거움'과 혈육의 정이라는 공감이 실린지라 독자의 눈시울을 뜨겁게 하는 대목은 적지 않다.

물론 순애보의 전형이면서도 당찬 성격을 가진 윤희가 어머니이자 연인으로서, 험난한 시대와 마주한 인간으로서 하나의 개별적 생명력을 부여받지 못했다고 비판할 수는 있겠다. 그런데 이때에도 윤희에게 스민 오현우의 분신적 성격만을 따질 일은 아닌데, 구체적으로 여주인공의 어떤 면모가 멜로물의 재판인가를 판별해야 한다.[20] 윤희는 말할 것도 없이 현우나 윤희의 모친이 한결같이 자식 혹은 남편의 '엇나간 길'을 이해하고 감싸주는 것으로 그려지면서, 생활에 충실해야 하기 때문에 더 야

---

20) 그렇게 따지기 시작하면, 감옥생활을 체험한 현우가 황석영의 '다른 자아'(alter ego)에 가장 가깝다고 하겠고 화가로 등장하는 윤희 역시 독일체험을 분담한다는 점에서 작가의 분신적 성격을 가진다고 말할 수도 있지 않은가. 이때 윤희가 멜로드라마적 구도를 주도하는 인물이라는 점에서 — 또 그런 구도의 감상성이 충분히 절제되지 않음으로 해서 — 살아 있는 개인으로서 그 한계가 상대적으로 부각되는 것은 사실이지만, 그녀의 정체성을 '남성 타자의 명령'에 의해 구축된 것으로 몰아가는 것은 여성주의적 편향에 가까울 것이다.

멸치게 고무신을 거꾸로 신을 수밖에 없었던 수많은 여성들의 삶이 작품 바깥으로 밀려나는 현상도 멜로물의 구도와 무관하지 않을 것이다. 변혁의 시대에 대한 두 주인공의 추인과 최미경의 분신(焚身), 송영태의 "투신" 등을 기록하는 도정에서——더욱이 베를린장벽 붕괴현장 및 이후 후유증의 재현까지 가세한 마당에——그와는 다른 길을 모색하는 경우가 있을 법한데, 그런 인물 또는 상황의 부재도 작품이 지닌 한계의 이면으로 지적할 수 있다. "세상의 모든 악은 장사꾼에서 시작"(『오래된 정원』下권, 창작과비평사 2000, 190면)되었다는 인식에 섬세한 균형감을 실어주면서 현우의 고뇌와 좀더 원만하게 결합할 수도 있었을 이희수도 '작가가 작가 자신으로부터 밀어버려서 그 스스로 살게 내버려두는 데' 성공하지는 못한 경우가 아닌가 싶은 것이다.

그러나 오현우의 역정이 "서사상으로 믿을 만한 행동과 절차를 가지고 있지 못하다"는 황종연의 단정은 이야기가 나르다. 어떤 의미에서 그렇다는 것인가? 만약 주인공의 서사적 논리가 결핍되어 있다면 작품 자체도 치명적인 한계를 갖고 있다는 말과 별로 다를 바 없다. 정말 그런가? 설사 80년대를 기억하지 못하는 독자라도 『오래된 정원』에서 되살려진, 오현우의 고통스럽도록 생생한 수형생활로만 국한되지 않는 미물들의 생태는 물론이고 18년 만에 출소한 현우의 '과거 정리'와 사회적응 과정 등을 자연스럽게 따라가면서 민족·민중운동의 주체로서만이 아닌 여리고 평범한 자연인인 주인공에 많이 공감할 수 있을 것이다. 적어도 필자는 그렇게 읽었다.

그런데 황종연은 오현우의 분신적 주체로 한윤희를 설정하는 최원식의 견해에 동조하면서 "주체의 위기는 극복되었는가?"라는 단선적인 질문을 던지고 "아니다"라고 스스로 답한다. 백보를 양보해서 오현우가 걸어온 길이 모두 오류요 허망한 일이고 그에 대한 작가의 인식이 미흡하다손치더라도, 또 '살아 있는 혼돈'의 의의를 주창하는 황종연의 패기를 십분 감안해도, 주체의 위기 극복이라는 화두를 앞에 두고 그렇다 아니다 식으로 답하는 것은 사려깊은 자세라고 보기 어렵다. 하지만 작품읽기에서 더 근본적인 문제는, 윤희와 희수가 이야기에서 사라지는 것을 두고[21] "오현우의 주체성을 살리기 위한 난폭하고 조작적인, 이데올로기적 교조성을 느끼게 하는 처리방법"으로 설명해치우는 논법이다.

혁명의 시대에 몸담은 작가의 상처투성이 기록과 회한, 반성, 원망(願望) 등을 그렇게 난폭하게 찢어 읽는 것은 단순히 부주의한 과독(過讀)만이 아닌 것 같다. "최원식이 말하는 '다른 세상'의 감각은 황석영이 말하는 '오래된 정원'의 기억과 동일하다"라고(황종연 「살아 있는 혼돈을 위하여」, 458면) 규정하는 그의 태도에는 민족·민중운동에 대한 뿌리깊은 의심이 숨어 있는 것이다. '의심'이야말로 근대적 사유의 출발점이라 하겠지만, 황종연의 (불신에 더 가까운) 의심은 대부분 외래에서 빌려온 개념들로 구성·조작된 것이다. 그는 최원식의 비평과 황석영의 작품 모두를 서구의 흔해빠진 유토피아 담론으로 정리한다. 그러고 나서 "파시즘의 공포를 겪을 대로 겪은 지금 같은 시대에 건전한 정치의식은 '모든 분절을 넘어선 유기체적 공동체'라는 관념을 오히려 불신하는 데서 시작된다"고(황종연 「살아 있는 혼돈을 위하여」, 459면) 주장한다. 20세기 한반도의 근대사에서 우리가 집단적으로 겪은 파씨즘적 체험은 일제식민지와 동족상잔, 그리고 군부독재다. 그 유산들의 어두움을 이제야 비로소 제대로 걷어낼 것 같은 찰나에 그런 불신을 건전한 정치의식으로 내세우는

---

21) 임홍배는 윤희와 희수의 관계가 돌발사로 마감되는 대목을 다음과 같이 평가한다. 이들의 관계가 그렇게 끝나는 것은 "희수가 제시하는 생태주의적 세계관의 미흡함에 관한 알리바이 혹은 현우로부터의 탈주에 대한 징벌이라기보다는, 베를린장벽 붕괴로 상징되는 거대한 역사적 필연의 불가항력에 부딪힌 개체의 운명에 관한 디스토피아적 서사의 일부일 뿐이다."(임홍배 「주체의 위기와 서사의 회귀」, 『창작과비평』 2002년 가을호, 369면) 납득할 만한 지적인데, 다만 이어 모성적 사랑과 역사의 파괴적 힘을 대비하는 과정에서 그런 사랑이 인물의 피와 살로 극화되기보다는 하나의 개념에 가깝게 제시된다는 사실을 논자가 충분히 의식하고 있는가는 다소 의문이다.

것은 정치적으로 건전한 사고방식이라고 말하기 힘들다. 그렇다고 논쟁에 임하면서 "나 자신이 수상쩍은 이데올로기적 구조에 갇혀 있음을 스스로 입증하는 꼴이 될지도"(황종연 244면) 모른다고 '입막음'을 한 그에게 자유주의자니 어쩌니 하는 꼬리표를 붙이고 싶지는 않다. 다만 「모더니즘에 대한 오해에 맞서서」가 그나마 갖는 설득력이 진리와 실재를 불신하는 서구사조에 대한 지나친 의존에서 나오는 것이 아닌지 의심해볼 뿐이다. 모쪼록 논쟁의 열기가 창조적으로 이어지기를 바란다.

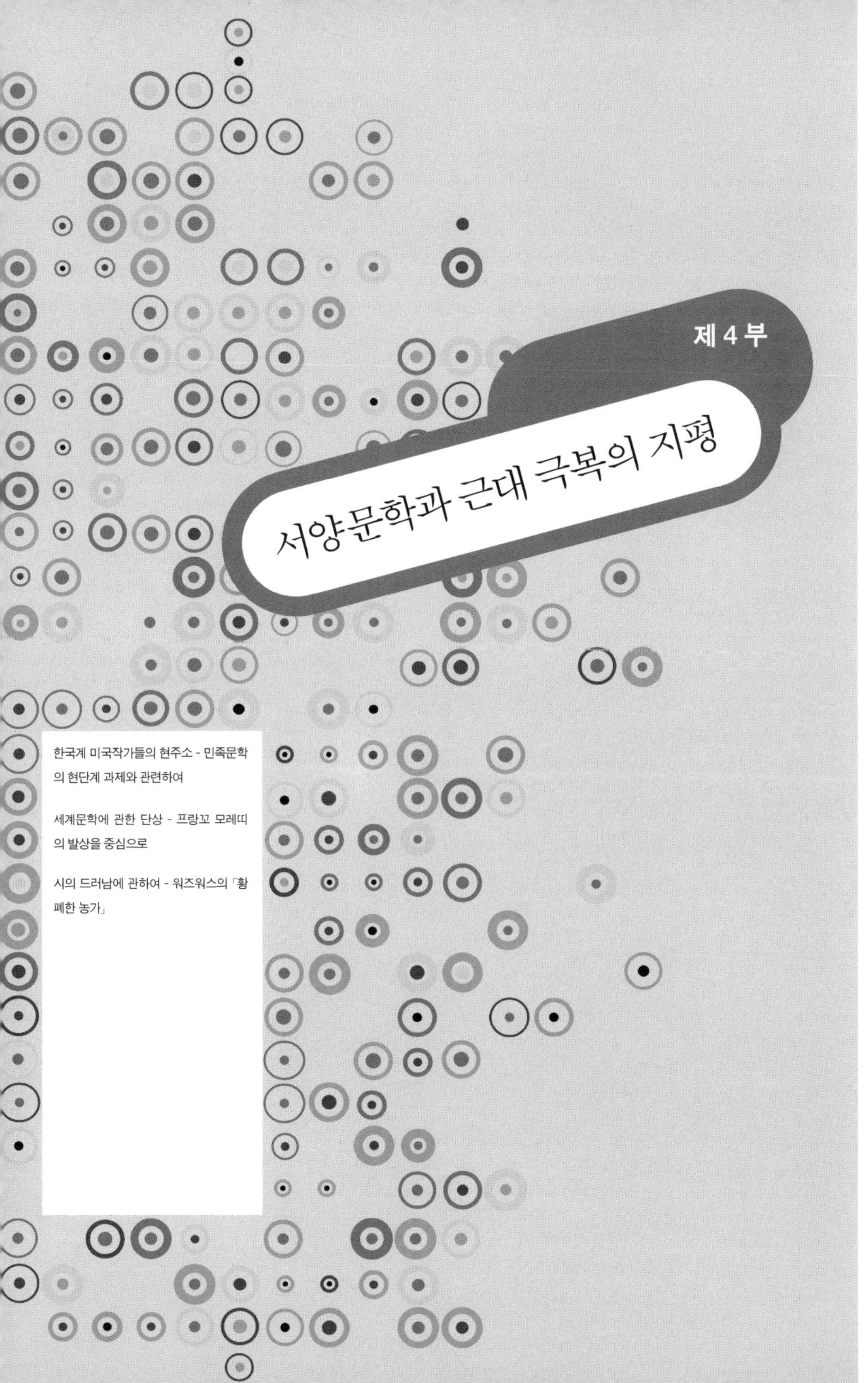

서양문학과 근대 극복의 지평

한국계 미국작가들의 현주소

민족문학의 현단계 과제와 관련하여

1

자본주의 세계체제에서 이산(離散, diaspora)도 자본의 흐름과 전혀 무관할 수 없는 현상이고 양자 모두 국경을 넘는다는 공통점이 있지만, 전자는 후자보다 좀더 복잡한 양상을 띤다. 이산은 대개 외부 제국주의의 식민억압이나 국가 내부의 정치적 탄압에 의해 촉발되는 인간의 유동(流動)이다. 그렇게 뿔뿔이 흩어지는 과정에서 함께했던 공동체에 대한——민족에 대한 이중적인 의식으로 표출되는——기억은 본질적으로 과거와 현재가 교차하는 중층적 성격을 띠게 되는데, 그것이 문학의 형식으로 드러나는 양상은 더욱 복잡하다. 한반도에 비교적 오랫동안 지속된 민족적 동질성이 그런 이산의 문학적 표현을 온당하게 읽어내는 데 오히려 불리할 수도 있다는 것이다. 자칫 특정한 지역중심의 민족 내지는 국민의식으로 재단할 위험도 농후하다.

반면에 문학에 뜻을 둔 적지 않은 젊은 작가들이 20세기 후반에 한국의 변혁운동을 추동하는 데 일조한 민족문학운동에 불신과 회의를 표명하는 작금의 상황은 그와는 다른 맥락이다. 물론 그런 불신과 회의도 세계화시대의 대세가 강력하게 작용한 결과들 가운데 하나임은 분명하다. 이때 핵심은, 그 불신과 회의가 과연 얼마나 (민족모순이 한층 노골화한) 세계화시대의 우리현실을 제대로 직시하는 과정에서 생겨난 것인지, 궁극적으로 대안에 이르는 '의심'을 우리 나름으로 다그치는 길이 무엇인지를 밝히고 모색하는 것이겠다. 예컨대 1990년대 한반도의 '살아 있는 혼돈'이 지니는 의의를 탈중심성으로 풀면서 "민족을 정치의 중심으로 상정한 민족문학론의 원칙 때문에 그러한 갱신(민족문학의 자기갱신—인용자)은 부진할 수밖에 없었다"[1]고 비판한 외쪽 진단은 그것대로 따져봐야 할 쟁점이 많다. 이제는 창신(創新)이 가세하지 않은 왕년의 민족문학적 대의만으로는 어지러운 세계와 한반도 정세에 맞서 창조적 돌파구를 찾기 힘들리라는 것이 더욱 분명해진 것이다.

이런 때 시야를 '밖'으로 돌려 탈식민시대의 민족(문학)을 성찰하는 한 방편으로 한국계 미국작가들을 읽어봄이 어떨까? 이는 20세기 근대사가 남긴 우리 문학유산을 간접적으로 되돌아보는 방편도 된다. 조선인들이 하와이에 사탕수수밭 노동자 신분으로 첫발을 디딘 것이 1895년 11월이지만 대한제국(1897~1910)의 수민원(綏民院)에서 추진한 최초의 공식 이민선이 호놀룰루에 도착한 것은 1903년 1월 13일이다. 하와이에서의 한인 정착과정 자체도 눈물 없이 읽기 어렵지만,[2] 미국에 뿌리박는 과정에서 태동한 한국계 미국문학은 우리 근대사의 무수한 희망 및 좌절의 복합적 산물이다. 4월혁명 이후 축적된 민족문학의 전통을 진지하게 '의심'하는 비평에서 바로 그런 좌절과 희망의 자식인 한국계 미국작가

---

1) 황종연「살아 있는 혼돈을 위하여——최원식 평론집『문학의 귀환』을 읽고」,『문학동네』 2001년 겨울호, 460면.

2) 이에 대한 육성증언은 申星麗「하와이 사탕밭에 歲月을 묻고——韓國女性 北美 初期移民 實話」,『창작과비평』 1979년 봄호, 269~97면 참조.

370

들의 현주소를 찾아가보는 것은, 영어를 모국어로 구사하는 그들이 '민족을 작품의 중심으로 상정'한 장본인이기 때문만은 아니다. 지금 세계화시대의 참뜻에 부응하는 우리문학의 진로를 개척하기 위해서는 해외동포문학의 기여가 요구되는 상황인 것이다.

2

일제시대, 민족해방, 동족상잔으로 이어지는 한반도 근대사의 명암을 떠난 동포문학은 상상하기조차 어렵다. 한국계 미국작가의 작품세계를 특징짓는 가장 큰 공통점이 식민체험 및 개발시대의 어둠이라는 사실에서도 그 점은 단적으로 확인된다. 해방 전후 독일에서 활동하며 『압록강은 흐른다』를 내놓은 이미륵(본명 李儀景, 1899~1950)을 포함하여 일본·러시아·중국 등에 집중된 동포작가들이 주로 그러하듯 조국에 대해 이중적 자아를 내면화한 한국계 미국작가들 역시 근본적으로 20세기 세계체제의 요동이 낳은 문화적 산물이다. 세계체제가 주변부 국가들에 강요한 비극적인 이산에서 나이폴(Vidiadhar. S. Naipaul)이나 루슈디(Salman Rushdie) 같은 출중한 작가들이 탄생했거니와, 따지고 보면 "근대 서구문화가 대부분 망명객·이민자·난민 들의 산물"[3]이다. 우리 교포문학에 열려 있는 '세계적 보편성'의 증거를 '서구문화'에서 확인하는 셈이다. 또 이런 사실은 다종의 언어로 이루어진 겨레의 이산문학이 우리말 근대문학과 맺는 역사적 고리를 시사한다.

한국에서 이들 작가를 읽는 경험이 남다를 수밖에 없는 것도 (역사의

---

3) Edward W. Said, *Reflections on Exile and Other Essays*, Cambridge: Harvard University Press 2000, 173면.

가해자이면서도 가해의 과정에서 스스로에게도 불행을 자초한 일본과 미국의 존재가 배후에 어른거리는) 식민지 근대라는 한반도의 '현재적 과거'가 독서과정에서 끊임없이 환기되기 때문이다. 전래의 구전설화·전설·민담 등이 거의 어김없이 스민 작품세계는 말할 것도 없고, 남과 북 어느 쪽에서도 온전한 모국을 느낄 수 없는 이들이 이국땅에서 갈가리 찢긴 '정체성의 충격'[4]을 감내하면서 쓴 이야기가 한국어로 번역되어 읽히는 현상은 여타 서양문학의 수용과는 성격을 달리하여 생각해야 할 사안이다. 그중에서도 제3세계 민중들에게 '새로운 땅'의 꿈과 희망을 일깨우면서 때로는 자랑스런 동포애를 꽃피우는 현장이기도 했던 미국은 우리에게 좀더 각별한 바 있다. 신은 멀고 미국은 가깝다고들 하는 중남미 국가와는 또다른 차원에서 20세기 한반도의 운명에 결정적인 영향을 끼친 나라가 미국이 아니던가. 수많은 이민문학을 탄생시킨 '새로운 땅'으로서의 미국에 뿌리내린 한국계 미국작가들이 한반도의 과거에 연관되는 방식은 여타 지역의 동포문학과는 다를 수밖에 없는 것이다.

한국계 미국작가가 미국문단에 첫선을 보인 경우로는 일제치하에서 유한양행을 설립한 류일한(Il-Han New, 1895~1971)의 「한국에서의 소년시절」(When I was a boy in Korea, 1928)이 시기적으로 가장 앞선다고 하겠지만, 지명도나 작품성으로 볼 때 효시로는 역시 강용흘(Younghill Kang, 1898~1972)의 『초가 지붕』(*The Grass Roof*, 1931)과 연작인 『동양이 서양으로 가다: 동양인 양키의 형성』(*East Goes West: The Making of an Oriental Yankee*, 1937)을 꼽아야 할 것이다. 『사진 신부』(*Picture Bride*, 1983)로 일약 명성을 얻은 캐시 송(Cathy Song, 1955~)이나 『깃발 아래에서』(*Under Flag*, 1991) 이후 독특한 실험정신을 보여

---

4) 이에 대한 인상적인 성찰은 Meena Alexander, *The Shock of Arrival: Reflections on Postcolonial Experience*, Boston: South End Press 1996 참조.

주고 있는 김명미(Myung Mi Kim, 1957~) 같은 주목받는 시인들이 있지만, 소설 분야에 한정하면 출간 당시 미국언론이 크게 주목하고 국내에서도 베스트쎌러가 된 김은국(미국명 Richard E. Kim, 1932~)의 『순교자』(*The Martyred*, 1964), 그와 함께 사후에 소수민족문학의 전범으로 떠오른 차학경(Theresa Hak Kyung Cha, 1951~82)의 『딕떼』(*Dictée*, 1982), 퓰리처상 후보작에 오른 김난영(Ronyoung Kim, 1926~87)의 『토담』(*Clay Walls*, 1987), 메어리 백 리(Mary Paik Lee, 1900~95)의 자서전 『조용한 편력: 미국의 한 선구적 한국여성』(*Quiet Odyssey: A Pioneer Korean Woman in America*, 1990) 등이 대략 1990년대 초까지 나온 대표적 작품에 속한다.

하지만 '민족을 작품의 중심으로 상정한' 재미 한인작가들에 대한 국내 학계의 연구는 이제 시작단계인 듯하다.[5] 미국비평계에서 한국계 소수민족작가들이 순전히 작품성만으로 주목받은 것이 그리 오래되지 않았음을 감안할 때, 그 때늦음을 탓할 일만은 아니라고 본다. 김은국을 비롯한 몇몇 한인작가에게 쏟아진 찬사 중 많은 부분은 지금 한창인 아시안 미국학(Asian American Studies) 분야의 발흥과 밀접한 연관이 있는 바,[6] 현재 캘리포니아 지역 중심의 소수민족 문화 및 문학 연구가 무시 못할 비중을 차지하는 미국학의 성격규정을 놓고 '본토'에서도 논란은 분분하다. 한국계 미국문학이 미국문단에서 차지하는 위상이 애매한 것은 말할 것도 없고 이제는 국내독자들을 위해서라도 단순한 소개를 넘어 옥석을 가려야 할 만큼 수적으로 많아지기도 했지만, 다른 한편 일본계

---

5) 그중 발품이 돋보이는 최근 국내 연구로는 유선모 『미국 소수민족 문학의 이해——한국계 편』, 신아사 2001 참조.

6) 2차대전 이후 냉전질서 유지의 일환으로 채택된 지역학(Area Study)의 성격을 띠면서 60년대 제3세계운동의 성과라는 양면이 있는 아시안 미국학에 대해서는 특히 추(K. Chuh)와 시마카와(K. Shimakawa)가 공동 편집한 *Orientation: Mapping Studies in the Asian Diaspora*, Durham: Duke University Press 2001, 1~21면 참조.

나 중국계 미국문학에 비하면 아직껏 미국문단의 변방을 제대로 탈피했다는 인상을 받기는 어렵다. 그럼에도 양적으로나 질적으로 점증하는 이들의 활약은 미국에서 하나의 분과학문으로 당당히 자리를 잡아가는 한국학의 일부다. 한반도의 분단체제가 어떤 방식으로 해소되는가가 결정적 요인으로 작용할 것이 틀림없는데 향후 전망도 결코 어둡지 않다.

한국의 독자들이 이런 한국계 미국작가를 동포의 애정으로써 읽는 행위가 간단하달 수는 없다. 남의 나라 이야기로 돌리기 힘든 곡절이 켜켜이 쌓여 있기는 하지만 번역으로 접하기 마련인 대다수 독자에게 이들 작품은 영어라는 장벽이 가로놓인 엄연한 외국문학이다. 동시에 이들의 이질적 근대체험은 동포니까 이해하고 포용한다는 자세 정도로는 올바로 수행하기 어려운 '독법'을 요구하기까지 한다. 망국, 일제시대, 6·25, 60년대 보릿고개 등으로 이어지는 격동의 한국근대사를 고스란히 담은 1세대 작가들의 작품은 언어의 장벽을 넘어 20세기 한국근대문학의 일부를 형성하며, 이들을 잇는——세계화시대에 난마(亂麻)처럼 얽힌 민족·국민·인종적 현실과 그 혼란의 실상을 실감케 하는——2세대의 작품은 분단체제에서의 민족을 대국적으로 생각하는 데 남다른 암시를 줄 수 있다는 인식도 단순한 동포애 이상을 지향할 때 비로소 구체적인 내실을 확보할 수 있다.

지난 30년간 쇄신을 거듭해왔고 세계화시대를 맞아 위기국면에 접어든 민족문학에 뜻깊은 암시와 북돋움을 줄 수 있는 동포의 문학자산들을 한국근대문학의 적자 가운데 하나로 받아들이는 비평작업이 절실하다고 판단한 데는, 이들이 되살린 역사의 진실이 분단체제 극복에도 종요로운 자산이 되기 때문이다. 가령 1세대의 경우만 해도, 망국의 설움과 몰락하는 전통 지식인계급의 절절한 형상화가 주를 이루는『초가 지붕』을 비롯하여 '기계시대'를 선도하는 미국문명에 대한 매혹과 '동양적인 것'에 대한 향수를 동시에 드러낸『동양이 서양으로 가다』, 6·25의 비극을 기

374

독교적 실존주의 시각으로 묘파한『순교자』, 1920년대 L. A.를 배경으로 이후 6·25 전까지의 (그 자체가 식민지 조선의 착잡한 정세를 비추어주는) 이민사(移民史)를 한눈에 조감케 하는『토담』, 3·1운동에서 6·25, 광주민주항쟁으로 이어지는 한국사를 파격적인 형식실험을 통해 한바탕의 해원굿처럼 노래한『딕떼』등은 우리 근대사의 생생한 현장증언이다.[7] "망명은 민족의식의 산실"[8]이라는 말의 속뜻도 거기에 있지 않겠는가! 민족모순에 근대주의의 질곡마저 겹친 분단체제의 정치적 현실에서 이민은 사실상 망명과 구분하기 힘들었으니, 국가 또는 민족공동체의 구성요건에서 국적의 비중이 약해질 것이 분명한 세계화시대일수록 정체성과 탈식민성에 대한 새로운 성찰이 필요함을 재미 동포작가들을 읽는 과정에서 거듭 확인하게 된다.

요컨대 세계화의 도도한 대세에 국민국가 단위의 '민족문학들'이 점차 주변으로 밀려나고 그에 따라 지난 30년간 축적된 우리 민속분학의 종요로운 유산이 망각되고 급기야는 민족이라는 범주 자체를 폐기하자는 주장이 우리 지식인사회에서 성급히 터져나오는 현싯점에서 '민족'을 염두에 두면서 미국의 한인작가들을 읽는 것 자체는 민족문학에 대한 진지한 '의심'과 그 시효만료 운운하는 논자들에 대한 도전의 성격을 겸하는 것이다. 1세대 작가들과의 연속 및 단절 양면을 모두 함축한 최근 등단한 1.5 또는 2세대 작가 중에서도, 한반도의 어두운 과거에 묻힌 진실을 밝히는 작업을 작가적 과업으로 삼으면서 미국시민으로서의 확실한 자기

---

7) 그러므로 소수민족으로서 겪는 차별과 수난 및 적응과정이 주를 이룬다는 점에서는 중국이나 일본·대만·필리핀·베트남 등 미국 내 여타 동아시아 작가들과 상통한다고 하겠지만, 망국과 식민체험에서 비롯한 한국계 미국작가들의 변별성은 좀더 엄밀하게 규정될 필요가 있겠다. 현재 미국에서 활동하는 주요 동아시아 작가들에 대한 소개로는 특히 Emmanuel S. Nelson, ed., *Asian American Novelists: A Bio-Bibliographical Critical Sourcebook* (Greenwood Press 2000)이 참고할 만하다.

8) Benedict Anderson, *The Spectre of Comparisons: Nationalism, Southeast Asia, and the World*, London: Verso 1998, 59면에서 John Dahlberg-Acton의 발언 재인용.

의식을 내면화한 이창래(Chang-rae Lee, 1965~)와 쑤전 초이(Susan Choi, 1969~)의 작품에 촛점을 맞추는 것은 바로 그런 '의심'과 도전을 다함께 수행하기 위함이다.

3

  앞으로 창창한 작품활동이 기대되는 신인이기는 하지만, 지명도와 작품성 양면에서 이창래와 쑤전 초이는 대략 70년대 중반부터 본격적으로 시작된——각각 중국계와 일본계 미국문학 작품인 킹스턴(Maxine Hong Kingston)의『여전사: 유령들과 함께한 소녀시절의 회상록』(*The Woman Warrior: Memoirs of a Girlhood among Ghosts*, 1976)와 존 오카다(John Okada)의『노노 보이』(*No-No Boy*, 1957)가 중대한 이정표로 평가되는——아시안 미국문학 르네쌍스(Asian American Renaissance)[9]의 일부로 평가할 만한 작가들이다. 뉴욕을 생활근거지로 삼고서 거의 비슷한 시기에 처녀작『네이티브 스피커』(1995)와『외국인 학생』(1998)[10]으로 작품성을 폭넓게 인정받고 등단한 이창래와 쑤전 초이의 또 하나 공통점은 이산문학의 근원적 형식이라고 해야 할 자서전적 양식을 탈피했다는 데서 찾아야 할 듯하다. 작가의 분신으로 피붙이를 내세우거나 화자와의 거리를 의식하지 않고 자전적 자화상에 몰입하기 일쑤인 이산문학의 지

---

9) 이에 대한 간명한 소개는 John K. Roth, ed., *American Diversity, American Identity*, New York: Henry Holt and Company 1995, 588~90면 참조.

10) 텍스트는 각각 *Native Speaker* (New York: Riverhead Books 1995) 및 *The Foreign Student* (New York: HarperFlamingo 1998)로 하되 인용은 괄호 안에 면수만 표기하며 그 번역은 모두 필자의 것이다. 국내에서도 두 작품은 이미 현준만 옮김『네이티브 스피커』 (미래사 1995)와 최인자 옮김『외국인 학생』(문학세계사 1999)으로 소개되었다. 이 중에서 『네이티브 스피커』는 이후 정영목 옮김『영원한 이방인』(나무와숲 2003)으로 개역본이 나 왔다.

배적 장르로부터 벗어난 것 자체가 작품의 됨됨이를 보장할 수는 없겠지만, 양자 공히 미국에서의 고단한 이민체험담이나 정착과정에서의 설움, 복고적인 한과 향수, 뿌리찾기 등 소위 민족주의적 정서에서 벗어나 미국작가로서 한인사회뿐만 아니라 소수민족이 처한 국지적 현실을 여실하게 재현하면서 이곳의 우리와도 동시대적으로 호흡하는 면이 있음에 일단 촛점을 맞춰 생각해봄직하다.

1.5세대, 즉 한국 태생으로 미국에서 성장한 헨리 박(Henry Park, 한국명 박병호)이라는 인물이 화자로 등장하는 이창래의 『네이티브 스피커』에도 작가의 자전적 삶이 어느정도 투영된 것은 사실이다. 처녀작이라면으레 작가의 개인사가 중심소재로 취급된다고들 하지만, 헨리의 성장과정과 부모와의 착잡한 관계 및 이들 가족의 미국 동화과정이 특히 생생한 것은 '뿌리의식'에 대한 작가의 고민이 그만큼 진중하기 때문이다. 다른 한편 "나, 역사가들 가운데 가장 타락한 속물"로(『네이티브 스피커』18면) 스스로를 소개하는 화자가 자아에 대해 아이러니한 거리를 두게 한 이창래의 세련된 기교도 선배 한인작가에 비하면 한결 '느긋한 객관성'을 획득한 느낌이다. 이 작품은 주요 무대인 뉴욕 플러싱(Flushing)가(街) 한인지역을 배경으로 소수민족공동체의 복잡한 사회상을 세심하게 포착한 것 외에도 헨리와 그 백인 부인 릴리아(Lelia)의 문화적 충돌 및 부모 세대와의 애증 섞인 복합적 교감을 섬세하고 다각적으로 재현했다는 점에서 한국의 과거 특정시대 생활상으로 국한되는 앞 세대의 자전적 기록문학과는 성격을 달리한다.

한두마디의 소개로 그칠 수밖에 없지만, 『네이티브 스피커』의 그런 면모는 이창래와 엇비슷한 연배인 90년대 젊은 한국계 미국작가들의 작품과 대비해보아도 확연하다. 물론 아버지와 함께 미국땅에 '버려진' 한 소녀가 작가로서 미국땅에 동화하는 감동적 성장과정을 (고향의 기억은 기억대로 살리면서) 학교숙제라는 독특한 형식으로 절제있게 담아낸 패티 킴(Patti Kim)의 『릴라이어블이라는 이름의 택시』(*A Cab Called Reliable*, 1997)나 '바나나'(속은 백인 겉은 동양인) 같은 존재로서 맞닥뜨릴 수밖에 없는 유리벽 같은 인종주의사회의 다양한 실상을 캘리포니아의 가상무대인 로자리타 베이(Rosarita Bay)를 배경으로 건조하고도 속도감있는 문체로 묘파한 던 리(Don Lee)의 소설집 『옐로우』(*Yellow*, 2001)도 따로 논해볼 만한 성과이긴 하다.

하지만 대개가 개발시대인 60년대에 한국에서 태어나 어릴 때 미국으로 건너간 대다수 1.5세대 작가들의 작품, 가령 일제시대부터 90년대까지 할머니의 파란만장한 삶을 통해 한국인의 정체성을 찾아가는 헬리 리(Helie Lee)의 『벼가 있는 정물화』(*Still Life with Rice*, 1996)나 60년대 서울의 가부장적 중산층가정의 풍속도인 헬렌 킴(Helen Kim)의 『장마』(*The Long Season of Rain*, 1996), 부평 미군기지촌에서 혼혈아로 성장한 설움과 고난을 기록한 하인즈 인수 펭클(Heinz Insu Fenkl)의 『유령 형님에 대한 기억들』(*Memories of My Ghost Brother*, 1996), 자아의 상실감을 고향인 한국 및 그 역사로의 여행을 통해 극복하는 과정을 담은 자전적 스케치인 미라 스타우트(Mira Stout)의 『천 그루의 밤나무』(*One Thousand Chestnut Trees*, 1998) 등은 한결같이 민족얼과 참자아 찾기로, '기원으로의 회귀'로 귀결된다.[11] 하와이 한인노동자들의 절절한 꿈과 그 역사적 진실을 파헤친 게어리 박(Gary Pak)의 『종이 비행기: 호랑이와 혁명의 나라로의 꿈 여행』(*A Ricepaper Airplane: A Journey of Dreams, to the Land of Tigers and Revolution*, 1998)도 그 범주에 속한다.[12]

---

11) 이들 작품에 대한 포괄적인 소개는 Elaine H. Kim, "'These Bearers of a Homeland': An Overview of Korean-American Literature, 1934~2001," *Korea Journal* 2001년 가을호, 149~97면 참조.

12) 또한 게어리 박을 포함해 캐시 송(Cathy Song)이나 노라 옥자 켈러(Nora Okja Keller)와 같은 재능있는 작가들이 하와이를 중심으로 활동하는 배경에는 바로 그런 뿌리내리기가 있다.

이민문학의 가족사소설로 명명할 법한 이들 작품에서 특히 생생한 것은 20세기 한국의 사라진 풍속과 혈친적 감수성이다. 반면에 그에 비례하여 '잡종'으로 살아가는 이른바 코메리칸들의 생활현장과 고뇌는 뒤편으로 물러난다. 물론 이들이 피붙이의 목소리와 기억으로써 되살린 한반도 식민지근대의 실상과 진실은 외면할 수 없으며, 우리말 근대문학과의 대비도 극히 흥미로운 연구주제다. 반면에 주로 소박한 민족의식 및 정체성 회복에 촛점이 맞춰지는 이들 작품에서 소수민족으로서 살아가는 코메리칸들의 생활상을 우리 당대의 문제로 절감하기는 상대적으로 어렵지 않은가 한다. 결과적으로 후일담 성격을 제대로 떨쳐버리지 못한 이들 작품과 『네이티브 스피커』를 대비한다면 일단 정체성 탐구라는 다소 낯익은 주제를 이창래는 훨씬 포괄적으로 교포사회를 포함한 소수민족의 실상에 근접하여 다룬다는 실감이 강하게 드는바, 그가 단 한편의 처녀작으로 헤밍웨이재단상을 비롯한 각종 문학상을 서너쥐고 미국 주류문단에 진입하는 데 성공한 것도 우연은 아니다.

『네이티브 스피커』는 헨리 박을 중심으로 세 층위의 각기 다른 세계가 반복적으로 교차·삼투하면서 전개된다. 먼저 그의 아내로 표상되는 백인세계의 질서인데, 그 질서로의 편입과정에서 백인 중심의 가치관과 충돌하고 화해하는 헨리의 의식이 표면으로 드러난다. 다음으로는 헨리를 키워낸 '뿌리의 세계'이다. 부모와 한국에서 온 가정부, 특히 아버지와의 미묘한 정서적 반감 및 유대가 재현된다. 그 어중간한 지점에 화자의 암약(暗躍) 반경인 뉴욕 이민사회의 풍경이 펼쳐진다. "떠나는 날 아내는 내가 누구인가를 적은 목록을 나에게 건네주었다"로 시작하는 서두부터 독자의 시선을 사로잡는 것은 아내가 홀로 여행을 떠나기 전에 건네준 바로 그 쪽지, 즉 헨리의 정체를 규정한, "당신은 은밀한 사람"에서 시작해 "이방인, 추종자, 배신자, 스파이"로 끝나는 목록이다. 이는 자신이 편입한 주류 백인사회에 의해 이른바 황화(黃禍, Yellow Peril)를 불러오는 존재로 규정되는 동양인 인텔리로서는 어쩔 수 없이 갖게 되는 심리적 단면인지도 모른다.

그러나 미국에 정착한 아시아인을 비롯해 동유럽·중동·지중해·중남미·아프리카인 등 제3세계인들을 상대로 첩보 및 정보활동을 벌이는 기업의 정보원인 헨리의 임무에서 그런 정체성이 발생한다는 사실은 그 목록의 의미가 황화라는 틀로 온전히 해명될 수 없음을 말해준다. 작가는 헨리가 몸담은 '회사' 내의 주로 인간적인 관계를 파고들면서 그 정치적 함의는 피하고 있지만, 돈과 권력을 손에 쥔 익명 의뢰인의 청탁을 받은 그의 정보활동이 우회적으로 암시하는 것은 미국 내의 실세들이 세계를 지배하는 방식이다. 그렇다고 작품이 그 점을 파고드는 것도 아니며, 미국의 패권이 어떤 식으로 문화적으로 구축되는지를 보여달라고 작가에게 강요할 수는 없는 노릇이다. 다만, "문화의 스파이"(a spy of the culture)로서(『네이티브 스피커』 206면) 헨리가 하는 활동이 미국의 국익과 직·간접으로 연관맺고 있음은 우리로서도 염두에 둘 필요가 있는데, 거기서 부각되는 것도 동화의지와 뿌리의식 사이에서 흔들리는 그의 정체성을 둘러싼 갈등이다. 릴리아와의 결혼생활부터가 그의 내면이 정신적 균열로 가득 차 있음을 끊임없이 환기하는바, 불의의 사고로 아들 미트(Mitt)가 죽기 전부터 고조되기 시작한 아내와의 정신적 갈등 및 백인주거지역으로 진출했으되 그 문화에 온전히 동화하지 못한 아버지와의 불화는 "두 개의 세계를 모두 배반했거나 (그로부터—인용자) 버림받았다는, 정체성의 상실—이것이야말로 한국인의 정체성이 아닌가"[13] 하는 자기의문의 실례인 것이다.

그같은 이중의 정체성으로 인해 야기되는 헨리의 심리적 갈등은 다양한 방식으로 표출된다. 필리핀의 독재자 마르코스의 고국귀환운동에 연

---

13) 김현택 외 『재외한인작가연구』, 고려대 한국학연구소 2001, 21면.

루되고 이후 의문의 사고사를 당하는 필리핀계 정신과 의사 에밀 루잔의 인물정보를 캐내는 공작에 그가 실패하는 것도 그중 하나다. 그는 정보를 캐내야 하는 대상에게 거꾸로 자신의 내면을 열어보인 것이다. 간암으로 죽은 어머니를 오랜 세월 대신한 식모의 이름조차 모르는 상황을 두고 벌어지는 아내와의 갈등은 말할 것도 없고 그가 자기도 모르게 정신과 의사의 환자가 되어버리는 것은, 가면을 씀으로써 여러 사람의 역할을 다중인격적으로 연출할 수 있음을 자신하는 인간에게 반드시 찾아오기 마련인 일종의 정신분열 현상이다. 하지만 『네이티브 스피커』의 세 층위에 걸친 내러티브들이 한 점으로 집약되면서 이민사회를 움직이는 정치적 암투의 내부실상이 파헤쳐지는 결정적 계기는, 루잔 공작에 실패한 화자가 자원봉사자로 가장하여 존 쾅(John Kwang)이라는 한국계 정치가의 조직과 그 배후를 캐는 일에 착수하면서부터다.

자수성가한 한국계 미국인의 한 전형이사 아시아계 이민들의 성공신화를 상징하는 존 쾅은 『네이티브 스피커』에서 가장 인상적으로 형상화된 인물 중 하나다. 2차대전 직전에 태어나 전란으로 모든 것을 잃은 상황에서 미군장성의 하우스보이로 미국으로 건너온 존 쾅의 이력은, 60년대에 단돈 200달러를 손에 쥔 채 남한땅을 떠난 헨리 아버지처럼, 1세대 한국 이민자들의 선망의 대상인 동시에 한인 2세의 자랑스런 모범으로 제시된다. 흥미로운 점은, 소수민족으로서 '미국의 꿈'을 성취한 한 전형으로 제시되는 그의 정치적 기반이 계(契)라는 한국 특유의 공동체적 발상에 근거한다는 사실이다. 그런데 『토담』에서도 계모임을 통해 한인사회의 끈끈한 공동체의식이 유지되는 생활현장이 여실히 그려진 바 있고, 그같은 친목 겸 신용 단체는 아시아계 미국인사회에서는 폭넓게 존재하지만, 존의 '계조직'은 그와는 성질을 달리한다. 그것은 뉴욕의 수많은 불법체류자들을 포함한 소수민족을 지지기반으로 하는 조직이다. 이는 헨리 아버지가 고집한 (철저하게 한인중심적인) 배타적 집단의식과 민족의식을 넘어서는 것이다. (그 점에서 이창래가 작품 앞머리에 휘트먼의 시 일부를 인용한 것도 우연은 아니다.) 사실상 그는 계라는 이름으로써 평등한 초인종적 풀뿌리협동체라는 이념을 꿈꾸는 셈이다.

그렇다면 그런 이념을 표방하는 존 캉의 정치적 신념은 '위대한 아메리카'를 노래하다가 허위의식에 빠져든 휘트먼의 특정 면모, 즉 모든 살아 있는 문화적 차이들을 하나의 이념을 위해 무차별 녹여버리는 미국인 특유의 관념에서 과연 얼마나 벗어나 있는가? 위계에 근거한 유교(儒敎)적 윤리를 내면화한 그의 이념이 휘트먼식의 도가니(Melting Pot) 개념을 탈인종주의의 구도로 각색한 것에 불과하지 않은가 하는 느낌이 드는 마당에 그런 물음은 야무지게 제기할 필요가 있겠다. 이를테면 사해동포주의를 내세우는 한편 철저하게 미디어 조작과 정략적 계산을 따르는 그 조직의 선거전략 및 운동방식이 기성 백인중심의 정치문화와 사실상 차별성이 없다는 사실도 독자의 의구심을 더 깊게 하는데, 계라는 형식으로 그러모으는 정치자금이라는 것이 세무당국에 사실상 포착되지 않을뿐더러 사적으로 유용한 혐의까지 암시되는 검은돈인 것이다.

헨리가 존 캉의 세계에 빨려들어가는 와중에 작품은 긴박한 반전을 맞는다. 뉴욕 시장의 물망에 오르는 존의 조직을 와해하는 사고가 터진 것이다. (존 캉의 실토대로 사실상 그가 고용한 것으로 드러나는) 괴한의 사제폭탄으로 선거운동 사무실에서 일하던 최측근이자 자금관리책인 (스페인계) 에두아르도 페르민과 (독일계) 청소부 헬다 브란다이스가 질식사한다. 이후 이야기의 전개는 부패와 추문이라는 다소 낮익은 저널리즘의 사건보도와 크게 다르지 않다. 에두아르도가 고급아파트를 소유하고 야간대학생 자원봉사자 신분에 어울리지 않는 호화생활을 했음이 폭로된다. 탈세와 횡령 등의 혐의로 언론의 집중 공세를 받는 와중에 존 캉은 음주운전을 해, 함께 탄 접대부인 미성년 한국처녀를 식물인간으로 만드는 사고를 내고 만다.

백인중심주의뿐만 아니라 소수민족들 사이에도 숱한 문제가 얽혀 있음을 실감케 하는 존 쾅의 정치적 행로에서 핵심은, 그의 몰락을 추적하는 화자의 복합적 시선이다. 동포인 존 쾅의 약점을 캐내야 하는 스파이로서 자원봉사자를 가장한 이중적 상황 자체가 그같은 복합적 시선을 유도하는 셈이지만, 그 함의는 무척이나 착잡하다. 루잔의 경우와는 또다르게 공작이 진행될수록 헨리는 점차 아버지의 과거와 겹치는 존 쾅의 현재 및 오늘날 한국계 시의원을 있게 한 처절한 그의 과거를 이해하고 자신의 정체성에 대해서도 진지한 고민을 거듭하기 때문이다. 선거운동 사무실이 습격당한 후 퍼민의 일을 인계받은 그가 기부자명단을 훑어보면서 떠올리는 상념도 그중 하나다.

존 쾅처럼 나도 그들을 낱낱이 기억하고 있다. 바라든 바라지 않든 난 그들, 그들의 배우자, 자녀, 직업, 수입, 삶 등을 소유한다. 보면 볼수록 그들의 이야기가 한결같음을 나는 기억한다. **그것은 나의 이야기이기도 하다.** 내가 어떻게 비행기편으로, 배편으로, 담을 넘어서 오는가. 여기에 도착하면 나는 일을 한다. 마침내 나 자신을 위해 일하는 날이 올 수 있도록 일을 한다. 나는 너무도 열심히 일을 해서 결국 내가 누구인지조차 잊고 만다. 나는 아내도 자식도 잊는다. 그래서 이제는 나의 오래된 모국어마저 잃어버렸다. 그리고 내가 떠나온 이역만리 저 고향땅 선산, 찾는 이 없이 쓸쓸히 버려진 조상의 산소까지 망각한다. (『네이티브 스피커』 279면, 강조는 인용자)

많게는 500달러에서 적게는 10달러까지 존 쾅에게 기부한 소수민족 시민들의 인적 사항이 적힌 명단에서 헨리 박이 자신의 잊어진 뿌리를 상상하는 상황 자체가 "현실적인 불평등과 착취와는 상관없이 민족·국민은 언제나 하나의 깊고 수평적인 동지애로 인식된다"[14]는 사회학 논제의 실증적 예를 문학이 제시한다고 혹자는 주장할지 모른다. 실제로 이 대목은 '새로운 땅'에서 한국인이든 누구든 단일한 인종적 정체성을 고집하는 일체의 언설이 얼마나 편협할 수 있는가에 대한 해명도 된다. 자신의 기원을 망각해가면서까지 '새로운 땅'에 뿌리내린 소수민족들의 설움과 수모는 역설적으로 미국인이라는 새로운 정체성의 밑거름이 되기도 한 것이다. 무일푼으로 뉴욕 시의원이 된 촉망받는 정치지도자인 현재의 존에게서 헨리 박이 부모와 같은 무수한 소수민족들의 미래를 보는 것에는 극적·심리적 개연성이 충분한데, 이는 그 자체로 정체성의 혼란을 겪는 헨리에게도 치유적으로 작용한다. 따라서 모든 사건의 책임을 견인주의(堅忍主義)적으로 떠맡는 존의 비장한 모습도 인상적이지만, 군중들이 매도하는 그의 편에 서려는 헨리 박의 심경을 독자로서는 애정을 가지고 헤아리게 된다. 그가 존 콩의 조직에 깊이 개입하는 과정에서 '미국의 꿈'을 좇아온 무수한 이민자들과 정신적 일체감을 느끼면서 아내와도 점진적으로 화해하고 종국에는 아버지의 과거까지 이해하게 되는 과정을 작가의 감상(感傷)만으로 몰아세우기는 어려울 것이다.

그러나 헨리의 그같은 동류의식이 존 콩의 허위의식에 대해서조차 연민과 동정을 바탕으로 한 인간애로 번져가는 순간, 우리는 '수평적인 동지애'의 기만성을 심문하지 않을 수 없다. 영웅적으로 자신의 몰락을 감내하는 듯한 그를 통해 헨리가 혼란스런 자기정체성을 정리하는 과정이 흔쾌하지 않은 것도 바로 그 때문이다. 무엇보다 작가가 그 동포정치가의 이념과 과오에 대해 엄정한 거리를 둔 것 같지 않다. 에두아르도의 진실을 둘러싼 대목의 해명도 독자의 혐의를 짙게 한다. 존 콩은 자식처럼 보살핀 에두아르도의 배신(자금횡령)을 감지하고 중국계 폭력조직에게 '청소'를 부탁했는데, 그에 대한 해명이라면 누구보다도 그 자신의 자기

---

14) Benedict Anderson, *Imagined Communities: Reflections on the Origin and Spread of Nationalism*, London: Verso 1991, 개정판 7면.

비판이 선행했을 법하다.[15] 그가 헨리를 오히려 정치적 목적에 이용할 수 있음을 암시하고 복잡미묘하게 얽힌 이들의 심리적 상황을 치밀하게 재현한다고 해서 해결될 문제가 아닌 것이다. 소설에서는 정치적 희생양으로서 사태를 비극적으로 인고하는 그의 모습이 줄곧 강조될 뿐 이데올로기로 변질한 사해동포주의에 대한 비판은 이루어지지 않는다. 형제애와 평등을 호소하면서 인종주의사회의 착잡한 모순을 자기증오로 푸는 존 쾅의 대중연설이(『네이티브 스피커』 151~52면) 60년대 흑인민권운동의 수사(修辭)를 답습한 것임은 차라리 부차적인 문제다.

전락한 하우스보이에 대한 헨리의 심리적 투사가 좀더 설득력을 얻기 위해서는 소수민족 정치가로서 존 쾅이 품은 정치적 비전과 그 조직의 한계를 소수민족사회의 실제현실과 밀착해서 좀더 포괄적으로 직시해야 했다는 비판이 가능한 것도 그런 맥락에서다. 기성정치인들의 정략을 답습하는 과정에서 초래된 존의 몰락을 하얗게 날아오른 돌멩이 위를 긷는 순교자의 고난에 빗대어 묘사한다거나, 소수민족 출신의 특정 정치가가 저지른 과오와 무책임이 무엇인가를 묻기보다는 존 쾅의——그 나름의 진정어린 면이 없다고는 할 수 없는——고뇌를 인간의 보편적 약점으로 얼버무릴수록, 그에게 부여된 면죄부의 효력은 떨어진다. 그 점에서 헨리 박의 이야기가 탈인종주의의 꿈을 꾸기에는 아직 때가 이르다는 경고를 준다고 볼 여지가 없는 것도 아니겠지만, "『네이티브 스피커』가 탈인종주의적 유토피아 내러티브로 읽혀야 하는가, 아니면 사회적 유토피아를 냉소적이고 반동적으로 막아버리고 안전하고 개인화한 공간으로의 퇴각을 드러낸 이야기로 읽혀야 하는가?"[16]라는 양자택일적 물음은 오

---

15) 딸린 식구들이 많은데다가 장래도 불확실한 에두아르도가 어디까지나 무보수로 봉사했고 자기는 그에 합당한 미래의 비전을 제시했지만 결국 배신당했을 뿐이라고 강변하는 존 쾅의 허위의식은(『네이티브 스피커』 311면) 좀더 냉철한 비판대상이 되어야 마땅하지 않았을까.

히려 책임있는 작품평가에서 멀어지는 결과를 낳는다.

그러나 그것이 얼마나 정당한 면죄부인가 하는 것보다 더 핵심적인 사안은, 헨리가 존 쾅에게 연민을 느끼면서도 기부자명단을 어쩔 수 없이 상관인 데니스 호그랜드에게 넘겨주고 에두아르도의 죽음에 관한 진실은 자기만의 것으로 함으로써 존 쾅과 데니스가 대변하는 이념과 조직 모두에서 놓여난다는 결말의 의미다. 무수히 이질적인 언어의 도시 뉴욕 거리의 활력은 활력대로 포착하면서 이민 2세들을 위한 아내의 발음교정수업을 '말 도깨비'(Speech Monster)로서 도와주는 것으로 끝맺는 결말은 이중스파이로서의 그의 삶이 청산되었음을 뜻한다. 아버지가 묶여 있던 과거, 그리고 이념의 수렁에 빠진 존 쾅의 현재, 이 모두에서 멀어지면서 마침내—— '네이티브 스피커'가 아닌 아이들을 건강한 미국시민으로 키우는—— 일상의 희망을 독자로 하여금 공유케 하는 끝맺음에는 손색이랄 것이 없다. 또 이 작품이 최근에 뉴욕 시 권장필독서 물망에 오른 것도 기뻐할 일이다. 다만 그 희망을 희망답게 품기 위해서는 '계'라는 발상으로 다인종적 공동체를 실현하고자 한 동포정치가에게 이끌린 헨리의 자기물음은 더 통렬해야 했고, 아버지와의 화해도 단순한 이해 차원을 넘어서야 했다는 아쉬움만은 끝까지 남는다.

4

국내에서는 국경을 초월한 '러브 스토리'로 소개되고 현지에서도 대체로 그렇게 알려진 쑤전 초이의 『외국인 학생』[17]은 『네이티브 스피커』

---

16) David Palumbo-Liu, *Asian/American: Historical Crossings of a Racial Frontier*, Standford University Press 1999, 320면.

와는 무척이나 대조적인 작품이다. 추리소설 양식을 활용하면서 생기발랄한 시사(時事)적 구어와 독특한 잠언적 문체를 구사하는 『네이티브 스피커』와는 달리, 『외국인 학생』은 내러티브 구도나 언어 면에서 격조높은 사실주의적 재현에 기반을 둔 작품에 가깝다. 쑤전 초이는 격동의 60, 70년대 미국 젊은이들이 어떤 이유로 안락한 삶을 포기하면서까지 체제에 의문을 제기하고 정치적 투쟁에 뛰어들었는가를 밝혀보겠다고 한 바 있지만, 『외국인 학생』만 봐도 그가 자신의 특정한 신념을 작품에 직접 투사하는 작가와는 거리가 멀다는 사실을 대번에 알 수 있다.

모두 14장으로 된 『외국인 학생』은 두 남녀의 내밀한 심리적 개인사를 중심으로 해방 이후부터 50년대 초·중반까지의 한반도 상황과 동시대 미국 남부 테네씨 주 스워니라는 소도시의 풍경이 교차된다. 일제치하에서 영문학 교수를 지낸 아버지——쑤전 초이는 최재서(崔載瑞, 1908~64)의 손녀다——를 눈 안 장(Ahn Chang)과, 인디애니 주 출신인 작가 자신과 전혀 무관하달 수는 없는 백인처녀 캐서린 먼로의 해후에 이들이 처한 역사적 현실이 따라온다. 어긋나고 만나는 두 남녀의 정신적 방황이 병치되면서, 한국남성과 미국여성이 바로 그 시대상황에서 겪음직한 삶을 중심으로 각각이 처한 역사적 현실, 즉 전란에 휩싸인 20세기 중반의 한국과 인종주의가 내면화한 미국 남부가 재현되는 것이다.

그런데 첫 장편을 내기 전의 여러 단편에서도 심상치 않은 싹수를 보인 쑤전 초이지만 우선 놀라운 점은, 이제 갓 서른을 넘긴 작가가 한국동란을 안 창의 파편적 기억이 아닌 그의 현재상황으로 재현했다는 사실이다. 그에게 50년대 한국은 영어로 된 부실한 역사책이나 현재 싸우스 벤드(South Bend) 소재 인디애너 대학 수학과 교수인 부친의 회고로밖에

---

17) 필자가 알기로 『네이티브 스피커』와는 달리 『외국인 학생』이 서평 이상의 주목을 받은 경우는 아직 없는 듯하다. 주로 주간·일간지를 통해 소개된 서평들은 *Comtemporary Literature Criticism*, vol. 119 (Detroit: Gale Research Co. 2002)에 재수록되어 있다.

는 접할 수 없는 과거다. 또한 1967년생인 작가에게 50년대 남한 상황과
는 질적으로 다른 과거임이 분명한 동시대 스워니 지역이나 레스턴 부인
과 크레인 등 남부인들의 면모 역시 하나의 인상적인 풍속화다. 남북이
전쟁으로 치닫는 과정에 휘말리는 한 젊은이의 고뇌를 세밀하게 추적하
는 한편 남부 소도시의 사회상을 풍부하게 재현한『외국인 학생』을 연애
소설이라고 한다면 그 역시 제한적인 정의가 될 수밖에 없다. 미국땅에
서 조우한 두 남녀 사이에 기적처럼 싹트는 사랑의 추이를 따라가는 동
시에, 그 사랑을 거의 불가능하게 만드는 그들의 '전형적 상황'을 그리면
서 전혀 다른 두 시·공간을 넘나드는 너름새도 보통이 아니다. 천신만고
끝에 인종의 벽을 넘어 '인간적 공감'의 차원에 도달하는 두 인물의 조우
는 거시적으로는 강대국의 틈바구니에 낀 한국의 해방공간 및 50년대 중
반 미국의 남부라는 전혀 이질적인 두 세계를 만나게 하는 작업으로 이
어진다.

  그렇다고『외국인 학생』이 완벽하다는 말은 아니다. 삶에서든 비평에
서든 완벽이라는 평가도 상대적일 수밖에 없음은 두말할 나위 없지만,
생판 공부해야 하는 한국의 해방공간과 그와는 또다른 과거인 50년대 미
국의 남부지방을 상상할 수밖에 없는 경우, 아무리 다부진 재능이라고
해도 불만스런 점이 없을 리 없다.(하지만 작가가 몸으로 부대낀 미국
남부지방의 재현이 동란 전후의 서울 묘사와는 다른 질감으로 느껴지는
것 또한 사실이다.) 안 창과 깊은 우정을 나누는 것으로 그려지는 사회
주의자 김재성의 행적과 성격도 그중 하나다. 모호하고 불확실한 '터치'
에다가 낭만적 혁명주의가 들씌워진 그의 면모는 해방 직후의 구체적인
정국과는 겉돈다. 이는 해방공간을 무대로 설정했지만 그에 상응하는 삶
의 구체적 현장감을 불어넣을 수 없는 작가의 한계다. 또한 남북의 착종
한 모순과 외세의 다각적 개입이 얽혀드는 분단상황에 대한 인식도 어떤
총체적 상상력의 소산이라기보다는 정보를 집약한 면이 더 강하지 않은

가 한다. 쑤전 초이가 단순히 역사적 사실을 나열하는 방식으로 해방공간을 재현했다는 비판은 물론 아니다. 역사소설에 값하는 상상력이라면 사실 자체의 엄밀성도 궁극적인 차원에서는 부차적인 문제일 뿐인데, 『외국인 학생』에서는 그 엄밀성에 집착한 나머지 오히려 한국전쟁을 둘러싼 제국주의 세력의 복잡한 이해관계 및 한반도의 책임을 너무 제한적으로 상상하지 않았는가 한다. 『외국인 학생』의 이런 한계는 가령 분단모순을 온몸으로 감내한 이태준(李泰俊)의 단편 「해방 전후」(1946)에 비하면 더 두드러진다.

그러나 한국계 미국작가의 작품을 평가하고 그것이 어느 정도의 성취인가를 가늠하는 데는 역시 동시대 한국계 미국작가들의 작품도 거론해야 좀더 공정하지 않을까? 그 가운데서도 이창래의 두번째 작품인, 종군위안부 문제를 다루면서 『외국인 학생』과 유사한 시점 및 배경의 변주를 인상적으로 선보인 『어떤 제스처 인생』(*A Gesture Life*, 1999)을 대비해보면 어떨까? 한국인으로 일본인 가정에 입양되어 일제의 군의관으로 복무하다가 결국 미국시민으로 귀착한 프랭클린 하타(Franklin Hata)의 심리를 따라가면서 80년대 베들리 런이라는 미국의 한 소도시와 2차대전 당시 미얀마의 일본군 주둔지라는 전혀 다른 두 시·공간이 병치되는바, 하타와 백인여성 메어리 번즈의 사랑이 전면에 깔리는 것도 『외국인 학생』을 연상케 하는 내러티브 구도다. 『어떤 제스처 인생』도 위안부 문제를 단순히 도덕적 차원에서 단죄하지는 않았다. 베들리 런의 사회풍속은 물론, 하타의 한국인 입양아 써니를 비롯해 미얀마에서 하타가 사랑한 조선여성 끝애 등 쉽사리 잊히지 않는 개성적 인물을 창조한 이 작품은 『외국인 학생』 못지않은 긴장을 유지한다.

하지만 미얀마와 베들리 런이라는 각기 다른 정글에서 살아남은 하타의 '제스처 인생'에서 이루어지는 도덕적 성찰은 좀더 넓은 역사적 현실의 맥락에서 벗어나는데, 이런 현상은 쑤전 초이에게서는 발견하기 힘든 것이다. 『어떤 제스처 인생』에서는 정신대의 진실들이 하타의 실존주의적 '라이프 스타일'을 치장하기 위해 동원되는 면이 강하기 때문이다. 소위 종군위안부의 숨겨진 진실은 이미 노라 옥자 켈러의 『종군위안부』(*Comfort Woman*, 1997)와 테레즈 박(Therese Park)의 『천황의 선물』(*A Gift of the Emperor*, 1997)에서 다뤄진바, 한국여성의 수난을 그리는 과정에서 드러나는 이창래의 관념적 경향은, 직정(直情)적인 고발과 도덕주의적 소망성취에 경도한 『천황의 선물』보다는 『종군위안부』와 대비할 때 더 분명하다. 한국전쟁의 '당사자'인 미국에 대한 냉철한 인식이나, 위안부들의 몸서리쳐지는 한을 온몸으로 구현하는 아끼꼬(Akiko)라는 여성의 회상을 통해 밝혀지는 그 진상의 처참함도 어느 자연주의적 묘사 못지않게 독자를 전율케 한다. 조선이름 효순을 감추고 살 수밖에 없었던 어머니 아끼꼬와 과거의 저주에서 벗어나기를 염원하는 딸 백합(Bakhap)의 시적인 성숙과정, 그리고 두 모녀의 간단치 않은 애증관계를 통해 위안부 문제에 접근한 켈러의 필사적인 글쓰기에 비하면, 하타와 끝애의 다분히 심미주의적인 사랑이 전면에 깔리면서 등장하는 미얀마와 베들리 런이라는 사회는 단순한 배경 이상의——다시 말해 작중 인물들을 그렇게 존재케 하는——살아 있는 생활공간이라는 실감이 덜한 것이다. 각도를 달리하면, 작가의 역사공부와 상상력을 결합하는 집중도 면에서 『외국인 학생』에 비해 『어떤 제스처 인생』에 더러 손색이 있다는 뜻이다. 이렇게 보면 아버지로부터 듣고 역사책에서 읽은 것이 전부인 50년 전의 한국근대사와 나름대로 씨름한 쑤전 초이의 한무릎공부가 놀랄 만하다고 하겠다.

그런 씨름의 흔적은 물론 안 창과 캐서린에게서 가장 뚜렷하게 드러난다. 안 창은 일제치하 때 일본 유학을 한 지식인이다. 영문학 교수인 부친의 영향으로 미군정 치하에서는 통역·번역을 한 그가 휴전 이후 한국을 떠나는 것은 20세기 한국지식인 형성의 전형적인 경로 중 하나를 예시한다. 해방 전 오오사까 기숙학교에서 유학하면서 민족차별의 수모가 뇌리에 박히는 상황도 그러하거니와, 미국 선교단체의 장학금을 받고 스워니에 정착해서조차 부지불식간에 일본어가 튀어나올 정도로 일제의 잔재에 내면을 빼앗긴——동시에 미공보부(USIS) 요원의 편리를 위해 창(Chang)에서 척(Chuck)으로 '개명'당한——그가 남과 북의 이념 어느 쪽에도 공감하지 못하고 조국을 버리는 상황 역시 6·25의 비극이 한국 지식인에게 남긴 상처다. 남부 교회들을 순회하면서 한국전쟁의 실상을 소개하는 그가 조국에 대해 질문을 받는 순간마다 보이는 '실어증'은 그 같은 내상(內傷)을 웅변하는 것이다.

안 창이 조국을 등지는 것도 그런 상처에서 비롯된다. 그가 인공(人共) 치하의 서울에서 살아남는 장면도 생생하지만, 미군정 책임자들에게 차례로 이용당하는 과정에서 김재성을 찾아나섰다가 우연찮게 4·3사태의 현장인 제주도로 흘러들어가고 거기서 빨치산으로 몰려 혹독한 고문을 당한 것은 식민지 한반도의 전란이 어떤 방식으로 한 개인의 삶에 집중되는가를 예증한다. '새로운 땅'인 미국에서도 악몽으로 남는 기억은 제주도에서의 참극이 배면에 깔리는 고문에 관한 것이다.

그후 그에게 남아난 것이라고는 거의 없었다. 고문관들처럼 그도 도와달라는 자기 몸뚱이의 울부짖음을 듣지 못했다. 그는 자신의 몸뚱어리를 쇠사슬, 전화선, 사지 사이의 브릿지(전기의 용량, 저항, 유도 등을 측정하는 기구——인용자)를 통해 더 많이 알게 되었고, 전선이 친친 감길 때 육체에 대한 사랑은 더 커졌다. 전선과 밧줄로, 브릿지로 몸뚱어리는 조각조각 베이고 폭발하고 입과 사타구니는 절개되고 사지는 떨어져나갔다. 그는 더이상 오줌을 지리는 것도 느끼지 못했다. 그 자체의 경계 너머로 내던져진 그의 육체는 세상과 자신 사이의 어떤 구분도 할 수 없었다. (『외국인 학생』309~10면)[18]

한국의 식민지 근대와 이어진 동족상잔이 남긴 생생한 이데올로기적 모순이 안 창의 육체에 생생하게 각인된다. 남과 북 어느 쪽도 선택하지 못하고 정신적 난민으로 미국을 향하는 그는 여러모로 최인훈 장편『광장』(1960)의 이명준을 떠올리게 한다. 하지만 안 창에게는 이명준과는 다른 면모도 있다. 최인훈 스스로 고백한 "저 빛나는 4월이 가져다준 새 공화국에 사는 작가의 보람"을 4·19의 싸움을 기억하고자 하는 독자와 함께 충분히 나누었다고 보기 힘든, 지식인의 정교한 회의주의가 이명준에게는 상대적으로 두드러진다. 갈매기의 자유를 그리워하는 4·19세대의 그 지식인 자화상이 여전한 감동을 준다고 해도, 파국으로 치닫는 남북 모두에 공감할 수 없을수록 오히려 더 커지는 안 창에 대한 읽는이의 공감대는 최인훈의 그 지식인 상이 주는 갑갑함과는 차이가 있지 않나 싶다. 각기 고문의 기억을 뒤로 한 채 자신을 만신창이로 만든 조국땅을 미련없이 버리고 '새로운 땅'을 선택하는 그들에게 민족의식을 요구하는 것이 오히려 관념적 지식인의 한낱 사치로 느껴지고 한국지식인의 정신적 이산의 한 탁월한 전형이 바로 그런 조국을 등지는 과정에서 구현된다는—또한 사랑을 통해 허무를 극복하려는—점에서는 일치할지 모르지만, 이명준은 지적 회의주의로부터 끝내 한걸음을 더 내딛는 안 창의 도정에서 탈락한 지식인이라는 느낌을 씻기 힘들다.

다른 한편 천신만고 끝에 한국의 정신적 난민과 '영혼의 공감'에 이르는 캐서린 먼로라는 미국여성은 어떤 인물인가. 작품 서두부터 독자를 사로잡는 것은 남부의 번듯한 가문에서 고명딸로 자란 캐서린의 정신적 공허감과 반항심리다. 이는 물론, 영어표현대로 하면 '어색한 나이'

---

18) 이 대목의 기존 번역도 불만스럽다. 가령 "After this there was very little left of him"이라는 문장만 해도 "그후에 일어난 일들은 거의 기억에 남지 않았다"라고(문학세계사판 248면) 옮겼는데, 이는 기억의 문제가 아니다.

(awkward age)인 사춘기에 찾아오는 '증상'의 일부다. 그러나 동시에 그것은 그 자체로 캐서린이 처한 안락한 계급적 상황과도 무관하지 않은 병리적 현상이다. 사교계의 주요인사인 어머니 글리와 아버지 조 먼로의 규범적인 가족생활에서 아무런 삶의 돌파구를 찾지 못하고, 정해진 삶의 코스만을 따라가는 남자친구 커틀린과도 또래의 교감을 이룰 수 없는 상황에서 발원하는 심리적 공황인 것이다. 아버지의 대학동창이자 영문학 교수인 찰스 에디슨(Charles Edison)과 '치명적인 사랑'에 빠지는 것도 바로 그같은 공황상태에서 비롯한다. 스워니 지역의 명사처럼 군림하는 그는 안 창과 일종의 연적(戀敵)이 되는 인물이다.

하지만 가령 『여전사』나 에이미 탄(Amy Tan)의 『조이 럭 클럽』(*The Joy Luck Club*, 1989)처럼 여성해방의식이 짙게 투영된 중국계 미국문학과도 구분되는 『외국인 학생』의 독특한 면모는 캐서린·찰스의 일탈이나 삼각관계의 미묘함, 캐서린의 반발심에 있는 게 아니다. 누구보다도 재능을 인정받지만 진지하게 살아내야 하고 진정으로 즐겨야 하는 삶에 대해서는 불구에 가까운 찰스의 내면에서 백인지식인 남성의 파괴적 욕망을 날카롭게 포착하는 쑤전 초이는 그런 그를 향한 캐서린의 집착 역시 기본적으로 백인여성이 당대 사회에서 느낄 수밖에 없는 삶의 박탈감에서 기원한 것임을 치열하게 추적하는 것이다.

단순한 일탈의 재현이었다면 파악하기 힘들었을 낭비된 두 삶의 심연이 드러나는 것도 그런 까닭이다. 즉 십대 소녀와 사십대 대학교수의 성애가 노골적으로 그려질수록 한편으로는 캐서린이 저버린 삶의 가능성들이 분명해지고, 다른 한편으로는 그녀가 지닌 생의 활력에 기생한 찰스의 지적 딜레땅띠슴(dilettantisme)이 부각되는 것이다. 찰스와의 관계를 알아버린 어머니가 교신을 중단하자 데림추처럼 정부(情夫)의 주변을 맴도는 그녀가 그로부터 벗어나기 시작하는 것은 지금까지 살아온 삶의 관성을 거의 무의식적으로 신문케 하는 '황폐한' 안 창에게 끌리면서부터다. 반면에 번듯한 백인여자의 사랑을 감당하기에는 심신이 너무나 망가졌음을 의식하면서 내면으로 움츠러드는 안 창이 캐서린의 다가섬에 살금살금 반응하는 태도도 때이른 정신적 고사(枯死)에 저항하는 풋풋한 젊음의 생기가 살아 있음을 느끼게 한다. 나름으로 역사의 멍에를 짊어진 두 남녀의 '떨림'이 하나의 화음으로 합치는 과정이 작위적으로 느껴지지 않는 것은 무엇보다 이들의 과거에 대한 쑤전 초이의 해명에 감상주의를 떨친, 인간의 감정에 대한 곡진한 인식이 있기 때문인 듯하다. 이들의 사랑은 작가가 이들의 황폐한 삶을 회피하지 않고 끝까지 대면하는 과정에서만 비로소 움틀 수 있는 갱생의 기운이다. 안 창과 캐서린의 아슬아슬한 다가섬이 작가의 손을 떠나서 이루어지는 듯 보이는 것도 바로 그런 인식이 철저하기 때문이다. 안 창과 캐서린의 사랑이 십수년이 지난 싯점에서 불치병에 걸린 어머니 글리와 캐서린의 '산문적인' 화해를 불러오는 것도 훈훈하지만, 그 사랑이 두 남녀가 각기 처한 각다분한 처지에 대한 손쉬운 해결책으로 제시되지 않는다는 점이야말로 연애소설로서 『외국인 학생』이 이룩한 뜻깊은 성취 가운데 하나라 하겠다. 이 둘의 사랑이 독자에게 아무런 장밋빛 기대감을 불러일으키지 않고 마무리되는 결말도 이 작품의 독특한 면모라 하지 않을 수 없다.

　주어진 현재를 감내하면서 한발씩 다가서는 두 남녀가 마침내 어떤 공감에 다다르는 과정——캐서린을 쟁취하기 위한 안 창의 모험——에 낯익은 듯하면서도 결코 진부하지 않은 시적 서정이 담기는 것도 바로 그 때문이다. 여름방학을 맞은 안 창이 시카고의 한 제책소에서 비상근 아르바이트를 하다가 캐서린과 찰스의 결혼소식을 듣고서 잊고 있던 예사로운 일정을 기억이라도 한 것처럼 스워니로 돌아온다. 1955년의 이 '현재' 사건은 김재성을 찾아나섰다가 예기치 못하게 제주도에 흘러들어가는 1950년의 '과거' 이야기와 겹치면서 점진적으로 한 점으로 모아진다. 그 과거는 사고무친의 빈털터리인 그가, 찰스와의 삶에 체념하려는 캐서린을 찾아나서는 현재 여정과 합쳐진다. 친구를 만나려다가 빨치산으로 오인받아 악몽에 빠져든 안 창의 처절한 몸무림이 캐서린의 '낡은 자아'가 해체되는 고통과 어우러지면서 새로운 삶의 예감으로 이어지지 못했다면, 이 작품이 연애소설 이상의 지평에 도달하기는 힘들었을 것이다. 프랜이라는 늙다리 백인여자에게 (책갈피에 숨긴 눈먼 돈을 찾아내라는) 시달림을 받다가 파지(破紙)작업 중 발견한 100달러짜리 지폐 한 장을 달랑 집어들고 제책소를 뛰쳐나오는 대목에서 발휘되는 쑤전 초이의 유머감각도 일품이지만, 찰스와 약혼한 상태에서 안 창의 그런 대책없는 결단을 받아들이는 캐서린의 심리를 그리는 작가의 솜씨에도 사랑에 안달복달하지 않는 느긋함이 있다. 작품은 어렵사리 성사된 이들의 해후를 열정적이지만 담담하게 그리면서 사지를 찢는 고문 끝에 서울로 돌아온 1950년의 안 창을 묘사하는 것으로 끝난다.

어머니가 그를 알아보지 못하는 순간, 가족에 대한 그의 의무도 다했다. 그리고 그동안 은밀하게 간직한 수치감과 불안에도 불구하고 그의 의심, 즉 이것은 그의 삶이 될 수 없다는 것, 이 전쟁이 그를 결코 정의할 수 없다는 생각이 마침내 옳았음이 판명되었다. 그날 밤 어머니가 끊임없이 눈물을 흘리고 음식을 갖다주고 더러운 옷을 빨아주고 그가 잠들 때까지 손을 부여잡고 앉아 계셨지만, 그리고 다음날 부산 미공보부에 찾아가 일자리를 얻고 이후 휴전까지 2년간 전보문을 번역하면서——마치 새로운 어휘가 새로운 사고의 틀이라도 만들어줄 수 있는 것처럼 전보문을 소화하면서——세월을 보냈지만, 그는 벌써 그 순간에 떠나버린 것이다. 그는 이미 자유였다. (『외국인 학생』 324~25면)

안 창의 놓여남은 작품의 서두, 즉 안 창이 미국땅에 첫발을 내딛는 장면으로 돌아가는 도돌이 결말이다. 그것은 한 개인의 자유주의적 충동이 아니다. 당할 만큼 당하고 견딜 만큼 견딘 인간만이 얻을 수 있는 자유의 권리다.[19) 그렇게 조국을 등질 수밖에 없는 청춘의 시련과 불확실한 미래에 맡겨지는 사랑의 간절함이 있기에 독자로서도 오히려 자유를 예찬할 수 없거니와, '새로운 땅'에서 새출발하는 두 연인의 미래도 순전히 남의 일로만 생각하기 힘들다. 사랑을 통해 이들이 입은 영혼의 상처가 치유될 수 있기를 비나리하는 것은 독자 모두의 마음일 테지만, 다른 한편 역사의 질곡을 떨친 이들 만남의 의미를 우리는 분단체제라는 한반도의 '국지적' 현실로 불러들여 되새겨보는 것이다.

5

세계화시대가 각 민족·국민들에게 열어놓는 가능성은 그것대로 탐구해야겠지만, 그 속성상 개별 민족의 창조적 문화유산을 소비주의로 포섭하고 전통의 무차별한 망각으로서의 근대주의를 조장하는 면모가 더 노골화했음을 간과해서도 곤란하겠다. 우리의 이산문학을 읽는 행위가 각별한 것은 그런 시대를 폭넓은 시각으로 조망케 하기 때문만이 아니다. 아무리 세계화가 진전해 설령 일종의 단일 세계정부 비슷한 것이 성립된다고 하더라도 지역과 인종·문화·언어 등 공통 요인을 중심으로 결집되는 중·소 공동체가 지속되리라는 것 또한 인류의 경험적 상식인바, 이에 비추어도 한국계 미국문학은 좀더 긴 호흡으로 연구해야 할 주제가 되는 것이다. 분단체제의 와해가 우리 노력 여하에 따라서 파국과 상생 가운데 어느 한 방향으로 치달을 것이 더욱 분명해지는 이때 문학분야에

---

19) 이런 결말의 의의에 비추어보면 안 창이 결국 한국인도 미국인도 아닌 상태로 "의도적으로 잘못된 정보"가 지배하는 세계를 벗어나지 못한다는 일레인 킴의 논의는 너무 일면적인 소개가 아닌가 한다. Elaine H. Kim, 앞의 글 180면.

서도 과거 민족유산을 충분히 이어받지 못하고서는, 또한 코메리칸 작가들의 '장거리 민족의식'(long-distance nationalism)[20]이 갖는 진정한 뜻을 우리 것으로 소화하지 못하는 한, 지식인의 책무를 다할 수 없는 현실이 아닌가! 이는 한국계 미국작가들이 작품으로써 우리에게 직접·간접으로 일러주는 진실이기도 하다. 한편으로 존 쾅으로 대변되는 소수민족들의 꿈도 각 민족공동체의 구체적인 생활현장에 뿌리내리지 못하고 허황한 세계시민주의에 경도하는 순간 아메리카니즘이라는 이데올로기와 구분되기 어렵다는 것이 『네이티브 스피커』가 예술적 한계의 형태로서 일러주는 전언이며, 다른 한편으로 안 창 개인이 겪은 민족적 비극에 대한 냉철한 인식과 캐서린이 속한 인종주의 사회에 대한 비판이 동시에 이루어지지 않았다면 『외국인 학생』의 성취와 두 연인의 사랑이 갖는 깊이도 그만큼 제한되었으리라는 것은 짐작하고 남음이 있는 것이다.

한국문학의 세계적 지평을 대국석으로 싱찰하는 데 중요한 암시를 주는 작품의 그런 한계와 성취에 주목한다면 미국이민 100주년을 맞는 이 싯점에서 한국계 미국작가들을 진지하게 읽는 행위도 민족문학의 유산 계승과 어떤 방식으로든 관련될 수밖에 없다. 모국의 민족적 비애를 보듬으면서 미국작가로서의 자기의식을 작품으로 지켜내려는 이들의 노력은 근대의 적응과 극복이라는 이중과제를 떠올리게 하는 것이다. 하지만

---

20) 이 용어는 베네딕트 앤더슨의 것이다. *The Spectre of Comparisons: Nationalism, Southeast Asia, and the World*에서도 이 용어가 구사되지만, 좀더 간명한 논의는 "Western Nationalism and Eastern Nationalism: Is there a difference that matters?," *New Left Review* 2001년 5·6월호, 31~42면 참조. 그는 이 용어를 인터넷과 전자통신망의 급격한 발전으로 인해 국가·민족 단위의 폐쇄적인 옛 민족주의가 사라질 때 드러나는 것으로 규정하고 서구와 동양의 차이가 없어지는 세계화시대의 문화적 징후로 파악한다. 그러나 민족의 강제적 이산으로 얼룩진 20세기 세계사에서 테크놀로지의 발달만이 아닌 식민시대의 역사적 기억이 갖는 현재성을 더욱 주목할 필요가 있다. 탈식민시대의 유대로 다져지는 동아시아 지역 특유의 ― 지역 차원의 경제협력체는 상대적으로 미미한 실정이지만 바로 그렇기 때문에 ― '장거리 민족의식'을 우리가 상상하지 못할 이유는 없다.

자본주의 근대 적응 및 극복이라는 과제가 2002년 분단체제의 상황에서 특별히 미묘한 위험을 안고 있음도 기억함직하다. 20세기 변혁·반체제 운동의 실패가 절실하게 깨우쳐주는 사실 중 하나가 분단체제에서도 적응과 순응을 구분해줄 수 있는 기계적인 척도는 없다는 점이 아니던가. 근대의 극복 역시, 과거 사회주의권 붕괴의 궤적이 그러했던 것처럼, 자본주의 극복을 자신하는 바로 그 순간 오히려 체제의 동력으로 전락한 숱한 전례들을 떠올리고, 오직 적응과 극복이 하나로 일치하는 경지를 일상의 삶에 근거를 두고 지향할 때에만 분단체제의 위기를 능히 감당할 수 있을 것이다. 한반도의 과거 아픔을 이겨내면서 미국의 현실에 힘겹게 뿌리내린 미국이민 100년사와 백만을 헤아리는 교포사회에서 성장한 한국계 미국작가들을 우리 역사 및 민족문학의 일부로 당당하게 받아들이면서 다른 한편으로 이들이 참다운 미국작가가 되어주기를 희망하는 것도 그같은 이중과제가 현단계 우리문학의 숙제로서 엄연하기 때문이다.

● 덧글(2006)

현재 우리 영문학계의 아시안 미국문학 연구는 '중흥'이라는 표현이 과하지 않을 정도로 성황이다.[21] 자생적인 것이 아닌 한, 그리고 작가들이 엄연히 미국인이라는 사실을 고려해보면, '발원지'인 미국 학계의 영향을 떠나서 한국의 한국계 미국문학 연구는 생각하기 힘들다. 그러므로 '그쪽'의 연구경향이나 특정 작가에 대한 평가가 '이쪽'에 영향을 미치

---

21) 이에 대한 통계적 정보에 대해서는, 이수미 「한국의 아시아계 미국문학연구」, 『영어영문학』 51권 1호(2005) 887~910면 참조.

는 것도 하등 이상한 일이 아니다. 하지만 미국 학계의 특정한 평가가 단순히 반영되는 수준을 넘어 아예 판박이로 이곳에서 되풀이되고 심지어 보편주의라는 이름으로 부풀려진다면, 그것도 학문의 종속에 가까울 터이니 생각해볼 일이다. 이제는 적지 않은 학자들이 영어로 영미의 학술지에 글을 게재할 만큼 한국의 영문학도 기반이 잡히지 않았는가. 한국독자의 실감이 미국독자의 그것과 완전히 일치하라는 법도 없거니와, 설혹 일치한다 하더라도 해석과 평가의 방식은 다를 수 있는 것이다.

적어도 소설 장르의 경우 한국의 영문학계에서도 한국계 미국작가들을 대표하는 '간판스타'는 단연 이창래가 아닌가 한다. 현재 프린스턴 대학에 재직중인 그가 백인 주류사회에 깊숙이 편입한 덕을 얼마나 봤는지는 몰라도 안팎에서 거의 정전작가의 반열에 오른 인상이다. 그런데 그 점을 감안하더라도 한국계 미국작가를 연구하는 한국의 영문학자들이 그에게 보이는 관심은 정말이지 기이히리만큼 과도하다. 한국계 미국작가들이 가장 흔하게 다루는 주제가 '정체성 문제'인 것은 사실이다. 『네이티브 스피커』에서 알 수 있듯이 이창래가 어느 작가보다도 바로 그 문제를 섬세하게 작품화한 것도 사실이다. 일반독자들의 관심도 그런 쪽으로만 쏠리는지는 잘 모르겠고, 그렇게 쏠리는 현상을 한국 영문학자들의 '동포적 애정'으로 볼 여지도 없지는 않다. 하지만 한국 영문학자들의 논문 거의 대다수가 정체성 문제를 들먹이면서 미국 학계의 담론을 답습한다면 그런 현상도 비판적으로 해석해볼 필요가 있겠다.

쑤전 초이가 국내 영문학계에서 철저하게 무시되는 것도 바로 그런 현상과 무관할 수 있을까? 어찌보면 그녀가 주목받지 못하는 현상 자체가 흥미로운 연구감이다. 그녀의 작품을 진지하게 논문으로 다룬 영문학자는 극소수다. 오히려 여성주의 관점에서 노라 옥자 켈러를 언급하는 (여성)논자들이 많은 편이다. 쑤전 초이가 결락한 이 기묘한 공백을 어떻게 봐야 할까? 이것이 오늘 한국의 아시아계 미국문학연구가 자립하고 있지 못함을 단적으로 보여준다고까지 말하고 싶지는 않다. 다만 이 불균형 자체도 짚어봐야겠는데, 필자는 이 세 작가가 동일한 비중의 중요성을 가진다고 생각하지 않는다. 적어도 지금까지 한국에서 가장 많이 연구되었다는 아시아계 미국작가들, 즉 이창래를 필두로 맥신 홍 킹스턴, 차학경, 데이비드 헨리 황, 에이미 탄 등과 견주어도 쑤전 초이에게는 전혀 손색이 없다고 믿는다. 이런 생각은 이들의 최근작을 섭렵하면서 「한국계 미국작가의 현주소」를 쓴 2002년 당시보다 더 확고해진 면이 있다. 그렇다고 이 세 작가가 A, B, C급으로 나눌 수 있다는 주장은 물론 아니다. 문학에서의 차이는 그런 식으로 구분되는 것이 아니다.

쿼러의 두번째 근작 『여우소녀』(*Fox Girl*, 2003)는 첫 장편에서 보여준 가능성을 온전히 실현하지 못한 태작이 아닌가 한다. 그에 비하면 이창래의 『저 높이』(*Aloft*, 2004)에는 역시 괄목할 만한 면이 있다. 이 작품은 국내에서는 '가족'이라는 제목으로 출간되었는데(랜덤하우스중앙 2005), '저 높이'보다 내용상으로는 더 정확한 번역일 수 있다. 제리 베틀이라는 다소 소심하고 이기적이지만, 다소 이타적이기도 한 이딸리아계 백인 남자를 화자로 내세워 그를 중심으로 그야말로 다인종으로 구성된 3대(代) 가족사를 다룬 작품이 『저 높이』이다. 이 장편은 『네이티브 스피커』에서 다룬 '부부관계'를 좀더 촘촘하게 연결된 다인종적 상황으로 확장하고 심화했다는 점에서도 전작에서 한걸음 더 나아간 면이 있다. 가족이라는 공동체를 구성하는 사람들의 내면을 파고들면서, 21세기에 파편화한 인간 사이의 유대가 어떤 식으로 만들어지고 파괴되는가를 그려낸 것이다. 적어도 그 섬세함과 성찰의 진정성에서는 역자의 해설대로 '본격문학'이라는 평가가 어울리며, 피폐한 우리들 자신의 가정을 들여다볼 수 있는 계기도 된다는 점에서 '한국계'라는 수식어가 불필요한 미국문학이다.

그런 맥락에서도 일상에서 극적 상황을 찾아내는 이창래의 뛰어난 재주를 평가하는 데 인색할 이유가 없다. 이 장편에도 강렬한 잔상을 남기는 장면이 적지 않다. 가령 제리 배틀의 동거인이자 테레사와 잭의 어머니인―'한국계 미국인'이 온전히 되지 못했다고 말해야 할―데이지의 모습은 눈에 밟히는 듯하다. 이것은 일면 마초적 기질을 은폐한 이딸리아계 미국남성의 생활코드에 적응하는 데 실패한 한 한국계 여성의 자살 아닌 자살을 다루었기 때문만은 아니다. 한국의 뿌리뽑힌 이민여성은 『네이티브 스피커』에서 주인공 헨리 박을 키워주다시피 한 바로 그 식모로 형상화되기도 했는데, 뿌리를 내릴 수 없는 데서 오는 삶의 어떤 근본적 불구성에 대한 진지한 진단에 가깝기에 그 이민여성의 자리에 누가 들어가도 여실하리라는 것이다.

배틀이 데이지와 '결별'한 후 만나 살게 된 리타, 가업(家業)인 조경회사 '배틀 형제 벽돌 및 회반죽'의 창립자로서 평생 분투하다가 이제는 고급 양로원에 '모셔진' 배틀의 아버지도 인상적이나. 가입 경영에 실패한 잭이나, 임신 상태에서 비호지킨 림프종이라는 암 진단을 받지만 끝내 낙태를 거부하는 테레사도 그러하다. 목숨을 담보로 아이를 낳게 되는 그녀와 작가의 자화상으로 짐작되는 테레사의 약혼자 폴도 모든 인간관계가 모래처럼 흩어지는 사회에서 인간의 윤리와 책임이 어떠해야 하는가를 진지하게 묻는 인물이다. 결혼만으로 결합된 것은 아닌 이 다인종 대가족―데이지와 폴은 한국계, 리타는 푸에르토리코계, 잭의 아내인 유니스는 독일계다―은 현재 미국 중상류층 삶의 안팎을 재현한다. 『저 높이』에서 재현되는 생활은 어떤 면에서 『네이티브 스피커』보다 더 정밀하고 정확하다. 예컨대 마치 백화점 카탈로그를 연상케 하는 무수한 소비상품들을 생각해 보라. 그것은 작가 자신이 속속들이 체험하고 몸으로 아는 생활상을 장악하는 데서 나오는 재현이다.

하지만 이창래의 장기는 제리 배틀의 비상(飛上)의 꿈을 그 모든 칙칙한 가족관계와 병치하는 데서 발휘된다. 그것은 홀로 기구를 타고 지구

일주 모험을 감행하다가 '태풍의 눈' 속으로 사라진 영국의 억만장자 해럴드 경의 최후가 배면에 깔리는 낭만적 비행의 꿈인바, 이를 통해 비극적으로 틀어진 모든 비극적 인간관계가 다독여진다. 한 남자의 '저 높은 곳'을 향한 초월 욕구를 언표하는 은유가 바로 그 비행의 꿈이다. 이것만으로도 상당히 흡인력 있는 장편임이 확인된다. 그러나 비교라는 것이 워낙 간사해서 그런지는 몰라도 쑤전 초이의 두번째 장편『미국여자』(*American Woman*, 2003)를 떠올리는 순간『저 높이』의 매력도 빛이 바래는 것 같다. 즉 그같은 윤리적 성찰조차도 작가의 지극히 제한된 (계급적) 관심사에서 나오는 것이 아닌가 하는 느낌이 강하게 드는 것이다. 오해가 있을까 싶어 한마디 덧붙인다면, 이 차이는 단순히 정치적 사건을 작품에서 다루었느냐를 기준으로 판단한 것이 아니다.

『미국여자』가 정치·역사소설임에는 재론의 여지가 없다. 적어도 소재 차원에서만 보면 전작(前作)인『외국인 학생』보다 정치적인 색채가 더 강해졌다고 할 수 있다. 일군의 무장혁명세력이 샌프란시스코 신문재벌의 딸인 패티 허스트(Patty Hearst)를 납치한 사건(1974년)을 다루었기 때문이다. 한 서평자가 논했듯이[22] 케네디 대통령 암살범으로 추정되는 오스월드(Lee Harvey Oswald, 1939~63)를 소재로 삼은 드릴로(Don DeLillo)의『리브라』(*Libra*, 1988)나 테드 케네디 상원의원의 추문을 다룬 조이스 캐럴 오우츠(Joyce Carol Oates)의『검은 물』(*Black Water*, 1992)과도 적어도 주제의 선택에서는 유사하다. 드릴로와 오우츠 모두 현존하는 탁월한 미국작가지만 강조할 점은, 이 두 작품과 비교해도『미국여자』의 입체성을 띠는 역사적 상상력에는 손색이 없다는 사실이다.

정말 그런지는 독자 여러분들도 읽고 판단할 일이다. 다만 철저한 실증적 조사를 토대로 썼음이 분명한『미국여자』의 '중심의식'이 제니 시

---

22)『미국여자』에 관한 여러 서평은 http://reviewsofbooks.com/american_woman/ 참조.

마다(Jenny Shimada)라는 일본계 미국여성을 통해 전개된다는 점이야 말로 이창래나 여타 한국계 미국작가들과는 구분되는 쑤전 초이의 진면목임을 간략히 언급하고자 한다. 폴린(Pauline)을 납치한 세포조직의 실상과 이들이 내건 혁명이념에 동조하게 되는 패티 허스트(폴린으로 개명)의 고뇌도 70년대 미국 반체제운동의 진실을 증언하지만, 제니의 궤적은 이들이 남긴 '정신적 패배'와는 다른 것이다. 애인이자 동지와 함께 베트남전 징집 사무실을 폭파하고 도피생활을 하다가 극렬세력과 엮이게 되는 제니의 의식에서 펼쳐지는 드라마야말로 9·11 이후 미국사회에서 이루어지는 참다운 자기발견에 값하기 때문이다. 그런 의식의 드라마는 이창래도 아직까지 선보이지 못한 20세기 미국의 역사현실에 대한 성찰을 담는다. 2차대전 당시 강제수용소에 수용된 제니의 일본인 아버지가, 바로 그런 수용소를 만드는 데 일익을 담당한 폴린의 반공주의적·인종주의적 가계(家系)와 어떤 방식으로 관련되는가를 증언하는 것도 그런 성찰의 일부이다.

『미국여자』는 제니가 때로는 도저히 어찌할 수 없는 힘을 행사하는 역사의 주술(呪術)에서 마침내 놓여나는 이야기다. 아니, 놓여난다기보다는 놓여남의 어렴풋한 직감이라고 해야 할 것 같다. 70년대 미국 급진주의의 정치적 이념과 도덕적 신념의 어둡고도 파괴적인 심연을——다시 서평자를 빌리면, 시적 고고학자(poetic archaeologist)의 손길로——탐사하면서 희미한 한줄기 빛을 찾아가는 소설이라는 것이다. 20세기의 위대한 흑인작가 중 한명임이 분명한 리처드 라이트(Richard Wright, 1908~60)의 『토박이』(*Native Son*, 1940)에서 비거 토머스(Bigger Thomas)가 끝까지 대면한 어둠에 서광이 흐리게나마 비춰진 인상이다. 특히『미국여자』의 압권인 마지막 4부에서 제니의 의식을 통해 전개되는 혁명과 인간의 성숙에 대한 도저한 성찰은 미국 내 소수민족 작가들이 마주했던 '벽'을 사유한 고전적인 전범이 아닌가 한다.

제니가 아버지와 함께 그 강제수용소가 있던 곳을 찾아가 거기서 새로운 삶을 일구는 젊은이들과 호흡을 나누는 것으로 끝나는 작품은 아릿한 희망을 남긴다. 물론 희망이라는 이정표가 가리키는 길은 미지수다. 그러나 그 길은 1980년 5월 광주의 처참한 비극으로 변혁의 시대를 시작하여 민주주의의 험난한 도정에 있는 우리의 여정과 무관할 수 없다. 단순히 한국계 작가의 작품이기 때문이 아니라 거기서 드러난, 60, 70년대 미국의 수많은 젊은이들을 사로잡은 '새로운 세계'를 향한 열망에 대한 심층적 분석이기에 이곳의 독자는 지금도 지속되고 있는 한국민주주의의 끈질긴 싸움마저 연상하게 된다는 것이다. 이런 한국계 미국작가들의 작품을 동포의 애정으로 읽고 소개하는 일은 한국의 연구자에게는 일종의 의무에 속한다. 하지만 그런 의무를 제대로 이행하기 위해서라도 동포적 애정을 되샘김질할 필요가 있다. '그쪽'의 평가를 추종하면서 세계화라는 명분을 앞세우는 연구풍토에서는 아무리 그런 애정을 기반으로 한 연구라 하더라도 참다운 보편의 지평에 도달하는 학술적 성취를 기대하기 어려울 것이기 때문이다.

<h1 style="text-align:center">세계문학에 관한 단상[*]</h1>

■

프랑꼬 모레띠의 발상을 중심으로

1.「추측들」의 쟁점

전래의 비교문학과 더 많은 읽기만으로는 '세계문학'을 감당할 수 없다는 전제하에 새로운 연구방법을 제시하는「세계문학에 관한 추측들」[1]의 발상은 파격적이다. 본문에서도 내용에 대한 자세한 논의가 따르겠지만 먼저 중심논지를 간략히 소개하겠다.

---

* 이 글은 2004년 11월 4~6일 스웨덴 스톡홀름에서 'Studying Transcultural Literary History'라는 제목으로 개최된 국제학술대회에 제출한 원고 "'A Little Pact with the Devil?' ──On Franco Moretti's "Conjectures on World Literature""를 필자가 번역한 것이다. 원문에는 황석영의『손님』에 관한 논의가 들어 있지만 국내 평단에서 이미 많이 언급된 터라 뺐다. 한국의 독자를 염두에 두는만큼 손질을 했다. 원문은 위의 영문제목으로 스톡홀름 대학의 구닐라(Gunilla Lindberg-Wada) 교수가 편집한 *Studying Transcultural Literary History* (Walter de Gruyter 2006) 133~143면에 실렸다.

1) Franco Moretti, "Conjectures on World Literature," *New Left Review* 1(2000); "More Conjectures," *New Left Review* 20(2003). 두 글은 이하「추측들」로 약칭하되 인용시에는「추측1」「추측2」로 나눠 명시하며, 번역은 모두 필자의 것이다. 참고로「추측1」은 1999년 2월에 미국 컬럼비아 대학의 한 쎄미나에서 발표된 발제문이었고, 국내에는「세계문학에 대한 몇 가지 단상」이라는 제목으로『세계의문학』1999년 가을호에 소개된 바 있다.

　모레띠에 따르면 "세계문학은 하나의 (읽어야 하는——인용자) 대상이 아니라 문제, 그것도 어떤 새로운 비평적 방법을 요구하는 문제"이다(「추측1」 55면, 모레띠 강조). 이를 해결하기 위해 그는 세계를 중심부·반주변부·주변부로 파악하는 세계체제론을 원용한다. 즉 국민국가들로 구성된 세계체제를 상정하는 월러스틴(Immanuel Wallerstein)의 논법에 따라 "서로 연관된 문학들로 구성된 하나의 세계문학체제"가 연구행위의 전제가 된다. 그것은 "점증하는 불평등한 관계로 함께 묶인" 체제이다. 그런 세계문학체제에 존재하는 텍스트를 다 읽어낼 수 없다는 판단은 "단 한번의 직접적인 텍스트 읽기도 없는"——"distant reading"으로 명명된——'읽기'가 필요하다는 주장으로 이어진다(「추측1」 57면, 모레띠 강조). 동시에 그런 읽기를 위해서는 사람들(국민·민족문학의 전문가들——인용자)이 수행한 리써치"를 활용하는 것이 중요하다고 강조한다. 국민·민족문학 연구자들이 작품에서 끌어낸 이론적 성과는 "distant reading"을 통해 종합되는데, 그것은 신비평에서 해체주의에 이르는 비평가들이 답습했다는 "자세히 읽기"(close reading)와는 대극적인 성질을 띤다. "이젠 (괴테와 맑스가 예견한——인용자) 세계문학에 대한 오래된 그 야심으로 돌아"가야(「추측1」 54면) 하지만, 극소수의 고전이 전부라고 믿는 연구자라면 모를까 세계문학의 지평을 탐사하는 데 요구되는 것은 근엄한 엘리뜨주의나 정전주의가 아니라는 것이다. "우리에게 진정으로 필요한 것은 악마와의 계약이다. 다시 말해 우리는 어떻게 텍스트를 읽는지는 알지만 이제는 그것을 읽지 않는 법을 배워야 한다"(「추측1」 57면, 모레띠 강조). 이론보다 풍부한 현실을 이해하기 위해 텍스트를 읽지 않는 법을 배우기——이것은 세계문학이라는 '문제'를 해결하기 위한 역설적 해석학이다.

　「추측들」의 주된 관심은 서구 중심부의 문학이 여타의 지역문학에 조직적 제한을 가할 때 나타나는 결과를 이론적인 모델로 정식화하는 데

406

있다. 그는 실제 텍스트 읽기를 수행하는 지역·민족문학의 전문가들이 내놓은 다양한 자료를 'distant reading'으로 거를 때 생긴 뜻밖의 결과를 하나 공개한다. 근대소설의 발생은 흔히 생각하듯이 디포우(Daniel Defoe)의 영국이라든가 프랑스, 스페인이 아니라 아프리카를 비롯해 폴란드, 터키, 필리핀 등 비서구 국가에서 전형적으로 발견된다는 것이다. 거기서 한걸음 더 나아가 그는 '문학적 진화의 법칙'에 해당하는 명제를 도출한다. 서양소설, 특히 서유럽소설은 자율적으로 발전하면서 진화한 반면, 어떤 방식으로든 세계체제 중심부의 '간섭'을 받을 수밖에 없는 비서구소설은 서유럽의 문학형식과 타협함으로써 '발생'한다는 것이다(「추측1」 59~60면). 세계체제의 중심부와 (반)주변부 사이에 일어나는 간섭과 타협은 소설형식의 변이를 초래하는 구조적 역학인 셈인데, 이는 세계체제에서의 국가간 권력관계가 엄연하듯이 셋으로 분할된 세계문학체제에서도 '힘'의 작동양상이——그의 표현을 빌리면 문학의 상징적 헤게모니가——존재한다는 사실의 방증이다. 하지만 「추측들」의 매력은 그런 양상의 심층구조가 내러티브의 형식에 관한 탐구를 통해 규명될 수 있다는 주장이다. 결론적으로 그는 사회 관계의 축도를 드러내는 '형식주의'라는 유물론적 관점을 제시한다. 말하자면 이론이 세계문학체제의 불평등을 철폐할 수 없겠지만, 그것을 설명할 수는 있으리라는 것이다(「추측2」 77면).

「추측들」의 가설에 대해 학자들이 여러 지면을 통해 미국, 인도, 터키, 라띤아메리까 등 저마다의 인종적·국가적 입지에서 또는 그 경계를 넘어서서 동조하거나 반박했고,[2] 모레띠는 「추측2」에서 자기주장의 일

---

2) 특히 Christopher Prendergast, "Negotiating World Literature," *New Left Review* 8(2001); Francesca Orsini, "India in the Mirror of World Fiction," *New Left Review* 13(2002); Efraín Kristal, "Considering Coldly … : A Response to Franco Moretti," *New Left Review* 15(2002); Jonathan Arac, "Anglo-Globalism?," *New Left Review* 16(2002); Emily Apter, "Global Translatio: The "Invention" of Comparative Literature, Istanbul, 1933," *Critical*

부—서구 중심부 국가에서는 소설이 자율적으로 발생했다는 가설—
를 수정하면서 상세히 쟁점을 개진한 바 있다. 때로는 모레띠의 입론 자
체보다는 오늘날 '작은 문학들'이 처한 위기상황을 말해주는 이 논쟁이
남한의 문학지식인에게도 지적 자극이 되기에 충분하다고 믿는다. 이 글
도 문학지식인들이 국제적으로 형성한 담론의 장에 개입하려는 의지에
서 썼음은 두말할 것 없다. 하지만 모레띠가 열띤 비판에 대응하는 과정
에서 괄목할 만한 지적 유연성을 과시했고, 몇몇 학자들이 반론으로서
열거했다시피 20세기 서구문학에서조차 그의「추측들」에 들어맞지 않는
수많은 예외적인 사례가 존재한다. 그렇기 때문에 개별 사례를 뽑아서
「추측들」의 타당성을 검증하는 방식만으로는 반론으로서 불충분할 듯
하다.

　게다가 궁극적인 지식을 위해서라면 파우스트처럼 악마와의 계약도
불사하겠다는 모레띠 스스로가 추상적 이론모델의 유효성을 보증하는
디테일 및 이론과 보족관계인 비평의 중요성을 인정한 상태이다. 따라서
세계문학연구의 필수조건으로 문학지식인들의 국제적 협동을 요청한 것
에 부응하여 이 글의 반론도 문학연구에 동원된「추측들」의 과학주의 시
각에 대한 문제제기의 성격을 띨 것이다. 특히「추측2」에서 가려놓은 세
가지 핵심쟁점 중에서 세계문학체제의 핵심부와 (반)주변의 관계 및 그
것이 문학형식에 미치는 영향을 남한 문학지식인의 실감을 바탕으로 집
중적으로 논의하고자 한다. 나머지 두 논점, 즉 소설이 세계문학연구에
서 차지하는 (의심스런) 대표적 위상과 비교문학 분석의 의의에 대해서
는 지나가는 발언으로 만족할 수밖에 없을 듯하다.

Inquiry 29(2003); Jale Parla, "The Object of Comparison," *Comparative Literature Studies* 4: 1(2004) 등 참조. 이 중 조녀선 애럭의 글은 '지구시대의 비교문학과 영어의 지배'라는 바뀐 제목으로 『창작과비평』 2003년 봄호에 소개된 바 있다.

2. 세계문학과 (반)주변부

「추측들」에 대한 가장 신랄한 비판으로는 역시 조너선 애럭의 반론을 손꼽아야 할 것 같다. 텍스트에 대한 세심한 해석을 추상적인 이론모델로 대체하는 태도, 즉 읽기를 무시하는 이론에 대한 단순한 우려를 넘어서 영어를 당연한 전제로 삼고 세계 각지의 문학전문가들을 끌어들이는 연구방식에 '은밀한 제국주의'의 혐의를 거는 애럭에 필자도 많은 부분 동감한다. 이론 차원의 비교문학도 개별 언어에 대한 구체적 인식에서 출발해야 한다는 그의 주장도 명심해야 한다고 보며, 이에 대해서는 이 글의 3절에서 한두 마디 첨언할 생각이다. 반면 세계체제론과 진화론을 원용한 모레띠의 '2차적 읽기'가 촉발한 창의적 사유의 여지는 상대적으로 부시되는 느낌이나.

사실 「추측들」의 발상은 그의 전작들, 그중에서도 '괴테에서 가르씨아 마르께스까지의 세계체제'라는 암시적 부제가 붙은 『근대 서사시』(*Modern Epic*)에서 어느정도 선보인 바 있다. '근대 서사시'라는 문학적 변종의 발생을 세계체제의 역사적 조건에서 해명하는 그의 논법은 적지 않은 고무적 논점들을 제시한다. 가령 그 특이한 문학장르의 역사적 발생을 논구하는 과정에서 세계체제 내 (반)주변부의 역할에 특별한 무게를 둔 다음과 같은 문장이 그러하다.

근대 서사시 형식의 많은 걸작들이 발견되는 곳은 바로 거기이다. 즉 괴테의(그리고 초기 바그너의) 여전히 분할된 독일, 멜빌의 아메리카(피쿼드 호, 광포한 고래사냥과 산업생산), 조이스의 아일랜드(식민지임에도 지배자들과 동일한 언어를 사용하는 나라) 그리고 라띤아메리카의 몇몇 지역들. 전술했듯이 이 모두는 복합적인 발전의 장소이다. 종종 매우 개별적인 장소에서 기원한, 역사적으로 비동질적인 사회적·상징적 형식들이 제한된 공간에 공존한다. 이런 의미에서 『율리씨즈』가 '아일랜드적인 것'이 아니고 『백년 동안의 고독』이 '꼴롬비아적인 것'이 아니듯이, 『파우스트』도 '독일적인 것'이 아니다. 이들은 모두 세계텍스트인데, 그 지리적 준거틀은 더이상 국민국가가 아닌 더 넓은 실체, 하나의 대륙 내지는 세계체제 자체이다.[3]

세계체제론과 진화론을 동원한 형식주의 연구도 우리가 활용하기 나름일 터이다. 근대 서사시라는 장르를 설정하고 그것을 (반)주변부의 사회정치적 환경에서 진화한 변종으로 규정한 발상은 특히 그렇다. 월러스틴의 기본 입론, 즉 중심부·반주변부·주변부로 구조화한 '하나인 동시에 불평등한' 세계체제 모델을 활용한 그의 「추측들」은 일반법칙을 추구하는 추상모델에 경도하는 경향에도 불구하고, 세계문학의 역사적 조건들을 밝히는 데 흥미로운 단서를 던진다. 근대 서사시가 '가능성의 범주'로 정의된 복잡한 사회상황의 문학적 기념비라면, 문학창조의 동력이 상당부분 소진되었다는 서유럽 같은 세계체제의 중심부보다는 (반)주변부가 '비동시적인 것의 동시성'과 그에 따른 혼돈의 활력이 집중되는 장소라는 것이다. 이는 동북아를 포함한 이른바 제3세계——요즘 용어로는 지구 남반부(the South)——의 문화현실이 세계문학의 태동 현장이라는 주장과 사실상 다를 바 없지 않겠는가.

그런데 어법과 표현방식만 다를 뿐 필자의 이런 주장과 상통하는 발상은 「추측들」에서도 찾아볼 수 있다.

이런, 그리고 더 많은 모든——(18세기 독일 비극, 근대 서사시, 삐

---

3) F. Moretti, *Modern Epic: The World-System from Goethe to García Márquez*, Quintin Hoare, tr., London: Verso 1996, 50면.

뜨라르까 쏘네뜨 같은——인용자)——예에는 두 가지 공통된 특징이 있다. 먼저 그것들은 세계체제의——경제부문에서는 패권을 장악하지 못한——핵심부에 가까운 문화 혹은 그 내부의 문화에서 발생한다는 점이다. 정치·경제부문에서 만년 이등이라서 문화에 투자를 장려한 (승자인 빅토리아조 영국인들의 식곤증과 비교할 때 열정적으로 발현한 나뽈레옹 (3세——인용자) 이후의 창조성이 예시하는 것처럼) 프랑스가 여기서 모범일 수 있다. 어떤——제한된——간극이 물질적 패권과 문학적 패권 사이에 존재한다. 생산과 전파의 강력한 기구 (apparatus)를 요구하지 않는 (문학적——인용자) 혁신 자체인 경우 더 큰 반면, 그 기구가 필요한 전파의 경우에는 더 작거나 없는 간극이 말이다. (「추측2」 78면)

18세기 이후 프랑스가 정치군사적 패권을 상실한 대신 내러티브 시장에서는 '상징적 패권'을 장악했다는 주장이나 "빅토리아조 영국인들의 식곤증" 같은 표현에도 그런 나른함과는 무관한 당대 영국소설의 민중적 활력을 상기하면 논란의 여지가 없는 것은 아니다. 하지만 물질적 패권과 경제적 패권 사이에 "어떤——제한된——간극"이 존재하고, 적어도 문학의 혁신인 경우 그 간극이 더 커진다는 진술만은 우리로서도 거듭 되새겨볼 만하다. 모레띠 자신은 경제의 층위로 완전히 환원되지 않는 '문학의 혁신'이라는 논제를 비서구의 현실로 되돌려 더 파고드는 것 같지는 않다. 그렇다고 '문학사를 위한 추상적 모델'을 추구하는 그의 입론이 문학의 창조성을 역사적으로 사유할 수 있는 여지를 남기고 있음을 흘려버려서도 안될 것이다.

그런 의미에서도 근대 서사시가 특정한 지역현실을 떠나서는 온전한 의미를 획득할 수 없다는 점은 다시 조명해야겠다. 세계문학을 발생시키는 데 복수(複數)로서의 국민·지역문학의 역할이 없었더라면, 근대 서사시도 태생의 경계선을 초월할 수는 없었을 것이라는 말이다. 진지한 독자라면 『파우스트』 『모비딕』 『율리씨즈』 『백년 동안의 고독』을 읽으면서 각 작품들의 고유한 사회정치적 지역풍토와 역사적 궁지 ── 18세기 후반 독일의 봉건주의 사회현실, 19세기 중반 미국 연방체제의 위기, 20세기 초반 아일랜드의 식민지적 마비상태, 20세기 중반 라띤아메리까의 신식민지적 환경 ── 를 떠올릴 수밖에 없을 것이다. 모레띠가 제출한 근대 서사시의 개념을 충분히 접수하고 난 다음에도, 우리는 『파우스트』만큼 독일적인, 『모비딕』만큼 미국적인, 『율리씨즈』만큼 더 아일랜드적인 텍스트를 상상하기 어렵듯이 『백년 동안의 고독』만큼 더 꼴롬비아적인 작품도 없다고 주장할 수 있는 (독서실감 이상의) 근거가 얼마든지 있다.

물론 세계문학사에서 관찰되는 '역사적 상식'을 믿는다 치면, 중심부에 비해 문화의 여건이 불리할 수밖에 없는 지역이 세계체제의 (반)주변부이며, 중심부에 노출되면서 아예 사멸하는 '작은 문학들'도 있었음은 부정할 수 없을 것이다. 그러나 중심부의 '간섭'이 강요하는 불리한 조건과 그 나름의 극복의지는 비서구문학에서 혁신이 이룩되는 본바탕이기도 하다. 봉건제의 질곡이 오히려 국민국가의 편협한 한계를 넘어 세계문학의 가능성을 타진케 한 괴테의 독일, 셰익스피어로 대변되는 영국이라는 문화적 지배자가 강요한 굴레에 미국적 서사시로 대응한 멜빌의 미국, 런던과 더블린이 각기 대변하는 문화제국주의 및 민족주의의 속박을 박차고 나와 '중립지대'인 빠리에서 조국의 체취를 작품으로 되살린 조이스의 아일랜드, 신식민주의의 압제와 서구 과학기술의 지배를 창작의 현실로 의식하면서 그 압제의 현실을 소위 '마술적 리얼리즘'으로 소화한 마르께스의 꼴롬비아 등이 바로 그런 대표 사례가 아니겠는가. 이 각각의 역사적 토대에서 작품을 읽을 때 우리는 모레띠의 「추측들」과는 사뭇 다른 쟁점을 제시할 수 있다. 그것은 세계체제의 (반)주변부가 근대로 진입할 때 문학지식인이 상이한 방식으로 겪는 전형적인 역사체험, 즉 식민주의의 극복과 문학형식의 상관관계에 관한 물음이다.

길게 논할 계제는 못되지만, 고전적인 비서구소설의 주인공들이 보여주는——제국과 식민지의 경계에 있는——삶의 궤적에서 우리는 국민국가의 경계선이 큰 의미가 없음을 확인하면서도 특정한 국지적 현실의 탐구가 세계문학연구의 전제조건임을 수긍할 수 있다. 예컨대 근대 필리핀 문학의 국민작가로 손꼽히는 호세 리잘(José Rizal, 1861~96)의 (독일에서 스페인어로 탈고한) 『내게 손대지 마라』(*Noli Me Tángere*, 1886~87)만 해도 모레띠는 외부의 힘에 의해 이상한 방향으로 흘러가는 세상과 그것을 이해하려는 작가의 세계관 사이의 모순에 주목하면서 그 분열양상을 화자의 양가적——가톨릭적 멜로드라마와 계몽주의적 풍자의——목소리를 통해 규명하려고 한다(「추측1」 65면). 하지만 그것이 실질적으로 어떤 이론적 패러다임을 창출하는 분석이 되려면, 스페인의 식민지로서 사회모순이 심화한 19세기 말 필리핀을 막연히 '역사적 상황'으로 설정해서는 곤란하다. '모국' 스페인에서 유학하고 돌아온 주인공 크리쏘스또모 이바라(Crisostomo Ibarra)가 시도하는, 학교 건설을 통한 민중계몽사업이 처절하게 실패로 돌아가는 식민지현실이야말로 이야기(story)와 담론(discourse)의——모레띠식으로 말하면 플롯과 문체의——단층을 만들어내는 핵이라는 점에서도 그렇다. 귀족 출신으로 자신의 현실에 대해 근원적으로 고민하면서도 민중혁명에 선뜻 호응하지 못하는 이바라는 말할 것도 없이, '내지(內地)'에서 고등교육을 받고 식민지조선으로 돌아왔지만 절망적 자기인식에 빠지는 『만세전』(1924)의 이인화부터 영국의 '계몽의 이상'을 부패가 만연한 나이지리아의 척박한 환경에 심으려는 노력이 자기부정으로 끝나는 『더이상 안락은 없다』(*No Longer at Ease*, 1960)의 오비(Obi Okonkwo)가 처한 상황은 각각의 특수한 지역현실에서 기원하지만, 그 기원의 역사적 의미는 제국주의의 심장부와 연결할 때에야 비로소 분명해지는 것이다.

그런 맥락에서도 강대국의 문학이 태반을 차지하는 '세계문학' 대 (국민)민족문학이라는 도식은 해체되어야 마땅하다. 그렇다면 세계문학을 탐구하는 데 필연적으로 따라오는 인식론상의 문제는 어떻게 해결해야 하는가? 아무리 뛰어난 학자라도 지구상의 모든 (국민)민족문학을 다루는 것은 고사하고, 현재 지구 상에 통용되는 언어의 10분의 1을 습득하는 것조차 불가능하다. 수많은 "읽히지 않은 고전들"(the great unread)은 우리의 지적 도전에 아랑곳없이 존재할 것이다. 모레띠가 제안한, 국민국가의 경계선에 얽매이지 않는 문학지식인들의 협동작업은 부정할 수 없다.

그러나 문제는 여전히 남는다. 괴테의 "세계문학에 대한 오래된 그 야심"이 보편원리를 추출하기 위해 앎을 확장하는 인식론적 문제에 지나지 않는 것인가? 작품의 구체적 읽기를 생략하는 "distant reading"과 자연과학에 바탕을 둔 문학방법론이 편협한 민족주의에서 벗어나 비판적 문학지식인들의 국제연대와 상호교류의 마당을 만들고자 했던 괴테의 포부와 대체 어떤 관계가 있다는 말인가?[4] 이론적 지식을 얻기 위해 텍스트 읽기를 배우지 않기——이것은 도가 지나친, 파우스트의 계약에 위험스럽게 근접한, 국지적으로 불평등한 지구현실에 적절히 개입하기에는 너무도 허황된 꿈이 아닌가? 모레띠의 최종·목적은 이론적 지식인 것처럼 보인다. 애럭은 "그의 해결책은 양에서 질로 옮겨간다"라고 말했지만,[5] 「추측들」의 형식주의 방법론은 정반대 방향으로 나아가는 듯하다. 이딸리아 출신답게 생기발랄하고 재기 넘치는 문체에도 불구하고 브리

---

4) 괴테의 '세계문학론'에 대한 자상한 논의는 Stefan Hoesel-Uhlig, "Changing Fields: The Direction of Goethes Weltliteratur," *Debating World Literature*, Christopher Prendergast, ed., London: Verso 2004, 26~53면. 국내 논의는 임홍배 「괴테의 세계문학론과 서구적 근대의 모험」, 『창작과비평』, 2000년 봄호 참고.

5) J. Arac, 앞의 글 36면.

414

꼴뢰르(bricoleur)보다는 엔지니어의 냄새가 강한──또는 브리꼴뢰르의
기발함에만 탐닉하는?──그런 방법론 말이다.

그의 형식주의를 비판한 논자들에 대해 모레띠는 다음과 같이 반박한
바 있다.

> 여기서 핵심 논점은 바로 이것이다. 만약 어떤 문학에 대해 타방의
> 문학이 강력하고 조직적인 제한을 가한다면(우리 모두는 그런 제한이
> 존재한다는 데 동의한다고 믿는데), 논리적으로 우리는 문학형식 자
> 체 내부에서 그 영향을 인식할 수 있어야 한다. 왜냐하면 슈바르쯔의
> 말에 따르면, 형식들이란 진정코 '특정한 사회적 관계에서 추출한 것'
> 이기 때문이다. (「추측2」 80면)

모레띠가 염두에 둔 형식은 루카치(G. Lukács)의 발상과 닮있다. 후자
가 『소설의 이론』에서 간명하게 말했다시피 "모든 형식은 존재의 근본적
인 불협화음을 해소하는 것이다."[6] 형식에 대한 이런 멋진 발상에는 이
의를 달기 어렵다. 이질적인 힘이 강요하는 조직적 제한을 표현하고 해
결하려는 '투쟁'의 결과로 형식을 이해하는 한, 내용도 그 투쟁의 불가분
한 요소가 될 것이다. 내용과 형식의 상호작용에서 자본주의 열국체제에
내재한 사회갈등의 심층구조를 끌어낼 수 있다는 논지는 그 자체로 매력
적이다. 그렇다면 사회적 관계에서 추출된 힘으로서의 문학형식이라는
발상을 우리의 특정한 지역현실과 관계지어본다면 어떨까?

---

6) Georg Lukács, *The Theory of the Novel*, Anna Bostock, tr., Massachusetts: MIT Press
　　1971, 62면.

3. 한반도와 세계문학의 지평

문어와 구어의 이중적인 언어생활을 청산하면서 출범한 20세기 한국근대문학의 '발생'은 동아시아에 '진출한' 서구 제국주의를 상수로 놓지 않고서는 올바로 성찰할 수 없다. 구체적인 사안은 다를지 모르지만 영국의 지배를 오랫동안 받은 인도나 수시로 외세에 노출된 터키의 문학도 사정은 엇비슷할 것으로 짐작한다.[7] 한국근대문학의 특이한 점은 서구근대의 권위를 대리하는 일본이 일종의 산파 역할을 떠맡았다는 사실이다. 1910년대를 풍미한 신소설에도 조선왕조가 무너진 피식민지라는 역사적 현실이 짙게 스민바, 탈아입구(脫亞入歐)를 제1의 국가 슬로건으로 내건 일제에서 수학한 계몽된 식민지 지식인들이 해방 전까지 문단을 주도한 것은 하나의 필연이기도 했다.

그런 맥락에서 외래의 문학형식들이 20세기 초 식민지사회에 유입하여 역사적 시차가 확연한 낭만주의니 자연주의니 하는 문예사조들이 동시에 우후죽순으로 범람한 것은, 무엇보다 서구문학의 내재적 우월성이라기보다는 낙후한 민족현실에서 서구의 '따라잡기'에 나설 수밖에 없던 식민화한 지식인들의 전염(傳染)적 욕망에 기인한다고 해야 정확할 것이다. 이 점은 와세다대학 문학·철학부 재학 시절에 발표한——사실상 서구의 순문학 개념을 직수입하여 가공했다고 해도 과언이 아닌——이광수(1892~1950)의 「문학이란 하(何)오」(1916)가 단적으로 예증한다. 그렇다고 이광수류의 서구적 문학관만이 당대 문단을 지배한 것은 아니었고, 한국근대문학의 '기원'을 서구의 문학관에 맞춰 추적할 일도 아니다. 또한 전근대와 근대의 모순을 야기한 전통적인 문인문화와 근대의 급격한

---

7) 좀더 자세한 논의는 주2의 오르씨니(F. Orsini)와 앱터(E. Apter)의 글 참조.

단절이 해방 전 '식민지문학'에 구체적으로 어떤 영향을 끼쳤는지는 작가별로 접근할 일이지 일반 원리를 도출할 것도 아니다.

그러나 어떤 문학연구든 그런 역사적 모순과 그에 대한 작가들의 대응의식을 괄호에 넣고서는 연구로서의 설득력을 얻기 힘든 것이 한국근대문학의 사정이기도 하다. 10년대 애국계몽기의 문학조차 서구의 영향만으로는 설명할 수 없는 자생성의 싹이 두드러진 면이 있거니와,[8] 반짝 개화한 30년대 한국문단의 모더니즘도 서구의 단순 모방을 넘어선 독자적 경지의 일단을 보여준 바 있다. 우리가 그런 경지에서 읽어낼 수 있는 것은, 진정으로 근대적인 한국 작가라면 결코 피할 수 없던—식민지현실을 내용으로 소화하면서 서구문학의 형식과 씨름해야 하는—운명이다. 20년대 한용운(1879~1944)과 30년대 이상(1910~37)의 작품이야말로 그 운명의 탁월한 문학적 표현인바, 이들의 성취는 외래의 형식을 채택한다는 것이 곧 전통적인 내용을 버리는 것이 아닌 것처럼 식민지 현실을 내용으로 흡수하는 것이 반드시 형식실험과 배치하는 것이 아님을 웅변한다. 「님의 침묵」이 선취한 현대성이 불교의 사유에 의해 뒷받침되는 것처럼, 자기왜곡을 초래하는 식민치하에 대한 룸펜 지식인의 절절한 현실인식이 「오감도」의 파격적인 형식실험으로 이어졌다는 말이다.

당대 식민치하에서 현실을 탐사하는 장치로서의 형식과 형식을 불러일으키는 발생적 원천으로서의 내용은 너무도 착종한 까닭에, 작품을 일종의 실증자료로만 취급하는 어떤 추상적 이론모델도 그런 착종성을 해명하는 데 큰 설득력을 갖지 못한다. 일제 식민통치에 의해 격화한 전근대와 근대의 모순 국면에서 한국문학의 기원을 다루는 어떤 문학이론도 식민주의의 멍에를 벗어던지려는 작가 개인의 분투는 말할 것도 없이, 전통서사가 중요한 변수가 되는 외래 형식과 토착적 내용 또는 토착적

---

8) 이에 관해서는 최원식 『韓國近代小說史論』, 창작과비평사 1986, 1부 참조.

형식과 외래 내용의 변증법적 상호침투 양상을 개별 작품을 놓고 따져보지 않고서는 충분히 만족스러울 수 없다. 한마디로 이식도, 주입도, 접목도 한국근대문학의 '발생'을 제대로 해명하지 못한다는 것이다.

이런 주장이 문학연구에서 보편성을 부정하는 특수주의 시각으로 전락할 가능성도 물론 배제할 수 없다. 그뿐만 아니라 빠스깔 까싸노바(Pascale Casanova)가 기술한[9] 자국의 언어를 빼앗긴 식민지조선 같은 곳의 '작은 문학들'이 강대국의 문화적 패권을 극복하는 과정에서 맞닥뜨려야 하는 복잡다단한 역사의 질곡을 오히려 단순화할 위험도 없지 않다. 반면 불평등한 세계문학체제에서 '작은 문학들'이 발현하는──그 자체가 식민역사의 증언이기도 한──문학혁신에 특정한 이론의 모형으로 접근함으로써 얼마나 구체적인 설명력을 획득할 수 있는가는 별도 문제이다. 모레띠는 상호작용하는 내러티브의 세 구성요소, 즉 "외부에서 들어온 줄거리, 지역적 등장인물, 불안정한 지역적 화자의 목소리"를 통해 비서구소설의 발생법칙을 규명하려고 하지만, 거기서도 핵심은 식민시대의 역사적 체험과 그 극복의지가 문학형식의 쇄신과 어떻게 연관되는가 하는 의문이다. 모레띠와 마찬가지로 세계체제론을 활용하면서 (반)주변부의 가능성에 주목하는 까싸노바도 문학적 독립과 정치적 독립은 불가분인 동시에 두 가지를 동시에 쟁취하는 것이 (비서구)작가의 시대적 임무였다고 말하지 않는가.[10] 이는 우리의 20세기 근대문학을 성

---

9) Pascale Casanova, *The World Republic of Letters*, M. B. DeBevoise, tr., (Cambridge: Harvard UP 2004) 특히 6장 참조.

10) 이 대목을 영어번역문으로 제시하겠다. "In reality, from the middle of the twentieth century onward, writers from the most deprived spaces have had to **achieve two forms of independence simultaneously**: political independence, in order to give existence to the nation as a state and share in its recognition on the international level; and a properly literary independence, by establishing a language that is both national and popular and then contributing, through their work, to the literary enrichment of their country." P. Casanova, 앞의 책 193면. 강조는 원저자.

찰할 때도 꼭 염두에 둘 점이 아닌가 싶다. 그렇다면 개별 국민문학의 특수성을 해명함으로써 오히려 서구 식민주의에 복무한 보편주의 이데올로기를 해체할 수 있고, 논리적으로 그 역도 가능하지 않을까?

이같은 문제의식이라면, 한국근대문학의 기원이라는 논제를 다루기 위해 지역에서 출발하는 사유가 모레띠의 '세계' 위주의 발상과 모순되지는 않을 것이다. 지역 대 세계도 또 하나의 낡은 단선논리에 지나지 않지만, 그 이분구도도 하나의 역동적 전체, 즉 서로에게 필수적인 항목으로서 '고전'의 창조를 위한 새로운 북돋움과 방위설정으로 이어지지 않는다면 비평적 위력을 발휘하기 힘들다. 작금의 탈민족·탈국가 시대에는 오직 지역과 세계를 동시에 성찰하는 실천만이 실질적 효과를 거둘 수 있다. 세계문학을 겸한 국민문학의 가능성에 대한 우리의 신념이 근거가 있을수록 문학지식인들의 전지구적 연대의 필요성도 그만큼 더 커진다는 것이다. 이런 문제의식은 비교문학의 존재이유를 비타협적으로 역설한 모레띠에게 하나의 도전이 될 공산이 크다. 그가 말하듯이,

핵심은 세계문학연구에 (그리고 비교문학과科의 존재 이유에) 대한 정당화는 이것밖에 없다는 것이다. 즉 국민문학들, 특히 지역문학에 항구적인 지적 도전, 골칫거리가 되는 것이다. 이런 것이 아니라면 비교문학은 아무것도 아니다. 아무것도 아니다. 스땅달이 자신이 애호한 한 소설 주인공에 대해 말한 것처럼 "너 자신을 기만하지 마라. 너에게 중도란 없다." 이 말은 우리에게도 적용되는 진실이다. (「추측1」 68면)

오해하기 쉬울 정도로 단순해 보이는 이런 주장에도 면밀하게 검토해야 할 쟁점이 있다. 이 인용문이 단지 국민(민족)문학을 무장해제하면서 비교문학을 옹호하는 것만은 아니다. 무엇보다 세계문학을 단순한 읽기의

대상이 아니라 범주 자체를 달리해야 접근이 가능한 '문제'로 설정하면서 이언 와트(Ian Watt)식의 '소설의 발생'도 서구를 중심으로 놓고 도출한 담론에 지나지 않음을 적시한 모레띠의 통찰은 이 대목에서도 기억할 필요가 있다(「추측1」 60~61면). '중도'가 허용되지 않는 그의 스땅달적 주인공은 특명을 띤다. 그것은 괴테와 맑스도 불신한 국민·민족문학의 편협성에 대한 비판이다. 모레띠가 자신의 문학교육현장에서 목격하는 반문학적 행태들, 배타적인 정전목록을 작성하고 자세히 읽기에 매달리는 문학공화국의 칙살스러움, 즉 미국 학계에 만연한——다문화주의로 위장한——폐쇄적 읽기에 대한 비판을 실행하는 것이다. 그러나 그의 숨은 의도를 충분히 감안한다 하더라도 '국민·민족문학'에 대한 항구적인 지적 도전이라는 발상이 '자세히 읽기'라는 신비평류의 자폐적 이데올로기 및 그 반동으로서의 무책임한 정전파괴에 대안적인 도전이 될 수 있을지는 의심스럽다.[11]

모레띠도 비판적인 거리를 두고 있다고 판단되는 미국주의, 나아가 서구중심주의에 관한 한 우리도 극도로 주의해야 마땅한 사연이 너무도 많다. 보편주의 이데올로기로서의 서구중심주의는 직·간접적인 식민통치를 동반하면서 20세기 동아시아에서도 줄곧 국가주의와 공범관계에 있었거니와, 일제 식민통치에 잇따른 한국동란 및 군사독재를 거친 우리가 (중산층 남성 위주의) 특정 시각과 (뉴튼식 과학주의에 침윤된) 지식을

---

11) 그런 맥락에서도 "교수들이 아니라 독자가 정전을 만든다"는 모레띠의 주장은 상식적으로 납득할 수 있다. F. Moretti, "The Slaughterhouse of Literature," *Modern Language Quarterly* 61 : 1(2000) 참조. 그러나 그가 주밀한 통계분석을 통해 예증하려고 했지만 정전이라는 것이 시장에 의해 무작위적으로 만들어진다고 생각할 수는 없다. 정전 또는——필자가 선호하는 용어로 하면——고전은 그가 이론적으로 논증하려는 것보다 복잡한 현상이다. 무엇보다 고전이 고전인 것은 작품의 '위대함' 때문이다. 또한 그것을 알아보는 일정한 독자층도 또다른 결정적 변수이다. 현재 '문학에서 문화로'라는 기치를 내건 탈문학론에서 가장 문제가 되는 것이 바로 그런 상식의 무책임한 파괴인데, 물론 고전 개념의 복고적 부활이나 상식에 대한 강조만으로 대세에 제대로 대응할 수 없다는 것도 분명하다.

진리로 규정한 서구의 보편주의를 심문하기 시작한 것은 그리 오래되지 않았다. 1960년 4·19혁명의 '세례'를 받은 김수영이야말로 그같은 심문을 시로써 수행한 뜻깊은 증인이지만, 근대에 적응하지 못하고 식민주의를 올바로 청산하지 못한 데서 일어난 끔찍한 재난을 통해 한국의 문학지식인들은 서구 모델 따라잡기보다는 그 중요로운 문학유산의 비판적 다시 읽기와 창의적 활용이 외국문화 및 문학에 대한 다른 어떤 방식의 수용보다 더 절박한 과제라는 결론에 도달했다.

　되돌아보면 서구문학을 창조적으로 전유(專有)하면서 부정적인 민족주의·국가주의의 유산을 해체하는 작업은 지난 연대 민족문학운동의 실질적 의제이기도 했다. 그러므로 지역 개념이 더이상 국민국가의 주권적 틀로만 규정되기 힘든 시대가 바로 지금이지만, 개별 국가 또는 민족 단위의 문학은 여전히 아우어바흐(Erich Auerbach)가 뜻한 바[12] 세계문학의 "하나의 출발점"(a single point of departure)일 수 있음을 재차 확인할 필요도 있다. 이 경우 우리에게는 개별 국민국가의 단위라는 것조차 불투명하다. 세계체제론에 따르더라도 21세기의 남한은 인도나 브라질과 함께 반주변부로 분류되며,[13] 이 기준으로 볼 때 북한이 주변부임도 분명하다. 남북한을 하나의 단위로 상정할 경우 한반도는 세계체제의 핵심부가 아님은 물론, 딱히 반주변부나 주변부도 아니라는 논리가 된다. 이렇게 아리송한 지역현실 특유의 불리한 조건을 문학의 혁신으로써 타개하려는 노력을 북돋우면서 그런 혁신이 일깨우는 '민중적 동력'을 최대한 끌어내지 못하는 한 서구 (탈)근대성의 이름으로 제기되는 지적 도전을 감당하기는 어렵다.

---

12) Erich Auerbach, "Philology and Weltliteratur"(1952), *Centennial Review* 12(1969) 1~17면 참조.
13) 그 근거에 대한 좀더 자세한 논의는 I. Wallerstein, *World-Systems Analysis: An Introduction*, Durham: Duke UP 2004, 2장 참조.

세계문학체제의 (반)주변부에서 일어나는 특이한 형식상의 변이를 철저하게 진화론의 설명모델에 맞춰 해명하는 「추측들」의 입론도 그런 도전임이 분명하다. 그는 내러티브의 변이를 작가의 특정한 의도나 의식과는 무관한 것으로 풀이하면서 그것을 "가장 무책임하고 자유로운, 동시에 맹목적인 수사적 실험"의 결과라고 단언했는데,[14] 「추측들」에서는 서구의 문학과 조우하는 과정에서 발생한 비서구문학의 '형식변이들'을 종합하여 '세계문학'에 탄력적으로 적용할 수 있는 하나의 진화론적 설명모델을 만드는 것으로 나아간 것이다. 그러나 문학형식의 변이도 주어진 현실에 의문을 제기하고 극복하려는 '문학적' 분투의 산물일진대, 바로 그 분투의 주체인 인간을 결과적으로 괄호로 묶어버리다시피 한 이론이 우리를 어떻게 북돋워줄 수 있을까. 문학형식에 대한 그의 입론이 "세계문학체제의 불평등성"을 염두에 두면서 개진될뿐더러, 세계체제에서의 정치경제적 패권이 반드시 문학(화)영역에서의 창조성까지 독점하는 것이 아님을—오히려 문학의 혁신은 정치경제의 패권과 거리를 두고서 발생할 수 있음을—날카롭게 간파하기 때문에 의문은 더 강해진다.

하지만 모레띠는 정작 자신의 통찰이 그런 의문을 낳는다는 것을 의식하지 못하는 듯하며, 그에 대한 해답을 '읽기'를 통해 찾는 데도 큰 관심이 없는 것 같다. 모방과 경쟁, 창조의 과정이 모두 포함될 수밖에 없는 세계체제의 (반)주변부에서 근대소설이라는 것이 발생하고 그 과정에서 형식의 변이가 일어난다면, 그런 변이도 우연 못지않게 서구중심주의와 표리관계에 있는 식민주의 내지는 식민성의 극복과도 분리하여 생각할 수 없다는 사실이 그의 시야에 잡히지 않는 것이다.[15] 아니, 과학적 객관

---

14) F. Moretti, *Modern Epic*, 19면. 이는 『파우스트』 2부의 창작과정을 두고 한 발언이지만, 모레띠는 '의식의 흐름'을 비롯한 거의 모든 20세기 서구문학의 내러티브 실험을 사실상 그런 식으로 단정한다.

15) 적어도 그 점에 관한 한 (반)주변부 문학이 세계체제 내 핵심국가들의 문학유산을 끌어들여 얻을 바가 적지 않다고 주장하는 까싸노바도 크게 다르지 않은 것 같다. 그의 세계문

성을 빙자하여 변이의 우연성과 즉흥성을 과도하게 강조함으로써 **서구중심주의로부터의 탈피와 문학지식인의 전지구적 연대**라는 21세기 세계문학의 과업을 사실상 흐려버린다고 해야 정확한 비판이다. 이는 세계문학의 보편적 지평이라는 것이 아무리 막막해도 구체적인 지역과 구체적인 작품 읽기에서 출발한다는 당연한 상식이 「추측들」에서──단순히 더 많은 읽기만으로는 세계문학을 '연구'할 수 없다는 또다른 상식에 집착한 나머지──간과되는 것과 무관하지 않다. 인류역사에는 복수의 세계체제들이 존재한다는 월러스틴의 가설에 충실할 것 같으면, 세계문학도 분명히 단수는 아니다. 오히려 개별 국민·민족문학으로 매개되는 세계문학들이 불평등한 하나의 세계문학체제를 구성한다는 표현이 더 온당하며, 이때 세계문학적 성취도──적어도 원론적으로는──바로 그 체제의 현실에 대한 대안적 지평을 여는 데서 가능하다고 해야 할 것이다. 그 점을 짚으면서 전체적으로 평가하자면 토착문학과 외래문학이 만나는 과정에 그가 적용한 경제모델, 즉 타협과 협상을 통한 '소설의 발생'은 적어도 지금까지는 '형식주의적 분석'에 그쳤다는 것이 필자의 소견이다.

법칙정립을 추구하는 추상도가 높은 설명모델일수록 그 실질적인 유효성은 궁극적으로 개별 작품에 대한 개별 연구자의 '실감'으로밖에 확인할 수 없다는 것이 인문과학의 특수성이요 난점이다. 그것은 곧 문학연구에서의 추상적 모델이라는 것도 최종적으로는 '작품의 창조성'에 대한 가치평가가 따르는 해석에 의해 검증되어야 함을 뜻한다. 문학에서 모든 이론적 가정의 유효성은 결국 실제 지식을 아우르는──시각의 인

학론도 모레띠와 마찬가지로 세계문학시장의 불평등성을 강조하면서 비서구문학의 마땅한 '지분'을 인정해주기는 하지만, 서구중심주의가 식민주의와 표리를 이루며 세계문학의 이론적 성찰에서도──필경은 근대성에 관한 물음으로 이어지는──바로 그 표리관계에 대한 심문이 결정적일 수 있음을 심각하게 고려하지는 않는 것이다. 근래 자신의 입장을 정리한 간명한 글로는 Pascale Casanova, "Literature as a World," *New Left Review* 31(2005) 71~90면 참조.

식론적 특권화에 저항하면서 '이즘'으로 굳어버린 일체의 이론을 해체하는— '읽기'에서 판가름난다는 것이다. 너무 'close'하거나 'distant'해서는 지식인의 자기소외에서 벗어날 수 없는 읽기 말이다. 그것은 지구적 문학지식인들이 국민국가의 경계선을 넘어서 어떤 연대의 지점을 모색게 하고 현대문명의 문제들을 창의적으로 의식하게 하는 데 결정적이라는 점에서 단순히 '문학적인 읽기'만은 아니며, 미리 정해놓은 규범을 강요하는 태도와도 거리가 멀다. 모레띠도 읽기 자체가 무의미하다고 주장한 것이 아닌 한, 그의 '추측들'과 그에 대한 여러 비교문학자들의 문제제기가 그런 연대를 구축하는 데 얼마나 기여할지는 더 두고 볼 일이다. 다만 작금의 문학연구에서 두드러진 맹점들을 집약하는 하나의 사례로서 모레띠의 「추측들」이 안고 있는 문제를 간략히 짚어두고자 한다.

먼저 그의 이론적 모험에서 두드러지는 것은—「근대성과 모더니즘」에서도 지적한 바 있듯이(이 책 276~99면)—자연과학적 방법론의 객관성에 대한 지나친 믿음이다. 「추측들」이 시도하는 문학연구의 '추상적 이론모델'에서 주관성의 문제가 따를 수밖에 없는 가치평가라는 난제가 심각하게 제기되지 않는 것도 그와 상관있다. 그렇다고 문학연구에 자연과학적 방법론을 원용할 수 없다고 주장하려는 것은 아니다. 오히려 근래 자연과학계에서도 뉴튼 역학의 결정주의를 비판하고 인간의 능동적 개입에서 오히려 주관성을 극복할 수 있는 단서를 찾는 '복잡성 연구'가 대세를 이룬 것으로 안다. 문학과 과학의 공존을 논할 때 반드시 명념할 것은, 학문활동에서의 엄밀성도 주어진 자료에 대한 계량과 계산을 주된 목적으로 삼는—그런 점에서 월러스틴도 비판한 과학주의(scientism)와 충분한 거리를 두지 못한—추상적인 과학모델만으로는 얻어질 수 없다는 사실이다. 각 지역문학의 전문가들이 모아준 자료를 가지고 "distant reading"이라는 '2차적 읽기'로써 '문학의 일반법칙'을 추출하려는 시도는 인간과 그 역사현실을 단순히 기능적인 변수로 치환하는 오류마저 안고 있는 것이다.

4. '발상들의 자유로운 교환'을 위하여

작품들을 그 역사적 현실로 돌려 읽되 국민·민족국가의 경계를 벗어난 지평에서 평가하는 일은 아우어바흐의 학문적인 꿈이었고, 그의 비판적 계승자인 에드워드 싸이드(Edward Said)가 반문명적 세계질서에 대항하면서 되살리려고 애쓴 과업이기도 했다. 그들에게 비교문학이란 문학지식인들의 광범위한 유대를 성취하기 위한 전제조건 중 하나였다고 해도 지나친 말이 아니다. 괴테와 맑스가 예견한 세계문학을 현실로 만드는 것은 국민국가의 경계선을 가로지르는 엄청난 지적 투여가 요구되는 과제임이 분명하다. '문학사를 위한 추상적 모델'을 구축하겠다고 나선 모레띠의 야심도 그런 과업을 향한 분투임을 인정하지 못할 이유가 없다. 다만 더 많은 이론적 지식을 얻기 위한 '악마'와의 계약도, 분별지(分別智)를 넘어서는 읽기가 없다면 구원받지 못할 지적 모험임을 명심할 필요는 있을 것이다.

그렇다면 이 글의 결론도 자명하다. 우리가 전지구적 실천에 대한 신념을 국지적 현실에 대한 탐구로 구체화하면서 (괴테가 제안한) '발상들의 자유로운 교환'에 집단적으로 열린 자세를 견지함으로써만 새로운 변종의 세계문학들이 출현할 수 있다. 또한 그럴 때에야 제임슨(Fredric Jameson)이 『앱썰롬! 앱썰롬!』(*Absalom, Absalom!*)의 퀜틴(Quentin)의 절박한 심경에 감정이입하면서 환기한[16] 주인과 노예라는 악순환의 변증법에서 서구문학도 놓여날 수 있을 것이다.

---

16) Fredric Jameson, "Third-World Literature in the Era of Multinational Capitalism," *Social Text* 15(1986) 85~86면.

시의 드러남에 관하여

워즈워스의 「황폐한 농가」

1. 머리말

시를 시 자체로, 시로서 읽는 비평훈련은 신비평의 주된 교육목표 가운데 하나였다. '문학성'을 무분별하게 해체한 최근 문화연구의 부작용을 생각해보면 역설이나 아이러니 같은 언어의 역동적 면모에 대해 주의를 환기한 신비평의 여러 미덕이 돋보이는 바는 적지 않다. 하지만 시를 다른 무엇이 아닌 시로 읽는다고 주장하면서도 작품에서 더 멀어진 신비평의 역설을 이글턴(Terry Eagleton)처럼 미국대학 특유의 강단주의(講壇主義) 이데올로기로 비판한 논자들은 많았고 그 설득력이 현싯점에서 반감한 것도 아니다. 오히려 작품에 스민 인간 고유의 사유, 지혜, 역사적 체험 등을 심미적 대상으로 박제화하는 신비평의 읽기에 저항해야 마땅하다고 본다. 나아가 일체의 문학을 사회적 효용과 초월적 가치라는 이분법으로 재단하고 대립시키는 기술과학시대에 시를 읽는 훈련을 어떻게 해야 하며, 시 자체란 또 무엇인가 하는 물음은 문학인이라면 더욱 절박하게 되물음직하다.

가령 워즈워스(William Wordsworth)의 「황폐한 농가」(The Ruined Cottage)[1]를 읽는다고 할 때 떠오르는 물음은 여러 종류다. 신비평에서 그러했듯이 시를 감싸고 있는 사회적·정치적 '안개'를 걷어내어 순수한 애매성의 언어구조물로 시를 감상하고 그 복잡성에 인생론적 의미를 부여할 때 시를 시답게 즐길 수 있을까? 아니면 신역사주의의 해석관행에 따라 시의 '텍스트성'을, 이를테면 한편으로는 프랑스혁명 같은 거대한 역사적 소용돌이 속으로 작품을 밀어넣으면서 직조공의 몰락과 1793년 2월 영국·프랑스 전쟁의 사회적 여파, 기근과 흉작 등 그 당시 영국의 정치적·경제적 상황을 복원하고 다른 한편으로는 그런 소용돌이 속에서 길을 잃어버린 작가의 사상적·도덕적 변모를 규명하면서 읽을 때 시가 시로서 드러날 것인가? 아니면 페미니즘의 시각으로 남성작가가 지워버린, 또는 억압한 여성의 목소리에 귀기울이면서 읽을 때 「황폐한 농가」를 시답게 읽을 수 있을 것인가? 또는 "말 없는 고통에 관한 이야기"(A tale of silent suffering)인 이 시를 작자인 워즈워스의 정신을 분석하면서 읽을 때 시가 스스로를 드러낼 것인가? 만약 그렇다면 이때의 워즈워스적 정신이란 무엇인가?

무수한 현대 비평이론이 범람하는 이 땅의 외국문학 연구풍토에서 우리가 이런 식으로 물음표를 달 수 있는 문장의 수는 훨씬 많을 것이고 물음표의 숫자에 비례하여 의문의 강도 또한 점점 커질 것이다. 이처럼 의문들이 쌓여가면서 물음 자체에 대한 회의가 생겨나고 바로 그런 회의 때문에 시를 향유하는 일이 더 어려워질지도 모르는 일이다. 그러나 물음이야말로 모든 초발심(初發心)의 근원이기도 하다. 그 근원에 대한 지

---

1) 'Ruined Cottage'는 흔히들 오두막이나 폐가로 번역하는데, 워즈워스 당대 자영농의 삶과 노동을 떠나서는 제대로 그 뜻이 새겨질 수 없는 말이다. 이를테면 나름의 노동기술이 있으면서 밭뙈기를 가진 자영농을 전제하는 말인데, 오두막이나 폐가로는 그같은 함의를 충분히 담기 어려울 듯싶다. '황폐한 농가'로 옮긴 것도 궁여지책으로 나온 것이다.

향을 마음에 끝까지 간직할 때 꼬리를 무는 물음들이 단순한 번뇌만이 아니라 '힘과 공감'의 세계로 승화하는 경지까지 우리가 다가설 수 있지 않을까? 그러기 위해서는 물음 자체에 매달리기보다는 초발심을 잃지 않으면서 앞서 제기한 물음에 답하기도 하고 또 물음 자체를 활용하는 탄력적인 마음가짐이 필요하다. 그렇게 시를 대한다면, 분열과 번민에 시달리는 근대인을 위한 단순한 정신적 위안을 넘어서 과학이 대신할 수 없는 삶의 본질적 체험으로서, 하나의 자기교육으로서 시가 그 위엄과 진실을 스스로 드러내는 것도 더불어 기대해볼 만하리라.

2. 공감과 거리

「황폐한 농가」의 시작(詩作)과정은 상당히 복잡하다. 다른 작가들과는 사뭇 다르게 "워즈워스는 거의 전적으로 최악의 작품으로 알려져 있다"는 조너선 워즈워스(Jonathan Wordsworth)의 유명한 개탄[2]에는 들어맞지 않지만, 프랑스혁명의 환희와 환멸을 모두 체험한 간단하지 않은 워즈워스의 사상적 궤적이 각인됨으로써 지금껏 논의들이 끊이지 않은 대표작 가운데 하나다. 대중에게 읽히는 주요 텍스트만 해도 1798년의 528행 수고(手稿, 이하 수고 B)와 한 해 뒤에 썼고 현재 대체로 '정본'으로 인정받는 538행 작품(이하 수고 D), 이후 『소풍』(*The Excursion*, 1814)의 1권(970행)에 들어가는 1803~1804년의 883행 시 「도붓장수」(이하 수고 E) 등 세 종류를 헤아린다. 마거릿(Margaret)의 비극을 공통으로 담은 각 작품들의 차이는 작가의 자구 수정에 따르는 미묘한 어감 차이 정도

---

2) Jonathan Wordsworth, *The Music of Humanity: A Critical Study of Wordsworth's Ruined Cottage: Incorporating Texts from a Manuscript of 1799~1800*, London: Thomas Nelson and Sons 1969, xiii면.

428

에 그치지 않는 경우도 있다.[3] 판본의 대조나 검토 자체[4]가 이 글의 주된 관심사는 아니지만, 시를 바로 읽기 위해서라도 각각의 차이는 유념해야 한다.

이 글에서 주텍스트로 삼은 1799년 수고 D는 (도입부 없이 곧바로) 화자인 젊은 시인이 마거릿의 비극적인 사연을 들려주는 노인을 만나는 장면에서 시작한다. 이는 1798년의 수고 B와 대동소이하다. 이 작품은 서두에 나오는 인간생활에 대한 비범한 공감능력과 자연친화력을 지닌 도붓장수의 성장과정과 인생유전에 관한 소개부터가 (1부 374행 전체를 차지하는) 1814년 판본과는 확연히 다른 셈이다.[5] 그렇다고 엇비슷한 길이와 내용을 담은 1798년과 1799년 두 작품이 동일한 느낌으로 읽힌다는 뜻은 아니다. 그 차이 역시 밝힐 것은 밝혀야겠는데, 먼저 이 장시가 일종의 담시(譚詩) 또는 이야기시로서 갖는 독특한 면모에 주목하고자 한다.[6] 그것은 단편소설을 방불케 하는 「황폐한 농가」의 서사성이다. 두 명의 화자에 의해 시작과 끝이 있는 하나의 이야기로 재구성되는 마거릿의 비극은 내용 자체만 보면 무척이나 단순하다.

간략하게 시의 줄거리를 소개하면, 두 아이와 함께 베를 짜고 밭을 매

---

[3] 「황폐한 농가」의 개작과정에 대해서는 특히 John Alban Finch, "The Ruined Cottage Restored: Three Stages of Composition," Jonathan Wordsworth, ed., *Bicentenary Wordsworth Studies*, Ithaca: Cornell UP 1970, 29~49면 참조.

[4] 텍스트로는 세 판본의 대조가 용이한 버틀러(James Butler)의 편집판을 삼는다. William Wordsworth, *The Ruined Cottage and The Pedlar*, James Butler, ed., Ithaca: Cornell UP 1979. 이하 이 책에서 인용한 시는 행수만 표시한다.

[5] 마거릿에 버금가는 비중을 차지하는 도붓장수에 대한 그처럼 긴 소개가 작품의 전체적인 균형에 어떤 영향을 미치는가에 대해서는 독자마다 생각이 다를 듯하다. 다만 고전비극을 연상하면서 마거릿의 비극을 '위기'로 놓고 읽는 시각에서는 대개 인간적 유대와 공감적 상상력에 관한 사설로 채워진——물론 그 나름의 재미도 있는——도붓장수의 일대기가 군더더기일 공산이 크지 않은가 싶다.

[6] 1790년대에 워즈워스가 쓴 여러 작품에서 서사가 특히 강하게 구현되는 현상은 『서정담시집』(*Lyrical Ballads*, 1798)의 그 유명한 1800년도 「서문」(Preface)에서 워즈워스가 개진한 독특한 시론 및 시관(詩觀)과 무관하지 않다.

며 행복하게 살던 로버트(Robert)와 마거릿 부부의 안타까운 몰락이 주
내용이다. 이는 『서정담시집』의 「서문」에서 워즈워스가 거듭 강조한 대
로 시골 보통사람들의 사연이라 할 만하다. 전쟁에다가 두 해에 걸쳐 흉
작까지 겹치고 설상가상으로 병마에 시달린 로버트는 절망적인 상태에
서 어느날 갑자기 자원 입대해 전장에 나간 뒤 소식이 끊긴다. 목숨값인
금화를 남겨놓고 떠난 남편의 생사 확인에 병적으로 집착하는 마거릿은
미망인 아닌 미망인이 되어 차례로 자식을 떠나보내거나 잃는다. 그녀는
반쯤 실성한 상태에서 그녀의 파괴된 내면처럼 황폐한 농가에서 홀로 최
후를 맞는데, 그런 폐허를 감싼 자연만이 오늘날까지 그녀의 고통을 보
듬어주고 있다.

이는 감상주의와 고발문학이 성행한 당대현실에서는 너무나 낯익은,
그 흔한 극적 반전조차 없는 이야기이고 워즈워스 자신의 작품세계에서
도 비슷하게 되풀이된 주제다. 『서정담시집』에 실린 「떠돌이 여자」(The
Female Vagrant), 「루스」(Ruth) 등은 말할 것도 없이 마거릿의 비극은
"하나의 전형적 상황인바, 워즈워스 시에 친숙한 독자라면 (그렇게 버림
받은 마거릿의 비극에서) 「가시나무」(The Thorn)의 마사 레이(Martha
Ray), 「라일스톤의 흰 암사슴」(The White Doe of Rylstone)의 에밀리
(Emily), 『소풍』 4권의 엘런(Ellen) 등을 떠올릴 수 있다."[7]

물론 한 편의 이야기시에 대한 내용정리가 해석이나 비평일 수는 없을
것이다. 「황폐한 농가」의 줄거리를 정리해본 것은 "생각하지 않는 사람
은 〔나의 이야기를〕 이해할 수 없다"는(231~36행) 도붓장수의 말을 되새
겨보기 위함이다. 그런데 유의할 것은, 마거릿의 고통을 직접 목격하고
그 참담한 사연을 들려주는 도붓장수나 그의 이야기를 통해 마거릿의 고
통을 간접적으로 체험하는 젊은 시인의 존재까지도 서사의 일부라는 사

---

7) William Wordsworth, 주4의 책 7면.

실이다. 마거릿이라는 한 여성의 일생을 구술하는 '시적'인 화자의 육성
에 타자로서의 여성의 목소리가 담겨 있는데, 바로 그런 육성을 젊은 시
인이 받아 독자에게 다시 들려주는 방식도 단순한 사연전달에 그치지 않
는다. 요컨대 두 남성화자의 언어와 의식을 통해 두 번에 걸쳐 '여과'되
어 전달되는 것이 마거릿이라는 착하고 순박한 한 시골아낙의 처참하게
파괴된 삶이라면, 독자는 진정으로 온전하게 보듬어야 하는 삶이 무엇인
지를 시읽기에서도 물어야 한다는 것이다.[8]

그런데 이때 관건은 마거릿의 삶을 여과하면서 들려주는 두 남성화자
의 역할이, 이를테면 상호작동적인 이야기구조, 겹겹이 싸인 내러티브
(structure of embedding)[9]가 시의 예술적 성취에 정확히 어떤 기여를
하며, 마거릿과 두 남성화자의 각자 처지를 독자가 공감하며 읽는다고
할 경우 그것이 어떤 차원의 공감이 되어야 하는가다. 이를 좀더 적극적
인 하나의 물음으로 바꿔볼 수도 있다. 즉 한 인간의 처절한 경험 내지는
비극이 타자의 의식과 언어를 통해 일종의 간접화법으로 옮겨지는 과정
에서 발생하는 현상은 무엇인가? 이에 대한 일차적인 답변은 마거릿이
란 여성이 겪은 비극적 삶의 객관화, 또는 비극적 정서의 상대화와 화자
의 불가피한 개입으로 정리할 수 있을 듯하다. 이같은 촛점 조절과 화
자·청자·이야기대상 간의 거리 두기 기법은 정도의 차이는 있을지언정
화자가 이야깃거리를 가지고 등장하는 거의 모든 근대 문학장르에서 볼
수 있는 형식이다.

근래 워즈워스 비평의 상당수가 이와 크게 다르지 않은 문제의식에서

---

8) 그 점에서 도붓장수와 젊은 시인이 마거릿에 못지않은 비중을 차지하게 되고 시인 워즈워
스는 세 인물 모두와 일정한 시적인 거리를 두는 것 자체를 시의 중요한 성취로 보는 해석
도 무시하지 못할 설득력이 있는 것은 분명하다. 가령 Geoffrey H. Hartman, *Words-
worth's Poetry: 1787~1814*, U of Nebraska P 1971 참조.
9) 이에 대한 좀더 자세한 논의는 Sally Bushell, *Re-Reading 'The Excursion': Narrative,
Response, and the Wordsworthian Dramatic Voice*, Burlington: Ashgate 2002, 5장 참조.

출발하는 듯하다. 하지만 논자들이 워즈워스의 다른 작품과 비교해서도 뚜렷한 「황폐한 농가」 특유의 성취에 과연 얼마나 민감한 읽기를 수행하고 있는가 하는 점에는 의문의 여지가 많은데, 빅토리아조 시의 지배적 장르인 극적 독백과의 차이를 파고든 사례가 흔치 않다는 점도 그런 의문을 품게 하는 요인이다. 예컨대 브라우닝(Robert Browning)의 「나의 전처 공작부인」(My Last Duchess)의 경우 청자의 존재는 시에서 상정되기만 할 뿐 독자적인 목소리를 부여받지 못한다. 이야기의 대상이자 목소리가 나름대로 주어지는 공작부인 역시 화자인 페라라(Ferrara) 공작에 의해 일방적으로 재현되는 객체일 따름이다. 물론 바로 그렇기 때문에 고도의 지적 해석놀이를 유도하는 세련된 현대시에 가까워지는 일면이 있고 능란한 화술을 뽐내는 페라라 공작은 잘빠진 단편소설의 주인공감이라고 해도 지나치지 않을 만큼 독자의 뇌리에 강하게 남는다. 심지어 그의 무자비한 화술에 반발하는 독자에게서 살해된 공작부인의 언표되지 않은 내면의식에 적극적으로 동참하고픈 의지를 불러일으키는 면마저 있다. 다른 한편 페라라 공작이 독자대중과 공감적 차원에서 함께 호흡하기에는 너무나 제한되고 차가운 화자임도 분명하다. 이 점은 화자들의 대화형식 자체가 일종의 이해방식이 될 뿐만 아니라 마거릿에게도 뚜렷한 목소리를 부여한 「황폐한 농가」와는 사뭇 대조적이다.

세 명의 화자가 나름의 시적 공간을 확보하면서 교차하는 「황폐한 농가」는 워즈워스 자신의 시들, 가령 한 신부(神父)가 레너드(Leonard)의 정체를 모르는 상태에서 그의 죽은 동생을 두고 형인 레너드와 대화를 나누는 극적 상황이 전개되는 「형제」(The Brothers)나 화자인 '내'가 전지적 시점에서 마이클(Michael)과 루크(Luke) 부자(父子)의 안타까운 사연을 전해주는 「마이클」, 또는 약혼자에게 버림받고 영아(嬰兒)를 유기한 여성의 광기를 '나'의 눈을 통해 대변하는 「가시나무」 등과 대비해도 그 극적 섬세함이 두드러진다. 특히 형제 및 부자 같은 혈족 사이에 흐르는 공동체적 감수성의 탁월한 시화(詩化)라고 평가함직한 앞선 두 작품과 「황폐한 농가」의 비교도 흥미롭겠지만, 여기서는 마거릿의 삶을 들려주는 이야기의 주체가 남성이라는 점에 집중하기로 한다. 화자가 남성이고 여성은 그들이 묘사하는 대상이라는 사실을 두고 많은 여성독자가 수상쩍은 이데올로기라는 혐의를 걸고 있기 때문이다.

페미니즘 비평도 차원이 여럿 있겠고 그런 혐의를 일종의 학술적 주장으로 내세우는 지적 세련 역시 천차만별인지라 단언은 금물이다. 하지만 필자가 검토한 몇몇 여성비평가의 시읽기는 대개 하나로 모이는 듯하다. 자세한 소개는 못하지만, 시에서 화자들의 역할이 본질적으로 억압의 기제라는 것이다. 그들의 언어를 통해 워즈워스는 스스로의 남성중심주의를 이런저런 비유방식으로 은폐하거나 관철한다는 것인데, "워즈워스의 욕망은 여성을 수사적으로 정복·흡수한다"고 하면서 그 '증거'를 텍스트에서 찾아내는 비평도 한 예다.[10] 이 경우 워즈워스가 이슬이슬하게 성취하는 "철학적 정신은 (여성의) 객관세계를 갈취하고 착취한다는 점에서 남성중심주의자의 정신"[11]이 된다. 물론 전술 차원에서 전략을 설명하는 방식은 상당히 다양하고 심지어 '독창적인' 독법도 있다. 부재한 어머니의 상징적 대체물로서의 실패를 가지고 아이가 '포르트-다'(fort-da) 놀이를 하는 프로이트의 해석모델을 끌어와서 화자와 부재한 마거릿, 마거릿과 부재한 남편의 관계에 적용하는 발상으로 시를 해명하기도 한다.[12]

---

10) 이런 주장의 좀더 자세한 논의는 Marlon B. Ross, "Naturalizing Gender: Woman's Place in Wordsworth's Ideological Landscape," *English Literary History* 53(1986) 391~410면 참조.
11) Ann K. Mellor, *Romanticism and Gender*, London: Routledge 1993, 19~20면에서 재인용.
12) Karen Swann, "Suffering and Sensation in *The Ruined Cottage*," *Publications of the Modern Language Association of America* 106(1991) 참조.

세 갈래로 분산된 작품의 촛점을 마거릿의 비극으로 몰아가려는 이들의 읽기에는 억지스러운 데가 있다. 무엇보다도 남성작가가 억압적으로 여성인물을 전유한다는 발상은 여성작가의 작품에 그려진 남성에 대한 형상화를 바로 그런 방식으로 (특정 남성독자로 하여금) 문제삼도록 유도하는 순환논리에서 벗어나지 못할 뿐만 아니라, 더 본질적으로는 시에서 해석자의 편벽된 생각을 억지로 짜내는 독법이다. 「황폐한 농가」의 이야기구조에 내포된 남성화자의 '저의'가 여성으로서 겪는 마거릿의 비극적 체험을 약화하고 구체적인 역사현실에서 지우는지, 그리고 남성과 여성을 그처럼 나누는 페미니즘의 발상이 얼마나 타당한지는 앞으로 더 따져볼 참이다.

그에 앞서 일단 필자도 마거릿에 대한 강렬하고도 전투적인 공감을 전제하는 페미니즘의 문제의식만은 충분히 받아들이면서 이 시의 핵심적 사건이 마거릿이라는 한 여성의 '수난'(passion)임은 강조해야 마땅하다고 본다. 그렇다면 독자로서 세 인물과 일정한 거리를 유지하는 것 자체가 참다운 공감과 어떤 연관이 있는가 하는 물음을 제기하면서—마거릿의 수난을 화자나 청자의 고뇌와 동일한 층위에서 받아들이기 힘들다는 점을 다시 확인하면서—'수난'과 불가분의 정서적 관계를 맺는 공감(compassion)의 맥락에서 그녀의 아픔을 더불어 나누어야 하는 읽기도 마다할 수는 없겠다.

3. 사유와 함께 자라는 공감

마거릿의 수난에 제대로 동참하는 것이야말로 그같은 공감을 나누는 길임을 기억한다면, 그것이 독자의 각별한 노력을 요구할 것임은 두말할 필요가 없다. 두 화자의 역할을 주변화하면서 그녀에게 인내와 사랑이라

는 지고지순의 낭만적 어머니상을 투사할수록 여성주의적 해석의 한계
가 분명해지는 현상[13]도 그런 어려움을 역설하지만, 그 점을 단적으로
보여주는 또하나의 사례로는 역시 신역사주의 학자들의 실제비평을 들
어야 할 듯하다. 이 경우에는 마거릿의 수난에 동참하는 전제조건으로서
당대 구체적인 역사현실의 인식을 요구하면서 그런 현실에 비추어 시를
읽는다. 이때 전형적인 비판은 마거릿의 고통을 야기한 객관적 현실을
화자, 아니 워즈워스가 '자연'으로 치환하면서 지우고 있다는 것이다. 그
러니까 최소한 이 점에서만은 페미니즘의 비판과 일치하는 꼴이다. "마
거릿이 겪는 비극의 역사적 기원과 상황적 원인에 대한 분명한 인식"
은——그녀가 온몸으로 겪은 고통의 '역사적 기원'과 '상황적 원인'은——
시의 후반부로 갈수록 흐려진다는 맥간의 해석이 그러하거니와,[14] 그와
유사한 발상은 신역사주의적 언설과는 상관없이 이 작품을 높이 평가하
는 논자에게서도 왕왕 발견된다.[15]

　마거릿의 비극이 아무리 절절하게 그려져 있다 할지라도 그것을 초래
한 역사적 현실과 그에 따르는 빈민의 실상이 상대적으로 실감되지 않는
다는 비판이 일말의 타당성이라도 있다면, 이는 어떤 논리로든 시의 예
술적 성취에 타격을 줄 것임은 자명하다. 그런 지적을 단순히 시를 사회
적 기록물로 대하는 사회학주의로 일축할 일은 아닌 것이다. 반면에 (뒤
에서 좀더 부연하겠지만) 넓게는 프랑스혁명의 파장이 직·간접으로 미
친 영국의 특정 지역현실을 시의 배경으로 전제한다 하더라도, 시에 서
사성이 아무리 생동한다 하더라도 사실적 재현양식을 시를 평가하는 단

---

13) 가령 Barbara A. Schapiro, *The Romantic Mother: Narcissistic Patterns in Romantic
　　Poetry*, Baltimore: Johns Hopkins UP 1983, 121~29면 참조.
14) Jerome J. McGann, *The Romantic Ideology*, U of Chicago P 1983, 83면.
15) 워즈워스가 "사회개혁가이기를 그치고 인간마음의 시인이 된다"라고 규정하면서 "사회
　　질서에 대한 공격이 이롭기보다는 해로운 결과를 초래한다고 믿"었다는 단정이 그러하다.
　　Russel Noyes, *William Wordsworth*, New York: Twayne Publishers 1971, 41면.

하나의 잣대로 들이대는 것 자체에 의문을 제기할 필요가 덜어지는 것도
아니다.

또 그런 의문이 딱히 「황폐한 농가」에만 국한되는 것은 아니다. 「늙은
컴버랜드의 거지」(The Old Cumberland Beggar)라든지, 「백치 소년」
(The Idiot Boy) 등이 산업주의가 채 미치지 않은 토속적 삶의 생생함
을—이른바 경이감이 따르는 일상적 삶의 새로움이라는 체험을—실
감케 하는 면을 진지하게 고려하지 않고서는 사실적 디테일의 결여라는
신역사주의의 비판도 설득력을 잃기 십상이다. 「황폐한 농가」의 개작과
정에서 떨어져 나온 파편들, 즉 「빵 굽는 이의 수레」(The Baker's Cart)
나 「최초의 광기」(Incipient Madness) 등이 가리키는 당대 빈민의 참혹
한 실상은 생생하거니와, 병을 앓고 난 후 일종의 광증(狂症)으로 드러
나는 로버트의 좌절과 실의가 일자리를 잃은 당대 직공(織工)의 심리를
간결하고도 날카롭게 분석했다는 평가도 시의 사실성을 생각하는 데 참
고함직하다.[16]

사실 워즈워스의 시적 사유가 하나의 작품으로 성공적으로 이룩된 경
우라면 그 성취는 사실적 인식을 자연스럽게 포괄하는 성격을 띤다고 판
단해야 옳다. 아니, 「황폐한 농가」 같은 시에서 사실적 재현에 집착하는
것 자체가 시의 참다운 향유에서 멀어진 태도지만, 당대 민중들과 함께
호흡하면서 이들의 생활상과 일상언어를 시의 근본으로 삼겠다고 나선
워즈워스의 작품을 상대로 시적 언어가 구현한 현실의 구체성을 따지는
당연한 자세조차도 독자를 시에서 멀어지게 할 수 있는 역설을 동시에
파고들어야 하는 것이다. 말하자면 불인지심(不忍之心)의 극한을 구현
하는 시적 성취라면, 현실의 시적 재현을 묻는 자세도 시어에 감응하는

---

16) David Simpson, *Wordsworth's Historical Imagination: The Poetry of Displacement*,
   New York: Methuen 1987, 특히 192~93면 참조.

독자의 창조성을 요구한다는 것이다. 이 글에서 신역사주의자들이 흔히 '역사적' 잣대를 들이대면서 시를 재는 방식과 거리를 두는 것도 바로 그런 감응의 긴장을 흐트러뜨리지 않고 감당하기 위함이다.

시에서 가장 먼저 등장하는 화자는 도붓장수의 길동무인 젊은이다. 한여름 시골 땡볕이 내리쬐는 가운데 "나는 헐벗은 네 벽이 마주보는/황폐한 집 한채를 발견했다/나는 사방을 살피다가/문 근처에서 한 노인을 보았다"라는 진술로 마거릿의 무대가 소개된다. 노인은 이틀 전까지 길동무였는데, 그는 젊은 시인의 반가운 인사를 받으면서 '황폐한 집'의 사연을 들려주기 시작한다.

> 노인이 말했다. "여기 주위에서 난 자네가
> 볼 수 없는 것들을 보네. 이보게, 우리는
> 죽게 마련이야. 하지만 우리만이 아니라 각각
> 몸담은 특정한 터에서 사랑하고 아낀 것들도 그와
> 함께 사멸하거나 변하는 거야. 그리고 이내
> 선량한 이들에 대해서조차 아무런 기억도 남지 않게 되고.
> 시인들은 비가나 노래로써
> 떠난 자를 애도하면서 숲을 불러내지.
> 언덕과 개울, 무심한 바위에게 슬퍼하라고
> 하는데, 부질없는 건 아닐세.
> 그렇게 함으로써 시인들은 인간 열정의
> 강력한 창조력에 복종하는
> 목소리로 말하기 때문이지. 좀더 고요한 공감들이
> 있지만, 그것들은 같은 곳에서 태어나 사색하는
> 마음에 스며들어 사유와
> 함께 자라는 거라네. (67~82행)[17]

일상언어와 시어, 산문과 운문 사이에 본질적인 차이는 없다고 주장한 워즈워스를 대변이라도 하듯이 도붓장수는 밀턴(John Milton)의 「리씨더스」(Lycidas)처럼 전통 비가의 관례와 형식에 따라 산천초목을 불러들이지 않는다. 전통 비가에 동원되는 규범적 언어와 관습들은 좀더 삶의 현장에 밀착한 표현들로 바뀌면서 자연과 함께하는 인간적 슬픔이 하나의 '사유'로서 제시된다. 이렇게 보면 (유감스럽게 번역문으로는 확인되지 않지만) 신고전주의의 기성 시어들과는 거리가 먼 생활어가 강화하는 진정성도 비가의 성격을 겸비한 이 시의 서사성을 높이는 요인이다. 그런데 강조할 점은, 젊은이가 볼 수 없는 것을 관찰하는 노인이 마거릿을 기억하는 방식이다. 그는 한 인간의 사멸을 그 개인사에 국한하지 않고 그 사람이 영위한 시·공간의 소멸 차원에서 사유한다. 이때 특히 음미할 만한 대목은, 스러짐을 기억하는 행위가 "인간 열정의 강력한 창조력"의(인용자 강조) 관점에서 파악된다는 사실이다. 마거릿이라는 한 여성의 살아생전 흔적들을 기리는 이야기가 사멸해버린 것에 대한 감상적인 회상 이상이 될 수 있는 것도 그러한 열정에 기인한다. "사랑하고 아낀 것"들의 현재성을 시로 되살리는 일은 "사색하는/마음에 스며들어 **사유와 함께 자라는 공감**"을(인용자 강조) 지향하지 않을 수 없는바, 이는 시적 창조성의 다른 이름이라고 해도 무방할 것이다.

    내가 물을 마시려고 몸을 굽혔을 때
    우물 가장자리에 거미줄이 치렁거렸지.

---

17) 오역 여부를 떠나서도 아무리 산문으로 쉽게 뜻이 통하고 풀어쓸 수 있는 워즈워스의 작품이라 하더라도 우리말로 옮기는 과정에서 잃어버리는 것이 많으리라는 것은 두말할 나위 없을 것이다. 하지만 지면 관계상 시 원문 인용은 꼭 필요하다고 판단되는 경우 외에는 생략한다.

그리고 물기로 미끌거리는 받침돌 위에

쓸모없는 깨진 나무 사발이 놓여 있었네.

그게 바로 이 가슴을 움직였어. (88~92행)[18]

　그러므로 촌로(村老)이며 행상인 화자의 이러한 기억에 독자가 동참하는 데도 독자 나름의 공감적 상상력은 필수적이다. 이를테면 반 고흐의 그림 「구두」를 보면서 구두의 실팍한 무게에서 "거친 바람이 부는 드넓고 평탄한 밭고랑을 걷는 강인함"을, 구두가죽 위에서는 "대지의 습기와 평안함"을, 구두창 아래에서는 "해저물녘 들길의 고독"을, 또 도구로서의 구두에서는 "대지의 소리 없는 부름과 대지의 조용한 선물인 다 익은 곡식"을 떠올린 하이데거(M. Heidegger)의 시적 체험[19]과 동일한 차원에 있는 것으로 도붓장수의 기억을 되살림직한 것이다. 그럴 때 우물 가장자리에 치렁거리는 거미줄은 그곳에서 물을 길어올렸을 마기릿의 부재를 확인해주면서, 물기를 치런치런 머금은 받침돌은 눈물과 한으로 점철된 마거릿의 견딜 수 없는 삶의 무거움을 환기해주는 듯하다. 또한 그 '무거움' 위에 놓여 있는, 깨어져 쓸모없어진 나무 사발에서는 부재한 그녀의 몸과 마음이 산산이 흩어져버린 사연을 읽어낼 수 있지 않을까. "그게 바로 이 가슴을 움직였어"라는 고백은 그런 비극적 사연을 처음부터 끝까지 지켜본 화자의 기억이 순간적으로 나무 사발을 통해 환기된 감흥의 순간이다.

---

18) When I stooped to drink,/A spider's web hung to the water's edge,/And on the wet and slimy footstone lay/The useless fragment of a wooden bowl./It moved my very heart. 수고 B에는 격한 감정을 담은 대사 하나가 섞여 있다. 이를 옮겨 적으면, "When I stooped to drink,/Few minutes gone, at that deserted well/What feelings came to me!" 인데, 이 대목을 그런 감정의 남발이 삭제된 수고 D와 대비하면 그 절제의 시적 효과는 확연하다.

19) Martin Heidegger, "Der Ursprung des Kunstwerkes," *Holzwege*, Frankfurt a. M.: Klostermann 1963, 47면.

하지만 여기서 이같은 상념에 몰입하는 것 또한 마거릿의 아픔을 감상적으로 소비할 위험이 있는 것은 아닐까? 그렇다면 도붓장수가 들려주는 아픈 사연에 귀기울이면서 마거릿에게 직접 시선을 돌리는 경우는 더 말할 것도 없을 것이다.

> "저를
> 보고 계시네요. 왜 그러시는지 알아요.
> 오늘은 멀리 나가봤어요. 오랫동안 들녘을
> 헤맸어요. 하지만 제가 찾으려는 것을
> 찾을 수 없다는 사실만을 확인했어요. 그렇게
> 시간을 낭비했지요. 전 변했어요"라고 그녀는 말했네.
> "나 자신에게 몹쓸 짓을 참 많이 했어요.
> 이 불쌍한 아기에게도.
> 저는 울다가 잠들고 울다가 잠을 깼지요.
> 내 몸이 다른 사람과는 다른 듯 눈물이
> 흘렀어요. 죽을 수도 없는 존재처럼.
> 하지만 이젠 몸과 마음이 좀 편안해요.
> 집에서 두 눈으로 본 것들을
> 견딜 수 있도록 하늘이 제게 참을성을
> 내려주기를 바라요"라고 말했지. (347~61행)

고난과 인내로 점철된 마거릿의 삶을 온당히 증언하기 위해서라도 그런 증언에 수반하는 눈물과 감정 그리고 언어적 수사(修辭)의 자제야말로 도붓장수가 청자인 젊은 시인에게 환기해주는 것이며 워즈워스의 기본태도임을 잊어서는 곤란하다. 사실상 이는 쿠퍼(Thomas Cooper)의 「버크 씨의 독설에 대한 답변」(Reply to Mr. Burke's Invective)처럼 당대 저항시들의 문제의식을 공유하면서도[20] 그와 구분되는 「황폐한 농가」 특유의 예술적 성취를 평가하기 위한 기본전제이기도 하다. 드 퀸씨(Thomas De Quincey)가 마거릿의 곤경을 강조하면서 도붓장수의 '수수방관'을 나무란 것은 워즈워스의 정치적 변절과 연관하여 두고두고 인용되는 일화지만, 화자들의 절제가 시적으로 발휘될수록 도리어 마거릿의 평화로운 삶을 파국으로 몰고 간──블레이크(William Blake)가 "악마의 맷돌"(Satanic Mills)로 비유한──산업주의의 가차없는 어떤 대세를 상상하지 않을 수 없다. 이 점 역시 「황폐한 농가」가 시로서 살아 있다는 하나의 증거다. 그 살아 있음은 무엇보다 남편을 향한 그리움과 기다림이라는 '여성적' 경험으로 표현된다. 마거릿은 한편으로는 부재한 남편에 대한 심리적 고착으로 인해, 다른 한편으로는 그러한 병적 고착이 필연적으로 유발하는 현실감각의 상실로 인해 파멸한다. 그 파멸은 남편을 향한 사무친 그리움의 표현이시만, 산입주의가 낳은 근원적 소외와도 무관하지 않은, 스스로에게 타자가 되어버리는 영혼의 길 잃음에서 비롯한 것이기도 하다.

4. 감상의 절제와 균형

남편이 부러 "짓는 미소를 볼 때마다 / (…) / 가슴을 칼로 도려내는 듯했어요"(183~85행). 마거릿의 고통을 증언하는 도붓장수의 눈물은 감상(感傷)과 극기(克己)의 미묘한 경계에서 기원한다. 시 1부 끝머리에서 마거릿 일가의 몰락을 들려주다가 가난으로 일그러진 로버트의 정신상

---

20) 이에 대해서는 특히 Nicholas Roe, *The Politics of Nature: William Wordsworth and Some Contemporaries*, New York: Palgrave 2002, 1부 참조.

태를 말해주는 대목도 그러한데, 이어지는 자기반문도 그 경계의 위태로움을 예시한다.[21] 해질녘 오후, 안식과 평화가 가득한 계절, 만물은 즐겁고 날짐승들은 행복한 화음으로 하늘을 날고 있는데,

> 노인네의 눈에 눈물이 고여야 할 까닭이 무어란 말인가?
> 삐뚤어진 마음과
> 인간적인 약점 때문에
> 자연의 지혜에서 마음을 거두고
> 자연의 위안에 눈과 귀를 닫고
> 동요를 탐닉하면서 불안한 상념으로
> 자연의 평온함을 이토록 흐트러뜨리는 까닭이 무어란 말인가?
>
> (192~98행)

일찍이 리비스(F. R. Leavis)가 엘리어트(T. S. Eliot)의 유명한 명제를 예증하는 표현으로 지목한 바도 있는[22] 이런 대목을 사회현실에서 자연에 대한 사랑으로의 전이로 규정하고 워즈워스의 자연을 "낭만적 승화, 도피주의, 정치적 반동"[23]으로만 규정하는 언설의 문제점을 비판할 것 같으면 차라리 워즈워스 자신의 시 한구절이 더 적절할지도 모른다. "자

---

21) 동시에 후기 워즈워스의 창조성 고갈도 바로 그런 위태로운 경계의 무너짐과 관련있으리라는 것은 충분히 짐작할 수 있다.

22) 엘리어트의 발언을 원문 그대로 옮기면 다음과 같다. "Sensibility alters in everybody, whether we will or no; but is only altered by a man of genius." F. R. Leavis, "Wordsworth: The Creative Condition," Abdel-Azim Suwailem, ed., *F. R. Leavis's Recent Uncollected Lecture*, Cairo: Anglo-Egyptian Bookshop n.d., 79면에서 재인용 및 이하 논의 참조.

23) Paul D. Sheats, "Cultivating Margaret's Garden: Wordsworthian 'Nature' and the Quest for Historical 'Difference'," Peter J. Kitson, ed., *Placing and Displacing Romanticism*, Burlington: Ashgate 2001, 23면.

442

연이 주는 앎은 달콤하다／인간들의 성가신 지성으로／사물의 아름다운 형상은 일그러진다／우리는 해부하기 위해 죽이는 것이다."[24] 워즈워스 자연관 해석에서 유독 정치비평이 득세한 데는 낭만주의시대 대표적 호반시인(湖畔詩人)의 시작(詩作)을 휴머니즘과 '통합된 감수성'의 집합적 표상으로 평가해온 전통비평의 상투성에 대한 정당한 반발의 측면이 강한 것은 사실이다. 하지만 그 점을 감안하더라도 마거릿과 로버트의 구체적 현실은 사라지고 이분법적 대립항인 자연 대 정신만이 남는다는 비판이 횡행하는 것은 역시 풀과 나무 같은 살아 있는 자연환경이 주는 위안을 실감하기에는 인간내면의 자연이 너무도 황폐해버린 포스트모던 사조의 병리적 징후랄 수밖에 없다.

『서정담시집』 「서문」에서 건강한 독자대중의 정신을 마비시키는 경박하고 선정적인 문학을 질타한 워즈워스를 대변이라도 하듯 도붓장수는 남의 불행을 소재로 삼는 이야기를 통해 민중의 고달픈 삶을 희롱하고 순간적 쾌락이나 좇는 경향에 대해 스스로 경고한다(221~30행). 물론 인용문에서 보듯이 그 역시 어쩔 수 없이 잠시 감상에 젖는다. 그러면서 그는 한 촌부(村婦)의 망가진 삶 때문에 "노인네의 눈에 눈물이 고여야 할 까닭이 무어란 말인가?" 하고 반문한다. 이런 반문이 마거릿의 고통 못지않게 독자를 사로잡는 것은 도붓장수의 태도에 단순한 낭만적 초월이나 감상적 몰입과는 다른, 타자의 고통에 대한 감상(感傷)을 인정하면서도 어떻게든 이를 자기를 넘어선 공감의 경지로 끌어올리려는 안간힘이 배어 있기 때문일 것이다.

반면에 그런 그의 가르침이나 태도를 듣고 배울 뿐만 아니라 나름으로 마거릿의 비극을 '상상하는' 젊은이의 마음가짐이 도붓장수와 똑같다고는 말하기 힘들다. 가령 북받쳐오르는 감정에 휘둘리면서도 이야기를 채

---

24) "Sweet is the lore which Nature brings;／Our meddling intellect／Misshapes the beauteous forms of things;／——We murder to dissect"("The Tables Turned" 25~28행).

근하는 젊은 시인이 마거릿의 고통에 감정이입하는 태도는 젊은이답게
도붓장수보다 훨씬 직접적이다.

> 나도 모르게
> 나는 그 가련한 여자를 한때 알고
> 사랑한 것처럼 생각했다. 그는 그 흔한
> 이야기를 익숙한 힘과 기민한 표정, 열중한
> 눈으로 들려주어, 눈앞에
> 그가 말한 것들이
> 어른거리는 것 같았다.
> 그리고 이제 한숨 돌리자
> 가슴에서 느껴지는 서늘함이 온몸에 퍼졌다.
> 나는 일어나서 산들바람 부는 그늘 밖으로
> 나와 뜨거운 태양이 주는 위안을 받았다.
> 얼마 지나지 않아
> 그 고요한 폐허를 돌아보면서
> 노인에게 이야기를 계속
> 들려달라고 간청했다. (206~20행)

사계절의 순환에 따라 점점 황폐해가는 농가의 재현과 더불어 다섯 번
에 걸친 마거릿과의 만남이 담담하게 서술되는 2부에서도 도붓장수의
(자기)다짐과(221~36, 508~25행) 젊은 시인의 복받치는 감정, 자연의 위
안은 어김없이 되풀이된다(493~500행).

하지만 마거릿 같은 농촌빈민의 고통을 증언하는 과정에서 감상을 억
누르는 도붓장수나 그의 절제된 이야기에 치밀어오르는 감정을 못내 추
스르지 못하는 젊은 시인에게 공감하는 독자라 하더라도 작품의 도처에

서 손길을 뻗치는 '자연의 지혜'가 어떻게 헐벗고 굶주린 자들의 고통을 실제로 다스려줄 수 있는가 하는 의문이 생길 수 있지 않을까? 물질의 궁핍이 마음의 적빈(赤貧)을 초래할 수 있음을 엄연한 현실적 위협으로 의식하는 독자일수록 자연의 위안조차 한가한 덧거리로 받아들이지 않을까? 그렇다면 이런 의문이 생길 수 있는 소지야말로 페미니즘이나 신역사주의 비판을 나오게 한 「황폐한 농가」의 문제로 규정할 수도 있지 않을까 싶다. 그렇다고 시에 이같은 한계가 있을 수 있음을 환기하는 본뜻이 이제 와서 마거릿이 겪은 고통의 역사적 현실이 자연으로 치환된다는 페미니즘이나 신역사주의 비판의 뒷북이나 치려는 데 있는 것은 아니며, 사회저항시로서의 결격사항을 추궁하려는 것은 더욱 아니다.

요는 워즈워스가 구체적인 사회적 비극을 막연하다면 막연한 "고난의 시대"(a time of trouble, 154행)의 산물로 표현할 때, 과연 마거릿처럼 버림받은 '미아들'을 양산한 시대적 현실이 과연 그녀가 겪은 고통의 일부로서 얼마나 시적으로 작품에서 생동하는가 하는 물음이다. 고난의 시대, 일상의 삶에 뿌리박은 문화적 연속성이 깨지고 함께 나눌 수 있는 공동체적 감수성이 파괴되는 이른바 '고향상실'로 대변되는, 근대를 지칭한다. 목가적 자연과 그와 일체가 된 노동의 세계로 회귀하고픈 유혹이 비단 근대에만 한정되는 현상은 아니지만, 로버트와 마거릿의 오순도순한 삶을 드난살이로 전락시키고 도시 내·외곽을 맴도는 숱한 유랑거지들을 양산한 근대는 자연과 노동의 이상화로는 도저히 감당할 수 없는 현실인 것이다.

워즈워스가 도시문화에서 역동적으로——「마이클」에서 루크의 운명이 웅변하듯 더욱 위태롭게——발현하는 '커다란 기대'와 '잃어버린 환상'을 상대적으로 소홀히했다는 비판은 『서정담시집』과 그 「서문」을 두고조차 가능하다. 물론 인간 정신문화의 '만발시대'(The Age of Exuberance)로 규정함직한 18세기와 어떤 면에서는 결정적 단절과 연속성을 모두 함축한 시인으로서 내놓은 『서정담시집』(1798)의 문예혁명적 의의는 오늘날에도 퇴색하지 않았다고 평가해야 마땅하다. 그런데도 도시문화와 대비되는 토속세계의 가능성을 일방적으로 강조하는 과정에서「황폐한 농가」에 일종의 정서적 정적주의(emotional quietism)가 스며든 것은 아닌가 하는 의문이 작품에서 실감으로 다가오는 면이 전혀 없다고는 말하기 힘들 것이다.

마거릿의 고통에서 명상적 자연으로 옮겨가는 (적어도 그 과정에서만은 워즈워스와의 거리가 거의 느껴지지 않는) 도붓장수의 목가적 기억이나 그의 그런 회상을 통해 되살려진 까닭에 하나의 정물적(靜物的) 인상을 풍기는 마거릿에게도 그와 유사한 불만을 품을 수 있다. 앞서 '낭만적 모성'을 투사하는 시각의 문제점을 지적한 바 있지만, 그녀가 순박하고 착하기만 한 인고(忍苦)의 여성상으로 제시되는 것도 정물성의 또다른 징후가 아닐까? 실상 딱히 신역사주의를 표방하지 않는 논자들도 수동적 존재로서의 마거릿과 농가의 '자연화 과정'에 내포된 탈역사적 경향을 자신들의 실감으로써 비판한 것이다. 신역사주의나 페미니즘 비평가들의「황폐한 농가」비판이 남독(濫讀)임을 앞서 간략히 지적했는데, 나름의 근거가 없지는 않음도 인정해야 하리라.

그러나 마거릿의 고통에 독자의 심금을 울리는 '동적인 면'도 있거니와,「황폐한 농가」에서 설사 마거릿의 고통과 역사적 현실의 접점이 흐려져 있다 하더라도 독자가 그것을 자의적으로 그릴 수는 없다. 바로 이 점이야말로 이 시를 독자가 전문적으로 읽을 때 느끼는 가장 강력한 유혹 가운데 하나다. 그 흐려짐은 독자의 마음이 시에 삼투하는 과정에서 자연스럽게 발생하는 현상으로 볼 수 있을 듯한데, "마가렛이 잃어버린 것이 남편과 자식 그리고 삶의 터전이었던 오두막(농가—인용자)의 가치라면, 도붓장수가 재구성해내는 것은 마가렛의 상실의 역사이다. 이것은 분명 구체적이고 역사적인 경험이지만 도붓장수의 이야기 속에서 이

446

경험은 역사화되기를 거부한다"라는 평가[25]도 그런 흐려짐을 제대로 갈무리하지 못하는 데서 나오는 단정이 아닌가 한다. 프랑스혁명의 타락에 '칼'로 맞선 블레이크와는 너무도 다르고 너무도 긴 ― 나태한 정치적 안일과 자기망각의 ― 말년을 보낸 워즈워스의 시인으로서의 한계는 지금도 엄연한 것이지만, 프랑스혁명의 타락과 산업화의 무자비한 대세에 시골민중의 위대한 자연적 삶으로 맞서면서 그런 대세와 양립할 수 없는 그들의 미더움과 인간적인 나약함을 다같이 증언한 그의 예술적 성취도 우리는 온당하게 평가할 필요가 있는 것이다.

그 점에서 마거릿과 로버트가 각기 다른 방식으로 맞는 비참한 운명에서 교구의 자선단체에서 빵을 구걸한 농촌빈민들의 고통을 떠올리는 것도 시를 읽는 기본자세일 뿐이며, 전쟁 미망인 마거릿의 정처 없는 방황에서 매춘행위를 주로 읽어내는 독법[26]도 당대 역사에서 아무리 현실적 개연성이 있다 하더라도 과독(過讀)이라는 비판을 면키는 어려울 것이다. 선입견을 마거릿의 고통을 통해 투사함으로써 시의 참다운 향유에서 멀어진 페미니즘과 신역사주의 담론 또한 사정은 크게 다르지 않다. 그러므로 단순히 경제적·정치적 현실로 환원되지도 않으면서 그런 현실 속 삶을 독자로 하여금 성찰케 하는 「황폐한 농가」의 시적 성취를 묻는 자세는 재차 다잡는 것이 옳다고 본다.

<hr>

25) 신경숙 「가없은 수잔은 어디에 있는가?: 농촌과 도시 사이」, 『안과밖』 6호(1999년 상반기) 73면.
26) 박찬길 「「폐가」(The Ruined Cottage): 한 전쟁 미망인의 사회사」, 『논총』 66-1-3, 이화여자대학교 한국문화연구원 1995, 57~71면 참조.

5. 시의 길을 따라서

"친구여, 슬픔도 이제 그만하면 되었어.

더이상 지혜의 쓸모를 묻지 말게.

부디 현명하고 즐거워지게, 그리고 더이상

사물의 형상들을 하찮은 눈으로 읽지 말게.

그녀는 고요한 대지에 잠들어 있고 평화가 여기 있네." (508~12행)

마거릿의 사연을 다 듣고서 격심한 슬픔에 사로잡힌 젊은 시인에게 지혜의 쓸모를 묻지 말라는 노인의 충고는 지혜의 본질에 값하는 달관이다.[27] 과공(過恭)이 비례(非禮)라면 인간적인 도리로서의 애도(哀悼) 또한 그러하지 않겠는가. 어쩌면 애도의 예가 지극할수록 새로운 삶의 예감을 즐겁게 맞이하는 것이 생활 자체의 논리요 억눌린 민중들 특유의 존재방식일지도 모른다. "시의 쓰임은 사람으로 하여금 성정의 바른길을 얻게 하는 데로 돌아갈 따름"이라는 성현의 가르침[28]을 따를라치면, 애도 끝에 그 바른길을 찾아나서는 것만이 중요해지는 셈이다. 바로 그런 민중성과 시의 '쓰임'에 착안할 때 코울리지(Samuel Taylor Coleridge)의 「늙은 수부의 노래」(The Rime of the Ancient Mariner)와도 성격이 다른 「황폐한 농가」의 서사적 논리가 한층 분명해진다. 스스로 자제할 수 없는 악몽을 들려줌으로써 마음의 짐을 잠시 벗는 늙은 수

27) 실제로 노인의 이런 계고(戒告)는 수고 B에는 없는 대목이다. 자칫하면 교훈주의나 도덕주의로 빠지기 쉬운 이런 대목이 그런 도식으로 떨어지지 않은 데는 젊은 시인의 '격정적 감상'이 한몫하고 있는 셈이다. 하지만 마거릿의 비극을 마무리하는 이 대목이 구체적으로 시적 성취에 어떤 기여를 하는지는 독자 나름의 감흥에 비추어 좀더 곰곰이 생각해봄직하다.

28) "凡詩之言, 基用, 歸於使人得基性情之正而已." 주자(朱子)의 『논어』 주해 중 일부. 윤영천 『서정적 진실과 시의 힘』, 창작과비평사 2002, 383면에서 재인용.

부와 그 이야기에 '포로'가 되어 신의 삶을 각성하게 되는 결혼식 하객의 시적 감화(感化)가 죄와 회개, 구원이라는 기독교적 틀을 시원스레 벗어나지 못한 반면, 도붓장수와 젊은 시인의 반성 및 각성은 적어도 그같은 도덕적 공식으로는 포괄되지 않는 것이다. 물론 '배움과 즐거움'이라는 고전주의적 주제의 되풀이만으로는 충분치 않다. 고전의 의의를 도덕주의로 못박으면서 해방과 자유, 역사의 이름으로 해체를 능사로 삼는 것이 현대비평의 압도적 추세이며, 이 글에서 강조하는 고전적 주제의 현재성조차 무분별한 담론생산에 동원하는 것이 근래 비평 풍토의 대세이기 때문이다.

그런 대세를 직시할수록 지키고 찾아나서야 할 물음에 대한 신심(信心)도 더 커져야 마땅하다. 현대비평의 태두 가운데 한 사람인 니체(F. Nietzsche)가 『신곡』(*La Divina Comedia*)의 작가 단테(Dante)를 두고 쏘아붙인 촌철살인을 상기하는 맥락은 그러하다. 다시 밀해 단테를 "무덤 위에서 시를 짓는 하이에나"로 정의한 니체의 바로 그런 하이에나적 반도덕주의야말로 전도된 또 하나의 현대적 도덕주의에 불과한 것이 아닌가 하는 의문이 생기는 것이다. 확실히 이 시의 끝부분에서(493~538행), 마거릿의 삶을 대하는 화자와 젊은 시인의 태도에는 억눌린 듯 고양되는 삶의 진정성이, 경박하지 않은 우수어린 성찰이 스며 있다. "나도 모르게 그 가련한 여자(마거릿—인용자)를 내가 오랫동안 알고 사랑한 사람"으로(206~10행) 기억하는 젊은 시인의 새로운 삶을 위한 다짐과 도붓장수의—어떤 면에서는 「결의와 독립」(Resolution and Independence)의 화자와 거머리 잡는 노인을 닮은—처연한 떨침에는 도덕주의 이상의 결의가 있다. 그런 결의의 공동체적 성격은 셸리(Percy Bysshe Shelley)의 『줄리언과 마달로』(*Julian and Maddalo*, 1824)의 끝맺음과 대비할 때 더 분명해지기도 한다.[29] 이 작품은 한 광인의 열정적인 비련(悲戀)을 통해 사랑과 공감의 상실을 추적하는데, 그 점에서는 「황폐한 농가」

와 유사한 문제의식을 담고 있다고 할 수 있다.

어쨌든 그 다음 펼쳐지는 자연의 고요, 평화 속으로 "나는 발걸음을 돌렸다/그리고 행복하게 나의 길을 따라 걸었다"라는 도붓장수의 말을 이어받아 젊은 시인 역시 그런 길을 따라가리라는 암시가 이젠 물리적 자연의 일부가 되어버린 '황폐한 농가'를 배경으로 해서 깔린다. 이런 방랑의 발걸음에 대해서조차 그 인간적 의의를 제쳐놓고 자본의 흐름만을 현학적으로 읽어내는 이데올로기 비평도 극성스럽지만,[30] 화자와 시인의 발걸음은 마거릿의 고통을 개념적 정의로 규정하는 것을 피하고 시를 읽는 이로 하여금 본마음으로 받아들이기를 희망하는 시적인 방랑(放浪)이라고 말해야 하지 않을까 싶다. 비유를 한다면, 화자들의 발걸음은 차라리 어둡고 깊은 해저의 무자비한 압력이 만들어내는 부력으로 인해 오히려 태양이 빛나는 수면 위로 자유롭게 떠오르는 생명체의 어떤 본성을 연상케 하는 것이다.

하지만 이런 비유가 멋스러울수록 우리는 좀더 친근하게 풀어볼 필요도 있다. 독자로 하여금 화자와 시인의 길을 홀연히 따라가게 하면서도

---

29) 물론 『앨라스터 또는 고독의 정령』(*Alaster: or the Spirit of Solitude*, 1815)의 「서문」 끝에 붙인 인용문이라든지 더 노골적으로는 「워즈워스에게」(To Wordsworth, 1814), 『피터 벨 3세』(*Peter Bell The Third*, 1819) 등에서 워즈워스의 정치적 이반(離叛)을 강하게 비판했고 어느 낭만주의 시인보다도 이상주의의 헌신이 강렬했던 셸리가 광인의 처절한 사연을 "차가운 세상사람들에게는 알려주지 않으리라"(the cold world shall not know)라고 못박을 때, 그의 비타협적 지성이 부각되는 것은 사실이다. 하지만 후기 워즈워스에 적용될 뿐인——그리고 비판과정에서 셸리에게 미친 전성기 워즈워스의 영향을 역설적으로 예증하는——그의 비판은 남성화자들이 서로 다른 방식으로 강조한, 부질없는 감상주의에서 놓여남 및 인간 삶의 사심 없는 참여의식 등과 비교할 때 상대적으로 엘리뜨적 감수성이 부각되는 것도 사실이다. 마거릿의 고통을 자기 것으로 하는 동시에 "달콤한 시간이 도래"할 것을 예감함으로써 그녀의 아픔을 뒤로하는 자세가 셸리에게는 결여된 것이다.

30) 워즈워스가 도붓장수라는 인물의 역사적 기원을 로마시대나 북아메리카의 여행상인(travelling merchant)에서 찾기도 한 것은 사실이다. 하지만 그의 촛점은 상행위보다는 넓고 깊은 인간 삶의 공감적 이해에 가 있다. William Wordsworth, "Appendix II," 앞의 책 479~80면 참조.

450

끝내는 마거릿의 수난을 계속 뒤돌아보지 않을 수 없게 하는 힘이야말로 「황폐한 농가」를 구체적인 역사에 각인하는 시적 성취라면, 이를 수사적 표현만으로 대신해서는 안되기 때문이다. 그 점에서 「황폐한 농가」가 한 편의 시로서 스스로를 드러내는 순간이 감상적인 아상(我相)을 떨쳐버리는——그로써 근대화의 대세에 밀려난 민중들의 희망과 분노를 독자의 몫으로 남겨주는——화자들의 사무사(思無邪)가 발휘되는 때와 일치한다는 사실도 거듭 음미함직하다. 1797~98년경 워즈워스의 민중적 낙관과 근대 극복에 대한 우리의 믿음도 종국에는 두 남성화자의 발걸음에 흔쾌히 동참하면서 마거릿이라는 한 여성의 찢긴 삶을 오늘날의 현실에 되살려 온전하게 치유하는 읽기를 수행함으로써 다져야 할 것이다.

'영미연' 10년과 학풍

■

『안과밖』의 기획과 특집을 중심으로

1. 머리말

1995년 6월 3일에 창립되었으니 영미문학연구회(이하 영미연으로 약칭)는 2006년 6월 3일, 오늘로 꼭 11돌을 맞았다. 하지만 헤아릴 수 없을 정도로 늘어난 대한민국의 영문학 관련 학술조직 중에서 영미연의 '생일'에 부여하는 의미는 열성회원들 사이에서조차 다같을 수는 없을 것이다. 학회의 공식기관지 격인 『안과밖』에 대해서는 더욱이나 그러할 것이다. 무엇보다 『안과밖』이 특별하다고 믿기에는 한국학술진흥재단 '인증'의 등재 및 등재후보 영문학 학술지들이 난립이라고 해야 할 정도로 넘쳐나는 상황이다. 흔히들 누가 '안'이고 누가 '밖'이냐고 빈정대는—적어도 영문학에 관한 한 종합학술지 성격이 강한—『안과밖』의 꼭지들만 봐도 수많은 영문학 관련 논문집과는 분명한 차별성이 있지만, 그게 절대적인 차이라고 보기는 어렵다. 게다가 적잖은 영미연 회원들은 여타 학회의 일원이기도 하고 때로는 그 '주역'을 맡아 살림을 꾸려가야 하는 실정이다.

사정이 이러하고 요즘처럼 자기 논문을 연구업적으로 쳐주느냐 여부가 관건인 풍토에서 논쟁은 해서 뭣 하며『안과밖』의 차별화가 무슨 의미가 있겠는가 하는 회의도 든다. 그러나 그럴수록 이른바 세계화시대라는 이때 영문학 연구가 대체 어떤 의미가 있으며, 한국의 영문학 연구자가 미국이나 영국의 학자와는 어떻게 다르고 같은지 차분하게 짚어봄직하다. '글로벌 스탠더드'라는 것이 영문학 연구에도 있는지는 모르겠지만, 1970년대 학번이 주축이 되어 만들어진 영미연의 기관지『안과밖』을 평가할 때에도 일단은 그런 성찰의 자세를 견지하는 것이 중요할 것이다.

그렇다면 1987년 6·10민주항쟁의 승리가 민중의 숨통을 열어놓지 않았던들 태어나기 힘든 성격의 영미문학 전문학술지가 바로『안과밖』임을 강조해도 좋겠다. 영미연의 규모가 커짐에 따라 좀더 많은 학술지면을 소화하기 위해 탄생한『SESK』도 그런 '축복'을 받지는 못했다. 문민정부 말기에 세운 영미연의 창립정신이 한국 영문학계의 관성화한 연구방식에 대한 고민이요 노선이기도 했음을 기억할 필요도 있다는 것이다. 민주화 이후의 '반민주주의 시대'라는 오늘의 상황은 상황대로 인정하면서도 지금까지 10년간 20호가 나온『안과밖』이 고만고만한 학술지들과 최소한 뭔가는 다른, 이를테면 기존 학문방식의 타성에 대한 극복의지를 어느정도는 공유한 집단적 학구의 산물임도 동시에 주장하고 싶은 마음이다.

마음이 그렇다고 현실도 그러리라는 보장은 어디에도 없다. 그렇기는커녕 최소한 형식적으로는 민주화가 정착한 지금 초창기의 도전정신을 망각하고 관성적으로 학술지가 굴러가고 있을 가능성도 배제하기 어렵다. 그런 의미에서도 "『안과밖』과『SESK』: 영문학 학술지의 과제와 전망"이라는 제목을 내건 이번 학술대회는 기대가 된다. 현실과 이상의 괴리를 좀더 솔직하게 인정하고 비판적으로 검토하는 계기가 될 수 있다는 점에서도 그러하다. 전공논문의 상당수를 두 학술지, 특히 시중 판매지인『안과밖』에 실은 필자가 객관적인 검토자 자격이 있는지 스스로 의심하면서도 일감을 떠맡은 것은 그런 연유에서다. 새로운 논의는 못하더라도 최소한 앞으로 영미연이 집단적·개인적 학구의 자세를 새로이 가다듬을 수 있는 토론의 자리를 마련해본다는 취지이다.

발제의 이런 취지에 대해서는 뒤에서 그간 분과활동이나 학술대회 등에 참여해본 필자의 평소 문제의식을 중심으로 좀더 자세히 논의하고자 한다. 논의는 필자도 두어 번 글을 실어본 『안과밖』 1~20호의──이것만으로도 부담이 되는──특집과 기획으로 제한하는 것이 형편에 맞으리라 본다.

2. 『안과밖』의 기획 및 특집

2-1: 1기, 1~10호(1996~2001) 개관

『안과밖』 10년 중에서 편의상 제1기라고 규정한 1996~2001년의 기획과 특집에서 가장 눈에 띄는 점은 역시 기성 영문학계에서 회자되던 학술주제와는 구분되는 영미연의 문제의식이다. 학술단체의 출범에 요구되기 마련인 선언적 내용을 담은 창간호의 기획에서부터 차례대로 제목과 필진을 상기해보자.

> **1호** 기획 1: 한국 영문학 연구의 쟁점(김우창, 윤지관) / 기획 2: 문학전통의 위기, 무엇이 문제인가(김영희, 유명숙) / 상임편집위원: 김영희, 신광현, 신경숙, 이종숙, 한기욱
>
> **2호** 기획 1: 영미문학에서 근대성 문제(여건종, 한기욱) / 기획 2: 저작권과 작가의 신화(이현석, 신경숙)
>
> **3호** 오늘의 영문학 연구와 교육의 과제(강내희, 송승철, 현장토론

및 CUG토론)

4호 근대성 논의와 모더니즘(한기욱, 이승렬, 유희석)

5호 어려운 시대, 다양한 이야기 방식들(문상영, 김진경, 신문수, 조
철원, 배보경)

6호 낭만주의와 유토피아(박찬길, 서강목, 신경숙, 윤효녕, 임보경)

7호 우리 시대의 디킨즈 읽기(성은애, 장남수, 정남영, 윤혜준)

8호 지구화와 민족 그리고 문학의 자리(윤지관, 조규형, 이석호, 임
지현)

9호 영문학과 도시(최예정, 최주리, 박은미, 전수용, 이영석)

10호 번역, 무엇이 문제인가(윤지관, 조영미, 김진경, 송승철)

워낙 다양한 시대의 작가들을 다룬지라 꼭지마다 구체적인 논평을 한다
는 것은 무리다. 영미의 학계에서 취급할 법한 주제, 기령 '낭만주의와
유토피아' '영문학과 도시'는 역시 전공자의 평가를 요구한다. 하지만 전
반적으로는 한국 학자들 특유의 관점을 반영하는 학구가 우세하다는 사
실을 짚어둘 만하다. 바로 거기에 집중해야 할 터인데, 가급적이면 1930
년대 미국문학을 집중 조명한 "어려운 시대, 다양한 이야기 방식들"을
비롯한 '순수영문학' 특집 관련 논문들에도 적용될 수 있는 논법을 취하
는 것이 적절하겠다.

그럴 때 10호까지의 특집 및 기획에서 눈에 두드러지는 것은, 번역 문
제를 비롯해 세칭 거대담론, 즉 문학 위기론, 근대성, 지구화, 민족 등의
쟁점이다. 알다시피 이 논제들은 『안과밖』 편집진이 독자적으로 전개한
담론이 아니다. 당시 인문·사회과학 평단에서 '판'이 상당히 넓게 벌어
진 예민한 주제들이었고, 여전히 논란거리이다. 가령 민족담론은 지금도
문단 안팎이나 인문학계에서 논쟁의 장을 심심찮게 형성하고 있다. 그런
의미에서 10호까지의 기획 및 특집은 '밖'과 소통하려는 의지를 적극적

으로 표명했다고 자평할 수 있다. 실제로 외부의 필자들이(임지현, 이영석) 더러 끼어 있기도 하다. 첨예하게, 또는 완곡하게 필자들의 논지가 상반되기도——김우창 / 윤지관(1호), 강내희 / 송승철(3호), 이승렬 / 유희석(4호), 윤지관 / 임지현(8호) 등——한다. 3호 특집인 "오늘의 영문학 연구와 교육의 과제"에서는 학술대회의 쟁점들이 온라인으로 옮겨와 적지 않은 회원이 열띤 토론을 벌이기도 했다.

그 내용이 얼마나 알찬가를 평가하는 데는 회원마다 의견이 다를 수 있다. 하지만 영미연의 학술활동과 토론문화에 생기를 불어넣어준 것만은 사실이 아닌가 싶다. 애초에 영미연이 내건 포부, 즉 대중성과 전문성이라는 두 마리 토끼(고래?)를 모두 잡겠다는 다짐도 자발적인 토론마당의 원활한 형성과 그 가운데서 생산되는 좋은 글이 없다면 한낱 허언에 그칠 것이다. 요컨대 편집진과 회원들의 집단적인 학구가 집약된 1기 『안과밖』의 기본 성격은 영미 학계의 대세를 전면적으로 부정하지는 않으면서 이 땅의 고민을 반영하는 영문학의 모색에 있다고 해야 할 듯하다. 창간호 기획논문에서 김영희는 이렇게 말한 바 있다.

문학이라는 일반 범주가 아닌 특정 언어권 문학인 영문학의 문제로 돌아와서 보자면, 그것에 대해 여기서 섣불리 어떤 견해를 내놓을 입장은 못 된다. 그러나 이 책에 수록된 앤더슨의 증언(창간호 특별대담 「서구 모더니즘과 민족문화의 현단계: 페리 앤더슨과의 대화」——인용자)을 그대로 받아들이지 않더라도 영미의 문학 생산이 20세기 전반에 비해서도 위축되어 있다는 점은 동의할 수 있을 것이다. 영미문학이 여성이나 소수민족 등 이제까지의 주변집단들의 가세를 통해서야 활력을 얻고 있는 것만은 분명하다. 그렇다고 해서 '문학' 자체의 시효가 상실되었다고 단정한다면 과도한 일반론이겠고, 영문학에 국한하더라도 이제까지 쌓여온 영문학 성과들이 문득 극복해야 할 과거로 돌

456

변하는 것도 아니다. 오히려 문학적 성취의 위축 및 평가절하야말로 영미사회가 자본주의체제로서 갖는 '선진성'과 직결된 것이며, 영문학 고전들에서 제기하는 근본적인 사회적·역사적 물음들이 이제 더욱 거추장스러워졌다거나 아예 무시해도 무방한 것처럼 되었는지 모른다. 그럴수록 바로 이런 대세, 참다운 가치나 인간다움의 추구에는 오히려 '후진성'일 수도 있는 선진성의 질주에 제동을 거는 이 물음들의 현재적 의미는 더 절박해지는 것이 아닐까? (창간호 108면)

이 물음을 오늘의 상황에서는 어떻게 받아야 할까? 20호까지의 『안과밖』이 위의 문제의식을 과연 얼마나 발전시켜온 것일까? 강산도 변한다는 10년 세월이 지난 지금도 이 물음이 완전히 낡아버린 것은 아니다. "영문학에 국한하더라도 이제까지 쌓여온 영문학 성과들이 문득 극복해야 할 과거로 돌변"한 것노 아닐 것이다. 빈면에 '참다운 가치'나 '인간다움'이라는 말만으로는 어딘가 허전한 문화적 상황에서 "'문학' 자체의 시효가 상실되었다고 단정"하는 논객들도 곳곳에서 심심찮게 만날 수 있다. 1편을 빼고 문화연구, 페미니즘, 아시안 미국문학으로 채워진 20호 특집에서도 "이제까지의 주변집단들의 가세를 통해서야 활력을 얻"는 한국 영문학 연구의 현주소가 확인되는 것이다. 현실을 냉정하게 말한다면, 영미문학의 주류는 "여성이나 소수민족 등 이제까지의 주변집단들"로 옮겨가는 중이다. 한국의 상황도 크게 다르지 않다. 단순히 축소나 위축이 아니라 문학이라는 범주 자체의 해체를 지향하는 문화연구가 영미 인문학계에서 확실한 우세종으로 부상했고, 그런 추세가 거의 아무런 '통관절차' 없이 우리 학계로 유입되는 형국인 것이다.

이런 때일수록 '주체적인 영문학'이라는 신념을 고수하는 것만으로는 신자유주의든 뭐든 그에 대한 적절한 대응이 되기 힘들다. 그렇다고 대학 본연의 '큰 배움'을 포기하고 무작정 실용주의 노선을 추종할 수도 없는 노릇이다. 이 땅에 사는 사람들의 실감을 반영하면서도 우리문화 대 저들문화라는 도식을 무력화하는 학문세계의 새로운 경향들과의 접점을 창의적으로 확대하는——필요하다면 과감하게 분과의 경계를 넘는—— 영문학 연구가 긴요하다는 것이다. 그렇다면 "영미사회가 자본주의체제 로서 갖는 '선진성'"이라는 것을 '문학성의 위축'이나 '문학적 성취의 평 가절하'로 진단하는 것도 자제할 필요가 있겠다. 그보다는 (탈)근대성, 민족, 지구화 등에 함축된 대국적 문제의식을 구체적인 영문학 작품 및 이론 읽기와 결합하는 공부가 중요하다. 어설픈 개괄조차도 벅찬 자리에 서 특정한 특집과 그 논자들의 글을 꼬집듯이 거론하는 것은 여러모로 부담스럽지만, 그같은 공부의 중요성을 환기한다는 뜻에서 특집의 탈식 민주의 담론을 집중적으로 거론해보자.

사설이 조금 길어져도 우선 환기해야 할 사실은, 오늘날 우리 인문학 계에서 상당한 '지분'을 가진 탈식민담론(postcolonialism)도 전사(前史) 가 있다는 점이다. 대략 70년대부터 80년대 말까지 우리문단에서 활발하 게 개진된 제3세계문학론이 그것이다. 그것은 20세기 한반도 식민억압 의 역사적 경험을 공유한 세계 여러 지역, 즉 라띤아메리까, 아프리카, 동유럽, 중동, 동아시아 등에서 산출된 작품을 읽고 당시 남한의 군부독 재, 나아가 분단현실과의 복합적 연관성을 찾아내면서 세계문학적 연대 를 구축하는 과정의 산물이었다. 반독재·민주화운동의 전위와 후위를 겸한 민족문학의 폭과 깊이도 상당부분은 거기서 얻었다. 그러나 그런 제 3세계문학론도, 1987년 6·10민주항쟁의 승리에 뒤따른 국내 민주세력의 분열 및 현실사회주의권의 연쇄적 파탄과 더불어 스러져간 급진변혁 담 론의 운명을 면치는 못했다.

그 공백을 채운 것이 알다시피 1990년 이후 여타 포스트 담론들과 보 조를 맞춰 본격적으로 대두하기 시작한 탈식민담론이다. 제3세계문학론 이 탈식민담론으로 변모한 데는 국내외적으로 여러 요인들이 작용한다.

우선 인문·사회과학 분야의 전문연구자들이 '본토'에서 수학하고 대거 귀국한 정황과 무관하지 않다. 이들 대다수는 미국의 주요 대학에 자리 잡고서 미국 주도의 세계질서에 대해 나름의 비판적 인식을 확장한 비주류·소수인종 지식인들 밑에서 공부한 사람들이다. 체제저항적이지만 배워온 '지식'이라는 점에서 탈식민담론도 기본적으로 수입품의 성격이 강하다. 탈식민담론의 대안적·저항적 면모를 부각하는 국내 연구자들도 그런 점들을 상당부분 의식하고 있는 것 같다. 전지구적으로 유통되는 탈식민담론의 진원지가 문화제국주의의 대부로 지목되는 북미의 학계라는 사실을 부담으로 느끼는 것 자체가 그 증거의 하나이다. 그 점을 의식하며 자성의 목소리를 내는 경우도 그러하다. 가령 비판적 소개에 힘쓰는 한 논자는 탈식민담론이 "식민주의의 극복을 위한 비판적 대안이 아니라 신식민주의의 문화적 침투를 돕는 교두보에 불과"할 위험을 경계하면서 제3세계 민족문학과의 연대 가능성을 열어놓기도 하다. (이경원 「저항인가, 유희인가?: 탈식민주의의 반성과 전망」, 『문학과사회』 1998년 여름호, 747면)

그렇다면 그동안 그런 연대가 과연 얼마나 건설적으로 형성된 것일까. 탈식민담론에서 순응과 저항의 비유로 흔히 차용하는 것이 셰익스피어의 『폭풍우』(*The Tempest*)에 나오는 인물 프로스페로와 캘리번이다. 12호 특집("우리에게 영어란 무엇인가?")에 실은 글에서 이경원도 케냐와 나이지리아의 대표적 반체제작가인 응구기 와 시옹오(Ngũgĩ wa Thiong'o) 및 치누아 아체베(Chinua Achebe)를 상호보완적 관계로 파악하면서 다음과 같이 주장한다.

즉, 응구기의 원칙주의는 아체베의 실용주의가 서구의 담론적 전략에 포섭되지 않도록 지켜주는 불침번이며 탈식민주의의 무디어진 비판의 칼날을 다시 예리하게 만드는 벼루의 역할을 한다. 아체베를 어중간한 타협주의자로, 응구기를 완고한 거부주의자로 간단히 규정할 수 없는 이유도 여기에 있다. 게릴라전을 펼치는 아체베의 지혜와 정면도전을 외치는 응구기의 용기가 동시에 필요하기 때문이다. 이러한 변증법적 접근이 이루어질 때 프로스페로의 억압에 대한 캘리번의 저항은 더욱 효과적으로 전개될 수 있을 것이다. (12호 85면)

지혜와 용기의 변증법적 상호보완이라면 더 토를 달 것이 없다. 사실 처음부터 열강의 강압적 침탈은 물론 자기 내부의 식민근성을 문제삼아온 남한 민족문학의 관점에서 보면 이런 보완은 당연한 것이며, 피정복자의 입장에서 세계와 역사를 보자는 제안도 80년대 제3세계문학론의 제1원칙에 해당한다. 하지만 "이러한 변증법적 접근이 이루어질 때 프로스페로의 억압에 대한 캘리번의 저항은 더욱 효과적으로 전개될 수 있을 것이"라는 주장이 다시 '프로스페로=억압, 캘리번=저항'이라는 쳇바퀴를 관성적으로 돌리는 현상은 깊이 생각해볼 일이다.

그런 이분법은 "지구화와 민족 그리고 문학의 자리"(8호)라는 '유혹적인(?)' 제목을 건 8호 특집에서도 반복된다. 민족개념의 정의와 그 가치평가를 두고 대척점에 선 윤지관과 임지현의 글, 「지구화에 대한 고찰」과 「민족담론의 스펙트럼」이 첫머리와 끝머리에 자리하고, 그 사이에 「코스모폴리탄 문학과 민족문학」(조규형)과 「민족문학과 근대성」(이석호)이 배치된 이 특집은 무척이나 논쟁적이다. 논쟁문화를 조성한다는 차원에서는 성공적인 기획으로 평가할 만하다. 탈식민담론의 허실을 본격적으로 검토하면서 생산적인 토론과 논쟁──창간호의 일성(一聲)으로 표현하면 '공론의 장'──의 형성에 기여하는 기획으로서도 값지다.

좀더 구체적으로 보면, 민족개념의 양가성에 유의하면서 지구화(=전지구적 자본주의화)에 대항하는 보루로서의 민족개념 및 그 문학을 옹호하는 윤지관이나 민족주의의 억압적 역사를 환기하고 자율적 주체들

460

이 만들어가는 탈인종주의적·탈성차별적·탈계급주의적 시민연합을 강조하는 임지현의 입장 차이는 그 자체로 토론감이다. 루슈디의 문제작을 다룬 조규형의 경우 '민족문학'과 무리없이 소통할 수 있는 코스모폴리탄 문학의 가능성을 역설하는 반면, 응구기와 씨옹고의 작품을 다룬 이석호는 민족문제에 대한 '모호한' 시각을 배격하면서 제3세계에서 민족주의가 갖는 혁명적 의의를 단호하게 강조한다. 후속 토론이나 논의가 따르기만 한다면 좋은 대조일 것이다. 그들 나름의 확고한 비판 및 도전의식을 전제하고 있어서 하나의 논문으로서 몫을 했다고 판단한다. 이처럼 영미연 바깥의 담론들에 적극적으로 개입하는 특집과 기획이 『안과밖』의 차별성을 주장할 수 있는 중요한 요인이다.

그렇다고 『안과밖』 1기 특집을 전체적으로 읽으면서 뭔가 미진한 느낌이 없는 것은 아니다. 기왕의 8호 특집에 대해 더 이야기해 보자. "문학영역에서도 진정으로 '리얼한' 것에 대한 추구로서의 리얼리즘의 문제의식이 지구화에 대한 저항의 한 거점이 될 가능성을"(8호 29면) 역설하는 윤지관의 주장에 비해 사실상 조규형과 이석호는 사뭇 다른 입지에서 대안적 가능성을 논하고 있다. 임지현의 경우는 윤지관이 강조하는 비평적 입지로서의 민족을 아예 해체하는 데 촛점을 맞추고 있다. 사실상 극단적 대립인 셈인데, 그것만으로는 상충점들을 수렴하는 '공론의 장'을 원활하게 조성하기는 힘들다. 단일한 목소리가 나와야 한다는 말이 아니라 적어도 상이한 관점들을 더 유연하게 모아주고 조정해주는 총론이 아쉽다는 것이다. 사실 임지현과 이석호의 논문은 표면적으로는 논지가 반대되는 것처럼 보이지만, 90년대 중반 이후 우리 학계에서도 상당한 실세로 자리잡은 탈식민담론의 양면성 ― 일체의 민족개념을 해체하려는 충동과 서구에 저항적인 민족주의를 고수하려는 의지 ― 을 반영한다는 점에서는 상통한다. 그런 (수입) 담론의 허실에 대한 논의를 특집에서 온당하게 해주어야 할 터인데, 기획의 문제의식을 구체화하면서 공론의 장을 유도하는 총론적 논문의 부재는 10호까지 전반적으로 느껴지는 바다.

물론 총론도 정의하기 나름일 것이다. 교통정리가 중구난방이라는 인상에 대해, 그런 정리가 안되는 특집의 경우 각 논문들의 모음 자체가 총론이라고 우길 수는 있다. 전공영역이 다양한 글들이 모일 수밖에 없는 데서는 총론 자체가 무리라는 주장도 일리가 있다. 매호 그같은 총론을 바라는 것도 비현실적일 듯하다. 그러나 그 경우에도 전체적으로 특집에서 내건 진취적이면서 논쟁적인 문제의식만큼 충실한 내용이 과연 따랐느냐에 따라 판단할 수밖에 없다. 이런 평가 자체가 한국 영문학계 전체의 수준을 보여주는 방증일 수는 없겠지만, 이 땅의 살림살이에서 나온 치열한 문제제기와 탈식민담론 같은 '그쪽'의 첨단 연구를 소화한 정교한 학구가 하나로 묶이는 차원은 앞으로의 숙제로 남았다고 해야 온당한 평가일 것 같다.

되돌아보면서 다소 회의적인 평가를 내리는 것은 어제보다는 내일을 생각하기 때문이다. 그렇다고 발제자의 입장이 무조건 타박으로 치닫는 것이 아님은 강조하고 싶다. 그런 아쉬움이 있는 대로 『안과밖』 1기 특집과 기획을 읽으면서도, 어제보다는 오늘의 논문을 대하는 느낌이 앞섰기 때문이다.

2-2: 제2기, 11~19호(2001~2005) 개관

    11호 북한의 영문학(김영희, 최경희, 홍유미)

    12호 우리에게 영어는 무엇인가?(윤지관, 엄용희, 박종성, 이경원) /
특별기획 : 9·11과 영미문학(김명환, 한기욱)

    13호 20세기 영문학을 다시 본다(백낙청, 유희석, 김성호, 오길영)

    14호 미국성을 다시 생각한다: 19세기 미국문학(한기욱, 강우성, 신현욱)

2기 특집의 목차들을 훑어보면 1기보다 더 도두보이는 것이 있다. 한반도 현실은 물론 세계의 특정 지역 및 정세에 학구적으로 개입하려는 적극성이다. 특히 11~14, 16호 특집 및 기획은 한반도에 당장 큰 영향은 없었지만 결과적으로 파장이 다방면으로 심대했던 2001년 9·11테러에 직·간접으로 대응한 흔적이 역력하다. 영미문학 텍스트의 연구를 통해 '현실참여'를 겨냥한 셈인네, 이런 사실 자체가 얼마나 학문적인 미덕이 될 수 있는가는 결코 판단하기 쉽지 않다. 정치영역에서 일어나는 사건들에 대한 직접적인 학술 차원의 대응이 갖는 위험도 만만치 않기 때문이다. 근래 『해방전후사의 재인식』을 둘러싼 (역사)학계의 논란에서도 확인되는 바지만, 엄정한 학구보다는 제 딴에는 진보로 '가정'하는 목적에 이리저리 휩쓸리면서 공부와 현실참여 모두가 얼치기로 떨어질 수 있기 때문이다.

하지만 얼치기가 무서워 시도조차 하지 않는 것도 학문의 큰길은 아니다. 분야 자체가 거의 황지(荒地)와 다름없기 때문에 유리한 점(?)도 없지는 않았겠지만, '북한의 영문학'을 본격적으로 소개한 11호 기획은 기억할 만하다. 2000년 6·15남북공동선언의 취지를 직·간접으로 의식한 논의임은 물론이다. 영문학계에도 앞으로 남북간 학술교류가 반드시 필요할 터인데, 중요한 첫걸음을 내디뎠다는 생각이다. 사실 어떤 분과학문이든 우리가 몸담은 '이곳의 이때'가 과연 어떤 시대인가를 전문적인 연구로 실증하는 작업은 학자들의 의무라고 해도 지나친 말이 아니다. 우리 문자생활의 바탕까지도 위협하는 (미국)영어의 이데올로기적 패권 논리를 비판적으로 분석한——1기 『안과밖』부터 꾸준히 발전시켜온—— 12호의 기획이나 9·11테러의 역사적 근원을 19세기 미국'고전'작가들의 작품을 통해 규명하고자 한 12, 14호의 기획도 이른바 현실응전력의 일단을 보여준 한 예라 하겠다.

다른 한편 현실세계의 정치적 현안에 대한 특정한 인식을 엄정한 학술 행위와 결합하지 못하고 '정치주의'의 함정을 온전히 피해가지 못한 모습도 보인다. 그런 경우 현실응전력이라는 말도 근본부터 되새겨보는 훈련이 필요하다. 이때 응전(應戰)도 우리가 문자 그대로 무기를 들고 가시적인 적들을 상대로 전투에 임하는 것이 아니라 어디까지나 비유일진대, 이것이 연구자에게 뜻하는 바는 생사가 걸린 만큼의 조심스러움과 치열함이다. 영미연의 적지 않은 회원이 지난 2004년에 이라크파병 반대 명부에 이름을 올린 바 있지만, 그런 정치적 입장을 학문적으로 표현하는 일은 그보다 훨씬 힘겨운 성찰과 실천을 요구한다는 것이다.

다시 특집으로 돌아가면, 13호의 경우는 국내 평단에서 오랫동안 논쟁거리가 된 리얼리즘·모더니즘 논쟁을 영미문학 분야로 넓히려는 의도 하에 기획된 것이다. 그런 의도가 얼마나 실제 내용으로 구체화했는지를 여기서 논하는 것은 무리다. 다만 돌이켜보면 거기에 참여한 필자의 논문부터가 국내 평단의 논쟁을 받아, 영미문학 분야로 넓히려는 의도에 얼마나 부응했는지 의문이 드는 대목도 적지 않다. 미국문명과 역사에 대한 과도한 일반화나 특정 논자의 논지에 편벽하게 의존하는 데서 생긴 헛점이 12, 14호("9·11테러와 영미문학" / "미국성을 다시 생각한다"에서도 눈에 띈다. 졸고 「『주홍글자』론」에서도 부족하게나마 지적한 바 있지만, 9·11테러의 정치적 파장과 적절한 거리를 두지 못한 채 작품의 창조적 지평을 미국체제에 대한 비판으로써 오히려 제한한 것이 아닌가 하

464

는 느낌도 없지 않다.

그렇다면 "영문학과 제국"이라는 시사적 제목을 내건 16호 특집은 어떤가? 당시 주간인 김명환이 머리말에서 내건 기획의 변은 이러했다.

> 9·11테러 사건 이후 우리는 미국과 미국문학의 특성을 묻는 작업을 몇 차례에 걸쳐 시도했는데, 감히 말하건대 이는 정도를 벗어나는 학문 외적 호기심의 발로가 아니라 영미문학 연구를 내실있게 하기 위한 작업의 일환이었으며 어느정도 관심과 호응을 불러일으켰다고 믿는다. 근대세계의 주된 특징인 근대식민주의와 제국주의에 대한 천착은 그동안 여러 동학들의 작업으로 진행되어왔으며, 『안과밖』의 지면에서도 다각도로 검토된 바 있다. 이번호에서는 18세기 이래 영국의 식민지 개척과 제국경영이 문학에 어떻게 반영되어 있으며 어떤 영향을 끼쳤는가를 본격적으로 살펴본다. (16호 2면)

기획의도는 선명하다. 12, 13호 특집 및 기획과의 연관성도 분명한 편이다. 그런데 이런 기획이라면 특집의 필자들을 반드시 영문학전공자들로만 한정할 필요는 없지 않을까 싶다. 물론 말로는 분과학문의 협소한 경계선을 넘어서자면서 실제로는 자기영역의 배타적 지분을 고집하는 대학교수들의 위선을 따를 일은 아니다. "근대세계의 주된 특징인 근대식민주의와 제국주의에" 관한 한 '문사철'(文史哲)이 서로 주고받을 '선물'은 너무 많다는 것이다. 필자 섭외가 쉽지 않고 결과도 장담하기 어렵다는 것은 두말할 것도 없다. 하지만 그럴수록—16호와 유사한 기획에서도—여타 서양문학이나 국문학은 물론 인접 분과학문, 가령 역사학이나 경제학 등에서 '검증된' 학자들을 모시는 것도 영미문학 전문학술지인 『안과밖』이 대중적 인지도를 넓히면서 '바깥'과 적극적으로 소통하는 길이 될 수 있을 것이다.

그렇게 소통을 넓혀가는 학술지라면, 지금은 없어졌지만 80년대 한때 창작물도 실은 외국문학 종합학술지 『외국문학』(출판사는 전예원에서 90년대 들어 열음사로 바뀜)의 성격을 겸하는 것도 꿈꾸어볼 수 있는 일이다. 그런 학술잡지가 부재한 지금은 더욱 그러하다. 인문과학계의 경계 넘기에 영문학이 특유의 공헌을 할 수 있으려면 종합학술지의 성격을 어느정도는 갖추는 것이 필요하다. 바야흐로 인문학이 위기에 처했다는 '소문'이 여기저기서 들려오는 지금이 아닌가. 창작물을 싣기는 곤란하겠지만, 『안과밖』이 영미문학의 중심성을 고수하면서도 『외국문학』 같은 잡지가 맡았던 역할을 감당하는 방향으로 발전할 수만 있다면 여타 인문학의 전공영역에도 적지 않은 활력을 불어넣을 수 있을 것이다.

게다가 영문학으로 한정된 꼭지나 회원의 개별 논문들이 그런 역할을 할 수 없는 상황이라면, 기획과 특집을 유연하게 활용하는 것이 당연하다. 사실 기획은 몰라도 특집의 경우는 봄, 가을로 열리는 영미연의 정기 학술대회와 연동하여 구상하는 것이 지금까지의 상례였다. 특집에 개별 논문이 실린다고 하더라도 그것은, 이상적으로 말하자면, 토론과 논쟁을 전제하는 것이 되어야 한다. 지금까지 실제로도 그러했는가——개인의 공부와 집단적 학구가 행복하게 만났는가——에 대해서는 회의적인 판단을 하게 되지만, 특집이 '바깥'과 소통할 수 있는 구상을 더 자유롭게 할 수 있는 꼭지인 것만은 분명하다. 가령 제국이라는 화두만 해도 사회과학계의 학술담론에서도, 특히 9·11테러 이후로, 단골로 밥상에 올랐던 메뉴이다. 그런 주제를 담은 16호 특집은 자연스럽게 사회과학계와 만난다.

그런데 원만한 만남을 위해서는 편집진의 주문 자체도 좀더 정교하고 능동적이어야 할 듯하다. "18세기 이래 영국의 식민지 개척과 제국경영이 문학에 어떻게 반영되어 있으며 어떤 영향을 끼쳤는가"라는 물음 자체도 문학이 근대주의의 창조적 극복 가능성에 어떤 실마리를 제시하고 있는가 하는 문제와 연동되어야 한다는 것이다. 다른 한편으로 식민지 개척 및 제국경영과 문학이 맺는 관계를 규명하는 데 사회과학적 인식을 포괄하며 넘어서는 차원으로 나아간 '문학적인'——문학주의적이지 않은!——연구가 더 요구된다. 해당 작가들이 이렇게저렇게 제국주의를 반영한다거나 비판한다는 것만을 보여준다면, 그건 이미 사회과학자들이 해놓은 작업이라는 것이다. 개별 작가의 성취와 한계에 대한 '제대로 된' 규명이라면 당대 현실에 대한 심도있는 탐구를 겸하지 않을 리 없다. 제국주의라는 주제에서도 문학 특유의 방식으로 그런 탐구를 수행하는 연구가 작품의 성취와 한계에 대한 엄정한 성찰로 연결되어야 하는 것이다. '제국'을 화두로 걸어 현재 미국의 일방주의라는 문제를 환기하면서 특집의 범위를 영어권문학 등으로 넓히는 기획의 의도가 앞으로 실효를 거두기 위해서는 평가와 반성은 필수적이다. 그런 점을 지적한다면 2기 『안과밖』이 여러 참신한 기획을 통해 학문 후속세대들이 앞으로도 요긴하게 참조할 수 있는 학문적 축적까지 이루었다는 사실도 흔쾌히 인정할 만하다.

그런데 특히 최근 15호부터 19호까지 전체적으로 훑어보면 1기 『안과밖』의 절반 정도를 차지한, 사회과학계와도 상통하는 '큰 주제'가 사라진 점은 어떻게 봐야 할까. 17호 특집 "번역과 번역평가의 현장"처럼 "번역을 짚어본다" 코너와 함께 1기부터 꾸준히 공을 들인 기획도 들어 있는데, 쟁점 코너에서도 지속적으로 취급된 번역 및 영어 관련 논의는 '따라잡기식 영문학 연구'를 견제할 수 있는 훌륭한 방안이다. 실제로 국내 번역문화에 적잖은 경종을 울린 '영미연 번역평가사업'은 영미연 회원 44명이 1년 반 넘게 참여한 집단적 학구였다. 그 부분적 결실로서 『영미명작, 좋은 번역을 찾아서』(창비 2005)를 내놓기도 한 것이다. 기왕에 소개된 영미문학 고전의 번역에 대한 검토작업을 우리 영문학계에서 이만큼 축적해놓은 학술단체는 없다는 점에서도 자부심을 가져도 좋을 것이다.

　그러나 이런 점들을 높이 평가하고도 남는 인상 가운데 하나는, 20호 특집을 포함해 2기 후반에 갈수록 특집들이 전반적으로 기존 영문학계의 (식상한) 주제를 반복하면서 '전체 그림'을 보려는 문제의식이 희박해진 것 같다는 점이다. 그러다보니 영문학 자체의 전문성은 강화한 듯 보이지만, 그에 비례하여 독자를 끌어들이는 힘은 떨어졌다. 예컨대 15호 "현대이론과 주체의 문제"도 전체적으로 읽기가 너무 뻑뻑하다. 그중에는 사유가 고도의 논리적 전개를 따르다보니 불가피하게 어려워지는 경우도 있다. 그러나 역시 전반적인 실감은 '골방논문'이 주를 이루는 것이 아닌가 한다. 그렇다고 '광장논문'이라는 것이 있다는 말은 아니고 설사 있다고 해도 그런 것이 무조건 바람직한 것도 아닐 터다. 다만 이론을 작품과 연관지어 독자들이 알아듣기 용이하게 성찰의 지평을 넓히는 방식으로 깊어지는 학구가 상대적으로 부족하고, 이런 문제는 1기와 비교하면 더 두드러지는 형국이라는 것이다. 1기에서 뚝심 있게 밀고나간 문제의식을 좀더 심화할 수 있는 방향에 대해 고민을 해야 하는 싯점이 아닌가 한다.

　마음만 먹으면 '그쪽'의 자료열람도 얼마든지 가능한 전자텍스트 시대에 문학연구의 전문성을 추구하는 학구 자체는 과거보다는 더 용이해졌다. 그렇지만 전문지식의 홍수 속에서 문학연구의 본바탕이랄 수 있는 치밀한 작품 읽기와 판단력 훈련 및 구체적인 평가능력은 현저히 약화한 것 같다. 전문지식의 축적도 외면해서는 곤란하겠지만, 연구의 기본의식이 흐트러진다면 알음알이도 헛된 것이다. 그런 의미에서도 얼치기로 학제간 연구에 나서느니 전공 자체의 전문성을 먼저 다져야 한다는 주장도 흘려들어서는 안될 것이다. 다만 18호 "영미소설에 그려진 결혼과 가정"에서도 부분적으로 확인되는 바인데, 페미니즘이든 해체주의든 아니면 뭐든, 연구 자체가 특정한 이론이나 연구풍토에 휘둘리면서 작품해석도 부실해지고 독백적 성격을 띠는 것은 스스로 경계할 일이다. 이 점은 편집진뿐만 아니라 필자를 포함한 회원들도 진중하게 자기문제로 성찰할 일이다.

3. 20호 이후의 『안과밖』에 대한 기대와 학풍 단상

지금까지 거칠게나마 과거의 『안과밖』 기획 및 특집을 토론을 전제로 살펴보았는데, 한층 기대를 걸어야 할 대상은 오늘의 영미연이요 『안과밖』이 아닐까 싶다. 상임편집위원만을 기준으로 볼 때 20호 『안과밖』의 편집진에 창간호 멤버는 단 한명도 남아 있지 않다. 이런 상황에서는 기대가 커질 수밖에 없다. 10년의 세월이 흘렀으니, 『안과밖』의 '물갈이'는 자연스러운 것인지도 모른다. 그렇다고 초창기의 문제의식과 완전히 절연되었다는 뜻은 아니다. 20호 권두언인 박인찬의 "창간 10주년에 새로운 출발을 준비하며"에서도 영미연 '초심'과의 어떤 연속성은 분명히 확인된다.

스무번째 『안과밖』을 출간하는 심정이 각별한 또다른 이유는 인문학의 위기가 갈수록 깊어져 가는 현 시대를 나름대로 잘 버텨왔다는 데 있다. 실용주의가 대학은 물론이요 사회 전반의 대세로 군림하고, 획일적이며 계량적인 평가 문화가 대학의 학술 풍토를 점거해버린 상황에서 『안과밖』은 다행히 명맥을 잃지 않고 오늘에 이르렀다. 그러나 『안과밖』이 명맥을 유지하는 것 이상의 진정한 활력을 계속해서 이어오고 있는지, 그리고 창간 당시의 문제의식대로 전문성과 대중성, 문학연구와 현실의 결합을 모색하면서 소통과 공론의 장을 창조하는 데 얼마나 적극적이었는지 물어본다면 자신있게 답하기가 곤란한 게 사실이다. 쉬지 않고 달려오는 동안 모르는 사이에 피곤이 쌓이기도 했고, 인력의 부족을 느꼈으며, 가끔은 매너리즘에 빠지기도 했다. 한마디로 스스로를 점검하고 갱신해야 할 때가 된 것이다. (20호 2~3면)

각각 "영미문학 연구의 새로운 지평"과 "오늘의 페미니즘, 도전과 변화"라는 제호로 꾸민 20호, 21호 특집이 '점검과 갱신'의 의지를 얼마나 실현했는가에 대해서는 필자 나름대로 영미연 홈페이지(www.sesk.net) 자유게시판(2006년 5월 22일자 및 2006년 12월 9일자)에 부족하나마 견해를 올린 바 있다. 이 두 호를 읽은 전체적인 소감만 말한다면, 편집진의 공력이 아쉬운 꼭지들이 없지는 않지만 앞으로 영미연의 미래를 어느정도는 낙관해도 좋을 성싶다. 그런 뜻에서 몇마디 첨언할 점도 있는데, 마지막으로 다들 아는 이야기라도 '학풍'에 논점을 모아보자.

학풍에 대한 상도 사람마다 다를 것이다. 필자로서는 무엇보다 학회에 특정한 지연·학연 중심의 확고한——확고하기 때문에 이런저런 불건강한 배타성과 편협성을 내포하기 마련인——학파보다는 눈에 보이지는 않지만 '기'가 분명히 느껴지는 사통팔달(四通八達)의 학풍(學風)이 형성되기를 희망한다. 이 점은 20호 특별좌담 "영미문학연구회와 한국의 영문학 연구현황"에 참여한 분들도 공감해주시리라 믿는다. 즐거운 공부 모임터를 만들자는 주장이나 연구회가 좀더 열려 있어야 한다는 여러 회원들의 건설적인 제안에도 필자 역시 적극 찬동이다. 그런데 지금까지 영미연에 으레 따라붙는 시빗거리는 특정 학연 중심의 폐쇄성 내지는 엘리뜨주의가 아니었나 싶다. 사실 이런 문제일수록 톡 까놓고 토론하는 문화가 있어야 한다. 그러기 위해서도 먼저 상식 차원에서 확인해야 할 것도 있다. 어떤 모임이든, 설사 동인 중심의 친목성 단체라 하더라도 그 것이 지속되고 발전하기 위해서는 모임을 주도적으로 끌고 가면서 일정한 중심성을 발휘하는 사람들이 반드시 있어야 한다는 사실이다. 하물며 기성 영문학계의 타성을 극복하겠다고 나선 영미연 같은 학술조직은 더 말할 것 없다.

  그렇다면 영미연 내에서 '일정한 중심성을 발휘하는 사람들'을 규정하는 방식도 좀더 개방적이어야 하지 않을까. 학술지 발간을 책임지는 편집위원들도 그간 일정한 기한을 두고 계속 바뀌었다는 사실을 재차 환기해야 하겠다. 적어도 그 점에 관한 한 영미연이 폐쇄적이라는 비난은 부당한 것이다. 반면에 특별좌담에서 나온 이명호의 (2006년 5월 21일자 『교수신문』에도 소개된) 이런 지적은 약간 다른 문제제기이다.

  적어도 제가 보기에 영미연이 지적 위기를 넘기는 방식은 상당 부분 글의 내적 완성도를 추구하는 식이 아니었나 싶어요. 영미연의 입장을 대변한다 할 글들의 경우 글의 논지 자체가 이론적 위기를 돌파하거나 위기에 대한 설득력있는 대안을 제공하고 있다기보다는 논지에 대한 동의 여부와 관계없이 참 잘 쓴 글이구나 하는 느낌을 독자에게 줬던 것 같아요. (…) 저로서는 글의 완성도가 사상적 위기의 돌파를 대체하는 듯한 징후들을 목격하게 되는데, 바로 이런 징후가 영미연에 대해 흔히 지적하는 엘리뜨주의의 혐의가 아닌가 합니다. (20호 33면)

어떤 논자의 어떤 논문이 "영미연의 입장을 대변"하는 것인지 밝히지 않았으니 일단은 좌담에서의 다른 발언들에 비추어서 생각해봐야 하겠다. 글의 '내적 완성도'를 추구함으로써 지적 위기를 넘겼다는 말은 그냥 넘길 수 있는 비판이 아니기 때문이다. 글의 '내적 완성도'라는 지적이 사회적·정치적 문제의식은 희박하고 형식적으로만 '잘 만들어진 항아리' 같은 '신비평적 학술논문'을 가리키는 것이라면 수긍함직하다. 하지만 논자의 머릿속에는 '영미연의 입장'이라는 것이 기계적으로 정리된 것처럼 느껴지기도 한다. 뭘 가지고 이론적 위기라고 하는지, 또 "참 잘 쓴 글"이 주는 느낌이 어떤 것이기에 엘리뜨주의라는 것인지도 의문이다.

좋은 글에 따라붙게 마련인 전제들, 소위 전문성과 대중성을 모두 갖추는 논문은 연구자들에게는 언제나 꿈으로 남을지 모른다. 그렇다고 매사를 습관적으로 엘리뜨주의로 돌리는 행태가 면책되는 것은 아니다. 그것 또한 스스로를 별다른 반성 없이 '주변부'로 규정하면서 급진성을 지향하는 지식인들 사이에서 만연한 반(反)엘리뜨주의적 엘리뜨주의가 아닌가 하는 반성도 해보아야 하지 않을까. 어쨌든 "글의 완성도가 사상적 위기의 돌파를 대체하는 듯한 징후들"이라는 비판에 대해서도 따질 것은 따져야 할 것이다. 어떤 글이 진정으로 높은 완성도를 성취했으며, 우리 시대의 사상적 위기는 또 구체적으로 무엇을 말하는지에 대한 논의를 『안과밖』에 실린 논문들을 가지고 진행해야 한다는 것이다.

그러나 편집진들의 교체가 정기적으로 이루어졌다 하더라도, 영미연 및 『안과밖』이 그간 학연이나 지연 등을 중심으로 굴러왔고 거기서 생긴 타성이 엘리뜨주의의 온상이라는 비판이라면 문제는 다르다. 당사자들이 아니라고, 나는 그렇지 않다고 아무리 우겨도 국내파든 유학파든 특정한 학습경험을 오랫동안 공유하면 문체나 가치판단, 독법 등이 알게모르게 획일화하는 면이 생기게 마련이다. 필자도 아니라고는 말 못한다. 영미연에 지금도 그런 면이 있고, 그 동질성이 다변화하는 영문학 연구 추세에 적극적으로 대응하면서 연구의 지평을 넓히는 데 상당한 걸림돌이 되고 있다는 생각도 때때로 한다. 바로 그렇기 때문에 '침묵의 카르텔'은 깨야 하는 것이 아닐까. 한마디로 '비판'으로서의 읽기와 토론이 영미연 안팎에서 지금보다는 더 활발해져야 한다는 말이다. 이는 투고논문들을 심사하는 위치에 있는 내부 편집위원들의 『안과밖』 글부터 상대적으로 더 엄정하게 (자체) 검증·평가해야 한다는 뜻도 된다. 적어도 이런 문제의식으로 본다면, 인문학의 위기설이 횡행하는 요즘 영미연이 느슨해져야 한다느니 자임이니 인정이니 하는 충고도 뜻하지 않게 촛점을 흐리게 될 위험이 있다.

다른 한편 엘리뜨주의네 폐쇄주의네 하는 비판도 좋지만, 그런 비판으로써 간단치 않은 사안들을 단순하게 정리하려는 유혹을 피하는 것도 중요하다. 불가피하게 학연 중심으로 시작한 조직이라면 사업을 추진하고 발전시키는 데는——정예주의는 아니더라도——공부에서든 행정에서든 다른 이들보다 더 헌신적인 회원들이 필요하다는 점도 두루 참작해야 하리라 본다. 그런데 학파가 아닌 학풍을 염두에 둔다면, 이런 점들은 필요조건에 불과한 것이 아닐까. 정작 중요한 것은 (또 부족한 것은) 회원들 자신의 학문적 공력이 들어간 『안과밖』이 영미연 안팎에서 얼마나 열독(熱讀)과 토론의 대상이 되고 있는가 하는 점이다. 이는 학풍의 기운을 조성하는 회원들——기본적으로 '진성회원'이라기보다는 학회 분과활동에 열심히 참여하면서 연구를 성실하게 수행하는 회원들——이 과연 얼마나 개방적이면서 동시에 응집력이 있는 집단으로 존재하는가 하는 물음과 직결된 것이다.

필자의 전반적인 인상을 토대로 발언한다면, 내부의 회원들조차 이 학술지를 큰 관심을 두고 읽는 것 같지 않다. 이런 상황에서는 걸핏하면 대중과의 소통을 들먹이는 논자들이 염두에 두고 있는 대중은 대체 어떤 사람들인가 하는 점도 솔직히 궁금해진다. 『안과밖』의 실제 판매부수가 얼마나 되는가 하는 문제를 떠나서 대중은커녕 학술지의 필자들과도 제대로 소통이 안되는 것이 지금의 실정이 아닌가. 10년 전 70년대 학번이 주축을 이룬 당시의 『안과밖』보다 활력이 많이 떨어진 것이 현재의 상황이라는 진단을 내려본다. 이는 그 사이에 영문학 연구를 둘러싼 대내외적 환경이 변한 탓도 클 것이다. 그러나 주된 원인은 역시 '안'에 있는 것이 아닐까. 영미연 내부에서 '밖'으로 공감의 동심원을 자연스럽게 넓히는 학구적인 작업이 착실하게 실행되었다고 자신하기는 어려울 테니까 말이다.

초창기 영미연의 (다소 과도한 면도 없지 않았던) 구심력도 해체된 것이 현상황이다. 그에 따라 당시 창립을 주도한 70년대 학번들 거의 대부분이 『안과밖』을 만드는 일에 더이상 간여하고 있지 않다. 알다시피 요즘은 환경보호 차원에서라도 재활용하는 '낡은 물건'들도 많다. 영미연에서도 차제에 '젊은 피' 수혈과 함께 '씰버 세대'(?)의 리싸이클링 방안도 적극적으로 강구해보면 어떨까. 학연·지연 따위를 떠나 학풍다운 학풍을 만드는 길이 험난하리라는 것은 말할 나위가 없다. 인재를 두루 모아들이고 안팎의 앞서가는 학문적 흐름들과도 창의적으로 만나지 못한다면, 인문학의 위기라는 거친 파도에 휩쓸려버리지 않는다고 장담할 수 없을 것이다. 영미연이 신구 세대의 조화로써 새로운 시대에 부응하는 역량을 무럭무럭 키울 수 있기를 바란다.

| 원문 출처 |

제1부 20세기 한국시의 전통과 혁신

이상(李箱)과 식민지 근대 『창작과비평』(2000년 봄호)

김수영론 미발표 원고.

기형도와 1980년대 『창작과비평』(2003년 겨울호)

시와 시대, 그리고 인간 『창작과비평』(2005년 여름호)

제2부 우리시대 소설의 현장

작품, 진영, 문학운동 『창작과비평』(1998년 겨울호): 대폭 개고.

배수아의 '소설'과 서사실험 미발표 원고.

감수성과 비평적 판단 『21세기문학』(2001년 봄호): 개제, 전면 개고.

통일시대를 위하여 『창작과비평』(2006년 겨울호)에 부분 발표, 개고.

480

484

유희석 평론집
근대 극복의 이정표들

초판 1쇄 발행 • 2007년 4월 6일

지은이 • 유희석
펴낸이 • 고세현
책임편집 • 정소영
펴낸곳 • (주)창비
등록 • 1986년 8월 5일 제85호
주소 • 413-756 경기도 파주시 교하읍 문발리 513-11
전화 • 031-955-3333
팩시밀리 • 영업 031-955-3399 편집 031-955-3400
홈페이지 • www.changbi.com
전자우편 • literat@changbi.com

ⓒ 유희석 2007
ISBN 978-89-364-6326-7 03810